王有声 主编

有声老师

读聊斋

壹

山东城市出版传媒集团·济南出版社

图书在版编目（CIP）数据

跟着王有声老师读聊斋：全四册 / 王有声主编 .
—济南：济南出版社，2017.7
ISBN 978-7-5488-2620-0

Ⅰ . ①跟… Ⅱ . ①王… Ⅲ . ①《聊斋志异》—文学
欣赏—青少年读物 Ⅳ . ① I207.419-49

中国版本图书馆 CIP 数据核字（2017）第 111920 号

出版发行	济南出版社
地　　址	济南市二环南路1号（250002）
网　　址	www.jnpub.com
发行热线	0531-86922073　86131701
印　　刷	山东省东营市新华印刷厂
版　　次	2017年7月第1版
印　　次	2017年7月第1次印刷
成品尺寸	170 mm × 240 mm　1/16
总印张	45
总字数	580千
印　　数	1-3 000 套
总定价	150.00元（全四册）

济南版图书，如有印装质量问题，请与出版社出版部联系调换
电话：0531-86131736

序

　　王有声老师是北京市著名语文特级教师，致力于语文教育 60 余年，成果丰硕、桃李满门，在教育界有着极高的声誉。丁酉初春，王老师早年的学生，北京教科院基础教育研究中心原主任钟作慈先生嘱我为《跟着王有声老师读＜聊斋＞》一书写一篇序。

　　我起初不敢承接好友交派的任务：王老师是我的前辈、泰斗级人物，我怎敢为前辈写书序？无奈，作慈先生陈述了种种不得推脱的理由；也好，我就借写这篇短文表达对王老师的敬意吧。

　　1963 年，王有声老师编写的《王老师和小学生谈作文》出版发行。那时，所谓"教辅书"一词还没有出世，能与课堂教学紧密衔接的学生读物寥若晨星。一时间，《王老师和小学生谈作文》竟洛阳纸贵，很多小学生省下早点钱争相购买阅读，不少语文教师也把它作为案头书。那是一本激发学生写作热情的好书，语言生动有趣、点拨精当明了，书中的例文均是王老师学生的习作——王老师用自己的经验与智慧拉近了作文与学生的距离。

　　当下，中小学校都很重视传统文化教育。王老师的新作，意在对大家阅读欣赏中国古典名著《聊斋》做些切切实实的引导。王老师在书中前言，说明了编写目的与体例，并诚恳地与读者商榷："我是个教语文、作文的人。在这本'赏读'中，我在每篇后面加了'导读''结构''主题''人物'和'语言'"等几项内容，不知可有点"助读"的作用？"王老师虚怀若谷，力尽"传道、授业、解惑"之责，名师风范可见一斑。其实，书中的"赏读"文字皆为王老师悉心研读《聊斋》的精辟见解，既有"助读"作用，又有玩味之趣。

　　1939 年，毛泽东在延安曾与学者萧三论及《聊斋》；他说：作者蒲松龄反对强迫婚姻、反对贪官污吏……主张自由恋爱，在封建社会不能明讲，乃借鬼狐说教。作者写恋爱又都是很艺术的，鬼狐都会作诗……蒲松龄很注意调查研究。他泡一大壶茶，坐在集市上人群中间，请人们给他讲自己知道的流行的鬼、狐故事，然后去加工……不然，他哪能写出四百几十个鬼狐精来呢？《聊斋》其实是一部社会小说。

"写鬼写妖高人一等，刺贪刺虐入骨三分 。"郭沫若为蒲松龄故居题写的对联，言简意赅地道出了《聊斋》的社会影响和艺术价值。鲁迅在《中国小说史略》中评价："《聊斋志异》虽亦如当时同类之书，不外记神仙狐鬼精魅故事，然描写委曲，叙次井然，用传奇法，而以志怪，变幻之状，如在目前；又或易调改弦，别叙畸人异行，出于幻域，顿入人间；偶述琐闻，亦多简洁，故读者耳目，为之一新。"

《聊斋》不愧为中国古典名著的一方瑰宝，今天的中国人依然能从中汲取营养。近年来，不同版本的中学语文教材虽均有《聊斋》选篇，但数量不多（《狼三则》《画皮》《促织》《席方平》等曾入选过）。王老师从原作的 400 余篇作品中精选了 48 篇，并辅以翔实而颇有见地的助读文字编纂成书，这不仅对教师指导学生的拓展性阅读活动很有帮助，对已从业的青年人阅读名著亦有裨益。

王有声老师出版《王老师和小学生谈作文》时，28 岁；2017 年，82 岁的王老师又送给读者们一份礼物——《跟着王有声老师读＜聊斋＞》，

"二八俊才八二寿翁，笔耕不辍惠及后生"，王有声老师"学高为师，身正为范"，可亲可敬！

薛川东

2017 年 2 月 28 日于北京

前　言

　　《聊斋志异》（以下简称《聊斋》）这部巨著堪称文言短篇小说的巅峰之作，这是国人的共识。古典文学，大家都知道四大名著——《红楼梦》《三国演义》《水浒传》《西游记》，论成就，《聊斋》当与它们并列，位居第五。那么，为什么《聊斋》没有"入五"呢？我以为，主要原因有三：

　　其一，前四部都是长篇小说，而《聊斋》呢，是一部由400多篇小说组成的短篇小说集。

　　其二，时代的因素。20世纪五六十年代，在学生的语文课本中，《水浒传》中的"武松打虎"、《三国演义》中的"草船借箭"等篇章都入选其中。受当时意识形态等因素的影响，教材中《聊斋》选文极少，唯独《画皮》这篇一枝独秀，各家教材版本无不选用。这就造成了一种奇特的现象：上过学的人，人人都沾过《聊斋》的边，读过《画皮》一篇，而通读过全部《聊斋》的人少之又少。一位中年朋友说得明白："《聊斋》那部书啊，《画皮》中的恶鬼，面目狰狞，十分凶残，可怕之极，不要读的！"可悲的是，这种错觉至今已延续了几十年。

　　其三，代用品泛滥。许多文艺圈里的朋友出于善意，将《聊斋》中的若干名篇或绘成连环画，或拍成电影、电视剧。他们发挥了超常的想象力，加入了许多现代科技手法，改编得十分神奇。仅《画皮》一例，影视作品我就看过三个版本。实事求是地讲，这些复制品，无论是内容还是语言，与原著相比可谓相距十万八千里，然而众多年轻人看过这些东西后便自认为"《聊斋》我读过了，没什么意思"。这样随意改编，影响了《聊斋》的声誉。

　　基于以上原因，今天，我愿意将《聊斋》中的诸多名篇，原汁原味地呈现在大家面前。

我写这本"赏读"，有几点情况要说明一下。

1. 原书400多篇（当年条件所限，蒲松龄先生留下的文字是手抄本），经几代人传抄、整理，如今各出版社出的版本，篇目不尽相同，略有出入。这400多篇中，可分为小小篇、小篇、中篇和大篇四个档次。我选讲的这48篇，文言文部分引自北京市中国书店于1981年出版的《详注聊斋志异图咏》，属大篇类。可以说，精读过这几十篇，您对学《聊斋》肯定"入门"了。

2.《聊斋》原文是文言体，每篇从头到尾几千字，连排到底，无标点，无段落划分，大家读着确有不少困难。我在书中引用原文时，一是将古体废掉字改为现代字体，将繁体字改为简体字；二是为难认字加注音；三是用现代标点断词断句；四是将原文"一大块"分好段，以利阅读。有人说，总还有个别字、句难读难懂，怎么办？好办，跳过去。学读古文，就是我们这些古稀已过的老人，也难说字字句句"我都懂"。时代不同了，有些语言、典故过于老化，一时搞不懂，跳过去就是。这不妨碍阅读的。

3. 这里我有一个请求，想学读《聊斋》的中青年朋友，请像本书这样，先读原文，有时间再去看什么影视作品，这样，大家才能真正从中受益，得到原著的精华。

4. 我是个教语文、作文的人。在这本"赏读"中，我在每篇后面加了"导读""结构""主题""人物"和"语言"等几项内容，不知可有点"助读"的作用？

5. 有位青年人对我说，"古文，不要学了，没用"。不是的。当代人动笔行文，当然以白话文为主，但是，古文因素仍"活"在现代语言中。看街头标语，有"严禁酒驾"；日常生活中，有"您贵姓""请留步"；手机发短信，有"母病危，速归"……大家说，这里面有文言因素吧？

以上几点说明，仅供参考。今日书成，多谢济南出版社编辑们的大力协助，亦望读者多加指正。

王有声

2017年1月于北京

目录

壹

1. 阿宝

粤西孙子楚，名士也。生有枝指。性迂讷（nè），人诳之，辄（zhé）信为真。或值座有歌妓，则即遥望却走。或知其然，诱之来，使妓狎逼之，则赪（chēng）颜彻颈，汗珠珠下滴，因共为笑。遂貌其呆状，相邮传作丑语，而名之"孙痴"。

邑大贾（gǔ）某翁，与王侯埒（liè）富，姻戚皆贵胄（zhòu）。有女阿宝，绝色也。日择良匹，大家儿争委禽妆，皆不当翁意。生时失俪，有戏之者，劝其通媒。生殊不自揣（chuǎi），果从其教。翁素耳其名，而贫之。媒媪（ǎo）将出，适遇宝。问之，以告。女戏曰："渠去其枝指，余当归之。"媪告生。生曰："不难。"媒去，生以斧自断其指。大痛彻心，血溢倾注，滨死。过数日，始能起。往见媒而示之，媪惊，奔告女。女亦奇之，戏请再去其痴。生闻而哗辩，自谓不痴，然无由见而自剖。转念阿宝，未必美如天人，何遂高自位置如此？由是曩（nǎng）念顿冷。

会值清明，俗于是日，妇女出游。轻薄少年，亦结队随行，恣（zì）其月旦，有同社友人，强邀生去。或嘲之曰："莫欲一观可人否？"生亦知其戏己，然以受女揶揄（yé yú）故，亦思一见其人，忻（xīn）然随众物色之。遥见有女憩（qì）树下，恶少年环如墙堵。众曰："此必阿宝也！"趋之，果宝。审谛（dì）之，娟丽无双。少顷，人益稠，女起遽（jù）去。众情颠倒，品头题足，纷纷若狂；生独默然。及众他适，回视，犹痴立故所，呼之不应。群曳之曰："魂随阿宝去耶！"亦不答。众以其素讷，故不为

1

怪，或推之，或挽之以归。至家直上床卧，终日不起，冥如醉，唤之不醒。家人疑其失魂，招于旷野，莫能效。强拍问之，则朦胧应云：“我在阿宝家。”及细诘之，又默不语，家人惶惑莫解。

初，生见女去，意不忍舍，觉身已从之行。渐傍其衿（jīn）带间，人无呵者，遂从女归。坐卧依之，夜辄与狎，意甚得。然觉腹中奇馁（něi），思欲一返家门，而迷不知路。女每梦与人交，问其名，曰：“我孙子楚也。”心异之，而不可以告人。生卧三日，气休休若将澌（sī）灭。家人大恐，托人婉告翁，欲一招魂其家。翁笑曰：“平昔不省往还，何由遗魂吾家？”家人固哀之，翁始允。巫执故服、草荐以往。女诘得其故，骇极，不听他往，直导入室，任招呼而去。巫归至门，生榻上已呻。既醒，女室之香奁（lián）什具，何色何名，历言不爽。女闻之，益骇，阴感其情之深。

生既离床，坐立凝思，忽忽若忘。每伺察阿宝，希幸一再遘（gòu）之。浴佛节，闻将降香水月寺，遂早旦往候道左，目眩睛劳。日涉午，女始至，自车中窥见生，以掺（chān）手搴（qiān）帘，凝睇不转。生益动，尾从之。女忽命青衣来诘姓字。生殷勤自展，魂益摇。车去，生始归。归复病，冥然绝食，梦中辄呼宝名，每自恨魂不复灵。

家旧养一鹦鹉，忽毙，小儿持弄于床。生自念：倘得身为鹦鹉，振翼可达女室。心方注想，身已翩（piān）然鹦鹉，遽飞而去，直达宝所。女喜而扑之，锁其肘（zhǒu），饲以麻子。大呼曰：“姐姐勿锁！我孙子楚也！”女大骇，解其缚，亦不去。女祝曰：“深情已篆中心。今已人禽异类，姻好何可复圆？”鸟云：“得近芳泽，于愿已足。”他人饲之不食，女自饲之则食。女坐则集其膝，卧则依其床。

如是三日，女甚怜之，阴使人瞷（jiàn）生。生则僵卧气绝，已三日，但心头未冰耳。女又祝曰：“君能复为人，当誓死相从！”鸟云：“诳我！”女乃自矢。鸟侧目若有所思。少间，女束双弯，解履上床，鹦鹉骤下，衔履飞去。女急呼之，飞已远矣。女使妪（yù）往探，则生已寤。家人

阿寶

倩女曹離
枕上魂疑郎
情思更溫存
阿儂休說人
禽異鸚鵡前
言卻羨孫

3

见鹦鹉衔绣履来，堕地死，方共异之，生旋苏，即索履。众莫知其故，适妪至，入视生，问履所在。生曰："是阿宝信誓物。借口相覆，小生不忘金诺也！"妪反命，女益奇之，故使婢泄其情于母。

母审之确，乃曰："此子才名亦不恶，但有相如之贫。择数年，得婿如此，恐遂为显者笑。"女以履故，矢不他。翁媪乃从之，驰报生。生喜，疾顿瘳。翁议赘（zhuì）诸家，女曰："婿不可久处岳家。况郎又贫，久益为人贱。儿既诺之，蓬茅而甘，藜藿不怨。"生乃亲迎成礼，相逢如隔世欢。自是生家得奁妆，小阜，颇增物产。而生痴于书，不知理家人生业。女善居积，亦不以他事累生。居三年，家益富。

生忽病消渴，卒，女哭之痛，至绝眠食。劝之不纳，乘夜自经，婢觉之，急救而苏，终亦不食。三日，集亲党，将以殓（liàn）生，闻棺中呻以息，启之，已复活。自言见冥王，以生平朴诚，命作部曹。忽有人白："孙部曹之妻将至。"王稽鬼录，言此未应便死。又白："不食三日矣。"王顾谓："感汝妻节义，始赐再生。因使驭（yù）卒控马送汝还。"由此体渐平。

值岁大比，入闱之前，诸少年玩弄之，共拟隐僻之题七，引生僻处与语，言："此某家关节，敬秘相授。"生信之，昼夜揣摩，制成七艺。众隐笑之。时典试者，虑熟题有蹈袭弊（bì），力反常径，题纸下，七首皆符。生以是抡（lún）魁。明年，举进士，授词林。上闻其异，召问之，生启奏，上大嘉悦，即召见阿宝，赏赉（lài）有加焉。

导读

一部《聊斋》约四百七八十篇文章，若铺展开来，我们如同进入一座大珠宝店，眼前琳琅满目，光彩照人，珍珠、玛瑙、翡翠、钻石等许多宝物，应有尽有。要说哪一件最珍贵，难。

　　我写这本"读《聊斋》"，首先遇到这个问题。先学读哪篇呢？得听听大家的意见。

　　无论是看专家论述，还是参加专题讨论；无论是与朋友交谈，还是听到学生反馈的信息，谈到《聊斋》爱情大篇哪则最好时，许多人都首推《阿宝》。这一篇的确选材鲜明生动，故事感人至深。

　　1. 看《聊斋》全书，写神鬼狐妖、禽兽草虫者，确实很多，然而以现实生活中的真人事例为内容的，也为数不少。《阿宝》中的女一号阿宝、男一号孙子楚便是"真"人，这一内容的选择蒲公是下了功夫的。

　　2. 再看男女主角的家庭背景。阿宝生于县中巨商之家，与王侯埒富；孙生则只是个平民家庭中的穷书生。在封建社会，婚姻讲究的是门当户对，如此贫富悬殊，两个家庭怎么能结亲呢？这里面内容的选择与安排就得有"戏"了。

　　3. 作为短篇小说，故事内容要一波三折才行，像《绿衣女》中的细腰蜂一见书生二人就相好了，但很快遭难告别，故事结束，内容太简单了。写文章，内容的选择要做到"曲径通幽处，禅房花木深"，读者才爱读呢。

　　以上谈到的是《阿宝》的选材功夫。作为本书的导读参谋，我也特别喜爱这一篇。因此，把它放在本书卷首向大家推荐，你们会同意吧？

结构

　　写文章讲究谋篇布局。层次清楚，让人读着顺畅，那叫言之有序。

　　本篇的结构，脉络十分清晰。这里结合小标题拟出提纲，以便大家深入阅读。

　　开头，第一段写"孙痴"。

　　中间部分，二至九段，内容包括"断指""失魂""招魂""路遇""化

鹦""许诺""成婚"和"复活"。

结尾,第十段,写"中举"。

一篇情节复杂、结构完整的故事,此三部分十个段落写出来,可谓条理分明!

主题

好的文章,主题的表达应鲜明有力。本篇在这一环节上,体现出作者超一流的水平。

写青年男女相爱的故事,离不开当时的社会背景。在封建社会,男女青年的婚姻大多是不能自主的,上至高官显贵,下至平民百姓,几千年来有八个大字在管着,那就是:父母之命,媒妁之言。家家户户都如此,媒婆牵线,父母拍板,年轻人一点自主权利也没有。这一封建社会的桎梏,像一座钢铁闸门,谁人能通得过?

读了此篇,我们眼前一亮,阿宝出现了!这位古代女子,智商高,勇气足,猛然一脚,将这千年铁闸踹开,自己选婿,自己决定了终身大事。这是多么不易啊!蒲公的这篇小说,热情地歌颂了这对年轻人争取婚姻自主的叛逆精神,有力地突出了婚姻自主的鲜明主题。

当今社会,婚姻大事完全自主,然而又出现了新的问题:离婚率高。究其原因固然很多,但其中重要的一条是,许多女青年将择偶的对象选定为"高、富、帅"。她们心目中的另一半,一要身材高大威猛,二要富甲一方,三要长相出众。别说这样的人不好找,即使找到了,他能一直拿你当"宝"吗?这样的结合,离婚率怎么会不高呢?

阿宝却不然。论长相,绝色也;论家产,与王侯埒富,但她却选择了和"高、富、帅"完全不沾边的孙生。在常人眼里,孙生求偶实在是困难:一、家

境贫困，穷书生一个；二、身体残疾，手有六指；三、身体不壮，很快得了糖尿病（古称消渴）；四、性格木讷，被定为"孙痴"；五、结过婚，前妻过世，还留下一个孩子。面对这五条，阿宝高瞻远瞩，说"誓死相从"。成婚后，果然，二人相爱终生，白头偕老。

那么，我们向阿宝学习什么呢？答案应该是很明白了：择偶，谁最爱我，第一重要。

那么，孙生为什么能够被阿宝选中呢？他的优势是：一、品德好，那些纨绔子弟引歌妓来，他"遥望却走"；二、学识好，多年苦读，终于金榜题名；三、爱得真，阿宝说"去其枝指，余当归之"，他立即以斧断指，"大痛彻心，血溢倾注，滨死"；四、有智慧，化鹦后，见阿宝脱鞋，立即叼鞋飞去（古时，女子鞋被人收留，自当嫁与）。

还是阿宝大智大勇，选定孙生。二人生死不渝，感天动地。文章以喜剧结尾，很合适，这样的一对青年应该快乐一生。

人 物

好的文学作品，人物形象必定是鲜明生动的。本篇主角阿宝、孙子楚，虽写于纸上，但呼之欲出，给我们留下深刻印象。

先说孙子楚。他对阿宝的爱，属于书生型的，一见钟情，挚爱终生。他的优点很多，前面已经分析过，这里，单说他被诸同伴定为"孙痴"的"案情"。

什么叫痴呆？像孙生这样的人算不算痴呆？这一点，作者蒲公在篇后以"异史氏曰"为条目，有极为深透精彩的评论：

性痴则其志凝。故书痴者文必工，艺痴者技必良。世之落拓（tuò）而无成者，皆自谓不痴者也！

看，真是高见！《聊斋》中书生形象众多，孙生以"痴"立传，真见功夫。

这一人物的成功刻画，对突出主题是很有意义的。

再说阿宝。她对孙生的爱，是由"戏说"到"生死不渝"的，变化过程一清二楚。

阿宝长大了，大家争着来提亲，孙生也跟着凑热闹。"渠去其枝指，余当归之"，起初这只是一句戏言。待孙生真的以斧断指，他才在阿宝心中挂上号。清明出游，孙生见到阿宝便魂随之去，并与阿宝同床同梦，这才使阿宝动了心。孙家在她屋招孙生魂回去，孙生苏醒，对阿宝闺房情况了如指掌，历言不爽，这使阿宝"阴感其情之深"。"化鹦"事件，阿宝完全被孙生的挚爱打动，决心"君能复为人，当誓死相从"！待鹦鹉叼鞋飞去时，婚事板上钉钉了，孙生家贫怎么办？阿宝明确表示："儿既诺之，蓬茅而甘，藜藿不怨。"直到孙生病"死"消渴，阿宝绝食相随……这种爱的逐步深化，真实可信，令人羡慕。

还有一些配角，如阿宝父母，富有但很开明，对成就这桩婚事起一定作用；诸少年同伴亦侃亦谐；媒婆传递信息；冥王、皇上也秉公办事。所有这些，终使有情人终成眷属，故事以喜剧落幕。

语言

说《聊斋》中的语言句句珠玑、篇篇精彩并不过分。本篇语言也明白流畅，略举以下几点进一步说明。

1. 单音字在文言句中的使用。例如：

相邮传作丑语，而名之"孙痴"。

这里互相邮传，不付邮资，妙。

翁素耳其名，而贫之。

耳朵，名词当动词用，听到。

众曰："此必阿宝也！"趋之，果宝。

看到"果"，脑子里就会闪现出许多词：如果、结果、果实、水果……这时你需思考选择，最终选定"果然"。

生启奏，上大嘉悦。

上，这里不是指方位，而是"上头""最上头"，皇上。

"邮""耳""果""上"四字用在文言文中，准确、简练、生动活泼，读着有味道。

2.有些语句表达轻巧，含义深刻。例如：

女益奇之，故使婢泄其情于母。

鞋都被人取走，自己怎么跟妈妈说？这得动点心思。

"儿既诺之，蓬茅而甘，藜藿不怨。"

这话出自富家大小姐之口，多不易呀！

3.笑言戏语，穿插得当。例如：

阿宝择婿，众戏孙生劝其通媒。

女戏曰："渠去其枝指，余当归之。"

清明，妇女出游踏青，众青年邀生同去。

或嘲之曰："莫欲一观可人否？"

孙生失魄，家人欲去阿宝家招魂。

翁笑曰："平昔不省往还，何由遗魂吾家？"

入闱前，众少年以隐僻题七诳孙生。

"此某家关节，敬秘相授。"生信之。

这些话，对表达孙生性格很有作用。

总之，本篇语言精妙，可圈点的地方还很多。学文言文，读背当然是最扎实、最有效的手段，而精读也是必不可少。

说到精读，具体方法多种多样。这里我对"精读原文"的建议有三：

一是文章在手，先认真地默读一遍。

二是朗读。第一遍注意生字注音，用中等音量读；第二遍重点领会内容。

三是"破"读。结合结构、主题、人物、语言等几个环节，仔细阅读文中细节部分，力求将文章精华学到手。

愿大家从《阿宝》起，继续迈开读《聊斋》、学写作的坚实步伐。

跟着王有声老师

读聊斋

壹

2. 香玉

　　劳山下清宫，耐冬高二丈，大数十围；牡丹高丈余，花时璀璨（cuǐ càn）如锦。胶州黄生，筑舍其中而读焉。

　　一日，遥自窗中见女郎，素衣掩映花间。心疑：观中乌得有此？趋出，已遁去。由此屡见。遂隐身丛树中，以俟（sì）其至。无何，女郎又偕一红裳者来，遥望之，艳丽双绝。行渐近，红裳者却退曰："此处有人！"生乃暴起，二女惊奔。袖裙飘拂，香风流溢。追过短墙，寂然已杳（yǎo）。爱慕殷切，因题树上云："无限相思苦，含情对短窗。恐归沙吒（zhā）利，何处觅无双？"

　　归斋冥想。女郎忽入，惊喜承迎。女笑曰："君汹汹似强寇，使人恐怖。不知君竟骚士，无妨相亲。"生略叩生平，曰："妾小字香玉，隶籍平康巷，被道士闭置山中，实非所愿。"生问："道士何名，当为卿一涤（dí）此垢。"女曰："不必，彼亦未敢相逼。借此与风流士长作幽会，亦佳。"问："红衣者谁？"曰："此名绛（jiàng）雪，亦妾义姊。"遂相狎寝。既醒，曙色已红。女急起，曰："贪欢忘晓矣！"着衣易履，且曰："妾酬君作口占，勿笑也。良夜更易尽，朝暾（tūn）已上窗。愿如梁上燕，栖处自成双。"生握腕曰："卿秀外慧中，使人爱而忘死。一日之去，如千里之别。卿乘间常来，勿待夜也。"女诺之。由此夙夜必偕。

　　每使邀绛雪来，辄不至，生以为恨。女曰："绛姊性殊落落，不似妾情痴也。当从容劝驾，不必过急。"一夕，女惨然入曰："君陇不能守，尚望蜀

耶？今长别矣！"问："何之？"以袖拭泪，曰："此有定数，难为君言。昔日佳什，今成谶（chèn）语矣。佳人已属沙吒利，义士今无古押衙（yá），可为妾咏。"诘之不言，但有呜咽。竟夜不眠，早旦而去。生怪之。次日，有即墨蓝氏，入宫游瞩，见白牡丹，悦之，掘移径去。生始悟香玉乃花妖也，怅惋不已。过数日，闻蓝氏移花至家，日就萎悴。恨极，作哭花诗五十首，日日临穴，涕洟（tì）其处。

一日，凭吊而返，遥见红衣人，挥涕穴侧。从容而近就之，女亦不避。生因把袂（mèi），相向汍澜（lán）。已而挽请入室，女亦从之。叹曰："童稚之姊妹，一朝断绝！闻君哀伤，弥触妾恸（tòng）。泪堕九泉，或当感诚再作。然死者神气已散，仓猝何能与吾两人共谈笑也？"生曰："小生薄命，妨害情人，当亦无福可消双美。曩（nǎng）频烦香玉，道达微忱（chén），胡再不临？"女曰："妾以年少书生，什九薄幸，不知君固至情人也。然妾与君，交以情，不以淫。若昼夜狎昵（nì），则妾所不能矣。"言已告别。生曰："香玉长离，使人寝食俱废。赖卿少留，慰此怀思，何决绝如是？"女乃止，过宿而去。

数日不复至。冷雨幽窗，苦怀香玉。辗转床头，泪凝枕簟（diàn）。揽衣更起，挑灯命笔。踵前韵曰："山院黄昏雨，垂帘坐小窗。相思人不见，中夜泪双双。"诗成自吟。忽窗外有人曰："作者不可无和（hè）。"听之，绛雪也，启门内之。女视诗即续其后曰："连袂人何处？孤灯照晚窗。空山人一个，对影自成双。"生读之泪下，因怨相见之疏。女曰："妾不能如香玉之热，但可少慰君寂寞耳。"生欲与狎，曰："相见之欢，何必在此？"于是至无聊时，女辄一至。至则宴饮酬唱，有时不寝遂去，生亦听之。谓之曰："香玉吾爱妻，绛雪吾良友也。"每欲相问："卿是院中第几株？早以见示，仆将抱植家中，免似香玉被恶人夺去，贻（yí）恨百年。"女曰："故土难移，告君亦无益也。妻尚不能终从，况友乎！"生不听，捉臂而出，每至牡丹下，辄问："此为卿否？"女不言，掩口笑之。

香菱

花因情死花當情
哭花愈思情
生花愈思人
可惜愛花風
去後妬花風
兩便猫狂

适生以残腊归过岁。二月间，忽梦绛雪至，愀（qiǎo）然曰："妾有大难！君急往，尚得相见；迟无及矣。"醒而异之，急命仆马，星驰至山。则道士将建屋，有一耐冬，碍其营造，工师方纵斤矣。生知所梦即此，急止之。入夜，绛雪来谢。生笑曰："向不实告，宜遭此厄！今而后知卿矣，卿如不至，当以艾炷相炙。"女曰："妾固知君如此，曩故不敢相告。"坐移时，生曰："今对良友，益思艳妻。久不哭香玉，卿能从我哭乎？"二人乃往，临穴洒涕。至一更向尽，绛雪挍（wěn）泪劝止，乃还。

又数夕，生方独居悽恻，绛雪笑入曰："喜信报君知：花神感君至情，俾（bǐ）香玉复降宫中。"生喜，问："何时？"答云："不知，要不远耳。"天明下榻，生曰："仆为卿来，勿长使人孤寂。"女笑诺。两夜不至，生往抱树，摇动抚摩，频唤"绛雪"。久之无声，乃返，对烛团艾，将以灼树。女遽入，夺艾弃之曰："君恶作剧，使人创痏（wěi），当与君绝矣！"生笑拥之。坐方定，香玉盈盈而入。生望见，泣下流离，急起把握。香玉以一手捉绛雪，相对悲哽。已而坐道离苦。生觉把之而虚，如手自握，惊其不类曩昔。香玉泫（xuàn）然曰："昔妾花之神，故凝；今妾花之鬼，故散也。今虽相聚，君勿以为真，但作梦寐观可耳。"绛雪曰："妹来大好！妾被汝家男子，纠缠死矣。"遂辞而去。香玉款爱如生平，但偎傍之间，仿佛以身就影。生悒悒不欢，香玉亦俯仰自恨，曰："君以白蔹（liǎn）屑，少杂硫黄，日酹（lèi）妾一杯水，明年此日报君恩。"亦别而去。明日往观故处，则牡丹萌生矣！生从其言，日加培溉，又作雕栏以护之。香玉来，感激甚至。生谋移植其家，女不可，曰："妾弱质，不堪复戕（qiāng）。且物生各有定处，妾来原不拟生君家，违之反促年寿。但相爱怜，好合自有日耳。"

生恨绛雪不至。香玉曰："必欲强之使来，妾能致之。"乃与生挑灯出，至树下，取草一茎，布裳作度，以度树本，自下而上，至四尺六寸，按其处，使生以两爪齐搔之。俄绛雪自背后出，骂曰："婢子来，益助桀（jié）为虐耶！"牵挽并入。香玉曰："姊勿怪。暂烦陪侍郎君，一年后，不相扰

矣。"自此遂以为常。生视花芽，日益肥盛，春尽，盈二尺许。归后，亦以金遗（wèi）道士，使朝夕培养之。次年四月至宫，则花一朵，含苞未放。方流连所，花摇摇欲拆。少时已开，花大如盘，俨（yǎn）然有小美人坐蕊中，才三四指。转瞬间，飘然已下，则香玉也。笑曰："妾忍风雨以待君，君来何迟也？"遂入室。绛雪已至，笑曰："日日代人作妇，今幸退而为友。"遂相谈燕庆和。至中夜，绛雪乃去。两人同寝，款洽一如当年。

后生妻卒，遂入山不复归。是时，牡丹已大如臂。生每指之曰："我他日寄魂于此，当生卿之左。"两女笑曰："君勿忘之。"后十年余，忽病。其子至，对之而哀。笑曰："此我生期，非死期也，何哀为？"谓道士曰："他日牡丹下，有赤芽怒生，一放五叶者，即我也。"遂不复言。子舆抬而归。至家，寻卒。次年，果有肥芽突出，叶如其数。道士以为异，益灌溉之。三年高数尺，大拱把，但不花。

老道士死，其弟子不知爱惜，因其不花，斫（zhuó）去之。白牡丹亦憔悴寻死。无何，耐冬亦死。

导读

谈到作文能力，选材当属第一要素。蒲公在这方面无疑是超一流高手。本篇内容以下几点十分鲜明：

1.《聊斋》的味道浓厚。读过全书的人，都会感到它的每一篇都有那种特殊的《聊斋》味道。什么味道呢？我曾请教过一位老学者，他微微一笑说："这只可意会，不可言传。"这样讲，你们当然不会满意。我个人认为，《聊斋》的基本味道是：每篇写的都是"人间"的事，只是或多或少糅进了一定的神话色彩而已。《香玉》这篇，神话色彩适中，《聊斋》味道鲜明，最有代表性。

2. 书中写爱情故事，男女一号人物选择很重要。这里，男主角黄生，在劳

山就读；女主角牡丹仙子，系下清宫院中花妖。男为"真"人，女为神怪，这是书中最为多见的选材模式。男主角，书生，各篇变化不多；女主角，"神"女，篇篇不同，各领风骚。本篇这位"白牡丹"，便写得十分鲜活可爱。

3. 让人没想到的是，文中又出现个"耐冬仙子"。是第三者插足吗？不是。是一妻一妾吗？也不是。耐冬的安排，有助于突出两主角的情爱。这正是作者选材的独到之处。郭沫若先生论及蒲公云"写鬼写妖高人一等"，太精准了。

4. 众配角不是坏人。《白蛇传》中的法海和尚太可恶了。这里，即墨蓝氏入宫游玩，喜欢白牡丹弄回家去，情属自然；道士建屋，要伐耐冬，也在情理之中；老道士死，弟子因雄牡丹不开花，将它砍去，并不为过。正像《考城隍》中说的，"无心为恶，虽恶不罚"。这样安排，黄生与白牡丹爱得自然，没得合情，内容真实，令人信服。

结构

写文章，谋篇布局的思路是多种多样的，文无定法嘛。不过，以时间为序，一路写来，这叫正叙。本文的结构正是这种格局。

所谓"破读"，重要的一环是找到作者写前的思路，用小标题列出提纲。本文的段落安排脉络十分清晰：

开头，第一段，"就读"。

中间部分，二至十段，分别是"初会""相爱""恨别""良友""对诗""急救""萌生""复活"和"傍妻"。

结尾，第十一段，"同归"。

记叙故事，讲究"曲径通幽"，忌讳平铺直叙。黄生与牡丹仙子的悲情，的确是一波三折。初见时，生暴起，女惊奔；生题诗树上，女自来相会；好景

不长,女被人移去;生感动花神,女复降宫中;女复活不久,生病卒;生化雄牡
丹傍生女侧,又被小道士砍死。我们通篇读下来,心情跌宕起伏、激动不已。

主题

一篇文章,应该有一个明确的中心思想,这是作文规范性的定论。本文主
题鲜明,作者表达的是青年人自由恋爱、婚姻自主的新理念。这在当年是难得
的超前思维。

同样是写男女恋情,各篇文章的侧重点却有不同。本文主题的表达,有以
下几个特点:

1. 郎才女貌,格调清新。男主角黄生,选定景致幽静的劳山下清宫筑舍就
读,年轻好学,书生气质十足;见景抒情,短诗一挥而就。女主角白牡丹,艳
丽无双自不必说,秀外慧中,诗也不让黄生。这才是新标准的"门当户对"。

2. 二人相爱,婚事完全自主。文中,完全没写黄生父母持什么意见;白牡
丹当然也没有长辈管束。二人的婚事,与"父母之命、媒妁之言"毫不沾边。

3. 真情相爱,生死不渝。这一点文中笔墨最多。几经离别,二人始终心心
相印,直到黄生死后化作牡丹,也在仙子身边。这与"梁祝同穴"有相同的
意味。

4. 一妻一友,更突出二人的"真爱"。文中,耐冬仙子也十分美丽。黄生
在牡丹不在时,向她表露一些情感,也属青年人的常情,但耐冬与黄生之间,
耐冬与牡丹之间,分寸始终有准。"香玉吾爱妻,绛雪吾良友也",所以黄生从
未出轨。

5. 那么,"后生妻卒"是怎么回事?他胶州老家有老婆呀,香玉是破坏别
人婚姻的人吗?不能这么看。读古文,不能离开文中的时代背景。在封建社
会,男女是不平等的。在婚姻的问题上,男的可娶三妻四妾,女的却不可另有

情人。黄生进山就读前，家中已给他娶有妻室，也在情理之中。若以今天司法条例判他重婚罪，那叫没看懂原文。

人物

本篇主角有黄生、白牡丹、耐冬三位。

黄生，前面分析过，是个典型的书生。他身上有四气：一是朝气。年轻人嘛，见窗外女郎隐身树间，行渐近时，骤然暴起，够猛的。二是才气。写短诗，出口成章；怀香玉，作哭花诗五十首。三是"呆气"。香玉被人移去，只知道哭；绛雪几日不来，便用艾团炙之。四是志气。死后也要化牡丹生于香玉身边。这是十分难得的。

香玉，美丽、多才，下秀外慧中的定论最准。对待爱情，她做到生死不渝，给人印象最深。为黄生，她死过两次：一次是被蓝氏移植家中，"日就萎悴"；一次是小道士砍去雄牡丹，她亦"憔悴寻死"。这种"梁山伯死，祝英台一定跟去"的做法，我们并不提倡，但论牡丹仙子爱黄生之深，从这里可以看得真切。

绛雪，性情内热外冷。对牡丹，对黄生，她都是友情为重，可以说是同生死共患难的挚友。文中她的戏不轻，"良友"、"对诗"和"急救"段，都是写她的。她绝不是第三者。她的存在，加深了黄生与香玉的爱情。

配角人物，应提一下小道士。就事论事，他是三主角的"杀手"。是他砍了雄牡丹，白牡丹与耐冬才悲痛死去的，但是，他是"无心为恶"，原谅了吧。

语言

说到《聊斋》的语言功力，对它评价多高都不为过。吃透它的语言，可以

受益终生。本篇语言特色也十分鲜活。

1.单音字在文言中用得好。如：

生握腕曰："卿秀外慧中……"

这里的"中"，不是指方位，而是"内心"，是"头脑中的智商与素质"。

听之，绛雪也，启门内之。

这里的"内"，也不是指方位，而是"进入"，是"请进来吧"的意思。

有时不寝遂去，生亦听之。

这里的"听"，不是动词"听到"，而是"听之任之"，是"顺其自然"之意。

有赤芽怒生，一放五叶者，即我也。

怒，本意是发火，愤怒。这里是形容它的气势，粗壮的红芽破土而出，生气勃勃。

像"中""内""听""怒"这些常见字词，用在文言句中，竟有如此妙处，读时不可忽略。

2.四字句法，独出心裁。

读《聊斋》，这种四字句式，比比皆是。本篇中，实例很多。例如：

生乃暴起，二女惊奔。袖裙飘拂，香风流溢。追过短墙，寂然已杳。

冷雨幽窗，苦怀香玉。辗转床头，泪凝枕簟。揽衣更起，挑灯命笔。

这类四字句式，用字简约，含义深厚，朗朗上口，韵味十足。这是《聊斋》语言的一大特色。

3.幽默、含蓄，耐人寻味。如：

生问："道士何名，当为卿一涤此垢。"女曰："不必，彼亦未敢相逼。"

道士未敢相逼，他哪知道你是牡丹仙子呢！

"卿是院中第几株？早以见示，仆将抱植家中，免似香玉被恶人夺去……"女曰："故土难移，告君亦无益也。"

可不是嘛，耐冬哪里是院中牡丹？她本是"高二丈"的大树，怎能移植家中？

4."短窗"组歌,格外精彩。

文中"短窗"五言诗句,黄生、香玉对答,黄生、耐冬对答,反复出现,太精彩了。读本文这组"短窗"诗,应多读几遍,用心领会。它对突出文章的主题作用明显。

5.重点段落,理当按"读背原文"的要求去做。像"相爱"、"萌生"段,谁不喜爱?

6.几种修辞方法的运用恰到好处。如:

"君汹汹似强寇……"

生觉把之而虚,如手自握。

这是比喻的写法。

香玉泫然曰:"昔妾花之神,故凝;今妾花之鬼,故散也。"

这是排比的写法。排比句用得巧,读着别有韵味。这里,标点分号的用法,要用心领会。会用分号与否,很能说明一个人的写作水平。

女惨然入曰:"君陇不能守,尚望蜀耶?今长别矣!"

"佳人已属沙吒利,义士今无古押衙。"

这是引用的写法。引用典故,会增加阅读的困难,但用得恰当,有利于意思的表达。

"妾忍风雨以待君,君来何迟也?"

"此我生期,非死期也,何哀为?"

这是反问的写法。

总之,《香玉》一文,语言流畅、生动,反复诵读,必然收获多多。

3. 西湖主

  陈生弼（bì）教，字明允，燕人也，家贫，从副将军贾绾（wǎn）作记室。泊舟洞庭，适猪婆龙浮水面，贾射之中背。有鱼衔龙尾不去，并获之。锁置栈间。奄存气息，而龙吻张翕（xī），似求援拯。生恻然心动，请于贾而释之。携有金创药，戏敷（fū）患处，纵之水中，浮沉逾刻而没（mò）。

  后年余，生北归，复经洞庭，大风覆舟，幸扳（bān）一竹簏，漂泊终夜，挂木而止。援岸方升，有浮尸继至，则其僮仆，力引出之，已就毙矣。惨怛（dá）无聊，对坐憩息，但见小山耸翠，细柳摇青，行人绝少，无可问途。自迟明以及辰后，怅怅靡（mǐ）之。忽僮仆之体微动，喜而扪（mén）之。无何，呕水数斗，醒然顿苏。相与曝（pù）衣石上，近午始燥可着。而枵（xiāo）腹辘辘，饥不可堪。于是越山疾行，冀有村落。

  才至半山，闻鸣镝声。方凝听间，有二女郎乘骏马来，骋（chěng）如撒菽。各以红绡抹额，髻插雉（zhì）尾，着小袖紫衣，腰束绿锦，一挟弹，一臂青鞲（gōu）。度过岭南，则数十骑（jì）猎于榛（zhēn）莽，并皆姝（shū）丽，装束若一。生不敢前，有男子步驰，似是驭卒，因就问之，答曰："此西湖主猎首山也。"生述所来，且告之馁（něi）。驭卒解裹粮授之，嘱曰："宜即远避，犯驾当死。"生惧，疾趋下山。茂林中隐有殿阁，谓是兰若。近临之，粉垣（yuán）围沓（tà），溪水横流，朱门半启，石桥通焉。攀扉一望，则台榭环云，拟于上苑，又疑是贵家园亭。逡（qūn）巡而入，横藤碍路，香花扑人。过数折曲栏，又是别一院宇，垂杨数十株，高拂

朱檐。山鸟一鸣，则花片齐飞；深苑微风，则榆钱自落。怡目快心，殆非人世。

穿过小亭，有秋千一架，上与云齐；而罥（juàn）索沉沉，杳（yǎo）无人迹。因疑地近闺阁，恇（kuāng）怯未敢入。俄闻马腾于门，似有女子笑语，生与僮潜伏丛花中。未几，笑声渐近，闻一女子曰："今日猎兴不佳，获禽绝少。"又一女曰："非是公主射得雁落，几空劳仆马也。"无何，红装数辈，拥一女郎至亭上坐。秃袖戎装，年可十四五，鬟低敛雾，腰细惊风。玉蕊琼英，未足方喻。诸女子献茗熏香，灿如堆锦。移时，女起，历阶而下。一女曰："公主鞍马劳顿，尚能秋千否？"公主笑诺。遂有驾肩者，捉臂者，褰（qiān）裙者，持履者，挽扶而上。公主舒皓腕，蹑利屣（xǐ），轻如飞燕，蹴（cù）入云宵。已而扶下，群曰："公主真仙人也！"嘻笑而去。

生睨（nì）良久，神魂飞扬。迨（dài）人声既寂，出诣秋千架下，徘徊凝想。见篱下有红巾，知为群美所遗，喜纳袖中。登其亭，见案上设有文具，遂题巾曰："雅戏何人拟半仙？分明琼女散金莲。广寒队里恐相妒，莫信凌波便上天。"

题已，吟诵而出。复寻故径，则重门扃锢矣！踟蹰罔计，反而楼阁亭台，涉历几尽。一女掩入，惊问："何得来此？"生揖之曰："失路之人，幸垂救焉！"女问："拾得红巾否？"生曰："有之。然已玷（diàn）染，如何？"因出之。女大惊曰："汝死无所矣！此公主所常御，涂鸦若此，何能为地？"生失色，哀求脱免。女曰："窃窥宫仪，罪已不赦。念汝儒冠蕴藉，欲以私意相全，今孽乃自作，将何为计！"遂皇皇持巾去。生心悸肌栗，恨无翅翎，惟延颈俟（sì）死。良久，女复来，潜贺曰："子有生望矣！公主看巾三四遍，辗（chǎn）然无怒容，或当放君去。宜姑耐守，勿得攀树钻垣，发觉不宥（yòu）矣！"日已投暮，凶祥不能自必，而饿焰中烧，忧煎欲死。无何，女子挑灯至，一婢提壶榼（kē），出酒食饷生。生急

西湖主

一幅紅巾題
好句美人真
蘭寂蕩才
酬恩合共長
生死會向龍
宮發些未

23

问消息，女云："适我乘间言：'园中秀才，可恕则放之，不然饿且死。'公主沉思云：'深夜教渠何之？'遂命馈君食。此非虚耗也。"生徜徨终夜，危不自安。辰刻向尽，女子又饷之。生哀求缓颊，女曰："公主不言杀，亦不言放，我辈下人，何敢屑屑渎（dú）告？"

既而斜日西转，眺望不已，忽女子奔（bèn）息急奔而入曰："殆矣！多言者泄其事于王妃。妃展巾抵地，大骂'狂伧（cāng）'，祸不远矣！"生大惊，面如灰土，长跽（jì）请教。忽闻人语纷拿，女摇手避去。数人持索，汹汹入户。内一婢熟视曰："将谓何人，陈郎耶？"遂止持索者，曰："且勿，且勿！待白王妃来。"返身急去。少间来曰："王妃请陈郎入。"生战惕从之。经数十门，至一宫殿，碧箔银钩，即有美姬揭帘，唱陈郎至。上一丽者，袍服炫冶。生伏地稽首曰："万里孤臣，幸恕生命！"妃急起，自曳之曰："我非君子，无以有今日。婢辈无知，致迕（wǔ）佳客，罪何可赎！"即设华筵，酌以镂杯，生茫然不解其故。妃曰："再造之恩，恨无所报。息女蒙题巾之爱，当是天缘。今夕即遣奉侍。"生意出非望，神惝恍而无着。

日方暮，一婢前曰："公主已严妆讫（qì）。"遂引生就帐。忽而笙管敖曹，阶上悉践花罽（jì），门堂藩溷（hùn），处处皆笼烛。数十妖姬，扶公主交拜。麝香之气，充溢殿庭。既而相将入帏，两相倾爱。生曰："羁（jī）旅之臣，生平不省拜侍。点污芳巾，得免斧锧（zhì），幸矣！反赐姻好，实非所望。"公主曰："妾母，湖君妃子，乃江阳王女。旧岁归宁，偶游湖上，为流矢所中（zhòng）。蒙君脱免，又赐刀圭（guī）之药，一门戴佩，常不去心。郎勿以非类见疑。妾从龙君得长生诀，愿与郎共之。"生乃悟为神人，因问："婢子何以相识？"曰："尔日洞庭舟上，曾有小鱼衔尾，即此婢也。"又问："既不见诛，何迟迟不赐纵脱？"笑曰："实怜君才，但不自主。颠倒终夜，他人不及知也。"生叹曰："卿我鲍（bào）叔也！馈食者谁？"曰："阿念，亦妾心腹。"生曰："何以报德？"笑曰："侍君有

日，徐图塞责未晚耳。"问："大王何在？"曰："从关圣征蚩（chī）尤未归。"

居数日，生虑家中无耗，悬念綦（qí）切，乃先以平安书，遣仆归。家中闻洞庭舟覆，妻子缞绖（cuī dié）已年余矣，仆归，始知不死。而音问梗塞，终恐漂泊难返。又半载，生忽至，裘马甚都，囊中宝玉充盈。由此富有巨万，声色豪奢，世家所不能及。七八年间，生子五人，日日宴集宾客，宫室饮馔（zhuàn）之奉，穷极丰盛，或问所遇，言之无少讳（huì）。

有童稚之交，梁子俊者，宦游南服，十余年，归过洞庭，见一画舫，雕槛朱窗，笙歌幽细，缓荡烟波。时有美人推窗凭眺。梁目注舫中，见一少年丈夫，科头叠股其上；傍有二八姝丽，挼（ruó）莎交摩。念必楚襄贵官，而驺（zōu）从殊少，凝眸审谛，则陈明允也，不觉凭栏酣叫。生闻呼，罢棹（zhào），出临鹢（yì）首，邀梁过舟。见残肴满案，酒雾犹浓。生立命撤去。顷之，美婢三五，进酒烹茗，山海珍错，目所未睹。梁惊曰："十年不见，何富贵一至于此！"笑曰："君小觑（qù）穷措大不能发迹耶？"问："适共饮何人？"曰："山荆耳。"梁又异之，问："携家何往？"答："将西渡。"梁欲再诘，生遽命歌以侑（yòu）酒。一言甫毕，旱雷聒（guō）耳，肉竹嘈杂，不复可闻言笑。梁见佳丽满前，乘醉大言曰："明允公，能令我真个销魂否？"生笑曰："足下醉矣！然有一美妾之资，可赠故人。"遂命侍儿进明珠一颗，曰："绿珠不难购，明我非吝惜。"乃趣别曰："小事忙迫，不及与故人久聚。"送梁归舟，开缆径去。梁归，探诸其家，则生方与客饮，益疑，因问："昨在洞庭，何归之速？"答曰："无之。"梁乃追述所见，一座尽骇。生笑曰："君误矣，仆岂有分身术耶？"众异之，而究莫解其故。

后八十一岁而终。追殡，讶其棺轻，开之则空棺耳。

这是一篇既写人间生活又有浓郁色彩的神话故事。它内容曲折，情节复杂，人物鲜活，令人爱读。其选材特点有以下四个方面：

1. 女二号江阳王女洞庭湖君妃子占据主线。全篇从她中箭获救写起，到后面将女儿赐婚使二主角喜结良缘。她的戏尽管很少，但位置关键，起主导作用。这样选材构思，可以说是匠心独运。

2. 两位主角书生陈明允、长江鳄仙子西湖主戏份最多。从相遇到相爱终老，新颖的故事情节贯穿全篇。

3. 无巧不成书。看全文，"巧"字特色鲜明，其中，"有鱼衔龙尾不去"是关键情节。"小鱼"是王妃贴身的仆人，王妃中箭被俘，她衔尾跟着；王妃发怒要拿下陈生，她识定恩人，使人头落地的悲剧化为洞房花烛的喜剧。这一情节安排，实在精彩。

4. 开头、结尾都见功夫。开头，陈生善心萌发，援救王妃，引出全篇故事；结尾，陈生得长生秘诀，演出分身法术，多有余味。这样安排故事首尾，对突出主题有明显作用。

这则短篇小说，就情节和文字篇幅来说，在全书中当属最复杂的一档，内容多，但结构清晰，杂而不乱。它的布局是这样的：

开头，第一段，"援救"。

中间部分，二至十段，分别是"脱险""仙境""初会""题诗""临

祸"赐婚""洞房花烛""荣归"和"宴友"。

结尾，第十一段，"善终"。

全文是以正叙思路写的。"援救"段开门见山，埋下伏笔；"善终"段收束故事，给人以圆满印象。

不要说全文结构复杂、情节曲折，即使在一个段落里，小层次的安排也多变动人，例如"临祸"一段，读着令人心情起伏不平：

起初，女复至，子有生望矣→日已投暮，饿焰中烧→女子挑灯至，出酒食饷生→终夜不放，生危不自安→辰刻，女又来饷之，公主不言杀，亦不言放→斜日又西转，眺望不已→忽女子奎息急奔而入："殆矣！……祸不远矣！"

你要找"曲径通幽"的事例吗？这里正是。

主题

本文从高视角着眼，是讲知恩图报的故事。女二号王妃在文中处于决策高位。她（长江鳄仙子）偶游湖面，中箭被擒，陈生鼎力相救，并以外伤药给以医治，这救命大恩，怎可不报？于是当陈生被擒拿到面前时，她立刻转怒为喜，以爱女作为"礼物"赐婚陈生。这是全文主线。

这么讲，主题不是明确了吗？不行。全文的男一号是陈生，女一号是西湖主，文章题目也是这样标定的。从表面看，女儿西湖主只是王妃报恩的赐婚"礼物"，但从全文着笔的重点看，陈生和西湖主的戏占了主体内容，父母之命，以礼赐婚，只是形式。两主角真诚相爱，母命只是"正合我意"而已。陈生在秋千场边，见到公主美姿；公主三四遍细看题诗，深爱陈生文才，因此二人的自由相爱，应是主题所在。这仍是一则爱情大篇。王妃的"母命"命得好，正好成全了这桩美满姻缘。

还有，"但行好事，莫问前程""善有善报，好人一生平安"，文中都有提

到。本来一部长篇小说多侧面多主题的情况是常见的，本文虽属短篇小说之列，竟有些长篇的味道，好。

人物

本文人物不多，主次角都栩栩如生。

男一号陈明允，心地善良，乐于助人；才华横溢，出口成章；身临困境，意志坚定，得道成仙，富而不奢。好人，终有好报。

女一号西湖主，年轻少女，美丽无双；出身"仙"门，平易近人；骑马猎雁，武功了得；欣赏诗文，慧眼识才。好人，幸福终生。

女二号王妃，前面已分析过。她的"不幸"（湖面中箭）与"发怒"（见诗句）成就了两主角的美好姻缘。

还有两位配角值得一提：

衔尾小鱼，王妃侍女。说到她，我们得发挥一下想象力。她身上有两个"如果"：一、如果当初王妃中箭，她逃回龙宫，会怎样呢？王妃遇难，龙宫治丧，两位主角难以相遇。二、如果陈生被拿下，她没认出这是当年恩人，会怎样呢？悲剧酿成，陈生毙命。可见，这位婢女小仙，作用颇大呢。

发小梁生的出现也有必要，文章最后穿插这个人物，可从侧面证实陈生的确得道成仙，读来也颇有情趣。

语言

本篇可以说是蒲公的力作，语言运用的亮点太多了。这里主要说以下三点：

1.写人物行动的语言，细腻生动。如：

一女曰："公主鞍马劳顿，尚能秋千否？"公主笑诺。遂有驾肩者，捉臂者，裹裙者，持履者，挽扶而上。

看，侍女们对公主多好！

忽女子奎息急奔而入曰："殆矣！多言者泄其事于王妃。妃展巾抵地，大骂'狂伦'，祸不远矣！"

此刻，陈生的脑袋还在颈上吗？

2.景色描写优美，排比句运用得当。如：

过数折曲栏，又是别一院宇，垂杨数十株，高拂朱檐。山鸟一鸣，则花片齐飞；深苑微风，则榆钱自落。

这里上下句对仗工整，分号用得精准。

3.题巾上的那首七绝，上追李白，读着仙气十足。写到这儿，我情不自禁，啰唆点吧，为你们参谋几句：

雅戏何人拟半仙——是什么人，学着仙女模样，在做如此优美文雅的游戏？

分明琼女散金莲——噢，那分明是瑶池仙女在展示她那双绝妙的玉足呢。

广寒队里恐相妒——若让月宫里的仙女们看到这美妙的景象，恐怕会羡慕嫉妒的。

莫信凌波便上天——信不信呀，她驾凌云蹂波涛，一下子就登上天庭了！

诗很难讲，见笑了。把原诗牢记在心里吧，那是真格的。

4. 陆判

陵阳朱尔旦，字小明。性豪放，然素钝，学虽笃（dǔ），尚未知名。一日，文社众饮，或戏之云："君有豪名，能深夜赴十王殿，负得左廊判官来，众当醵（jù）作筵。"盖陵阳有十王殿，神鬼皆以木雕，妆饰如生。东庑（wǔ）有立判，绿面赤须，貌尤狰恶。或夜闻两廊拷讯声。入者，毛皆森竖，故众以此难朱。朱笑起，径去。居无何，门外大呼曰："我请髯（rán）宗师至矣！"众皆起。俄负判入，置几（jī）上，奉觞（shāng）酹之三。众睹之，瑟缩不安于坐。仍请负去。朱又把酒灌地，祝曰："门生狂率不文，大宗师谅不为怪。荒舍匪遥，合乘兴来觅饮，幸勿为畛畦（zhěn qí）。"乃负之去。

次日，众果招饮。抵暮，半醉而归，兴未阑，挑灯独饮。忽有人搴（qiān）帘入，视之，则判官也。朱起曰："噫，吾殆将死矣！前日冒渎，今来加斧锧耶？"判启浓髯微笑曰："非也。昨蒙高义相订，夜偶暇，敬践达人之约。"朱大悦，牵衣促坐，自起涤器爇（ruò）火。判曰："天道温和，可以冷饮。"朱如命，置瓶案上，奔告家人治肴果。妻闻大骇，戒勿出。朱不听，立俟（sì）治具以出。易盏交酬，始询姓氏。曰："我陆姓，无名字。"与谈古典，应答如响。问："知制艺否？"曰："妍媸（chī）亦颇辨之。冥司诵读，与阳世略同。"陆豪饮，一举十觥（gōng）。朱因竟日饮，遂不觉玉山倾颓（tuí），伏几醺睡。比醒，则残烛黄昏，鬼客已去。

自是两三日辄一来，情益洽，时抵足眠。朱献窗稿，陆辄红勒之，都

言不佳。一夜，朱辄醉先寝。陆犹自酌。忽醉梦中，觉脏（zàng）腑微痛；醒而视之，则陆危坐床前，破腔出肠胃，条条整理。愕曰："夙无仇怨，何以见杀？"陆笑云："勿惧，我为君易慧心耳。"从容纳肠已，复合之，末以裹足布束朱腰。作用毕，视榻上亦无血迹。腹间觉少麻木。见陆置肉块几上，问之。曰："此君心也。作文不快，知君之毛窍塞耳。适在冥间，于千万心中，拣得佳者一枚，为君易之，留此以补阙数。"乃起，掩扉去。天明解视，则创缝已合，有线而赤者存焉。自是文思大进，过眼不忘。数日，又出文示陆，陆曰："可矣。但君福薄，不能大显贵，乡科而已。"问："何时？"曰："今岁必魁。"未几，科试冠军，秋闱果中经元。同社友素揶揄（yé yú）之，及见闱墨，相视而惊，细询始知其异。共求朱先容，愿纳交陆。陆诺之。众大设以待之。更初，陆至，赤髯生动，目炯炯如电。众茫乎无色，齿欲相击，渐引去。朱乃携陆归饮。

既醮，朱曰："渐（jiān）肠伐胃，受赐已多。尚有一事欲相烦，不知可否？"陆便请命。朱曰："心肠可易，面目想亦可更。山荆予结发人，下体颇亦不恶，但头面不甚佳丽。尚欲烦君刀斧，如何？"陆笑曰："诺，容徐图之。"过数日，半夜来叩关。朱急起延入。烛之，见襁裹一物。诘之，曰："君曩所嘱，向艰物色。适得一美人首，敬报君命。"朱拨视，颈血犹湿。陆立促急入，勿惊禽犬。朱虑门户夜扃，陆至，一手推扉，扉自辟。引至卧室，见夫人侧身眠。陆以头授朱抱之，自于靴中，出白刃如匕首，按夫人项，着力如切瓜状，迎刃而解，首落枕畔，急于生怀取美人头合项上，详审端正，而后按捺（nà）。已而移枕塞肩际，命朱瘗（yì）首静所，乃去。朱妻醒，觉颈间微麻，面颊甲错；搓之，得血片，甚骇，呼婢汲盥（guàn）。婢见面血狼籍，惊绝。濯（zhuó）之，盆水尽赤。举首，则面目全非，又骇极。夫人引镜自照，错愕不能自解。朱入告之。因反复细视，则长眉掩鬓，笑靥（yè）承颧（quán），画中人也！解领验之，有红线一周，上下肉色，判然而异。

31

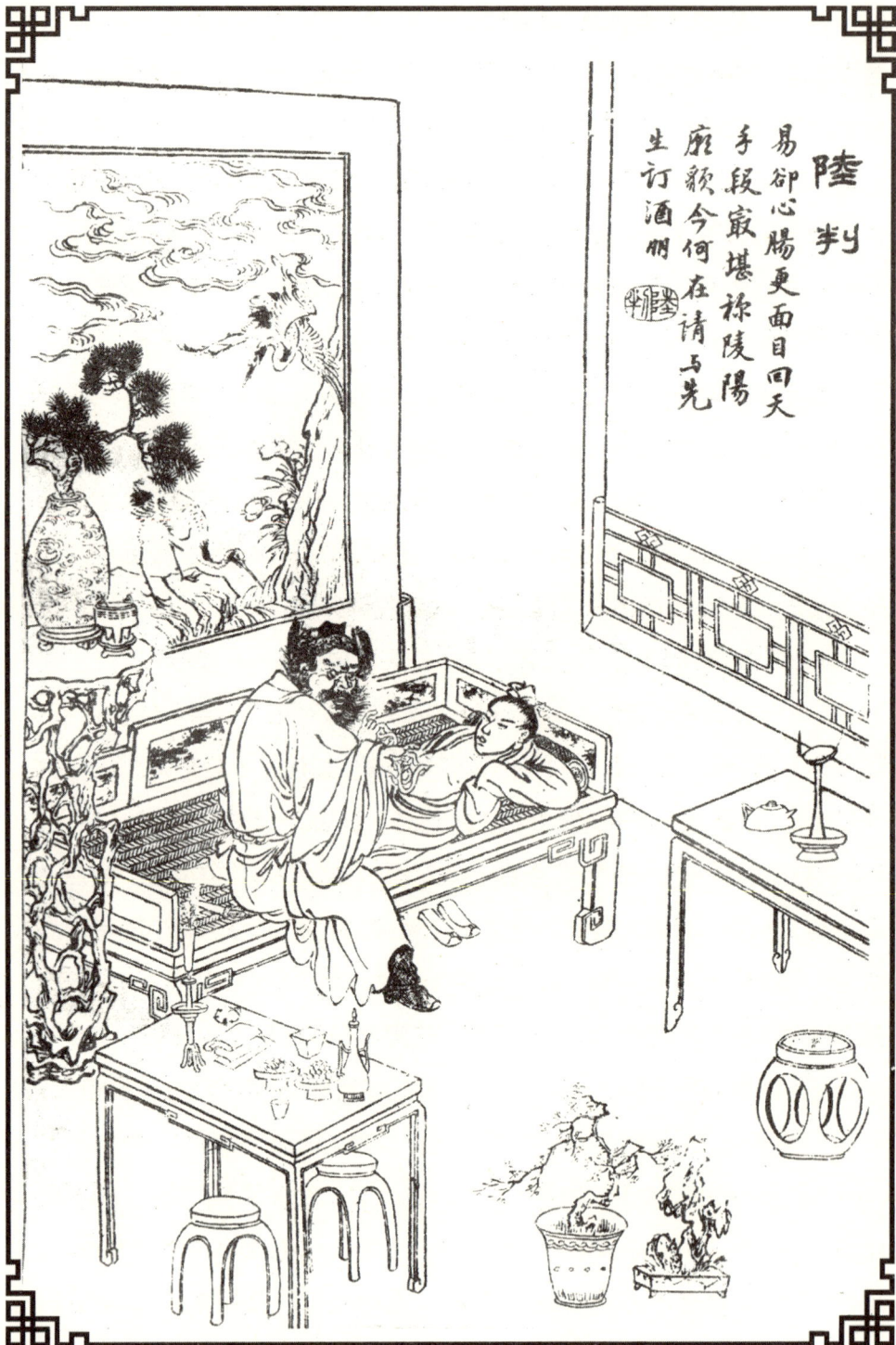

陸判

易却心腸更面目回天
手段最堪誇陵陽
庭顏今何在請与先
生訂酒朋

32

先是吴侍御有女甚美，未嫁而丧二夫，故十九犹未醮（jiào）也。上元游十王殿。时游人甚杂，内有无赖贼窥而艳之，遂阴访居里，乘夜梯入，穴寝门，杀一婢于床下，逼女与淫。女力拒声喊，贼怒，亦杀之。吴夫人微闻闹声，呼婢往视，见尸骇极。举家尽起，停尸堂上，置首项侧，一门啼号，纷腾终夜。诘旦启衾，则身在而失其首。遍挞（tà）侍女，谓所守不恪（kè），致葬犬腹。侍御告郡。郡严限捕贼，三月而罪人弗得。渐有以朱家换头之异闻吴公者。吴疑之，遣媪探诸其家。入见夫人，骇走以告吴公。公视女尸故存，惊疑无以自决。猜朱以左道杀女，往诘朱。朱曰："室人梦易其首，实不解其何故。谓仆杀之，则冤也！"吴不信，讼之。收家人鞫（jū）之，一如朱言。郡守不能决。朱归，求计于陆。陆曰："不难，当使伊女自言之。"吴夜梦女曰："儿为苏溪杨大年所杀，无与朱孝廉。彼不艳于其妻，陆判官取儿头，与之易之，是儿身死而头生也。愿勿相仇。"醒告夫人，所梦同。乃言于官，问之，果有杨大年，执而械之，遂伏其罪。吴乃诣朱，请见夫人，由此为婿。公乃以朱妻首，合女尸而葬焉。

朱三入礼闱，皆以场规被放，于是灰心仕进。积三十年，一夕，陆告曰："君寿不永矣。"问其期，对以"五日"。"能相救否？"曰："惟天所命，人何能私？且自达人观之，生死一耳，何必生之为乐，死之为悲？"朱以为然，即治衣衾棺椁（guǒ），既竟，盛服而没（mò）。翌（yì）日，夫人方扶柩（jiù）哭，朱忽冉冉自外至，夫人惧。朱曰："我诚鬼，不异生时。虑尔寡母孤儿，殊恋恋耳。"夫人大恸（tòng），涕垂膺。朱依依慰解之。夫人曰："古有还魂之说，君既有灵，何其不再？"朱曰："天数不可违也。"问："在阴司作何务？"曰："陆判荐我督案务，授有官爵，亦无所苦。"夫人欲再语，朱曰："陆公与我同来，可设酒馔（zhuàn）。"趋而出。夫人依言营备。但闻室中笑饮，豪气高声，宛若生前。半夜窥之，窅（yǎo）然已逝。自是三数日辄一来，时而留宿缱绻（qiǎn quǎn），家中事就便经纪。子玮方五岁，来辄提抱；至七八岁，则灯下教读。子亦慧，九岁能文，

十五入邑庠（xiáng），竟不知无父也。

从此来渐疏，日月至焉而已。又一夕来，谓夫人曰："今与卿永诀矣。"问："何往？"曰："承帝命为太华卿，行将远赴。事烦途隔，故不能来。"母子扶之哭。曰："勿尔。儿已成立，家业尚可存活，岂有百岁不拆之鸾凤耶！"顾子曰："好为人，勿堕父业。十年后一相见耳！"径出门去，于是遂绝。后玮二十五，举进士，官行人，奉命祭西岳。道经华阴，忽有舆从羽葆，驰冲卤簿，讶之。审视车中人，其父也，下马哭伏道左。父停舆曰："官声好，我目瞑矣。"玮伏不起，朱促车行，火驰不顾。去数步，回望，解佩刀遣人持赠，遥语曰："佩之当贵。"玮欲追从，见舆从人马，飘忽若风，瞬息不见。痛恨良久。抽刀视之，制极精工，镌（juān）字一行，曰："胆欲大而心欲小，智欲圆而行欲方。"玮后官至司马。生五子，曰沉，曰潜，曰沕（wù），曰浑，曰深。一夕梦父曰："佩刀宜赠浑也。"从之。浑仕为总宪，有政声。

导读

这是一篇内容丰富、情节离奇的神话故事。它的选材特色鲜明，以下几点应重点领会：

1. 这一篇与前三篇内容大不相同。它写的不是爱情而是友情；不是"人"间的友情，而是"人、神"间的友情。两位主角，朱生，阳间人士；陆判，阴间小官员。陆判不是十王殿中的阎王，只是东厢房里管司法、宣刑律的判官，职位不高，小神。蒲公把这两位放在一起，发挥十足的想象力，写出这篇与众不同的神话，令人爱读。

2. 人、神之间，怎么建立友情呢？故事的定位是两位相互信任，真情相助。从"豪饮"入手，朱生敬重陆判，而陆判给予朱生的帮助是人们完全意想

不到的。这是另一种态势的真、善、美。

3. 蒲公选材匠心独运,内容太惊险了。深夜,朱生能将陆判神胎从殿中背出来,这需要多大的胆量,多诚的心意;陆判对朱生呢,为他"易心",为夫人"更首",这是什么层次的"帮助"?一段段读下来,谁不心惊肉跳?

4. 情节设计精巧。为夫人"更首"段,"首源"到哪儿去找呢?蒲公穿插了一件"案中案",一无赖贼杀了一家小姐,"首源"有了。陆判再施法术,朱生冤案平了。这一精巧安排,令人称道。

5. 故事记叙过程中表达了一些人生哲理,这是其他篇章中少见的。朱生交了陆判这位"神友",生死观豁达了,读后令人有多方面的收益。

结构

本篇尽管内容离奇多变,但结构并不复杂。陆判虽说是一号主角,题目也是以他定的,但谋篇布局的思路却是以二号主角朱生的生活线索来安排的。从青年、中年到老年甚至"阴年",故事的场次多安排在朱家,而不是在十王殿。这也正体现了"陆帮朱"为主的基本内容。

以小标题分段,它的提纲是这样的:

开头,第一段,"请神"。

中间部分,二至六段,分别是"践约""易心""更首""脱冤"和"死生"。

结尾,第七段,"遗嘱"。

其中,应该讨论一下的是"脱冤"这一段,这是一段插叙,是"案中案"。为什么要加写这一段呢?因为陆判为朱妻"更首"后,必然会产生一系列问题,这就需要插写篇幅相当长的"脱冤"段来回答。

1. "更首"时,那颗美人头是哪来的?原来是吴侍御家女儿被杀,陆判从吴家取来的。

2. 谁杀死了吴家姑娘？是苏溪无赖杨大年所为。

3. 吴女死后，头丢了，吴家必然报案。谁取走了吴女的头？好查呀，它已长在朱妻的身子上。

4. 这下可糟了，朱生被误认为是杀人凶手。怎么办呢？陆判有办法，"当使伊女自言之"。吴女托梦给父母，朱生脱冤。

5. 吴女的头就这样白白地长在朱妻身上了吗？吴侍御怎肯答应？这里作者的构思十分高明：吴女的头不是已经长在朱妻身上了吗，再把换下来的朱妻的头与吴女身子合在一起安葬不就行了？得，两全其美。吴侍御悲中得到安慰，下葬的是他女儿，活在朱家的也是他的女儿，对朱生不但不起诉，而且"由此为婿"，合情合理，天衣无缝。

这个插叙段，安排得好啊！

主题

应该说，本篇的主题十分鲜明有力。蒲公借助神话故事，热情地歌颂了陆、朱间真诚、深厚的友谊。人们都说"真情无价"，不是吗？像陆判这样的挚友用金钱能买得到吗？也有人说"为朋友两肋插刀"，"易心""更首"，比两肋插刀如何？可见，怎样评价陆朱友情，都不过分。

怎样表达这一主题呢？蒲公用的是最常见最可学的写法，即摆事实讲道理，用具体事实突出文章主题。

朱生对陆判的情谊可用两个词说明，一是尊重，二是信任。从"请神"段写起，深夜从十王殿负陆判出来，"奉觞酹之三"，又"把酒灌地"而祝之，最后诚心诚意邀陆到家来。"易心"时朱还有些不解，"夙无仇怨，何以见杀？"到"更首"时，是朱生主动请陆判帮忙。蒙冤时，"朱归，求计于陆"。可以说，朱生对陆判是十分尊重和信任的。

陆判对朱生的情谊，是文章的主体内容，具体地说是四个情节：

一是"践约"，两三日便到朱家，二人豪饮，尽得酒中之乐。

二是"易心"，这是陆判主动提出的。

三是"更首"，应朱生请求，陆判多方查访，抓住时机，做了这个"大手术"。

四是朱生过世后，"阴年"阶段，"陆判荐我督案务，授有官爵"，帮他"提干"了。

人间若遇到这样的朋友，那就交定了。

人 物

本文两主角陆判与朱生，形象都很鲜明。

对陆判的刻画，作者使的是常用的三种方法，即写人物外貌、行动和语言。

东庑有立判，绿面赤须，貌尤狞恶。

这模样，谁见了不惊恐？

陆豪饮，一举十觥。

两三日辄一来，情益洽，时抵足眠。

陆判豪爽，交友心诚。

朱献窗稿，陆辄红勒之。

他的文化素养不低。

"易心""更首""陆判荐我督案务"。

陆判对朱生，全力相助，一帮到底。

"此君心也。作文不快，知君之毛窍塞耳。"

"不难，当使伊女自言之。"

陆判遇事判断力很强。

对朱生的刻画，有一条成长的发展轨迹。

年轻时，"性豪放，然素钝"，不很精明。

"易心"后，"文思大进"，"秋闱果中经元"。

进入老年，知天命，对生死心态乐观。

过世后，在陆判影响下，列入仙班，对子孙辈教诲有方。

这里，对朱生"易心"、朱妻"更首"说几句。科学发展到今天，我们知道人的智商高低与心脏无关，心脏是管血液循环的。然而汉语习惯用法，时至今日，也常说"上课听讲要专心"，"横过马路要小心"，心、脑还是混合使用的。朱妻"更首"，以当代医学观点看更不利了。朱妻只是身体在，脑袋换成吴女的，一切思维、情感还能与朱生合拍吗？若有读者提到这些问题，我只能解释两句：时代不同了，不必过苛地要求古人，文学与科学，不完全是一回事。

语言

欣赏本篇语言，应着力看重以下三个方面。

1.单音字在文言句中的使用。如：

夜闻两廊拷讯声。入者，毛皆森竖。

森，本是名词，这里当动词、形容词用，"森林般地"。

陆豪饮，一举十觥。

这里的豪，不是豪华、土豪，而是"超量"的意思。

遂阴访居里，乘夜梯入。

阴，这里不是阴晴、阴险，而是"暗地"的意思。

《聊斋》语句读多了，你就会发现，这种普通单音字以文言意思使用，如今还很常见。

2.观察细致，描写具体。

动笔行文，必须提高观察能力，这是定论。本文中这方面的实例很多：

盖陵阳有十王殿，神鬼皆以木雕。

旧时修庙，神胎有木胎、泥胎两种。试想，一位立判，若是泥胎，朱生怎么能背得动？先点明是"木雕"，合情合理。

首落枕畔，急于生怀，取美人头合项上，详审端正，而后按捺……

外科大夫谁也没做过这种手术。美人头安在朱妻的颈上，是得详审端正，按捺合缝。不然，稍有差池，面向肩背，那还了得！

3.许多修辞语句用得精彩。如：

按夫人项，着力如切瓜状。

这是比喻句，太逼真了。

"达人观之，生死一耳，何必生之为乐，死之为悲？"

这是哲理句，很符合自然辩证法。

胆欲大而心欲小，智欲圆而行欲方。

这是格言句。为人处世，学业进益，这句话都是用得着的至理名言。

5. 王桂庵

王樨（xī），字桂庵，大名世家子。适南游，泊舟江岸。邻舟有榜人女，绣履其中，风姿韶绝。王窥瞻既久，女若不觉。王朗吟"洛阳女儿对门居"，故使女闻。女似解其为己者，略举首以斜瞬之，俯首绣如故。王神志益驰，以金锭一枚遥投之，堕襟上。女拾弃之，若不知为金也者。金落岸边，王拾归。已又以金钏（chuàn）掷之，堕足下，女操业不顾。无何，榜人自他归。王恐其见钏研诘，心甚急；女从容以双钩覆蔽之。榜人解缆，顺流径去。王心情丧惘，痴坐凝思。时王方娶而丧其偶，悔不即媒定之，乃询诸舟人，并不识其何姓。乃返舟急追之，目力既穷，竟不知其何往。不得已返舟而南。务毕北旋，又沿江细访，并无音耗。至家，寝食皆萦（yíng）念之。

逾年复南，买舟江际，若家焉。日日细数行舟，往来者帆楫皆熟，而曩（nǎng）舟殊渺。居半年，资罄（qìng）而归。行思坐想，不能少置。一夜，梦至江村，过数门，见一家柴扉南向，门内疏竹为篱，意是亭园，径入之。有夜合一株，红丝满树。隐念诗中"门前一树马缨花"，此其是矣。过数武，苇笆光洁。又入，见北舍三楹（yíng），双扉阖焉。南有小舍，红蕉蔽窗。探身一窥，则椸（yí）架当窗，罥（juàn）画裙其上，知为女子闺闼（tà），愕然却退。而内已觉之，有奔出瞷（kàn）客者，粉黛微呈，则舟中人也。喜出非望，曰："亦有相逢之期乎！"方将狎就，女父适归，倏（shū）然惊觉，始知为梦。景物历历，如在目前。秘之，恐与人言，破此佳梦。

后年余，再适镇江。郡南有徐太仆，与有世谊，招之饮。信马而去，误入小村，道途景色，仿佛平生所历。一门内，马缨一树，景象宛然。骇极，投鞭径入。种种物色，与梦无别。再入，则房舍一如其数。梦既验，不复疑虑，直趋南舍，舟中人果在其中。遥见王，惊起，以扉自障，叱问："何处男子？"王逡（qūn）巡间，犹疑是梦。女见步履渐近，閛（pēng）然扃户。王曰："卿不忆掷钏者耶？"备述相思之苦，且言梦征。女隔扉审其家世，王具道之。女曰："既属宦裔，中馈必有佳人，焉用妾？"王曰："非以卿故，婚娶固已久矣。"女曰："果如所云，足知君心。妾此情难告父母，然亦方命而绝数家。金钏犹在，料钟情者必有耗问耳。父母偶适外戚，行且至。君姑退，倩（qiàn）冰委禽，计无不遂；若望以非礼成耦（ǒu），则用心左矣。"王仓卒（cù）欲出，女遥呼："王郎，妾芸娘，姓孟氏。父字江蓠。"王诺，记而出。

罢筵早返，谒（yè）江蓠。翁逆入，设坐篱下。王自道家阀，即致来意，兼纳百金为聘。翁曰："息女已字矣。"王曰："讯之甚确，固待聘耳，何见绝之深？"翁曰："适间所诺，不敢为诳。"王神情俱失，拱别而返，不知其信否。当夜辗转，无人可以媒之。向欲以情告太仆，恐娶榜人女为先生笑；今情急，无可为媒，质明，诣太仆，实告之。太仆曰："此翁与有瓜葛，是祖母嫡孙，何不早言？"王始吐隐情。太仆疑曰："江蓠固贫，素不以操舟为业，得毋误乎？"乃遣子大郎诣孟。孟曰："仆虽空匮，非卖婚者。曩公子以金自媒，谅仆必为利动，故不敢附为婚姻。既承先生命，必无错谬（miù）。但顽女颇恃娇爱，好门户辄便拗却，不得不与商榷（què），免他日怨远婚也。"遂起，少入而返，拱手，一如尊命，约期乃别。大郎复命，王乃盛备禽妆，纳采于孟，假馆太仆之家，亲迎成礼。

居三日，辞岳北归。夜宿舟中，问芸娘曰："向于此处遇卿，固疑不类舟人子。当日泛舟何之？"答云："妾叔家江北，偶借扁（piān）舟一省（xǐng）视耳。妾家仅可自给，然傥（tǎng）来物，颇不贵视之。笑君

王桂庵

馬纓花下
竹籬斜夢境
尋來路不差
戴浮美人江
上去舊傳橈
篆浪如花

42

双瞳如豆，屡以金资动人。初闻音声，知为风雅士，又疑为儇（xuān）薄子，作荡妇挑之也。使父见金钏，君死无地矣。妾怜才心切否？"王笑曰："卿固黠（xiá）甚，然亦堕吾术矣！"问何事，王止而不言。又固诘之，乃曰："家门日近，此亦不能终秘。实告卿：我家中固有妻在，吴尚书女也。"芸娘不信，王故庄其词以实之。芸娘色变，默移时，遽起，奔出；王蹁（xǐ）履追之，则已投江中矣。王大呼，诸船惊闹，夜色昏濛，惟有满江星点而已。王悼痛终夜，沿江而下，以重价觅其骸骨，亦无见者，悒悒而归。

忧恸交集，又恐翁来视女，无词可对。有姊婿宦河南，遂命驾造之，年余始归。途中遇雨，休装民舍，见房廊清洁，有老妪弄儿厦间。儿睹王入，即求援抱，王怪之。又视儿秀婉可爱，揽置膝头。妪唤之不去。少顷，雨霁（jì），王举儿付妪，下堂趣装。儿涕曰："阿爹去矣！"妪耻之，呵之不止，强抱而去。王坐待治任，忽有丽者自屏后抱儿出，则芸娘也。方诧异间，芸娘骂曰："负心郎！遗此一块肉，焉置之？"王乃知为己子。酸来刺心，不暇问其往迹，先以前言之戏，矢日自白。芸娘始反怒为悲，相向涕零。

先是第主莫翁，六旬无子，携媪往朝南海。归途泊江际，芸娘随波下，适触翁舟。翁命从人拯出之，疗救终夜，始渐苏。翁媪视之，是好女子，甚喜，以为己女，携之而归。居数月，欲为择婿，女不可。逾十月，举一子，名之"寄生"。王避雨其家，寄生方周岁也。王于是解装，入拜翁媪，遂为岳婿。居数日，始举家归。至则孟翁坐待，已两月矣。翁初至，见仆辈情词恍惚，心颇疑怪；既见，始共欢慰。历述所遭，乃知支吾者有由也。

导读

这又是一则爱情短篇。它题材的选择、情节的构思，与前面《阿宝》有许多相似之处，又有许多截然不同的地方。两者可称为姊妹篇。两篇对照阅读，情

趣多多。

1.《聊斋》中多写神鬼狐妖的故事，而这两篇中的阿宝与孙子楚、芸娘与王桂庵，都是世间真人。文中故事以现实生活为主，神话色彩不多，因而我们读着容易理解，倍感亲切。

2.两篇的不同点也十分明显：

一则是命题。《阿宝》篇，女方为第一主角，以她命题；本篇，男方为第一主角，所以以"王桂庵"为题。纵观全书，写爱情故事，以男方名字命题的不多，这是很有名的篇章。

二则是家境情况。阿宝家有钱，"与王侯埒富"，孙子楚，贫家书生；本篇中，芸娘生于普通人家，而王桂庵则是"大名世家子"。

三则是成婚程序。阿宝与孙生，完全是自主婚姻；芸娘与王生，表面上有父母之命、媒妁之言，实质上也是自主婚姻。

这些不同情节体现了蒲公高超的选材技巧，我们应用心领会。

3.故事情节设计精巧。

佳梦成真，王生找到芸娘家，情节动人；

一句戏言，酿成大祸；

遇莫家翁媪相救，万幸；

寄生儿襁褓认父，神了。（书中下一篇为《寄生》，评剧家以这父子两代故事为依据，编演了《赶船》和《花为媒》两剧，红极一时）

4.喜剧结尾，皆大欢喜。阿宝、芸娘，都到阴间阎王殿转过一回，但吉人天相，最终好人一生平安，喜剧落幕，遂人心愿。

结构

本篇结构脉络清晰，以时间为序，从两位主角初遇到全家大团圆，按正叙

写法讲述故事。全文提纲是这样的：

开头，第一段，"初会"。

中间部分，二至六段，分别是"佳梦""允婚""成礼""惊变"和"认父"。

结尾，第七段，"团圆"。

该篇的段落安排，有两点应着重欣赏。

1. 相关段落重复写法用得好。

写文章，内容、语句前后重复本应该是避免的，但文无定法，重复作为一种写法，用得好可变拙为巧，如"佳梦"段中，写孟家村落、庭院情况。"夜合一株，红丝满树""门前一树马缨花"，到"允婚"段又写出这一景象。这里，作者重复尺寸把握得好，我们读着不但不觉得啰唆，反而印证了梦境的真切，二人确有缘分。

2. 详略得当，重点分明。

"成礼"段写徐家大郎去孟家说媒提亲，孟翁说"不得不与商榷，免他日怨远婚也"。"少入而返""拱手，一如尊命"。为什么这么快呢，因为芸娘早已同意了王郎的求婚。于是，"假馆太仆之家，亲迎成礼"，真简练。而"惊变"段写二位新人怎么回顾往事，怎样调侃，王生怎样恶作剧，芸娘怎样投江，王生怎样悲痛而归，情节一一细述，真动人。

主 题

本文主题单一明确，即"有情人终成眷属"。和《阿宝》相比，既有相似之处，又有不同的地方。

二文相似点，都是男方主动追求女方，几多努力，两主角终成连理。不同的是，孙子楚从"断指"起，一直在苦苦追求，"痴"情到底；而王桂庵却没能

做到这一高度。他追求芸娘的情况分析如下：

1."初会"时，他行为轻薄，吟情诗"洛阳女儿对门居"挑逗芸娘，不够稳重。又扔金锭、掷金钏，格调不高。

2."允婚"段，直逼芸娘扉外。若不是芸娘理智，点明"若望以非礼成耦，则用心左矣"，他可能做出出格的事。

3."成礼"段，王去孟家，旧错重犯，又拿出百金为聘，因而遭到孟翁拒绝。他家有钱，总认为办一切事，钱都是管用的通行证。

4."惊变"段，更糟了，酿成大祸。婚后二人高兴，芸娘先说多么爱才，替他护短覆蔽金钏；王得意过度，开玩笑变成恶作剧，竟有鼻有眼地说"家中固有妻在，吴尚书女也"。芸娘信以为真，投江自尽。

看，王生连续错、错、错，芸娘连命都搭上了。"认父"段时相见，还能包容他吗？能。因为王生属好人犯错，还是可以原谅的。怎么讲？因为这件件桩桩错事，都没出轨，都是在挚爱芸娘的前提下发生的。若王生真的品质恶劣，见美女就掷金，把芸娘骗到手，家中确有妻在，那就绝对不可原谅了。

总之，芸娘爱王生，生死不渝；王生爱芸娘，真情不移。有这样坚实的爱情基础，这个家庭才是幸福的，才能以大团圆喜剧落幕。

人物

文中俩主角都有鲜明的个性：

王桂庵，大名府世家子。他家有钱有势，找个什么样的好妻子都不是难事，但他对芸娘一见钟情，表现执着。为寻舟，买船往江边，行舟半年；为求婚，自闯孟家，被翁拒绝；恶作剧失芸娘，痛苦万分，躲姐家反省。他不是薄情郎。他诗词运用娴熟，可见素质不低。在莫翁家见到芸娘，抱认寄生，知道感恩。

46

孟芸娘，普通人家姑娘。她美丽、聪慧、正直、刚烈。王生一见，"有榜人女，绣履其中，风姿韶绝"，钟情不移。王掷金钏堕足下，女从容覆蔽之。"允婚"时说，"金钏犹在，料钟情者必有耗问耳"。相见时，坚持原则，提示王生不可"以非礼成耦"。当"确信"王生家有妻室时毅然投江。

其他几位配角，表现也很够意思。

孟父，为人正直，通情达理，还讲点家庭民主，"顽女颇恃娇爱，好门户辄便拗却，不得不与商榷，免他日怨远婚也"，很难得。

太仆父子，全力帮忙；莫家翁媪，心地善良。

好人多多，这婚事才更美好。

语言

本篇语言也是流畅、优美的。

1. 诗句引用得当。

王生江边初见芸娘，吟诵王维的情诗"洛阳女儿对门居"，下句是"才可颜容十五余"，意思是"姑娘，你真年轻漂亮啊"。

"门前一树马缨花"，引用古诗中的这一句，景致鲜活了。

2. "佳梦"段写得格外精彩，可熟读成诵，把它牢记于心。

3. 单音字词在文言语句中运用得恰到好处。

务毕，北旋。

雨霁，王举儿付妪。

一字一意，言简意赅，耐读。

6. 青凤

太原耿氏，故大家，第宅宏阔。后凌夷，楼舍连亘（gèn），半旷废之。因生怪异，堂门辄自开掩，家人恒中夜骇哗。耿患之，移居别墅，留老翁门焉。由此荒落益甚。或闻笑语歌吹声。耿有从子去病，狂放不羁（jī），嘱翁有所闻见，奔告之。

至夜，见楼上灯光明灭，走报生。生欲入觇（chān）其异，止之，不听。门户素所习识，竟拨蓬蒿，曲折而入。登楼，殊无少异。穿楼而过，闻人语切切。潜窥之，见巨烛双烧，其明如昼。一叟儒冠南面坐，一媪（yù）相对，俱年四十余。东向一少年，可二十许；右一女郎，才及笄（jī）耳。酒胾（zì）满案，团坐笑语。生突入，笑呼曰："有不速之客一人来。"群惊奔匿，独叟出，叱问："谁何，入人闺闼？"生曰："此我家闺闼，君占之。旨酒自饮，不一邀主人，毋（wú）乃太吝？"叟审睇（dì）曰："非主人也。"生曰："我狂生耿去病，主人之从子耳。"叟致敬曰："久仰山斗。"乃揖生入，便呼家人易馔。生止之，叟乃酌客。生曰："吾辈通家，座客无庸见避，还祈（qí）招饮。"叟呼孝儿，俄少年自外入。叟曰："此豚儿也。"揖而坐。略审门阀，叟自言："义君姓胡。"生素豪，谈议风生，孝儿亦倜傥（tì tǎng），倾吐间，雅相爱悦。生二十一，长孝儿二岁，因弟之。叟曰："闻君祖纂（zuǎn）《涂山外传》，知之乎？"答："知之。"叟曰："我涂山氏之苗裔也。唐以后，谱系犹能忆之；五代而上无传焉。幸公子一垂教也。"生略述涂山女佐禹之功，粉饰多词，妙绪泉涌。叟大喜，谓子曰："今

48

幸得闻所未闻。公子亦非他人，可请阿母及青凤来共听之，亦令知我祖德也。"孝儿入帏中。少时，媪偕女郎出。审顾之，弱态生娇，秋波流慧，人间无其丽也。叟指妪云："此为老荆。"又指女郎："此青凤，鄙人之犹女也。颇慧，所闻见辄记不忘，故唤令听之。"

生谈竟而饮，瞻顾女郎，停睇不转。女觉之，辄俯其首。生隐蹑莲钩，女急敛足，亦无愠（yùn）怒。生神志飞扬，不能自主，拍案曰："得妇如此，南面王不易也！"媪见生渐醉，益狂，与女俱起，遽搴（qiān）帷去。生失望，乃辞叟出。而心萦萦，不能忘情于青凤也。

至夜，复往，则兰麝犹芳。而凝待终宵，寂无声欬（kài）。归与妻谋，欲携家而居之，冀得一遇。妻不从，生乃自往，读于楼下。夜方凭几（jī），一鬼披发入，面黑如漆，张目视生。生笑，染指研墨自涂，灼灼然相与对视。鬼惭而去。

次夜更既深，灭烛欲寝，闻楼后发扃，辟之閛然。生急起窥觇，则扉半启。俄闻履声细碎，有烛光自房中出。视之，则青凤也。骤见生，骇而却走，遽阖双扉。生长跪而致词曰："小生不避险恶，实以卿故。幸无他人，得一握手为笑，死不憾耳！"女遥语曰："惓惓（quán）深情，妾岂不知？但闺训严，不敢奉命。"生固哀之云："亦不敢望肌肤之亲，但一见颜色足矣。"女似肯可，启关出，捉之臂而曳之。生狂喜，相将入楼下，拥而加诸膝。女曰："幸有夙分，过此一夕，即相思无用矣。"问何故，曰："阿叔畏君狂，故化厉鬼以相吓，而君不动也。今已卜居他所，一家皆移什物赴新居，而妾留守，明日即发矣。"言已欲去，云恐叔归。生强止之，欲与为欢。方持论间，叟掩入。女羞惧无以自容，俯首倚床，拈（niān）带不语。叟怒曰："贱婢辱吾门户！不速去，鞭挞（tà）且从其后！"女低头急去，叟亦出。尾而听之，诃诟（gòu）万端。闻青凤嘤嘤啜泣。生心意如割，大声曰："罪在小生，于青凤何与？倘宥（yòu）凤也，刀锯铁（fū）钺，小生愿身受之！"良久寂然，生乃寝。自此第内，绝不复声息矣。生叔闻而奇

之，愿售以居，不较直。生喜，携家口而迁焉。意甚适，而未尝须臾（yú）忘青凤也。

会清明上墓归，见小狐二，为犬逼逐。其一投荒窜去，一则皇急道上。望见生，依依哀啼，阘（tà）耳辑（jí）首，似乞其援。生怜之，启裳衿提抱以归。闭门，置床上，则青凤也！大喜慰问。女曰："适与婢子戏，遘（gòu）此大厄。脱非郎君，必葬犬腹。望勿以非类见憎。"生曰："日切怀思，系于魂梦。见卿如获异宝，何憎之云？"女曰："此天数也。不因颠覆，何得相从？然幸矣，婢子必以妾为已死，可与君坚永约耳。"生喜，另舍舍之。

积二年余，生方夜读，孝儿忽入。生辍读，讶诘所来。孝儿伏地怆（chuàng）然曰："家君有横难，非君莫拯。将自诣恳，恐不见纳，故以某来。"问何事，曰："公子识莫三郎否？"曰："此吾年家子也。"孝儿曰："明日将过，倘携有猎狐，望君之留之也。"生曰："楼下之羞，耿耿在念，他事不敢与闻。必欲仆效绵薄，非青凤来不可！"孝儿零涕曰："凤妹已野死三年矣！"生拂（fú）衣曰："既尔，则恨滋深耳！"执卷高吟，殊不顾瞻。孝儿起，哭失声，掩面而去。

生如青凤所，告以故。女失色曰："果救之否？"曰："救则救之。适不之诺者，亦聊以报前横（hèng）耳。"女乃喜曰："妾少孤，依叔成立。昔虽获罪，乃家范应尔。"生曰："诚然，但使人不能无介介耳。卿果死，定不相援。"女笑曰："忍哉！"次日，莫三郎果至，镂膺虎韔（chàng），仆从甚赫。生门逆之。见获禽甚多，中一黑狐，血殷毛革。抚之，皮肉犹温。便托裘敝，乞得补缀。莫慨然解赠。生即付青凤，乃与客饮。客既去，女抱狐于怀，三日而苏，展转复化为叟。举目见凤，疑非人间。女历言其情。叟乃下拜，惭谢前愆（qiān）。喜顾女曰："我固谓汝不死，今果然矣。"

女谓生曰："君如念妾，还乞以楼宅相假，使妾得以申返哺之私。"生诺之。叟赧（nǎn）然谢别而去。入夜，果举家来。由此如家人父子，无复

猜忌矣。生斋居，孝儿时共谈宴。生嫡出子渐长，遂使傅之；盖循循善教，有师范焉。

导读

这是一篇典型的美女狐仙传。在《聊斋》全书中，以狐为主角的故事不下三四十篇，而各种版本都把《青凤》放在第一卷中，这是很有道理的。写狐仙，本篇在选材方面确有独到之处。

1. 蒲公笔下的拟人法写狐，主要有三种类型：一是色狐型，它们以欺负女性为乐；二是友善型，它们是人类的朋友；三是美女型，少女狐仙，书生伴侣。还有诙谐型、丑女型等，不多见。本文主角青凤，是作者着力塑造的一位美女狐仙，读过全书的人都会有深刻印象。

2. 故事内容并不复杂，主角一生一旦而已。有的同学对男主角耿生有看法，"他有妻子呀，再娶青凤，这不是犯重婚罪吗？"不要这样看。几百年前的封建社会，有它的时代背景，不要用今日的法律去审查古人。那年代，上至高官，下至中等人家，男权社会，丈夫娶三妻四妾不足为怪。不要因为这一点而视耿生有"包二奶"的品质问题。

3. 两位主角为争取婚姻自主，对父母之命有强烈的反抗性。狐叟是青凤的叔父，处于家长地位，对耿生的求婚是反对的。先是装鬼，最后搬家，割断了二人的联系，而耿生与青凤真心相爱，有情人终成眷属。

4. 情节安排得精巧。搬走后，耿生本没有希望了，但故事出现了"犬追二狐"情节，耿生终于得到了青凤。对狐叟呢，故事安排"被莫三郎猎获"，耿生出手相救，全家团圆。这两处，"巧"得自然有趣，选材上见功夫。

结构

这篇故事从时间上看前后有几年，但一直以正叙思路写下来，读起来条理清楚。段落的安排是这样的：

开头，第一段，"耿生"。

中间部分，二至八段，分别是"神侃""钟情""斗鬼""拆散""重逢""求助"和"救叟"。

结尾，第九段，"团聚"。

有的同学说，"分段不难，一学就会。"也不见得。这里有两点得往透里说一说。

1. 在语文课本中，课文的段落是分好了的，难点不多，只需将若干自然段归纳为几个大段并写出段落大意即可。

2. 读古文，就不是这样了。一篇《青凤》，从头至尾完全没有段落划分，这就难了。这里，是我替你们分好了段并写了小标题。若你们自己翻看原文，既无段落划分又没有标点符号，在这种情况下，你若能正确地划分段落并拟出段意，那才算有了这方面的能力呢。

主题

和众多爱情故事一样，本文的主题也是歌颂追求婚姻自主的时代精神。这在封建社会的确是很难做到的。怎样表达这一主题呢？本文有它自己的特色。

1. 两位主角一见钟情。

所谓"一见钟情"，即二人相识前彼此没什么了解，初次见面，第一印象就非常好，产生了"我的另一半非他（她）莫属"的情愫。这种心理效应，青年人是会有的，不足为怪。

那么，一见钟情好不好呢？回答这个问题，离不开时代背景。在现实生活中，人们交往的机会多了，一见钟情便以身相许，那叫"闪婚"，似乎草率了些，不宜提倡。还是二人交往时间长一点，彼此了解得多一些，为日后相伴终生打下坚实的感情基础为好。

耿生、青凤生活的时代，情况大不相同。一见青凤，耿生"审顾之，弱态生娇，秋波流慧，人间无其丽也"，钟情了。青凤呢？见耿一介书生，知识渊博，语言动听，好感产生。当耿生悄悄地蹑她金莲时，"亦无愠怒"。我们说，他们俩的一见钟情是勇敢行为，是对"父母之命、媒妁之言"的叛逆，是有进步意义的。

2. 一见钟情后，二人情感的发展是坚韧执着的。

"斗鬼"段，写得生动。狐翁想以恶鬼吓走耿生，耿生却坚定勇敢，以其人之道还治其人之身，狐翁败退。当狐翁黑面如漆张目视生时，生笑，染指研墨自涂，灼灼然相对视，这一情节，给人印象深刻。

"拆散"段，二主角本有难得的瞬间相见的机会，却被狐翁棒打鸳鸯了。此刻，狐翁"诃诟万端"。耿生却能勇于承担责任："罪在小生，与青凤何与？"几次抗叔命，二人都是无畏的。

无巧不成书，"重逢"机会来了。二人应该感谢那只野犬，是它把青凤"送"到耿生身边。青凤因祸得福，从此断了叔父的管束，有情人得以终成眷属。

3. 全文主题是歌颂爱情的，这爱情中也有亲情。狐翁被猎，是否相救，青凤的表现可嘉。"妾少孤，依叔成立。昔虽获罪，乃家范应尔。"她这种纯真的感恩之情是一种美德，是考验耿生爱情的重要内容。她最后还说："君如念妾，还乞以楼宅相假，使妾得以申返哺之私。"好姑娘！作为侄女，青凤能做到

这一步,有些做儿女的不知有何感想?

人物

本文两主角性格鲜明,形象清晰。

耿生,"故大家",但那宏阔楼第是他叔家的,他只是个苦读待考的书生。他的性格、形象,有四点很突出:一是胆大勇敢。叔家废楼,多生怪异,他敢去居住,这是得遇青凤的前提。二是博学健谈。书读得多,口才又好,这是博得青凤喜爱的重要方面。三是用情专一。见青凤优秀,敢于表白其情,勇于追求爱情。四是宽大包容。狐翁几次羞辱,他还是以亲情为重,出手援救。青凤当自叹,"我没爱错人"。

青凤,狐家仙女,形象动人。她也有四点与耿生相比:一是青春貌美。"弱态生娇,秋波流慧,人间无其丽也",美的档次很高。二是机智主动。当耿生"隐蹑莲钩"时,她没有向叔父"报警",而是敛足不语,接受了耿生的传情。三是固守"底线",当晚有机会与耿生相会时,耿生求爱,她以"闺训严",不越底线。四是报恩救叔。"女抱狐于怀,三日而苏",是个孝女。

和前面几则爱情短篇一起看,蒲公在刻画人物方面,笔力实在高明。女主角,富豪家小姐阿宝、牡丹仙子香玉、长江鳄神女西湖主、百姓家姑娘孟芸娘和本篇美女狐仙青凤,形象都美,但各不相同;男主角,孙子楚、胶州黄生、陈明允、王桂庵和本篇耿去病,都是书生,但各有特色。看全书,别说五篇,几十篇读下来,男女主角的刻画,雷同现象几乎没有。这里的写作真谛,我们应当认真领会。

语言

本篇的语言可圈可点之处有三。

1. 单音字在文言语句中运用得好。如：

耿患之，移居别墅，留老翁门焉。

"门"字，本是名词，这里当动词"看守"用。

生二十一，长孝儿二岁，因弟之。

弟，意思没变，用法是"拿他当弟弟看"。

生喜，另舍舍之。

前面的"舍"，好懂，宿舍，房子；后面的"舍"不是名词，而是"让她住下"。

单音字在文言语句中的运用变化多多，我多次提醒大家注意这一点，是因为提高这方面的阅读能力，对读懂原文至关重要。

2. 景色描写很好地起到烘托气氛的作用。

写废楼怪异，"堂门辄自开掩"。

耿叔搬走后，"由此荒落益甚。或闻笑语歌吹声"。

到夜里，"见楼上灯光明灭"。

耿生走进院，"竟拨蓬蒿，曲折而入"。登楼所见，"巨烛双烧，其明如昼"。

这简单几句话，营造了紧张气氛。

3. 写人物语言格外传神。如：

生神志飞扬，不能自主，拍案曰："得妇如此，南面王不易也！"

这里，一见钟情的心态表露无遗。

生长跪而致词曰："小生不避险恶，实以卿故。幸无他人，得一握手为笑，

死不憾耳！"

这是爱心的强烈直白。

生心意如割，大声曰："罪在小生，与青凤何与？倘宥凤也，刀锯铁钺，小生愿身受！"

这表现的是敢作敢当、勇于承担责任。

女失色曰："果救之否？"曰："救则救之。适不之诺者，亦聊以报前横耳！"

这话，既在理，又坦诚。

人物语言写得好，使我们如读剧本一般。

7. 罗刹海市

马骏，字龙媒，贾（gǔ）人子，美丰姿，少倜傥，喜歌舞。辄从梨园子弟，以锦帕缠头，美如好女，因复有"俊人"之号。

十四岁，入郡庠（xiáng），即知名。父衰老，罢贾而居，谓生曰："数卷书，饥不可煮，寒不可衣，吾儿可仍继父贾。"马由是稍稍权子母。从人浮海，为飓风引去，数昼夜，至一都会。其人皆奇丑，见马至，以为妖，群哗而走。马初见其状，大惧，迨（dài）知国人之骇己也，遂反以此欺国人。遇饮食者，则奔而往，人惊遁，则啜其余。久之，入山村。其间形貌，亦有似人者，然褴褛（lán lǚ）如丐。马息树下，村人不敢前，但遥望之。久之，觉马非噬（shì）人者，始稍稍近就之。马笑与语，其言虽异，亦半可解。马遂自陈所自，村人喜，遍告邻里，"客非能搏噬者"。然奇丑者，望望即去，终不敢前。其来者，口鼻位置，尚皆与中国同。共罗浆酒奉马。马问其相骇之故，答曰："尝闻祖父言：西去二万六千里，有中国，其人民形象，率诡异。但耳食之，今始信。"问其何贫，曰："我国所重，不在文章，而在形貌。其美之极者，为上卿；次任民社；下焉者，亦邀贵人宠，故得鼎烹以养妻子。若我辈初生时，父母皆以为不祥，往往弃置之；其不忍遽弃者，皆为宗嗣（sì）耳。"问："此名何国？"曰："大罗刹国。都城在北，去三十里。"马请导往一观。

于是鸡鸣而兴，引与俱去。天明，始达都。都以黑石为墙，色如墨。楼阁近百尺，然少瓦，覆以红石。拾其残块磨甲上，无以异丹砂。时值朝

退，朝中有冠盖出，村人指曰："此相国也。"视之，双耳皆背生，鼻三孔，睫毛覆目如帘。又数骑（qí）出，曰："此大夫也。"以次各指其官职，率狰狞怪异；然位渐卑，丑亦渐杀。无何，马归，街衢（qú）人望见之，噪奔跌踬，如逢怪物。村人百口解说，市人始敢遥立。既归，国中无大小，咸知村有异人。于是缙绅大夫，争欲以广见闻，遂令村人要马。然每至一家，阍（hūn）人辄阖户，丈夫女子，窃窃自门隙中窥语。终一日，无敢延见者。

村人曰："此间一执戟，曾为先王出使异国，所阅人多，或不以子为惧。"造郎门，郎果喜，揖为上宾。视其貌，如八九十岁人，目睛突出，须卷如猬。曰："仆少奉王命，出使最多，独未尝至中华。今一百二十余岁，又得睹上国人物，此不可不上闻于天子。然伏卧林下，十余年不践朝阶。早旦，为君勉一行。"乃具饮馔，修主客礼。酒数行，出女乐（yuè）十余人，更番歌舞。貌类如夜叉，皆以白锦缠头，拖朱衣及地。扮唱不知何词，腔拍恢诡。主人顾而乐之，问："中国亦有此乐乎？"曰："有。"主人请拟其声，遂击桌为度一曲。主人喜曰："异哉！声如凤鸣龙啸，得未曾闻。"

翼日趋朝，荐诸国王，王忻然下诏。有二三大臣，言其怪状，恐惊圣体，王乃止。即出告马，深为扼腕。居久之，与主人饮而醉，把剑起舞，以煤涂面作张飞。主人以为美，曰："请客以张飞见宰相，宰相必乐用之，厚禄不难致。"马曰："嘻！游戏犹可，何能以面目图荣显？"主人固强之，马乃诺。主人设筵，邀当路者饮，令马绘面以待。未几客至，呼马出见客。客讶曰："异哉！何前媸（chī）而今妍也！"遂与共饮甚欢。马婆娑（suō）歌弋阳曲，一座无不倾倒。明日，交章荐马。王喜，召以旌（jīng）节。既见，问中国治安之道，马委曲上陈，大蒙嘉叹，赐宴离宫。酒酣，王曰："闻卿善雅乐，可使寡人得而闻之乎？"马即起舞，亦效白锦缠头，作靡靡（mǐ）之音。王大悦，即日拜下大夫。时与私宴，恩宠殊异。久而官僚百执事，颇觉其面目之假；所至，辄见人耳语，不甚与款洽。马至是孤立，惘（xián）然不自安。遂上疏乞休致，不许；又告休沐，乃给三月假。于是

乘传载金宝，复归山村。

村人膝行以迎。马以金资分给旧所与交好者，欢声雷动。村人曰："吾侪（chái）小人，受大夫赐，明日赴海市，当求珍玩，用报大夫。"问："海市何地？"曰："海中市，四海鲛人，集货珠宝；四方十二国，均来贸易，中多神人游戏。云霞障天，波涛间作。贵人自重，不敢犯险阻，皆以金帛付我辈，代购异珍。今其期不远矣。"问所自知，曰："每见海上朱鸟来往，七日即市。"马问行期，欲同游瞩，村人劝使自重。马曰："我顾沧海客，何畏风涛？"未几，果有踵门寄资者，遂与装资入船。船容数十人，平底高栏，十人摇橹，激水如箭。凡三日，遥见水云晃漾之中，楼阁层叠，贸迁之舟，纷集如蚁。少时抵城下。视墙上砖，皆长与人等。敌楼高接云汉。维舟而入，见市上所陈，奇珍异宝，光明射眼，多人世所无。

一少年乘骏马来，市人尽奔避，云是东阳三世子。世子过，目生曰："此非异域人？"即有前马者，来诘乡籍。生揖道左，具展邦族。世子喜曰："既蒙辱临，缘分不浅！"于是授生骑（qí），请与连辔（pèi）。乃出西城，方至岛岸，所骑嘶跃入水，生大骇失声，则见海水中分，屹如壁立。俄睹宫殿，玳瑁为梁，鲂鳞作瓦，四壁晶明，鉴影炫目。下马揖入，仰见龙君在上。世子启奏："臣游市廛（chán），得中华贤士，引见大王。"生前拜舞。龙君乃言："先生文学士，必能衙官屈宋，欲烦椽（chuán）笔赋海市，幸无吝珠玉。"生稽首受命。授以水晶之砚，龙鬣（liè）之毫，纸光似雪，墨气如兰。生立成千余言献殿上。龙君击节曰："先生雄才，有光水国多矣！"遂集诸龙族，宴集采霞宫。酒炙（zhì）数行，龙君执爵而向客曰："寡人所怜女，未有良匹，愿累先生。先生倘有意乎？"生离席愧荷，唯唯而已。龙君顾左右语。无何，宫人数辈，扶女郎出。珮环声动，鼓吹暴作。拜竟睨之，实仙人也。女拜已而去。少时酒罢，双鬟挑画烛，导生入副宫。女浓妆坐伺。珊瑚之床，饰以八宝；帐外流苏，缀明珠如斗大；衾褥皆香奭（ruǎn）。天方曙，则雏女妖鬟，奔入满侧。生起，趋去朝

谢。拜为驸马都尉，以其赋驰传诸海。诸海龙君皆专员来贺，争折简招驸马饮。生衣绣裳，驾青虬（qiú），呵殿而出。武士数十骑，皆雕弧，荷白棓（bèi），晃耀填拥；马上弹筝，车中奏玉。三日间，遍历诸海，由是"龙媒"之名，噪于四海。

宫中有玉树一株，围可合抱；本莹澈，如白琉璃；中有心，淡黄色，梢细于臂；叶类碧玉，厚一钱许。细碎有浓阴，常与女啸咏其下。花开满树，状类蒨（zhān）葡。每一瓣落，锵（qiāng）然作响；拾视之，如赤瑙雕镂，光明可爱。时有异鸟来鸣，毛金碧色，尾长于身，声等哀玉，恻人肺腑。生每闻辄念乡土，因谓女曰："亡出三年，恩慈间阻，每一念及，涕膺（yīng）汗背。卿能从我归乎？"女曰："仙尘路隔，不能相依。妾亦不忍以鱼水之爱，夺膝下之欢。容徐谋之。"生闻之，泣不自禁。女亦叹曰："此势之不能两全者也！"

明日，生自外归，龙君曰："闻都尉有故土之思，诘旦趣装，可乎？"生谢曰："逆旅孤臣，过蒙优宠，衔报之诚，结于肺腑。容暂归省（xǐng），当图复聚耳。"入暮，女置酒话别。生订后会，女曰："情缘尽矣！"生大悲。女曰："归养双亲，见君之孝。人生聚散，百年犹旦暮耳，何用作儿女哀泣？此后妾为君贞，君为妾义，两地同心，即伉（kàng）俪也，何必旦夕相守，乃谓之偕老乎？若渝此盟，婚姻不吉。倘虑中馈乏人，纳婢可耳。更有一事相嘱：自奉裳衣，似有佳朕，烦君命名。"生曰："其女也耶，可名龙宫；男耶，可名福海。"女乞一物为信。生在罗刹国所得赤玉莲花一对，出以授女。女曰："三年后四月八日，君当泛舟南岛，还君体嗣。"女以鱼革为囊，实以珠宝，授生曰："珍藏之，数世吃着（zhuó）不尽也。"天微明，王设祖帐，馈遗（wèi）甚丰。生拜别出宫。女乘白羊车，送诸海涘（sì）。生上岸下马。女致声"珍重"，回车便去，少顷便远，海水复合，不可复见。生乃归。

自浮海去，咸谓其已死，及至家，家人无不诧异。幸翁媪无恙，独妻

已他适。乃悟龙女守义之言，盖已先知也。父欲为生再婚，生不可，纳婢焉。谨志三年之期，泛舟岛中。见两儿坐浮水面，拍流嬉笑，不动亦不沉。近引之，儿哑然捉生臂，跃入怀中。其一大啼，似嗔（chēn）生之不援己者。亦引上之。细审之，一男一女，貌皆婉秀；额上花冠缀玉，则赤莲在焉。背有锦囊，拆视得书云："翁姑计各无恙。忽忽三年，红尘永隔；盈盈一水，青鸟难通。结想为梦，引领成劳。茫茫蓝蔚，有恨何如也！顾念奔月姮（héng）娥，且虚桂府；投梭织女，犹怅银河。我何人斯，而能永好？兴思及此，辄复破涕为笑。别后两月，竟得孪生，今已啁啾（zhōu jiū）怀抱，颇解言笑；觅枣抓梨，不母可活。敬以还君。所贻赤玉莲花，饰冠作信。膝头抱儿时，犹妾在左右也。闻君克践旧盟，意愿斯慰。妾此生不二，之死靡（mǐ）他。奁（lián）中珍物，不蓄兰膏；镜里新妆，久辞粉黛。君似征人，妾作荡妇。即置而不御，亦何得谓非琴瑟哉？独计翁姑，亦既抱孙，曾未一觌（dí）新妇，揆（kuí）之情理，亦属缺然。岁后阿姑窀穸（zhūn xī），当往临穴，一尽妇职。过此以往，则龙宫无恙，不少把握之期；福海长生，或有往还之路。伏惟珍重，不尽欲言！"生反复省书揽涕。两儿抱颈曰："归休乎！"益恸，抚之曰："儿知家在何许？"儿泣啼，呕哑言归。生望海中茫茫，极天无际；雾鬟人渺，烟波路穷，抱儿返棹（zhào），怅然遂归。

生知母寿不永，周身物悉为预具，墓中植松槚（jiǎ）百余。逾岁，媪果亡。灵舆至殡宫，有女子衰绖（dié）临穴。众方惊顾，忽而风激雷轰，继以急雨，转瞬间已失所在。松柏新植多枯，至是皆活。福海稍长，辄思其母，忽自投入海，数日始还。龙宫以女子不得往，时掩户泣。一日昼暝，龙女忽入，止之曰："儿自成家，哭泣何为？"乃赐八尺珊瑚一树，龙脑香一帖（tiě），明珠百颗，八宝嵌（qiàn）金合一双，作为嫁资。生闻之，突入，执手啜泣。俄顷，疾雷破屋，女已无矣。

　　这一篇无论是内容选择、结构安排还是主题表达、语言运用，与前些篇比较都截然不同。就全书几百篇文章而论，它也是"百花园中一枝独秀""映日荷花别样红"。这样评论它，是我们阅读、学习这篇的前提。

　　选材方面，本篇特色十分鲜明：

　　1. 选择内容视野开阔。前几篇，故事发生的地点都在我中华神州之内；这一篇，蒲公笔锋一下子甩了两万六千里，出国了，也不知是哪洲哪地，入海了，即龙宫，也不是我们周边的四海。故事发生在"天涯海角"之外很远很远的地方，神秘感太强了。

　　2. 神话色彩浓烈。马骏乘一叶小舟，即使遇上飓风，也难以漂到万里之外。什么"大罗刹国"，什么"海市龙宫"，神话笔法贯穿全篇。在选材上，此篇显得格外吸引人。

　　3. 命题、构思，用心良苦。写文章，用什么内容，表达什么主题，下笔前必须心中有数。以内容、主题为据，才能确定题目，这是作文的普通常识。蒲公写本文时，为难了。以"罗刹海市"为题，巧是巧，但"罗刹"与"海市"两码事呀，怎么放在一块了呢？为什么要把这两件完全不相关的事捏在一起呢？这里体现了作者的良苦用心。

　　他本意是要写"大罗刹国"，表达十分尖锐深刻的主题，但考虑到当时的政治背景，直截了当地表达主题是不行的，于是又加写了"海市"部分。这就造成了我们初读者产生疑问：两处事件，两种主题，怎么组成一篇文章呢？违反了常规，在超一流大师的笔下更能写出超一流的作品。

　　4. 悲剧结尾，余味无穷。我们读《阿宝》《西湖主》《王桂庵》和《青凤》，结局都圆满落幕、皆大欢喜；读本篇，越到结尾处，人们心中越压抑。神仙的

日子却难得团圆，这正是悲剧的魅力。

结构

本篇的结构，的确与众不同。

1.看全文，分为上、下两部分。

上部分，"大罗刹国"，包括一至五段："俊人""异国""赴都""使者"和"面君"；

下部分，"海市龙宫"，包括六至十一段："海市""龙媒""思乡""诀别""家书"和"贤妻"。

从形式上看，可做两篇文章读。

2.上部分"大罗刹国"，是男主人公马骏一人的独角戏。

3.最为精彩的是"海市龙宫"里的"家书"一段。我参加过几次研讨会，许多专家都十分赞赏这段文字，认为这是《聊斋》全书中的"第一情"。这一段，分三层写出：

一是"喜见儿女"，为开头；

二是"恸读家书"，为主体内容；

三是"抱儿返棹"，为结尾。

精读这一段，我的建议是三步走：一是熟读，真正把内容吃透；二是背诵，一字不差地背诵下来；三是摘抄，把它抄录到自己的笔记本中。青年人把这一段学到手，无论是陶冶个人情操还是提高写作技巧，都可以受用终生。

 主题

前面谈到，蒲公在本文内容的选择与主题表达上用心良苦，怎么讲呢？

1. 蒲公原本只是写"大罗刹国"的。蒲公要表达的主题寓意很深，但用心阅读又十分明白，那就是揭露封建社会的腐朽黑暗。文中写道：

"我国所重，不在文章，而在形貌"。最丑恶的人，官最大，依次类推，平民百姓是清白的。老人提示马生，把自己弄丑，扮张飞，可以升官。马说："何能以面目图荣显？"这正是蒲公要抨击的——有些人出卖良心，面目极丑，却当了大官。

2. 在"文字狱"猖獗的年代，写这一主题太危险了。怎么办呢？打掩护吧，蒲公巧妙地设了三重保险：

其一，本是中国事，却虚拟出个二万六千里外的大罗刹国，把故事安排在那里。这就好了，你审查吧，我说的是异国他乡的事。

其二，假戏要真做。马骏出海被飓风卷去，那国的人"目睛突出，须卷如猬"。本来嘛，我国自古海陆都有丝绸之路，非洲黑人，美洲印第安人，大洋洲的澳州土人，都接触过。利用这些知识，蒲公将罗刹国写得非常逼真，足以堵住搞"文字狱"官员的嘴。

其三，双保险外再加个三保险吧，又续写一出"海市龙宫"。这本是"大罗刹国"的"附属内容"。但写着写着，蒲公动了真情，写出了感人的爱情佳篇。由于它，"文字狱"得以幸免。"我写的是马骏游罗刹国的奇异经历，是外海龙宫中的爱情神话，你奈我何？"

3. 既然"海市龙宫"可独立成篇，它的主题表达也是十分鲜明的。它歌颂的是刻骨铭心、忠贞不渝的爱情。文中二位主角马骏与龙女，夫妻生活虽短，但"人生聚散，百年犹旦暮耳"，"妾为君贞，君为妾义，两地同心，即伉俪也"。

人　物

本篇内容复杂，人物线索却简单，只是男女两位主角，他们的形象十分鲜明。

男主角马骏："美丰姿""有俊人之号"，是那个时代的大帅哥。他博学多才，下笔千言惊四座。他喜歌舞，善表演，有梨园第子派头。他自幼随父经商，广交际，有很强的适应能力。因此，他在上下两部分"戏"中，都唱得响、行得通。

女主角龙女：她的形象，别有特色。

一是地位高。尽管是外海龙宫小姐，那也是神女，"公主"级的。

二是财力厚。作为一方龙王的爱女，那片海域都是她家的。临别时给马生珍宝一囊，"珍藏之，数世吃着不尽也"；为姑娘备下嫁资，都是无价之宝。

三是青春美。马骏初见时，"珮环声动，鼓吹暴作。拜竟睨之，实仙人也"。

四是才学好。那封书信水平很高，超一流的。

这些优势都是一清二楚的。与"香玉"的情感热烈不同，与"西湖主"的相伴终生也不同，龙女对马生的爱，是外冷内热型。这一性格特色的刻画，相当典型。与马生诀别时，龙女乘白羊车送诸海涘，没有没完没了的拥抱，没有没完没了的哭泣，而是"致声'珍重'，回车便去"。够冷的吧？热，全在那长长的家书里。信中，虽然没有"我爱你""你是我的唯一"，但那种刻骨铭心的至爱，确实感人肺腑、催人泪下。

语言

在我的导读提纲上,"语言"项列出了许多条:单音字在文言句中用得好;四字句式的使用达巅峰状态;观察细致,描写生动;格言句写得鲜活……这些都不讲了,布置你们"上自习"吧。语言的运用,非得细嚼慢咽的是那封家书。

这段感人至深的文字,分七层写出:

"翁姑计各无恙。"这是第一句,先已知但仍要问候公婆二位大人,身体好就是晚辈的幸福。多贤惠的儿媳妇!

"忽忽三年,红尘永隔……有恨何如也",像火山迸发一样,一下子把情思推到高潮。我敢说,读过本篇的人,没有不会背这八句的。相爱而又相离之恨,比天高,比海深。

"顾念奔月姮娥,且虚桂府……"转念一想,与嫦娥、织女一比,思路通畅了,遂破涕为笑。

"别后两月,竟得孪生……"大喜事,这是二人相爱的结晶。

"闻君克践旧盟,意愿斯慰……"这一层,表达了对二人相爱终生的欣喜心情。"君似征人",好懂,像离家出征的军人,单身;"妾作荡妇",费解,这里,"荡妇"不是坏词,她是说丈夫不在身边,自己也是过单身的日子,是自贬自谦的意思。

"独计翁姑,亦既抱孙……"这一层,诉说了对公婆的孝心、对子女的关爱。

"伏惟珍重,不尽欲言",结尾这句,重千斤。"我在龙宫写这封信,千言万语道不尽相思之情,只叮嘱一句话,多多保重吧!"

读这封家书,足以领教蒲公驾驭语言的超凡才能。

8. 张诚

　　豫人张氏者，其先齐人。靖难兵起，齐大乱，妻为兵掠去。张常客豫，遂家焉。娶于豫，生子讷（nè）。无何，卒，又娶继室，生子诚。继室牛氏，悍，每嫉讷，奴畜之，啖（dàn）以恶草具，使樵（qiáo），日责柴一肩，无则挞（tà）楚诟诅（zǔ），不可堪。隐蓄甘脆饵诚，使从塾师读。诚渐长，性孝友，不忍兄劬（qú），阴劝母。母弗听。

　　一日，讷入山樵，未终，值大风雨。避身岩下，雨止而日已暮。腹中大馁（něi），遂负薪归。母验之少，怒不与食。饥火烧心，入室僵卧。诚自塾中来，见兄嗒然，问："病乎？"曰："饿耳。"问其故，以情告。诚愀然便去。移时，怀饼来饵兄。兄问其所自来，曰："余窃面请邻妇为之，但食勿言也。"讷食之，嘱弟曰："后勿复然。事泄累弟。且日一啖，饥当不死。"诚曰："兄故弱，乌能多樵？"次日食后，窃赴山，至兄樵处。兄见之，惊问将何作，答云："将助樵采。"问："谁之遣？"曰："我自来耳。"兄曰："无论弟不能樵，纵或能之，且犹不可。"于是速之归。诚不听，以手足断柴助兄，且云明日当以斧来。兄近止之，见其指已破，履已穿，悲曰："汝不速归，我即以斧自刭（jǐng）死！"诚乃归。兄送之半途，方复回。樵既归，诣塾，嘱其师曰："吾弟幼，宜闲之。山中虎狼恶。"师言："午前不知所往，业夏楚之。"归谓诚曰："不听吾言，遭笞（chī）责矣。"诚笑云："无之。"明日，怀斧又去。兄骇曰："我固谓子勿来，何复尔？"诚不应，刈（yì）薪且急，汗交颐不休，约足一束，不辞而返。师又责之，乃实

69

告之。师叹其贤，遂不之禁。兄屡止之，终不听。

一日，与数人樵山中，欻（xū）有虎至。众惧而伏，虎竟衔诚去。虎负人行缓，为讷追及。力斧之，中（zhòng）胯。虎痛狂奔，莫可寻逐，痛哭而返。众慰解之，哭益悲，曰："吾弟，非犹夫人之弟。况为我死，我何生为？"遂以斧自刎其项。众急救之，入肉者已寸许，血溢如涌，眩瞀（mào）滨绝。众骇，裂之衣而约之，群扶以归。母哭骂曰："汝杀吾儿，欲劙（lí）颈以塞责耶！"讷呻云："母勿烦恼。弟死，我定不生。"置榻上，创痛不能眠，惟昼夜倚壁坐哭。父恐其亦死，时就榻少哺之，牛辄诟责。讷遂不食，三日而毙。

村中有巫走无常者，讷途遇之，缅诉曩（nǎng）苦，因问弟所。巫言不闻，遂返身导讷去。至一都会，见一皂衫人自城中出。巫要（yāo）遮代问之。皂衫人于佩囊中，检牒审顾，男妇百余，并无犯而张者。巫疑在他牒。皂衫曰："此路属我，何得差逮？"讷不信，强巫入城。城中新鬼故鬼，往来憧憧（chōng），亦有故识，就问，迄无知者。忽共哗，言："菩萨至！"仰见空中，有伟人，毫光彻上下，顿觉世界通明。巫贺曰："大郎有福哉！菩萨几千年一入冥司，拔诸苦恼，今适值之。"便捽（zuó）讷跪。众鬼囚纷纷籍籍，合掌齐诵慈悲救苦之声，哄腾震地。菩萨以杨枝遍洒甘露，其细如尘。俄而雾收光敛，遂失所在。讷觉颈上沾露，斧处不复作痛。巫仍导与俱归，望见里门，始别而去。讷死二日，豁然竟苏，悉述所遇，谓诚不死。母以为撰（zhuàn）造之诬，反诟骂之。讷负屈无以自伸，而摸创痕良瘥（chài），自力起，拜父曰："行将穿云入海往寻弟，如不可见，终此身，勿望返也。愿父犹以儿为死。"翁引空处与泣，无敢留之。讷乃去。

每于冲衢（qú）访弟耗，途中资斧断绝，丐而行。逾年，达金陵，悬鹑（chún）百结，伛偻（yǔ lǚ）道上。偶见十余骑过，走避路侧。内一人如官长，年四十已来，健卒怒马腾踔（chuō）前后。一少年乘小驷，屡顾讷。讷以其贵公子，未敢仰视。少年停鞭少驻，忽下马呼曰："非吾兄

張誠

手斧樵薪助玉
昆崖穿指破後行論
天教神市對之
去千尸歸來慶一門

71

耶！"讷举首审视，诚也，握手大痛失声。诚亦哭曰："兄何漂落一至于此？"讷言其情，诚益悲。骑者并下问故，以白官长。官长命脱骑载讷，连辔（pèi）归诸其家。

始详诘之，初，虎衔诚去，不知何时置路侧。卧途中竟宿，适张千户自都中来，过之，见其貌文，怜而抚之。渐苏，言其里居，则相去已远。因载与俱归，又药敷伤处，数日始痊。千户无长君，子之。盖适从游瞩也。诚具为兄告。言次，千户入，讷拜谢不已。诚入内，捧帛衣出，进兄，乃置酒燕叙。千户问："贵族在豫，几何丁壮？"讷曰："无有。父少齐人，流寓于豫。"千户曰："仆亦齐人。贵里何属？"答曰："曾闻父言，属东昌辖。"惊曰："我同乡也！何故迁豫？"讷曰："前母被兵掠去，父遭兵燹（xiǎn），荡无家产。先贾（gǔ）于西道，往来颇稔（rěn），故止焉。"又惊问："君家尊何名？"讷告之。千户瞠（chēng）而视之，俯首若疑，疾趋入内。无何，太夫人出。共罗拜，已，问讷曰："汝是张炳之之孙耶？"曰："然。"太夫人大哭，谓千户曰："此汝弟也。"讷兄弟莫能解。太夫人曰："我适汝父三年，流离北去，身属某指挥，半年，生汝兄。又半年，指挥死，汝兄以父荫迁此官，今解（xiè）任矣。每刻刻念乡井，遂出籍，复故谱。屡遣人至齐，殊无所觅耗，何知汝父西徙（xǐ）哉！"乃谓千户曰："汝以弟为子，折福死矣！"千户曰："曩问诚，诚未尝言齐人，想幼稚不忆耳。"乃以齿序，千户四十有一为长，诚十六最少，讷年二十，则伯而仲矣。千户得两弟，甚欢，与同卧处。尽悉离散端由，将作归计。太夫人恐不见容。千户曰："能容则共之，否则析之。天下岂有无父之国？"于是鬻（yù）宅办装，刻日西发。

既抵里，讷及诚先驰报父。父自讷去，妻亦寻卒，块然一老鳏（guān），形影自吊。忽见讷入，暴喜，恍恍以惊；又睹诚，喜极，不复作言，潸潸（shān）以涕。又告以千户母子至，翁辍涕愕然，不能喜，亦不能悲，蚩蚩（chī）以立。未几，千户入，拜已，太夫人把翁相向哭。既见媵婢厮

卒，内外盈塞，坐立不知所为。诚不见母，问之，方知已死，号嘶气绝，食顷始苏。千户出资，建楼阁，延师教两弟。马腾于槽，人喧于室，居然大家矣。

导读

这是一篇写人世百姓家骨肉兄弟亲情的故事。在《聊斋》全书中，这方面的内容不算多，这是其中最感人的一篇。

从选材看，以下几处闪光点是鲜明的。

1."一父三母三兄弟"，家庭网清楚。

父张翁——原配太夫人——长子千户

　　　——二妻——次子讷

　　　——三妻牛氏——三子诚

阅读时，这张家庭关系网要先梳理清楚。书名"志异"，这篇"异"在哪里呢？看社会上一般家庭，同父母所生子女间，吵架不和的、闹上法庭的也不鲜见。而千户、讷、诚兄弟三人，同父异母，却能体现出"兄弟"二字的真谛，十分难得，令人叹服。

2.继母牛氏是苦难的制造者。

当时世道黑暗，战乱降临，张家破裂。张翁原妻被北兵掠去，二妻又卒，很不幸。三妻牛氏来了，雪上加霜，是日后一系列家庭悲剧的始作俑者。蒲公选材时安排了这个人物，使后面的故事情节一一展开，合情合理。

3.三子诚为第一主角。

在这个大家庭中，他最小，却处于最关键的位置。无论是情节的安排还是主题的表达，他都是全文的中心点。这正是本篇以"张诚"为题的原因。

4.神话色彩浓厚，使故事更加圆满。

"走无常者"巫婆，人世、阴间自由来往，够有本事的。观音菩萨，口碑最好的神仙，几千年降临一次，机遇真巧。这些迷信的情节，蒲公以神话笔法安排在故事中，自然得当。

5.故事结尾，令人欢喜。

继母牛氏过世了，好，不然怎么安排她呢？老翁与太夫人团聚，三个儿子围绕膝下，建楼阁，请家教；"马腾于槽，人喧于室，居然大家矣"。这正印证了那句话："好人一生平安"。我们读到这里，也该抹去伤感的泪花，呈现出笑容了。

结构

本文结构，从张翁刚成家写起，兵荒马乱，家破人散，一直写到老夫妻全家团聚，以正叙笔法记叙，层次清楚，读着顺畅自然。

1.全篇的写作提纲是这样的：

开头，第一段，"同父兄弟"。

中间部分，二至六段，"助兄采樵""生死与共""菩萨保佑""兄弟重逢"和"母子团聚"。

结尾，第七段，"居然大家"。

动笔前，拟提纲也罢，打腹稿（实际上也只是想到提纲这一步）也罢，一段一段地写，这才叫言之有序。

2.七段文字中，"助兄采樵"段写得最生动。细读，它是分三层写的：一是"怀饼饲兄"，二是"指破履穿"，三是"师叹其贤"。在这个段落中，蒲公将诚、讷弟兄二人的骨肉深情写得感人肺腑、催人泪下。

3."菩萨保佑"段，有迷信色彩，我们是唯物论者，不去管它。这一段主要是写讷作为哥哥，舍生忘死地去寻找弟弟，"行将穿云入海"，"如不可见，终

此身，勿望返也"，手足真情，力透纸背。

4. 看全文，悲剧起、喜剧终，安排得当。不然，读全篇内容十分压抑，着实让人受不了。

主题

文章的主题是靠具体的内容表达的，本文故事情节线索清晰，主题自然集中鲜明。

俗话说，兄弟"打断骨头连着筋"。《三字经》中第一句是"人之初，性本善"，这"善"字，含义很广，排在首位的当属家中的善：父母关爱子女，子女孝敬父母，兄弟姐妹亲，家和万事兴。这是天伦大道理，为人的基本素质。本文着力表达的兄弟深情，正是主题所在。

1. 文中三兄弟，都好。但对主题的表达，他们的作用是有区别的。

张讷，"伯而仲"，既为兄又为弟。他处在全文故事情节的主线条上。其悲剧是由牛氏"每嫉讷，奴畜之"引起的。对继母的"悍"，他忍着；对弟弟的爱，他存着。为救弟他舍生忘死，这对主题的表达作用显著。

张诚，小弟弟，有生母关爱，有书可读，吃穿从优，但难得的是他没有生母牛氏的基因，深知骨肉至亲的天伦大道，对哥哥讷表现了高度的爱。"不忍兄劬，阴劝母。母弗听"；"窃面请邻妇为之"；助兄采樵，指破履穿；最后"虎竟衔诚去"，险些丢了性命。这样一个少年，品质竟如此高尚，诚是表达主题的第一主角。

张千户，出生前就随母亲被北兵掠去。继父早逝，生活也不会太好。长大后，继承继父官职。他见弟诚伤在路旁，"貌文"，带回家中。母子团聚后，对是否回归故里，太夫人有顾虑，千户拿大主意："能容则共之，否则析之。天下岂有无父之国？"回家后，出资"建楼阁，延师教两弟"。作为大哥，他是好样

75

的。

2. 反面人、事对表达主题也不可或缺。结合当时情况看，这老张家负面事情不少：

其一，青年刚结婚，妻子怀孕，即被北兵掠去。假如没有兵灾，太夫人自生三子，还有日后那些苦难吗？

其二，张翁再娶，生子讷，继室病亡。假如讷的生母不死，多好啊。

其三，三妻牛氏到家，生子诚，这可糟了。牛氏虽不是敌人，但讷、诚的生死苦难是她造成的。假如她是贤妻良母……

其四，张翁自身没长男人骨头。他是谁呀，一家之主啊！可看他的表现，讷要冒死去寻找弟弟时，"翁引空处与泣，无敢留之。"假如他能力主正义……

事已发生，没有假如。牛氏的"悍"，从反面衬托出三兄弟的骨肉真情，安排得好。

人 物

本文一父二母（讷母没出场）三兄弟，形象都鲜明。蒲公运用刻画人物的手法，主要是写人物的行动和语言。

1. 人物的动作写得具体、逼真。

写牛氏悍，对讷、诚两副面孔：

每嫉讷，奴畜之，啖以恶草具。使樵，日责柴一肩，无则挞楚诟诅，不可堪。

隐蓄甘脆饵诚，使从塾师读。

写诚助兄，一片赤诚：

移时，怀饼来饵兄。

以手足断柴助兄……指已破，履已穿。

写讷爱弟，生死与共：

以斧自剟其项……入肉者已寸许，血溢如涌，眩瞀滨绝。

每于冲衢访弟耗，途中资斧断绝，丐而行。

2. 人物的语言写得感人肺腑。

诚怀饼来饵兄，兄问其所自来，曰："余窃面请邻妇为之，但食勿言也。"

讷见弟指破鞋穿，悲曰："汝不速归，我即以斧自刭死！"

讷伤愈，将寻弟拜父曰："行将穿云入海往寻弟，如不可见，终此身，勿望返也。愿父犹以儿为死。"

语言

总的说来，本文语言以"简练、质朴"取胜。具体地说，以下几方面当用心领会。

1. 单音字在文言句中运用得好。如：

诚渐长，性孝友，不忍兄劬，阴劝母。

阴，不是阴晴、阴险，而是"背地里"。

讷入山樵，未终，值大风雨……

值，取值日、值班的引申意，是"正赶上"的意思。

众骇，裂之衣而约之，群扶以归。

约，从"约束"引出，是"捆扎起来"的意思。

千户无长君，子之。

子，当动词用，是"认他当儿子养着"。

2. 语句简练，意思表达明确。如：

母验之少，怒不与食。

师叹其贤，遂不之禁。

77

"汝以弟为子，折福死矣！"

马腾于槽，人喧于室，居然大家矣。

3.情节交待清楚。

讷饿，诚以饼饵兄，"饼"是哪来的呢？

兄问其所自来，曰："余窃面请邻妇为之。"

为什么要"窃面"呢？家中食物，牛氏把着，不敢动；为什么要请邻家阿姨帮忙呢？诚十三四岁，不会做，在家做饼也容易暴露呀。

怎么知道大哥千户是亲兄弟呢？

太夫人曰："我适汝父三年，流离北去，身属某指挥，半年，生汝兄……"

才"半年"，可见当时太夫人为某指挥掠去时，已怀孕四个月。千户，确是张家血脉。

4.观察细致，描写具体。

菩萨降临，怎么样呢？

菩萨以杨枝遍洒甘露，其细如尘。俄而雾收光敛，遂失所在。讷觉颈上沾露，斧处不复作痛。

母子回归故里，张翁是什么样子呢？

父自讷去，妻亦寻卒，块然一老鳏，形影自吊。忽见讷入，暴喜，恍恍以惊；又睹诚，喜极，不复作言，潸潸以涕……

总之，本文语言简练、质朴，没有什么华丽词藻。字里行间，以情取胜，甚为感人。

9. 聂小倩

宁采臣，浙人，性慷爽，廉隅自重。每对人言："生平无二色。"

适赴金华，至北郭，解装兰若。寺中殿塔壮丽，然蓬蒿没人，似绝行踪。东西僧舍，双扉虚掩，惟南一小舍，扃（jiōng）键如新。又顾殿东隅，修竹拱把；下有巨池，野藕已花。意乐其幽杳（yǎo）。会学使按临，城舍价昂，思便留止，遂散步以待僧归。

日暮，有士人来，启南扉。宁趋为礼，且告以意。士人曰："此间无房主，仆亦侨居。能甘荒落，旦晚惠教，幸甚。"宁喜，藉稿代床，支板作几（jī），为久客计。是夜，月明高洁，清光似水，二人促膝殿廊，各展姓字。士人自言"燕姓，字赤霞"。宁疑为赴试诸生，而听其声音，绝不类浙，诘之，自言"秦人"，语甚朴诚。既而相对词竭，遂拱别归寝。

宁以新居，久不成寐。闻舍北喁（yú）喁，如有家口。起伏北壁石窗下，微窥之，见短墙外一小院落，有妇可四十余，又一媪衣黯（hè）绯，插蓬首，鲐（tái）背龙钟，偶语月下。妇曰："小倩何久不来？"媪曰："殆好至矣。"妇曰："将无向姥姥有怨言否？"曰："不闻，但意似蹙蹙（cù）。"妇曰："婢子不宜好相识。"言未已，有一十七八女子来，仿佛艳绝。媪笑曰："背地不言人。我两个正谈道，小妖婢悄来无迹响，幸不訾（zǐ）着短处。"又曰："小娘子端好是画中人，遮莫老身是男子，也被摄魂去。"女曰："姥姥不相誉，更阿谁道好？"妇人女子，又不知何言。宁意其邻人眷口，寝不复听。

又许时，始寂无声。方将睡去，觉有人至寝所，急起审顾，则北院女子也。惊问之，女笑曰："月夜不寐，愿修燕好。"宁正容曰："卿防物议，我畏人言。略一失足，廉耻道丧。"女云："夜无知者。"宁又咄之。女逡（qūn）巡若复有词。宁叱："速去！不然，当呼南舍生知。"女惧，乃退，至户外复返，以黄金一锭置褥上。宁掇（duō）掷庭墀（chí），曰："非义之物，污我囊橐（tuó）！"女惭出，拾金自言曰："此汉当是铁石。"

诘旦，有兰溪生携一仆来候试，寓于东厢，至夜暴亡。足心有小孔，如锥刺者，细细有血出。俱莫知故。经宿，一仆死，症亦如之。向晚，燕生归，宁质之，燕以为魅。宁素抗直，颇不在意。宵分，女子复至，谓宁曰："妾阅人多矣，未有刚肠如君者。君诚圣贤，妾不敢欺。小倩，姓聂氏，十八夭殂（cú），葬寺侧，辄被妖物威胁，役贱务。觍（tiǎn）颜向人，实非所乐。今寺中无可杀者，恐当以夜叉来。"宁骇求计。女曰："与燕生同室可免。"问："何不惑燕生？"曰："彼奇人也，不敢近。"问："迷人若何？"曰："狎暱我者，隐以锥刺其足，彼即茫若迷，因摄血以供妖饮；又或以金，非金也，乃罗刹鬼骨，留之能截取人心肝。二者，凡以投时好耳。"宁感谢，问戒备之期，答以"明宵"。临别泣曰："妾堕玄海，求岸不得。郎君义气干云，必能拔生救苦。倘肯囊妾朽骨，归葬安宅，不啻（chì）再造。"宁毅然诺之。因问葬处，曰："但记取白杨之上，有乌巢者是也。"言已，出门，纷然而灭。

明日，恐燕他出，早诣邀致，辰后具酒馔。留意察燕，既约同宿，辞以"性癖耽寂"。宁不听，强移卧具来。燕不得已，移榻从之，嘱曰："仆知足下丈夫，倾风良切。要有微衷，难以遽白。幸勿翻窥箧（qiè）袱。违之，两俱不利。"宁谨受教。既而各寝，燕以箱箧置窗上，就枕移时，齁（hōu）如雷吼。宁不能寐。近一更许，窗外隐隐有人影。俄而近窗来窥，目光睒（shǎn）闪。宁惧，方欲呼燕，忽有物裂箧而出，耀若匹练，触折（shé）窗上石棂，欻（xū）然一射，即遽敛入，宛如电灭。燕觉而起，宁伪睡以

聶小倩

洗具光明名磊
落拓不羈
剑侠六何傷
良宵自詫
奇缘者多
半青燈
注暮楊

觇（chān）之。燕捧箧，检取一物，对月嗅视。白光晶莹，长可二寸，径韭叶许。已而数重包固，仍置破箧中，自语曰："何物老魅，直尔大胆，致坏箧子。"遂复卧。宁大奇之，因起问之，且以所见告。燕曰："既相知爱，何敢深隐。我，剑客也。若非石棂，妖当立毙，虽然亦伤。"问所缄（jiān）何物，曰："剑也。适嗅之，有妖气。"宁欲观之，慨出相示，荧荧然一小剑也，于是益厚重燕。

明日视窗外，有血迹。遂出寺北，见荒坟累累，果有白杨，乌巢其颠。迨（dài）营谋既就，趣装欲归。燕生设祖帐，情义殷渥（wò）。以破革囊赠宁，曰："此剑袋也，宝藏可远魑（chī）魅。"宁欲从受其术，曰："如君信义刚直，可以为此。然君犹富贵中人，非道中人也。"宁乃托有妹葬此，发掘女骨，敛以衣衾（qīn），赁（lìn）舟而归。

宁斋临野，因营坟葬诸斋外。祭而祝曰："怜卿孤魂，葬近蜗居，歌哭相闻，庶（shù）不见陵于雄鬼。一瓯（ōu）浆水饮，殊不清旨，幸不为嫌！"祝毕而返。后有人呼曰："缓待同行！"回顾，则小倩也，欢喜谢曰："君信义，十死不足以报。请从归，拜识姑嫜（zhāng），媵（yìng）御无悔。"审谛（dì）之，肌映流霞，足翘（qiáo）细笋，白昼端相，娇艳尤绝。遂与俱至斋中。嘱坐少待，先入白母，母愕然。时宁妻久病，母戒毋言，恐所惊骇。言次，女已翩（piān）然入，拜伏地下。宁曰："此小倩也。"母惊顾不遑。女谓母曰："儿飘然一身，远父母兄弟。蒙公子露覆，泽被发肤，愿执箕帚（zhǒu），以报高义。"母见其绰（chuò）约可爱，始敢与言，曰："小娘子惠顾吾儿，老身喜不可已。但生平只此儿，用承祧（tiāo）绪，不敢令有鬼偶。"女曰："儿实无二心。泉下人，既不见信于老母，请以兄事，依高堂，奉晨昏，如何？"母怜其诚，允之。即欲拜嫂，母辞以疾，乃止。女即入厨下，代母尸饔（yōng）。入房穿户，似熟居者。

日暮，母畏惧之，辞使归寝，不为设床褥。女窥知母意，即竟去。过斋欲入，却退，徘徊户外，似有所惧。生呼之。女曰："室中剑气畏人。向

82

道途中不奉见者，良以此故。"宁已悟为革囊，取悬他室。女乃入，就烛下坐。移时，殊不一语。久之，问："夜读否？妾少诵《楞严经》，今强半遗忘。浼（měi）求一卷，夜暇，就兄正之。"宁诺。又坐，默然，二更向尽，不自去。宁促之，愀（qiǎo）然曰："异域孤魂，殊怯荒墓。"宁曰："斋中别无床寝，且兄弟亦宜远嫌。"女起，容颦（pín）蹙（cù）而欲啼，足𨑔（kuāng）儴（ráng）而懒步，从容出门，涉阶而没（mò）。

宁窃怜之，欲留宿别榻，又惧母嗔（chēn）。女朝（zhāo）旦朝母，捧匜（yí）沃盥（guàn），下堂操作，无不曲承母志。黄昏告退，辄过斋头，就烛诵经，觉宁将寝，始惨然去。先是宁妻病废，母劬（qú）不可堪。自得女，逸甚，心德之。日渐稔（rěn），亲爱如己出，竟忘其为鬼，不忍晚令去，留与同卧起。女初来未尝食饮，半年渐啜（chuò）稀饦（tuō）。母子皆溺爱之，讳（huì）言其鬼，人亦不之辨也。

无何，宁妻亡。母阴有纳女意，然恐于子不利。女微窥之，乘间告母曰："居年余，当知儿肝鬲（gé）。为不欲祸行人，故从郎君来。区区无他意，只以公子光明磊落，为天人所钦瞩，实欲依赞三数年，借博封诰（gào），以光泉壤。"母亦知其无恶，但惧不能延宗嗣（sì）。女曰："子女惟天所授。郎君注福籍，有亢（kàng）宗子三，不以鬼妻而遂夺也。"母信之，与子议。宁喜，因列筵告戚党。或请觌（dí）新妇，女慨然华妆出，一堂尽眙（yí），反不疑其鬼，疑为仙。由是五党诸内眷，咸执贽（zhì）以贺，争拜识之。女善画兰梅，辄以尺幅酬答，得者藏什袭以为荣。

一日，俯颈窗前，怊（chāo）怅若失。忽问："革囊何在？"曰："以卿畏之，故缄置他所。"曰："妾受生气已久，当不复畏，宜取挂床头。"宁诘其意，曰："三日来，心怔忡（zhēng chōng）无停息，意金华妖物，恨妾远遁，恐旦晚寻及也。"宁果携革囊来。女反覆审视，曰："此剑仙将盛（chéng）人者也，敝败至此，不知杀人几何许！妾今日视之，肌犹栗悚（sǒng）。"乃悬之。次日，又命移悬户上。夜对烛坐，约宁勿寝。欻（xū）

有一物，如飞鸟堕。女惊匿夹幕间。宁视之，物如夜叉状，电目血口，睒闪攫（jué）拿而前，至门却步，逡（qūn）巡久之，渐近革囊，以爪摘取，似将抓裂。囊忽格然一响，大可合篑（kuì），恍惚有鬼物，突出半身，揪夜叉入。声遂寂然，囊亦顿缩如故。宁骇诧。女亦出，大喜曰："无恙矣！"共视囊中，清水数斗而已。

后数年，宁果登进士。举一男。纳妾后，又各生一男。皆仕进有声。

导读

《聊斋》这部书，有些人俗称它为《鬼狐传》。其实，正像著名词作家乔羽先生在同名电视剧插曲中所写的，"那些鬼狐妖怪比人更可爱"。写"鬼"，《聂小倩》当属书中第一篇。《聂小倩》与《青凤》，都放在书中前几则，当属写鬼狐故事的领军篇章。

从选材方面看，本文特色鲜明。

1. 蒲公写"鬼"，有胆量，气场浓。

我们都是有一定科学知识的人，深知人的生老病死是自然规律，"鬼"的泉下世界是没有的事，写鬼只是文学家发挥想象以鬼代人的写作手法而已。不过，既然写"鬼"，就得有这个胆量，写得像真有其事一样。蒲公在这方面确是超级圣手，文中泉下气场很浓。

2. 二主角的故事充实具体，生动感人。

写文章，必须有具体内容，选材精当至关重要。文中宁生与小倩二主角，生活情节穿插于阴阳两世间，内容的选择的确有独到之处。这二位，一个是苦读赴考的书生，一个是受妖物控制摄血杀人的女鬼。二位主角怎样才能终成眷属呢？一系列生动的情节可谓引人入胜。

3. 全文主要是写"人鬼情"的，但文中以相当篇幅穿插燕生这位剑侠的故

事，便是锦上添花了。燕生的作用，相当明显：

其一，他与主角宁生同住在荒芜的破庙中，没有他的保护，宁生难逃劫难。

其二，在"亮剑"小段中，宁生惊恐地目睹了妖婆的凶恶面目和仙剑的神奇功夫。他敬佩燕生，二人结下友情。但燕生点明"君犹富贵中人"，不能将剑术传授给他。

其三，二人告别时，燕生将"剑袋"相赠，这一情节十分关键。不然，两主角即使回到家中，也难逃妖婆的追杀。

其四，妖鬼是"无中生有"，"剑使"也是。不过，这种武功高强的人确实是有的。作者再发挥想象力加以渲染，写成"剑客"，也在情理之中。

4. 我、亲、友、敌，四方关系清楚。

材料选定后，在情节安排上，四方人物关系清楚、明晰。我，书生宁采臣，始终处在全文主线位置。亲，鬼女聂小倩是全文的灵魂，没有她宁生什么戏都没有。所以，以她为题名，合适。宁母，也属亲人之列。友，燕生，可敬可信。敌，鬼妖老魅，也自始至终穿插其中。这四方人物安排得精巧，故事就有戏了。

结 构

本文故事情节脉络单一，场次也就寺庙与宁家两地，一路写下来，十分清晰。

1. 拟定小标题，全文结构是这样的：

开头，第一段，"宁生"。

中间部分，二至十三段，分别是"入寺""燕生""邻妇""铁石""求救""亮剑""从归""见母""夜去""留宿""婚成"和"诛妖"。

结尾：第十四段，"善果"。

2. 全文首尾十分简明，主要内容全在中间部分，这是一般行文写作的一般规律。

3. 重点段落写得十分精彩。像"铁石""亮剑""婚成"几段，精读时都应该做到熟读成诵，抄录留存。

"亮剑"段是按几层意思写的：一是次日宁恐燕出，辰时后就一直到他的房间内盯着，强烈要求是夜同宿。二是燕叮嘱宁"勿翻窥箧袄。违之，两俱不利"。三是妖至，剑出，一场格杀，老魅负伤败逃。四是宁视燕剑，十分敬佩。这一段，刀光剑影，读来惊心动魄。

主题

讲述古代爱情故事，冲破封建习俗，争取婚姻自主，这是要集中表达的主题。不过，选材内容不同，主题表达的方法也各具特色。本篇写的是"人鬼情"，戏路自然与众不同了。

1. 人、鬼相恋，两主角双方都须有独到的勇气和胆量。对宁生来说，能娶鬼女为妻吗？这在迷信盛行的旧时代，非大智大勇者不可。对小倩来说，既在泉下，受妖魅长期胁迫，还有可能重回人间、重筑爱巢吗？太难了。二人冲破重重难关，有情人终成眷属，这一选材对主题的表达是鲜明有力的。

2. 宁生与小倩，二人的结合是有漫长的情感发展过程的。前面的香玉与黄生、青凤与耿生，两主角一见面便以心相许。这一篇，二人的相爱之路是曲折的，情感的发展阶段分明：

（1）"铁石"段，两主角首次相遇，但那是在什么情景中呢？是杀人现场，生死关头。当夜，小倩是受老妖胁迫的凶手，宁生是受害对象。宁生对小倩不会有好感，而小倩对宁生这铁石汉子产生了敬慕之情。

（2）"求救"段，小倩诉说"妾堕玄海，求岸不得"的痛苦，向宁生求救"归葬安宅，不啻再造"，"宁毅然诺之"。此时，小倩完全信赖宁生，宁生由衷地同情小倩。

（3）"见母"段，情节深入发展。小倩喜曰"君信义，十死不足以报"，而宁生这才发现小倩"肌映流霞，足翘细笋，白昼端相，娇艳尤绝"。拜母后，宁母也很喜欢小倩，基础做实了。

（4）"夜去"段，二人虽都有意，但以兄妹相称，还隔着一层窗户纸，不得越过。

（5）"留宿"段，小倩深得宁母爱怜，半年来也能食人间烟火，水既到，渠将成。

（6）"婚成"段，"无何，宁妻亡"，宁、倩结合，名正言顺，宁母担心"不能延宗嗣"，小倩说"郎君注福籍，有亢宗子三，不以鬼妻而遂夺也"。于是，二主角终成连理。

这一系列曲径通幽的事件，与一见钟情不同，主题的表达别有情趣。

3. 宁母虽有些旧观念，但十分通情达理。与祝英台的父亲比，真是太好了。二人的幸福结合，宁母起了不小的作用。

人 物

本篇故事单一，人物不多。配角中燕生与宁母写得很好，老妖也不可或缺。这里，让我们集中地讨论一下两主角的主要性格特征。

宁采臣，一介应考书生，品行端正、心地善良、勤勉好学、爱恨分明。这些不必再议。有人对他自诩（xǔ）"生平无二色"有些异议，但看这个问题，不能离开当时的实际情况。

其一，不错，他已结婚，家有妻室。但初见小倩，他并无邪念，而是从受

害者到怜香惜玉的兄长而已。病妻过世后，他娶了小倩，这在今天也是合理合法的。

其二，文中结尾处写他"纳妾后，又各生一男"，这可怎么说呢？好说。宁生考取进士，在那个年代一般应封七品县令。有妻再纳妾，时代习俗使然，不必过于苛求。

聂小倩，鬼女，年轻美丽、诚恳勤劳、敬老贤惠、擅长绘画。这些也不必再议。惟独她"智商高人一筹"这一点，值得大为点赞。

其一，二人初次相见，小倩夜袭宁生，美女、金钱，这两招全不管用，她感到"此汉当是铁石"。这两关不好过，有多少高官入狱，都是败在这两关之下。这虽不是一见钟情，但在小倩心中，已认定这书生品德高尚，可以托付终身。这一点，最见小倩的高智商。

其二，"求救"段中，小倩坦诚地诉说自己的苦情，"妾堕玄海""郎君义气干云，必能拔生救苦"。她相信，这位君子是能拯救自己出苦海的人。

其三，"从归"后，她不是要当第三者，而是"即欲拜嫂"，她不忘自身前途也是人之常情。小倩心里明白：这位阿嫂病重，来日不多；真心孝敬老母，总会被接纳的。这需要时间，需要耐心等待。果然，半年、一年过去，小倩与宁生二人的真爱之花终于绽放。

语言

本篇语言生动，可圈可点之处不少。

1.单音字在文言句中运用得好。如：

（小倩）谓宁曰："妾阅人多矣……"

这里的"阅"，不是阅读，也不是单单地看，而是"经历过""考查过"的意思。

女曰："儿实无二心……请以兄事……"

事，不是故事，不是事件，而是"把自己放在小妹位置，一切以兄长对宁生"。

女曰："室中剑气畏人。向道途中不奉见者，良以此故。"

这里的"良"不是优良、善良，而是"主要的"意思。

"公子光明磊落，为天人所钦瞩。"

"天"讲法很多，这里是"天下所有的"意思。

2. 关键词语用得精准。如：

有一十七八女子来，仿佛艳绝。

这女子是特别漂亮吗？看不准。为什么？因为当时宁生在室内窗口下，隔短墙望外院人影，又是夜间，所以看不太清楚。

（女）过斋欲入，却退，徘徊户外。

为什么徘徊呢？一是因为室中有剑袋，二是因为心中自卑。

3. 四字句运用娴熟。如：

顾殿东隅，修竹拱把；下有巨池，野藕已花。

"卿防物议，我畏人言。略一失足，廉耻道丧。"

"足下丈夫，倾风良切。要有微衷，难以遽白。"

有妹葬此，发掘女骨，敛以衣衾，赁舟而归。

4. 鬼影剑光，场面紧张。

在"亮剑""诛妖"两段中，写妖魅鬼影，阴森恐怖；写侠客亮剑，惊心动魄。诚然这些人和事本是蒲公虚构、想象的，但这样写了，"假作真时真亦假"，氛围、气场都有了，这正是蒲公运用语言的魅力。

10. 青娥

霍桓（huán），字匡九，晋人也。父官县尉，早卒。遗生最幼，聪慧绝人，十一岁以神童入泮（pàn）。而母过于爱惜，禁不令出庭户，年十三岁，尚不能辨伯叔甥舅焉。同里有武评事者，好道，入山不返。有女青娥，年十四，美异常伦。幼时窃读父书，慕何仙姑之为人。父既隐，立志不嫁，母无奈之。

一日，生于门外瞥见之。童子虽无知，只觉爱之极而不能言。直告母，使委禽焉。母知其不可，故难之。生郁郁不自得。母恐拂（fú）儿意，遂托往来者致意武，果不谐。生行思坐筹，无以为计。

会有一道士在门，手握小镵（chán），长才尺许。生借阅一过，问："将何用？"答云："剧（zhǔ）药之具，物虽微，坚石可入。"生未深信。道士即以斫（zhuó）墙上石，应手落如腐。生大异之，把玩不释于手。道士笑曰："公子爱之，则以奉赠。"生大喜，酬之以钱，不受而去。持归，历试砖石，略无隔阂（hé）。顿念穿墙，则美人可见，而并不知其非法也。

更定，逾垣而出，直至武第，凡穿两重垣，始达中庭。见小厢中，尚有灯火，伏窥之，则青娥卸晚妆矣。少顷烛灭，寂无声。穿牖（yǒu）入，女已熟眠。轻解双履，悄然登榻，又恐女郎惊觉，必遭诃逐，遂潜伏绣衾之侧，略闻香息，心愿窃慰。而半夜经营，疲殆颇甚，少一合眸，不觉睡去。

女醒，闻鼻气休休，开目，见穴隙亮入，大骇，急起，暗摇婢醒，拔关轻出，敲窗唤家人妇。共爇（ruò）火操杖以往，见一总角书生，酣眠绣

青娥

宅垣曾探绣房去
鑿石重联洞府
桐道士墙
鏡光宵
念度处
孝子作
仙人

91

榻。细审视为霍生，推之始觉，遽起，目灼灼如流星，似亦不大畏惧，但靦然不作一语。众指为贼，恐呵之，始出涕曰："我非贼，实以爱娘子故，愿一近芳泽耳。"众又疑穴数重垣，非童子所能者，生出镜以言其异。共试之，骇绝，讶为神授，将共告诸夫人。女俯首沉思，意似不以为可。众窥知女意，因曰："此子声名门第，殊不辱玷（diàn），不如纵之使去，俾（bǐ）复求媒焉。诘旦，假盗以告夫人，如何也？"女不答。众乃促生行，生索镜，共笑曰："骇（ái）儿童！犹不忘凶器耶？"生觑（qù）枕边有凤钗一股，阴纳袖中，已为婢子所窥，急白之。女不言亦不怒。一媪拍颈曰："莫道他骇若小，意念乖绝也。"乃曳之，仍自窦（dòu）中出。

既归，不敢实告母，但嘱母复媒致之。母不忍显拒，惟遍托媒氏急为别觅良姻。青娥知之，中情皇急，阴使腹心风示媪。媪悦，托媒往。会小婢漏泄前事，武夫人辱之，不胜恚（huì）愤。媒至，益触其怒，以杖画地，骂生并及其母。媒惧窜归，具述其状。生母亦怒曰："不肖儿所为，我都懵懵（měng），何遽以无礼相加！当交股时，何不将荡儿淫妇一并杀却？"由是见其亲属，辄便披（pī）诉。女闻，愧欲死。武夫人大悔，而不能禁之使勿言也。女阴使人婉致生母，且矢之以不他，其辞悲切。母感之，乃不复言。而论亲之媒，亦遂辍（chuò）矣。

会秦中欧公宰是邑，见生文，深器之，时召入内署，极意优宠。一日问生："婚乎？"答言："未。"细诘之，对曰："夙（sù）与故武评事小女有盟约，后以微嫌，遂致中寝。"问："犹愿之否？"生靦然不言。公笑曰："我当为子成之。"即委县尉教谕，纳币于武。夫人喜，婚乃定。逾岁，娶女归。入门，乃以镜掷地曰："此寇盗物，可将去！"生笑曰："勿忘'媒妁'。"珍佩之，恒不去身。

女为人温良寡默，一日三朝其母。余惟闭门寂坐，不甚留心家务。母或以吊庆他往，则事事经纪，罔不井井。二年余，女生一子孟仙，一切委之乳保，似亦不甚顾惜。又四五年，忽谓生曰："欢爱之缘，于兹八载。今离

长会短，可将奈何！"生惊问之，即已默默，盛妆拜母，返身入室。追而诘之，则仰眠榻上而气绝矣。母子痛悼，购材而葬之。

母已衰迈，每每抱孙思母，如摧肺肝，由是遘（gòu）病，遂惫不起。逆害饮食，但思鱼羹，而近地无鱼，百里外始可购致。时厮骑（qí）皆被差遣，生性纯孝，急不可待，怀资独往，昼夜无停趾。返至山中，日已沉冥，两足跛踦（bǒ yǐ），步不能咫。后一叟至，问曰："足得毋泡乎？"生唯唯。叟便曳坐路隅，敲石取火，以纸裹药末熏生两足。讫试使行，不惟痛止，兼益矫健。感极申谢。叟问："何事汲汲（jí）？"答以"母病"，因历道所由。叟问："何不另娶？"答云："未得佳者。"叟遥指山村曰："此处有一佳人，倘能从我去，仆当为君作伐。"生辞以"母病待鱼"，姑不遑暇。叟乃拱手，约以异日入村，"但问老王"，乃别而去。生归，烹鱼献母。略进，数日寻瘳（chōu）。

乃命仆马，往寻叟。至旧处，迷村所在。周章逾时，夕暾（tūn）渐坠。山谷甚杂，又不可以极望，乃与仆分上山头，以瞻里落。而山路崎岖，不可复骑，跋履而上，昧色笼烟矣。蹀躞（dié xiè）四望，更无村落。方将下山，而归途已迷，心中燥火如烧，荒窜间，冥堕绝壁。幸数尺下有一线荒台，坠卧其上。阔仅容身，下视黑不见底。惧极，不敢少动。又幸崖边皆生小树，约体如栏。定移时，见足傍有小洞口，心窃喜，以背着（zhuó）石，蠪（cáo）行而入。意稍稳，冀天明可以呼救。

少顷，深处有光如星点。渐近之，约二三里许，忽睹廊舍，并无钆（gāng）烛，而光明若昼。一丽人自房中出，视之，青娥也。见生惊曰："郎何能来？"生不暇陈，把手呜恻。女劝止之，问母及儿。生悉述苦况，女亦惨然。生曰："卿死年余，此得毋冥间耶？"女曰："非也，此乃仙府。曩（nǎng）实非死，所瘗（yì），一竹杖耳。郎今来，仙缘有分也。"因导令朝父。则一修髯（rán）丈夫坐堂上，生趋拜。女曰："霍郎来。"翁惊起，握手略道平素，曰："婿来大好，分（fèn）当留此。"生辞以母望不能

久留。翁曰："我亦知之，但迟三数日，即亦何伤？"乃饵以肴（yáo）酒，即令婢设榻于西堂，施锦茵（yīn）焉。

生既退，曳女同寝，女却之曰："此何处，可容狎亵（xiè）？"生捉臂不舍。窗外婢子笑声嗤（chī）然，女益惭。方争拒间，翁入，叱曰："俗骨污吾洞府，宜即去！"生素负气，愧不可忍，作色曰："儿女之情，人所不免，长者何当窥伺？我无难即去，但令女须便将随。"翁无辞，招女随之，启后户送之。赚生离门，父子阖扉去。回头，则峭壁巉（chán）岩，无少隙缝，只影茕茕（qióng），罔所归适。视天上斜月高揭，星斗已稀。怅怅良久，悲已而恨，面壁叫号（háo），迄无应者。愤极，腰中出镵，凿石攻进，且攻且骂。瞬息洞入三四尺许，隐隐闻人语曰："孽障哉！"生奋力凿益急。洞底豁开二扉，推娥出曰："可去，可去！"壁即复合。女怨曰："既爱我为妇，岂有待丈人如此者？是何处老道士授汝凶器，将人缠混欲死？"生得女，意愿已慰，不复置辩，但忧路险难归。女折两枝，各跨其一，即化为马，行且驶，俄顷至家。时失生已七日矣。

初，生之与仆相失也，觅之不得，归而告母。母遣人穷搜山谷，并无踪绪，正忧惶无所，闻子归，欢喜承迎，举首见妇，几骇绝。生略述之，母益忻慰。女以形迹诡异，虑骇物听，求母播迁，母从之。异郡有别业，刻期徙（xǐ）往，人莫之知。偕居十八年，生一女，适同邑李氏。后母寿终。女谓生曰："吾家茅田中，有雉（zhì）抱八卵，其地可葬。汝父子扶榇（chèn）归窆（biǎn）。儿已成立，宜即留守庐墓，无庸复来。"生从其言，葬后自返。月余，孟仙往省（xǐng）之，而父母俱杳。问之老奴，则云："赴葬未还。"心知其异，浩叹而已。

孟仙文名甚噪，而困于场屋，四旬不售。后以拔贡入北闱，遇同号生，年可十七八，神采俊逸，爱之。视其卷，注"顺天廪（lǐn）生霍仲仙"。瞪目大骇，因自道姓名。仲仙亦异之，便问乡贯，孟悉告之。仲仙喜曰："弟赴都时，父嘱：文场中，如逢山右霍姓者，吾族也，宜与款接。今果然矣！

顾何以名字相同如此？"孟仙因诘高、曾，并严、慈姓讳（huì），已而惊曰："是我父母也！"仲仙疑年齿之不类，孟仙曰："我父母皆仙人，何可以貌信其年岁乎？"因述往迹，仲仙始信。

场后不暇休息，命驾同归。才到门，家人迎告，是夜失太翁及夫人所在。两人大惊。仲仙入而询诸妇，妇言："昨夕尚共杯酌，母谓：'汝夫妇少不更事。明日大哥来，吾无虑矣。'早旦入室，则阒（qù）无人矣。"兄弟闻之，顿足悲哀。仲仙犹欲追觅，孟仙以为无益，乃止。是科仲领乡荐。以晋中祖墓所在，从兄而归。犹冀父母尚居人间，随在探访，而终无踪迹矣。

导读

读这篇小说，心情不能平静。记得七八岁时，父亲给我讲故事，其中有"小铁铲"一则，说是《聊斋》中的，内容十分生动，使我铭记终生。工作后有工资了，赶紧买了一套《聊斋》。我急切地将目录从头至尾细查三遍，没有这篇呀！后来一一阅读，才知道它叫《青娥》。

论选材，看内容，本篇特色多多。

1.故事精巧，选材新奇，引人入胜。

前几则爱情故事，都是直接从青年二主角起笔。本篇不同，一开场，出台的是两小，不过，这与"两小无猜，青梅竹马"不同。霍桓与青娥，自小本不认识，一个是家教甚严、自幼不出庭户不识叔伯的"娇"童，一个是窃读父书、从小美慕道姑的痴女。这两人后来怎么能成眷属呢？这就有戏了。

2.小铁铲的出现，构成故事的主线。

说本则故事神奇，奇就奇在这把小铁铲上。它的两次现身，使全篇故事明显分为上下两部分。是它，使两小相识、相爱、成婚、成仙。它在这桩婚姻中

起着关键作用。霍生第一次用铲，成就了与青娥的姻缘。第二次用铲，将已入仙门的青娥再次"娶"回家。作者对这把小铲的设计、运用，可谓独出心裁。

3.本篇神话色彩浓烈，一"仙"到底。

文中，三位"仙翁"在故事中穿插安排得巧妙。其一，青娥父亲武翁，弃官入山，对青娥乃至这对夫妻的终生轨迹起着决定性影响。其二，老道士应该是有意来到霍家门口，展示神奇的小铁铲，并无偿地赠给霍生，这才有了下面的全篇故事。其三，山中老王头给霍生医脚，点明"此处有一佳人"，引导霍生再遇青娥。这段姻缘奇始善终，三位老者功不可没。

4.结尾好，"仙"味浓，留有悬念。

故事写到结尾，二子功成名就，但回到家里，不见父母，令人伤痛。不过二人决定不再寻找了，知道父母已经"化仙"，离开人间了。他们到哪里去了？不必再写，让读者自己去设想吧。

结构

1.说到本文是上下两部分结构，为什么呢？

其一，是故事情节决定的。霍生与青娥两主角，有"两次"婚姻生活。这既不是一次不谐二次才成，也不是破镜重圆。第一部分，几经曲折，霍生顺理成章地将青娥娶到家。第二部分，从青娥"仙逝"写起，二人不能白头到老了。霍生又几经曲折，再"娶"青娥。他们生活的两个阶段，自成完整的章节。

其二，小铁铲的两次使用。第一次，霍生铲垣钻穴，"睡"到青娥床上，使得婚成，这是第一部分。第二次，霍生铲岩凿石，硬把青娥从仙洞中救出，再成伴侣。这是第二部分。可见，小铁铲的两次显神威，关系重大。

其三，从上下两部分的尾段看出。第一部分写到"婚成"段，故事圆满告一段落；第二部分写到"化仙"段，又是一出。上下两部分，由各结尾段看出，

味道很不相同。第一部分喜结连理，气氛欢悦；第二部分家"破"人散，令人怅然。

2.上下两部分各小段内容是怎样的呢？

第一部分，两小无猜，喜结良缘。

包括一至七段："两小""不谐""到室""潜伏""捉放""媒败"和"婚成"。

第二部分，身入仙境，情留人间。

包括八至十五段："仙逝""孝子""坠崖""会妻""同归""失踪""兄弟"和"化仙"。

段落理清了，布局谋篇的思路便一目了然。

3.哪些小段写得格外精彩？

第一部分中，"潜伏"与"捉放"段，第二部分中，"会妻"与"同归"段，故事情节、人物语言都写得格外好。应当以"破"读标准，多下些功夫，必多有收获。

主 题

从整体上看，本文主题明确，是歌颂青年男女婚姻自主的。具体地说，在表达这一主题的内容设计上，本文又有它独到的特色。

1.偶然性。文中第一段，从两小写起。这二位，霍生是幼年丧父，母爱过头，自小大门不出，十三岁还不辨叔伯亲友。智商虽高，以神童入泮，情商却是个"小迷糊"。青娥呢，尽管美丽聪慧，但立志不嫁。他们要结成伴侣，太困难了。

2.主动性。这段婚姻，尽管表面上有父母之命、媒妁之言，但其实质却是二主角主动相爱、自主结合。

霍生，一日在门外只瞥见青娥一眼，便觉得"爱之极而不能言"。求母托媒，不谐，但行思坐筹，放不下青娥。道士奉赠小铲，霍生就有办法了，"穴墙，则美人可见"，于是立即行动，潜伏被捉……直到将青娥娶回家中。二次"娶"妻，也是主动使用小铲实现的。文中小霍桓的主动精神，跃然纸上。

青娥，立志成仙不嫁，但从一见霍生酣眠衾侧一刻起，便动心了。对这"小贼"，捉而放之，阴使人致意霍母，"矢之以不他"；严父阻拦，爱心不变；几十年与霍生相伴，生二子一女，直至化仙。她的真情，始终坚定不移。

3. 斗争性。这一点，主要表现在仙洞中翁婿二人斗智斗勇上。夫妻久别重逢，"曳女同寝"，理所当然，作为岳父，无权干涉。霍生气愤地争辩，"长者何当窥伺"？老岳骗他出门后，不放青娥，霍生遂挥铲进攻，不达目的不收兵。

从这三点来看，本文相爱终生的主题，给人留下深刻的印象。

人物

文中人物虽多，但二位主角始终占据主要位置。

霍生，人小心大。他聪慧好学，文章写得好，深受县令欧公喜爱，给他主动做媒，这一点很关键。他幼稚天真，得小铲后决定穴墙而入，"而并不知其非法也"。他孝顺老母，深山求鱼，得遇老王，才找到重见青娥的线索。他勇敢，与岳父争辩、"动手"，毫不退让。好可爱呀，这位自幼不识叔伯的小霍桓！

青娥，可以说是孝媳、顺女、贤妻、良母。出嫁后，一日三朝婆母；虽留恋红尘，最终还是顺了父愿，步入仙境；对丈夫，相爱终生；对子女，安排周到。这样的人间仙子难找呀！

其他人物，有霍母、武夫人、岳丈、老道士、老王头、县令欧公、孟仙、仲

仙等人，各在其位，都很鲜活。

本文语言运用，主要特点是言中传情。

1.单音字在文言语句中用得好。如：

同里有武评事者，好道，入山不返。

这"里"，指乡里，住在一个村镇上。

青娥知之，中情皇急，阴使腹心风示媪。

这"风"，是放出风声，以语言告知对方。

孟仙文名甚噪，而困于场屋，四旬不售。

这"售"，其意义是从"售卖"引申出来的，是说年龄四十了，自己还得不到一官半职。

孟仙因诘高、曾，并严、慈姓讳。

"高"，高祖；"曾"，曾祖；"严"，父亲；"慈"，母亲。家庭称谓，各地叫法多种多样。有双亲；爹、娘；爸、妈；父、母等。在文言文中，家严、家慈的叫法最为普遍。

2.重点词语，含义表达精准。

生大异之，把玩不释于手。

把、玩二字，极浅显易懂。这里组成一个新词"把玩"，鲜活了，惟妙惟肖。

而半夜经营，疲殆颇甚。

一个孩童，即便有宝铲在手，穴墙钻洞几重院落，且在半夜三更摸黑作业，必定是很累的。这里正规地用"经营"表达，够有深度了。

女阴使人婉致生母，且矢之以不他。

"婉致"一词,用得恰到好处。

生笑曰:"勿忘'媒妁'。"

这里将小铁铲拟人化,有趣。

3.用"如"写出生动的比喻句。如:

道士即以斫墙上石,应手落如腐。

目灼灼如流星,似亦不大畏惧。

每每抱孙思母,如摧肺肝。

又幸崖边皆生小树,约体如栏。

4.情节记叙具体,内容交代清楚。如:

会小婢漏泄前事,武夫人辱之,不胜恚愤。媒至,益触其怒,以杖画地,骂生并及其母。媒惧窜归,具述其状。生母亦怒曰:"不肖儿所为,我都懵懵,何遂以无礼相加!当交股时,何不将荡儿淫女一并杀却?"由是见其亲属,辄便披诉。女闻,愧欲死。武夫人大悔,而不能禁之使勿言也。

老亲家武夫人原本大怒,怎么又会答应这门亲事呢?读这几句,才知真相,原来霍母抓住了她的"软肋":"我儿子与你闺女曾共躺一床,你看着办吧!"由于内容交代得合情合理,我们读着也明明白白。

11. 白秋练

  直隶有慕生，小字蟾宫，商人慕小寰（huán）之子。聪慧喜读。年
十六，翁以文业迂，使去而学贾（gǔ），从父至楚。每舟中无事，辄便吟
诵。抵武昌，父留居逆旅，守其居积。生乘父出，执卷哦（é）诗，音节
铿锵（kēng qiāng）。辄见窗影憧憧（chōng），似有人窃听之，而亦未之
异也。

  一夕，翁赴饮，久不归，生吟益苦。有人徘徊窗外，月映甚悉。怪之，
遽出窥觇（chān），则十五六倾城之姝（shū）。望见生，急避去。又二三
日，载货北旋，暮泊湖滨。父适他出，有媪入曰："郎君杀吾女矣！"生
惊问之，答云："妾白姓，有息女秋练，颇解文字。言在郡城，得听清吟，
于今结想，至绝眠餐。意欲附为婚姻，不得复拒。"生心实爱好，第虑父
嗔（chēn），因直以情告。媪不信，务要盟约。生不肯，媪怒曰："人世姻
好，有求委禽而不得者。今老身自媒，反不见内，耻孰甚焉！请勿想北渡
矣！"遂去。

  少间父归，善其词以告之，隐冀垂纳。而父以涉远，又薄女子之怀春
也，笑置之。泊舟处，水深没（mò）棹（zhào），夜忽沙碛（qì）拥起，舟
滞不得动。湖中每岁客舟必有留住守洲者，至次年桃花水溢，他货未至，
舟中物当百倍于原值也。以故，翁未甚忧怪，独计明岁南来，尚须揭资。
于是留子自归。

  生窃喜，恨不诘媪居里。日既暮，媪与一婢扶女郎至。展衣卧诸榻上，

向生曰："人病至此，莫高枕作无事者。"遂去。生初闻而惊，移灯视女，则病态含娇，秋波自流。略致讯诘，嫣然微笑。生强其一语，曰："'为郎憔悴却羞郎'，可为妾咏。"生狂喜，欲近就之，而怜其荏（rěn）弱。探手于怀，接唇为戏。女不觉欢然展谑（xuè），乃曰："君为妾三吟王建'罗衣叶叶'之作，病当愈。"生从其言。甫两过，女揽衣起坐曰："妾愈矣！"再读，则娇颤相和。生神志益飞，遂灭烛共寝。女未曙已起，曰："老母将至矣。"未几，媪果至。见女凝妆欢坐，不觉欣慰。邀女去，女俯首不语。媪即自去，曰："汝乐与郎君戏，亦自任也。"于是生始研问居止。女曰："妾与君不过倾盖之友，婚嫁尚不可必，何须令知家门。"然两人互相爱悦，要誓良坚。

女一夜早起挑灯，忽开卷凄然泪莹。生急起问之。女曰："阿翁行且至。我两人事，妾适以卷卜展之，得李益《江南曲》词意非祥。"生慰解之，曰："首句'嫁得瞿塘贾'，即已大吉，何不祥之与有！"女乃稍欢，起身作别曰："暂请分手，天明则千人指视矣。"生把臂哽咽，问："好事如谐，何处可以相报？"曰："妾常使人侦探之，谐否无不闻也。"生将下舟送之，女力辞而去。无何，慕果至。生渐吐其情。父疑其招妓，怒加诟（gòu）厉。细审舟中，财物并无亏损，谯（qiáo）呵乃已。一夕，翁不在舟，女忽至，相见依依，莫知决策。女曰："低昂有数，且图目前。姑留君两月，再商行止。"临别以吟诗为相会之约。由此值翁他出，遂高吟，则女自至。

四月行尽，物价失时，诸贾无策，敛资祷湖神之庙。端阳后，雨水大至，舟始通。生既归，凝思成疾。慕忧之，巫医并进。生私告母曰："病非药禳（ráng）可痊，唯有秋练至耳。"翁初怒之，久之支离益惫，始惧，赁车载子，复如楚，泊舟故处。访居人，并无知白媪者。会有媪操柁湖滨，即出自任。翁登其舟，窥见秋练，心窃喜。而审诘邦族，则浮家泛宅而已。因实告子病由，冀女登舟，姑以解其沉痛。媪以婚无成约，弗许。女露半面，殷殷窥听，闻两人言，眦（zì）泪欲堕。媪视女面，因翁哀

白秋練

纖影憧憧之檻
外過美人潛起聽
吟哦楚江水堪
為命玉建羅衣不
及他

请，即亦许之。

至夜，翁出，女果至。就榻鸣泣曰："昔年妾状，今到君耶！此中况味，要不可不使君知。然羸（léi）顿如此，急切何能便瘳（chōu）？妾请为君一吟。"生亦喜，女亦吟王建前作。生曰："此卿心事，医二人何得效？然闻卿声，神已爽矣。试为我吟'杨柳千条尽向西'。"女从之。生赞曰："快哉！卿昔诵诗余，有《采莲子》云：'菡萏（hàn dàn）香连十顷陂（pō）。'心尚未忘，烦一曼声度之。"女又从之。甫阕（què），生跃起曰："小生何尝病哉！"遂相狎抱，沉疴若失。

既而，问："父见媪何词？事得谐否？"女已察知翁意，直对"不谐"。既而女去。父来，见生已起，喜甚，但慰勉之，因曰："女子良佳。然自总角时，把柁棹歌，无论微贱，抑亦不贞。"生不语。翁既出，女复来，生述父意。女曰："妾窥之审矣！天下事，愈急则愈远，愈迎则愈拒。当使意自转反相求。"生问计，女曰："凡商贾，志在利耳！妾有术知物价。适舟中物，并无少息。为我告翁，居某物利三之；某物十之。归家妾言验，则妾为佳妇矣。再来时，君十八，妾十七，相欢有日，何忧为！"生以所言物价告父。父颇不信，姑以余资半从其教。既归，所自置货资本大亏，幸少从女言，得厚息，略相准。以是服秋练之神。

生益夸张之，谓女自言，能使己富。翁于是益揭资而南。至湖，数日不见白媪。过又数日，始见其泊舟柳下。因委禽焉，媪悉不受，但涓（juān）吉送女过舟。翁另赁一舟为子合卺（jǐn）。女乃使翁益南，所应居货，悉籍付之。媪乃邀婿去，家于其舟。翁三月而返，物至楚，价已倍蓰（xǐ）。将归，女求载湖水。既归，每食必加少许，如用醯（xī）酱焉。由是每南行，必为致数坛而归。

后三四年，举一子。一日，涕泣思归。翁乃偕子及妇俱如楚。至湖，不知媪之所在。女扣舷呼母，神形丧失，促生沿湖问讯。会有钓鲟鳇者，得白𩽆（jì）。生近视之，巨物也，形全类人，乳阴毕具。奇之，归以告

女。女大骇，谓凤有放生愿，嘱生赎放之。生往商钓者，钓者索值昂。女曰："妾在君家，谋金不下巨万，区区者何遂靳（jìn）直也！如必不从，妾即投湖水死耳！"生惧，不敢告父，盗金赎放之。

既返，不见女，搜之不得，更尽始至。问何往，曰："适至母所。"问母何在，觍然曰："今不得不实告矣：适所赎，即妾母也。向在洞庭，龙君命司行旅。近宫中欲选嫔（pín）妃，妾被浮言者所称道，遂敕妾母，坐相索。妾母实奏之，龙君不听，放母于南滨。饿欲死，故罹（lí）前难。今难虽免，而罚未释。君如爱妾，代祷真君可免。如以异类见憎，请以儿掷还君。妾去，龙宫之奉，未必不百倍君家也。"生大惊，虑真君不可得见。女曰："明日未刻，真君当至。见有跛（bǒ）道士，急拜之，入水亦从之。真君喜文士，必合怜允。"乃出鱼腹绫一方，曰："如问所求，即出此求书一'免'字。"生如言候之。果有道士蹩躄（bié bì）而至，生伏拜之。道士急走，生从其后。道士以杖投水，跃登其上。生竟从之而登，则非杖也，舟也。又拜之。道士问何求，生出绫求书。道士展视曰："此白骥翼也，子何遇之？"蟾宫不敢隐，详陈颠末。道士笑曰："此物殊风雅，老龙何得荒淫！"遂出笔草书"免"字，如符形，返舟令下。则见道士踏杖浮行，顷刻已渺。归舟，女喜，但嘱勿泄父母。

归后二三年，翁南游，数月不归。湖水既罄（qìng），久待不至。女遂病，日夜喘急。嘱曰："如妾死，勿瘗（yì），当于卯、午、酉三时，一吟杜甫《梦李白》诗，死当不朽。候水至，倾注盆内，闭门缓妾衣，抱入浸（jìn）之，宜得活。"喘息数日，奄然遂毙。后半月，慕翁至。生急如其教，浸一时许，渐苏。自是每思南旋。后翁死，生从其意，迁于楚。

导读

我国长江流域的白鳖豚，为国家一级保护动物，非常珍贵。可以想见，当日蒲公听到点白鳖豚的消息，文思突发，瞄准它写出这篇动人的爱情故事，可谓选材匠心独运，令人折服。

从内容上看，本文有以下几处闪光点：

1. 选材新颖，人、仙相爱。

故事本身神话色彩很浓。这类内容，狐仙呀，花仙呀，多得很。白蛇不也成传而家喻户晓了吗？蒲公以拟人法写了这位白秋练仙女，可信可爱。文中几处写到白鳖豚的生活，如白母被钓捕的样子、秋练每次吃饭都要加点长江水等，都有真实的生活基础。

2. 两位主角，先相爱结合，后成婚礼。

这桩婚事，属“女追男”型。前面的一些篇章，男女恋情，“男追女”者为多，像《阿宝》中的孙子楚、《青凤》中的耿去病都是。这一篇不同，慕生随父南下经商，自己吟诗，是秋练主动示爱的，这也必然造成二人先结合后成婚的结果。这种情况，在法制社会的今天，我们是不提倡的，但在几百年前的时代，想请“父母之命”吗？不行，慕翁对秋练看不中。外省他乡，居所不定，少女怀春，主动上门，不行的！想听“媒妁之言”吗？也不行，二青年与周边人没有联系。可见，两位主角这样结合完全在情理之中。

3. 以诗传情，情意高雅。

在《聊斋》诸多篇章中，故事里穿插诗词、格言的，十分多见。蒲公在这方面造诣很深。本文诗句的引用，多出现在关键处：

其一，开头段，秋练是如何出场的呢？是慕生在舟中“执卷哦诗，音节铿锵”引来的。“窗影憧憧”，吟者无心，听者有意。试想，秋练生活在江、湖之

中，每日来往客商见得多了，为什么今天找上门来？因为诵声朗朗，舟中必有一位少年书生。

其二，两人相思成疾，如何治疗呢？输"诗"液，打"诗"针，立即见效。两位主角是文学青年，饱读诗词，尤其是对情诗可以说达到活学活用的程度。

其三，遇到难题时，"阿翁行且至"，怎么办？也以诗问卜。

4. 尽管有情人应当终成眷属，但这桩婚姻够得上"曲径通幽"，十分不易。爱情路上，主要关卡有三处：一是慕翁思想陈旧，不肯接纳秋练；二是二人跨省异地相爱，见少离多，相思成疾；三是有人打小报告，龙君选妃，点定秋练。这重重关卡，经二主角全力冲杀，终于胜利过关。

结构

本文故事不复杂，二主角感情专一，蒲公笔下一路按照时间顺序写，条理十分清楚。

1. 分段，拟定小标题，这是精读过程中很见功夫的环节。本文结构如下：

开头，第一段，"吟诗"。

中间部分，二至十一段，"自媒""留守""相爱""翁至""求医""病愈""翁服""合卺""救母"和"书'免'"。

结尾，第十二段，"迁楚"。

2. 记叙一件事，写作一篇故事，最常用的布局谋篇思路就是头、中、尾三段体，把主要情节放在中间部分。将这种写法学到手，大家无论在何种工作岗位上，都可以受用终生。

3. 全文十二个段落，"相爱"段写得最深情，"书'免'"段写得最精妙，大家精读时应多花些气力。

主题

本文为歌颂篇。在那个年代，两位年轻人能冲破阻力，追求幸福，自己择偶，终成眷属，这是十分难得的。具体地说，以下几点值得讨论，它们是表达主题的关键。

1. 择偶，要端正标准。

从全文看，男主角慕生是处在被动地位的。天赐良缘，他能遇到如此优秀的秋练，还有什么说的？完全同意就是。

女主角秋练，却很不简单。她一身仙气，生活在无边的江湖中，朝夕见的人多了。女孩子长大了，要找夫婿，这很正常。但为什么认准了慕生呢？说明她眼光犀利，有水平。这位青年，最突出的亮点是坦诚好学，手不释卷。尽管有父命要他弃学从贾，但他一门心思不在商场，而在诗卷中。他那认真诵诗的神采、声韵，赢得了少女的芳心。"高智商"的秋练不可小看呀！如今多少女青年择偶，先要问什么学历、一个月挣多少钱、有房有车没，"富"字加上"高"与"帅"，合成"高富帅"标准，误人啊！在这种择偶标准指导下，多少女青年或婚后遭遇"七年之痒"，离异了，或久择不遇，成为剩女……在这方面，白鳖豚仙女秋练无疑是一面光亮的镜子。

2. 主动追求幸福。

这一点，体现在全篇文字中。故事的一切情节，都是在秋练的"导演"下进行的。慕生作为男主角，领会了"导演"意图，二人终成伴侣。

3. 战胜重重阻力，凭智勇冲过难关。

其一，以慕翁的身份、经历，他不愿意接纳这样的儿媳，怎么办？秋练不急，她有办法。她摸准了老爷子的兴奋点——"凡商贾，志在利耳"。她有仙气，知物价的高低，只要能帮公爹赚钱，"则妾为佳妇矣"。

其二，两人长期分居两地，思念成疾，怎么办呢？"诗疗"。这一点文中写得惟妙惟肖，诗出病消。

其三，对付老龙王，这是一大难关。水族中有人向龙王打报告，白鳘的女儿白秋练，美丽异常。老色龙动心了。秋练是他的属下，没有抗拒能力，怎么办？加重神话色彩，求助真君吧。这真君也不知是哪路神仙，但官职肯定高于龙王。他的一个"免"字，竟使秋练母亲得赦。这一招，主意是秋练出的，执行者却是慕生。

本文主题表达得如此鲜活，正是通过以上几方面内容实现的。

人物

这篇故事，人物不多，除两位主角外，配角只有慕翁、白鳘和真君三位。

慕翁，商人，凡事以利为准，但他还是一位父亲，对慕生的关爱，自在情理之中。

白鳘，没的说，一心一意为了女儿好。

真君，爱才，主持正义，办事利索。

两位主角写得鲜活，是文中的重点人物。

1. 秋练，白鳘豚鱼仙少女。她美丽、有文才、有勇气、择偶眼力强……这些都是文中的闪光点。《聊斋》的"仙"味，在她身上体现得十分突出。如：

"相爱"段中，女知翁将至，要走，"生将下舟送之"，"女力辞而去"。送什么？她是鱼仙，一跳湖就到家了。

"翁服"段中，女知物价，进什么货利大，一语言中，是翁的得力经营助手。

"救母"段中，女北归后，"一日，涕泣思归"，心不安宁，预知老母出事了。

"书'免'"段中，更是料事如神。

"迁楚"段中，女遇难能自救。

美女"仙"气十足，格外可爱。

2. 慕生，商家独子，书生本质。他年轻、好学，诗才、商道"两门抱"；有追求，明事理，也有勇气，对爱情执着，品行端正。他与秋练忠贞不渝，相爱终生，这正是今日一些年轻人应该学习的地方。为了秋练，慕生迁家至楚，二人白头偕老，值得称赞。

本文语言流畅，读来津津有味。

1. 单音字在文言语句中使用得恰到好处。如：

少间父归，善其词以告之。

这里的"善"，不是善良、友善，而是谨慎地挑最为恰当的话向父亲汇报。

慕忧之，巫医并进。

这里的"进"，是"用上"，请巫婆作法、请郎中用药，双管齐下。

向在洞庭，龙君命司行旅。

司，管辖；司令，发布命令的人。这里，"司行旅"是负责管理来往客船方面的事务。

龙宫之奉，未必不百倍君家也。

奉，俸禄，物质生活待遇。意思是"我若选入龙宫，生活水平会比在你慕家高出百倍"。

2. 诗词引用十分娴熟。

3. 哲理句表达深刻。如：

天下事，愈急则愈远，愈迎则愈拒。

这句话很有辩证的味道。我们常说的"欲速则不达"也是这个意思。

4.有的语句想象力丰富。如：

……果有道士鳖蹩而至，生伏拜之。道士急走，生从其后。道士以杖投水，跃登其上。生竟从之而登，则非杖也，舟也。

充分发挥想象力，增强了神话色彩，我们读着也感觉很有味道。

12. 细柳

　　细柳娘，中都之士人女也。或以其腰袅（niǎo）可爱，戏呼之"细柳"云。柳少慧，解文字，喜读相人书；生平简默，未尝言人臧否（pǐ）。但有问名者，必求一亲窥其人。阅人甚多，但言未可。而年十九矣。父母怒之曰："天下迄（qì）无良匹，汝将以丫角老耶？"女曰："我实欲以人胜天，顾久而不就，亦吾命也。今而后，请惟父母之命是听。"

　　时有高生者，世家名士，闻细柳之名，委禽焉。既醮（jiào），夫妇甚得。生前室有遗孤，小字长福，时五岁，女抚养周至。女或归宁，福辄号啼从之，呵遣所不能止。年余，女产一子，名之长怙（hù）。生问命名之义，答言："无他，但望其长依膝下耳。"女于女红（gōng）疏略，常不留意；而于亩之东南，税之多寡，按籍而问，惟恐不详。久之谓生曰："家中事请置勿顾，待妾自为之，不知可当家否？"生如言，半载而家无废事，生亦贤之。一日，生赴邻村饮，适有追逋（bū）赋（fù）者，打门而诟（suì）。遣奴慰之，弗去，乃趣僮召生归隶。既去，生笑曰："细柳，今始知慧女不若痴男耶？"女闻之，俯首而哭。生惊挽劝之，女终不乐。生不忍以家政累之，仍欲自任，女又不肯。晨兴夜寐经纪弥勤，每先一年即储来岁之赋，以故终岁，未尝见催租者一至其门。又以此法计衣食，由此用度益纾（shū）。于是生乃大喜，尝戏之曰："细柳何细哉？眉细、腰细、凌波细，且喜心思更细。"女对曰："高郎诚高矣：品高、志高、文字高，但愿寿数尤高。"

　　村中有货美材者，女不惜重直致之，价不能足，又多方乞贷于戚里。

生以其不急之物，固止之，卒弗听。蓄之年余，里有丧者，以倍资赎诸其门。生利而谋诸女，女不可。问其故，不语，再问之，荧荧欲涕。心异之，然不忍重拂焉，乃罢。又逾岁，生年二十有五，女禁不令远游，归稍晚，僮仆招请者，相属于道。于是同人咸戏谤之。一日，生如友人饮，觉体不快而归，至中途堕马，遂卒。时方溽（rù）暑，幸衣衾皆所昔备。里中始共服细娘智。

福年十岁，始学为文。父既殁（mò），娇情不肯读，辄亡去从牧儿游。谯（qiáo）诃不改，继以夏楚，而顽冥如故。母无奈之，因呼而谕之曰："既不愿读，亦复何能相强？但贫家无冗（rǒng）人，便更若衣，使与僮仆共操作。不然鞭打勿悔！"于是衣以败絮，使牧豕（shǐ）；归则自掇（duō）陶器，与诸奴啖饘（zhān）粥。数日苦之，泣跪庭下，愿仍读。母返身向壁，置不闻，不得已，执鞭啜泣而去。残秋向尽，体无衣足无履，冷雨沾濡（rú），缩头如丐。里人见而怜之。纳继室者，皆引细娘为戒，啧（zé）有烦言。女亦稍稍闻之，而漠不为意。福不堪其苦，弃豕逃去，女亦任之，殊不追问。积数月，乞食无所，憔悴自归。不敢遽入，哀邻姬往白母。女曰："若能受百杖，可来见；不然，早复去。"福闻之，骤入，痛哭愿受杖。母问："今知悔乎？"曰："悔矣。"曰："既知悔，无须挞（tà）楚，可安分牧豕，再犯不宥（yòu）！"福大哭曰："愿受百杖，请复读。"女不听。邻姬怂恿（sǒng yǒng）之，始纳焉。濯（zhuó）肤授衣，令与弟怙同师。勤身锐虑，大异往昔，三年游泮。中丞杨公，见其文而器之，月给常廪（lǐn），以助灯火。

怙最钝，读数年不能记姓名。母令弃卷而农。怙游闲，惮（dàn）于作苦，母怒曰："四民各有本业，既不能读，又不能耕，宁不沟瘠（jí）死耶？"立杖之。由是率奴辈耕作。一朝晏起，则诟骂从之。而衣服饮食，母辄以美者归兄。怙虽不敢言，而心窃不能平。农工既毕，母出资使学负贩。怙淫赌，入手丧败，诡托盗贼运数，以欺其母。母觉之，杖责濒死。福

太息高郎壽
不高菩薩心
方為兒曹恩
咸益用無歧
視富貴毋忠
以瓜芳

长跪哀乞，愿以身代，怒始解。自是一出门，母辄探察之。怙行稍敛，而非其心之所得已也。

　　一日，请母将从诸贾入洛，实借远游，以快所欲。而中心惕惕，惟恐不遂所请。母闻之，殊无疑虑，即出碎金三十两为之具装。末又以铤（dìng）金一枚，付之曰："此乃祖宦囊之遗，不可用去，聊以压装，备急可耳。且汝初学跋涉，亦不敢望重息，只此三十金，得无亏负足矣。"临行又嘱之。怙诺而出，欣欣意自得。至洛，谢绝客侣，宿名娼李姬之家。凡十余夕，散金渐尽，自以巨金在囊，初不以空匮（kuì）为虑，及取而斫（zhuó）之，则伪金耳。大骇，失色。李媪见其状，冷语侵客。怙心不自安，然囊空无所向往，犹冀姬念夙好，不即绝之。俄有二人握索入，骤縶（zhí）项领，惊惧不知所为，哀问其故，则姬已窃伪金，去首公庭矣。至官，不容置辞，梏（gù）掠几死。收狱中，又无资斧，大为狱吏所虐。乞食于囚，苟（gǒu）延余息。

　　初，怙之行也，母谓福曰："记取廿（niàn）日后，当遣汝至洛。我事烦，恐忽忘之。"福请所谓，黯然欲悲，不敢复请而退。廿日而问之，叹曰："汝弟今日之浮荡，犹汝昔日之废学也。我不冒恶名，汝何以有今日？人皆谓我忍，但泪浮枕簟（diàn），而人不知耳。"因泣下。福侍立敬听，不敢研诘。泣已，乃曰："汝弟荡心不死，故授之伪金以挫折之，今度已在缧绁（léi xiè）矣！中丞待汝厚，汝往求焉，可以脱其死难，而生其愧悔也。"福立刻而发，比入洛，则弟被逮，已三日矣。即狱中而望之，怙奄然面目如鬼，见兄涕不可仰。福亦哭。时福为中丞所契异，故遐（xiá）迩皆知其名。邑宰知为怙兄，急释怙。至家，犹恐母怒，膝行而前。母顾曰："汝愿遂耶？"怙零涕不敢复作声。福亦同跪，母始叱之起。由是痛自悔，家中诸务，经理维勤。即偶惰，母亦不呵问之。凡数月，并不与言商贾，意欲自请而不敢，以意告兄。母闻而喜，并力质贷而付之，半载而息倍焉。

　　是年福秋捷，又三年登第。弟货殖累巨万矣。邑有客洛者，窥见太夫

人，年四旬，犹若三十许人，而衣妆朴素，类常家云。

导读

这是一篇贤妻良母的传记，是一首中华女性的赞歌。谁人无母？让我们饱含热泪学习此文吧。

1. 内容选择，匠心独运。

《聊斋》全书四百多篇佳作，就内容论，绝大多数写的是鬼女、狐仙、贪官、恶吏……写"良母"的篇章极少。这一篇，选材标新立异，意义深远。

2. 细柳不是神，但自幼"喜读相人书"。蒲公再加以"聊昧"，所写内容常出人意料，也很感人。

3. 写"为人继母"，正气凛然。

看诸多文学作品，写继母内容的不多。继母不好当，继母的生活不好写。京剧中有一出《三娘教子》，那三娘多难呀！为什么呢？因为继母管教前房子女，深不是浅不是。管教太严，人家会说你虐待，"不是自己生的么，心太狠了"；放手不管吧，人家又会说你不尽责任，"反正不是她生的，爱怎的活该"。本文敢于正面详尽地写继母教子，实属不易。

4. 教育亲生孩子，不溺爱。

文中写细柳对长福严教，对长怙更严。这方面的内容，在当今社会更有现实意义。如今国家富了，人民生活好了，多数家庭又是独苗一株，父母疼爱孩子，本在情理之中，但是过于疼爱就成了溺爱。缺乏必要、严格的家教，对孩子的成长是十分不利的。教育界有句话：国再穷不要穷了教育，家再富不要富了孩子。看如今多少富二代子女，自小什么都有了，就是没有"能力"，可悲啊！这一点，人们读了《细柳》该有所领悟。

结构

本文故事内容线索单一，各段情节按时间顺序描写，结构完整，一清二楚。

1.看全文，提纲是这样的：

开头，第一段，"待嫁"。

中间部分，二至七段，分别为"贤妻""丧夫""教福""炼怙""再炼"和"痛悔"。

结尾，第八段，"家兴"。

2.这是一篇集中写一位主要人物的小说。记叙顺序，从"待嫁"到"家兴"，写细柳娘的一生，一切故事都是以她为中心安排的。这种布局结构，在写"一个人"的篇章中，最为常用。

3.应该说，各个段落的内容都写得实在、具体。中间主体内容中，"教福""炼怙""再炼"和"痛悔"四个段落写得十分感人，阅读时应多下些功夫。

主题

与文中背景比，我们今天已进入崭新的时代。如今提倡以德治国、以德治家，本文所歌颂的这位伟大母亲的形象，正是我们应该学习的。

家和万事兴，家兴国才强。文中对细柳的点赞，是由多项具体事实体现的。

1.细柳"美"。因她"腰裹可爱"，人们戏称为"细柳"。

2.细柳"智"。她择婿，"必求一亲窥其人"。待不能"以人胜天"时，

她答应"今而后，请惟父母之命是听"。其实，理想中的高生即将求婚，她已预知。

3. 细柳"能"。婚后，操持家务，井井有条，完全可以代替丈夫顶立门户。

4. 细柳"贤"。在婚后不长的时间里，她对丈夫高生关照到"死"，堪称贤妻。

5. 细柳"高"。与一般家庭妇女比，细柳家教有方，高人一等。这是细柳一生中最大的闪光点。她懂得家庭教育学，懂得因材施教，懂得宽严并举。这在文中，"教福""炼怙"两节写得催人泪下。

长福，虽然自幼丧母，但继母十分疼爱，"母或归宁，福辄号啼从之"。入学后，"娇情不肯读"，贪玩逃学。"养不教，父之过"，父不在了，家教的责任自然落在母亲身上。"昔孟母，择邻处；子不学，断机杼。"细柳的教子，比"断机杼"严多了。"不念书是吧？换上破衣服，放猪去！"福"残秋向尽，体无衣足无履，冷雨沾濡，缩头如丐"。太严了。福知错，愿"受百杖"，细柳教育得法，"既知悔，无须挞楚"。由此"与弟怙同师。勤身锐虑，大异往昔"。

长怙，问题更严重了。从小顽劣，既不愿读，又不肯耕种。"母觉之，杖责濒死。"去学商吧，他嫖娼、好赌，最后被告入狱。文中写细柳对这个亲生儿子的教育，用了三段文字，严厉的程度远超于长福。当然，今天我们讲家教，不提倡体罚，不讲究"棍棒出孝子"，但在几百年前的封建社会，细柳作为母亲能做到从严要求、宽严相济，这已难能可贵了。看今天那些吸毒的、嫖娼的、贪腐的、杀人的，他们在狱中反省思过时，也许会想到"没遇上从严教育的父母"吧？

6. 细柳"忍"。她施家教，不怕旁人议论。里人说"纳继室者，皆引细娘为戒"，她从容应对，身正不怕影子斜。

7. 细柳"朴"。四旬以后，福"登第"了，怙"货殖累巨万"了，作为太夫人，她"衣妆朴素，类常家"。

8. 细柳"神"。作为《聊斋》中的人物，细柳身上也有些神秘色彩，但合

情合理。她预知丈夫寿命不长，早早准备好棺材。她预知长怙带银子去洛阳，二十天左右会花光，况且铤金是假的，他将被告入狱，所以叮嘱长福牢记，二十日后去洛阳救弟。有了前面七项美德，再加上几分神秘色彩，这位伟大母亲的形象就更为丰满了。

人｜物

　　本文主角只有细柳一位，对她的刻画，蒲公写其外貌、行动、语言到心理活动，几种主要方法都用上了。在不同场合，几种写法巧妙地结合运用，效果更好，如：

　　出嫁事，总找不到自己中意的，母亲着急了。细柳说"……今而后，请惟父母之命是听"，说的是顺从父母之命，其实她已预知高生是个好人，丧偶待娶，会来求婚的。

　　炼怙事，怙不爱学，不愿耕，细柳"立杖之""衣服饮食，母辄以美者归兄"。福为前室，怙为亲生，能这样做，太不容易了。

　　救怙事，福不理解，问为什么。细柳说："汝弟今日之浮荡，犹汝昔日之废学也。"给怙更多的历练，是完全必要的。其实，她作为母亲，心中十分痛苦："人皆谓我忍，但泪浮枕簟，而人不知耳。"

　　配角中，福、怙两个孩子，情况不同。

　　长福，幼年丧母，后又丧父，童年生活苦多乐少。他的弃学出游，错误还不算严重。对他的管教，文中只有一段记叙。

　　长怙，问题严重多了。赌博、嫖娼，因此，文中写他的浪子回头过程，写细柳对他的管教，用了三段文字。赌场失意，谎言欺母，"母觉之，杖责濒死"；欲去洛阳游荡，母给他伪金，借社会力量教育他；被救回家，"膝行面前"。不这样重锤敲打，这孩子怕是完了。

分析本文的语言特色，请注意以下几点：

1. 单音字在文言语句中的使用。如：

生前室有遗孤，小字长福。

前室，即前房，高生的第一位妻子。

中丞杨公，见其文而器之。

器，不是器材、器具，这里是"器重"。

是年福秋捷，又三年登第。

捷，捷报，好消息，秋考得中了。

而衣妆朴素，类常家云。

类，是类同。家中大富大贵了，但太夫人的衣着穿戴仍与百姓人家一样。

2. 重点词语用得精准。如：

品高、志高、文字高，但愿寿数尤高。

细柳已有预见，丈夫的寿命不会长久。这里用"但愿"，她心中是酸楚的。

月给常廪，以助灯火。

杨公欣赏长福，每月给他些补助，干什么呢？从文字表面上看，是给点"买灯油的钱"以供夜读。实际上要宽一些，不止灯油，书本纸墨，全在其中。

家中诸务，经理维勤。

这里的"经"与"理"，是两个动词概念，即经营、管理的意思，不要理解为今日的名词"经理"。

3. 细柳与丈夫高生交谈，戏说的对联句津津有味。

4. 几种修辞方法运用得好。如：

残秋向尽，体无衣足无履，冷雨沾濡，缩头如丐。

这是比喻的写法。

怙最钝，读数年不能记姓名。

这是夸张的写法。读了几年书，连自己的名字都不知道，也太笨了。有人对这点提出质疑：怙这么笨，后来经商怎么可能获利巨万呢？这是有可能的，读书与经商是两码事。我教的几个班学生都有这种情况：当年的待进生，长大后当了大公司经理，而三道杠的大队长却只在他的手下当秘书……

"我不冒恶名，汝何以有今日？"

这是反问的写法。

学写作文，常见的一些修辞写法应该掌握，它们在古文中前人已多次用过了。

13. 瑞云

瑞云，杭之名妓，色艺无双。年十四岁，其母蔡媪，将使女应客，瑞云告曰："此奴终身发轫之始，不可草草。价由母定，客则听女自择。"媪曰："诺。"乃定价十五金，遂日见客。客求见者以贽（zhì），贽厚者接一弈，酬一画；薄者留一茶而已。瑞云名噪已久，自此富商贵介，日接于门。

余杭贺生，才名夙著，而家仅中资。素仰瑞云，固未敢拟鸳梦，亦竭（jié）微贽，冀得一睹芳泽。窃恐其阅人既多，不以寒酸在意。及至相见，一谈而款接殊殷。坐语良久，眉目含情，作诗赠生曰："何事求浆者，蓝桥叩晓关。有心寻玉杵（chǔ），端只在人间。"生得之，狂喜，更欲有言，忽小鬟白"客来"，生仓卒（cù）遂别。既归，吟玩诗词，梦魂萦扰。

过一二日，情不自已，修整复往。瑞云接见良欢。移坐近生，悄然谓："能图一宵之聚否？"生曰："穷蹙（cù）之士，惟有'痴'可献知己。一丝之贽，已竭绵薄。得近芳容，意愿已足。若肌肤之亲，何敢作此梦想？"瑞云闻之，戚然不乐，相对遂无一语。生久坐不出，媪频唤瑞云以促之，生乃归。心甚悒悒，思欲罄（qìng）家以博一欢，而"更尽而别"，此情复何可耐？筹思及此，热念都消，由是音息遂绝。

瑞云择婿数月，更不得一当（dàng），媪颇恚（huì），将强夺之而未发也。一日，有秀才投贽。坐语少时，便起，以一指按女额曰："可惜，可惜！"遂去。瑞云送客返，共视额上有指印，黑如墨，濯（zhuó）之益真。过数日，黑痕渐阔，年余，连颧（quán）彻准矣。见者辄笑，而车马之迹以

青衫紅袖兩多情
為折橦負
舊盟美姑婚緣成就
日心香一
辦謝和生

端翠

123

绝。媪斥去妆饰，使与婢辈伍。瑞云又荏（rěn）弱不任驱使，日益憔悴。

贺闻而过之，见蓬首厨下，丑状类鬼。举目见生，面壁自隐。贺怜之，与媪言，愿赎（shú），媪许之。贺货田倾装，买之而归。入门，牵衣揽涕，且不敢以伉俪自居，愿备妾媵（yìng），以俟（sì）来者。贺曰："人生所重者知己。卿盛时犹能知我，我岂以衰故忘卿乎？"遂不复娶。闻者共姗笑，而生情益笃（dǔ）。

居年余，偶至苏，有和生与同主人。忽问："杭有名妓瑞云，近何如矣？"贺以"适人"对。又问："何人？"曰："其人率与仆等。"和曰："若能如君，可谓得人矣。不知价几何许？"贺曰："缘有奇疾，姑从贱售耳。不然，如仆者，何能勾栏中买佳丽哉！"又问："其人果能如君否？"贺以其问之异，因反诘之。和笑曰："实不相欺，昔曾一觐（jìn）其芳仪，甚惜其绝世之姿，而流落不偶，故以小术晦（huì）其光而保其璞（pú），留待怜才者之真鉴耳。"贺急问曰："君能点之，亦能涤（dí）之否？"和笑曰："乌得不能？但须其人一诚求耳。"贺起拜曰："瑞云之婿，即某是也。"和喜曰："天下惟真才人为能多情，不以妍媸（chī）易念也。请从君归，便赠一佳人。"遂与同返。既至，贺将命酒。和止之曰："先行吾法，当先令治具者有欢心也。"即令以盥（guàn）器贮水，戟（jǐ）指而书之，曰："濯之当愈。然须亲出一谢医人也。"贺笑捧而去，立俟瑞云自靧（huì）之。随手光洁，艳丽一如当年。

夫妇共德之，同出展谢，而客已渺。遍觅之不可得，意殆其仙与！

导读

选这一篇，动笔前，我曾征求过老伴的意见。她认真地说："不要用这篇。文中有妓院情节，不好说，讲不清楚。"我不同意："不，不，这一篇虽说有妓院内容，但以'德'而论，有它的正能量，要选用的。"接着，我回忆起几年前

参加市里一次语文教材研讨会的情况。当讨论到"中学课本中应选入一些《聊斋》篇目"时，一位老教授激动地说："课本中讲《聊斋》，只选《画皮》那一类是不够的，应该把《瑞云》选进去，让青年一代懂得爱情的真谛。这样，社会的家庭生活会更好些，离婚率会少一些……"我听了，热烈鼓掌。

就内容来讲，说本篇光彩夺目，实不为过。

1. 篇幅虽短，情节虽单，但分量颇重。

从全书看，诸多的爱情篇目中，数本文内容单一、文字简短。篇幅短，但它分量重。记得舞台上一位小品喜剧演员有一句名言：浓缩的都是精华。《瑞云》篇，正属这一档。

2. 敢写妓院题材，蒲公勇气可嘉。

在浩瀚的文学作品中，写妓院生活的，有，但确实不多，不少作家是躲着它走的，但在黑暗的旧时代，它的存在是现实的社会现象。蒲公艺高人胆大，从真实生活出发，敢于正面写妓院，并从中挖掘出富有教育意义的正能量，选材能力真是超一流。

3. 对贺生应该怎么看？怎么写？

本文虽以"瑞云"命题，但第一主角是贺生。贺生，出身中农人家，穷书生。有人质疑他品质不好，嫖娼，将他"告上道德法庭"。我甘愿当"律师"，替他辩护。说贺生品德没问题，理由是充分的：

其一，看问题不能离开时代背景。几百年前的旧社会，明娼暗妓遍布城乡各地。他听说名妓瑞云色艺无双，想去瞧一瞧，在当时是"正常"现象。

其二，贺生不是沉醉于青楼的好色之徒。年轻人嘛，初次相见便得到瑞云的赏识，合情合理。但他很理智，"能图一宵之聚否"，是瑞云主动提出的，贺生考虑到家庭经济实况，热念顿消。

其三，贺生爱瑞云，感情是真挚的，即使在瑞云"丑状如鬼"时，他仍然钟情于她，毅然将瑞云赎回。

其四，结婚后，瑞云以丑自卑，不敢位居"妻座"，愿以妾"以俟来者"。

贺生品德高尚，不顾他人讪笑，"情益笃"。

其五，即使后来没有和生的出现，瑞云黑面终生，贺生对她也会不离不弃的。这从文中脉络是可以看出来的。

如此全面分析，贺生"进妓院"之事，还算什么问题吗？

4. 和生，高人。文中安排他的出场，手指一点，瑞云奇丑无比；手指再一蘸水书之，瑞云艳丽一如当年，神话色彩全集中在他的身上。没有他的第一次出场，瑞云将不得不在妓院接客，她与贺生的这段美满姻缘将化为泡影；没有他的第二次出场，瑞云的光彩不得复原，二人的幸福生活不会那么圆满。

5. 看全文，结尾写得十分精彩。夫妇要出来大谢恩人，和生却悄然离去。去哪儿了？日后还会再来与老友相聚吗？给人以无限的遐想。

结构

本文故事是以瑞云的生活轨迹一路写下来的。全篇条理清晰，层次分明。

1. 全文的写作提纲是这样的：

开头，第一段，"名妓"。

中间部分，二至六段，分别是"赠诗""念消""可惜""娶归"和"还真"。

结尾，第七段，"客渺"。

2. 全篇故事内容虽然单一，但情节发展一波三折。

瑞云在妓院中长大，要应客了。可恶的老鸨（bǎo）还有一丝明理：价由她定，客允许瑞云自择。这样，瑞云就暂时有了主动权。杭城任何巨富，"只要我不当意，只接弈、酬画、敬茶，绝不'留宿'"。

贺生来了。瑞云十分赏识，先赠诗以表敬慕，继而主动提出"一宵之聚"。遗憾的是，贺生没有这份经济实力，热念只能化为泡影。

虽说"客由自择"，但老鸨不能长期等下去。她指望着瑞云这棵摇钱树发

财呢。正在老鸨要强夺其志时,和生来了,一指女额,瑞云由美变丑,"晦其光而保其璞",安全了。

在瑞云"丑状如鬼"的情况下,贺生有能力将她赎出苦海,接回家中。

和生二次出场,瑞云美貌复原。夫妻俩喜出望外,生活更加圆满美好。

3."还真"段,写得格外精彩。

段中层次分明:和生来与会贺生→问及瑞云情况→嫁人了,什么人→"其人果能如君否?"→"实不相欺……故以小术……"→"能点之,亦能涤之"→"先行吾法"→瑞云艳丽一如当年。

请你们细品这个段落,个中最有真情。

主题

本文主题再鲜明不过——青年男女相结合,只有真爱才能幸福终生。

什么叫"真爱"呢?简言之,正像如今两人领结婚证时所说的那样,今后无论贫富、疾病……都要生死不渝地度过终生。这话谁都能说,可这百年偕老的日子,可不一定都能过到头啊!

前不久看电视时,荧屏上出现了一对体育界青年夫妇。他们是国家队体操运动员。二人自十一二岁进队,两小无猜,刻苦从艺,多次夺得世界比赛金牌。一天,在一次大赛中,因场地垫子质量问题,姑娘从杠子上摔下来。不幸啊,经医生检查,腰椎摔坏了。治疗一段时间后,她只能靠坐轮椅过日子。二人感情怎么办?小伙子决定:结婚!婚后几年,他们还生了个小宝宝。每天,丈夫推着轮椅,和妻子过着幸福的日子,二人都满脸笑容。试想,若是没有真爱,小伙子退役后以多项世界冠军头衔当了教练,身后更年轻美貌的女徒弟一大群,再找谁不比坐轮椅这位"强"?但是他绝不移情别恋,他是懂得真爱的人。

文中的贺生正是这样的人。学习此文,我们必须深刻领会到这一主题。在

我们日常生活中，包括工作、学习、交际、家务和爱情各个方面，任何一面都得在"德"的统领之下，爱情也不例外。

人物

本文故事单一，人物不多。瑞云、贺生和和生，可称为并列的主角。蒲公在刻画人物方面，写外貌、行动、语言和心理活动，手法娴熟。如：

开头，写瑞云，"杭之名妓，色艺无双"。

被和生一点呢，"额上有指印，黑如墨……过数日，黑痕渐阔……丑状类鬼。"

结尾和生施法后，"随手光洁，艳丽一如当年。"

这是写人物的外貌。

瑞云被点后见生，"面壁自隐""牵衣揽涕"，内心十分痛苦。

"还真"时，和生"令以盥器贮水，戟指而书之……艳丽一如当年。"够神的。

这是写人物的行动。

媪将使女应客，瑞云告曰："此奴终身发轫之始，不可草草。价由母定，客则听女自择。"媪曰："诺。"

贺、和相见后，贺急问曰："君能点之，亦能涤之否？"

和笑曰："乌得不能？……"

这些对话，生动地表现了人物的心态。

最初二人为什么不能相聚呢？"生乃归。心甚悒悒，思欲磬家以博一欢，而'更尽而别'，此情复何可耐？筹思及此，热念都消。"看，贺生的心态多么痛苦，又多么理智。

最后，"夫妇共德之，同出展谢，而客已渺。遍觅之不可得，意殆其仙与！"

这里，生动地写出了三个主角的行动和他们难以用语言表达的心理活动。

语言

本文篇幅虽不长，但语言的含金量却是不轻的。

1. 单音字在文言语句中用得好。如：

其母蔡媪，将使女应客。

母？什么母啊，妓院老板娘，俗称老鸨。一定是苦命的瑞云自小被卖给蔡家，呼老鸨为"母"罢了。

既归，吟玩诗词，梦魂萦扰。

玩，不是玩耍，而是深沉地欣赏。

瑞云择婿数月，更不得一当。

当，读 dàng，当意，指合自己心意的人。

"天下惟真才人为能多情，不以妍媸易念也。"

这里的"易"，是"改变""变更"的意思。

2. 引用瑞云的诗句，好。她在诗中用了典故，意思是"我喜欢你"。

3. 贺生的表白有分量。

娶回瑞云，贺生郑重地表明心态："人生所重者知己。卿盛时犹能知我，我岂以衰故忘卿乎？"这句话，重千斤，直达主题。

4. 幽默句写得好。

当贺生问是否能将黑斑涤去时，和生笑曰："乌得不能？但须其人一诚求耳。"

和生行法时曰："濯之当愈。然须亲出一谢医人也！"

和生说了两个"但须""然须"，都是助人为乐的笑谈。和生多么可爱可敬啊！

14. 葛巾

　　常大用，洛人，癖（pǐ）好牡丹。闻曹州牡丹甲齐鲁，心向往之。适以他事如曹，因假缙（jìn）绅之园居焉。而时方二月，牡丹未华，惟徘徊园中，目注句（gòu）萌，以望其坼（chè）。作怀牡丹诗百绝。未几，花渐含苞，而资斧将匮（kuì），寻典春衣，流连忘返。

　　一日，凌晨趋花所，则一女郎及老妪（yù）在焉。疑是贵家宅眷，亦遂遄（chuán）返。暮而往，又见之。从容避去，微窥之，宫妆艳绝。眩迷之中，忽转一想：此必仙人，世上岂有此女子乎！急反身而搜之。骤过假山，适与妪遇。女郎方坐石上，相顾失惊。妪以身障女，叱曰："狂生何为！"生长跽（jì）曰："娘子必是神仙！"妪咄（duō）之曰："如此妄言，自当絷（zhí）送令尹！"生大惧。女郎微笑曰："去之！"过山而去。生返，不能徒步，意女郎归告父兄，必有诟（gòu）辱之来。偃（yǎn）卧空斋，自悔孟浪。窃幸女郎无怒容，或当不复置念。悔惧交集，终夜而病。日已向辰，喜无问罪之师，心渐宁帖。而回忆声容，转惧为想。如是三日，憔悴欲死。

　　秉烛夜分，仆已熟眠。妪入，持瓯（ōu）而进曰："吾家葛巾娘子，手合鸩（zhèn）汤，其速饮！"生闻而骇，既而曰："仆与娘子，夙无怨嫌，何至赐死？既为娘子手调（tiáo），与其相思而病，不如仰药而死！"遂引而尽之。妪笑，持瓯而去。生觉药气香冷，似非毒者。俄觉肺鬲（gé）宽舒，头颅清爽，酣然睡去。既醒，红日满窗。试起，病若失，心益信其为

葛巾

廟貌已先
降雲
率何必俟
源更
泛槎省識
秋風
團扇冷不
應留
子只簪花

仙。无可夤（yín）缘，但于无人时，仿佛其立处、坐处，虔（qián）拜而默祷之。

一日行去，忽于深树内，觌（dí）面遇女郎，无他人，大喜投地。女郎近曳之，忽闻异香竟体，即以手握玉腕而起。指肤软腻，使人骨节欲酥（sū）。正欲有言，老姬忽至。女令隐身石后，南指曰："夜以花梯度墙，四面红窗者，即妾居也。"匆匆遂去。生怅然，魂魄飞散，莫能知其所往。至夜，移梯登南垣，则垣下已有梯在，喜而下，果见红窗。室中闻敲棋声，伫（zhù）立不敢复前，姑逾垣归。少间再过，子声犹繁。渐近窥之，则女郎与一素衣美人相对着，老姬亦在坐，一婢侍焉。又返。凡三往复，三漏已催。生伏梯上，闻姬出云："梯也！谁置此？"呼婢共移去之。生登垣，欲下无阶，悒悒而返。

次夕复往，梯先设矣。幸寂无人，入则女郎兀（wù）坐，若有思者。见生惊起，斜立含羞。生揖曰："自谓福薄，恐于天人无分，亦有今夕耶！"遂狎抱之，纤腰盈掬，吹气如兰。撑拒曰："何遽尔！"生曰："好事多磨，迟为鬼妒。"言未及，已遥闻人语。女急曰："玉版妹子来矣！君可姑伏床下。"生从之。无何，一女子入，笑曰："败军之将，尚可复言战否？业已烹茗，敢邀为长夜之欢。"女郎辞以困惰。玉版固请之，女郎坚坐不行。玉版曰："如此恋恋，岂藏有男子在室耶？"强拉之出门而去。生膝行而出，恨绝，遂搜枕簟（diàn），冀一得其遗物。而室内并无香奁（lián），只床头有水精如意，上结紫巾，芳洁可爱。怀之，越垣归。自理襟袖，体香犹凝，倾慕益切。然因伏床之恐，遂有怀刑之惧，筹思不敢复往，但珍藏如意，以冀其寻。

隔夕，女郎果至，笑曰："妾向以君为君子也，而不知寇盗也。"生曰："良有之。所以偶不君子者，第望其如意耳。"乃揽体入怀，代解裙结。玉肌乍露，热香四流，偎抱之间，觉鼻息汗熏，无气不馥。因曰："仆固意卿为仙人，今益知不妄。幸蒙垂盼，缘在三生。但恐杜兰香之下嫁，终成离

恨耳。"女笑曰："君虑亦过。妾不过离魂之倩（qiàn）女，偶为情动耳。此事要宜慎秘，恐是非之口，捏造黑白，君不能生翼，妾不能乘风。则祸离更惨于好别矣。"生然之，而终疑为仙，固诘姓氏。女曰："既以为仙，仙人何必姓名传。"问妪何人，曰："此桑姥姥。妾少时受其露覆，故不与婢辈同。"遂起欲去，曰："妾处耳目多，不可久羁（jī），蹈隙当复来。"临别索如意，曰："此非妾物，乃玉版所遗。"问："玉版为谁？"曰："妾叔妹也。"付钩乃去。去后，衾枕皆染异香。

由此两三夜辄一至。生惑之，不复思归。而囊橐（tuó）既空，欲货马。女知之，曰："君以妾故，泻囊质衣，情所不忍。又去代步，千余里将何以归？妾有私蓄，聊可助装。"生辞曰："感卿情好，抚臆（yì）誓肌，不足论报。而又贪鄙以耗卿财，何以为人矣！"女固强之，曰："姑假君。"遂捉生臂，至一桑树下，指一石，曰："转之！"生从之。又拔头上簪刺土数十下，曰："爬之。"生又从之，则瓮口已见。女探之，出白镪（qiǎng）近五十两许。生把臂止之，不听，又出十余锭。生强反其半，而后掩之。

一夕谓生曰："近日微有浮言，势不可长，此不可不预谋也。"生惊曰："且为奈何？小生素迂谨，今为卿故，如寡妇之失守，不复能自主矣！一惟卿命，刀锯斧钺，亦所不遑顾耳！"女谋偕亡，命生先归，约会于洛。生治任旋里，拟先归而后逆之。比至，则女郎车，适已至门。登堂朝家人，四邻惊贺，而并不知其窃而逃也。生窃自危，女殊坦然，谓生曰："无论千里外，非逻察所及，即或知之，妾世家女，卓王孙当无如长卿何也！"

生弟大器，年十七。女顾之曰："是有慧根前程，尤胜于君。"完婚有期，妻忽殀殒（yǔn）。女曰："妾妹玉版，君固尝窥见之，貌颇不恶，年亦相若，作夫妇，可称嘉偶。"生闻之而笑，戏请作伐。女曰："必欲致之，即亦非难。"喜问何术，曰："妹与妾最相善。两马驾轻车，费一姬之往返耳。"生惧前情俱发，不敢从其谋。女固言不害。即命车，遣桑媪去。数日

至曹。将近里门，媪下车，使御者止而候于途，乘夜入里。良久，偕女子来，登车遂发。昏暮即宿车中，五更复行。女郎计其时日，使大器盛服而逆之。五十里许，乃相遇。御轮而归，鼓吹花烛，起拜成礼。由此兄弟皆得美妇，而家又日以富。

一日，有大寇数十骑（qí），突入第。生知有变，举家登楼。寇入，围楼。生俯问："有仇否？"答言："无仇。但有两事相求：一则闻两夫人世间所无，请赐一见；一则五十八人，各乞金五百。"聚薪楼下，为纵火计以胁之。生允其索金之请。寇不满志，欲焚楼，家人大恐。女欲与玉版下楼，止之不听。炫妆而下，阶未尽者三级，谓寇曰："我姊妹皆仙媛（yuán），暂时一履尘世，何畏寇盗！欲赐汝万金，恐汝不敢受也。"寇众一齐仰拜，"喏"声"不敢"。姊妹欲退，一寇曰："此诈也！"女闻之，反身伫立，曰："意欲何作，便早图之，尚未晚也。"诸寇相顾，默无一言。姊妹从容上楼而去。寇仰望无迹，哄（hòng）然始散。

后二年，姊妹各举一子，始渐自言："魏姓，母封曹国夫人。"生疑曹无魏姓世家，又且大姓失二女，何得一置不问？未敢穷诘，而心窃怪之，遂托故复诣曹。入境咨访，世族无魏姓，于是仍假馆旧主人。忽见壁上有赠曹国夫人诗，颇涉骇异，因诘主人。主人笑，即请往观曹夫人。至则牡丹一本，高与檐等。问所由名，则以其花为曹第一，故同人戏封之。问其何种，曰："葛巾紫也。"心益骇，遂疑女为花妖。

既归，不敢质言，但述赠夫人诗以觇（chān）之。女蹙（cù）然变色，遽出，呼玉版抱儿至，谓生曰："三年前，感君见思，遂呈身相报；今见猜疑，何可复聚！"因与玉版皆举儿遥掷之，儿堕地并没（mò）。生方惊顾，则二女俱渺矣，悔恨不已。后数日，堕儿处生牡丹二株，一夜径尺，当年而花。一紫一白，朵大如盘，较寻常之葛巾、玉版，瓣尤繁碎。数年，茂荫成丛；移分他所，更变异种，莫能识其名。自此，牡丹之盛，洛下无双焉。

导读

　　牡丹，人人喜爱。为什么呢？因为它"百花丛中最鲜艳"，因为它"众香国里最壮观"。本篇蒲公又一次选写牡丹仙子，选得好。

　　牡丹的故事，前面我们已经学过《香玉》了，这是它的姊妹篇。论内容，两篇都好，且各具特色。它们有许多相同点与不同点，这体现了蒲公构思选材的高明之处。

　　对比着读，两篇的相同点是：

　　1.《香玉》《葛巾》两篇女主角都是牡丹仙子，两文以她们的名字命题，十分醒目。

　　2. 二位男主角胶州黄生与洛阳常生，都是家境清寒、刻苦攻读的书生。这一点，不仅在这两篇中，全书几十则爱情故事，女主角或鬼女、狐仙，或花妖、鱼精，各不相同，而男主角呢，都是清一色苦读的穷书生，几乎没有变化。这一点，恕我冒昧地说一句不敬的话：这些书生中，篇篇都有蒲公自己的身影。我们读《聊斋》时，该与蒲公心灵相通才是。

　　3. 两篇故事起始，都是牡丹仙子身影一现，书生一见钟情。二人自己做主，结成美满婚姻。

　　4. 遗憾的是，好景不长。两三年时间，两桩亲事都以悲剧结尾。故事落幕，在我们读者心中留下酸楚。悲剧，更动人啊！

　　这么说，《葛巾》是《香玉》的仿作吗？不，绝对不是。两篇内容的选择各具特色，这是我们要讨论的焦点。

　　1. 香玉与葛巾二位牡丹仙子，对自己的真实身份持不同看法。香玉一见黄生面，便坦然亮明身份。后来诸多坎坷，都是黄生在知道她是牡丹仙子的情况下遇到的；葛巾则不同，她始终不亮明身份。待常生查知她是曹州葛巾牡丹

时，她十分痛苦，婚姻亦因此告终。

2. 黄生对香玉，生死相依，爱在劳山下清宫，死在劳山下清宫；常生对葛巾则不同，从疑心乍起，到曹州外调……葛巾消失，他仍然好好地活着。这也许是我在安排读学目录时，把《香玉》放在《葛巾》前面的原因吧。

3. 两出婚姻，恋爱过程不同。黄生与香玉，一见钟情，诸多坎坷都在婚后；常生追求葛巾，却好事多磨，一关一关地过，敲开幸福之门实属不易。

4. 两文中女二号人物截然不同。《香玉》里的耐冬，不是牡丹同族，而是一株树仙。她虽美丽，但只知友谊，不知情爱。香玉为黄生妻，耐冬为黄生友；《葛巾》里的玉版则不同，她与葛巾同族，也是一位牡丹仙子，她与常生"无关"，只是他的弟妹罢了。

5. 两文结尾尽管都是悲剧，但性质不同。《香玉》结尾，悲得"完全彻底"："老道士死，其弟子不知爱惜，因其不花，斫去之。白牡丹亦憔悴寻死。无何，耐冬亦死。"看，生、妻、友，全死去了。而《葛巾》的结尾悲中有"喜"。怎么讲？二女掷儿堕地并没，不是"死"去，而是"堕儿处生牡丹二株，一夜径尺，当年而花"，传宗接代了！再说，二女"俱渺"也不是"死"，想是返回曹州故里了。常生更是活得好好的，妻虽去，儿却化为牡丹盛开洛城。

6. 《葛巾》一文，在花卉植物方面，有一定科考价值。劳山有牡丹，一般般；山东菏泽曹州、河南洛阳，却是全国闻名的牡丹之城。蒲公认为，洛阳的一些牡丹优良品种是从曹州传过去的，这对于研究牡丹种植史来说也算是一家之言吧。

结构

本文故事发生在曹、洛两地，前后时间三年，时间脉络清楚。

1. 以时为序，全文结构是这样的：

开头，第一段，"爱花"。

中间部分，二至十一段，分别是"钟情""赠药""多磨（一）""多磨（二）""如愿""助银""偕归""弟婚""镇寇"和"疑女"。

结尾，第十二段，"掷儿"。

2. 十二个段落中，"多磨"两段与"镇寇"段，写得格外精彩。"镇寇"段写二女炫妆而下，阶未尽者三级，谓寇曰："我姊妹皆仙媛，暂时一履尘世，何畏寇盗！欲赐汝万金，恐汝不敢受也。"这是何等的大智大勇！

3. 精读，找出作者的写作提纲来，这是一项硬功夫。列提纲，分段落，可以用句子写出段意。拟小标题，也是自学的一种形成。怎么拟呢？一要切合本段基本内容，二要用词简练，三是各段小标题和谐一致才好。

主题

在封建社会，男女青年争取婚姻自主是很需要勇气的。《聊斋》中那么多爱情故事，都表达了这一共同主题。本篇着力歌颂的是两位主角在争取幸福的过程中，不畏路途坎坷，不怕诸多磨难，百折不挠、执着追求的那种精神。说他们的相爱一波三折，岂止呦！

1. 常生在曹州花园中一见葛巾就认为"此必仙人，世上岂有此女子乎"，动情了。于是，终夜而病，三日不起。

2. 没想到，桑姥姥竟送来葛巾亲手调制的"鸩"汤。这是剧毒啊，怎么办？"与其相思而病，不如仰药而死"，喝了。结果呢，一觉醒来，红日满窗，试起，病若失。

3. "多磨（一）"段，葛巾约定"夜以花梯度墙，四面红窗者，即妾居也"。没想到，玉版来室内下棋，桑姥姥命人将花梯撤去，好事化为泡影。

4. "多磨（二）"段，常生进入女郎房中，二人刚相见，玉版又来搅局，将

137

葛巾"劫"走。

5. 还是葛巾主动来到常生处，好事成双。但是，没钱了，常生难以长留曹州。怎么办？葛巾有储备，赠以银两。

6. 时间一久，"近日微有浮言"。在当时，他俩这没有三媒六证的婚姻，若是宣扬开去，那可是"丢人"的事。怎么办？分手吗？不能。二人偕归洛阳，登堂朝拜家人，四邻惊贺。

7. 一日，了不得了，五十八骑寇盗围了楼室，以焚楼相威胁，要劫人抢金。在这家破人亡关头，葛巾姊妹真够意思，一显神威，吓得寇盗保命逃窜。

8. 常生经过外调，疑心确定，二女为牡丹"花妖"。夫妻相爱，眼里是不能进沙子的。遗憾啊，二主角三年幸福画上了句号。

人物

通观全文，常生、葛巾二主角优点多多，这些前面已讨论过了。与《香玉》的男、女主角相比，他们二人各有一点不足之处：

常生，胆小多疑。即便葛巾确是花妖，又能怎样？人家对你那么好，这样的仙妻到哪去找？

葛巾，心眼小，透明度不够。早些亮出身份，何必鸳鸯不打自散呢？

配角桑姥姥，一位老桑树仙，文中写得颇有情趣。一方面，姥姥尽职尽责地护着女郎，与常生相遇时，以身障女，叱曰："狂生何为！"一方面，又送"鸩汤"、迎玉版，帮了不少的忙。"姥姥"的称呼也好，葛巾自小是在她的"荫护"下长大的么。若称"桑叔""桑爷爷"，整天陪在小姐身边，就显得欠妥了。

语言

本篇语言流畅，生动感人。

1. 单音字在文言语句中用得好。如：

闻曹州牡丹甲齐鲁，心向往之。

甲、乙、丙、丁……甲，是头等的好。"桂林山水甲天下"的"甲"也是这个意思。

生膝行而出，恨绝。

膝，膝盖，名词，这里当动词用。实际上就是跪着爬出来。这种用法，在文言句子里有普遍性。

女固强之，曰："姑假君。"

这里的"假"，借的意思，"只当是我借给你用总可以吧？"

聚薪楼下，为纵火计以胁之。

薪，柴草。

2. 四字句式运用得非常娴熟。如：

回忆声容，转惧为想。如是三日，憔悴欲死。

女郎兀坐，若有思者。见生惊起，斜立含羞。

一夜径尺，当年而花。一紫一白，朵大如盘。

这些句子，读来多有韵味。

3. 特殊代词用得好。如：

"妾处耳目多，不可久羁。"

可不是么，牡丹园中，花株一片一片的。耳目，指那些多嘴多舌的"小姊妹"。

"……又去代步，千余里将何以归？"

139

没钱了，常生要卖马。代步，指的是马。

4. 有的语句写得幽默、俏皮。如：

"多磨（二）"段中，常生从女郎屋中取走了如意。再相见时，女郎笑曰："妾向以君为君子也，而不知寇盗也。"

常生也不否认，曰："良有之。所以偶不君子者，第望其如意耳。"

这样说，看得出二人已相当了解对方了。同样的话，如果葛巾当面质问："上次你是不是从我这偷走东西了？"那就乏味了。

15. 婴宁

　　王子服，莒（jǔ）之罗店人。早孤，绝慧，十四入泮（pàn）。母最爱之，寻常不令游郊野。聘萧氏，未嫁而夭，故求凰未就也。

　　会上元，有舅氏子吴生邀同眺瞩。方至村外，舅家有仆来，招吴去。生见游女如云，乘兴独遨。有女郎携婢，撚（niǎn）梅花一枝，容华绝代，笑容可掬。生注目不移，竟忘顾忌。女过去数武，顾婢曰："个儿郎目灼灼似贼。"遗花地上，笑语自去。生拾花怅然，神魂丧失，怏怏遂返。至家，藏花枕底，垂头而睡，不语亦不食。母忧之，醮禳（jiào ráng）益剧，肌革锐减。医师诊视，投剂发表，忽忽若迷。母抚问所由，默然不答。适吴生来，嘱密诘之。吴至榻前，生见之泪下。吴就榻慰解，渐致研诘，生具吐其实，且求谋画。吴笑曰："君意亦复痴，此愿有何难遂？当代访之。徒步于野，必非世家，如其未字，事固谐矣！不然，拌以重赂，计必允遂。但得痊瘳（chōu），成事在我。"生闻之，不觉解颐。吴出告母，物色女子居里，而探访既穷，并无踪迹。母大忧，无所为计。然自吴去后，颜顿开，食亦略进。

　　数日，吴复来。生问所谋，吴绐（dài）之曰："已得之矣。我以为谁何人，乃我姑氏女，即君姨妹行，今尚待聘。虽内戚有婚姻之嫌，实告之，无不谐者。"生喜溢眉宇，问居何里，吴诡曰："西南山中，去此可三十余里。"生又付嘱再四，吴锐身自任而去。生由此饮食渐加，日就平复。探视枕底，花虽枯，未便雕落。凝思把玩，如见其人。怪吴不至，折柬招之。吴支托不肯赴招。生恚（huì）怒，悒悒不欢。母虑其复病，急为议姻。略与

商榷（què），辄摇首不愿，惟日盼吴。吴迄无耗，益怨恨之。

转思三十里非遥，何必仰息他人？怀梅袖中，负气自往，而家人不知也。伶仃独步，无可问程，但望南山行去。约三十余里，乱山合沓（dá），空翠爽肌。寂无人行，只有鸟道。遥望谷底，丛花乱树中，隐隐有小里落。下山入村，见舍宇无多，皆茅屋，而意甚修雅。北向一家，门前皆丝柳，墙内桃杏犹繁，间以修竹，野鸟格磔（zhé）其中。意是园亭，不敢遽入。回顾对户，有巨石滑洁，因据坐憩（qì）。俄闻墙内有女子长呼"小荣"，其声娇细。方伫听间，一女郎由东而西，执杏花一朵，俯首自簪。举头见生，遂不复簪，含笑撚花而入。审视之，即上元途中所遇也！心骤喜，但念无以阶进，欲呼"姨氏"，而顾从无还往，惧有讹（é）误。门内无人可问，坐卧徘徊。自朝至于日昃（zè），盈盈望断，并忘饥渴。时见女子露半面来窥，似讶其不去者。忽一老妪扶杖出，顾生曰："何处郎以闻自辰刻便来，以至于今，意将何为？得勿饥耶？"生急起，揖之答云："将以盼亲。"妪聋愦（kuì）不闻。又大言之。乃问："贵戚何姓？"生不能答。妪笑曰："奇哉！姓名尚自不知，何亲可探？我视郎君，亦书痴耳。不如从我来，啖（dàn）以粗粝。家有短榻可卧。待明朝归，询知姓氏，再来探访不晚也。"生方腹馁思啖，又从此渐近丽人，大喜，从妪入。见门内白石砌路，夹道红花，片片堕阶上。曲折而西，又启一关，豆棚花架满庭中。肃客入舍，粉壁光明如镜，窗外海棠枝朵，探入室内，茵藉几榻，罔不洁泽。

甫坐，即有人自窗外隐约相窥。妪唤小荣："可速作黍（shǔ）。"外有婢子"嗷"声而应。坐次，具展宗阀，妪曰："郎君外祖，莫姓吴否？"曰："然。"妪惊曰："是吾甥也！尊堂，我妹子。年来以家窭（jù）贫，又无三尺男，遂至音问梗塞。甥长成如许，尚不相识。"生曰："此来即为姨也，匆遽遂忘姓氏。"妪曰："老身秦姓，并无诞育，弱息仅存，亦为庶产。渠母改醮（jiào），遗我鞠养。颇亦不钝，但少教训，嬉不知愁。少顷，使来拜识。"未几，婢子具饭，雏尾盈握。妪劝餐已，婢来敛具。妪曰："唤宁姑

来。"婢应去。良久，闻户外隐有笑声。媪曰："婴宁，汝姨兄在此。"户外嗤嗤笑不已。婢推之以入，犹掩其口，笑不可遏。媪瞋（chēn）目曰："有客在，咤（zhà）咤叱叱（chì）叱，是何景象！"女忍笑而立。生揖之，媪曰："此王郎，汝姨子。一家尚不相识，可笑人也！"生问妹子年几何矣，媪未能解，生又言之，女复笑不可仰视。媪谓生曰："我言少教诲，此可见也。年已十六，呆痴才如婴儿。"生曰："小于甥一岁。"曰："阿甥已十七矣。得非庚午属马者耶？"生首应之。又问："甥妇阿谁？"答云："无之。"曰："如甥才貌，何十七岁犹未聘耶？婴宁亦无姑家，极相匹敌。惜有内亲之嫌。"生无语，目注婴宁，不暇他瞬。婢向女小语云："目灼灼贼腔未改。"女又大笑，顾婢曰："视碧桃开未。"遽起，以袖掩口，细碎连步而出，至门外，笑声始纵。媪亦起，唤婢襆（fú）被，为生安置。曰："阿甥来不易，宜留三五日，迟迟送汝归。如嫌幽闷，舍后有小园，可供消遣，有书可读。"

次日，至舍后，果有园半亩。细草铺毡，杨花糁（shēn）径，有草舍三楹，花木四合其所。穿花小步，闻树头苏苏有声，仰视，则婴宁在上。见生，狂笑欲堕。生曰："勿尔，堕矣！"女且下且笑，不能自止，方将及地，失手而堕，笑乃止。生扶之，阴捘（zùn）其腕，女笑又作，倚树不能行，良久乃罢。生俟（sì）其笑歇，乃出袖中花示之。女接之曰："枯矣，何留之？"曰："此上元妹子所遗，故存之。"问："存之何意？"曰："以示相爱不忘也！自上元相遇，凝思成疾。自分化为异物，不图得见颜色。幸垂怜悯！"女曰："此大细事，至戚何所靳（jìn）惜？待兄行时，园中花，当唤老奴来，折一巨捆负送之。"生曰："妹子痴耶！"女曰："何便是痴？"生曰："我非爱花，爱撚花人耳！"女曰："葭莩（jiā fú）之情，爱何待言？"生曰："我所谓爱，非瓜葛之爱，乃夫妻之爱。"女曰："有以异乎？"曰："夜共枕席耳。"女俯首思良久，曰："我不惯与生人睡。"语未已，婢潜至，生惶恐遁去。少时，会母所。母问："何往？"女答以园中共

嬰寗

拈花微笑欲傾城
情到濃時轉不情
一味天真何爛漫
只宜呼作太憨生

144

话。媪曰："饭熟已久，有何长言唧嗻（zhōu zhē）乃尔？"女曰："大哥欲我共寝……"言未已，生大窘，急目瞪之。女微笑而止。幸媪不闻，犹絮絮究诘，生急以他词掩之，因小语责女。女曰："适此语不应说耶？"生曰："此背人语。"女曰："背他人，岂得背老母？且寝处（chǔ）亦常事，何讳（huì）之？"生恨其痴，无术可以悟之。

食方竟，家中人捉双卫来寻生。先是母待生久不归，始疑，村中搜觅几遍，竟无踪兆，因往询吴。吴忆曩（nǎng）言，因教于西南山行觅。凡历数村，始至于此。生出门，适相值，便入告媪，且请偕女同归。媪喜曰："我有志匪伊朝夕，但残躯不能远涉。得甥携妹子去，识认阿姨，大好。"呼婴宁，宁笑至。媪曰："有何喜，笑辄不辍？若不笑，当为全人。"因怒之以目，乃曰："大哥欲同汝去，可便装束。"又饷家人酒食，始送之出，曰："姨家田产充裕，能养冗（rǒng）人。到彼且勿归，小学诗礼，亦好事翁姑。即烦阿姨，为汝择一良匹。"二人遂发。至山坳，回顾，犹依稀见媪倚门北望也。

抵家，母睹姝（shū）丽，惊问为谁。生以姨女对。母曰："前吴郎与儿言者，诈也。我未有姊，何以得甥？"问女，女曰："我非母出。父为秦氏，没（mò）时，儿在襁中，不能记忆。"母曰："我一姊适秦氏，良确，然殂（cú）谢已久，那得复存！"因细诘面庞痣赘（zhuì），一一符合。又疑曰："是矣。然亡已多年，何得复存？"疑虑间，吴生至，女避入室。吴询得故，惘然久之，忽曰："此女名婴宁耶？"生然之。吴极称怪事。问所自知，吴曰："秦家姑去后，姑丈鳏（guān）居，祟于狐，病瘵（jí）死。狐生女名婴宁，绷卧床上，家人皆见之。姑丈殁（mò），狐犹时来。后求天师符粘壁上，狐遂携女去。将勿此耶？"彼此疑参。但闻室中吃吃皆婴宁笑声。母曰："此女亦太憨生。"吴请面之。母入室，女犹浓笑不顾。母促令出，始极力忍笑，又面壁移时，方出。才一展拜，翻然遽入，放声大笑。满室妇女，为之粲然。吴请往觇（chān）其异，就便执柯。寻至村所，庐舍

全无，山花零落而已。吴忆姑葬处，仿佛不远，然坟陇湮没，莫可辨识，咤叹而返。

母疑其为鬼，入告吴言，女略无骇意；又吊其无家，亦殊无悲意，孜孜憨笑而已。众莫之测。母令与少女同寝止，昧爽即来省问。操女红（gōng），精巧绝伦。但善笑，禁之亦不可止。然笑嫣然，狂而不损其媚，人皆乐之。邻女少妇，争承迎之。母择吉将为合卺（jǐn），而终恐为鬼物。窃于日中窥之，形影殊无少异。至日，使华妆行新妇礼，女笑极不能俯仰，遂罢。生以其憨痴，恐漏泄房中隐事，而女殊密祕（mì），不肯道一语。每值母忧怒，女至一笑即解。奴婢小过，恐遭鞭楚，辄求诣母共话。罪婢投见，恒得免。

而爱花成癖，物色遍戚党；窃典金钗，购佳种。数月，阶砌藩溷（hùn），无非花者。庭后有木香一架，故邻西家。女每攀登其上，摘供簪玩。母时遇见，辄诃之，女卒不改。一日，西邻子见之，凝注倾倒。女不避而笑。西邻子谓女意已属，心益荡。女指墙底笑而下。西邻子谓示约处，大悦。及昏而往，女果在焉。就而淫之，则阴如锥刺，痛彻于心，大号而踣（bó）。细视非女，则一枯木卧墙边，所接，乃水淋窍也。邻父闻声，急奔研问，呻而不言。妻来，始以实告。爇（ruò）火烛窍，见中有巨蝎，如小蟹然。翁碎木捉杀之。负子至家，半夜寻卒。邻人讼生，讦（jié）发婴宁妖异。邑宰素仰生才，稔（rěn）知其笃行士，谓邻翁讼诬，将杖责之。生为乞免，遂释而归。母谓女曰："憨狂尔尔，早知过喜而伏忧也！邑令神明，幸不牵累。设鹘（hú）突官宰，必逮妇女质公堂，我儿何颜见戚里？"女正色，矢不复笑。母曰："人罔不笑，但须有时。"而女由是竟不复笑。虽故逗，亦终不笑，然竟日未尝有戚容。

一夕，对生零涕，异之。女哽咽（yè）曰："曩以相从日浅，言之恐致骇怪。今日察姑及郎，皆过爱无有异心，直告或无妨乎。妾本狐产，母临去，以妾托鬼母，相依十余年，始有今日。妾又无兄弟，所恃者惟君。老

146

母岑（cén）寂山阿（ē），无人怜而合厝（cuò）之，九泉辄为悼恨。君倘不惜烦费，使地下人消此怨恫（dòng），庶养女者，不忍溺弃。"生诺之。然虑坟冢迷于荒草，女但言无虑。刻日，夫妻舆榇（chèn）而往。女于荒烟错楚中，指示墓处，果得媪尸，肤革犹存。女抚哭哀痛，舁（yú）归，寻秦氏墓合葬焉。是夜，生梦媪来称谢，寤而述之。女曰："妾夜见之，嘱勿惊郎君耳。"生恨不邀留，女曰："彼鬼也，生人多，阳气胜，何能久居？"生问小荣，曰："是亦狐，最黠（xiá），狐母留以视妾。每摄果饵相哺，故德之，常不去心。昨问母云，已嫁之。"由是岁值寒食，夫妻登秦墓，拜扫无缺。

女逾年，生一子，在怀抱中，不畏生人，见人辄笑，亦大有母风云。

导读

这是一出多幕的爱情戏。剧中，人、狐、鬼、恶各方人物纷纷登场。故事情节生动、复杂。尽管篇幅较长，阅读起来却津津有味。从题材选择看，文中有几点是很突出的。

1. 女主角为人、狐混血儿。

书中爱情诸篇，女主角的选择蒲公是煞费苦心的。阿宝，人间女子；青凤，标准狐仙。本篇中的婴宁则不同了，她父亲是人，母亲是狐，混血儿。她这样的身世是怎么来到人间的？又将演绎多少奇妙的故事？这在选材上就占了优势、出了彩。

2. 文中故事情节丰富之极。《阿宝》男追女型，孙子楚费的劲可大了；《白秋练》女追男型，白鳖豚仙子也费了不少心思。这一篇呢，王生、婴宁二主角，心往一处想，劲往一处使，都走过了不少坎坷之路。蒲公可谓构思精巧。

3. 这是一出喜剧，"笑"声贯穿全文，喜剧色彩浓厚。我们读起来，文字

上"热闹",情理内涵也多有趣味。即使是"严惩恶少"段,婴宁差一点对簿公堂,我们读着,还是开心不已。喜剧不好写,情节可笑而不俗是不易做到的。

4. 神话成分不少,想象合情合理,如西南三十里山中,本是荒野坟墓,王生到时,鬼母手法一闪,一座小山村出现了……而人物之间的关系,王生、吴生,姑表亲;王生、婴宁,姨表亲。伦理一清二楚。神话想象与现实生活融合在一起,这是功夫。

结构

1. 本文由于情节复杂,中间段落写得详尽,而首尾简明扼要,是典型的三段体结构。

开头,第一段,"求凰未就"。

中间部分,二至十一段,包括"藏花相思""虚拟表妹""进村入家""姨甥相认""园中共语""偕女同归""探求身世""毅然成婚""严惩恶少"和"葬母尽孝"。

结尾,第十二段,"儿有母风"。

2. 中间部分十个段落中,"笑"的情绪覆盖各段,但它们也各有自己的特色:"进村入家",写得神奇;"园中共语",写得幽默;"严惩恶少",写得开心;"葬母尽孝",写得深沉。这几个段落闪光点很多,大家读时应着力领会。

3. 段中内容的记叙详略得当,如"严惩恶少"段,写西邻子是怎么死的,很具体;写邑宰如何平息这个案子,很简略。再有,从全文看,头、尾段一两笔即过;中间部分为主体内容,写得十分详尽。这也是布局谋篇的基本功。

主题

过去，青年人争取婚姻自主，这是书中许多篇章共有的主题。本文重点表达的思想，是两主角在相爱、成婚的路途中，那种执着追求的毅力，那种勇敢机智的精神。

他二人对爱情、幸福是在执着追求吗？当然是。王生从上元郊游见到婴宁时起，一路追进，步伐不停。婴宁呢，整天憨笑是表面现象，暗地里她是本剧的导演兼领衔女主演，她一直在使尽全力促成这段美满姻缘。如果二人论"功"的话，应该说功劳各半。

他二人在实现自己梦想的路途中表现得勇敢机智吗？当然是。这是本文着力歌颂的重点。具体地说，勇敢，王生为主；机智，婴宁出色。在文中，蒲公以大量的具体事实突出了这一主题。

王生的勇敢主要表现在哪里呢？

1. 上元独游郊野。一个平日大门不出的娇子，元宵佳节郊游，见"游女如云"，便"乘兴独遨"；见婴宁"容华绝代"，便"注目不移"。王生长大了，焕发了青春活力。

2. 西南山区独访。王生一大早起程，赶三十余里山路，不易啊；在门外，从辰时等到傍晚，够累的。

3. 知道婴宁身世后，不退缩。这比《葛巾》中的常生勇敢多了！

4. 尽孝心，与婴宁一起去坟地，重新安葬鬼母。这对王生来说太难了。

婴宁的机智又表现在哪里呢？

1. 上元路上"弃花"，那是有意的。她料定王生相见后必定藏花并寻找丽人。

2. 后院内攀树玩耍，见王生在树下，故意堕落，她料定王生会接手相救的。

3. 成婚后，从不泄露夫妻生活情况。

4. 每天天刚亮，问候婆母安好，操作女红，精巧绝伦。女强人一个！

5. 严惩西邻色狼，干得真漂亮。

6. 对养母，尽孝到底。

婴宁多么聪慧、多么可爱啊！

人物

单从人物形象的刻画来说，婴宁在各篇女主角中，当名列前茅。读过本文的人，对这位美丽、多情、机敏而又善良的姑娘，都会留下深刻的印象，尤其是她的"憨"与"笑"，在全书中是可以立传的。

刻画婴宁这个人物，手段有三。

一是写她的外貌。如：

有女郎携婢，捻梅花一枝，容华绝代，笑容可掬。

然笑嫣然，狂而不损其媚。

一是写她的行动。如：

闻树头苏苏有声，仰视，则婴宁在上。

……女指墙底笑而下。

一是语言富有特色。文中人物对话写得多，"园中共语"一段最为精彩，如：

……生曰："妹子痴耶！"

女曰："何便是痴？"

生曰："我非爱花，爱撚花人耳！"

女曰："葭莩之情，爱何待言？"

生曰："我所谓爱，非瓜葛之爱，乃夫妻之爱。"

女曰:"有以异乎?"

曰:"夜共枕席耳!"

女俯首思良久,曰:"我不惯与生人睡。"

若搬上戏曲舞台,这也算是很好的台词了吧?

语言

本文篇幅较长,但语言并不啰唆,可圈点的语句很多。

1.单音字在文言句中用得很好。如:

如其未字,事固谐矣!

字,这里当"出嫁""有了人家"讲。旧社会,女孩子出门后,要改名换姓。在家她是秦婴宁,出嫁后,就成了"王秦氏"了。

……心骤喜,但念无以阶进。

阶,台阶。这里从台阶引申而用,即进人家这个门的"理由",找谁呢?

得甥携妹子去,识认阿姨,大好。

这里不能将"阿姨"当成一个词语。这里的"阿"当"大"讲。阿姨,即她的大姨。

到彼且勿归,小学诗礼,亦好事翁姑。

这里要注意,"小学""好事",都不是现代的词意。"小"学,指多多少少学一点;"好"事,指用心地侍奉。

2.四字句用得好。如:

拌以重赂,计必允遂。但得痊瘳,成事在我。

乱山合沓,空翠爽肌。寂无人行,只有鸟道。

3.抒情句写得有深度。如:

……二人遂发。至山坳,回顾,犹依稀见媪倚门北望也。

151

鬼母有情,送女去"婆家",既高兴又舍不得。

4.遇有实在难解的词语怎么办?

古文中有些词语,随着时代的变迁,真不好懂。初读时,"家中人捉双卫来寻生"我就不解。后几经查找,方知:卫,春秋战国时中原地区一小国,那里多产驴。后来,一些文人以"卫"代"驴"用。捉双卫,不是抬来两乘轿子,更不是开来两辆摩托,而是牵来两头毛驴。

有读者会问:"读古文,遇到这种情况,我们该怎么办呢?"多问问,多查查,实在不懂,翻过去就是了。实事求是地讲,我们这些老学生,也不敢说读过的古文"我全懂"。写《桃花源记》的陶渊明曾自谦地说过,"好读书,不求甚解"。如果非要为一两处难懂的词语而钻牛角尖,那就不妥了。像"卫"当"驴"讲的情况,读书多了,是可以悟而知之的。

16. 夜叉国

交州徐姓，泛海为贾（gǔ）。忽被大风吹去，开眼至一处，深山苍莽。冀有居人，遂缆船而登，负糗（qiǔ）腊焉。

方入，见两崖皆洞口，密如蜂房，内隐有人声。至洞外，伫足一窥，中有夜叉二，牙森列戟，目闪双灯，爪劈生鹿而食。惊丧魂魄，急欲奔下，则夜叉已顾见之，辍食执入。二物相语，类鸟兽鸣，争裂徐衣，似欲啖（dàn）啖。徐大惧，取橐（tuó）中糗糒（bèi），并牛脯进之。分啖甚美，复翻徐橐。徐摇手以示其无，夜叉怒，又执之。徐哀之曰："释我。我舟中有釜甑（zèng），可烹饪。"夜叉不解其语，仍怒。徐再与手语，夜叉似微解，从至舟，取具入洞，束薪燃火。煮其残鹿，熟而献之。二物啖之喜。夜以巨石杜门，似恐徐遁。徐曲体遥卧，深惧不免。

天明，二物出，又杜之。少顷，携一鹿来付徐。徐剥革，于洞深处取流水，汲煮数釜。俄有数夜叉群至，吞啖讫，共指釜似嫌其小。过三四日，一夜叉负一大釜来，似人所常用者。于是，群夜叉各致狼麋（mí）。既熟，呼徐同啖。居数日，夜叉渐与徐熟，出亦不施禁锢，聚处（chǔ）如家人。徐渐能察声知意，辄效其音，为夜叉语。夜叉益悦，携一雌来妻徐。徐初畏惧，莫敢近。雌就徐，与交，大喜。每留肉饵徐，若琴瑟之好。

一日，诸物早起，项下各挂明珠一串，更番出门，若伺贵客。命徐多煮肉。徐以问雌，雌云："此天寿节。"雌出谓众夜叉曰："徐郎无骨突子。"众各摘其五，并付雌。雌又自解十枚，共得五十之数，以野苎（zhù）为绳，穿挂徐项。徐视之，一珠可直百十金。俄顷俱出。徐煮肉毕，雌来邀

去，云："接天王。"至一大洞。广阔盈亩，中有石，滑平如几（jī），四围俱有石座。上一座蒙以豹革，余皆以鹿。夜叉二三十辈，列坐洞中。少顷，大风扬尘，张皇都出。见一巨物来，亦类夜叉状，竟奔入洞，踞坐鹗（è）顾。群随入，东西列立，悉仰其首，以双臂作十字交。物按头点视，问："卧眉山众，尽于此乎？"群哄应之。顾徐曰："此何来？"雌以"婿"对。众又赞其烹调。即有二三夜叉，奔取熟肉陈几上。物掬啖尽饱，极赞嘉美，且责常供。又顾徐云："骨突子何短？"众曰："初来未备。"物于项上摘取珠串，脱十枚付之，俱大如指顶，圆如弹丸。雌急接，代徐穿挂。徐亦交臂作夜叉语谢之。物乃去，蹑风而行，其疾如飞。众始享其余食而散。

居四年余，雌忽产，一胎而生二雄一雌，皆人形，不类其母。众夜叉皆喜其子，辄共拊弄。一日皆出攫（jué）食，惟徐独在。忽别洞来一雌，欲与徐私。徐不肯，夜叉怒，扑徐踣（bó）地上。徐妻自外至，暴怒相搏，龁（hé）断其耳。少顷，其雄亦归，解释令去。自此雌每守徐，动息不相离。又三年，子女俱能行步，徐辄教以人言，渐能语，啁啾（zhōu jiū）之中，有人气焉。虽童也，而奔山如履坦途，与徐依依有父子意。

一日，雌与一子一女出，半日不归。而北风大作，徐恻然念故乡。携子至海岸，见故舟犹存，谋与归。子欲告母，徐止之。父子登舟，一昼夜达交。至家，妻已醮（jiào）。出珠二枚，售金盈兆，家颇丰。子取名彪，十四五岁，能举百钧，粗莽好斗。交帅见而奇之，以为千总。值边乱，所向有功，十八为副将。

时一商泛海，亦风飘至卧眉。方登岸，见一少年。视之而惊，知为中国人，便问居里。商以告，少年乃曳入幽谷，一小石洞，洞外皆丛棘，且嘱勿出。去移时，挟（xié）鹿肉来啖商，自言父亦交人。商闻之，而知为徐，商在客中尝识之，因曰："我故人也！今其子为副总。"少年不解何名，商曰："此中国之官名。"又问："何以为官？"曰："出则舆马，入则高坐。堂上一呼，而下百诺。见者侧目视，侧足立。此名为官。"少年甚歆（xīn）动。商曰：

夜叉國

深山蒼莽
少人蹤習俗幾
疑類毒龍不是徐生還
故園安知海外卧眉峯

"既尊君在交,何久淹此?"少年以情告。商劝南旋,曰:"余亦常作是念,但母非中国人,言貌殊异。且同类觉之,必见残害,用是辗转。"乃出曰:"待北风起,我来送汝行。烦于父兄处,寄一耗问。"商伏洞中几半年,时自棘中外窥,见山中辄有夜叉往还,大惧,不敢少动。一日,北风策策,少年忽至,引与急窜,嘱曰:"所言勿忘却。"商应之,乃归。

径抵交,达副总府,备述所见。彪闻而悲,欲往寻之。父虑海涛妖薮(sǒu),险恶难犯,力阻之。彪抚膺痛哭,父不能止。乃告交帅,携两兵入海。逆风阻舟,摆簸海中者半月,四望无涯,咫尺迷闷,无从辨其南北。忽而涌波接汉,乘舟倾覆,彪落海中,逐浪浮流。久之,被一物曳去,至一处,竟有舍宇。彪视之,一物如夜叉状。彪乃作夜叉语,夜叉惊讯之,彪乃告以所往。夜叉喜曰:"卧眉,我故里也。唐突可罪。君离故道已八千里,此去为毒龙国,向卧眉非路。"乃觅舟来送彪。夜叉在水中推行如矢,瞬息千里。过一宵,已达北岸,见一少年,临流瞻望。彪知山无人类,疑是弟,近之,果弟,因执手哭。既而问母及妹,并云安健。彪欲偕往,弟止之,仓忙便去。回谢夜叉,则已杳矣。

未几,母妹俱至,见彪俱哭。彪告其意,曰:"恐去为人所凌。"彪曰:"儿在中国甚荣贵,人不敢欺。"归计已决,苦风逆难渡。母子方徘徨间,忽见布帆南动,其声瑟瑟。彪喜曰:"天助吾也!"相继登舟,波如箭激,三日抵岸。见者皆奔。彪向三人脱分袍袴。抵家,母夜叉见翁怒骂,恨其不谋。徐谢过不遑。家人拜见主母,无不战栗。彪劝母学作华言,衣锦餍(yàn)粱肉,乃大欣慰。母女皆男儿装,数月稍辨语言,弟妹亦渐白皙。弟曰豹,妹曰夜儿,俱强有力。彪耻不知书,教弟读。豹最慧,经史一过辄了。又不欲操儒业,仍使挽强弩(nǔ)。驰怒马,登武进士第,聘阿游击女。夜儿以异种,无与为婚。会彪下袁守备失偶,强妻之。夜儿能开百石(dàn)弓,百余步射小鸟,无虚落。袁每征辄与妻俱,历任同知将军,奇勋半出于闺门。

豹三十四岁挂印，母尝从之南征。每临巨敌，辄擐（huàn）甲执锐，为子接应，见者莫不辟易。诏封男爵，豹代母疏辞，封夫人。

导读

写文章，选材是第一环节。有了内容，才能展开思路，这是定律。

夜叉，词典上讲，指相貌极为丑怪的人。我国远古时代，人们对天文地理知识了解不多，误认为"天圆地方"。知道大地是球体，那是后来的事了。人们海外远航，见到大鼻子、蓝眼睛、红头发或浑身漆黑的人十分惊奇，对他们呼以"夜叉"，这是一种误会，不够礼貌。如今地球村"小"了，我们走在街上常会见到各种长相的外宾，相互打个招呼，不足为怪。

读这一篇，很长见识，它的选材特色十分鲜明。

1."夜叉国"在哪里？

从文中看，北风策策，他们才能回归，可能夜叉国在北美加拿大一带；看人们相貌，又像是非洲黑人，或大洋洲土著居民……这一点，大家不必较真。本文是小说，不是地理教材。若说连蒲公自己也不知道夜叉国在哪里，该是真的。

2.本文的题材是如何选定的？

文学家，应该是见多识广的。一千三百多年前，李白、杜甫遍游大江南北，留下"两岸猿声啼不住，轻舟已过万重山""会当凌绝顶，一览众山小"等千古名句。蒲公不同。他几次应考落第，坐在书舍苦读，很少出游。写本文，这张选材网撒得远了，远离淄博，远离齐鲁，远离中华大地，撒到万里海疆去了。这是他在"聊斋"书房里听到的信息，加以自己超人的想象力构思出来的故事。可见，写文章也不一定都写亲身经历的事情。施耐庵参加过梁山起义吗？罗贯中认识曹、刘、孙吗？听到的材料，也可下笔成篇，这叫能耐！

3. 什么是合理可信的想象力?

如今不少人靠想象写文章,这是很常见的。不过,写这类文章有几点事项是应该注意的:一是不要"出格",想象中的人物、景物要合乎常理。看夜叉国人原来都生吃鹿肉,徐某献上熟肉,他们也知道好吃。二是作者的想象要能引发读者的联想。看彪、豹二子幼时登山如履平地,长大必定武力过人,会为国建立功勋的。三是想象力与神话描写是有区别的。孙悟空一个筋斗十万八千里,那是神话。本文中也有这一招。彪回去接母,舟覆落海,是一位夜叉神救了他。那神人在水中推舟,瞬息千里,船到岸边,转眼杳矣。那是神话笔法。

4. 这样结尾好在哪里?

这出戏是喜剧结尾。这样写,故事完整,徐某这趟充满传奇的海外之行有了令人愉快的结果。这样写,夜叉夫人带子女来到"婆家"中国,建功立业,对突出主题作用明显。

总之,蒲公选取这份题材来写,十分难得。

结构

1. 本文以时间为序,脉络清晰。

开头,第一段,"泛海远航"。

中间部分,二至九段,包括"敬献美食""雌来妻徐""天寿见王""妻乐子欢""回国从军""商人遇豹""神者天助"和"为国效力"。

结尾,第十段,"立功受封"。

2. "三往返"要理清。

文中从交州至夜叉国,人物三次往返,大家一定要梳理清楚。第一次,徐某去,七八年后带长子彪返回。第二次,商人去,半年后返回。第三次,彪去,

带母亲和弟妹返回。这些情节，不要读混淆了。

3. 各段中，"天寿见王""回国从军"写得更为出色，大家应下些功夫细读。

主题

自古以来，中华民族与世界各国就有友好往来。丝绸之路热闹了那么多年，郑和七下西洋故事多多。正像一首歌唱的那样："只要人人都献出一点爱，世界将变成美好的人间。"让"地球村"里的人们永远和平相处吧，这就是本篇的主题。

尽管各地人们相貌不同，但和平共处、互相帮助是人类发展史的主旋律。

人物

本篇故事人物不多，两主角一直处在中心位置。徐某，一个普通商人，大家比较熟悉。夜叉夫人，太陌生了，因此作者在她身上着力刻画，最见功夫。

这位"外宾"实在是太可敬可爱了！

1. 她自嫁丈夫徐某后，对他十分关心。"每留肉饵徐，若琴瑟之好。"

2. "挂珠"事件。天寿节到了，人们见王，项下都各挂明珠一串。"徐郎无骨突子。"她急切呼喊。于是，众人各送五枚明珠，她"自解十枚"，确是自家人啊。

3. 斥搏第三者。她钟情徐某，视为唯一。当第三者来插足时，她"暴怒相搏，龁断其耳"，那场面，真够激烈的！

4. 相处四年，她与徐某生下二男一女。又三年，抚养子女长大。这是二人

爱情的结晶。

5. 她有自卑感。当彪儿回卧眉接他们回国时，她有顾虑，"恐去为人所凌"。

6. 她知道据理力争。抵家后，见到徐某，一通怒骂，"恨其不谋"。"当初你带彪儿回国，为什么不与我商量？"

7. 她适应环境能力很强。回来后，她"学作华言，衣锦餍粱肉"，很快投入到"婆家"的生活之中。

8. 她发挥自身优势，跟随副帅豹儿征战沙场。"每临巨敌，辄擐甲执锐，为子接应"，并立功受封。

语言

本篇篇幅不长，语言闪光点却不少。

1. 单音字在文言语句中用得精当。如：

出亦不施禁锢，聚处如家人。

这里，"聚处"不是一个词，不当"聚集的地方"讲。这是两个词：聚，指大家在一起；处，指彼此之间的关系处得好。

携一雌来妻徐。

这里的"妻"，不是名词，而是作动词用，"给徐当妻子"。

物掬啖尽饱，极赞嘉美，且责常供。

这里的"责"，不是责备的意思，而是向下布置"任务"，有命令的意思。

教弟读。豹最慧，经史一过辄了。

了，这里当动词用，意为了解、明了、了如指掌。

2. 四字句用得好。如：

取具入洞，束薪燃火。煮其残鹿，熟而献之。

出则舆马，入则高坐。堂上一呼，而下百诺。

3. 比喻句用得又多又好。这是因为人们对那里的情况太陌生，多打些比方很必要。如：

牙森列戟，目闪双灯，爪劈生鹿而食。

写夜叉外貌与行动，牙什么样，眼什么样，特别是用手撕吃生鹿的样子，如"爪劈"，太形象了。

物于项上摘取珠串，脱十枚付之，俱大如指顶，圆如弹丸。

这么大的珠宝，少见呀。

虽童也，而奔山如履坦途。

三四岁的孩童奔山如履平地，了不得。

夜叉在水中推行如矢，瞬息千里。

这里，既有比喻，又有夸张，妙。

4. 有的语句写得精准。如：

历任同知将军，奇勋半出于闺门。

看，那时候就知道，男子在外立功，功劳应有妻子的一半。

5. 文言语句，内涵丰满，这是书中每篇语言的共同特色。如：

诏封男爵，豹代母疏辞，封夫人。

由于夜叉夫人多立战功，皇上下诏封她为"男爵"。儿子徐豹认为不妥，上疏辞却。皇上接受了意见，改封"夫人"。夫人是官称，有一品、二品等级之分。看，这两句话，十二个字，表达了多少内容。

跟着王有声老师

读聊斋

贰

王有声 主编

山东城市出版传媒集团·济南出版社

图书在版编目（CIP）数据

跟着王有声老师读聊斋：全四册／王有声主编．
— 济南：济南出版社，2017.7
ISBN 978-7-5488-2620-0

Ⅰ．①跟… Ⅱ．①王… Ⅲ．①《聊斋志异》—文学
欣赏—青少年读物 Ⅳ．① I207.419-49

中国版本图书馆 CIP 数据核字（2017）第 111920 号

出版发行	济南出版社
地　　址	济南市二环南路1号（250002）
网　　址	www.jnpub.com
发行热线	0531-86922073　86131701
印　　刷	山东省东营市新华印刷厂
版　　次	2017年7月第1版
印　　次	2017年7月第1次印刷
成品尺寸	170 mm×240 mm　1/16
总 印 张	45
总 字 数	580千
印　　数	1-3 000 套
总 定 价	150.00元（全四册）

济南版图书，如有印装质量问题，请与出版社出版部联系调换
电话：0531-86131736

目录

贰

17. 长亭

石大璞，泰山人，好厌禳（ráng）之术。有道士遇之，赏其慧，纳为弟子。启牙签，出二卷，上卷驱狐，下卷驱鬼。乃以下卷授之，曰："虔奉此书，衣食、佳丽皆有之。"问其姓名，曰："吾汴（biàn）城北村元帝观（guàn）王赤城也。"留数日，尽传其诀。石于是精于符箓（lù），委贽（zhì）者踵接于门。

一日，有叟来。自称翁姓，炫陈币帛，谓其女鬼病已殆，必求亲诣。石闻病危，辞不受贽，姑与俱往。十余里入山村。至其家，廊屋华好。入室，见少女卧縠帐中。婢以钩挂帐，望之，年十四五许，支缀于床，形容已槁（gǎo）。近临之，忽开目云："良医至矣！"举家皆喜，谓其不语已数日矣。石乃出，因诘病状。叟言："白昼见少年来，与共寝处，捉之已杳（yǎo）。少间复至，疑其为鬼。"石曰："其鬼也，驱之非难。恐其是狐，则非余所敢知矣。"叟曰："必非，必非。"石授以符，是夕，宿于其家。夜分，有少年入，衣冠整肃。石疑是主人眷属，起而问之。曰："我鬼也，翁家尽狐。偶悦其女红亭，姑止焉。鬼为狐祟，阴鸷（zhì）无伤，君何必离人之缘而护之？女之姊长亭，光艳尤绝。敬留全璧，以待高贤。彼如许字，方可为之施治，尔时我当自去。"石诺之。是夜，少年不至，女顿醒。天明，叟喜，以告石，请石入视。石焚旧符，乃坐诊之。见绣幕有女郎，丽若天人，心知其长亭也。诊已，索水洒帐，女郎急以碗水付之，蹀（dié）躞（xiè）之间，意动神流。石生此际，心殊不在鬼矣。

1

長亭

驅鬼新傳一卷書得諧佳偶
信非惠芳名早作乞雜嚴
冰玉備難積怨除

2

出辞叟，托制药去。数日不返，鬼益肆，除长亭外，子妇婢女，俱被淫惑。又以仆马逆石，石托疾不赴。明日，叟自至，石故作病股状，扶杖而出。叟拜已，问故，曰："此鳏（guān）之难也！曩夜婢子登榻，倾跌，堕汤夫人泡两足耳。"叟问："何久不续？"石曰："恨不得清门如翁者。"叟默而出。石走送曰："病差（chāi），当自至，无烦玉趾也。"又数日，叟复来，石跛（bǒ）而见之。叟慰问三数语，便曰："顷与荆人言，君如驱鬼去，使举家安枕，小女长亭，年十七矣，愿遣奉事君子。"石喜，顿首于地，乃谓叟："雅意若此，病躯何敢复爱矣。"立刻出门，并骑而去。入视崇者，既毕，石恐背约，请与媪盟。媪遽出曰："先生何见疑也！"即以长亭所插金簪，授石为信。石朝拜之，已，乃遍集家人，悉为祓（fú）除。惟长亭深匿无迹。遂写一佩符，使人持赠之。是夜寂然，鬼影尽灭，惟红亭呻吟未已。投以法水，所患若失。石欲辞去，叟挽止殷恳。

至晚，肴核罗列，劝酬殊切。漏三下，主人乃辞客去。石方就枕，闻叩扉甚急。起视，则长亭掩入，辞气仓皇，言："吾家欲以白刃相仇，可急遁！"言已，径返身去。石战惧无色，越垣急窜。遥见火光，疾奔而往，则里人夜猎者也。喜待猎毕，乃与俱归。心怀怨愤，一计可伸，思欲之汴寻赤城。而家有老父，病废已久，日夜筹思，莫决进止。

忽一日，双舆至门，则翁媪送长亭至。谓石曰："曩夜之归，胡再不谋？"石见长亭，怨恨都消，故亦隐而不发。媪促两人庭拜讫。石将设筵，辞曰："我非闲人，不能坐享甘旨。我家老子昏眊（máo），倘有不悉，郎肯为长亭一念老身，为幸多矣！"登车遂去。盖杀婿之谋，媪不知闻，及追之不得而返，媪始知之。颇不能平，与叟日相诟谇（suì），长亭亦饮泣不食。媪强送女来，非翁意也。长亭入门，诘之，始知其故。

过两三月，翁家趣女归宁。石料其不返，禁止之，自此时一涕零。年余，生一子，名慧儿，买乳媪哺之。然儿善啼，夜必归母。一日，翁家又以舆来，言媪思女甚。长亭益悲，石不忍复留之。欲抱子去，石不可，长亭乃

自归。别时，以一月为期，既而半载无耗。遣人往探之，则向所僦（jiù）宅久空。

又二年余，望想都绝，而儿啼终夜，寸心如割。继而石父病卒，倍益哀伤，因而病瘥，苫（shàn）次弥留，不能受宾朋之吊。方昏愦（kuì）间，忽闻妇人哭入。视之，则缞（cuī）绖（dié）者，长亭也。石大悲，一恸（tòng）遂绝。婢惊呼，女始辍泣，抚之良久，始渐苏。自疑已死，谓相聚于冥中。女曰："非也。妾不孝，不能得严父心，尼归三载，诚所负心！适家由海东经此，得翁凶问。妾遵严命而绝儿女之情，不敢循乱命而失翁媳之礼。妾来时，母知而父不知也。"言间，儿投怀中。言已，始抚之，泣曰："我有父，儿无母矣！"儿亦嗷（jiào）啕，一室掩泣。女起，经理家政，柩（jiù）前，牲盛洁备，石乃大慰。而病久，急切不能起，女乃请石外兄款洽吊客。丧既闭，石始杖而能起，相与营谋。斋葬已，女欲辞归，以受背父之谴。夫挽儿号（háo），隐忍而止。未几，有人来告母病，乃谓石曰："妾为父来，君不为妾母放令去耶？"石许之。女使乳媪抱儿他适，涕洟出门而去。去后，数年不返，石父子渐亦忘之。

一日，昧爽启扉，则长亭飘忽而入。石方骇问，女戚然，坐榻上，叹曰："生长闺闼，视一里为遥，今一日夜而奔千里，殆矣！"细诘之，女欲言复止。请之不已，哭曰："今为君言，恐妾之所悲，而君之所快也。迩（ěr）年徙居晋界，僦居赵缙绅之第。主客交最善，以红亭妻其公子。公子素逋（bū）荡，家庭颇不相安。妹归告父，父留之，半年不令还。公子忿恨，不知何处聘一恶人来，遣神绾（wǎn）锁，缚老父去。一门大骇，顷刻四散矣！"石闻之，笑不自禁。女怒曰："彼虽不仁，妾之父也。妾与君琴瑟数年，止有相好而无相尤。今日人亡家败，百口流离，即不为父伤，宁不为妾吊乎？闻之忭（biàn）舞，更无片语相慰藉，何不义也！"拂（fú）袖而出。石追谢之，亦已渺矣。怅然自悔，拚（pàn）已决绝。

过二三日，媪与女俱来。石喜慰问，母子俱伏地。惊而询之，母子俱

4

哭。女曰："妾负气而去，今不能自坚，又欲求人，复何颜矣！"石曰："岳固非人，母之惠，卿之情，所不忘也。然闻祸而乐，亦犹人情，卿何不能暂忍？"女曰："顷于途中遇母，始知絷吾父者，盖君师也。"石曰："果尔，亦大易。然翁不归，则卿之父子离散；恐翁归，则卿之夫泣儿悲也。"媪矢以自明，女亦誓以相报。石乃即刻治任如汴，询至元帝观，则赤城归未久。入而参之，便问何来。石视厨下一老狐，扎前股而系之，笑曰："弟子之来，为此老魅。"赤城诘之，曰："是吾岳也。"因以实告。道士谓其狡诈，不肯轻释。固请，乃许之。石因备述其诈，狐闻之，塞身入灶，似有惭状。道士笑曰："彼羞恶之心，未尽忘也。"石起，牵之而去，以刀断索抽之。狐痛极，齿龈龈（yín）然。石不遽抽，而顿挫之，笑问曰："翁痛之，勿抽可耶？"狐睛睒睒（shǎn）闪，似有愠（yùn）色。既释，摇尾出观而去。石辞归。

三日前，已有人报叟信。媪先去，留女待石。石至，女逆而伏。石挽之曰："卿如不忘琴瑟之情，不在感激也。"女曰："今复迁故居矣，村舍邻迩，音问可以不梗。妾欲归省（xǐng），三日可旋，君信之否？"曰："儿生而无母，未便殇折；我日日鳏居，习已成惯。今不似赵公子，而反德报之，所以为卿者尽矣！如其不还，在卿为负义，道里虽近，当亦复不过问，何不信之与有？"女次日去，二日即返。问何速，曰："父以君在汴曾相戏弄，未能忘怀，言之絮絮，妾不欲复闻，故早来也。"自此闺中之往来无间（jiàn），而翁婿间，尚不通庆吊云。

导读

难怪人们称《聊斋》为"鬼狐传"。看本篇，狐仙家中鬼影闪闪，神话色彩甚浓。狐仙美女的故事，我们已读过《青凤》了。那一篇情节比较单一，人物

不多，好读。本文复杂多了，斗争激烈，剧情紧张，有哭有笑，曲折热闹。这是蒲公继《青凤》后呈现给读者的又一狐仙佳篇。它的选材亮点是：

1. 两主角有爱有痛，苦乐年华。

石生、长亭，二人相爱是十分真诚的。他俩的相爱属一见钟情型。石生初到翁家，"见绣幕有女郎，丽若天人"，十分倾心。长亭以碗送水，见石生，"蹀躞之间，意动神流"，也心许了。但是，在成婚过程中，在婚后生活中，几年、几年又几年，离多聚少，二三十岁最宝贵的青春年华乐少苦多。这种爱的情调，别有一番滋味在心头。

2. 故事中人物众多，矛盾百出。

文章从拜师写起。石生获得"驱鬼"本事，全篇情节，由此展开。

没想到，鬼少（shào）作祟，闹到狐家。鬼狐矛盾，不可调和，石生从而参与其中。

翁、石矛盾，贯穿始终。实事求是地讲，石生从鬼少处得到信息，装病施计要得到长亭，这有点乘人之危，从"善"字讲有所欠缺，难怪老翁不满。不过，人家石生总算为你家驱鬼解难了，你以"白刃相仇"太过了。所以二人虽为翁婿，矛盾终难化解。

翁、媪之间，恨婿、爱婿，争吵不已。

最关键的是两主角之间也有矛盾。长亭钟爱石生，毫无疑问，但她性格柔弱，女遵父命，这一点却放不下。当老父要对石生"白刃相仇"时，她坚决救石；当老父要搬家远去、多年不让她回郎君身边时，她只好顺从。她没有做到像王宝钏那样铁心跟定薛平贵，和老父闹翻离开相府，寒窑苦熬十八年。石生呢，性格又有些倔强，"你回娘家，去吧，远近我都不找你"。就这样，二人苦爱多年，不易啊！

3. 作者构思时，故事中有三处节点，我们一定要读清楚。

其一，鬼少的作用。文中的鬼少本是反面人物，但他自认"有理"："鬼为狐祟，阴鸷无伤""女之姊长亭，光艳尤绝。敬留全璧，以待高贤"。看，他还

挺为石生着想的。若连长亭也作祟了，那后面的戏就全没了。

其二，长亭救石。那天夜里，若不是长亭及早告知石生真情，老翁害了石生，那就惨了。

其三，恩师的帮助。老翁被捉，偏犯在石生的恩师王赤城手里，这就给了他救岳父的机会。有了这一"恩"，长亭再也没有理由离开石生回娘家不归了。

当然，三节点中，"长亭救石"是关键中的关键。没有这一步，石生连命都丢了，还谈得上有妻没妻、爱长爱短吗？

4. 喜剧结尾，欢乐落幕。长亭这次回归，三日缩成二日。至于"翁婿间，尚不通庆吊"，凉着吧，这对于石生、长亭、慧儿这幸福的小家庭来说已无大碍了。

结构

文章故事尽管复杂，但脉络清楚。

1. 全文的结构是这样的：

开头，第一段，"拜师驱鬼"。

中间部分，包括二至九段，"初见长亭""翁诈许婚""女助脱险""岳母成全""归宁不返""吊翁尽孝""老狐有难"和"石生救岳"。

结尾，第十段，"团聚无间"。

2. 长亭、石生爱情之路实在是太坎坷了。中间部分各段，可以说都是"山路崎岖"的。写文章，讲究的是起、承、转、合，故事一波三折，读起来才生动有趣。

3. 中间各段，写得都好，尤其是"初见长亭""石生救岳"两段，记叙得格外真切、细腻，应用心细读。

主题

石生、长亭，从初见到团聚，十多年时间了，这"有情人终成眷属"主题的落实实属不易。爱的路途中，二主角悲喜交加，人生坎坷格外真实。这桩姻缘的成就，动力来自六个方面：

1. 长亭从未变心。从初见石生以心相许起，这些年不管生活中有多少波折，爱石生是她的唯一。这是长亭形象的基本点。

2. 石生"忍"字最坚。按当时情况，石生年轻，有技术（驱鬼），"你长亭爱回不回，我再娶一房也不是难事"，他没有这样想，也没有这样做。二人的心是相通的。石生坚信，长亭心中有夫有子，好日子必将到来。

以上两点，是落实主题的主要因素。

3. 岳母成全，功不可没。我国民俗，自古以来是丈母娘疼姑爷。背着老翁，岳母独自做主，送长亭到石家，立刻拜了天地，看你老家伙还有什么说的！

4. 恩师援手。巧了，老翁有祸，恰落在石生恩师手中，这就给了石生救岳的机会。

5. 爱子心切，使长亭不能离去，这在许多家庭中都是有效的保险系数。

6. 鬼少配合，也功不可没。

写文章，主题的表达靠的是具体内容，空喊口号是行文的大忌。有了以上六方面的事实，主题的落实稳操胜券。

人物

本文以长亭命题，对着哩。蒲公在刻画这一主角上下了很大的功夫。

一是写人物外貌。长亭，太美了！"女之姊长亭，光艳优绝""见绣幕有女郎，丽若天人"，美女中的领军者。

二是写人物行动。长亭，太善了！危急时刻，救石脱险；公爹过世，前来尽孝；石生乐祸，给以批评；为救老父，伏地求石。

三是写人物语言。长亭，太贤惠了！文中多处写她对事情的分析、看法，思路敏捷，句句动情。

配角中，鬼少这个人物得说一说。他好色作恶，当然是反派，但有人提问："他不是出了个'好'主意，帮了石生的忙吗？"非也！鬼少有他的"鬼点子"。他作祟翁家女性，只留长亭，美其名曰"敬留全璧，以待高贤"，其实是为个人打算的。他知道石生是"驱鬼"专家。留下长亭、"团结"石生，他才可能免遭灭顶之灾，否则若作祟了长亭，石生全力帮助翁家驱鬼，他还有好下场吗？

语言

本篇语言，十分鲜活。

1. 单音字在文言语句中用得精当。如：

石走送曰："病差，当自至。"

差，取"出差"的引申意，指病出走了、好了。

"雅意若此，病躯何敢复爱矣。"

这里的爱指自爱，是心疼自己。

"妾不孝，不能得严父心，尼归三载……"

尼，尼姑。这里以尼姑的生活作比，形容自己回娘家后过孤苦的日子。

"……所以为卿者尽矣！"

尽，到头了。"我为你该做的一切，都做到了！"

2. 有些词语，要准确理解。如：

"虔奉此书，衣食、佳丽皆有之。"

这里的"衣食"，不是具体地指穿衣、吃饭。它与"佳丽"并列，指物质、爱情生活的两个方面。

"敬留全璧，以待高贤。"

璧，宝玉，"完璧归赵"知道吧，这里指不作祟长亭，保全她的名节。

3. 排比句、对仗句，写得格外生动，逻辑性强，极富穿透力，是本文语言运用的最大亮点。这类语句，在蒲公笔下并不多见，我们应着力领会。如：

长亭回来吊公爹时说："妾遵严命而绝儿女之情，不敢循乱命而失翁媳之礼。"

儿投怀中时，长亭说："我有父，儿无母矣！"

将老翁被缚消息告诉石生前，长亭说："今为君言，恐妾之所悲，而君之所快也。"

石生救岳前，有顾虑，说："然翁不归，则卿之父子离散；恐翁归，则卿之夫泣儿悲也！"

救翁后，长亭要归宁，说三日可旋。石生说："儿生而无母，未便殇折；我日日鳏居，习已成惯。"

这些语句，哲理表达得深透。用心读一读，可提高我们运用书面语言的能力。

18. 黄英

　　马子才，顺天人。世好菊，至才尤甚。闻有佳种，必购之千里不惮（dàn）。一日，有金陵客寓其家，自言其中表亲有一二种，为北方所无。马欣动，即刻治装，从客至金陵。客多方为之营求，得两芽，裹藏如宝。

　　归至中途，遇一少年，跨蹇（jiǎn）从油碧车，丰姿洒落。渐近与语，少年自言陶姓，谈言骚雅。因问马所自来，实告之。少年曰："种无不佳，培溉在人。"因与论艺菊之法。马大悦，问将何往。答云："姊厌金陵，欲卜居于河朔（shuò）耳。"马欣然曰："仆虽固贫，茅庐可以寄榻。不嫌荒陋，无烦他适。"陶趋车前，向姊咨禀（bǐng）。车中人推帘语，乃二十许绝世美人也。顾弟言："屋不厌卑，而院宜得广。"马代诺之，遂与俱归。

　　第南有荒圃，仅小室三四椽（chuán），陶喜居之。日过北院，为马治菊。菊已枯，拔根再植之，无不活。然家清贫，陶日与马共食饮。而察其家，似不举火。马妻吕，亦爱陶姊，不时以升斗馈恤（xù）之。陶姊，小字黄英，雅善谈，辄过吕所，与共纫绩。陶一日谓马曰："君家固不丰，仆日以口腹累知交，胡可为常？为今计，卖菊亦足谋生。"马素介，闻陶言，甚鄙之，曰："仆以君风流高士，当能安贫，今作是论，则以东篱为市井，有辱黄花矣！"陶笑曰："自食其力不为贪，贩花为业不为俗。人固不可苟求富，然亦不必务求贫也！"马不语，陶起而出。自是马所弃残枝劣种，陶悉掇（duō）拾而去。由此不复就马寝食，招之始一至。

　　未几菊开，闻其门嚣（xiāo）喧如市。怪之，过而窥焉，见市人买花

者，车载肩负，道相属也。其花皆异种，目所未睹。心厌其贪，欲与绝，而又恨其私秘佳本，遂款其扉，将就诮（qiào）让。陶出，握手曳入。见荒庭半亩，皆菊畦（qí），数椽之外，无旷土。劚（zhǔ）去者，则折别枝插补之。其蓓（bèi）蕾在畦者，罔不佳妙。而细认之，皆向所拔弃也。陶入屋，出酒馔，设席畦侧，曰："仆贫不能守清戒，连朝幸得微资，颇足供醉。"少间，房中呼"三郎"，陶诺而去。俄献佳肴，烹饪良精。因问贵姊："胡以不字？"答云："时未至。"问："何时？"曰："四十三月。"又诘何说，但笑不言。尽欢始散。过宿又诣之，新插者已盈尺矣。大奇之，苦求其术。陶曰："此非可以言传，且君不以谋生，焉用此？"

又数日，门庭略寂，陶乃以蒲席包菊，捆载数车而去。逾岁春将半，始载南中异卉而归。于都中设花肆，十日尽售，复归艺菊。问之去年买花者，留其根，次年尽变而劣，乃复购于陶。陶由此日富：一年增舍，二年起厦（shà）屋。兴作从心，更不谋诸主人。渐而旧日花畦，尽为廊舍。更买田一区，筑墉（yōng）四周，悉种菊。至秋载花去，春尽不归。而马妻病卒，意属黄英，微使人风示之。黄英微笑，意似允许，惟专候陶归而已。

年余，陶竟不至。黄英课仆种菊，一如陶。得金益合商贾，村外治膏田二十顷，甲第益壮。忽有客自东粤来，寄陶函信。发之，则嘱姊归马。考其寄书之日，即妻死之日。回忆园中之饮，适四十三月也，大奇之。以书示英，请问致聘何所。英辞不受采，又以故居陋，欲使就南第居，若赘（zhuì）焉。马不可，择日行亲迎礼。

黄英既适马，于壁间开扉，通南第，日过课其仆。马耻以妻富，恒嘱黄英作南北籍，以防淆乱。而家所需，黄英辄取诸南第，不半岁，家中触类皆陶家物。马立遣人一一赍（jī）还之，戒勿复取。未浃旬，又杂之。凡数更，马不胜烦。黄英笑曰："陈仲子毋乃劳乎？"马惭，不复稽（jī），一切听诸黄英。鸠（zhèn）工庀（pǐ）料，土木大作，马不能禁。经数月，楼舍连亘（gèn），两第竟合为一，不分疆界矣。然遵马教，闭门不复业菊，而

黄共

千里萍蹤卜隱居酒
香苓氣
夢醒初良緣應為梅
花妬霎
士風流轉不如

享用过于世家。

马不自安，曰："仆三十年清德，为卿所累。今视息人间，徒依裙带而食，真无一毫丈夫气矣！人皆祝富，我但祝穷耳。"黄英曰："妾非贪鄙，但不少致丰盈，遂令千载下人，谓渊明贫贱骨，百世不能发迹，故聊为我家彭泽解嘲耳。然贫者愿富为难，富者求贫固亦甚易。床头金任君挥去之，妾不靳（jìn）也。"马曰："捐他人之金，抑亦良丑。"英曰："君不愿富，妾亦不能贫也。无已，析君居，清者自清，浊者自浊，何害！"乃于园中筑茅茨（cí），择美婢往侍马。马安之。然过数日，苦念黄英。招之不肯至。不得已，反就之。隔宿辄至，以为常。黄英笑曰："东食西宿，廉者当不如是。"马亦自笑，无以对，遂复合居如初。

会马以事客金陵，适逢菊秋。早过花肆，见肆中盆列甚烦，款朵佳胜，心动疑类陶制。少间主人出，果陶也。喜极，具道契阔，遂止宿。马要之归，陶曰："金陵吾故土，将婚于是。积有薄资，烦寄吾姊。我岁杪（miǎo）当暂去。"马不听，请之益苦，且曰："家幸充盈，但可坐享，无须复贾。"坐肆中，使仆代论价，廉其直，数日尽售。逼促囊装，赁舟遂北。入门，则姊已除舍，床榻裀褥皆设，若预知弟也归者。陶自归，解装课役，大修亭园。惟日与马共棋酒，更不复结一客。为之择婚，辞不愿。姊遣两婢侍其寝处。居三四年，生一女。

陶饮素豪，从不见其沉醉。有友人曾生，量亦无对。适过马，马使与陶相较饮。二人纵饮甚欢，恨相得晚。自辰以迄四漏，计各尽百壶。曾烂醉如泥，沉睡座间。陶起归寝，出门践菊畦，玉山倾倒，委衣于侧，即地化为菊，高如人，花十余朵，皆大于拳。马骇绝，告黄英。英急往，拔置地上，曰："胡醉至此！"覆以衣，要马俱去，戒勿视。既明而往，则陶卧畦边。马乃悟姊弟菊精也，益爱敬之。

而陶自露迹，饮益放，恒自折柬（jiǎn）招曾，因与莫逆。值花朝，曾来造访，以两仆舁（yú）药浸（jìn）白酒一坛，约与共尽。坛将竭，二人

14

犹未甚醉，马潜以瓻（chī）续入之，二人又尽之。曾醉已惫，诸仆负之以去。陶卧地又化为菊。马见惯不惊，如法拔之，守其旁以观其变。久之，叶益憔悴，大惧，始告黄英。英闻骇曰："杀吾弟矣！"奔视之，根株已枯。痛绝，掐（qiā）其梗，埋盆中，携入闺中，日灌溉之。马悔恨欲绝，甚恶（wù）曾。越数日，闻曾已醉死矣。盆中花渐萌，九月既开，短干粉朵，嗅之有酒香，名之"醉陶"，浇以酒则茂。

后女长成，嫁于世家。黄英终老，亦无他异。

![导读]

在神话的百花园中，花卉仙子的身影为数不少，这也是蒲公选材的重点层面之一。牡丹，我们已经阅读过两篇了，这里，菊花来到了我们面前。写文章选择内容，最忌讳雷同。黄英的故事，与香玉、葛巾不同，别有一番情趣。蒲公在文后注道：植此种于庭中，如见良友，如对丽人，不可不物色之也。

具体地说，本篇的内容，有以下亮点：

1. 菊仙姐弟与马生，三人两方，爱情、亲情交融描述，故事性强。

看前面那些爱情篇章，都是男女二主角领衔演绎故事，脉络比较单一。本篇呢，主角三人，陶弟穿插其中。马与黄英的爱情、黄英姐弟的亲情、马与陶弟的友情，糅在一起写颇为新颖。

2. "菊"与"酒"贯穿全文。

这一特色，在全文中太突出了。三位主角的全部生活内容，都在菊与酒上。可以说，他们视菊为生，视酒为命，古代文学家陶渊明爱菊嗜酒，是黄英菊氏家族的先辈。这样构思，将陶公、诗话、秋菊、美酒与本篇故事完全结合在一起，巧而美，读来别有韵味。

3. 婚后日常生活写得细。

书中爱情的短篇，像《阿宝》男追女，《白秋练》女追男，蒲公笔墨多用在婚前恋爱过程上。本篇不同，女主角黄英与男主角马生，只是都爱艺菊，只是南北院邻居。二人平日没什么生活"过程"。待陶弟来信"嘱姊归马"，二人便成亲了。文中笔墨，主要用在婚后生活上。这与当今人们成家过日子很相似，相爱容易相处难。两主角婚后，"执子之手，与子偕老"，这对人世间一切家庭都是一道难题。经济上如何挣钱花钱，苦乐事件来临如何面对，诸多实际问题，文中都有深刻的表述。

4. 神话色彩浓郁。黄英姐弟，毕竟不是凡人，是菊仙。文中有几处情节，仙味十足，例如：初遇时，"车中人推帘语"，黄英见到马生了，料定这就是她的归宿；马生所拔弃的残劣菊枝，陶弟着手一插即活；问黄英"胡以不字"，答"四十三月"，正是马妻病故之时；陶弟酒醉，"玉山倾倒"，黄英"拔置地上"，还能再活……这些情节，人气、仙气穿插描述，我们读着才别有情趣。

结构

本文故事较为复杂，脉络却一清二楚。

1. 它的提纲应是这样的：

开头，第一段，"世好菊"。

中间部分，二至十一段，包括"迎佳客""不求贫""胡不字""候陶归""娶黄英""二合一""合如初""共棋酒""陶化菊"和"名醉陶"。

结尾，第十二段，"善终老"。

2. 从地点看，自"迎佳客"黄英来到马家，从未离开过。陶弟经营菊业，来往奔忙；黄英始终坐镇马家，出嫁，生女，直至终老，"亦无他异"。一切情节尽在不变中。

3. "合如初"段，二主角对家庭经济生活有辩有论，新颖；"陶化菊"段，

写人、仙、菊、酒，起伏多变，神奇。

主题

　　婚姻大事，自己做主；冲破包办，幸福终生。这是各篇共同的主题。本文在表达这一主题上有它自己的特色。

　　1. 男女双方都没有长辈，什么父母之命、媒妁之言，没有那回事。陶弟的话，也是他姐姐的意思吧。黄英是这出戏的导演。从表面看，三人都是主角，且马生、陶弟二人的戏份很多。黄英言少事少，但一切全在她的掌握之中。文章以她为题，精准。

　　2. 婚前，二主角没什么戏。孙子楚追阿宝，王子服追婴宁，多费劲呀！本文，马生与黄英，婚前只是爱好相同的邻居。马妻过世后，二人也没说什么"我爱你"，自然礼成，有特色。他们的婚姻亮点在日后。

　　3. "包容"，这是夫妻二人过好日子的基石。人生在世，苦乐年华，哪有几十年总是一帆风顺的？本文重点突出了二主角婚后生活的质量，这样白头偕老，值得点赞。

　　其一，二人对"贩花"的态度是有同有异的。马生视菊为神圣之物，"以东篱为市井，有辱黄花矣"；黄英姐弟则认为"贩花为业不为俗"，他们本身就是菊仙嘛。

　　其二，"贫富争辩"，相当激烈。马生自认为"仆三十年清德"，"我但祝穷耳"。黄英则认为谁"谓渊明贫贱骨，百世不能发迹"？她明确表示："君不愿富，妾亦不能贫也。"今日看来，黄英见解，高马生一筹。见解尽管不同，但"清者自清，浊者自浊"，二人相互包容，过得很好。

　　其三，陶弟死于马生之手，这情节太重大了，但是，黄英大度，深明事理，知道弟弟的死是自己酗酒造成的，因而她对马生并未责难，能正确面对这一极

17

大痛苦。"杀吾弟矣!"只一句话,此事便了结了。有这样大度贤惠的妻子,马生有福气啊!

写文章刻画人物,主要手段是写人物的外貌、行动、语言和心理活动。四种手段的使用,是有一定内在联系的。四种手段的选择,每篇文章也是各有侧重的。

本文刻画三位主角,着力点是让人物说话。他们的语言,表达哲理,辩论性强,鲜明地表达了人物的心理活动,例如:

1. 谈到种菊,对品种优劣的看法,陶弟明确地指出了事在人为的真理:"种无不佳,培溉在人。"这比马生的观点高明。

2. 谈到把自己培植的菊花拿到市场去卖时,二人观点针锋相对:

马曰:"仆以君风流高士,当能安贫,今作是论,则以东篱为市井,有辱黄花矣!"

陶曰:"自食其力不为贪,贩花为业不为俗。人固不可苟求富,然亦不必务求贫也。"

马不语,又败了一个回合。

3. 马生与黄英婚后,黄富马贫,马不安。

马曰:"仆三十年清德,为卿所累……人皆祝富,我但祝穷耳。"

妻曰:"妾非贪鄙……然贫者愿富为难;富者求贫固亦甚易。床头金任君挥去之,妾不靳也。"

马曰:"捐他人之金,抑亦良丑。"

妻曰:"君不愿富,妾亦不能贫也。无已,析君居,清者自清,浊者自浊,何害!"

从辩论结果看，马生自以贫为清高，何苦呢？黄英姐弟自己勤劳致富，与当今时代的追求合拍。黄英仙子，有远见！

从全文看，本篇的语言当然是精彩的。这里，我们只讨论一点——文言语句的学习与运用问题。

1. 有人提出："已进入 21 世纪，离文言文时代越来越远了，还学习它，有必要吗？"还有人问："当前，学界又提出加强全民阅读活动，鼓励青年人多读名著，特别要多学些古典名著，这是为什么呢？"这些问题很大，一两句话说不全。这里，我只结合本文，说个一二三吧。

2. 文中的一般文言句，你全懂了吗？你能不问别人、不看词典，直接翻译成白话文吗？请试以下两句：

世好菊，至才尤甚。

意思是：马家世代人都爱好菊花，到马子才这辈，兴趣更强烈了。

黄英课仆种菊，一如陶。

意思是：黄英指导家仆培植菊花，做法像陶弟在家时一样。

谁能这样理解文中的语句，及格了。

3. 我听过不少青年人说"不爱看京剧"，原因嘛，"尽是些历史事件，看不懂"。是吗？《智取威虎山》《红色娘子军》是现代戏吧，其中的唱词你全懂吗？

英雄杨子荣献上联络图，得到众匪徒信任，接过敬的酒，唱道：

今日痛饮庆功酒，壮志未酬誓不休。

来日方长显身手，甘洒热血写春秋。

党代表洪常青得到南霸天信任后，唱道：

众望所归根基牢，宏图大展云路遥。

且看明朝椰林寨，万紫千红分外娇。

这是两首一等的七绝，但许多老年人却听不懂这些唱词，因为他们文言文读得太少了。

4. 有人又问："那么，学点文言文，与我们的学习、工作和日常生活有关系吗？"

有，大有关系。请看这几句：

"依法治国，以德治国。"

"有腐必反，有贪必肃。"

"潜入虎穴，非你莫属！"

"母病愈出院，勿念。"

······

这些语句都是常见的，它们之中，有没有"文言"基因？多不多？浓不浓？我想答案是肯定的。愿大家都学一些文言文。未来工作、学习和生活的路很长，打好这方面的基础，可以受用终身呢。

19. 连城

　　乔生，晋宁人，少负才名。年二十余，有肝胆，与顾生善。顾卒，时恤其妻子。邑宰以文相契重。宰终于任，家口淹滞，不能归，生破产扶枢，往返二千余里。以故士林益重之，而家由此日替。

　　史孝廉有女，字连城，工刺绣，知书。父娇爱之，出所刺《倦绣图》，征少年题咏，意在择婿。生献诗云："慵鬟高髻绿婆娑（suō），早向兰窗绣碧荷。刺到鸳鸯魂欲断，暗停针线蹙（cù）双蛾。"又赞挑绣之工云："绣线挑来似写生，幅中花鸟自天成。当年织锦非长技，幸把回文感圣明。"女得诗喜，对父称赏。父贫之。女逢人辄称道，又遣媪矫（jiǎo）父命，赠金以助灯火。生叹曰："连城我知己也！"倾怀结想，如渴思啖（dàn）。

　　无何，女许字于鹾（cuó）贾（gǔ）之子王化成。生始绝望，然梦魂中犹佩戴之也。未几，女病瘵（zhài），沉痼（gù）不起。有西域头陀，自谓能疗，但须男子膺（yīng）肉一钱，捣合药屑（xiè）。史使人诣王家告婿，婿笑曰："痴老翁，欲剜我心头肉耶？"使返，史怒言于人曰："有能割肉者妻之。"生闻而往，自出白刃，刲（kuī）膺授僧。血濡袍袴，僧敷药始止。合药三丸，三日服尽，疾若失。史将践其言，先告王。王怒，忿欲讼官。史乃设筵招生，以千金列几上曰："重负大德，请以相报。"因具白背盟之由。生怫（fú）然曰："仆所以不爱肤肉者，聊以报知己耳，岂货肉哉？"拂（fú）袖而归。女闻之，意良不忍，托媪慰谕之，且云："以彼才华，当不久落。天下何患无佳人？我梦不祥，三年必死。不必与人争此泉

21

連城
　吟將新句獻妝臺　博得傾
城城笑　醫開癉肉醫何足
惜多情還肯殉身來

下物也。"生告媪曰："士为知己者死，不以色也。诚恐连城未必真知我，但得真知我，不谐何害！"媪代女郎矢诚自剖。生曰："果尔，相逢时当为我一笑，死无憾！"媪既去，逾数日，生偶出，遇女自叔氏归。睨之，女秋波转顾，启齿嫣然。生大喜，曰："连城真知我者！"

会王氏来议吉期，女前症又作，数月寻卒。生往临吊，一痛而绝。史舁（yú）送其家。生自知已死，亦无所戚。出村去，犹冀一见连城。遥望西北一道，行人连绪如蚁，因亦混身杂迹其中。俄顷，入一廨（xiè）署，值顾生，惊问："君何得来？"即把手将送令归。生太息，言心事殊未了。顾曰："仆在此典牍（dú），颇得委任。倘可效力，不惜也！"生问连城，顾即导生历多所，见连城与一白衣女郎，泪睫惨黛，藉坐廊隅。见生至，骤起似喜，略问所来，生曰："卿死，仆何敢生？"连城泣曰："如此负义之人，尚不吐弃之，身殉何为？然已不能许君今生，愿矢来世耳！"

生告顾曰："有事君自去。仆乐死，不愿生矣！但烦稽连城，托生何里，行与俱去耳。"顾"诺"而去。白衣女郎问生何人，连城为缕述之。女郎闻之，若不胜悲。连城告生曰："此妾同姓，小字宾娘，长沙史太守女。一路同来，遂相怜爱。"生睨之，意态怜人，方欲研问，而顾已反，向生贺曰："我为君平章已确，即令娘子从君返魂，好否？"两人皆喜。方将拜别，宾娘大哭曰："姊去，我安归？乞垂怜救，我为姊捧帨（shuì）耳！"连城凄然无所为计，转谋生。生又哀顾，顾难（nán）之，峻辞以为不可。生固强之，乃曰："试妄为之。"去食顷而返，摇手曰："何如？诚万分不能为力矣！"宾娘闻之，宛转娇啼，惟依连城肘下，恐其即去。惨怛（dá）无术，相对默默，而睹其愁颜戚容，使人肺腑酸柔。顾生愤然曰："请携宾娘去！脱有愆（qiān）尤，小生拼身受之！"

宾娘乃喜，从生出。生忧其道远无侣，宾娘曰："妾从君去，不愿归也。"生曰："卿太痴矣。不归，何以得活？他日至湖南，勿复走避，为幸多矣。"适有两媪，摄牒赴长沙，生嘱之，宾娘泣别而去。途中，连城

行蹇（jiǎn）缓，里余辄一息，凡十余息，始见里门。连城曰："重生后，惧有反覆。请索妾骸骨来，妾以君家生，当无悔也。"生然之，偕归生家。女惕惕若不能步，生伫（zhù）待之。女曰："妾至此，四肢摇摇，似无所主，志恐不遂，尚宜审谋。不然，生后何能自由？"

相将入侧厢中，默定少时，连城笑曰："君憎妾耶？"生惊问其故。赧（nǎn）然曰："恐事不谐，重负君矣。请先以魂报也！"生喜，极尽欢恋。因徘徊不敢遽出，寄厢中者三日。

连城曰："谚有之：丑妇终须见姑嫜。戚戚于此，终非久计。"乃促生入。才至灵寝，豁然顿苏。家人惊异，进以汤水。生乃使人要史来，请得连城之尸，自言能活之。史喜，从其言。方舁入室，视之已苏。告父曰："儿已委身乔郎，更无归理。如有变动，但仍一死。"史归，遣婢往役给奉。王闻，具词申理。官受赂，判归王。生愤懑（mèn）欲死，亦无奈之。连城至王家，忿不饮食，惟乞速死，室无人，则带悬梁上。越日，益惫，殆将奄逝。王惧，送归史。史复舁归生。王知之，亦无如何，遂安焉。

连城起，每念宾娘，欲遣信探之，以道远而艰于往。一日，家人入白："门有车马。"夫妇出视，则宾娘已至庭中矣。相见悲喜。太守亲诣送女，生延入。太守曰："小女子赖君复生，誓不他适，今从其志。"生叩谢如礼。孝廉亦至，聚宗好焉。

生名年，字大年。

导读

青年男女相知相爱，追求幸福生活，心态大体是相同的，但如何才能到达"终成眷属"这一站，情况却多种多样。这途中，有欢欣的笑语，也有低沉的悲声。前面一些篇章，欢乐的故事读得多了，面对这一篇，会有另一番滋味

在心头。

1. 悲剧基调, 喜剧结尾。

这一篇尽管有一定神话色彩, 但总体上看写的是"人间"故事。本文从开头就奏哀乐。乔生出场第一笔, 学友顾生没了; 第二笔, 知交邑宰又终于任上, 生破产扶柩, 往返二千余里归葬故友……正戏开始, 连城选婿, 好事呀, 但又跌宕起伏……到结尾二主角是团圆了, 但总体上说, 是悲剧。悲剧抢眼, 令人开卷即不得放手。

2. 连城是人不是鬼。

连城是一位年轻美丽、心地善良、明事理、多才艺的姑娘。她与乔生的情爱, 是人间的故事, 黑暗的恶势力使她暂时失去了生命。她不幸到"阴间"走了一趟, 经历的还是人间的情节。她与聂小倩不同, 不是长眠九泉之下的"鬼", 而是活生生的人。蒲公安排她多次挣扎在生死线上, 是为了突出她与乔生生死相依的坚贞爱情。

3. 故事情节多次大起大落。

两主角从"出绣图择婿"起, 开篇本是喜剧开幕, 但阻力太大, 这阻力来自两个方面: 一是糊涂的史孝廉, 嫌贫爱富, 硬是棒打鸳鸯拆散一对情侣, 把连城许给巨富盐商王家。一是王家行贿勾结贪官, 逼死连城……这中间, 连城失落、生病、寻卒、复生、再病、悬梁, 多次生死挣扎, 才回到乔生身边, 太不易了。

4. 但行好事, 莫问前程。

蒲公很善于安排故事情节。开头, 乔生"与顾生善, 顾卒, 时恤其妻子", 这就埋下伏笔。到后来二主角命落阴间, 是顾生全力相助, 才得以"还阳"。这一情节, 神话笔法合情合理, 其设计也很得当。

结构

本文篇幅不算长，但内容曲折多变，场次繁多，蒲公的动笔思路也格外用心。

1. 它的提纲是这样的：

开头，第一段，"德才兼备"。

中间部分，包括二至九段，"题诗定情""连城知我""生死相从""顾生相救""复活偕归""先以魂报""婚定乔家"和"宾娘亦至"。

结尾，第十段，"强者大年"。

2. 各段中，"连城知我"段写得最为出色。段中小情节交代分明：史孝廉为什么将女儿错许盐商家？女儿为什么生病，是怎样治好的？史翁为什么不践前言？连城的决心如何？"一笑"表达了怎样的情感？这段条理分明，情感深沉，最为感人。

3. 为什么安排了宾娘这一情节？

读本文，有人提出质疑，第九段"宾娘亦至"，为什么要增加这一情节？这里有两层原因：其一，在阴间，连城巧遇长沙史太守之女宾娘，二人同病相怜，一路同行，结为良伴。她与乔生苦求顾生也没法让宾娘还阳复生，充分表现了连城乐于助人的情怀。其二，还阳后，宾娘又远道来到乔家，非要嫁与乔生不可，这似乎不好理解了，这不是第三者插足吗？不能这样说。用当今的理念去审视古人的生活状况是不妥的。在那个时代，宾娘进入乔家，是为了报恩；连城接纳宾娘，是她的包容。从历史的角度看问题，这桩事不影响三人的品格，属正常现象。

主题

清初著名学者王渔洋读本篇后写道：雅是情种。不意《牡丹亭》后，复有此人。

真诚相爱，生死不渝，这是本文再鲜明不过的主题。故事中，二主角的爱，常在生死线上挣扎坚守。作者是以极为感人的事例来表达这一主题的。

看乔生，是这样做的：

连城因婚得病，须一钱心头肉配药，盐商王家公子当然是不肯的。史翁许"有能割肉者妻之"。乔生自出白刃，割肉献上。王家不服，为争连城欲讼官。史翁以千金谢乔生，乔生正气凛然，说："仆所以不爱肤肉者，聊以报知己耳，岂货肉哉？"

王家求议婚期，连城病复发，数月过世。乔生临吊，"一痛而绝"。

泉下遇连城，连城问，乔生明确回答："卿死，仆何敢生？"

遇顾生，表白"仆乐死，不愿生矣"。他恳求顾生查一下连城托生何地，"行与俱去耳"。

这够得上生死不渝吧？

看连城，更是这样的：

从心许乔生而老父逼嫁王家起，到还魂后嫁王家带悬梁上止，不知道连城死过几次。"父母之命"，违我心愿，誓死抗争到底！在她以命抗争，争取自主婚姻的过程中，有几点是值得称道的：

以绣卷择婿见乔生献诗时，"女得诗喜""女逢人辄称道""矫父命，赠金以助灯火"。爱乔生，铁定了。

病重不起，苦劝乔生，"我梦不祥，三年必死。不必与人争此泉下物也"。"争此泉下物"，太沉重了。

后路途中见生，"秋波转顾，启齿嫣然"，为生一笑。乔生大喜，"连城真知我者"。

特别是还魂后，不敢入正室，暂栖于厢房。连城怕再有变故，主动提出"以魂报乔生"，这不是低俗之举，而是大爱使然。

连城、乔生，二主角心心相印，但以"连城"命题，没商量。

本文二主角形象鲜明，栩栩如生，这与蒲公在"写大事件中生动地描述了'小事件'"很有关系，例如：

1. 连城出刺绣，乔生题情诗。

平心而论，乔生这两首咏诗，水平一般般，不过，在县城以下的村镇，能有这样的才子出现，已经不易了。况且，诗一般，情深切。这一幕，道出了乔生"少负才名"，点明了连城"工刺绣，知书"，爱才心切，还交代了史翁嫌贫爱富，误女前程。

2. 以心头肉配药，情节关键。

连城病重，西域头陀"用一钱男子膺肉配药"是否科学，这里姑且不论，但这一幕揭露了王家公子的商侩嘴脸，突出了乔生的挚爱赤诚。史翁诺而食言，表现了他的软弱无能。连城的表白，令人敬佩。这是一幕刻画人物的重头戏。"士为知己者死，不以色也"，这就使得乔生形象高人一筹。

3. 泉下见连城，乔生"生死与共"，情意深笃。

4. "还魂"过程中，二人形影不离。

5. 复活后，王家再无理取闹已无济于事。"到你家是鬼，进乔家是人"，连城心如铁石，有情人终成眷属。

这里，对好友顾生应该说几句。

活着时，乔生"有肝胆，与顾生善"。这一友谊基础顾生是知道的。

"顾卒，时恤其妻子"，妻、子是全家人。顾生地下有知，当然对乔生感激不尽——这才是真朋友啊！

根深叶茂。待到连城、乔生命归黄泉时，顾生当然会全力相救。"请携宾娘去！脱有愆尤，小生拚身受之！"这才叫为朋友两肋插刀。爱情是鲜花，友情是绿叶。在歌颂爱情之花时，添一笔绿叶，格外动人。

语言

本篇语言流畅、生动，当属一流。

1. 单音字在文言语句中运用得好。如：

宰终于任，家口淹滞，不能归。

终、于，是两个词。终，指生命的终点。这位县官，死在工作岗位上。

而家由此日替。

替，替代，替换。怎么个"替"法呢？原来还算"富"家，现以"穷"代替了。

史将践其言，先告王。

践，实践，这里是指兑现原来答应的条件。

每念宾娘，欲遣信探之。

信，这里指的不是信件，是信使，是人。连城打算派家人去长沙探知宾娘的信息。若是"信件"，下面"以道远而艰于往"，就说不通了。

2. 极简单句用得好。如：

连城得乔生的诗，十分称意。但是，"父贫之"。不是史翁穷，是他嫌人家乔生穷。

官受赂，判归王。

29

这贪官是怎样受王家贿赂的？是以怎样的理由将连城判归王家的？都在这单句中。

3. 结尾段，有分量。

生名年，字大年。结尾不就这几个字、一句话吗？它告诉我们，这故事是真的。乔大年这位书生，令人敬佩。

20. 宫梦弼

柳芳华，保定人。财雄一乡，慷慨好客，座上常百人。急人之急，千金不靳（jìn）。宾友假贷常不还。惟一客宫梦弼（bì），陕人，生平无所乞请，每至，辄经岁。词旨潇洒，柳与寝处时最多。

柳子名和，时总角，叔之。宫亦喜与和戏，每和自塾归，辄与发贴地砖，埋石子伪作藏金为笑。屋五架，掘藏几（jī）遍。众笑其行稚（zhì），而和独悦爱之，尤较诸客昵（nì）。

后十余年，家渐虚，不能供多客之求，于是客渐稀，然十数人彻宵谈谦，犹是常也。年既暮，日益落，尚割亩得值，以备鸡黍。和亦挥霍，学父结小友，柳不加禁。无何，柳病卒，至无以治凶具。宫乃自出囊金，为柳经纪。和益德之，事无大小，悉委宫叔。宫时自外入，必袖瓦砾（lì），至室则抛掷暗陬（zōu），更不解其何意。和每对宫忧贫。宫曰："子不知作苦之难，无论无金，即授汝千金，可立尽也。男子患不自立，何患贫！"一日辞欲归。和泣嘱速返，宫诺之，遂去。和贫不自给，典质渐空。日望宫至，一为纪理，而宫灭迹匿影，去如黄鹤矣。

先自柳生时，为和论亲于无极黄氏。素封也，后闻柳贫，阴有悔心。柳卒，讣（fù）告之，即亦不吊，犹以道远曲原之。和服除，母遣自诣岳所，订婚期，冀黄怜顾。比至，黄闻其衣履敝穿，斥门者不纳，寄语云："归谋百金，可复来。不然，请自此绝。"和闻痛哭。对门刘媪，怜而进之食，赠钱三百，慰令归。

31

宮蠻弼

今日塵沙足
濟貧昔年金
玉等沙塵平
原好客成虛
話毛遂
應推第
一人

母亦哀愤无策。因念旧客负欠者十常八九，俾（bǐ）择富厚者求助焉。和曰："昔之交我者，为我财耳。使儿驷马高车，假千金，即亦匪难。如此景象，谁犹念曩恩、忆故好耶？且父予人金资，曾无契保，责负亦难凭也。"母故强之，和从教，凡二十余日，不能致一文。惟优人李四，旧受恩恤，闻其事，义赠一金。母子痛哭，自此绝望矣。

黄女已及笄（jī），闻父绝和，窃不值之。黄欲女别适，女泣曰："柳郎非生而贫者也。使富倍他日，岂仇我者所能夺乎？今贫而弃之，不仁！"黄不悦，曲谕百端，女终不摇。翁妪并怒，旦夕唾骂之，女亦安焉。无何，夜遭寇劫，黄夫妇炮烙几死，家中席卷一空。荏苒（rěn rǎn）三载，家益零替。有西贾闻女美，愿以五十金致聘。黄利而许之，将强夺其志。女察知其谋，毁装涂面，乘夜遁去。

丐食于途，阅两月，始达保定，访和居址，直造其家。母以为乞人妇，故咄之。女呜咽自陈，母把手泣下，曰："儿何形骸至此耶？"女又惨然而告以故。母子俱哭，便为盥（guàn）沐。颜色光泽，眉目焕映，母子俱喜。然家三口，日仅一啖（dàn），母泣曰："吾母子固应尔，所怜者，负吾贤妇！"女笑慰之曰："新妇在乞人中，稔（rěn）其况味，今日视之，觉有天堂地狱之别。"母为解颐。

女一日入闲舍中，见断草丛丛，无隙地。渐入内室，尘埃积中，暗陬有物堆积。蹴之连足，拾视皆朱提，惊走告和。和同往验视，则宫曩日所抛瓦砾，尽为白金。因念儿时尝与瘞（yì）石室中，得毋皆金？而故第已典于东家，急赎归。断砖残缺，所藏石子，俨（yǎn）然露焉，颇觉失望。及发他砖，则灿灿皆白镪（qiǎng）也，顷刻间，数巨万矣。由是赎田产，市奴仆，门庭华好过昔日。因自奋曰："若不自立，负我宫叔！"刻志下帷，三年中（zhòng）乡选。

乃躬赍（jī）百金，往酬刘媪。鲜衣射目，俊仆十余辈，皆骑怒马如龙。媪仅一屋，和便坐榻上。人哗马腾，充溢里巷。黄翁自女亡失，西贾

逼退聘财，业已耗去殆半，售居宅，始得偿。以故困窘（jiǒng），如和曩日。闻旧婿烜（xuǎn）耀，闭户自伤而已。媪沽酒备馔款和，因述女贤，且惜女遁。问和娶否，和曰："娶矣！"食已，强媪往视新妇，载与俱归。至家，女华妆出，群婢簇拥若仙。相见大骇。遂叙往旧，殷问父母起居。居数日，款洽优厚，制好衣，上下一新，始送令返。

媪诣黄，详报女耗，兼致存问。夫妇大惊。媪劝往投女，黄有难色。既而冻馁（něi）难堪，不得已如保定。既到门，见闬闳（hàn hóng）峻丽，阍者怒目张，终日不得通。一妇人出，黄温色卑词，告以姓氏，求暗达女知。少间，妇出，导入耳舍，曰："娘子极欲一觐（jìn），然恐郎君知，尚候隙也。翁几时来此，得毋饥否？"黄因诉所苦。妇人以酒一盛、馔二簋（guǐ），出置黄前。又置五金，曰："郎君宴房中，娘子恐不得来。明旦，宜早出，勿为郎闻。"黄诺之。早起趣装，则管钥未启，止于门中，坐襆囊以待。忽哗主人出。黄将敛避，和已睹之，怪问谁何，家人悉无以应，和怒曰："是必奸宄（guǐ），可执赴有司。"众应声，出短绠（gěng），绷系树间。黄惭惧不知置词。未几，昨夕妇出，跪曰："是某舅氏，以前夕来晚，故未告主人。"和命释缚。妇送出门，曰："忘嘱门者，遂致参差。娘子言相思时，可使老夫人伪为卖花者，同刘媪来。"黄诺。

归述于姬。姬念女急，以告刘媪。媪果与俱至和家。凡启十余关，始达女所。女著帔（pèi）顶髻，珠翠绮（qǐ）纨，香气扑人。嘤咛一声，大小婢媪，奔入满侧，移金椅床，置双夹膝。慧婢瀹（yuè）茗。各以隐语道寒暄，相视泪荧。至晚，除室安二媪。茵褥温软，并昔年富时所未经。居三五日，女意殷渥（wò）。媪辄引空处，泣白前非。女曰："我子母有何过不忘，但郎忿不解，妨他闻也。"每和至，便走匿。一日方促膝坐，和遽入，见之，怒诟曰："何物村姬，敢引身与娘子接坐，宜撮（cuō）鬓毛令尽！"刘媪急进曰："此老身瓜葛，王嫂卖花者，幸勿罪责。"和乃上手谢过，即坐曰："姥来数日，我大忙，未得展叙。黄家老畜产尚在否？"

答曰："都佳，但是贫不可过。官人大富贵，何不一念翁婿情也？"和击桌曰："曩年非姥怜，赐一瓯（ōu）粥，更何得旋乡土！今欲得而寝处之，何念焉！"言至忿际，辄顿足起骂。女恚（huì）曰："彼即不仁，是我父母。我迢迢（tiáo）远来，手皴（cūn）瘃（zhú），足趾皆穿，亦自谓无负君。何乃对子骂父，使人难堪？"和始敛怒，起身去。黄妪愧，丧无色，辞欲归，女以廿金私付之。

既归，旷绝音问，女深以为念，和乃遣人招之。夫妻至，惭怍（zuò）无以自容。和谢曰："旧岁辱临，又不明告，遂使开罪良多。"黄但唯唯。和为更易衣履，留月余。黄心终不自安，数告归，和遗（wèi）白金百两，曰："西贾五十金，我今倍之。"黄汗颜受之。和以舆马送还。暮岁称小封焉。

导读

本篇以"宫梦弼"为题，这位必定是领衔主角了。但看全文，他的身影只在前面闪现了几下，戏份不多。那么，为什么要以他命题呢？蒲公是行文选材圣手，匠心独运，这里必有构思写法上的奥妙。让我们精读下去吧，一定会找到答案的。

1. 命题，应以全篇内容为依据，这是作文常识。细读全文，可以说宫叔的身影无时不在，无处不在。作为故事中的"主角"，他出场时间不多，但作为"导演"，他一直在统领全局，是本文的灵魂。蒲公以他的名字命题，既能启示我们深入思考，又与突出文章主题大有关系。不然，若以"柳和"为题，那就减色了。

2. 宫叔是怎样一个人？

文中开头交代，宫梦弼，柳家常年的座上宾，他是柳翁的好朋友，"词旨潇洒，柳与寝处时最多"。他是柳和的导师，以超前的高度关怀着柳和的成

长。出场时，宫叔仙气不露，"喜与和戏"，忘年交，一起埋石子、堆瓦砾，为日后生活埋下伏笔。更重要的是，当柳翁过世、柳和忧贫时，宫叔给他上了一堂人生励志课："子不知作苦之难，无论无金，即授汝千金（这千金已为他备在屋中了），可立尽也。男子患不自立，何患贫！"

代柳教子，柳翁这位朋友交得好！

志气有了，千金备齐了，宫叔可以放心地离去了。

3. 毁婚，逃婚，构思得好。

写小说，必须有生动的故事，这是选择内容的重点环节。父亲没了，宫叔去了，柳和没了主心骨。祸不单行，去岳父黄家议婚吧，黄翁嫌贫爱富，脸一翻，"谈婚事啊，回家拿百金来！"柳和哪里做得到？于是，黄翁毁约，以五十金要将女儿卖给富商家。柳和到处借钱，借不来，走投无路啊！

幸好未婚妻贤德，她违抗父母之命逃离家园，乞行两月来到保定，太钟情、太勇敢了！婆母热情地接待了这天下掉下来的美丽"馅饼"。接下去，命运河东转河西。贤媳发现了当年宫叔埋藏的石子、瓦砾都化为白金。"顷刻间，数巨万矣"，这神话的笔法、仙者的预算，谁说宫叔离开了柳"家"？

4. 羞辱岳父，尺寸有度。

对黄家二老，柳和太不能容忍了。当年他去投黄家，衣履敝穿，黄翁是怎样对待他的："斥门者不纳"，"归谋百金，可复来"，"五十金欲卖女商贾"，"逼女出逃，死里求生"。柳和不愿忘记过去，所以对黄翁、黄妪两次上门，是那样愤怒，那样冷漠。好在他心存善念，肯听取批评意见。柳和自奋曰："若不自立，负我宫叔！"妻子的劝导，"彼即不仁，是我父母。我迢迢远来，手皴瘃，足趾皆穿，亦自谓无负君。何乃对子骂父，使人难堪？"他听进去了。后来，柳和当面向岳翁告罪，为其更衣，遗白金百两……知错就改，这就对了。不过，他在赠金时说的话"西贾五十金，我今倍之"，话语还是有怨啊！这很真实。不这样，就不是宫叔指导下"自立人间"的柳和了。

5. 滴水之恩，当涌泉相报。

故事中，蒲公巧妙地安排了黄家对门的刘媪。这位刘大妈太善良了！大妈不是富家，只给了柳和一碗粥和三百钱。这滴水之恩，柳和永世难忘。黄家二老暗去探女，刘媪带路。柳和见刘媪时，如敬上宾。他富了，带车马和十几个仆人上门谢刘媪，酬以百金……刘媪这一人物的构思，对丰富故事情节、突出本文主题，都具有重要的作用。

结构

本文故事时间跨度大，地点场次多，读时需多用心。但记叙的线条以柳和为主，脉络相当清楚。

1. 全文的提纲是这样的：

开头，第一段，"挚友"。

中间部分，二至十一段，包括"埋石""教子""毁约""无助""逃婚""贤媳""自立""谢刘""羞黄"和"臊（sào）姬"。

结尾，第十二段，"包容"。

2. 这十二段文字中，关键段是"教子"。"贤媳"与"臊姬"两段，重点描述与歌颂了黄家这位好姑娘，给人印象深刻。

3. 结尾段"包容"，很有现实意义。这位岳父确实不够善良，但人家知道错了，"和乃遣人招之。夫妻至，惭怍无以自容"。给他百金，说句刺激的话，"黄汗颜受之"，这就可以了。"和以舆马送还"，很好，和为贵、家和万事兴嘛。

主题

本文主题再清楚不过——男子患不自立，何患贫？用文中一句话点明全

篇主题，这也是一种常用的方法。

我们说宫叔是"全剧"的"导演"，不错的。他早早离开柳家，放心吗？放心。因为这位先生是半人半仙，他有两方面的"预知"，对柳和日后的生活轨迹是了然于胸的。

一方面，在他离去之前，他是看着柳和长大的，知道这孩子的弱点是懦弱，缺乏男子汉的自强自立精神。他预感到柳翁过世后，会家境日落，他再一走，从精神到物质，这青年会垮掉的。于是，他埋石储金，为柳和日后发家起步留有储备；他当面点化，教柳和刚强自立。

另一方面，在他离去之后，他预知柳和会遇到种种困难：家境贫寒，往日父亲的故交全都借债不还；他要成婚，黄家必定嫌贫爱富，要断绝婚约；他还料定小夫妻会发现往日埋下的砖石化为财宝，能从此自立苦读；也想到岳家来认错时，他会不宽容人家。怎么办？贤媳当是宫叔的"助教"，妻子的批评、引导，都是宫叔的意思。柳和终于原谅了黄家，全家过上了美满生活。

在表现这一主题的过程中，有人提出不同意见：宫叔为柳和埋石化金，那不是柳和凭本事发家致富的呀！这有些道理，但发家致富也要有资本。就像今日大学生创业，你手里只有几张票子，怎么投资办企业、建工厂、开鱼塘、包山林呢？国家给你十万元贷款是必要的。把宫叔化石为金这些钱当作"银行贷款"吧，只要这个青年有远大的志向、肯拼搏，天道酬勤，他会成功的。

人物

在刻画人物使用的四种方法中，本文用的最为突出的是写人物的行动。这方面精彩的镜头太多了。

1. 谁是真正的朋友？

柳翁，"财雄一乡，慷慨好客，座上常百人。急人之急，千金不靳"。然

而，当他过世家败时，很少有回馈他的。只有当年的宫兄，在困难时刻担当起治家教子的重任。柳翁九泉之下有知，当以有这样的挚友感到自豪。

2.贤媳是怎样来到婆家的？

黄家女儿不是不孝的孩子。她发现老父斥绝了未婚夫柳和，要以五十金将她卖掉，这才离家出逃的。从无极县到婆家保定，路途遥远，她"毁装涂面，乘夜遁去"，"丐食于途，阅两月，始达保定"，这是何等的智慧与刚毅！柳和日后家丁兴旺，应由衷地感激这位好妻子。

3.柳和责难岳父，是过了，但他能听得进贤妻的批评。黄翁离去后，"女深以为念，和乃遣人招之"，这就对了。老夫妻至，和谢曰："旧岁辱临，又不明告，遂使开罪良多"，能主动道歉，也就对了。留月余，归时，"和遗白金百两"，"和以舆马送还"，岳家"暮岁称小封"，过上了小康人家的日子。好女婿半个儿，柳和以德报怨的做法值得称道。

语言

本文语言流畅，闪光点很多。

1.单音字在文言语句中用得好。如：

柳子名和，时总角，叔之。

柳和当时只是扎朝天锥的幼童，对宫君以亲叔叔那样对待。

宫时自外入，必袖瓦砾。

袖，当动词用，在袖筒里装一些瓦砾。

西贾闻女美，愿以五十金致聘。黄利而许之。

利，这里是指黄翁贪心，眼里只看到钱了。

媪辄引空处，泣白前非。

黄母在没人处哭着告诉女儿："过去那样对待女婿，实在是太错误了。"

2. 文中明确写出主题句，且由宫叔教导柳和时说出，很有分量。

3. 细节描述，很见功夫。如：

柳和去故交诸家求助遭到冷遇，只有一位（当时并不富有的）"义赠一金"，惨。

柳和酬谢刘大妈，"俊仆十余辈""怒马如龙""人哗马腾，充溢里巷"，真够气派！

黄媪探女，被柳和发现，斥问"何物村姬"，刘媪机智地说："此老身瓜葛，王嫂卖花者。"刘媪不但仁义，还会说"谎"。

这些细节描写，虽不是文章的主脉，但也绿叶衬托红花，颇有情趣。

21. 竹青

　　鱼容，湖南人，谈者忘其郡邑。家綦（qí）贫，下第归，资斧断绝。羞于行乞，饿甚，暂憩（qì）吴王庙中。

　　因以愤懑（mèn）之词，拜祷神座。出卧廊下。忽一人引去见吴王，跪曰："黑衣队尚缺一卒，可使补缺？"吴王可，即授黑衣。既着身，化为乌，振翼而出。见乌友群集，相将俱去。分集帆樯，舟上客旅，争以肉饵抛掷，群于空中接食之。因亦尤效，须臾果腹。翔栖树杪（miǎo），意亦甚得。

　　逾二三日，吴王怜其无偶，配以雌，呼之"竹青"，雅相爱乐。鱼每取食，辄驯（xùn）无机，竹青恒劝谏（jiàn）之，卒不能听。一日有兵过，弹之中（zhòng）胸。幸竹青衔去之，得不被擒。群乌怒，鼓翼扇波，波涌起，舟尽覆。竹青乃摄饵哺鱼。鱼伤甚，终日而毙。忽如梦醒，则身卧庙中。先是居人见鱼死，不知谁何，抚之未冰，故不时以人逻察之。至是讯知其由，敛资送归。

　　后三年，复过故所，参谒（yè）吴王。设食，唤乌下集啖（dàn），乃祝曰："竹青如在，当止。"食已，并飞去。后领荐归，复谒吴王庙，荐以少牢。已，乃大设以飨乌友，又祝之。是夜宿于湖村，秉烛方坐，忽几（jī）前如飞鸟飘落。视之，则二十许丽人。辗（chǎn）然曰："别来无恙乎？"鱼惊问之，曰："君不识竹青耶？"鱼喜，诘所来。曰："妾今为汉江神女，返故乡时常少。前乌使两道君情，故来一相聚也！"鱼益欣感，宛如夫妻之久别，不胜欢恋。

竹青

窮途喜奈秀
才饑多
謝吳王賜刑
衣分闈
雛裘襲為正偶
從今雙
宿永雙飛

生将偕与俱南，女欲与俱西，两谋不决。寝初醒，则女已起。开目，见高堂中，巨烛荧煌，竟非舟中。惊起，问此何所，女笑曰："此汉阳也。妾家即君家，何必南。"天渐晓，婢媪纷集，酒炙已设。就广床上陈矮几，夫妇对酌。鱼问仆之所在，答在舟上。生虑舟人不能久待。女言："不妨，妾当助君报之。"于是日夜谈谑，乐而忘归。舟人梦醒，忽见汉阳，骇绝；仆访主人，杳（yǎo）无信兆。舟人欲他适，而缆结不解，遂共守之。

积两月余，生忽忆归，谓女曰："仆在此，亲戚断绝。且卿与仆，名为琴瑟，而不一认家门，奈何？"女曰："无论妾不能往，纵能之，君家自有妇，将何以处妾也？不如置妾于此，为君别院可耳。"生恨道远，不能时至。女出黑衣，曰："君旧衣尚在，如念妾时，衣此可至。至时，为君解之。"乃大设肴珍，为生祖饯。即醉而寝，醒则身在舟中。视之，洞庭旧泊处也。舟人及仆俱在，相视大骇，诘其所往。生故怅然自惊。枕边一袱，检视，则女赠新衣袜履，黑衣亦折置其中，又有绣橐（tuó）维絷（zhí）腰际，探之，则金资充牣（rèn）焉。于是南发，达岸，厚酬舟人而去。

归家数月，苦忆汉水。因潜出黑衣着之，两胁生翼，翕（xī）然凌空，经两时许，已达汉水。回翔下视，见孤屿中，有楼舍一簇，遂飞坠。有婢子已望见之，呼曰："官人至矣！"无何，竹青出，命众手为之缓结，觉羽毛划然尽脱。握手入舍曰："郎来恰好，妾旦夕临蓐（rù）矣。"生戏问曰："胎生乎，卵生乎？"女曰："妾今为神，则皮骨已更，应与曩异。"至数日，果产，胎衣厚裹，如巨卵然，破之，男也。生喜，名之"汉产"。三日后，汉水神女皆登堂，以服饰珍物相贺。并皆佳妙，无三十以上人。俱入室就榻，以拇指按儿鼻，名曰"增寿"。既去，生问皆谁何，女曰："此皆妾辈。其末后著藕白者，所谓'汉皋解佩'，即其人也。"居数月，女以舟送之。不用帆楫（jí），飘然自行。抵陆，已有人絷马道左，遂归。由此往来不绝。

积数年，汉产益秀美，生珍爱之。妻和氏，苦不育，每想一见汉产，生以情告女。女乃治装，送儿从父归，约以三月。既归，和爱之，过于己出，

逾十余月，不忍令返。一日，暴病而殇，和氏悼痛欲死。生乃诣汉告女。入门，则汉产赤足卧床上。喜以问女，女曰："君久负约。妾思儿，故招之也。"生因述和氏爱儿之故，女曰："待妾再育，放汉产归。"又年余，女双生男女各一：男名汉生，女名玉佩。生遂携汉产归。然岁恒三四往，不以为便，因移家汉阳。汉产十二岁入郡庠（xiáng）。女以人间无美质，招去，为之娶妇，始遣归。妇名扈（hù）娘，亦神女产也，

后和氏卒，汉生及妹皆来擗（pǐ）踊。葬毕，汉产遂留。生携汉生、玉佩去，自此不返。

导读

这个故事不长。读此篇，有的人对选材上心里有点疙瘩："怎么选个乌鸦当女一号呢？"

乌鸦怎么啦？当然，看前面那些篇章，女一号，像阿宝、瑞云，都是纯真的人间姑娘，没的说；香玉、葛巾和黄英，为花仙，也好；白秋练、西湖主，为鱼精，也还可以。那么，青凤、长亭呢，小狐狸呀；聂小倩呢，不折不扣的"鬼"女。她们在蒲公笔下，神话运作，不都十分可爱吗？乌鸦仙子，挺好的，特别是名"竹青"，秀丽清爽！

故事从鱼生下第受困写起。蒲公投入丰富的想象功力，巧妙地运用神话笔法，尤其是几处小景描写得十分生动。

1. 鱼家有妻，化乌再娶，不违法。

有的同学喜欢用当今的法规去要求古人，何必呢？"鱼容家里有妻子，怎么又在汉阳找了二房？"想左了。不错，鱼容在老家湖南确有妻子，但这次吴王庙遇难，被化为乌鸦了。吴王好心，给这只雄鸟配雌鸟，有什么不对的吗？这是不违法的。这正是在选材上的匠心独运。鱼容，人时，和氏的丈夫；乌时，

44

竹青的老公,这么设计有戏。

2. 竹青"提干",钟情不变,好。

从形式上看,竹青、鱼生二人经吴王佛手一指结为亲眷,属"包办婚姻"。包办式也不一定就过不好,关键在二人都有真情实意。竹青对鱼生,恩爱有加。遇难前,鱼生抢食不够机警,"竹青恒劝谏之,卒不能听"。中弹后,又百般照顾。可惜鱼生伤势过重,没了。试想,竹青内心该是何等悲痛!被救回家,三年后鱼生又过吴王庙,两次投食,等待竹青。竹青够意思,尽管已由一只普通雌鸟"提干",成为一名汉江神女,但她不忘旧情,与鱼生相会……直到后来安家养育儿女。竹青对鱼生的爱,可以说"铁"得很,终生不变。

3. 黑衣在身,往返自如,神。

鱼生,家在湖南洞庭湖畔,竹青在湖北汉阳。两地虽相隔不远,但古时连自行车都没有,二主角相见,也不是易事。作者有办法,给鱼生"特制"了一件黑衣。穿上它,立即"两胁生翼,翕然凌空",几百里路程,两个时辰到。到时,"众手为之缓结,觉羽毛划然尽脱",想象得甚好。

4. 生儿育女,喜剧落幕,圆满。

幸福的爱情是要开花结果的。鱼生原妻和氏,身体一定不好,"苦不育"。竹青虽为神女,不忘传宗接代,为鱼家生下两男一女。后汉产长大,留在家中接续烟火;鱼生、竹青夫妇二人携汉生、玉佩,步入仙境,"自此不返"。结尾写到这里,喜剧圆满落幕,给读者留下许多想象的空间。

结构

这则故事是以鱼生的生活轨迹记叙的。

1. 结构上,小提纲是这样的:

开头,第一段,"下第"。

中间部分,包括二至八段,"化鸟""婚配""重逢""汉阳""黑衣""得子"和"家兴"。

结尾,第九段,"善果"。

2. "化鸟"段,写得神奇;"得子"段,写得喜兴。望大家多花些气力读它们。

3. 写文章,"真、善、美"是不可忘记的。"善"与"美",本文写得很到位,那么,"真"又在哪里呢?这一点,蒲公也尽力照顾到了。

其一,开头句,"鱼容,湖南人,谈者忘其郡邑"。"谈者"说明这是真有其事的,"有人亲口告诉我的";"忘其郡邑",忘了,反而加强了"确有某郡邑"的真实感。

其二,地理位置准确。湖南、湖北;洞庭、汉阳。长江边的吴王庙,三国东吴名将甘宁墓地,都与事实相符。

其三,竹青生二男一女,留下长子汉产继承祖业,这很符合民间情况。我们写神话故事,发挥想象力,切忌不要"出格",写得合情合理读者才能接受。

主题

学习、欣赏《聊斋》,一篇一个味道。"淡雅"是这则爱情故事的主旋律。竹青执着、钟情,鱼生体贴、包容,这样的小日子能过得不好吗?

前面有些篇章,或男追女赶,或阴阳两界。本篇不同,两位主角婚前没什么恋爱过程,比闪婚还快。吴王手一指,成了。这不能叫上级包办,只要当事人二位情投意合,月老是谁不重要,领导也罢,父母也罢,媒人也罢,那只是形式。"谢了!你们牵线搭桥,正合我们的意思。"

婚姻路上,办喜事那天只是一站,日后的路程还长着呢。幸福的家庭需要夫妇双方共同着力经营才行,这正是本文主题的重点。看今天,有些小家庭开

46

始时欢欢乐乐，短则三年，长则五七年，拉倒了，要不怎么有"七年之痒"一说呢？他们婚姻失败的关键是婚后"经营"得不好。

竹青和鱼生，是恩爱伴侣的模范。

新婚不久大难就出现了，鱼生中弹。竹青尽心调理，但"鱼伤甚，终日而毙"。这在竹青是何等悲痛啊！人"死"了，但三年中二人的爱心还在搏动。鱼生领荐归，复谒吴王庙，两次设食，以待心上人。竹青呢，居然由一只雌鸟"提干"成为汉江神女，但绝没忘昔日之情，闻讯立即前来相会。湖畔渔村，秉烛相见，二人"宛如夫妻之久别，不胜欢恋"。这份情多么真切、深厚啊！

鱼生归家数月，苦忆汉水。怎么办？"出黑衣着之。""官人至矣！"竹青立即出屋，二人"携手入舍"。请注意，那年代，封建呀，夫妇二人竟在众人面前"携手"入舍，真够勇敢，真够情深的！

多少年过去了，这对好夫妻生儿育女，一直过着相敬如宾的生活。最后，留下汉产继承祖业，他二人带着汉生、玉佩步入仙境。是啊，幸福的家庭过得不就是"神仙"般的日子吗？

本篇故事比较单一，人物不多。这里，让我们只瞄准女一号竹青这个人物，看蒲公是怎样综合使用各种方法突出她的形象的。

其一，她心明眼亮，接受吴王的指婚决定。这时，竹青还只是一位乌仙。鱼生下第归，穷途潦倒，被吴王收入黑衣队。她看清这个书生人品很好，老实好学，吴王指婚，"正合我意"。

其二，她柔情待夫，时常劝他做事要小心。空中接食，很是惬意。鱼生不知深浅，不够机警。竹青多有劝阻，可惜他不听。

其三，她照料鱼生，竭尽全力，可惜鱼生"终日而毙"。竹青尽到了妻子的责任。

其四，她心有灵犀，预感到鱼生不死。三年间，尽管升为汉江神女，但她爱心未变。试想，"汉江男神"有的是，何不移情别恋呢？她不，她心中只有鱼生。

其五，她年轻貌美。鱼生夜宿渔村时，"秉烛方坐，忽几前如飞鸟飘落。视之，则二十许丽人"，多可爱。当鱼生惊问时，她说："君不识竹青耶？"多动情。

其六，她机智多谋。重逢后，二人争议是南去洞庭还是西归汉阳，竹青心有定数，不多争论，明朝一醒，汉阳到了。

其七，她确有法术。鱼生洞庭、汉阳两地往返，怎么办？竹青给丈夫准备了"黑衣"。穿则飞，落则脱，够神的。

其八，她贤妻良母。这些年过下来，竹青为鱼生生下二男一女。

其九，她心胸宽广。鱼生前妻和氏身体不好，苦不生育。竹青深知作为母亲的情怀，她放汉产时往洞庭，以慰和氏的心。

其十，她品德贤惠。一个人，德高才是真美。和氏病故，竹青令汉生、玉佩都回家奔丧吊孝。虽为神女，她知道人间习俗，让自己生的二子去给人间"大妈妈"坟前叩头。竹青何等贤惠！

面对这样一位好姑娘、好妻子、好母亲、好神仙，谁不由衷地敬慕呢？

语言

本文基调淡雅，语言朴实无华。

1. 单音字在文言语句中使用得好。如：

鱼每取食，辄驯无机，竹青恒劝谏之。

48

这里的"恒"是经常、不断的意思。

如念妾时，衣此可至。

衣，这里是名词活用为动词，"衣此"即为"穿上它"。

归家数月，苦忆汉水。因潜出黑衣着之。

这里的"潜"，与潜水、潜伏无关。"潜出"是悄悄地、偷偷地拿出来。

"妾今为神，则皮骨已更……"

更，更换，脱胎换骨，彻底改变了。

2. 短句多，用词正确，含义精准。如：

下第归，资斧断绝。

鱼伤甚，终日而毙。

"竹青如在，当止。"

以拇指按儿鼻，名曰"增寿"。

3. 有些语句，写得相当细致具体。如：

舟上客旅，争以肉饵抛掷，群于空中接食之。因亦尤效，须臾果腹。

至数日，果产，胎衣厚裹，如巨卵然，破之，男也。

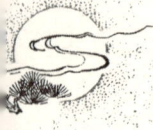

22. 小翠

　　王太常，越人。总角时，昼卧榻上，忽阴晦（huì），巨霆暴作。一物大于猫，来伏身下，展转不离。移时晴霁（jì），物即径去。视之非猫，始怖，隔房呼兄。兄闻喜，曰："弟必大贵，此狐来避雷霆劫也！"后果少年登进士，以县令入为侍御。

　　生一子元丰，绝痴，十六岁，不能知牝（pìn）牡，因而乡党无与为婚。王忧之。

　　适有妇人率少女登门，自请为妇。视其女，嫣然展笑，真仙品也，喜问姓名。自言虞（yú）氏，女小翠，年二八矣。与议聘金，曰："是从我糠核不得饱，一旦置身广厦，役婢仆，厌膏粱，彼意适，我愿慰矣。岂卖菜也而索直乎？"夫人悦，优厚之。妇即命女拜王及夫人，嘱曰："此尔翁姑，奉事宜谨。我大忙，且去三数日，当复来。"王命仆马送之，妇言："乡里不远，无烦多事。"遂出门去。小翠殊不悲恋，便即奁（lián）中翻取花样，夫人亦爱乐之。数日，妇不至，以居里问女，女亦憨然，不能言其道路。遂治别院，使夫妇成礼。诸戚闻拾得贫贱家儿作新妇，共笑姗之，见女皆惊，群议始息。

　　女又甚慧，能窥翁姑喜怒。王公夫妇宠惜过于常情，然惕惕焉惟恐其憎子痴，而女殊欢笑，不为嫌。第善谑（xuè），刺布作圆，蹴蹋（cù）为笑，着小皮靴，蹴去数十步，绐（dài）公子奔拾之，公子及婢恒流汗相属。一日，王偶过，圆訇（hōng）然来，直中面目。女与婢俱敛迹去，公子犹踊跃奔逐之。王怒，投之以石，始伏而啼。王以状告夫人，夫人往责

50

女。女惟俯首微笑，以手刓（wán）床。既退，憨跳如故，以脂粉涂公子作花面如鬼。夫人见之，怒甚，呼女诟骂。女倚几弄带，不惧亦不言。夫人无奈之，因杖其子。元丰大号，女始色变，屈膝乞宥（yòu）。夫人怒顿解，释杖去。女笑拉公子，公子入室，代扑衣上尘，拭眼泪，摩挲（suō）杖痕，饵以枣栗。公子乃收涕以忻（xīn）。女阖户，复装公子作霸王，作沙漠人；己乃艳服，束细腰，扮虞美人，婆娑作帐下舞，或髻插雉尾，拨琵琶，丁丁缕缕然，喧笑一室。日以为常，王公以子痴，不忍过责妇，即微闻焉，亦若置之。

同巷有王给谏（jiàn）者，相隔十余户，然素不相能。时值三年大计吏，忌公握河南道篆（zhuàn），思中（zhòng）伤之。公知其谋，忧虑无为计。一夕早寝，女冠带，饰冢（zhǒng）宰状，剪素丝作浓髭（zī），又以青衣饰两婢为虞侯，窃跨厩（jiù）马而出，戏云："将谒（yè）王先生。"驰之给谏之门，即又以鞭挞（tà）从人，言曰："我谒侍御王，宁谒给谏王耶？"回辔（pèi）而归。比至家门，门者误以为真，奔白王公。公急起承迎，方知为子妇之戏，怒甚，谓夫人曰："人方蹈我之瑕，反以闺阁之丑，登门而告之。余祸不远矣。"夫人怒，奔女室诟让之。女惟憨笑，并不置词。挞之不忍，出之则无家。夫妻懊怨，终夜不寝。时冢宰某公赫甚，其仪采服从，与女伪装无少殊别。王给谏亦误为真，屡侦公门，中夜而客未出，疑冢宰与公有阴谋。次日早朝，见而问曰："昨夜相公至君家耶？"公疑其相讥，惭颜唯唯，不甚响答。给谏愈疑，谋遂寝，由此益交欢公。公探知其情，窃喜，而阴嘱夫人，劝女改行（xíng）。女笑应之。

逾岁，首相免，适有以私函致公者，误投给谏。给谏大喜，先托善公者，往假万金。公拒之，给谏自诣公所。公觅巾袍，并不可得。给谏伺候久，怒公慢，愤将行，忽见公子衮（gǔn）衣旒（liú）冕，有女子自门内推之以出。大骇，已笑抚之，脱其服冕，襆之而去。公急出，则客去已远。闻其故，惊颜如土，大哭曰，"此祸水也，指日赤吾族矣！"与夫人操杖往。女已知之，阖扉任其诟厉。公怒，斧其门。女在内含笑而告："翁无怒，有

新妇在，刀锯斧铖，妇自受之，必不令贻（yí）害双亲。翁若此，是欲杀妇以灭口耶？"公乃止。给谏归，果抗疏揭王不轨，衮冕作据。上惊验之，其旒冕乃粱秸心所制，袍则败布黄袵也。上怒其诬，又召元丰至，见其憨状可掬，笑曰："此可以作天子耶？"乃下之法司。给谏又讼公家有妖人。法司严诘臧获，并言无他，惟颠妇痴儿，日事戏笑。邻里亦无异词。案乃定，以给谏充云南军。王由是奇女，又以母久不至，意其非人。使夫人探诘之，女但笑不言，再复穷问，则掩口曰："儿玉皇女，母不知耶？"

无何，公擢（zhuó）京卿。五十余，每患无孙。女居三年，夜夜与公子异寝，似未尝有所私。夫人舁（yú）榻去，嘱公子与妇同寝。过数日，公子告母曰："借榻去，悍不还。小翠夜夜以足股加腹上，喘气不得，又惯掐人股里。"婢姬无不粲然。夫人呵拍令去。

一日，女浴于室。公子见之，欲与偕，笑止之，谕使姑待。既出，乃更泻热汤于瓮，解其袍袴，与婢扶入之。公子觉蒸闷，大呼欲出。女不听，以衾蒙之。少时无声，启视已死。女坦笑不惊，曳置床上，拭体干洁，加复被焉。夫人闻之，哭而入，骂曰："狂婢何杀吾儿？"女辗（chǎn）然曰："如此痴儿，不如无有。"夫人益恚，以首触女。婢辈争曳劝之。方纷噪间，一婢告曰："公子呻矣！"夫人辍涕抚之，则气息休休，而大汗浸（jìn）淫，沾浃裀褥。食顷汗已，忽开目四顾，遍视家人，似不相识，曰："我今回忆往昔，都如梦寐，何也？"夫人以其言语不痴，大异之，携参其父。屡试之，果不痴，大喜，如获异宝。乃还榻故处，更设衾枕以觇（chān）之。公子入室，尽遣婢去。早窥之，则榻虚设。自此痴颠皆不复作，而琴瑟静好，如形影焉。

年余，公为给谏之党奏劾（hé）免官，小有罣（guà）误。旧有广西中丞所赠玉瓶，价累千金，将出以贿当路。女爱而把玩之，失手堕碎，惭而自投。公夫妇方以免官不快，闻之怒，交口呵骂。女忿而出，谓公子曰："我在汝家所保全者，不止一瓶，何遽不少存面目？实与君言，我非人也。以

52

母遭雷霆之劫，深受而翁庇翼；又以我两人有五年夙分，故以我来报曩恩，了宿愿耳。身受唾骂，擢发不足以数（shǔ），所以不即行者，五年之爱未盈。今何可以暂止乎！"盛气而出，追之已杳。公爽然自失，而悔无及矣。公子入室，睹其剩粉遗钗，恸哭欲死。寝食不甘，日就羸（léi）悴。公大忧，急为胶续以解，而公子不乐，惟求良工画小翠像，日夜浇祷其下。

几二年，偶以故自他里归，明月已皎。村外有公家亭园，骑马经墙外过，闻笑声，停辔，使厮卒捉鞚（kòng），登鞍以望，则二女郎遨戏其中。云月昏濛不甚可辨，但闻一翠衣者曰："婢子当逐出门。"一红衣者曰："汝在吾家园亭，反逐阿谁？"翠衣人曰："婢子不羞，不能作妇，被人驱遣犹冒认物产耶？"红衣者曰："索胜老大婢无主顾者。"听其音，酷类小翠，疾呼之，翠衣人去曰："姑不与若争，汝汉子来。"既而红衣人来，果翠也，喜极。女令登垣，承接而下之，曰："二年不见，骨瘦一把矣！"公子握手泣下，具道相思。女言："妾亦知之，但无颜复见家门。今与大姊游戏，又相邂逅，足知前因不可逃也。"请与同归，不可；请止园中，许之。遣仆奔白夫人。夫人惊起，驾肩舆而往。启钥入亭，女趋下迎拜。夫人捉臂流涕，力白前过，几不自容，曰："若不少记榛（zhēn）梗，请偕归，慰我迟暮。"女峻辞不可。夫人虑野亭荒寂，谋以多人服役，女曰："我诸人悉不愿见，惟前两婢朝夕相从，不能无眷注耳。外惟一老仆应门，余都无所复须。"悉如其言，托公子养疴（kē）园中，日供食用而已。

女每劝公子别婚，公子不从。后年余，女眉目音声，渐与曩异，出像质之，迥若两人。大怪之。女曰："视妾今日，何如畴昔矣？"公子曰："今日美则美，然较昔则似不如。"女曰："意妾老矣。"公子曰："二十余岁人，何以遽老？"女笑而焚图，救之已烬。

一日，谓公子曰："昔在家时，阿姑谓妾'抵死不作茧'。今亲老君孤，妾实不能产育，恐误君宗嗣。请娶妇于家，旦晚奉翁姑，君往来于两间，亦无所不便。"公子然之，纳币于钟太史之家。吉期将至，女为新人制衣

53

小翠

帷幄奇謀運
不窮癡兒頑
倒戲閨中功
成便尔將身
退留取餘情
補化工

54

履，赉（jī）送母所。及新人入门，则言貌举止，与小翠无毫发之异。大奇之，往至园亭，则女亦不知所在。问婢，婢出红巾曰："娘子暂归宁，留此贻（yí）公子。"展巾则结玉玦（jué）一枚，心已知其不返，遂携婢俱归。虽顷刻不忘小翠，幸而对新人，如觌（dí）故好焉。始悟钟氏之姻，女预知之，故先化其貌，以慰他日之思云。

这又是一部狐仙美女大戏。看得出，蒲公在写作时，心情一定是特别激动的。完卷后，他以"异史氏"之名在篇后评道：

一狐也，以无心之德，而犹思所报。而身受再造之福者，顾失声于破甑（zèng），何其鄙哉！月缺重圆，从容而去。始知小人之情，亦更深于流俗也！

蒲公对小翠，多高的评价！

具体地说，本篇在选材上，闪光点有六：

1. 自己送上门的媳妇。

王侍御，官高娶妻有子，好日子。只是公子元丰痴，无人肯嫁，大愁事。但是天上还真掉"馅饼"了，竟有人送女上门，一文不收，甘让一美如仙人一般的姑娘来给元丰当媳妇。这太出乎二老意外了。儿媳小翠，美而贤，贤而慧，"能窥翁姑喜怒"，"王公夫妇宠惜过于常情"。

世上竟有此等好事？这媳妇来干什么呢？

2. 公子痴而儿媳贤。

王公夫妇喜是喜，但心中"惕惕焉"，有顾虑啊。为什么呢？因为儿子元丰"十六岁，不能知牝牡"，太痴了。这样的丈夫，儿媳会如意吗？没料到，小翠竟"不为嫌"。她缝制布球与公子玩耍；给公子扮戏演霸王故事；公子受

55

杖责，她"屈膝乞宥"；公婆多有责备，她"俯首微笑"。这样的好媳妇哪里去找？

3. 设巧计严惩恶邻居。

家家都有一本难念的经。王侍御有两难：儿子绝痴，恶邻作对。同巷街坊王给谏，官也不小，常在朝中找茬。官场斗智，王公似乎不占上风。小翠深知公爹心事，两次巧施妙计，彻底击败恶邻王给谏，使他落得个"充云南军"的下场，"王由是奇女"。

4. 显神通医好元丰。

王家，优秀的好儿媳进家多日，痴儿却不知入洞房。王公又升官京卿，"五十余，每患无孙"，怎么办？"女居三年，夜夜与公子异寝"，这可真愁坏二老了。然而，奇迹出现了，小翠有办法。她用"大瓮蒸闷"法，把公子蒸了一回，不但死而复生，痴呆症也没了。就这样，小翠、元丰夫妇为"琴瑟静好"，二老"大喜"。

5. 受委屈离家自"休"。

人的忍耐都是有底线的。只是"失手堕碎一件宝瓶"，公婆竟翻脸大骂。这怎么叫人受得了？小翠申理争辩：在汝家惩恶邻，疗公子，多大的功劳啊，今日竟为一只花瓶这样待我，不干了！她忍气吞声离开王家，自"休"出走。五年婚姻，画上句号。

6. 结尾新奇，情深无限。

故事并没有完。没想到，元丰在村外自家荒芜的亭园中，又与小翠重逢。这段文字太精彩了。它包括"接纳元丰""婆母认罪""焚烧画像""劝郎再娶"和"依然小翠"等若干情节，十分感人。

结构

写文章须先列好提纲（或打腹稿），我们读文章，则是将那份提纲"找"出来。这种往返印证的过程，是精读常用的手段之一。这次，我将本文先分为"四集"，再考虑小段安排。

本文的提纲是这样的：

第一集，喜从天降。

包括一至四段："必大贵""儿绝痴""小翠到"和"怪贤媳"。

第二集，智惩恶邻。

包括五至六段："巧慑敌"和"重惩恶"。

第三集，神医出手。

包括七至八段："痴元丰"和"医公子"。

第四集，情深似海。

包括九至十二段："愤别离""亭园会""焚画像"和"情无限"。

四集基调，可压缩成四个字——喜、智、神、情。

主题

开始读本文，朦胧中有些问题迷惑不解。待看到结尾段，一切都明明白白了。

1.小翠到王侍御家干什么来了？

感恩么，"滴水之恩，当涌泉相报"，这正是本篇的主题。那次雷霆暴作时，小翠的母亲是在王公家卧榻下躲过这一劫的。为报恩，小翠"无价"地来

王家当儿媳，哄着傻丈夫玩，严惩恶邻居，治好公子的病，这期间挨过多少骂，她忍着。"恩"报得如何呢？应该说，王公夫妻虽不知隐情，但对这儿媳还是满意的。

2. 后来，小翠为什么又自"休"了呢？犯了"错"呗。她失手摔碎了王家的宝物玉瓶。这还了得，王公夫妻"交口呵骂"呀！记得《聊斋》中《考城隍》一文里有句格言——"无心为恶，虽恶不罚"。玉瓶碎了，的确可惜，但小翠是无心的，不应该受到惩罚。王公夫妇翻脸大骂，小翠太委屈了。她为了"滴水"之恩已"涌泉"相报了，得到的却是一顿绝情的大骂。小翠不能对公婆如何，只好把自己给"休"了。

两相比较，小翠的品德多么高尚，王家公婆的素质，"何其鄙哉"！

3. 回到村外亭园后，小翠为什么又接纳元丰呢？

这就涉及"主题的复杂性"了。写文章，本应该集中全力表达一个主题，本文应瞄准知恩图报写，但是生活是复杂的，写文章也提倡"领异标新二月花"。小翠在与丈夫元丰相处的前五年中，治好了他的病，二人有了真情。"亭园会"中，小翠心疼地拉着元丰的手说："二年不见，骨瘦一把矣！"直到最后，焚画像，举新人，一切都充满了诚挚的爱。文中对爱情的赞颂不是"主题出岔"，而是小翠将全身心都给了王家，并为日后王家宗嗣有传进行了周密的安排，这同样是"报恩"的组成部分，只是报恩的量与"涌泉"比，岂止哟！

人物

文中对领衔主角小翠的刻画十分成功，如：

当王家担忧痴儿无人婚配时，"适有妇人率少女登门，自请为妇。视其女，嫣然展笑，真仙品也"，小翠，美丽。

来到王家后，女"能窥翁姑喜怒。王公夫妇宠惜过于常情"。小翠，

聪慧。

王公脸上中一球，告夫人，"夫人往责女。女惟俯首微笑，以手刓床……"小翠，善良。

夫人无奈，打了元丰，"女始色变，屈膝乞宥"；夫人释杖去，女"笑拉公子，公子入室，代扑衣上尘，拭眼泪，摩挲杖痕，饵以枣栗"。小翠，温柔。

第一次以"走错门"骗王给谏，使他"由此益交欢公"。小翠，机智。

第二次以"扮天子"骗王给谏，使他罪发云南充军。小翠，勇敢。

医公子时，将"泻热汤于瓮，解其袍袴，与婢扶入之。公子觉蒸闷，大呼欲出。女不听，以衾蒙之。少时无声，启视已死……"就这么一治，公子痊愈了。小翠，神奇。

打碎玉瓶后，王公夫妻交口呵骂。女"盛气而出，追之已杳"。小翠，刚毅。

"亭园会"时，女接公子过墙，曰："二年不见，骨瘦一把矣！"小翠，钟情。

为传宗接代事，女谓公子曰："昔在家时，阿姑谓妾'抵死不作茧'。今亲老君孤，妾实不能产育，恐误君宗嗣。请娶妇于家。"小翠，坦诚。

公子同意娶钟家女儿，女"为新人制衣履，赍送母所"。小翠，包容。

新人入门，公子一见，"言貌举止，与小翠无毫发之异"，始悟"钟氏之姻，女预知之，故先化其貌，以慰他日之思"。小翠，先觉。

看，为这样一位狐仙立传，蒲公功莫大焉。

语言

本文语言精美，可点赞处太多了。

1. 单音字在文言语句中使用得好。如：

王以状告夫人。夫人往责女。

状、告，是两个词。状，指刚才球中面门的"状况"。可不要把"状告"合在一起理解。

挞之不忍，出之则无家。

这里的"出"，是轰出去，"休了"！

给谏愈疑，谋遂寝。

寝，不是躺下入睡。"谋"怎么入睡呢？是指他中伤王侍御的计划寿终正寝、破产了。

2. 有些词语用得十分精准、生动。如：

公大忧，急为胶续。

小翠走了，公子病了。怎么办？这根"弦"断了，赶紧找一弦给公子"续接"上吧。"胶"字，用得特活。

遣仆奔白夫人。夫人惊起，驾肩舆而往。

舆，一般指车马。这时来不及套车了，让两个仆人肩扛"滑杆"快抬着夫人去吧。

3. 夸张句子格外精彩。如：

"身受唾骂，擢发不足以数。"

小翠太痛苦，太宽容了。五年间，约两千日，天天挨骂，就算拔光头发也数不清。夸张得好！

4. 有些语句，道理辩得深透。如：

小翠母女来时，王公问要多少聘金。母曰："是从我糠核不得一饱，一旦置身广厦，役婢仆，厌膏粱，彼意适，我愿慰矣。岂卖菜也而索直乎？"她的话，在理。"姑娘在我家，吃不到一顿饱饭。进你家，当了少奶奶，天堂的日子，我还要什么聘金哟！"

失手打碎玉瓶后，老夫妻交口呵骂，小翠不能再忍，据理力争，谓公子曰："我在汝家所保全者，不止一瓶，何遂不少存面目？实与君言，我非人也。以母

60

遭雷霆之劫，深受而翁庇翼；又以我两人有五年夙分，故以我来报曩恩，了宿愿耳。身受唾骂，擢发不足以数，所以不即行者，五年之爱未盈。今何可以暂止乎！"

这话，字字在理，句句动情，真是铿锵有力、感人肺腑。

小翠太贤德了！

23. 红玉

广平冯翁者，一子，字相如。父子俱诸生。翁年近六旬，性方鲠（gěng），而家屡空，数年间，媪与子妇又相继逝，井臼（jiù）自操之。

一夜，相如坐月下，忽见东邻女自墙上来窥。视之美，近之微笑，招以手，不来亦不去。固请之，乃梯而过，遂共寝处（chǔ）。问其姓名，曰："妾邻女红玉也。"生大爱悦，与订永好，女诺之。夜夜往来。

约半年许，翁夜起，闻子舍笑语，窥之，见女，怒。唤生出，骂曰："畜生，所为何事？如此落寞，尚不刻苦，乃学浮荡耶？人知之，丧汝德；人不知，亦促汝寿！"生跪自投，泣知悔。翁叱女曰："女子不守闺戒，既自玷（diàn）而又复玷人。倘事一发，当不仅贻寒舍羞！"骂已，愤然归寝。女流涕曰："亲庭罪责，良足愧辱，我两人缘分尽矣！"生曰："父在，不得自专。卿如有情，尚当含垢为好。"女言辞决绝，生乃洒涕。女止之曰："妾与君无媒妁之言、父母之命，逾墙钻隙，何能白首！此处有一佳耦，可聘也。"生告以贫，女曰："来宵相俟（sì），妾为君谋之。"次夜，女果至。出白金四十两赠生，曰："去此六十里，有吴村，卫氏女，年十八矣。高其价，故未售也。君重啖（dàn）之，必合谐允。"言已，别去。

生乘间语父，欲往相之，而隐馈金，不敢告父。翁自度无资，以是故，止之。生又婉言，试可乃已。翁颔（hàn）之。生遂假仆马，诣卫氏。卫故田舍翁。生呼出外，与闲语。卫知生望族，又见仪采轩豁，心许之而虑其靳（jìn）于资。生听其词意吞吐，会其旨，倾囊陈几上。卫乃

红玉

劫妻殺父大
仇平義
士相逢而死
生肯子
有意誰盍酒
不明中
悔嗣程嬰

63

喜，浼（měi）邻生居间，书红笺而盟焉。生入拜媪，居室逼侧。女依母自障，微睨之，虽荆布之饰，而神情光艳，心窃喜。借舍款婿，便言："公子无须亲迎，待少作衣妆，即合舁（yú）送去。"生与订期而归。诡告翁，言："卫爱清门，不责资。"翁亦喜。至日，卫果送女至。女勤俭，有顺德，琴瑟甚笃（dǔ）。

逾二年，举一男，名福儿。会清明，抱子登墓，遇邑绅宋氏。宋官御史，坐行赇（qiú）免，居林下，大煽威虐。是日亦上墓归，见女艳之，问村人，知为生配。料冯贫士，诱以重赂，冀可摇，使家人风示之。生骤闻，怒形于色。既思势不敌，敛怒为笑，归告翁。翁大怒，奔出，对其家人，指天画地，诟骂万端。家人鼠窜而去。宋氏亦怒，竟遣数人入生家，殴翁及生，汹若沸（fèi）鼎。女闻之，弃儿于床，披发号救。群篡舁之，哄然便去。父子伤残，呻吟在地，儿呱呱啼室中。邻人共怜之，扶置榻上。经日，生杖而能起；翁忿不食，呕血寻毙。生大哭，抱子兴词，上至督抚，讼几遍，卒不得直。后闻妇不屈死，益悲，冤塞胸吭（kēng），无路可伸。每思要路刺杀宋，而虑其扈（hù）从繁，儿又罔托，日夜哀思，双睫为之不交。

忽一丈夫吊诸其室，虬（qiú）髯阔颔。曾与无素，挽坐，欲问邦族，客遽曰："君有杀父之仇、夺妻之恨，而忘报乎？"生疑为宋人之侦，姑伪应之。客怒眦（zì）欲裂，遽出曰："仆以君人也，今乃知不足齿之伧（cāng）！"生察其异，跪而挽之曰："诚恐宋人餂（tiǎn）我。今实布心腹：仆之卧薪尝胆者，固有日矣。但怜此褓中物，恐坠宗祧（tiāo），君义士，能为我杵臼否？"客曰："此妇人女子之事，非所能。君所欲托诸人者，请自任之；所欲自任者，愿得而代庖（páo）焉。"生闻，崩角在地。客不顾而出。生追问姓字，曰："不济，不任受怨；济，亦不任受德。"遂去。生惧祸及，抱子亡去。至夜，宋家一门俱寝。有人越重垣入，杀御史父子三人，及一婢一媳。

宋家具状告官，官大骇。宋执谓相如，于是遣役捕生。生遁不知所

之，于是情益真。宋仆同官役诸处冥搜，夜至南山，闻儿啼，迹得之。系累而行，儿啼愈嗔（chēn）。群夺儿抛弃之，生冤愤欲绝。见邑令，问："何杀人？"生曰："冤哉！某以夜死，我以昼出，且抱呱呱者，何能逾垣杀人？"令曰："不杀人何逃乎？"生词穷，不能置辩。乃收诸狱。生泣曰："我死无足惜，孤儿何罪？"令曰："汝杀人子多矣，杀汝子，何怨？"生既褫（chǐ）革，屡受梏（gù）惨，卒无词。令是夜方卧，闻有物击床，震震有声，大惧而号。举家惊起，集而烛之，一短刀，铦（xiān）利如霜，剁床入木者寸余，牢不可拔。令睹，魂魄丧失。荷戈遍索，竟无踪绪。心窃馁，又以宋人死，无可畏惧，乃详诸宪，代生解免，竟释生。

生归，瓮无升斗，孤影对四壁。幸邻人怜馈食饮，苟（gǒu）且自度。念大仇已报，则辗（chǎn）然喜；思惨酷之祸，几于灭门，则泪湓湓堕；及思半生贫彻骨，宗支不续，则于无人处，大哭失声，不复能自禁。如此半年，捕禁益懈，乃哀邑令，求判还卫氏之骨。既葬而归，悲怛（dá）欲死，辗转空床，竟无生路。忽有款门者，凝神寂听。闻一人在门外，哝（nóng）哝与小儿语。生急起窥觇（chān），似一女子。扉初启，便问："大冤昭雪，可幸无恙？"其声稔（rěn）熟，而仓猝不能追忆；爇（ruò）火烛之，则红玉也，挽一小儿，嬉笑膝下。生不暇问，抱女呜哭，女亦惨然。既而推儿曰："汝忘而父耶？"儿牵女衣，目灼灼视生。细审之，福儿也，大惊，泣问："儿哪得来？"女曰："实告君，昔言邻女者，妄也。妾实狐。适宵行，见儿啼谷中，抱养于秦。闻大难既息，故携来与君团聚耳！"生挥涕拜谢。儿在女怀，如依其母，竟不复能识父矣。

天未明，女即遽起。问之，答曰："奴欲去。"生裸跪床头，涕不能仰。女笑曰："妾诳君耳！今家道新创，非凤兴夜寐不可。"乃剪莽拥彗（huì），类男子操作。生忧贫乏，不能自给，女曰："但请下帷读，勿问盈歉，或当不殍（piǎo）饿死。"遂出金治织具，租田数十亩，雇佣耕作。荷镵诛茅，牵萝补屋，日以为常。里党闻妇贤，益乐资助之。约半年，人烟腾茂，类

素封家。生曰："灰烬之余，卿白手再造矣。然一事未就安妥，如何？"诘之，答云："试期已迫，巾服尚未复耳。"女笑曰："妾前以四金寄广文，已复名在案。若待君言，误之已久。"生益神之。

是科遂领乡荐，时年三十六。腴（yú）田连阡，夏屋渠渠矣。女袅（niǎo）娜如随风飘去，而操作过农家妇，虽严冬自苦，而手腻如脂。自言三十八岁，人视之，常若二十许人。

导读

美女狐仙，一篇一篇又一篇。蒲公的选材能力，着实高出常人。写狐仙，同类题材，青凤、长亭、小翠和本文红玉，人物性格、故事情节、语句情调迥然不同。什么叫"映日荷花别样红"？这正是。

细读本文内容，曲折动人。

1. 无父命无媒约，只好夜里翻墙进家。

红玉，狐仙。她经过一番了解，知道附近村落里相如是个好书生、好青年。怎么相识呢？她孤身一人，没有父母做主；身为狐女，也不便去找媒人说亲。干脆，自己夜间翻墙进去吧。有人说，就这样两个人素不相识，又没有"登记"，私自幽会，不宜提倡吧？这是今天的理念。不能用今人的尺度去要求古人。当年红玉为了真爱，敢于自己做主，自己择婿，这还是有一定进步意义的呢。就这样，红玉与冯生好了半年，应该说是他的第二任妻子。

2. 爱君真切，赠金真诚地举荐"第三者"。

这又是奇文。二人私订婚姻，旧观念沉重的冯翁是不能允许的。一通责骂后，棒打鸳鸯，二人必须离别。红玉是狐仙，不能带冯生远走高飞吗？不能的。百善孝为先，那样做，空巢老人冯翁怎么过日子？相如是孝子，不行的。那么，红玉离去，让相如受相思之苦吗？不，她真爱冯生，舍不得。矛盾之下，

她选择了"包容",真诚地留下一笔银两,"此处有一佳耦",替冯生选好"第三者"。蒲公如此构思,大胆而又新颖。

3.恶霸行凶,冯生家破人亡。

娶卫家女二年,喜剧变成悲剧。县里恶霸宋御史看上卫氏,强行夺妻。宋家凶恶之极,冯翁被打死,相如无处申冤。那世道,黑啊!

4.义士相助,报仇雪恨。

蒲公笔锋一转,冯家来了一位义士。"路见不平一声吼,该出手时就出手",于是宋恶被除,冯生出狱回家。看到这里,我们感到痛快的同时,会想到:那位义士是谁?是红玉用法术"请"来的吗?文章能引起读者的联想,深刻了。

5.红玉回归,治业兴家。

这出戏以喜剧结尾,令人愉快。大难不死,大仇得报,冯生回到劫后的家。这日子怎么过呢?"大哭失声","悲悯欲死"。这时,红玉带福儿回来团聚了。红玉本是冯生妻子,冯翁不在了,她理当是家里的主人。助君攻读,治业兴家,她是女强人。冯生性情懦弱,大难不死,有红玉这样的贤妻相伴,福气不小啊!

结构

本文故事以时为序,脉络清晰。

1.全篇的提纲是这样的:

开头,第一段,"冯生"。

中间部分,二至九段,包括"梯过""赠金""娶卫""奇祸""义士""冤狱""玉归"和"治家"。

结尾,第十段,"贤妻"。

2. 文中以三个段落很大篇幅写冯生的悲惨遭遇。"奇祸""义士"和"冤狱"，情节曲折，善恶搏击，动人心魄。本是一桩美满婚姻，中间竟有这般的苦难，写得深刻、真实。

3. "玉归"段，写得真切感人。段中，小层次分明："冯生竟无生路""红玉喜从天降""福儿父母双全"。

主题

本文主题，往大里说，是赞颂自主婚姻的。"有情人终成眷属"，这句话说着容易，但在现实生活中，坎坷多多，是需要二主角全力拼搏的。在这桩婚事中，二人都尽力了，但实事求是地评价，红玉的功劳最大。

1. 冯家"数年间，媪与子妇相继逝"，没戏了。是红玉自当月老、自抛红绳主动来到冯家的。冯翁老糊涂了，竟把这样的好儿媳轰出门去，时代的悲哀啊。但无论如何，"约半年许"，红玉与冯生过着实际的夫妻生活。这头功，当然是红玉的。

2. 不得已，红玉非离开不可，她一心想的还是冯生，是冯家的日后生活。留下聘金四十两，又指点冯生娶卫氏。"逾二年，举一男"，冯家有后了。红玉对冯生爱得真挚，而且心地太善良了！

3. 冯家遇难后，义士来相助。这位使者，姓甚名谁不得而知。他是怎么知道这一案情的？是谁引导他来"出手"的？这里，作者给我们留下了想象的空间。把这功劳也记到红玉的身上，该不会错吧？

4. 见谷中福儿啼哭，抱养身边，完全像亲娘一样。最后把福儿带回冯家，又一大功。红玉是"大妈"，不是"继母"。不管怎么说吧，福儿不是她身上掉下的肉。"儿在女怀，如依其母，竟不复能识父矣"，若没有真爱，怎么能做到这一点呢？

5. 团聚后，红玉既聪慧又勤勉，时间不长，家已小康。为冯生赴考，想得周全；在家中经营劳作，过于农妇。虽年长冯生两岁，但看起来，"常若二十许人"。贤妻啊！

有这样的好妻子，日子过得多好啊！

可见，有情人成眷属不算很难；成眷属后，"执子之手，与子偕老"，那才是相当难呢！

本文主要人物，二主角加义士，共三位。

1. 第一主角红玉，优点多多，刻画得十分成功，前面已经讨论过了。

2. 冯生相如，有必要剖析一下。

这位青年书生，出身寒苦，是个好人。一、他真心爱红玉，贯穿全文始终。二、他是个孝子，平时听从冯翁教诲，难时不忘为父报仇。三、他极为聪慧，得红玉四十两助金不说，以善意的谎言说"卫爱清门"，婚事成了。四、他很坚强。在狱中，"屡受梏惨，卒无词"，决不承认宋家人是他杀的。五、他钟情。团聚后，红玉戏言要离去时，他"裸跪床头，涕不能抑"。

但是，在这诸多闪光点存在的同时，他有两处弱点：

其一，二人相好半年，被父亲发现，红玉必须离去，他的态度是"父在，不得自专"。一日夫妻百日恩，在这关键时刻，他应该表现出难舍难分才对。"你走吧，有四十两白金（银子），再找一个不难。"这心态，差一大截子了吧？

其二，卫氏美，被恶霸看中了，要以"重赂"夺取。"生骤闻，怒形于色。既思势不敌，敛怒为笑"，要不是冯翁反抗，他差点将卫氏卖了！为此事，老父被殴打致死，卫氏被抢去也不从而亡。他虽然也含冤入狱，但这一刹那间的污点，不该留在他的传记中吗？

当然，账应该记在恶霸身上。总的来说，冯生是好人。

3.那位无名义士，可亲可敬。

其一，他是主动来打抱不平的。冯家冤案，当时在全县一定传开了。"杀父之仇、夺妻之恨，而忘报乎？"他是路见不平主动出手的。

其二，"能为我杵臼否？"冯生是想将福儿托付给义士自去报仇的，义士不同意："此妇人女子之事"，带孩子，我不行。我是耍刀的。

其三，冯生由衷感激，追问姓字。义士不告知并说："不济，不任受怨；济，亦不任受德。"多么高尚的境界啊！

其四，惩恶复仇，义士自有分寸。对宋家，杀无赦；对县令，短刀"剁床入木者寸余"，给以"死缓"的警告。

读了全篇，让我们向这位义士致敬！

语言

本文语句，抒情中凸显刚毅，耐读。

1.单音字在文言语句中用得好。如：

固请之，乃梯而过。

是踏着梯子过去，可不是将梯子扔过来哟！

生跪自投，泣知悔。

投，不是投靠、投降，而是承认、交代。

生曰："父在，不得自专。"

这里的在，不是"在眼前"，而是"在世"。

遽出曰："仆以君人也，今乃知……"

人，还用讲吗？这里，义士要表达的是"血气方刚的男人"。

2.四字句用得好。如：

女止之曰："妾与君无媒妁之言、父母之命,逾墙钻隙,何能白首!"

女闻之,弃儿于床,披发号救。群篡异之,哄然便去。

3. 分号用得好。如:

"人知之,丧汝德;人不知,亦促汝寿。"

这句中,分号用得精准。

当今使用的这一套标点符号,古时是没有的。用什么标点,那是由语句内容决定的。请细读这一例句,点与不点,这分号不是自在其中吗?这是蒲公运用语言的功力。我么,只是读明白了,将当今标点加上罢了。

4. 有些语句,辩理清楚,逻辑性强。如义士的两段话:

"君所欲托诸人者,请自任之;所欲自任者,愿得而代庖焉。"

"不济……;济……"

这样的语句,含金量足,读着给力。

24. 席方平

席方平，东安人。其父名廉，性戆（gàng）拙，因与里中富室羊姓有郤（xì）。羊先死。数年，廉病垂危，谓人曰："羊某今贿嘱冥，使搒（péng）我矣。"俄而身赤肿，号呼遂死。席惨怛（dá）不食，曰："我父朴讷（nè），今见陵于强鬼，我将赴地下代伸冤气耳。"自此不复言，时坐时立，状类痴，盖魂已离舍矣。

席觉初出门，莫知所往。但见路有行人，便问城邑。少选，入城，其父已收狱中。至狱门，遥见父卧檐下，似甚狼狈。举目见子，潸然涕流，便谓："狱吏悉受贿嘱，日夜搒掠，胫股残甚矣！"席怒，大骂狱吏："父如有罪，自有王章，岂汝等死魅所能操耶！"遂出，抽笔为词。值城隍早衙（yá），喊冤以投。羊惧，内外贿通，始出质理。城隍以"所告无据"，颇不直席。

席忿气无所复伸，冥行百余里至郡，以官役私状，告之郡司。迟之半月，始得质理。郡司扑席，仍批城隍覆案。席至邑，备受械梏（gù），惨冤不能自舒。城隍恐其再讼，遣役押送家门。

役至门而去。席不肯入，遁赴冥府，诉郡邑之酷贪。冥王立拘质对。二官密遣心腹，与席关说，许以千金。席不听。过数日，逆旅主人告曰："君负气已甚，官府求和而执不从。今闻于王前，各有函进，恐事殆（dài）矣。"席以道路之口，犹未深信。俄有皂衣人唤入。升堂，见冥王有怒色，不容置词，命笞（chī）二十。席厉声问："小人何罪？"冥王漠若不闻。

呼籲怨無門
神訊決九幽
盂不遇二郎
日何由照覆
竟離魂紅
一心憶父

寨方平

席受笞，喊曰："受笞允当，谁教我无钱耶！"冥王益怒，命置火床。捽（zuó）席下，见东墀（chí）有铁床，炽（chì）火其下，床面通赤。鬼脱席衣，掬置其上，反复揉捺（nà）之。痛极，骨肉焦黑，苦不得死。约一时许，鬼曰："可矣。"遂扶起，促使下床着衣，犹幸跛而能行。复至堂上，冥王问："敢再讼乎？"席曰："大冤未伸，寸心不死，若言不讼，是欺王也。必讼！"又问："讼何词？"席曰："身所受者，皆言之耳。"冥王又怒，命以锯解其体。二鬼拉去，见立木，高八九尺许，有木板二，仰置其下，上下凝血模糊。方将就缚，忽堂上大呼"席某"，二鬼即复押回。冥王又问："尚敢讼否？"答云："必讼！"冥王命捉去速解。既下，鬼乃以二板夹席，缚木上。锯方下，觉顶脑渐辟，痛不可禁。顾亦忍，受不复言。鬼曰："壮哉，此汉！"锯隆隆然寻至胸下，又闻一鬼云："此人大孝无辜，锯令稍偏，勿损其心。"遂觉锯锋曲折而下，其痛倍苦。俄顷，半身辟矣。板解，两身俱仆。鬼上堂大声以报，堂上传呼，令合身来见。二鬼即推复，忽然身合，犹觉锯缝一道，痛欲复裂，半步而踣（bó）。一鬼于腰间出丝带授之，曰："赠此以报汝孝。"受而束之，一身顿健，殊无少苦，遂升堂而伏。冥王复问如前，席恐再罹（lí）酷毒，便答："不讼矣。"冥王立命送还阳界。隶率（shuài）出北门，指示归途，反身遂去。

席念：阴曹之暗昧，尤甚于阳间，奈无路可达帝听。世传灌口二郎，为帝勋戚，其神聪明正直，诉之当有灵异。窃喜两隶已去，遂转身南向。奔驰间，有二人追至，曰："王疑汝不归，今果然矣。"捽（zuó）回复见冥王。窃意冥王益怒，祸必更惨，而王殊无厉容，谓席曰："汝志诚孝。但汝父冤，我已为若雪之矣。今已往生富贵家，何用汝鸣呼为。今送汝归，予以千金之产、期颐之寿，于愿足乎？"乃注籍中，嵌以巨印，使亲视之。席谢而下。鬼与俱出，至途，驱而骂曰："奸猾贼，频频翻覆，使人奔波欲死。再犯，当捉入大磨中，细细研之！"席张目叱曰："鬼子胡为者！我性耐刀锯，不耐挞（tà）楚！请反见王，王如令我自归，亦复何劳相送！"乃

74

返奔。二鬼惧，温语劝回。席故蹇（jiǎn）缓，行数步，辄憩（qì）路侧。鬼含怒，不敢复言。约半日，至一村。一门半辟，鬼引与共坐，席便据门阈（yù）。二鬼乘其不备，推入门中。惊定自视，身已生为婴儿。愤啼不乳，三日遂殇。

魂摇摇不忘灌口。约奔数千里，忽见羽葆来，幡戟横路。越道避之，因犯卤（lǔ）簿，为前马所执，絷（zhí）送车前。仰见车中一少年，丰仪瑰玮（guī wěi）。问席何人，席冤愤正无所出，且意是必巨官，或当能作威福，因缅诉毒痛。车中人命释其缚，使随车行。俄至一处，官府十余员，迎谒道左。车中人各有问讯。已而指席谓一官曰："此下方人，正欲往诉，宜即为之剖决。"席询之从者，始知车中即上帝殿下九王，所嘱即二郎也。

席视二郎，修躯多髯，不类世间所传。九王既去，席从二郎至一官廨（xiè），则其父与羊姓并衙隶俱在。少顷，槛车中有囚人出，则冥王及郡司、城隍也。当堂对勘（kān），席所言皆不妄。三官战栗，状若伏鼠。二郎援笔立判。顷之，传下判语，令案中人共视之。判云：

"勘得冥王者，职膺王爵，身受帝恩，自应贞洁以率臣僚，不当贪墨以速官谤（bàng）。而乃繁缨棨（qǐ）戟，徒夸品秩之尊；羊狠狼贪，竟玷（diàn）人臣之节。斧敲斤斫（zhuó），妇子之皮骨皆空；鱼食鲸吞，蝼蚁之微生可悯。当掬西江之水，为尔湔（jiān）肠；即烧东壁之床，请君入瓮。

"城隍、郡司，为小民父母之官，司上帝牛羊之牧。虽则职居下列，而尽瘁者不辞折腰；即或势逼大僚，而有志者亦应强项。乃上下其鹰鸷（zhì）之手，既罔念夫民贫；且飞扬其狙狯（jū kuài）之奸，更不嫌乎鬼瘦，惟受赃而枉法，真人面而兽心！是宜剔（tī）髓伐毛，暂罚冥死，所当脱皮换革，仍令胎生。

"隶役者，既在鬼曹，便非人类。只宜公门修行，庶还落蓐（rù）之身，何得苦海生波，益造弥天之孽？飞扬跋扈，狗脸生六月之霜；隳（huī）突叫号，虎威断九衢之路。肆淫威于冥界，咸知狱吏为尊；助酷虐于昏官，共

以屠伯是惧。当于法场之内，剉其四肢；更向汤镬（huò）之中，捞其筋骨。

"羊某：富而不仁，狡而多诈。金光盖地，因使阎摩殿上，尽是阴霾（mái）；铜臭熏天，遂教枉死城中，全无日月。余腥犹能役鬼，大力直可通神。宜籍羊氏之家，以赏席生之孝。即押赴东岳施行。"

又谓席廉："念汝子孝义，汝性良懦，可再赐阳寿三纪。"因使两人送之归里。席乃抄其判词，途中，父子共读之。既至，席先苏，令其家人启棺视父，僵尸犹冰，俟（sì）之终日，渐温而活。及索抄词，则已无矣。自此家日益丰，三年间，良沃遍野。而羊氏子孙微矣，楼阁田产，尽为席有。里人或有买其田者，夜梦神人叱之曰："此席家物，汝乌得有之！"初未深信。既而种作则终年升斗无所获，于是复鬻（yù）归席。席父九十余岁而卒。

导读

阅读此篇，心态要平和。文中记叙的情节，阴曹地府啊，开膛破肚啊，那都是蒲公使用的神话笔法，以阴喻阳的，我们读时不要太较真。

具体地说，内容的主要亮点是：

1. 神话笔法一用到底。

文中，记的是阴间事件，抒的是阳世情怀。开头，从席廉惨死写起，席生为了申冤便魂离家园。阴间这一趟，说他饱受摧残、死去活来，是远远不够的。那冤苦，那酷刑，超过"惨无人道"八千里！蒲公选择这样的内容、这样的写法，对表达主题是十分适合的。我们在紧张阅读故事的同时，可以领悟到它揭露的封建社会的残酷与黑暗，对于我们来说是不可想象的。

2. 想象力丰富，神话笔法细腻，记叙具体生动，起到了动人心魄的效果。

火床刑——东墀有铁床，炽火其下，床面通赤。鬼脱席衣，掬置其上，反

复揉捻之。痛极，骨肉焦黑，苦不得死。约一时许……

解体刑——鬼乃以二板夹席，缚木上。锯方下，觉顶脑渐辟，痛不可禁……锯隆隆然寻至胸下……俄顷，半身辟矣。

粉身刑——"……再犯，当捉入大磨中，细细研之。"

3. 一、二、三告，情节各不相同，内容详略得当。

"一告"，在地方官邸。"值城隍早衙"，席告，羊"内外贿通"，"城隍以'所告无据'，颇不直席"。看，这一告，城隍根本就没细问，写得最为简略。

"二告"，到州郡。郡司受贿，"迟之半月，始得质理"。结果呢？"仍批城隍覆案"。"席至邑，备受械梏，惨冤不能自舒。"这一折，也写得不细。

"三告"，到冥府，席生这下可惨了。火床烙身，锯解肢体，受尽酷刑。冥王既凶恶又狡诈。施刑后，又上软招，"汝志诚孝……予以千金之产"。这一折，为突出主题的重点段落，写得最详尽、最给力。

4. 天理在，冤狱终有昭雪之日。

尽管是在黑暗旧社会，尽管那年月贪官污吏数不胜数，但公理自在，天下还有好人。秦香莲不是遇上清官包公了吗？席生奔波千里，终于找到了九王殿下，遇到了力主公道的二郎神。案子办得痛快。"当堂对勘，席所言皆不妄"，"二郎援笔立判"。席家奇冤，终于昭雪。判决书很有意思。四方犯者本都是"死"过的阴间人，不再判死刑，判以"极"刑：

冥王，以西江水涮肠，烧东壁床入瓷；

城隍、郡司，剔髓伐毛，脱皮换革；

众隶役，法场内剁去四肢，汤镬中捞其筋骨；

羊某，抄家产全部归席。

这种神话与现实结合的写法，给人新奇畅快的感觉。

5. 全篇主角，只有席生一人。

这一构思，在全书中也是特例。席生没有亲友帮忙，一直唱独角戏。前面我们读过的那些篇章中，多为双主角。

再有，本文中全是男人戏，一位女者身影也没有。近些年，演艺界将《聊斋》篇目搬上影视舞台的着实不少。像本文，席生该有个神通广大的仙侠女友帮他一把吧？羊家也该有个闺女娇艳多姿、迷惑城隍吧？那样写还是《聊斋》故事吗？这里，我以一个老教师身份"恳请"广大学生辈的青年人：一定要先读《聊斋》原文，再去看那些影视作品。

结构

本文以时间、地点为序，段落清晰。

1. 它的写作提纲是这样的：

开头，第一段，"离魂"。

中间部分，二至七段，包括"一告""二告""三告""假释""见王"和"判决"。

结尾，第八段，"伟哉"。

2. "三告"段，写得最细致，最精彩。

冥王是这里的主官。他的脸色变得太快：

席刚来诉，"冥王立拘质对"。

城隍、郡司二官各有函进（"函"中必有银票）。冥王"有怒色"，对席生"不容置词，命笞二十"。

接下来，火床伺候，席生"骨肉焦黑"。

"还敢讼吗？"以锯解席体……

大刑酷毒，席生答"不讼矣"。是他屈服了吗？当然不是，这是席生看透了这帮贪官乌鸦一般黑，必须另寻途径，找清官上诉。

3. 结尾段，写得简单明了。一、羊家财产，全归席家；二、席廉老翁，享年九十余岁。那么，席生呢？大冤昭雪，他怎样过日子？蒲公及时收笔，把这

些想象空间留给了读者。

主题

古语说，"百善孝为先"。蒲公在本篇后自评道："忠孝志定，万劫不移。异哉席生，何其伟也！"这是对本文主题精准的诠释。

孝道，包括的方面很广。抽点时间，"常回家看看"；父母生病卧床，每天做饭、进药、搞卫生；父母生活有困难，把钱主动递上去；自己有什么重要决定，事先听取长辈指点……这些都是孝子应该做的。本文表现的是：社会黑暗，老父蒙冤，舍生救父，万死不辞。这种对恶势力的无情揭露，这种对贪官污吏的坚决斗争，席生的精神，当标文坛榜上。

在几百年前的封建社会，文字狱是相当厉害的。蒲公敢写本文，够勇敢的。勇敢么，要加点智慧才更好。于是，蒲公把人间的县衙、州郡、刑部大堂，用神话手法，都标上"阴曹地府"的标签。查我吗？我写的是城隍、郡司与冥王的事。故事最后，还是遇上了清官——上帝殿下九王和民间福神二郎神杨戬。有了这两条，这篇抨击社会黑暗的战斗文字通过了检查关。

看今天，在我们美好的神州大地上，贪腐的恶官还是有的，这就需要和他们斗争；在我们城乡漂亮的居室里，不孝的儿女也不算少，这就需要提高他们的道德素养。读读这经典小说吧——"伟哉，席生！"大家意见一致了，我们的社会、家庭生活将会更美满。

人物

主角席生，主要是通过行动和语言来刻画的。

其一，父惨死，"席惨怛不食"。"我父朴讷，今见陵于强鬼，我将赴地下代伸冤气耳。"这是孝顺。

其二，在冥王堂上，受笞二十。席生喊曰："受笞允当，谁教我无钱耶！"这是勇敢。

其三，火床上被揉捺一个时辰，利锯下身被劈成两半，席生一声不叫。这是刚毅。

其四，冥王最后问他，他答："不讼矣。"他要保存实力，做战略转移。这是机智。

其五，被骗入一家门，"身已生为婴儿"。他"愤啼不乳，三日遂殇"。这是坚定。

如此孝顺、勇敢、刚毅、机智、坚定的中华男儿，我们为之骄傲！

配角中，有两个厉鬼形象值得一提。他们是冥王堂前的爪牙，杀人不眨眼，这是其主要面目。不过，记叙中，蒲公也写了几笔他们"良心还没有完全泯灭"的话：

其一，席生受刑，开锯后，一鬼曰："壮哉，此汉！"

其二，锯锋下到胸部时，一鬼云："此人大孝无辜，锯令稍偏，勿损其心。"

其三，席生受刑后，两身复合，"一鬼于腰间出丝带授之，曰：'赠此以报汝孝'"。

这些细节描述，对突出主题都有作用。

语言

本文的语言颇有特色。

1. 单音字在文言语句中用得好。如：

席怒，大骂狱吏："父如有罪，自有王章。"

章，是章法，指法律或规章制度。

席曰："身所受者，皆言之耳。"

这里的言，不是口头语言，而是"证词"。

"此下方人，正欲往诉，宜即为之剖决。"

剖，剖析，分析此案一切情况。

"汝性良懦，可再赐阳寿三纪。"

纪，十二年为一纪；三纪，增寿三十六年。

2. 四字句用得好。如：

父卧檐下，似甚狼狈。举目见子，潸然涕流。

启棺视父，僵尸犹冰，俟之终日，渐温而活。

3. 骈（pián）句用得合适。

骈句写法，六朝时古文中多用。什么样呢？

"当掬西江之水，为尔涮肠；即烧东壁之床，请君入瓮。"（判冥王句）

"是宜剔髓伐毛，暂罚冥死；所当脱皮换革，仍令胎生。"（判城隍、郡司句）

"当于法场之内，剁其四肢；更向汤镬之中，捞其筋骨。"（判隶役句）

这种骈文，强调句式对偶，重语言形式，轻内容表达。因此，随着历史的发展、语言的进步，如今，取它"对仗有力、韵味深刻"的优点，形成现代使用的并列复句。我们运用语言，首先强调的是内容的表达，若再对仗工整，可谓锦上添花。

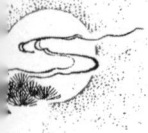

25. 小二

滕邑赵旺，夫妻奉佛，不茹荤（hūn）血，乡中有"善人"之目。家称小有。一女小二，绝慧美，赵珍爱之。年六岁，使与兄长春，并从师读，凡五年而熟五经焉。

同窗丁生，字紫陌（mò），长于女三岁。文采风流，颇相倾爱，私以意告母，求婚赵氏。赵期以女字大家，故弗许。未几，赵惑于白莲教，徐鸿儒既反，一家俱陷为贼。小二知书善解，凡纸兵豆马之术，一见辄精。小女子师事徐者六人，惟二称最，因得尽传其术。赵以女故，大得委任。

时丁年十八，游滕泮（pàn）矣，而不肯论婚，意不忘小二也。潜亡去，投徐麾（huī）下。女见之喜，优礼逾于常格。女以徐高足，主军务，昼夜出入，父母不得闲。丁每宵见，尝斥绝诸役，辄至三漏。丁私告曰："小生此来，卿知区区之意乎？"女云："不知。"丁曰："我非妄意攀龙，所以故，实为卿耳。左道无济，止取灭亡。卿慧人，不念此乎？能从我亡，则寸心诚不负矣。"女怃（wǔ）然为间，豁如梦觉，曰："背亲而行，不义，请告。"二人入陈利害，赵不悟，曰："我师神人，岂有舛错？"女知不可谏，乃易髻而髻，出二纸鸢（yuān），与丁各跨其一。鸢肃肃振翼，似鹣鹣（jiān）之鸟，比翼而飞。质明，抵莱芜界。女以指撚（niǎn）鸢项，忽即敛堕。遂收鸢，更（gēng）以双卫，驰至山阴里，托为避乱者，僦（jiù）屋而居。

二人草草出，啬（sè）于装，薪储不给。丁甚忧之，假粟比舍，莫肯贷

水二

全憑片語
指迷津自
是聽奶絃
垂人鄰里
休驚多異
術白蓮花
現め兒身

83

以升斗。女无愁容，但质簪（zān）珥。闭门静对，猜灯谜，忆亡书，以是角低昂，负者，骈（pián）二指击腕臂焉。西邻翁姓，绿林之雄也。一日猎归，女曰："富以其邻，我何忧？暂假千金，其与我乎！"丁以为难。女曰："我将使彼乐输也。"乃剪纸作判官状，置地下，覆以鸡笼。然后握丁登榻，煮藏酒，检周礼为觞政。任言是某册第几页第几行，即共翻阅。其人得食旁、水旁、酉旁者饮，得酒部者倍之。既而女适得酒人，丁以巨觥（gōng）引满促釂（jiào）。女乃祝曰："若借得金来，君当得饮部。"丁翻卷，得鳖（biē）人。女大笑曰："事已谐矣。"滴沥授爵（jué），丁不服。女曰："君是水卒，宜作鳖饮。"方喧竞时，闻笼中戛戛（jiá），女起曰："至矣。"启笼验视，则囊中有巨金，累累充溢。丁不胜愕喜。后翁家媪抱儿来戏，窃言："主人初归，篝灯夜坐。地忽暴裂，深不可底。一判官自内出，言：'我地府司隶也。太山帝君，会诸冥曹，造暴客恶录，须银灯千架，架计重十两，施百架，则消灭罪愆（qiān）。'主人骇惧，焚香叩祷，奉以千金。判官荏苒而入，地亦遂合。"夫妇听其言，故啧啧（zé）诧异之。而从此渐购牛马，蓄厮婢，自营宅第。

里无赖子窥其富，纠诸不逞，逾垣劫丁。丁夫妇始自梦中醒，则编管爇（ruò）照，寇集满屋。二人执丁，又一人探手女怀。女袒（tǎn）而起，戟指而呵曰："止！止！"盗十三人，皆吐舌呆立，痴若木偶。女始着裤下榻，呼集家人一一反接其臂，逼令供吐明悉。乃责之曰："远方人埋头涧谷，冀得相扶持，何不仁至此？缓急人所时有，窘（jiǒng）急者不妨明告，我岂积殖自封者哉？豺狼之行，本合尽诛，但吾所不忍，姑释去，再犯不宥（yòu）！"诸盗叩谢而去。

居无何，鸿儒就擒，赵夫妇妻子，俱被夷诛。生赍（jī）金往赎长春之幼子以归。儿时三岁，养为己出，使从姓丁，名之承祧（tiáo）。于是里中人，渐知为白莲戚裔。适蝗害稼，女以纸鸢数百翼放田中，蝗远避，不入其垄（lǒng），以是得无恙。里人共嫉之，群首于官，以为鸿儒余党。官瞰

（kàn）其富肉视之，收丁。丁以重赂啗（dàn）令，始得免。女曰："货殖之来也苟，宜有散亡。然蛇蝎之乡，不可久居。"因贱售其业而去之，止于邑都之西鄙。

女为人灵巧，善居积，经纪过于男子。尝开琉璃厂，每进工人而指点之。一切棋灯，其奇式幻采，诸肆莫能及，以故，直昂得速售，居数年，财益称雄。而女督课婢仆严，食指数百无冗（rǒng）口。暇辄与丁烹茗着弈，或观书史为乐。钱谷出入，以及婢仆，凡五日一课，女自持筹，丁为之点籍唱名数焉。勤者赏赉（lài）有差，惰者鞭挞（tà）罚膝立。是日给假不夜作，夫妻设肴酒呼诸婢度俚（lǐ）曲为笑。女明察若神，人无敢欺。而赏浮于劳，故事易办。

村中二百余家，凡贫者俱量给资本，乡以此无游惰。值大旱，女令村人设坛于野，乘舆夜出，禹步作法，甘霖倾注，五里内悉获沾足，人益神之。女出未尝障面，村人皆见之。或少年群居，私议其美，及觌（dí）面逢之，俱肃肃无敢仰视者。每秋日，村中童子不能耕作者，授以钱，使采荼（tú）苏，几二十年，积满楼屋，人窃非笑之。会山左大饥，人相食。女乃出菜，杂粟赡饥者，近村赖以全活，无逃亡焉。

导读

此篇选材很特别，既不是《聂小倩》《青凤》那样的鬼女狐仙，也不是《阿宝》《王桂庵》那样的男追女爱，它写的是一位民间才女成长、结婚到创业的一生过程，是一篇"小二传"。看内容，这虽是男女主角的爱情故事，但它另辟蹊径，勾画出明末清初我国封建社会走向没落、资本主义生产方式初见萌芽的社会状态，是全书中很有新意的篇章。

该文主要的选材亮点是：

1. 以"小二"命题，有特色。

看书中许多爱情篇章，都以女主角名字命题，如《香玉》《红玉》《青凤》《青娥》，很响亮、优美，但是，读得多了容易混淆。本文，赵家两个孩子：长子长春，为兄；女儿小二，为妹。"赵珍爱之"，不给她起大号了，干脆就叫"小二"。这称谓，父母钟爱之情尽在其中。

2. 邑中才女，误入歧途。

对小二，赵翁疼爱而不娇惯。从小"与兄长春，并从师读，凡五年而熟五经焉"。可见，县乡女孩，这就是很有知识的了。可惜的是，当年山东闹白莲教，小二全家卷了进去。白莲教属什么性质的组织，史学界没有定论。有说它类似梁山好汉的，有说它属反动道门的。这里，我们不介入讨论。小二入教后，由于才艺出众，深得徐鸿儒赏识，出任"作战部长"，主管军事。这么一折腾，日后怎么成家、创业呢？

3. 关键一步是"择婿"，离家出走。

姑娘大了要结婚，这是天经地义的事，但找个什么样的人为婿呢？这问题太重要了。要找一个情投意合、十分爱你的人，要找一个能"执子之手，与子偕老"的人。小二遇到的丁生，正是这样的好青年。丁生自幼与小二同窗，有文采，钟情于小二；有知识，有见识，知道跟着白莲教是自取灭亡，愿与小二另寻光明之路，成家立业。小二接受了丁生，走上了正路，这是她幸福终身的关键一步。看今天，多少女青年这第一步就迈错了，痛苦半生；第二步又迈错了，痛苦终生。广大城乡，离婚率为什么那么高？"择婚"这一步迈错了是一个重要原因。

4. 小二是生活、事业上的女强人。

二人离家出走是不容易的。"薪储不给。丁甚忧之"，小二有办法。他们做着"周礼"中的一种猜字游戏（我是山东人，也不懂那游戏是怎么回事。没关系，读古文，对当时当地情况有所不知，不影响阅读），利用学到的一些法术，将邻家财主的银子赚到手。在那个社会，劫富么，不算错。有了资本，

小二一手镇寇，一手创业，办了个琉璃工厂，自任董事长，丁生只是"点籍唱名"的大堂经理罢了，小二了不得。在明末清初时，山东的周村、张店、淄川、博山一带，资本主义制造业已萌芽。今日鲁中工业大城淄博市，那里就是小二的故乡啊！

5.全文神话色彩浓烈。

"聊斋"么，神话笔法，篇篇都有。小二招数多的是：任白教"作战部长"时，"凡纸兵豆马（剪纸为马，撒豆成兵）之术，一见辄精"；出走时，出二纸鸢，与丁各跨其一；剪纸判官，赚得富家千金；戟指而呵，镇住十三强寇；投纸鸢于田中，蝗远避；设坛作法，五里内普降甘霖……有了这些本事，小二的形象更丰满、更高大了。

结构

本文记叙的内容、时间、地点和事件和谐统一，因而条理非常清楚。

1.它的提纲是这样的：

开头，第一段，"才女"。

中间部分，二至七段，包括"入教""出走""赚富""镇寇""迁居"和"创业"。

结尾，第八段，"济民"。

2."出走"段最关键，这里有许多问题。

丁生为什么"不肯论婚"？等小二呀！

丁生为什么要加入白莲教？"我非妄意攀龙，所以故，实为卿耳。"

丁生的"出走"大主意对不对？事实证明，完全正确。

小二若不接受丁生的高见，会怎么样呢？不久白莲教灭亡，赵家"俱被夷诛"！

女儿告知，赵旺夫妇为什么不一同出走呢？人的见识不同啊！

3.“镇寇”段，写得紧张热闹、痛快。里无赖子劫丁，火照满屋，动手动脚，紧张。小二衣服都没来得及穿，施展法术，“止！止！”贼寇十三人呆若木偶，好看。小二的一段训词有情有理，显出知识分子久经战场锻炼出来的水平。“本合尽诛，但吾所不忍”，大将风度，表现出小二对本乡人的宽容。这一段，内容好，人物活，语言给力，层次分明，当熟读成诵。

主题

本篇总的说是爱情故事。小二与丁生两位青年在完全没有征得父母同意的情况下，自主相爱，自建家庭，这是文章主题的大格调。在这一框架内，他俩的婚姻很有特色。

1.在家族生活中，内外事务，谁说了算？

这是所有家庭面临的共同问题。就我国社会情况看，谁说了算，情况多种多样。

其一，受几千年封建社会的影响，尤其是在广大农村中，许多家庭还是男人说了算。丈夫是大老爷们，是当然的户主。大事小事，老婆都得听丈夫的。这种情况正呈下降趋势。

其二，不少新婚家庭，女主人说了算。男人患“妻管炎”，发工资，如数交出；大事小事，请示而后行。这种情况，在大中城市，在青年段家庭中，颇为多见。

其三，AA制。名为成立家庭，实则是“生活合作社”。工资么，各自掌握，各花各的钱。你给公婆多少，我给娘家多少。孩子入幼儿园，入托费各出一半……这种家庭，也有。

其四，无制度，无定型。大事小事，不断争吵。你嗓门大，我嗓门更大。

这样过下去，家庭前途可想而知。

小二与丁生做得好。家庭一切事务，"谁的意见正确就听谁的"。如：

出走问题。小二时任"作战部长"，"主军务"，正红呢。丁生说"左道无济，止取灭亡"，小二"怃然为间，豁如梦觉"，毅然同意丁生意见，与白莲教、与家庭决裂，出走建立"小家"。这种大胆的"私奔"是正确的。

资金问题。要成家立业，需要经费。"丁甚忧之"，没办法。这种情况，听小二的主意，千两银子到手了。

这个小家庭，从初建到大发展，与"谁对听谁的"不无关系。

2. 家、国关系，二主角立足点很高。

前面我们阅读过的诸多爱情篇章，到终成眷属、夫妻恩爱过得好也就齐了。本文中这二位，素质似乎高出一等。他们不仅想到自己家过得好，还想到了村里，想到县邑，实际上是想到了国家。国富才能民强，这一点，是本文主题的突出亮点。

前些年荧屏上映电视剧《大染坊》，那是写我们山东周村、张店（今属淄博市）人学西方办工厂、织布染布的故事。本文中，小二、丁生开办琉璃厂，招工人数百，这正是当今淄博市玻璃工业的雏形。有"工人阶级"出现了，这在《聊斋》全书中也是领军的篇章。

说小二是一位几百年前工业生产萌芽时期的女强人、女企业家是不为过的。

人 物

本篇人物不多，主角只有二位。

1. 小二——"绝慧美"是她素质、形象的高度概括。"绝慧"，前面已讨论得很详细了，这里再说说她的"绝美"。

其一，她的美，是自小生就、邻里公认的，天生丽质。

其二，同窗丁生，与小二自幼相爱。为什么呢？她"绝美"呗。

其三，众寇来劫时，一人动手动脚，为什么呢？看小二太美了。

其四，村里"少年群居，私议其美"。迎面走来，都不敢仰视——"呦，天下竟有这等美丽的女子！"

2. 丁生——"文采风流"是对他智商、容貌的概括。他虽长小二三岁，相比之下，似乎只是小二的"助手"。其实不然。这出家庭喜戏，小二是"总导演"，丁生是"总策划"。

决定与白莲教断绝关系，离家出走，这关键的大主意是丁生出的。

小二赚富豪千两银子，丁生点头同意。

白莲教灭亡，长春的孩子怎么办？是"姑父"丁生拿钱将这三岁孩子赎出来，并使姓丁，"养为己出"，使赵家有后。

贪腐县令对这一致富之家"肉视之"，是丁生出面"以重赂啖"摆平的。

小二办厂，丁生任经理，"为之点籍唱名数焉"。

总之，没有丁生出主意，小二单枪匹马，事业不会干得这么漂亮。

语言

语言精练是本文的特色。

1. 单音字在文言语句中用得好。如：

小女子师事徐者六人。

事，对待。这六人像对待师父那样敬徐。

女知不可谏，乃易髻而鬟。

易，改变。原留披肩发，现改梳发鬟（古时女子梳发为鬟，表示出嫁了）。

遂收鸢，更以双卫。

更，更换。落地后，下鸢，改骑驴。

闭门静对，猜灯谜，忆亡书，以是角低昂。

角，角力，这里是比输赢。

2. 有些词要仔细品味。如：

凡纸兵豆马之术，一见辄精。

这是白莲教盅（gǔ）惑民众的歪门邪道。剪纸为马，撒豆成兵，谁信呢？

丁曰："我非妄意攀龙……"

攀龙附凤，指有意高攀、势利眼。

"左道无济，止取灭亡。"

无济，无济于事，是不会成功的。

施百架，则消灭罪愆。

罪愆，指罪孽。这里，判官在向翁家"募捐"。一座灯架，十两银子，百架呢，正好让他捐出一千两。

3. 文言语句，言简意赅（gāi）。如：

赵期以女字大家，故弗许。

这五个字在句中，包含许多意思。

暇辄与丁烹茗着弈，或观书史为乐。

你能将这两句话翻译成白话文吗？

26. 书痴

　　彭城郎玉柱，其先世官至太守，居官廉。得俸不治生产，积书盈屋。至玉柱尤痴。家苦贫，无物不鬻（yù），惟父藏书，一卷不忍卖。父在时，曾书《劝学篇》，粘其座右，郎日讽诵，又笼以素纱，惟恐磨灭。非为干禄，实信书中真有金粟。尽夜研读，无间寒暑。年二十余，不求婚配，冀卷中丽人自至。见宾亲，不知温凉，三数语后，则诵声大作，客逡（qūn）巡自去。每文宗临试，辄首拔之，而苦不得售。

　　一日方读，忽大风飘卷（juàn）去。急逐之，踏地陷足。探之，穴有腐草。掘之，乃古人窖粟，朽败已成粪土。虽不可食，而益信"千钟"之说不妄，读益力。一日，梯登高架，于乱卷中得金辇（niǎn）径尺。大喜，以为"金屋"之验。出以示人，则镀金而非真金，心窃怨古人之诳己也。居无何，有父同年，观察是道，性好佛。或劝郎献辇为佛龛（kān）。观察大悦，赠金三百、马二匹。郎喜，以为金屋车马皆有验，因益刻苦。然行年已三十矣，或劝之娶，曰："书中自有颜如玉，我何忧无美妻乎？"

　　又读二三年，迄无效，人咸揶揄（yé yú）之。时民间讹（é）言"天上织女私逃"，或戏郎："天孙窃奔，盖为君也！"郎知其戏，置不辩。一夕，读《汉书》至八卷，卷将半，见纱剪美人，夹藏其中。骇曰："书中颜如玉，其以此应之耶？"心怅然自失。而细视美人，眉目如生，背隐隐有细字，云"织女"，大异之。日置卷上，反复瞻玩，至忘食寝。一日，方注目间，美人忽折腰起，坐卷上微笑。郎惊绝，伏拜案下。既起，已盈尺矣。益骇，又

叩之。下几亭亭，宛然绝代之姝（shū）。拜问何神，美人笑曰："妾颜氏，字如玉，君固相知已久。日垂青盼，脱不一至，恐千载下，无复有笃（dǔ）信古人者。"郎喜，遂与寝处。然枕席间亲爱倍至，而不知为人。

　　每读，使女坐于其侧。女戒勿读，不听。女曰："君所以不能腾达者，徒以'读'耳。试观春秋榜上，读如君者几人？若不听，妾行去矣。"郎暂从之。少顷，忘其教，吟诵复起。逾刻索女，不知所在。神志丧失，跪而祷之，殊无影迹。忽忆所隐处，取《汉书》细检之，直至旧所，果得之。呼之不动，伏以哀祝，女乃下曰："君再不听，当相永绝！"因使治棋枰（píng）、樗蒲（chū pú）之具，日与遨戏，而郎意殊不属。觑（qù）女不在，则窃卷流览。恐为女觉，阴取《汉书》第八卷，杂溷（hùn）他所以迷之。一日读酣，女至，竟不之觉。忽睹之，急掩卷而女已亡矣。大惧，冥搜诸卷，渺不可得。既仍于《汉书》八卷中得之，页数不爽。因再拜祝，矢不复读。女乃下。与之弈，曰："三日不工，当复去。"至三日，忽一局赢女二子，女乃喜。授以弦索，限五日工一曲。郎手营目注，无暇他及，久之，随指应节，不觉鼓舞。女乃日与饮博，郎遂乐而忘读。女又纵之出门，使结客。由此倜傥之名暴著。女曰："子可以出而仕矣。"

　　郎一夜谓女曰："凡人男女同居则生子，今与卿居久，何不然也？"女笑曰："君日读书，妾固谓无益。今即'夫妇'一章，尚未了悟，'枕席'二字有功夫。"郎惊问："何功夫？"女笑不言。少间，潜迎就之。郎乐极，曰："我不意夫妇之乐，有不可言传者。"于是逢人辄道，无有不掩口者，女知而责之。郎曰："钻穴逾墙者，始不可以告人；天伦之乐，人所皆有，何讳（huì）焉？"过八九月，女果举一男，买媪抚字之。

　　一日谓郎曰："妾从君二年，业生子，可以别矣。久恐为君祸，悔之已晚。"郎闻言，泣下，伏不起，曰："卿不念呱呱者耶？"女亦悽然，良久曰："必欲留，当举架上尽散之。"郎曰："此卿故乡，乃仆性命，何出此言？"女不之强曰："妾亦知其有数，不得不预告耳。"先是亲族或窥见女，无不

書

癡

不信書中竟有魔玉顏

金屋兩無訛

祖龍一炬瑲由數也怪

癡兒福來多

骇绝，而又未闻其缔姻何家，共诘之。郎不能作伪语，但默不言。人益疑，邮传几遍，闻于邑宰史公。史闽人，少年进士。闻声倾动，窃欲一睹丽容，因而拘郎及女。女闻之，遁匿无迹。宰怒，收郎，斥革衣襟，梏（gù）械备加，务得女所自往。郎垂死无一言。械其婢，略能道其仿佛。宰以为妖，命驾亲临其家。见书卷盈屋，多不胜搜，乃焚之。庭中烟结不散，暝若阴霾（mái）。

郎既释，远求父门人书，得从辨复。是年秋捷，次年举进士。而衔恨切于骨髓，为颜如玉之位，朝夕而祝曰："卿如有灵，当佑我官于闽。"后果以直指巡闽。居三月，访史恶款，籍其家。时有中表为司理，逼纳爱妾，托言买婢寄署中。案既结，郎即日自劾（hé），取妾而归。

导读

《聊斋》书中爱情篇的男主角多为书生，他们饱读诗书，博学多才。那么，为什么单单本篇以"书痴"命题呢？

1. 苦读书初见回报。

说到"书痴"，郎玉柱并不孤单。前面《阿宝》中男主角孙子楚，就是他的"学兄"，被呼为"孙痴"。不同的是，孙生命好，到后来考取了功名，娶得了美妻，"黄金屋""颜如玉"都有了。郎生惨了，读出了灾难……

不过，前几年情况还好，苦读，有回报：

在古人窖中，发现了已败腐的粟米；

于高架书卷中，发现了径尺金辇，虽为镀金，但后来献与观察大人，观察"赠金三百、马二匹"；

民间的小道消息，传天上织女私奔，"盖为君也"。

蒲公选写了这些好兆头，使郎生沿着苦读的道路充满信心地走下去。

2. 书中颜如玉，及时到来。

年过三十了，"书中自有颜如玉，我何忧无美妻乎"？郎生坚定不移。这一天终于等到，颜如玉现身了。作为妻子，她给郎生以三方面的帮助：

其一，开展文娱活动。治棋枰、樗蒲（类似掷色子游戏），带他玩；三日学一招棋，五日练一首曲，教他乐。"郎遂乐而忘读。"

其二，启发他懂得夫妻生活，喜得一子。

其三，告诫他，社会黑暗，像他这样一心苦读的人，会有灾难等着呢。不幸，果然被妻子言中，县宰施威，郎生家破人亡。

3. 结尾还好，郎生得以报仇雪恨。

善有善报，恶有恶报；三十年河东，三十年河西。郎生苦读终有出头之日。举进士，任巡抚，直察福建。访调恶县宰，"籍其家"，奇冤得以昭雪。然而颜如玉是回不来了。经表哥介绍，纳一妾（旧时，妻、妾地位有很大的区别），把日子接着过下去。

颜如玉在天有灵，也会得到安慰的。

结构

本文事件大起大落，条理清楚。

1. 它的提纲是这样的：

开头，第一段，"郎生"。

中间部分，二至六段，包括"有验""得妻""教导""枕席"和"灾难"。

结尾，第七段，"雪恨"。

2. "得妻"段，小层次安排得很好。

首先，先点出民间流言，"天上织女私逃""天孙窃奔，盖为君也"。这是造舆论。

接下来，郎生读到《汉书》八卷，真发现"纱剪美人，夹藏其中"。

一日，"美人忽折腰起，坐卷上微笑"。

郎生伏拜，美人下几，亭亭玉立，绝代之姝。就这样，无须媒证，妻子到家了。

主题

"书中自有黄金屋，书中自有颜如玉"，这是本文的总纲。文中写主角郎生自幼苦读，寒暑无间，到了"书痴"的程度。结果呢，大半生过去了，"家苦贫，无物不鬻"；"文宗临试，苦不得售"。黄金屋在哪里呢？没有。可幸天公有眼，颜如玉真来了。但生活幸福吗？大难降临，家破人亡。

蒲公自称他的《聊斋》是"孤愤之书"，一点不假。尽管文中字里行间看得出他是站在歌颂苦读立场的，但那是反话正说。他告诫我们的是：在那黑暗的封建社会，老老实实终生攻读的人，傻，没用，是没有好下场的。这正是他的孤愤之言。

那么，在新时代的生活中，我们应该怎样解读"黄金屋、颜如玉"这一观点呢？情况是复杂的。要深刻理解本文主题，需要从多方面去观察、思考。

其一，当代青年，肩负重任。不要仅仅把追求"黄金屋、颜如玉"作为生活目标，否则眼光太短浅了。我们自幼刻苦用功，是为了实现"中国梦"，为了中华民族的伟大复兴，这是几千年来中华民族家家户户的梦想。文中蒲公难于直言的"书痴有理""书痴可敬"，道理正在这里。

其二，"黄金屋、颜如玉"之说，是出于宋代皇帝之口，统治者希望青年人不要关心国家大事，一心苦读成"痴"，这样的人好利用、好管理。这与我们今天提倡的"为中华崛起而读书"，完全是两码事。

其三，旧时代是男权社会，"颜如玉"的提法，是男人的专利。女人呢？

女人不要读书，"女子无才便是德"，这是不值一驳的谬论。

其四，那么，在如今的生活中，我们反对"黄金屋、颜如玉"的说法吗？也不是。家和万事兴，民智国才强。我们国家需要无数博学多才的读书人来建设。男女青年，谁学问大，谁贡献多，国家当然要给以较高的生活待遇，异性朋友当然会投以真诚的爱慕目光。只要你干得出色，"黄金屋、颜如玉"之梦必成现实。

其五，这几年，全民阅读之风正在神州大地兴起。让我们从郎生身上借点"痴"劲，手不释卷，从阅读中增长才干吧。

这样全面看来，今天我们阅读《书痴》，还是很有必要、完全应该的。

人 物

本文人物少，二位主角的形象都很鲜明。

1.书生郎玉柱，主要通过写动作和语言，突出那个"痴"字：

家苦贫，"惟父藏书，一卷不忍卖"。

父写的《劝学篇》，粘为座右铭。

"年二十余，不求婚配，冀卷中丽人自至"。

得朽粟、得镀金辇，信以为真。

一夕，发现卷中有纱剪美人，一拜再拜，至忘食寝，终于得到美妻。

然枕席间亲爱倍至，"而不知为人"。

在妻子开导下，明白了"夫妻"之事，上街到处宣讲。"天伦之乐，人所皆有，何讳焉？"

说他"痴"吗？却有三点反证：

其一，被恶宰捕后，"梏械备加，务得女所自往。郎垂死无一言。"硬汉！

其二，雪恨后，看破社会黑暗，自劾归里。明白！

其三，心系颜妻，不再娶，纳妾度日。钟情！

我们面前，就是这样一位可爱的傻书生。

2. 神女颜如玉，虽为神话人物，写得也十分动人：

为郎生之情所感动，主动下卷现身。

外貌么，"下几亭亭，宛然绝代之姝"。

智商高，对当年科举制度看得透。劝郎生的话，掷地有声："君所以不能腾达者，徒以'读'耳。""试观春秋榜上，读如君者几人？"

多才多艺，教郎生下棋、弹琴。

尽妻子之责，为郎生"举一男"。

这样的神女贤妻，郎生怎能忘情？

语言

本篇语句中文言成分适中，不难读。

1. 单音字在文言语句中用得好。如：

每文宗临试，辄首拔之，而苦不得售。

售，"推销"自己。不得售，自己虽积极报考，却总是不被考官看中，不被录取。

然枕席间亲爱倍至，而不知为人。

人，这里指男人、丈夫。

共诘之，郎不能作伪语。

伪，假的。不能作伪语，即不会随机应变说点假话。

居三月，访史恶款，籍其家。

款，这里不是指史宰贪来的钱。款，指条款，指掌握了史宰作恶的一系列罪证。

99

2. 要正确理解文言句中的字、词关系。如：

得俸不治生产。

生产，这个词谁还不懂？而这里却不是我们通常说的"工业、农业生产"。不治生产，是说不购置田地、马匹等。

女曰："君所以不能腾达者……"

腾达，指发迹，即飞黄腾达的意思。

人益疑，邮传几遍，闻于邑宰史公。

几遍，不是一遍、两遍、三遍的意思。这两个字是两个词。几，几乎；遍，传遍。

……后果以直指巡闽。

我们常说某事后果如何，这里不是这个意思。这也是两个词，后来，果然。

3. 重点语句有分量。如：

"试观春秋榜上，读如君者几人？"

这一句，直击主题，太深刻太沉重了。蒲公下笔行文，写着写着，把自己写进去了。这么一位时代的领军文豪，大半辈子应考，"苦不得售"啊！这句话，是多年来一直压在他心头的巨石。

当妻子说"要免祸，必须毁掉全部藏书"时，郎曰："此卿故乡，乃仆性命，何出此言？"这里，故乡，用得十分精准；性命，分量重过千斤。这样的语句，我们必须"吃"透。

27. 青梅

　　白下程生，性磊落，不为畛（zhěn）畦。一日自外归，缓其束带，觉带端沉沉，若有物堕。视之，无所见。宛转间，有女子从衣后出，掠发微笑，丽绝。程疑其鬼。女曰："妾非鬼，狐也。"程曰："倘得佳人，鬼且不惧，而况于狐！"遂与狎。二年生一女，小字青梅。每谓程："勿娶，我且为君生男。"程信之，遂不娶。戚友共诮（qiào）姗之，程志夺，聘湖东王氏。狐闻之怒，就女乳之，委于程曰："此汝家赔钱货，生之、杀之，俱由尔，我何故代人作'乳媪'乎！"出门径去。

　　青梅长而慧，貌韶秀，酷肖（xiào）其母。既而程病卒，王再醮（jiào）去，青梅寄食于堂叔。叔荡无行，欲鬻（yù）以自肥。适有王进士者，方候铨（quán）于家，闻其慧，购以重金，使从女阿喜服役。喜年十四，容华绝代，见梅忻悦，与同寝处。梅亦善候，能以目听，以眉语，由是一家俱怜爱之。

　　邑有张生字介受，家窭（jù）贫，无恒产，税居王第。性纯孝，制行不苟，又笃（dǔ）于学。青梅偶至其家，见生据石啖（dàn）糠粥；入室与生母絮语，见案上具豚（tún）蹄焉。时翁卧病，生入抱父而私。便液污衣，翁觉之而自恨。生掩其迹，急出自濯（zhuó），恐翁知。梅以此大异之，归述所见，谓女曰："吾家客，非常人也。娘子不欲得良匹则已，欲得良匹，张生其人也。"

　　女恐父厌其贫，梅曰："不然。是在娘子，如以为可，妾潜告，使求伐

青梅

何幸鶼鬌匹窜官
更欣舊主共團欒
甘居妾騰韓當夕
難浄青梅味不酸

焉。夫人必召商之，但应之曰"'诺也'，则谐矣。"女恐终贫为天下笑。梅曰："妾自谓能相天下士，必无谬（miù）误。"明日，往告张媪。媪大惊，谓其言不祥。梅曰："小姐闻公子而贤之也，妾故窥其意以为言。冰人往，我两人袒（tǎn）焉，计合允遂。纵其否也，于公子何辱乎？"媪曰："诺。"乃托侯氏卖花者往。夫人闻之而笑，以告王。王亦大笑，唤女至，述侯氏意。女未及答，青梅亟（jí）赞其贤，决其必贵。夫人又问曰："此汝百年事，如能啜（chuò）糠核也，即为汝允之。"女俯首久之，顾壁而答曰："贫富命也。倘命之厚，则贫无几时，而不贫者无穷期矣；或命之薄，彼锦绣王孙，其无立锥（zhuī）者岂少哉？是在父母。"初，王之商女也，将以博笑，及闻女言，心不乐曰："汝欲适张氏耶？"女不答，再问，再不答。怒曰："贱骨，了不长进，欲携筐作乞人妇，宁不羞死！"女涨红气结，含涕引去。媒亦遂奔。

　　青梅见不谐，欲自媒。过数日，夜诣生。生方读，惊问所来，词涉吞吐。生正色却之，梅泣曰："妾良家子，非淫奔者。徒以君贤故，愿自托。"生曰："卿爱我，谓我贤也。昏夜之行，自好者不为，而谓贤者为之乎？夫始乱之而终成之，君子犹曰不可，况不能成，彼此何以自处？"梅曰："万一能成，肯赐援拾否？"生曰："得人如卿，又何求？但有不可如何者三，故不敢轻诺耳。"曰："若何？"曰："卿不能自主，则不可如何；即能自主，我父母不乐，则不可如何；即乐之，而卿之身值必重，我贫不能措，则尤不可如何。卿速退，瓜李之嫌，可畏也！"梅临去，又嘱曰："君倘有意，乞共图之。"生诺。

　　梅归，女诘所往，遂跪而自投。女怒其淫奔，将施扑责。梅泣白无他，因而实告。女叹曰："不苟合，礼也；必告父母，孝也；不轻然诺，信也。有此三德，天必佑之，其无患贫也已。"既而曰："子将若何？"曰："嫁之。"女笑曰："痴婢能自主耶？"曰："不济，则以死继之。"女曰："我必如所愿。"梅稽首而拜之。

又数日，谓女曰："曩（nǎng）而言之戏乎，抑果欲慈悲也？果尔则尚有微情，并祈垂怜焉。"女问之，答曰："张生不能致聘，婢子又无力可以自赎，必取盈焉，嫁我犹不嫁也。"女沉吟曰："是非我之能为力矣。我曰嫁汝，且恐不得当，而曰必无取值焉，是大人所必不允，亦余所不敢言也。"青梅闻之，泣数行下，但求怜拯。女思良久，曰："无已，我私蓄数金，当倾囊相助。"梅拜谢，因潜告张。张母大喜，多方乞贷，共得如干数，藏待好音。

会王授曲沃宰，喜乘间告母曰："青梅年已长，今将莅（lì）任，不如遣之。"夫人固以青梅太黠（xiá），恐导女不义，每欲嫁之，而恐女不乐也，闻女言甚喜。逾两日，有佣保妇白张氏意，王笑曰："是只合耦婢子，前此何妄也！然鬻媵（yìng）高门，价当倍于曩昔。"女急进曰："青梅侍我久，卖为妾，良不忍。"王乃传语张氏，仍以原金署券，以青梅嫔（pín）于生。入门，孝翁姑，曲折承顺，尤过于生；而操作更勤，餍（yàn）糠秕（bǐ）不为苦。由是家中无不爱敬青梅。梅又以刺绣作业，售且速，贾（gǔ）人候门以购，惟恐弗得。得资稍可御穷。且劝勿以内顾误读，经纪皆自任之。

因主人之任，往别阿喜。喜见之，泣曰："子得所矣，我固不如。"梅曰："是何人之赐，而敢忘之？然以为不如婢子，恐促婢子寿。"遂泣相别。

王如晋，半载，夫人卒，停枢（jiù）寺中。又二年，王坐行赇（qiú）免，罚赎万计，渐贫不能自给，从者逃散。是时，疫大作，王染疾亦卒。惟一媪从女，未几，媪亦卒，女伶仃益苦。有邻妪（yù）劝之嫁，女曰："能为我葬双亲者，从之。"媪怜之，赠以斗米而去。半月复来，曰："我为娘子极力，事难合也，贫者，不能为尔葬；富者，又嫌子为陵夷嗣。奈何！尚有一策，但恐不能从也。"女曰："若何？"曰："此间有李郎，欲觅侧室，倘见姿容，即遣厚葬，必当不惜。"女大哭曰："我缙绅裔而为人妾也耶！"媪无言遂去。日仅一餐，延息待价。

居半年，益不可支。一日媪来，女泣告曰："困顿如此，每欲自尽。犹

恋恋而苟活者，徒以有两柩在。己将转沟壑（hè），谁收亲骨者？故思不如依汝所言也。"媪于是导李来，微窥女，大悦，即出金营葬。双椊（huì）具举已，乃迎女去。入参冢（zhǒng）室，冢室故悍妒，李初未敢言"妾"，但托买婢。及见女，暴怒，杖逐而去，不听入门。女披发零涕，进退无所。有老尼过，邀与同居。女喜，从之。至庵中，拜求祝发。尼不可，曰："我视娘子，非久卧风尘者。庵中陶器脱粟，粗可自支，姑寄此以待之，时至，子自去。"居无何，市中无赖窥女美，辄打门游语为戏，尼不能制止，女号泣欲自死。尼往求吏部某公，揭示严禁，恶少始稍敛迹。后有夜穴寺壁者，尼惊呼始去。因复告吏部，捉得首恶者，送郡笞（chī）责，始渐安。

又年余，有贵公子过庵，见女惊绝，强尼通殷勤，又以厚赂啗尼。尼婉语之曰："渠簪（zān）缨胄（zhòu），不甘媵御。公子且归，迟迟当有以报命。"既去，女欲乳药求死。夜梦父来，疾首曰："我不从汝志，致汝至此，悔之已晚。但缓须臾（yú）勿死，夙愿尚可复酬。"女异之。天明盥（guàn）已，尼望之而惊曰："睹子面，浊气尽消，横逆不足忧也。福且至，勿忘老身矣！"语未已，闻叩户声。女失色，意必贵家奴。尼启扉果然。奴骤问所谋，尼甘语承迎，但请缓以三日。奴述主言，事若无成，俾尼自复命。尼唯唯敬应，谢令去。女大悲，又欲自尽，尼止之。女虑三日复来，无词可应。尼曰："有老身在，斩杀自当之。"

次日方晡（bū），暴雨翻盆。忽闻数人挝（zhuā）户大哗，女意变作，惊怯不知所为。尼冒雨启关，见有香舆停驻，女奴数辈，捧一丽人出，仆从煊（xuān）赫，冠盖甚都。惊问之，云："是司理内眷，暂避风雨。"导入殿中，移榻肃坐。家人妇群奔禅房，各寻休憩（qì），入室见女，艳之，走告夫人。无何，雨息。夫人起，请窥禅室。尼引睹女，骇绝，凝眸（móu）不瞬。女亦顾盼良久。夫人非他，盖青梅也。各失声哭。因道行踪，盖张翁疾故，生起复后，连捷，授司理。生奉母之任后，移诸眷口。女叹曰："今日相看，何啻（chì）霄壤！"梅笑曰："幸娘子挫折无偶，天正欲我两人完聚耳。倘非阻雨，何以有此邂逅？此中具有鬼神，非人力也。"乃取珠冠锦

衣，催女易妆。女俯首徘徊，尼从中赞劝之。女虑同居，其名不顺，梅曰："昔日自有定分，婢子敢忘大德！试思张郎，岂负义者？"强妆之，别尼而去。

抵任，母子皆喜。女拜曰："今无颜见母。"母笑慰之，因谋择吉合卺（jǐn）。女曰："庵中但有一丝生路，亦不肯从夫人至此。倘念旧好，得受一庐，可容蒲团足矣。"梅笑而不言。及期，抱艳妆来，女左右不知所可。俄闻鼓乐大作，女益无以自主。梅率婢媪强衣之，挽扶而出。见生朝服而拜，遂不觉盈盈而亦拜也。梅曳入洞房，曰："虚此位以待君久矣！"又顾生曰："今夜得报恩，可好为之。"返身欲去，女捉其裾（jū）。梅笑云："勿留我，此不能相代也。"解指脱去。

青梅事女谨，莫敢当夕，而女终惭沮不自安，于是母命相呼以"夫人"，然梅终执婢妾礼，罔敢懈。三年，张行取入都，过尼庵，以五百金为尼寿。尼不受，固强之，乃受二百金，起大士祠，建王夫人碑。后张仕至侍郎。程夫人举二子一女，王夫人四子一女。张上书陈情，俱封夫人。

![导读]

阅读这篇，使我想到前面那篇《婴宁》。青梅与婴宁，都是人间父、狐仙母所生，身上都有狐仙的基因，都聪慧异常。不过，二人的生活轨迹迥然不同。这正是蒲公选材能力的过人之处。

本文故事情节曲折，内容亮点很多：

1.青梅命苦，沦落为婢。

故事开头不悲惨。父母有缘相遇，生下青梅，按今日的观点看，三口之家日子多好啊！然而，青梅被无行的堂叔卖给王进士家为婢女。

2.知张纯孝，先让小姐。

青梅太认命、太自卑了。她发现在王进士家租房住的张生，"性纯孝""笃于学""妾自谓能相天下士"，料定张生必有美好的未来。面对这样一位有为青年，怎么办呢？她先让给小姐王喜。张家窭贫，说服了小姐，王进士夫妇坚决不同意。小姐日后的苦难，是由她父母造成的。

3. 小姐相助，自谋嫁张。

这一步，太关键了。青梅当时身为婢女，无自由，无钱财，尽管与张生情投意合，勇敢自媒，但好事难成。这时，小姐把本属于自己的丈夫让给青梅，"倾囊相助"，成全了这桩婚事。"大恩必报"，青梅深深记下了小姐的恩德。

4. 小姐命苦，连遭三难。

青梅嫁给张生随他走了。王进士家败人亡，苦难落到了小姐王喜身上。

5. 姐妹情深，团聚包容。

"曲径"虽长，终有"通幽"之日。青梅、王喜二姐妹重逢了。昔日"倾囊相助"的大恩，青梅与张生夫妇二人都没有忘记。事情的结果是一夫二妻，共生六子二女。以今天的情理看，这是不可理解、不能提倡的。但是，故事发生在几百年前的旧时代，在那种背景下，青梅、王喜和张生三人能做到这一点，实属难得。特别是主角青梅，感恩的情怀、包容的风度都令人敬佩。

结构

1. 本文从内容来看，以"上、下集"分段，较为妥当。

上集："你不嫁，我嫁。"这集包括一至八段："出生""为婢""赞张""不谐""三不""三德""相助"和"婚成"。

下集："你来了，我让。"这集包括九至十五段："泣别""遭难一""遭难二""遭难三""完聚""强婚"和"善果"。

2. 从内容和语言看，"赞张""三不""三德"和"强婚"四段更为精彩。

这四段中，内容直叩主题，语言表达力极强，这在全书中都是顶级的。人们在阅读过程中交谈心得体会，这四段必是议论重点。因此，大家在精读时应反复思考、用心领会。

看《聊斋》全卷，写男女青年的爱情、"歌颂婚姻自主"是共同主题，本文也是这样。苦命的青梅在人生舞台上能以喜剧落幕，"不畏坎坷，走自己的路"是决定因素。

在这一总主题的统领下，本文有几个方面的表达是感人至深，值得细致探讨的。

第一，关于对青梅素质的评价。

文中主角青梅，在上、下两集中，其品格有常人难以企及之处，表现在：

在不能自主的情况下，"我自主了"，勇敢；

在能自主的情况下，"我礼让了"，真情。

怎么讲呢？

上集中，青梅的身份是王家的婢女。她想自主嫁张生，太难了。既没权，又没钱，在那等级森严的时代，连主子都做不到的事，婢女要做，简直是异想天开。但是，她"异想"了——王喜问时，她勇敢地说"嫁之"，"不济，则以死继之"。勇敢力争的结果，"天开"了。

下集中，青梅的身份已是高官夫人。再见王喜时，怎样安排她的生活，青梅有权说了算。张生已官升司理，在他手下任选一位七品县令配王喜，也算报恩，也是说得过去的，但是青梅不。她将"正房"位置让给王喜，自己当"侧室"。这真情，在当时可算达到极致了。

第二，主要职责是宣扬真善美。

真、善、美三者是一致的，基点是"真"。文中对青梅与王喜二人之间的真情，表达得感人肺腑。

嫁张生，王喜内心是同意的，但她性情柔弱，拗不过父母之命。怎么办？青梅要嫁，她出于真心，"倾囊相助"。

让王喜，青梅也是出于真心。"抱艳妆来"，"鼓乐大作"，拜天地，入洞房。"虚此位以待君久矣"，这完全是心窝里的话。

第三，该文主线除写爱情外，也写了真切的亲情、友情。

人一生中，除爱人、亲人，还能有几位知己的朋友十分难得。本文后面，蒲公引用了当年名家王渔洋的一段评语：

天下得一知己，可以不恨，况在闺阁耶。青梅，张之知己也；而王女者，又能知青梅。事妙文妙，可以传矣！

这一评价，精准、深刻。

人物

文中三位主角，青梅与王喜，前面已说得不少。张生，还有几位配角，也要说说。

张生，一直处在"被动"位置，但在素质上他是一位真正的"美男"，这是无疑的。

家境那么贫苦，双亲老弱多病，他不急于娶妻，着力"笃于学"，这很难得。

父卧病，"便液污衣"，张生来洗；自己吃糠粥，母亲吃猪蹄。百善孝为先，像这样至孝的儿子，怎么赞扬他都不为过。

对青梅，他是由衷爱慕的。"得人如卿，又何求？"假如日后没再遇到王喜，那么张生与青梅二人白头偕老，那是肯定的。

对王喜，他感恩。当年没有王喜救助，他和青梅难以成婚。

在那个时代，张生的确是好青年。

老尼，也得说几句。这位老阿姨，自身命苦为尼，却那么助人为乐。她也是王喜的知己。生死关头，老人家对王喜说："有老身在，斩杀自当之。"这话，何等慷慨！

还有一位老人，在文中绝对是"次角"，但必须点赞一番，他就是张父。老人家卧病在床，生活不能自理。儿子伺候时，"便液污衣，翁觉之而自恨"。只这一句自责的话，道出了张生美德的来源——良好的家风使然，是父亲的身教培养了儿子。

语言

本文语言十分精彩，亮点太多了。

1. 单音字在文言语句中用得好。如：

程志夺，聘湖东王氏。

志夺，是被别人嘲笑，改变了原来主意。

梅曰："妾自谓能相天下士。"

相，由"相面"引出，指看透、了解。

青梅亟赞其贤，决其必贵。

决，认准了，料定。

夫人固以青梅太黠，恐导女不义。

导，引导。夫人担心女儿被青梅带坏了。

2. 下面句中的单音字，你能悟出它们的意思吗？

叔荡无行，欲鬻以自肥。

是时，疫大作，王染疾亦卒。

尼甘语承迎，但请缓以三日。

母命相呼以"夫人"，然梅终执婢妾礼。

3. 无主句显得更简练。如：

过数日，夜诣生。

谁夜晚到张生家？青梅。这里，省掉主语，简练。不影响阅读。

4. 重点语句道理分析透彻，逻辑性强，是本文语言精华所在。如：

其一，王喜反驳父亲的话。

"贫富命也。倘命之厚，则贫无几时，而不贫者无穷期矣；或命之薄，彼锦绣王孙，其无立锥（zhuī）者岂少哉？"

其二，初，张生拒绝青梅的话。

"但有不可如何者三……卿不能自主，则不可如何；即能自主，我父母不乐，则不可如何；即乐之，而卿之身值必重，我贫不能措，则尤不可如何。"

其三，王喜知情后，赞张生的话。

"不苟合，礼也；必告父母，孝也；不轻然诺，信也。有此三德，天必佑之。"

这类充满辩证思维的哲理语言，在全书四百多篇文章中极为少见。这是蒲公语言运用的顶级功力，我们今天读来仍很实用。

28. 画皮

太原王生，早行，遇一女郎抱袱独奔，甚艰于步。急走趁之，乃二八姝（shū）丽，心相爱乐，问："何夙夜踽踽（jǔ）独行？"女曰："行道之人，不能解愁忧，何劳相问。"生曰："卿何愁忧？或可效力不辞也。"女黯然曰："父母贪赂，鬻（yù）妾朱门。嫡（dí）妒甚，朝詈（lì）而夕楚辱之。所弗堪也，将远遁耳。"问："何之？"曰："在亡之人，乌有定所。"生言："敝庐不远，即烦枉顾。"女喜从之。生代携袱物，导与同归。女顾室无人，问："君何无家口？"答云："斋耳。"女曰："此所良佳。如怜妾而活之，须秘密，勿泄。"生诺之。乃与寝合，使匿密室，过数日而人不知也。

生微告妻。妻陈，疑为大家媵（yìng）妾，劝遣之。生不听。偶适市，遇一道士。顾生而愕，问何所遇，答言："无之。"道士曰："君身邪气萦绕，何言无？"生又力白。道士乃去，曰："惑哉，世固有死将临而不悟者！"生以其言异，颇疑女。转思，明明丽人，何至为妖？意道士借厌禳（ráng）以猎食者。

无何，至斋门，门内杜，不得入。心疑所作，乃逾垝（guǐ）垣，则室门亦闭。蹑迹而窗窥之，见一狞鬼，面翠色，齿巉巉（chán）如锯，铺人皮于榻上，执彩笔而绘之。已而掷笔，举皮，如振衣状，披于身，遂化为女子。睹此状，大惧，兽伏而出。

急追道士，不知所往。遍迹之，遇于野。长跪乞救，道士曰："请遣除之。此物亦良苦，甫能觅代者，予亦不忍伤其生。"乃以蝇拂（fú）授生，

112

畫文

蓺者羅刹
愛西施不
委蛾眉樣
入時如斗
研皮外以骨
蘭中包
相戕秦之

113

令挂寝门。临别，约会于青帝庙。

生归，不敢入斋，乃寝内室，悬拂焉。一更许，闻门外戢戢（jí）有声，自不敢窥也，使妻窥之。但见女子来，望拂子不敢进，立而切齿，良久乃去。少时复来，骂曰："道士吓我，终不然宁入口而吐之耶！"取拂碎之，坏寝门而入，径登生床，裂生肚，掬（jū）生心而去。妻号，婢入，烛之，生已死，腔血狼藉。陈骇涕不敢声。

明日，使弟二郎奔告道士。道士怒，曰："我固怜之，鬼子乃敢尔！"即从生弟来，女子已失所在。既而仰首四望，曰："幸遁未远。"问："南院谁家？"二郎曰："小生所舍也。"道士曰："现在君舍。"二郎愕然，以为未有。道士问曰："曾否有不识者一人来？"答曰："仆赴青帝庙，良不知，当归问之。"少顷而返，曰："果有之。晨间一妪来，欲佣为仆家操作，室人止之，尚在也。"道士曰："即是物矣。"遂与俱往。仗木剑，立庭心，呼曰："业魅，偿我拂子来！"妪在室，惶遽无色，出门欲遁。道士逐击之，妪仆，人皮划然而脱，化为厉鬼，卧嗥如猪。道士以木剑枭（xiāo）其首，身变作浓烟，匝（zā）地作堆。道士出一葫芦，拔其塞，置烟中。飀（liú）飀然如口吸气，瞬息烟尽。道士塞口入囊。共视人皮，眉目手足，无不备具。道士卷之，如卷画轴声，亦囊之。

乃别欲去，陈氏拜迎于门，哭求回生之法。道士谢不能。陈益悲，伏地不起。道士沉思曰："我术浅，诚不能起死。我指一人，或能之。往求必合有效。"问何人，曰："市人有疯者，时卧粪土中。试叩而哀之。倘狂辱夫人，夫人勿怒也。"

二郎亦习知之，乃别道士，与嫂俱往。见乞人颠歌道上，鼻涕三尺，秽（huì）不可近。陈膝行而前。乞人笑曰："佳人爱我乎？"陈告之故。又大笑曰："人尽夫也，活之何为？"陈固哀之，乃曰："异哉！人死而乞活于我，我阎摩耶？"怒以杖击陈。陈忍痛受之。市人渐集如堵。乞人咯痰唾盈把，举向陈吻曰："食之！"陈红涨于面，有难色，既思道士之嘱，

114

遂强啖（dàn）焉。觉入喉中，硬如团絮，格格而下，停结胸间。乞人大笑曰："佳人爱我哉！"遂起行已不顾。尾之，入于庙中，追而求之，不知所在。前后冥搜，殊无端兆，惭恨而归。

既悼夫亡之惨，又悔食唾之羞，俯仰哀啼，但愿即死。方欲展血敛尸，家人伫（zhù）望，无敢近者。陈抱尸收肠，且理且哭。哭极声嘶，顿欲呕，觉鬲（gé）中结物，突奔而出，不及回首，已落腔中。惊而视之，乃人心也。在腔突突犹跃，热气腾蒸如烟焉。大异之，急以两手合腔，极力抱挤，少懈，则气氤氲（yīn yūn）自缝中出，乃裂缯（zēng）帛急束之。以手抚尸，渐温。覆以衾裯（chóu），中夜启视，有鼻息矣。天明，竟活，为言恍惚若梦，但觉心隐痛耳。视破处，痂结如钱，寻愈。

导读

这则故事名气大，是全卷书中响当当的篇章。自新中国成立后几十年间，它太"火"了。这一点，在《聊斋》四百多篇文章中它名列榜首，恐怕连蒲公当年都没料到。怎么讲呢？在具体地分析选材特色之前，让我们先就《画皮》响当当的程度议论一番吧。

其一，在20世纪六七十年代，语文教材的编选工作受当时政治气候的制约，古典文学的篇章入选不多。名著中，像《水浒》中的《武松打虎》《三国演义》中的《草船借箭》，都在入选之列。《聊斋》呢，不知道为什么，在编教材的各位专家心目中，似乎低了一等，入选不多。但是，就在这种情况下，连各省市自编教材在内，《画皮》是必选的。即使是只选一篇，也非它莫属。这还不响当当吗？

其二，既然入选语文教材，那么几十年两代人，是人人都必读过《画皮》的。回想起来，我所任教的北京第一实验小学是一所名校，师资水平不低。在

几十位中青年教师中，通读过《聊斋》全卷的，我敢说，只有我一人。那么其他人就不了解《聊斋》了吗？不，人人都学过《画皮》的。我想，全社会的情况也差不多一样。这就形成了《画皮》人人读过、家喻户晓的情况。《聊斋》是怎样的一部著作呢？"厉鬼狰狞，十分可怕，有为青年，不要读的。"这一误解，严重地影响了几代人啊！

其三，学术界拨乱反正后，记得在一次讨论语文教材的编审会上，一位老专家情绪激昂，大声疾呼："《画皮》这篇，负面影响太大，一定要从教材中撤下来！"与会的人有的点头，有的陷入沉思中。还有一位很幽默，哼诵了作词名家乔羽为系列剧《聊斋》写的主题曲："你也说《聊斋》，我也说《聊斋》，喜怒哀乐一起那个都到心头来。鬼也不是鬼，怪也不是怪，牛鬼蛇神它倒比正人君子更可爱……"人们畅所欲言，《画皮》成了讨论的焦点。

其四，依我看，问题还是全面理解为好。《画皮》不可能再"一枝独秀"，但作为"一个方面"，还是可以阅读的。当青年一代读过《阿宝》《聂小倩》《青凤》《白秋练》之后，再读《画皮》，也是必要的。"鬼也不是鬼"，本是人间事。前面《席方平》中，贪鬼厉卒还少吗？今天，在大家全面阅读《聊斋》各篇章时，《画皮》的负面作用已不复存在。大家说，是不是这种情况呢？

基于以上分析，我们还是学学《画皮》吧。

从选材功力看，本文很有特色：

1.苍蝇不叮无缝的蛋。

文中厉鬼，以画皮搞两面派害人，太可恶了！然而，它为什么就极受欢迎进入王生的斋房里呢？是王生主动"引鬼入室"的。俗话说，"苍蝇不叮无缝的蛋"。你王生，家有妻室，为什么在路上见了"二八姝丽"，"心相爱乐"呢？结了婚的男人，若是这样的素质，街上每天美女如云，你还迈得开步吗？这种人，即使没遇上画皮厉鬼，说不定哪天也得走进监狱大门的。王生品质低下，给了厉鬼作恶的机会。

2.道士心慈手软，王生丢了性命。

116

以魔法手段而论，道士是可以制服厉鬼的。但是，第一回合，他输了，输在犯了两个错误上：一、道士对厉鬼害人的罪恶认识不足。"此物亦良苦"，"予亦不忍伤其生"，他有几分同情厉鬼，对敌不狠。二、轻敌，措施软弱，只给一把蝇拂令王生挂于寝门，法力不够。因而厉鬼毁蝇拂，杀王生。王生这种已知危险、求人帮助，而助者轻敌、措施不力的情况生活中也是有的。

3."疯人"乞丐，助王生起死回生。

道士在第二回合中表现不错，对敌态度坚决，措施得力，使厉鬼化为烟雾并收入葫芦中。然而，王生还开膛破肚躺在床上呢，怎么办？道士说"我术浅，诚不能起死"。他推荐了一位市上的疯丐，这个人物的安排出人意料。陈氏苦苦哀求，疯丐再三考验。当他确认陈氏是诚心诚意救丈夫时，他施展高超法术，赠以人"心"，使王生复活。这一内容的选择，精巧生动，使故事圆满收场。

4.美与丑，要透过形象看本质。

文中厉鬼与疯丐，二者形成鲜明对比。

厉鬼披上画皮，"乃二八姝丽"，令王生"心相爱乐"。疯丐呢，"鼻涕三尺"，在市上"时卧粪土中"，对陈氏百般羞辱，令人不堪忍受。这些只是表面现象。实质呢？"美女"杀了王生，"疯丐"使人复活。这样的内容情节，给我们的印象是十分深刻的。

结构

本文按时间、地点顺序写来，条理清楚。

1.拟小标题，全文结构是这样的：

开头，第一段，"入室"。

中间部分，二至八段，包括"惑哉""识鬼""乞救""遇害""除恶""指

点"和"仙助"。

结尾，第九段，"复活"。

2.有几段描写特色鲜明：

"入室"段，时、地、人、事交代清楚；人物对话精彩，情节细致。

"除恶"段，小层次分明；除恶过程写得紧张、生动。

"仙助"段，神话色彩浓烈；描写逼真，可读性强。

3.为什么要这样安排结尾呢？

王生，按其表现，厉鬼已除，他死了也就算了。但考虑到表达主题，他尽管素质低劣，总算"人民"一方成员。道士指点，陈氏拼搏，二郎相助，疯丐施法，大家一齐尽心相救，还是让他活了的好。复活后，王生应认真写一篇书面检查，今后可要改邪归正才是。

主题

厉鬼，狡诈得很，披上画皮就是二八姝丽；凶恶得很，露出狰狞面目就能杀人取心。对待这样的厉鬼，大家必须团结一心，全力搏杀，战而胜之。受它假面欺骗，对它存有慈心，都是危险的。认清厉鬼真实面目，识别王生致命弱点，正是本文的主题。

在主题表达上，文中有几处情节写得太逼真、太深刻了。

其一，厉鬼披上画皮，迷人魔力真不低。先从外貌上看，以"二八姝丽"走在路上，十分抢眼。"父母贪赂，鬻妾朱门"，"嫡妒甚，朝詈而夕楚辱之"，说得可怜。"在亡之人，乌有定所"，这个"坑"正适合王生往里跳。

其二，道士"除恶"，步步深入，层次分明。首先，侦察到厉鬼已化作妪婆在二郎家。接着道士挥剑，厉鬼卧嗥如猪。当它身化浓烟时，道士将它收入葫芦中。看来，与强敌斗，自己没有高超的本领是不行的。

其三，疯丐对陈氏救夫的决心，考验多多。什么"佳人爱我乎"，"怒以杖击陈"，"咯痰唾盈把"，强陈"食之"。考验结果，认定陈氏救夫心诚，疯丐施完法术，隐身而退。

有了这些生动、具体的内容，主题的表达才能落到实处。

人 物

本文人物不多，但都有戏。蒲公对刻画人物的方法运用得很娴熟。

1.写人物外貌。

厉鬼本来面目什么样呢？王生"蹑迹而窗窥之"，见"一狞鬼，面翠色，齿巉巉如锯"。

市上疯丐什么样呢？陈氏见"乞人颠歌道上，鼻涕三尺，秽不可近"。

2.写人物行动。

厉鬼在屋里做什么呢？"铺人皮于榻上，执彩笔而绘之。已而掷笔，举皮，如振衣状，披于身，遂化为女子。"

陈氏回家是怎样救丈夫的呢？"急以两手合腔，极力抱挤……乃裂缯帛急束之。以手抚尸，渐温。"

3.写人物语言。

路遇，写王生与"美女"对话。问："何之？"曰："在亡之人，乌有定所。"生言："敝庐不远，即烦枉顾。"

写道士指点陈氏的话。"市人有疯者，时卧粪土中。试叩而哀之。倘狂辱夫人，夫人勿怒也。"

4.写人物心理活动。

王生初遇道士的心态是："生以其言异，颇疑女。转思，明明丽人，何至为妖？意道士借厌禳以猎食者。"

陈氏从市面回来时的心态是："既悼夫亡之惨，又悔食唾之羞，俯仰哀啼，但愿即死。"

语言

本篇语言特色是简练、深刻。

1. 单音字在文言语句中使用得好。如：

父母贪赂，鬻妾朱门。

朱，红色。朱门，大红门，指富贵人家。

无何，至斋门，门内杜，不得入。

杜，杜绝。门闩上了，不能进入。

答曰："仆赴青帝庙，良不知。"

良，实在，真实的，真的不知道。

又大笑曰："人尽夫也，活之何为？"

尽，全；都；所有的，每个人都可以。人尽夫也，是个男人都可为夫。

2. 比喻句多。本文采用的是神话笔法，多用些比喻句易于读者领会。如：

已而掷笔，举皮，如振衣状，披于身。

睹此状，大惧，兽伏而出。

媪仆，人皮划然而脱，化为厉鬼，卧嗥如猪。

飗飗然如口吸气，瞬息烟尽。

陈忍痛受之。市人渐集如堵。

觉入喉中，硬如团絮。

3. 文言句言简意赅，用得巧。如：

女顾室无人，问："君何无家口？"答云："斋耳。"

回答"美女"的问话，王生只答两个字"斋耳"，意为"我家舍在别处，这

120

里只是我的书房"。

中夜启视，有鼻息矣。天明，竟活。

有鼻息，即恢复了呼吸；竟活，竟然起死回生了。文言句的魅力由此可见
一斑。

29. 阿英

　　甘玉，字璧人，庐陵人。父母早丧，遗弟珏（jué），字双璧，始五岁，从兄鞠养。玉性友爱，抚弟如子。后珏渐长，丰姿秀出，又慧能文，玉益爱之，每曰："吾弟表表，不可以无良匹。"然简拔过刻，姻卒不就。

　　适读书匡山僧寺，夜初就枕，闻窗外有女子声。窥之，见三四女郎席地坐，数婢陈肴酒，皆殊色也。一女曰："秦娘子，秦娘子，阿英何不来？"下座者曰："昨自函谷来，被恶人伤其右臂，不能同游，方用恨恨。"一女曰："前宵一梦大恶，今犹汗悸。"下座者摇手曰："莫道，莫道。今夕姊妹欢会，言之吓人不快。"女笑曰："婢子何胆怯尔尔，便有虎狼衔去耶？若要勿言，须歌一曲，为娘行（háng）侑（yòu）酒。"女低吟曰："闲阶桃花取次开，昨日踏青，小约未应乖。嘱咐东邻女伴，少待莫相催。着得凤头鞋，子即当来。"吟罢，一座无不叹赏。

　　谈笑间，忽一伟丈夫，岸然自外入，鹘（hú）睛荧荧，其貌狞丑。众哗曰："妖至矣！"仓卒哄然，殆（dài）如鸟散。惟歌者婀娜不前，被执哀啼。强与支撑，丈夫吼怒，龁（hé）手断指，就便嚼食。女即踣（bó）地若死。玉怜不可复忍，乃急抽剑拔关出，挥之，中股。股落，负痛逃去。扶女入室，面如尘土，血淋襟袖，验其指，则右拇断矣，裂帛代裹之。女始呻曰："拯命之德，将何以报？"玉自初窥时，已隐为弟谋，因告以意。女曰："狼疾之人不能操箕帚矣，当别为贤仲图之。"诘其姓氏，答言："秦氏。"玉乃展衾，俾暂休养，自乃襆被他所。晓而视之，则床上已空，意其自归。而访察近村，

殊少此姓；广托戚朋，并无确耗。归与弟言，悔恨若失。

珏一日偶游途野，遇一二八女郎，姿致娟娟，顾之微笑，似将有言。因以秋波四顾而后问曰："君甘家二郎耶？"曰："然。"曰："君家尊曾与妾有婚姻之约，何今日欲背前盟，另订秦家？"珏曰："小生幼孤，凤好都不曾闻。请言族阀，归当问兄。"女曰："无须细道，但得一言，妾当自至。"珏以未禀（bǐng）兄命为辞。女笑曰："騃（ái）郎君，遂如此怕哥子耶？既如此，妾陆氏，山东山望村。三日内，当候玉音。"乃别而去。

珏归，述诸兄嫂。兄曰："大谬（miù）语！父殁时，我二十余岁，倘有是说，那得不闻？"又以其独行旷野，遂与男儿交语，愈益鄙之。因问其貌，珏红彻面颈，不出一言。嫂笑曰："想是佳人。"玉曰："童子何辨妍蚩（chī）？纵美，必不及秦。待秦氏不谐，图之未晚。"珏默而退。

逾数日，玉在途，见一女子，零涕前行。垂鞭按辔（pèi），而微睨之，人世殆无其匹，使仆诘焉。答曰："我旧许甘家二郎，因家贫远徙（xǐ），遂绝耗问。近方归，复闻郎家二三其德，背其前盟，往问伯伯甘璧人，焉置妾也。"玉惊喜曰："甘璧人，即我是也。先人曩约，实所不知。去家不远，请即归谋。"乃下骑授辔，步御以归。女自言小字阿英，家无昆季，惟外姊秦氏同居。始悟丽者所言，即其人也。玉欲告诸其家，女固止之。窃喜弟得佳妇，然恐其佻（tiāo）达招议。久之，女殊矜（jīn）庄，又娇婉善言，母事嫂，嫂亦雅爱慕之。

值中秋，夫妻方狎宴，嫂苦招之，珏意怅惘。女遣招者先行，约以继至，而端坐笑言，良久，殊无去意。珏恐嫂待，故促之，女但笑，卒不复去。质旦，晨妆甫竟，嫂自来抚问："夜来相对，何尔怏怏（yàng）？"女微哂（shěn）之。珏觉有异，质对参差。嫂大骇："苟非妖物，何得有分身术？"玉亦惧，隔帘而告之曰："家世积德，曾无怨仇。如其妖也，请速行，幸勿杀吾弟。"女觍然曰："妾本非人，只以阿翁凤盟，故秦家姊以此劝驾。自分（fèn）不能育男女，尝欲辞去。所以恋恋，为兄嫂待我不薄耳。

123

今既见疑，请从此诀。"转眼化为鹦鹉，翩（piān）然逝矣。

初，甘翁在时，蓄一鹦鹉，甚慧，尝自投饵。珏时四五岁，问："饲鸟何为？"父戏曰："将以为汝妇。"间虑鹦鹉乏食，则呼珏云："不将饵去，饿死媳妇矣！"家人亦皆以此相戏。后断锁亡去。始悟"旧约"，即此也。然珏明知非人，而思之不置。嫂悬情尤切，旦夕啜（chuò）泣。玉悔之而无如何。

后二年，为弟聘姜氏女，意终不自得。有表兄为粤司李，玉往省（xǐng）之，久不归。适土寇为乱，近村里落，半为丘墟，珏大惧，挈（qiè）家避难山谷上。男女颇杂，都不知其谁何。忽闻女子小语，绝类英，嫂促珏近验之，果英。珏喜极，捉臂不释。女乃谓同行者曰："姊且去，我望嫂嫂来。"既至，嫂望见悲哽。女慰劝再三，又谓"此非乐土"，因劝令归。众惧寇至，女固言"不妨"，乃相将俱归。女撮土拦户，嘱安居勿出。坐数语，反身欲去，嫂急握其腕，又令两婢捉左右足，女不得已，止焉。然不甚归私室，珏订之三四，始为之一往。

嫂每谓新妇不能当（dàng）叔意，女遂早起为姜理妆。梳竟，细匀铅黄，人视之，艳增数倍。如此三日，居然丽人。嫂奇之，因言："我又无子，欲购一妾，姑未遑暇，不知婢辈可涂泽否？"女曰："无人不可转移，但质美者易为力耳。"遂遍相诸婢，惟一黑丑者，有宜男相，乃唤与洗濯（zhuó），已而以浓粉杂药末涂之。如是三日，面色渐黄；四七后，脂泽沁（qìn）入肌理，居然可观。日惟闭门作笑，并不计及兵火。一夜，噪声四起，举家不知所谋。俄门外人马鸣动纷纷俱去。既明，始知村中焚掠殆尽。盗纵群队穷搜，凡伏匿岩穴者，悉被杀掳。遂益德女，目之以神。

女忽谓嫂曰："妾此来，徒以嫂义难忘，聊分离乱之忧。阿伯行至，妾在此，如谚所云，'非李非柰（nài）'，可笑人也。我姑去，当乘间一相望耳。"嫂问："行人无恙乎？"曰："途中有大难。此无与他人事，秦家姊受恩奢，意必报之，固当无妨。"嫂挽之过宿。未明，已去。

阿英

鸚鵡能言亦可
人阿翁早許
結昏姻一朝
緣盡難重合
駭絕狸奴
幾喪身

玉自东粤归，闻乱，兼程进。途遇寇，主仆弃马，各以金束腰间，潜身丛棘中。一秦吉了，飞集棘上，展翼覆之。视其足，缺一指，心异之。俄而群盗四合，绕莽寻之殆遍，二人气不敢息。盗既散，鸟始翔去。既归，各道所见，始知秦吉了，即所救丽者也。

后值玉他出不归，英必暮至；计玉将归，则早去。珏或会于嫂所，间邀之，则诺而不赴。一夕，玉他往，珏意英必至，潜伏候之。未几，英果来，暴起，要遮而归于室。女曰："妾与君，情缘已尽，强合之，恐为造物所忌。少留有余，作一面之会，何如？"珏不听，卒与狎。天明诣嫂，嫂怪之。女笑云："中途为强寇所劫，劳嫂悬望矣。"数语趋出。居无何，有巨猫衔鹦鹉经寝门过。嫂骇绝，固疑是英。时方沐，辍（chuò）洗急号。群起噪击，始得之。左翼沾血，奄存余息；抱置膝头，抚摩良久，始渐醒。自以喙（huì）理其翼，少选，飞绕室中，呼曰："嫂嫂别矣，吾怨珏也！"振翼遂去，不复来。

导读

阅读这篇，使人联想到《竹青》。一位是乌鸦神女，一位是鹦鹉仙子，两位仙禽姑娘，命运为什么如此不同呢？读《竹青》，喜剧结尾，令人欢快；读《阿英》，悲剧落幕，别有一番滋味在心头。由此可见写文章，构思什么内容太重要了。从这两篇文章看，蒲公选材"决不重复自己"，实在高明！

本文内容的安排很有特色。

1. 第二幕，两主角才出场。

本篇重要人物有五位，阿英、甘珏为主角；甘玉、嫂嫂和表姐秦吉了为主要配角。前面许多故事，主角都是首先出场亮相的，本文却不同，哥哥甘玉先出场。接下去是众仙子联欢，恶魔来袭，甘玉出手救秦女，并有意为弟弟谋

婚。然而，秦氏却以"狼疾之人"推却，劝甘玉"当别为贤仲图之"。这就留下了伏笔。事件铺垫好了：甘玉有个爱弟，少年英俊待娶，姻聘哪家呢？第二幕，两主角这才出场。

2. 二位原是"青梅竹马"。

一天，珏与英郊游相遇。两主角一相见，情节可就多了：

阿英，"二八女郎，姿致娟娟，顾之微笑，似将有言"。在甘珏眼中，这姑娘太美了。

没料到，一相见阿英就开口责问："你就是甘家二郎吧？当年令尊曾与我订好婚约，为什么如今你哥哥要违背前盟，另订秦家？"

甘珏少年稚诚，被问傻了："那得问我哥。"

"呆郎君，"阿英笑着说，"你就那么怕哥哥吗？"

这初次见面，引出前缘。原来甘珏幼时家中养有一只鹦鹉，父亲曾戏言："珏，这就是你的媳妇了！"珏年幼不记事，鹦鹉成仙，却将这段"青梅竹马"岁月铭刻心间了。

3. 兄嫂参与，表姐相助。

二人婚成，是兄、嫂、姐相助的结果。

其一，阿英，新娘子，是哥哥甘玉领回家的。

其二，阿英与嫂嫂情投意合，成为闺蜜。

其三，表姐秦吉了，诚心相助。

在他们的操办下，二人才喜结连理。

4. 遗憾的是，"他们太年轻，还不懂得爱情"，阿英两次离去。

第一次，中秋节，小夫妻要相聚，嫂嫂又要邀阿英。没办法，阿英显露仙术，以"分身术"两场出席。这就不妙了，"嫂大骇：'苟非妖物？'""玉亦惧……'请速行，幸勿杀吾弟。'"阿英说出实情，化为鹦鹉，翩然逝矣。

第二次，阿英思念嫂嫂，时来相见，珏少年冲动，给恶猫机会，咬伤阿英。尽管伤无大碍，但阿英还是喊着"吾怨珏也"，含痛离去。

127

就这样，两人都是青梅竹马，真心相爱，但终究是"我们年轻，还不懂爱情"，喜剧酿成悲剧。这种状况，前些篇章中少见吧？

结构

本文情节复杂，段落较多。

1. 它的提纲是这样的：

开头，第一段，"甘珏"。

中间部分，二至十二段，包括"欢会""救秦""自白""兄斥""佳妇""诀别""旧约""劝留""神功""别嫂"和"脱险"。

结尾，第十三段，"怨珏"。

2. 这些段落中，"自白""佳妇""旧约"和"怨珏"段，写得更为精彩。

3. 写好结尾，格外重要。

一篇好文章，每段每句都得写好。但写好结尾段，能给读者留下更深的印象，格外重要。

本文结尾段是"怨珏"。它包括四小层：甘珏少年冲动；恶猫趁机行凶；嫂嫂尽心抢救；阿英呼"吾怨珏也"，振翼别去，不复来。本是喜剧，却以悲剧落幕。这是阿英第二次离开甘珏。日后如何，她还会再来吗？猜去吧！

主题

阿英与甘珏，二人相爱吗？相爱；婚姻是自主的吗？自主。这就行了，可以纳入歌颂爱情主题的总框架内。不过，幸福的婚姻，具体情节也是多种多样的，"美满"的度数也是有差别的。英、珏的姻缘，有自己的特色。

1.家长指婚、两小无猜,也可以过得好。

所谓父母包办婚姻,青年人不能自主,我们是坚决反对的。英、珏的婚事,有它的特殊性。当年,珏才五岁,不懂事,英为爱鸟,没成仙。"将以为汝妇",父命,指婚事,但那只是一句戏言。待十几年后,"珏渐长,丰姿秀出",一表人才;英仙化,"二八女郎,姿致娟娟"。这时二人相遇,彼此传递出"爱"的信息,那才是真格的。

2.三配角是怎样"帮忙"的呢?

兄长甘玉,"性友爱,抚弟为子",一心想给弟弟找个中意的媳妇。起初,他认定了秦吉了。待路遇阿英时,"微睨之,人世殆无其匹"。于是改变主意,把阿英带回家。然而,当发现阿英有"分身术"时,他面孔大变,"如其妖也,请速行,幸勿杀吾弟"。成也萧何,败也萧何,阿英是被他赶走的。

嫂嫂呢,她尽管也怀疑阿英,但妯娌情深,处处护着阿英。阿英想嫂,离去后才又回归。她们的亲情、友情是真挚的。

表姐秦吉了,阿英的娘家人,对阿英没的说。"甘家兄长要误聘我",她把这一机密及时告诉阿英,使阿英抓紧时机向甘家兄弟说明真情;甘玉途中遇盗,她全力相救。总的说,这位表姐不错。

3.爱情,有其成长过程,须着力经营。

男女青年结婚时,都想白头到老,但是,能过到钻石婚的已不易了。"我们太年轻",这是阿英、甘珏的主要问题。

被认出有"分身术"怕什么,人家青凤啊、长亭啊,不都与丈夫过得很好吗?

阿英第一次离别后,才二年,珏就娶了姜氏女。你急什么呢? 你不想阿英再回来吗?

许多家庭,当事人以领结婚证开始,以领离婚证收摊,各有各的情由啊!

人物

一篇好小说，就是一出戏的脚本，戏中自然有人物、有语言。这一出，主角阿英的语言就不少。她的语言是伴以心态、行动表达的，因而显得格外生动。如：

珏第一次路遇阿英时，英"顾之微笑，似将有言。因以秋波四顾而后问曰：'君甘家二郎耶？'"问得大胆、多情。

珏道出自己身份后，英曰："君家尊曾与妾有婚姻之约，何今日欲背前盟，另订秦家？"这是质问，是据理力争。

当珏说明此事自己不知、当问兄长时，英曰："骏郎君，遂如此怕哥子耶？"这是亲昵的批评。

后终遇哥哥甘玉，英单刀直入道："我旧许甘家二郎……复闻郎家二三其德，背其前盟，往问伯伯甘璧人，焉置妾也。"真急了，英钟情于这幼时的婚姻，非争取不可。

"分身术"事件后，兄嫂责其为妖，英不能忍，诀别道："妾本非人，只以阿翁凤盟，故秦家姊以此劝驾。自分不能育男女，尝欲辞去……今既见疑，请从此诀"何必呢？不可以解释吗？就没有妥善的解决办法了吗？这一诀别，可惜了！

别后，阿英还时来看望嫂嫂。一天忽曰："阿伯行至……我姑去，当乘间一相望耳。"这时，英心中爱情已淡薄，只剩妯娌亲情了。

最后阿英来，被珏硬拉入室。英曰："妾与君，情缘已尽，强合之，恐为造物所忌。少留有余，作一面之会，何如？"英的心里，还有珏；英的话语，情深意长。

诀别时，英已化还鹦鹉，飞绕室中呼曰："嫂嫂别矣，吾怨珏也！"读到这

里，令人心痛。"为什么要把好日子过成这样呢？"

阿
英

语言

1. 单音字在文言语句中用得好。如：

然简拔过刻，姻卒不就。

卒，这里是"一直""始终"的意思。

当别为贤仲图之。

伯仲，兄弟称谓。伯为兄，仲为弟。

"倘有是说，那得不闻？"

是，指"这方面""这一桩"。

答曰："我旧许甘家二郎……"

旧，是"过去""从前早就"的意思。

2. 问句用得多而好。如：

女笑曰："婢子何胆怯尔尔，便有虎狼衔去耶？"

始呻曰："拯命之德，将何以报？"

"何今日欲背前盟，另订秦家？"

玉曰："童子何辨妍蚩？"

这些反问句法，比正面直述更为有力。

3. 细节处，写得真实、贴切。如：

（英）坐数语，反身欲去。这时，"嫂急握其腕，又令两婢捉左右足，女不得已，止焉"。这种"武力"挽留方式，写得真切、细致。

最后，英被恶猫咬伤时，"时方沐，辍洗急号……抱置膝头，抚摩良久，始渐醒。"嫂嫂深情，写得深刻、透彻。

131

30. 锦瑟

　　沂水王生，少孤，家清贫。然丰标修洁，洒然裙屐（jī）少年也。富翁兰氏，见而悦之，妻以女，许为起屋治产。娶未几而翁死。妻兄弟鄙不齿数。妇尤骄倨（jù），常佣奴其夫；自享馐（xiū）馔，生至，则脱粟瓢（piáo）饮，折梯（tí）为匕，置其前。王悉隐忍之。年十九，往应童子科，被黜（chù）。自郡中归，妇适不在室。釜（fǔ）中烹羊胛（jiǎ）熟，就啖（dàn）之。妇入不语，移釜去。生大惭，抵箸地上，曰："所遭如此，不如死！"妇恚（huì），问死期，即授索为自经之具。生忿投羹碗，败妇颡（sǎng）。

　　生含愤出，自念良不如死，遂怀带入深壑（hè）。至丛树下，方择枝系带，忽见土崖间，微露裙幅。瞬息，一婢出，睹生急返，如影就灭，土壁亦无绽（zhàn）痕。固知妖异，然欲觅死，故无畏怖，释带坐觇（chān）之。少间，复露半面，一窥即缩去。念此鬼物，从之必有死乐，因抓石叩壁曰："地如可入，幸示一途。我非求欢，乃求死者。"久之无声。生又言之，内云："求死请姑退，可以夜来。"音声清锐，细如游蜂。生曰："诺。"遂坐以待夕。

　　居亡何，星宿已繁，崖间忽成高第，静敞双扉。生拾级而入，才数武，有横流涌注，气类温泉。以手探之，热如沸（fèi）汤，亦不知其深几许。疑即鬼神示以死所，遂踊身入。热透重（chóng）衣，肤痛欲糜，幸浮不沉。洇（yīn）没良久，热渐可忍，极力爬抓，始登南岸。一身幸不泡伤。

行次，遥见厦屋中有灯火，趋之。有猛犬暴出，龁（hé）衣败袜。摸石以投，犬稍却。又有群犬要吠，皆大如犊。危急间，婢出叱退，曰："求死郎来耶？吾家娘子，悯君厄（è）穷，使妾送君入安乐窝，从此无灾矣。"挑灯导之，启后门，黯然行去。入一家，明烛射窗，曰："君自入，妾去矣。"生入室四瞻，盖已归己家也。反奔而出，遇妇所役老姬。曰："终日相觅，又焉往？"反曳入。妇帕裹伤处，下床笑逆，曰："夫妻年余，狎谑（xuè）顾不识耶？我知罪矣。君受虚诮（qiào），我被实伤，怒亦可以稍解。"乃于床头取巨金二锭，置生怀，曰："以后衣食，一唯君命，可乎？"生不语，抛金，夺门而奔，仍将入壑，以叩高第之门。

既至野，则婢行缓弱，挑灯犹遥望之。生急奔且呼，灯乃止。既至，婢曰："君又来，负娘子苦心矣。"生曰："我求死，不谋与卿复求活。娘子巨家，地下亦应需人。我愿服役，实不以有生为乐。"婢曰："乐死不如苦生，君设想何左也！吾家无他务，惟淘河、粪除、饲犬、负尸。作不如程，则刵（èr）耳、劓（yì）鼻、敲刖（yuè）、脞趾，君能之乎？"答云："能之。"又入后门，生问："诸役何也？"适云："负尸。""何处得如许死人？"婢曰："娘子慈悲，设'给孤园'，收养九幽横死无归之鬼。鬼以千计，日有死亡，须负瘗（yì）之耳。请一过观之。"移时，见一门，署"给孤园"。入见屋宇错杂，秽臭熏人。园中鬼见灯群集，皆断头，缺足，不堪入目。回首欲行，见尸横墙下，近视之，血肉狼藉。曰："半日未负，已被狗咋（zé）。"即使生移去之。生有难色。婢曰："君如不能，请仍归享安乐。"生不得已，负置秘处。乃求婢缓颊，幸免尸污，婢诺。行近一舍，曰："姑坐此，妾入言之。饲狗之役较轻，当代图之，庶（shù）几得当以报。"

去少顷，奔出，曰："来来，娘子出矣！"生从入，见堂上笼烛四悬，有女近后坐，乃二十许天人也。生伏阶下，女即命曳起之，曰："此一儒生，乌能饲犬？可使居西堂，主簿籍。"生喜，伏谢。女曰："汝以朴诚，可敬乃事。如有舛（chuǎn）错，罪责不轻也！"生唯唯。

婢导至西堂，见栋壁清洁，喜甚，谢婢。始问娘子官阀。婢曰："小字锦瑟，东海薛侯女也。妾名春燕。旦夕所需，幸相闻。"婢去，旋以衣履衾褥来置床上。生喜得所。黎旦，早起视事，录鬼籍。一门仆役，尽来参谒（yè），馈酒送脯甚多。生引嫌，悉却之。日两餐，皆自内出。娘子察其谨廉，特赐儒巾鲜衣。凡有赍（jī）赉（lài），皆遣春燕。婢颇风格，既熟，频以眉目送情。生斤斤自守，不敢少致差跌，但伪作骀（ái）钝。积二年余，赏给（jǐ）倍于常廪（lǐn），而生谨抑如故。

一夜方寝，闻内第喊噪。急起，捉刀出，见炬火光天。入窥之，则群盗充庭，厮仆骇窜。一仆促与偕遁，生不肯。涂面束腰，杂盗中呼曰："勿惊薛娘子！但当分括财物，勿使遗漏。"时诸舍群盗，方搜锦瑟不得。生知未为所获，潜入第后，独觅之。遇一伏妪，始知女与春燕，皆越墙矣。生亦过墙，见主婢伏于暗陬（zōu），曰："此处乌可自匿？"女曰："吾不复能行矣。"生弃刀负之，奔二三里许，汗流竟体，始入深谷，释肩令坐。欻（xū）一虎来，生大骇，欲迎当之，虎已衔女。生急捉虎耳，极力伸臂入虎口，以代锦瑟。虎怒，释女，嚼生臂，脆然有声，臂断落地，虎亦逐去。女泣曰："苦汝矣，苦汝矣！"生忙遽，未知痛楚，但觉血溢如水，使婢裂衿（jīn）裹断处，女止之，俯觅断臂，自为续之，乃裹之。东方渐白，始缓步归。登堂如墟。天既明，仆媪始渐集。女亲诣西堂，问生所苦。解裹，则臂骨已续，又出药糁（shēn）其创，始去。由此益重生，使一切享用，悉与己等。

臂愈，女置酒内室以劳之。赐之坐，三让而后隅坐。女举爵，如让宾客。久之曰："妾身已附君体，意欲效楚畀（bì），我之于钟建，但无媒，羞自荐耳。"生惶恐曰："某受恩重，杀身不足酬。所为非分，惧遭雷殛（jí），不敢从命。苟怜无室，赐婢已过。"

一日，女长姊瑶台至，四十许佳人也。至夕，招生入，瑶台命坐，曰："我千里来，为妹主婚，今夕可配君子。"生又起辞。瑶台遽命酒，使两人易盏。生固辞，瑶台夺易之。生乃伏地谢罪，受饮之。瑶台出，女曰："实告

錦瑟

憂患曾經閱
歷多受恩深重
復如何天魔
劫後天緣合真
是人間安樂窩

135

跟着王有声老师

读聊斋

君，妾乃仙姬，以罪被谪（zhé）。自愿居地下，收养冤魂，以赎帝谴。适遭天魔之劫，遂与君有附体之缘。远邀大姊来，固主婚嫁，亦使代摄家政，以便从君归耳。"生起敬曰："地下最乐！某家有悍妇，且屋宇隘陋，势不能圆成委曲，以谋其生。"女笑，但言"不妨"。既醉归寝，欢恋臻（zhēn）至。

过数日谓生曰："冥会不可长，请即归。君干理家事毕，妾当自至。"以马授生，启扉令出，壁复合矣。生骑马入村，村人尽骇。至家门，则高庐焕映矣。先是生去，妻召两兄至，将棰楚报之。至暮不归，始去。或于沟中得生履，疑其已死。既而年余无耗。有陕中贾（gǔ）某，媒通兰氏，遂就生第与妇合。半年中，修建连亘（gèn）。贾出经商，又买妾归，自此不安其室。贾亦恒数月不归。生讯得其故，怒，系马而入。见旧媪，媪惊伏地。生叱骂久，使导诣妇所，寻之已遁，既于舍檐得之，已自经死。遂使人舁（yú）归兰氏。呼妾出，年十八九，风致亦佳，遂与寝处。贾托村人，求反其妾，妾哀号不肯去。生乃具状，将讼其霸产占妻之罪。贾不敢复言，收肆西去。

方疑锦瑟负约，一夕，正与妾饮，则车马扣门，而女至矣。女但留春燕，余即遣归。入室，妾朝拜之。女曰："此有宜男相，可以代妾苦矣。"即赐以锦裳、珠饰，妾拜受，立侍之。女挽坐，言笑甚欢。久之曰："我醉欲眠。"生亦解履登床，妾始去。入房，则生卧榻上。异而反窥之，烛已灭矣。生无夜不宿妾室。一夜，妾起，潜窥女所，则生及女方共笑语，大怪之，急反告生，则床上无人矣。天明，阴告生，生亦不自知，但觉时留女所，时寄妾宿耳。生嘱隐其异。久之，婢亦私生，女若不知之。婢忽临蓐（rù）难产，但呼"娘子"。女入，胎即下，举之，男也。为断脐置婢怀，笑曰："婢子无复尔，业多则割爱难也。"自此，婢不复产。妾出五男二女。居三十年，女时返其家，往来皆以夜。

一日携婢去，不复来。生年八十，忽携老仆夜去，亦不返。

导读

　　人生在世，如何解决恋爱、结婚和建立家庭问题，是一大难关。王生的婚事，在大千世界中，也算一类。和前一篇《阿英》比，两个故事迥然不同。前者本是喜剧，却成了悲剧；本文以悲剧"求死"写起，生活几经波折，竟以喜剧落幕。苦乐年华哟，这其中的滋味，谁能解得开？

　　这篇故事的选材，很有独到之处。

　　1. 题目取得好。

　　"锦瑟无端五十弦，一弦一柱思华年"，这是诗人李商隐的名句。锦瑟，美妙的古琴名，又纳入名诗中，本文以它为主角命名，为全文命题，很有情趣与韵味。

　　2. 离婚，也是婚姻法中不可或缺的一条。善良的人们有时会想：我们的生活中，为什么要有"离婚"一说呢？生活是复杂的，人类的家庭婚姻状况也五花八门。像王生这样，少孤、家贫、丰姿、洒脱，故兰氏富翁看上他"妻以女"。这完全是父母包办。他对兰家这位小姐是怎样的情况一无所知。命好，也许能碰上西湖主；命差，遇上这等"超级悍妇"，王生宁死也不想过了，不离婚行吗？

　　3. 一劝三考验，锦瑟许婚。

　　王生本是一个求死的人，怎么又成为一位仙女的郎君了呢？这是全文的主体内容。锦瑟对他是经过"一劝""三考验"的。

　　一劝，即当王生"怀带入深壑"求死时，锦瑟慈悲，派春燕将他送回家，再给他们一次和好的机会。但是，对兰氏，王生看得透透的，毅然离家再走。

　　三考验，写得最为详尽：

　　一是先分配他做"负尸"苦役。王生无怨，能吃苦耐劳。

二是改任文书，负责管理鬼籍档案。王生尽职尽责，"斤斤自守"。

三是遭盗劫，遇猛虎，女命危急。王生能舍命断臂，冒死相救，这样的人还不值得托付终生吗？至于背女逃难，"妾身已附君体"，只是旧时代一种说辞罢了。

经过一劝三考验，锦瑟嫁定了王生。

4. 善有善报，好人一生平安。

成婚后，锦瑟要随王生回家过人间日子，这里有两个问题须议论一番：

其一，兰氏怎么办？原来，"一劝"时，兰氏对王生好了，那是假象。王生看得准。后面写道"先是生去，妻召两兄至，将棰楚报之"；年余无耗，她跟了陕中富商。这种人，既缺德又犯法，最后檐下自经，天理公道。

其二，王生又纳妾通婢，生了一大堆孩子，如何解释呢？不要以今天法制的尺度去衡量古人。那时代，锦瑟为"正室"，嫡妻，在家中是女主人。王生纳妾，旧时并不违法，也不妨碍锦瑟正室的地位，世人观念上亦能接受，时移事异，古今不同。

结构

本文情节复杂，但故事脉络清晰。

1. 故事的提纲是这样的：

开头，第一段，"离家"。

中间部分，二至十一段，包括"求死""送归""负尸""提干""加薪""救女""自荐""成婚""归家"和"包容"。

结尾，第十二段，"仙化"。

2. 怎样拟小标题呢？当然是从段落内容大意中提取的。语言要精练，要能概括全段的主要情节。如第五段，王生原分配工作是负尸，由于是儒生，有

文化，故提上来做文书工作。所以，小标题拟为"提干"。第八段，锦瑟找王生谈话，要嫁给他，"但无媒，羞自荐耳"。用原文"自荐"为题，恰当。

3."加薪"段，写得细腻、传神；"救女"段，写得紧张、动人。两段语言也格外好，大家精读时应多花些气力。

主题

从生理学上讲，不是人进入青春期后就自然懂得什么是"爱情"了。爱情，人与驴马不同，是涉及素质的高低与文化的。只有品德高尚的人，才能懂得爱情的"机密"，才能获得美满的婚姻。这正是本篇所要表达的主题。下面，让我们结合具体内容，从几方面讨论一下吧。

1.兰氏这种人，死于爱情生活中，应该。

她，生于富豪之家，自小有父兄关爱，性情"骄倨""超级悍妇"。出嫁后，"常佣奴其夫"，连筷子都不给用，折两根草根给丈夫。这种人，离婚是必然结果。后又非法与富商私合，王生回归，她无地自容，自我了断，"死得其所"。考其"爱情"，她得零分。

2.没有爱情的婚姻是痛苦的。

这一点，文中写得详尽具体。王生为什么要离家去求死呢？包办的婚姻害死人。不可以逐渐地说服、磨合吗？不行，过底线了。可见，法律中有"离婚"一条，完全必要。

3.自身条件好，也要严格要求自己。

青年人恋爱择偶，当然要先从自身条件考虑。王生年轻帅气，品行端正，家贫苦读，是有为青年。自身条件这么好，择偶时必须实事求是，从严要求自己。家里没活路了，出走，人家仙女给份工作，这就不错了。提升主籍，众仆役尽来参谒、送礼，"悉却之"。娘子"察其谨廉"，工资翻倍，仍"斤斤自

守"。直到舍命救主，也没做非分之想。事实告诉我们，这样谨言慎行的人，是能遇上好姻缘的。

4.好人遇上好人，才能幸福终生。

同一个王生，兰氏为什么过"败"了，锦瑟为什么能与子偕老，值得大家深思。看当今社会，街坊四邻多少家庭过得和和睦睦，那都是夫妇二位好人遇上好人了。双方素质都高，彼此互敬互爱，婚姻方能长长久久。

人物

本文人物写得生动，主要是靠写行动和语言两方面。

1.写人物行动，鲜活逼真。

王生在家过的什么日子？"自郡中归，妇适不在室。釜中烹羊腥熟，就啖之。妇入不语，移釜去。""妇恚，问死期，即授索为自经之具。"这是往死里逼他。

路上遇虎时，王生是怎么做的呢？"生大骇，欲迎当之，虎已衔女。生急捉虎耳，极力伸臂入虎口，以代锦瑟。虎怒，释女，嚼生臂，脆然有声，臂断落地……"这般情景，锦瑟即是神仙，也得感动吧？

2.人物语言，表情达意。

前面送生回家时，王生返回，婢曰："君又来，负娘子苦心矣。"可见，锦瑟不是第三者，她起初是由衷想促使王生回家过日子的。

锦瑟自荐时，生惶恐曰："某受恩重，杀身不足酬。所为非分，惧遭雷殛，不敢从命。"这是老实人说的老实话。

语言

本文语言流畅，叙事清晰明白。

1.单音字在文言语句中用得好。如：

生忿投羹碗，败妇颡。

颡，脑门子。败，正打在脑门上，打破了。

"乐死不如苦生，君设想何左也！"

左，这里指想法偏了，不可行。

"妾名春燕。旦夕所需，幸相闻。"

幸，有幸。"您早晚需要什么，告诉我，我十分乐于伺候。"

女曰："此有宜男相，可以代妾苦矣。"

苦，指从怀孕到分娩、养育一系列痛苦。

2.文言语句用得好，言简意赅。如：

当锦瑟宣布"提干"时，生喜，伏谢。

锦瑟赐妾礼物时，妾拜受，立侍之。

3.比喻句用得好。如：

又有群犬要吠，皆大如犊。

生忙遽，未知痛楚，但觉血溢如水。

4.四字句用得巧。如：

"地如可入，幸示一途。我非求欢，乃求死者。"

遂踊身入。热透重衣，肤痛欲糜，幸浮不沉。泅没良久，热渐可忍，极力爬抓，始登南岸。

还是那句话，熟读吧，努力把这些精彩语言学到手。

31. 青蛙神

江汉之间，俗事蛙神最虔（qián）。祠中蛙，不知几百千万，有大如笼者。或犯神怒，家中辄有异兆：蛙游几榻，甚或攀缘滑壁不得堕，其状不一。此家当凶，人则大恐，斩牲禳（ráng）祷之。神喜则已。

楚有薛昆生者，幼慧，美姿容。六七岁时，有青衣媪至其家，自称神使。坐致神意，愿以女下嫁昆生。薛翁性朴拙，雅不欲，辞以儿幼。虽故却之，而亦未敢议婚他姓。迟数年，昆生渐长，委禽于姜氏。神告姜曰："薛昆生，吾婿也，何得近禁脔（luán）？"姜惧，反其仪。薛翁忧之，洁牲往祷，自言不敢与神相匹偶。祝已，见肴酒中，皆有巨蛆（qū）浮出，蠢然扰动。倾弃，谢罪而归。心益惧，亦姑听之。

一日，昆生在途，有使者迎宣神命，苦邀移趾。不得已，从与俱往。入一朱门，楼阁华好。有叟坐堂上，类七八十岁人。昆生伏谒，叟命曳起之，赐坐案旁。少间，婢媪集视，纷纭满侧。叟顾曰："入言，薛郎至矣。"数婢奔去。移时，一媪率女郎出。年十六七，丽绝无俦（chóu）。叟指曰："此小女十娘，自谓与君可称佳偶，君家尊乃以异类见拒。此自百年事，父母止主其半，是在君耳。"昆生目注十娘，心爱好之，默然不言。媪曰："我固知郎意良佳。请先归，当即送十娘往也。"昆生曰"诺"，趋告翁。翁仓遽无所为计，乃授以词，使返谢之，昆生不肯行。方诮让间，舆已在门，青衣成群，而十娘入矣。上堂朝拜，翁姑见之皆喜。即夕合卺，琴瑟甚谐。由此神翁神媪，时降（jiàng）其家。视其衣，赤为喜，白为财，必验。

142

以故家日兴。

自婚于神,门堂藩溷(hùn),皆蛙,人无敢诟蹴之。惟昆生少年任性,喜则忌,怒则践毙,不甚爱惜。十娘虽谦驯,但善怒,颇不善昆生所为。而昆生不以十娘故,敛抑之。十娘语侵昆生,昆生怒曰:"岂以汝家翁媪能祸人耶,丈夫何畏蛙也?"十娘甚讳(huì)言"蛙",闻之,恚甚,曰:"自妾入门,为汝家田增粟(sù)、贾(gǔ)益价,亦复不少。今老幼皆已温饱,遂如鹗(è)鸟生翼,欲啄母睛耶?"昆生益愤曰:"吾正嫌所增污秽(huì),不堪贻(yí)子孙,请不如早别!"遂逐十娘。翁媪既闻之,十娘已去。呵昆生,使急往追复之。昆生盛气不屈。至夜,母子俱病,郁闷不食。翁惧,负荆于祠,词义殷切。过三日,病寻愈,十娘亦自至,夫妻欢好如初。

十娘日辄凝妆坐,不操女红(gōng),昆生衣履,一委诸母。母一日忿曰:"儿既娶,仍累媪。人家妇事姑,吾家姑事妇。"十娘适闻之,负气登堂曰:"儿妇朝侍食,暮问寝,事姑者,其道如何?所短者,不能吝(lìn)佣钱,自作苦耳。"母无言,惭沮自哭。昆生入,见母涕痕,诘得故,怒责十娘。十娘执辩不相屈。昆生曰:"娶妻不能承欢,不如勿有。便触老蛙怒,不过横灾死耳!"复出十娘。

十娘出门径去。次日,居舍灾,延烧数屋,几案床榻,悉为煨(wēi)烬。昆生怒,诣祠责数曰:"养女不能奉翁姑,略无庭训,而曲护其短。神者至公,有教人畏妇者耶?且盎(àng)盂(yú)相敲,皆臣所为,无所涉于父母。刀锯斧钺,即加臣身。如其不然,我亦焚汝居室,聊以相报。"言已,负薪殿下,爇(ruò)火欲举。居人集而哀之,始愤而归。父母闻之,大惧失色。

至夜,神示梦于近村,使为婿家营宅。及明,赍(jī)材鸠(jiū)工,共为昆生建造,辞之不止。日数百人相属于道,不数日,第舍一新,床幕器具悉备焉。修除甫竟,十娘已至,登堂谢过,言词温婉,转身向昆生展笑,举家变怨为喜。自此,十娘性益和。居二年,无间(jiàn)言。

青蛙神
不意青蛙
点额神郎
情仪薄妄
惰真性
诚善慈
猎能解
羞胜初
终怯过
人

144

十娘最恶（wù）蛇。昆生戏函小蛇，绐使启之。十娘色变，诟昆生。昆生亦转笑生嗔，恶相抵。十娘曰："今番不待相迫逐，请从此绝！"遂出门去。薛翁大恐，杖昆生，请罪于神。幸不祸之，亦寂无音。

积有年余，昆生念十娘，颇自悔，窃诣神所，哀十娘，迄无声应。未几，闻神以十娘字袁氏，中心失望，因亦求婚他族。而历相数家，并无如十娘者，于是益思十娘。往探袁氏，则已垩（è）壁涤（dí）庭，候鱼轩矣。心愧愤不能自已，废食成疾。父母忧皇，不知所处。忽昏愦（kuì）中，有人抚之曰："大丈夫频欲断绝，又作此态？"开目，则十娘也。喜极，跃起曰："卿何来？"十娘曰："以轻薄人相待之礼，止宜从父命，另醮（jiào）而去。固久受袁家采币，妾千思万思而不忍也。卜吉已在今夕，父又无颜反璧，妾亲携而置之矣。适出门，父走送曰：'痴婢，不听吾言，后受薛家凌虐，纵死亦勿归也！'"昆生感其义，为之流涕。家人皆喜，奔告翁媪。媪闻之，不待往朝，奔入子舍，执手呜泣。由此昆生亦老成，不作恶谑（xuè），于是情好益笃。

十娘曰："妾向以君儇（xuān）薄，未必遂能相白首，故不敢留孽根于人世。今已靡（mǐ）他，妾将生子。"居无何，神翁神媪着（zhuó）朱袍，降临其家。次日，十娘临蓐（rù），一举两男。由此往来无间（jiàn）。居民或犯神怒，辄先求昆生，乃使妇女辈，盛妆入闺，朝拜十娘。十娘笑则解。薛氏苗裔甚繁，人名之"薛蛙子家"。近人不敢呼，远人呼之。

导读

大千世界，芸芸众生，蒲公的选材大网撒开去，以物拟人，可写的东西太多了。神话么，牡丹、龙女、白鳍豚、小狐……都可化为仙女。这次，他锁定了青蛙仙子。

可爱的青蛙，终于在这部巨著中占有了一席之地。

1.《青蛙神》题解。

在《聊斋》书中，蒲公为篇目拟题，大致可分为三类：一是以女主角命题，像《阿宝》《阿英》呀，《香玉》《红玉》呀，《青凤》《青娥》呀，《小翠》《小二》呀，多啦。一是以男主角命题，像《王桂庵》《张诚》《陆判》《宫梦弼》等，也不少。还有一类属其他情况，像《罗刹海市》《夜叉国》《画皮》等。本篇，当属第三类。

为什么本文不叫"青十娘"呢？原因有二：一是文中虽以十娘为主角，但写"祠堂青蛙家族"笔墨很多；二是同是神话，本文"神"气十足。因此以《青蛙神》命题，对照内容，更为贴切。

2.十娘、昆生是自愿结合的。

不错，故事开始，神使去薛家提亲，遭到薛翁拒绝。"自言不敢与神相匹偶。"但是，两位青年自己的意见呢？二人见过吗？

十娘，没的说，有神力。"薛昆生者，幼慧，美姿容"，她早看在眼里了。昆生呢，到神家初见十娘，"年十六七，丽绝无俦"，"目注十娘，心爱好之"。这是本剧的主基因。二人婚后吵不散、闹不变，原因正在这里。

3.三次吵裂，写得各有特色。

二人真诚相爱，婚后该十分和谐呀，没有。生活是复杂的，矛盾总是难免的。这二位，大吵大闹，休离三次，够热闹的。

第一次，家中青蛙太多了，"昆生少年任性，喜则忌，怒则践毙"，十娘心疼。吵起来，二人都搂（lōu）不住火，话语过了底线，十娘离去。好在薛翁明事理，"负荆于祠，词义殷切"，过三日，十娘回归，"夫妻欢好如初"。

第二次，日子长了，十娘的短处显露，她"不操女红"，"昆生衣履，一委诸母"。婆婆不干了，"儿既娶，仍累媪。人家妇事姑，吾家姑事妇。"十娘理亏，强词争辩，昆生复出十娘。十娘报复，火烧薛家。昆生据理力争。这次，神翁神明，知道是自家女儿理亏，为薛家另起新屋，十娘赔礼道歉。

第三次，完全是昆生的恶作剧。蛙怕蛇，这是天性，他偏要用蛇吓十娘。这次没商量，十娘决意回娘家，要改嫁袁氏了。薛家大恐。昆生"废食成疾"，严重了。在即将改嫁这天，十娘真情难舍，毅然回到昆生榻前。"媪闻之，不待往朝，奔入子舍，执手鸣泣。"这关键的一步，体现了十娘的真爱与宽容，令人敬佩。

4.爱情开花结果，薛家人丁兴旺。

这一步，是故事的必然结果。人称"薛蛙子家"，村民都喜欢。十娘一举两男，薛家有后，这样的媳妇在旧时代是最贤德的。

结构

本文是以故事情节发展为序写的，脉络清晰。

1.篇章结构，可分为三大段：

第一大段，成婚，包括"神灵""强配"和"合卺"三段。

第二大段，磨合，包括"吵裂一""吵裂二""申辩""营宅"和"吵裂三"五段。

第三大段，美满，包括"喜归"和"生子"两段。

2.全文十段文字，以"合卺""吵裂二"和"喜归"三段写得尤为精彩。

3."喜归"段，小层次清楚且有高潮。

分别年余，昆生苦念十娘；

十娘已许袁氏，昆生失望，废食成疾；

昏愦中，十娘来到榻前；

十娘讲述回归过程，昆生为之流涕；

婆婆不待往朝，奔入子舍，执手鸣泣；

由此，夫妻情好益笃。

其中，"讲述"小层，说到十娘当机立断，亲自将袁家财礼退回，决心返回

薛家，十分感人。老父亲发了狠话："傻孩子，不听我的话，日后再受薛家的欺凌虐待，就是死了也别回来！"十娘坚定不移，铁心回归，可敬啊！

主题

世人的婚姻状况五花八门。在"过得好，守到老"这"第一档"家庭中，也不全是天天莺歌燕舞的，像十娘、昆生这样，小吵小闹、大吵大闹、矛盾迭起的家庭也为数不少。这是现实中的正常现象，也是本文要歌颂的主题。

从本文故事中看得出，十娘、昆生的婚姻亮点，是由以下几项基因决定的：

一是二人自主相爱，自愿组成家庭。

二是有吵闹，但各自都有自我批评。

三是亲属相助，也是不可缺少的。薛翁原本不同意与神结亲，待十娘到家时，一看姑娘这么好，同意了。神翁呢，在"吵裂二"段中，对昆生的申辩"神者至公，有教人畏妇者耶？"听进去了，为婿家重建屋舍，正是自我批评、赔礼道歉的具体行动。

四是生子，这是爱情的结晶。十娘来，薛家人丁兴旺。

人物

本文人物形象所以栩栩如生，"变"字起着决定作用。人物的精神状况、行为动作不是一成不变的，变才是正常的。

十娘一出场，多美啊！"丽绝无俦"，俦，是伴；无俦，没人能与她并列。"但善怒"，火气一上来，立即回家。到关键时刻，又能"千思万思"，做出正确判断。最后，决定生子传代、幸福终生。

昆生,"幼慧",有眼力。不顾老父反对,一见十娘,"心爱好之"。但这个年轻人脾气也不小,个性也倔强,急时,竟敢"负薪殿下",准备烧祠堂。十娘真要改嫁,他忧虑成疾;十娘突然回归,他涕泪不止。

其他配角,形象也鲜明。本文题为"青蛙神",文中神的力量处处可见。这里,让我们重点说说十娘老父这位神翁吧。

其一,他是"一祠之主"。昆生六七岁,他就代女选定其婿;薛翁不同意,他施展神力,"肴酒中,皆有巨蛆"。

其二,他很"开明"。请昆生到家议亲时,他表明"此自百年事,父母止主其半,是在君耳"。这在旧时代权势极大的家长中,其开明程度是不多见的。

其三,他听得进批评,能做到知错就改。二次吵裂后,昆生"诣祠责数",点明他"略无庭训"。什么意思?"你缺少良好的家庭教育,女儿才那么飞扬跋扈",他虚心听取,立即以行动认错道歉。

其四,他也有"老糊涂"的时候。三次吵裂后,他决定将女儿改嫁袁家。女儿醒悟,决定退回袁家彩礼时,神翁以"无颜反璧"为由不去。十娘最后关头,选择回到薛家,他也没有同意。由此可见,这位"老蛙神"不是泥胎,而是活生生的长者。

语言

本文故事情节跌宕起伏,人物情绪激昂多变,这主要是靠生动的语言来表达的。

1.单音字在文言语句中用得好。如:

"父母止主其半,是在君耳。"

这个"是",含义深,指"最终决定权"。

"便触老蛙怒,不过横灾死耳!"复出十娘。

出，让十娘回娘家，口头"休"了。

"盎盂相敲，皆臣所为，无所涉于父母"。

涉，涉及，即这事与父母没有关系。

十娘曰："妾向以君儇薄……"

向，一向，即过去我一直认为。

2. 有些语句，记叙得细致、具体。如：

蛙游几榻，甚或攀缘滑壁不得堕，其状不一。

祝已，见肴酒中，皆有巨蛆浮出，蠢然扰动。

3. 文言句，表达得简练、精准。如：

有使者迎宣神命，苦邀移趾。

文言句，其实不难懂。迎，迎接；宣，宣告；神，神翁；命，指令。"使者迎着昆生走来，向他宣告神翁的指示。"苦邀移趾，深了点。苦，诚心诚意地、坚决地；邀，邀请；移趾，不是字面上"活动一下脚趾"，而是"请走动一下，到神家去"。

哪个字特别难懂呢？没有。文言语句读多了，一定能获得"悟而知之"的能力。

4. 疑问句用得多，用得好。如：

神告姜曰："薛昆生，吾婿也，何得近禁脔？"

昆生怒曰："岂以汝家翁媪能祸人耶，丈夫何畏蛙也？"

十娘曰："自妾入门，为汝家田增粟、贾益价，亦复不少。今老幼皆已温饱，遂如鸮鸟生翼，欲啄母睛耶？"

昆生怒曰："……神者至公，有教人畏妇者耶？"

这些疑问句，人物情绪激动，表达得很有力量。

32. 田七郎

武承休，辽阳人，喜交游，所与皆知名士。夜梦一人，告曰："子交游遍海内，皆滥（làn）交耳。惟一人可共患难，何反不识？"问之何人，曰："田七郎非与。"醒而异之。

诘朝（zhāo），见所与游，辄问七郎。客或识，为东村业猎者。武敬谒（yè）诸家，以马棰挝（zhuā）门，未几，一人出，年二十余，貌目蜂腰，着腻帢（qià），衣皂犊鼻，多白补缀（zhuì）。拱手于额，而问所自。武展姓字，且托途中不快，借庐憩（qì）息，问七郎，答曰："即我是也。"遂延客入。见破屋数椽（chuán），木歧（qí）支壁。入一小室，虎皮狼蜕（tuì），悬布楹间，更无杌（wù）榻可坐。

七郎就地，设皋比焉。武与语，言词朴质，大悦之，遽贻（yí）金作生计，七郎不受。固予之，七郎受以白母。俄顷将还，固辞不受。武强之再四，母龙钟而至，厉色曰："老身止此儿，不欲令事贵客。"武惭而退。归途辗转，不解其意。适从人于舍后闻母言，因以告武：先是七郎持金白母，母曰："我适睹公子有晦（huì）纹，必罹（lí）奇祸。闻之：受人知者分人忧，受人恩者急人难。富人报人以财，贫人报人以义。无故而得重赂，不祥，恐将取死报于子矣！"武闻之，深叹母贤，然益倾慕七郎。

翼日，设筵招之，辞不至。武登其堂，坐而索饮。七郎自行酒，陈鹿脯，殊尽情礼。越日，武邀酬之，乃至，款洽甚欢。赠以金，却不受。武托购虎皮，乃受之。归视所蓄，计不足偿，思再猎而后献之。入山三日，

151

田七郎

重金力
與脫羈
因大德
拚將一死
酬若浮
龍門傳刺
客積深
井里
千秋

无所猎获。会妻病，守视汤药，不遑（huáng）操业。浃旬，妻奄忽以死。为营斋葬，所受金稍稍耗去。武亲临唁（yàn）送，礼仪优渥（wò）。既葬，负弩山林，益思所以报武，而迄无所得。武探得其故，辄劝勿急，切望七郎姑一临存。而七郎终以负债为憾，不肯至。武因先索旧藏，以速其来。七郎检视故革，则蠹（dù）蚀殃败，毛尽脱，懊丧益甚。武知之，驰行其庭，极意慰解之。入视败革，曰："此亦复佳，仆所欲得，原不以毛。"遂轴鞟（kuò）出，兼邀同往。七郎不可，乃自归。

七郎终念不足以报武，裹粮入山，数夜得一虎，全而馈之。武喜治具，请三日留。七郎辞之坚，武键庭户，使不得出。宾客见七郎朴陋，窃谓公子妄交。而武周旋七郎，殊异诸客。为易新服，却不受，承其寐而潜易之，不得已而受之。既去，其子奉媪命，返新衣，索其敝褚（duō）。武笑曰："归语老姥，故衣已拆作履衬（chèn）矣。"自是七郎日以兔鹿相贻，召之即不复至。武一日诣七郎，值出猎未返。媪出，踦（yǐ）门语曰："再勿引致吾儿，大不怀好意！"武敬礼之，惭而退。

半年许，家人忽白："七郎为争猎豹，殴（ōu）死人命，捉将官里去。"武大惊，驰视之，已械收在狱。见武无言，但云："此后烦恤（xù）老母。"武惨然出，急以重金赂邑宰，又以百金赂仇主。月余无事，释七郎归。母慨然曰："子发肤受之武公子，非老身所得而爱惜者矣。但祝公子终百年，无灾患，即儿福。"七郎欲诣谢武，母曰："往则往耳，见武公子勿谢也。小恩可谢，大恩不可谢。"七郎见武，武温言慰藉，七郎唯唯。家人咸怪其疏，武喜其诚笃，益厚遇之。由是恒数日留公子家，馈遗（wèi）辄受，不复辞，亦不言报。

会武初度，宾从繁多。夜舍腾满，武偕七郎，卧斗室中。三仆即床下藉刍（chú）稿。二更向尽，诸仆皆睡去，两人犹刺刺语。七郎佩刀挂壁间，忽自腾出匣数寸许，铮铮作响，光闪烁如电。武惊起，七郎亦起，问："床下卧者何人？"武答："皆厮仆。"七郎曰："此中必有恶人。"武问故，

七郎曰："此刀购诸异国，杀人未尝濡缕，迄今佩三世矣。决首至千计，尚如新发于硎（xíng）。见恶人则鸣跃，当去杀人不远矣。公子宜亲君子，远小人，或万一可免。"武颔（hàn）之。七郎终不乐，辗转床席，武曰："灾祥数耳，何忧之深？"七郎曰："我诸无恐怖，徒以有老母在。"武曰："何遽至此？"七郎曰："无则更佳。"

盖床下三人，一为林儿，是老弥（mí）子，能为主人欢；一僮仆，年十二三，武所常役者；一李应，最拗（ào）掘，每因细事，与公子裂眼争，武恒怒之。当夜默念，疑必系此人。诘旦，唤至，善言遣令去。武长子绅，娶王氏。一日武他出，留林儿居守。斋中菊花方灿，新妇意翁出，斋庭当寂，自诣摘菊。林儿突出勾戏。妇欲遁，林儿强挟（xié）入室。妇啼拒，色变声嘶。绅奔入，林儿始释手逃去。武归闻之，怒觅林儿，竟已不知所之。过二三日，始知其投身某御史家。某官都中，家务皆委决于弟。武以同袍义，致书索林儿，某弟竟置不发。武益恚，质词邑宰。勾牒虽出，而隶不捕，官亦不问。

武方愤怒，适七郎至。武曰："君言验矣！"因与告诉。七郎颜色惨变，终无一语，即径去。武嘱干仆逻察林儿。林儿夜归，为逻者所获，执见武。武掠楚之，林儿语侵武。武叔恒，故长者，恐侄暴怒致祸，劝不如治以官法。武从之，絷（zhí）赴公庭。而御史家刺书邮至，宰释林儿，付纪纲以去。林儿意益肆，倡言丛众中，诬主人妇与私。武无奈之，忿塞欲死。他日，登御史门，俯仰叫骂，里舍慰劝令归。逾夜，忽有家人白："林儿被人脔（luán）割，抛尸旷野间。"武惊喜，意气稍得伸。

俄顷，御史家讼其叔侄，遂偕叔赴质。宰不容辩，欲笞（chī）恒。武抗声曰："杀人莫须有！至辱詈（lì）缙绅，则生实为之，无与叔事！"宰置不闻。武裂眦（zì）欲上，群役禁捽（zuó）之。操杖隶皆绅家走狗，恒又老耄（mào），签数未半，奄然已死。宰见武叔垂毙，亦不复究。武号（háo）且骂，宰亦若弗闻也者。遂舁（yú）叔归，哀愤无所为计。思欲得

七郎谋，而七郎更不吊问。

窃自念：待七郎不薄，何遽如行路人？亦疑杀林儿必七郎。转念：果尔，故得不谋？于是遣人探诸其家，至则扃（jiōng）镢（jué）寂然，邻人并不知耗。一日，某弟方在内廨（xiè），与宰关说。值晨进薪水，忽一樵（qiáo）人至前，释担抽利刃，直奔之。某惶急，以手格刃。刃落断腕，又一刀，始决其首。宰大惊，窜去。樵人犹张皇四顾，诸役吏急阖署门，操杖疾呼。樵人乃自刭（jǐng）死。纷纷集认，识者知为田七郎也。宰惊定，始出复验，见七郎僵卧血泊中，手犹握刃。方停盖审视，尸忽崛然跃起，竟决宰首，已而复踣。衙（yá）官捕其母，则亡去已数日矣。

武闻七郎死，驰哭尽哀。咸谓其主使七郎，武破产夤（yín）缘当路，始得免。七郎尸弃原野三十余日，禽犬逻守之。武取而厚葬之。其子流寓于登，变姓为佟（tóng），起行（háng）伍，以军功至同知将军。归辽，武已八十余，乃指示其父墓焉。

导读

这是一篇感人至深的壮士传。田七郎这样的华夏汉子，各地都有。他们当属"武圣人"关羽的门下，"义"字是其生活的全部内容，已融化在血液中了。性格上有点瑕疵，那是社会的烙印。

故事内容亮点多多。

1.老母贤德，七郎家教好。

一个人的成长，有没有良好的家庭教育至关重要。七郎的这位老母是道德的楷模。她时时刻刻教育七郎不可贪人一点财物，连武公子给换件衣服都立即退回。当然，那把利刃也传承着家教。七郎有如此贤德的老母，令人敬佩、美慕。

2. 知恩图报，有度有力。

武公子自梦中人告知"交七郎"后，对七郎不是"利用"而是诚交。平日送财物不说，七郎殴死人命入狱，武以重金全力营救。在此前提下，七郎报恩是必然的。七郎没念过书，但为人处世有度有力，形象高大啊！

3. 既勇猛又机警。

七郎看似"粗人"，其实十分精明，文中有一处点得明白：

最后一战，七郎杀了某弟后，众衙役齐上，他力乏"自到"僵卧血泊中，但是"惩恶"的任务还有一半没完成。七郎心中有数，假死以待机会。县宰过来察看时，"尸忽崛然跃起，竟决宰首，已而复踣"。这可算是超一流的大智大勇。

4. 恶有恶报，天理至公。

惩恶扬善的主题贯串全篇。林儿、御史弟、县宰这些人渣都得到了报应，他们的死轻如鸿毛。七郎的死，重于泰山。七郎有后，儿子以军功升同知将军。武八十余带他去父坟致哀，令人动情。

结构

本文故事较为复杂，但条理一清二楚。

1. 全文的提纲是这样的：

开头，第一段，"梦人语"。

中间部分，二至十一段，包括"见七郎""叹母贤""购虎皮""返新衣""不谢恩""刀作响""恶人现""脔割林""武叔毙"和"以命报"。

结尾，第十二段，"生死交"。

2. 开头、结尾，简练而明白。

武公子是怎么交上七郎这个朋友的呢？开头段以"梦中人指点"直接引

出。武曾从死牢中救出七郎，七郎最后以死报武之恩，故事就这样完了吗？结尾再写几句，善有善报，七郎后继有人。

3. "不谢恩"段，写得情深意长；"以死报"段，写得紧张激烈。这两段应当熟读。

主题

这一篇，全文集中表达的就是一个字——义。义，内涵是多方面的，这里突出的是这几层：

1. 人不可贪财，不可随意受人之礼。

武第一次见七郎，就"贻金作生计"，七郎不受。固予之，七郎请示老母，仍然拒受。老母有一套家教理论，不能无故受人财。

2. 必要时，受人财惠，当以行动报答。

什么叫必要时呢？如文中武二次"赠以金"，七郎本不受。但武有说辞，要"购虎皮"，他只好拿着。不幸，正在这时妻子病逝，"受金耗去"，这就必须全力进山猎虎以报。

3. 救命之恩，当以命报。

七郎性刚烈。一次出猎，与人争豹，殴出人命，械收在狱。打死了人，没的说，抵命吧。这时武"以重金赂邑宰""以百金赂仇主"，不倾家也差不多了。事摆平，七郎出狱。这是救命之恩。从这时起，七郎对武公子给予的一切帮助都不再推谢。为什么？他心里明白：武家大恩，必须以命还。

当然，以当今的思维理念、法制观念看来，七郎的以命报恩思想是有时代局限性的。他的做法，我们不能以"洗相片"模式去学习，但是，他那种待人以诚的品德已达到极致，是值得敬慕的。

人物

本文人物中，主角七郎、配角老母，这二位形象是鲜活的。

"以命报"段，写七郎，靠记叙其行动：

第一步，某弟与县宰正在内室密谋时，趁早晨送柴进水，七郎化装成樵人，放下担子，抽刀直入，一刀断其腕，二刀某弟人头落地。

第二步，宰大惊窜去，诸役吏关上署门，虎狼群上，七郎用刀抹了自己的脖子。

第三步，县宰回来审视，七郎"崛然跃起"，县宰人头落地，七郎力竭身亡。决杀两恶人的任务圆满完成。

写老母，形象刻画靠语言。起初，"老身止有此儿，不欲令事贵客"，她是坚决不接受武的资助的。"返新衣"段，态度更坚决："再勿行引吾儿，大不怀好意！"但七郎殴出人命、武全力相救出狱时，老人家变了看法："去看看可以"，"子发肤受之武公子"，"大恩不可谢"。这素质，不多见。

语言

本文写猎户生活、官场搏击，这些离我们远些。但精读进去，语言还是顺畅易懂的。

1. 单音字在文言句中用得好。如：

武登其堂，坐而索饮。七郎自行酒，

行，进行，这里是"亲自把盏"的意思。

七郎辞之坚，武键庭户，使不得出。

158

键，门插销、门锁。武将院门、房门都锁上，苦留七郎。

武曰："灾祥数耳，何忧之深？"

数，天数。祸与福，那是天定的。

三十余日，禽犬逻守之。

这是个十分精彩的拟人句、夸张句。禽、犬，本是吃尸体的。七郎死得仗义，感动万物。飞禽、野狗竟在周围值班一个多月，看护七郎的尸体。

2. 词意随时代变化而变化。如：

某弟方在内廨，与宰关说。值晨进薪水……

薪、水，两个词。薪，是柴草；水，是饮用水，如今已成为"工资"之意了。

3. 有些格言句分外有力量。如：

受人知者分人忧，受人恩者急人难。

小恩可谢，大恩不可谢。

亲君子，远小人。

跟着王有声老师

读聊斋

卷

王有声·主编

山东城市出版传媒集团·济南出版社

图书在版编目（CIP）数据

跟着王有声老师读聊斋：全四册 / 王有声主编 .
— 济南：济南出版社，2017.7
ISBN 978-7-5488-2620-0

Ⅰ . ①跟… Ⅱ . ①王… Ⅲ . ①《聊斋志异》—文学
欣赏—青少年读物 Ⅳ . ① I207.419–49

中国版本图书馆 CIP 数据核字（2017）第 111920 号

出版发行	济南出版社
地　　址	济南市二环南路1号（250002）
网　　址	www.jnpub.com
发行热线	0531-86922073　86131701
印　　刷	山东省东营市新华印刷厂
版　　次	2017年7月第1版
印　　次	2017年7月第1次印刷
成品尺寸	170 mm×240 mm　1/16
总印张	45
总字数	580千
印　　数	1-3 000 套
总定价	150.00元（全四册）

济南版图书，如有印装质量问题，请与出版社出版部联系调换
电话：0531-86131736

目录

叁

33. 花姑子

安幼舆，陕之拔贡。为人挥霍好义，喜放生。见猎者获禽，辄不惜重直，买释之。

会舅家丧葬，往助执绋（fú）。暮归，路经华岳，迷窜山谷中。心大恐。一矢之外，忽见灯火，趋投之。数武中，欻（xū）见一叟，伛偻（yǔ lǚ）曳杖，斜径疾行。安停足，方欲致问，叟先诘谁何。安以"迷途"告，且言"灯火处，必是山村"，将以投止。叟曰："此非安乐乡。幸老夫来，可从去。茅庐可以下榻。"

安大悦，从行里许，睹小村。叟扣荆扉，一妪出，启关曰："郎子来耶！"叟曰："诺。"既入，则舍宇湫（jiǎo）隘（ài）。叟挑灯促坐，便命随事具食。又谓妪曰："此非他，是吾恩主。婆子不能行步，可唤花姑子来醯（shī）酒。"俄女郎以馔具入，立叟侧，秋波斜盼（miàn）。安视之，芳容韶齿，殆类天仙。叟顾令煨（wēi）酒。房西隅有煤炉，女即入房拨火。安问："此公何人？"答云："老夫章姓。七十年止有此女。家少婢仆，以君非他人，遂敢出妻见子，幸勿哂（shěn）之。"安问："婿家何里？"答云："尚未。"安赞其慧丽，称不容口。

叟方谦挹（yì），忽闻女郎惊号。叟奔入，则酒沸火腾。叟乃救止，诃曰："老大婢，濡猛不知耶？"回首，见炉傍有蒭心插紫姑未竟，又诃曰："发蓬蓬许，裁如婴儿。"持向安曰："贪此生涯，致酒沸腾。蒙君子奖誉，岂不羞死？"安审谛之，眉目袍服，制甚精工。赞曰："近儿戏，亦见

1

慧心。"斟（zhēn）酌移时，女频来行酒，嫣然含笑，殊不羞涩。安注目情动。忽闻姬呼，叟便去。安觑（qù）无人，谓女曰："睹仙容，使我魂失。欲通媒妁，恐其不遂，如何？"女把壶向火，默若不闻，屡问不对。生渐入室。女起，厉色曰："狂郎，入闼将何为？"生长跽（jì）哀之。女夺门欲出，安暴起要遮，狎接剧亟（jí）。女颤声疾呼，叟傸遽入问。安释手而出，殊切愧惧。女从容向父曰："酒复涌沸，非郎君来，壶子融化矣！"安闻女言，心始安妥，益德之。魂魄颠倒，丧所怀来。于是伪醉离席，女亦遂去。叟设裀褥。阖扉乃出。安不寐，未曙，呼别。

至家，即浼（měi）交好者，造庐求聘。终日而返，竟莫得其里居。安遂命仆马，寻途自往。至则绝壁巉岩，竟无村落。访诸近里，则此姓绝少。失望而归，并忘食寝。由此得昏瞀（mào）之疾，强啖（dàn）汤粥，则喠（zhǒng）喀欲吐。溃乱中，辄呼"花姑子"，家人不解，但终夜环伺之，气势阽（diàn）危。

一夜，守者困怠并寐，生曚瞳中觉有人揣（chuāi）而扊（yǎn）之。略开眸，则花姑子立床下，不觉神气清醒。熟视女郎，潸潸（shān）涕堕。女倾头笑曰："痴儿，何至此耶？"乃登榻，坐安股上，以两手为按太阳穴。安觉脑麝奇香，穿鼻沁（qìn）骨。按数刻，忽觉汗满天庭，渐达肢体。小语曰："室中多人，我不便住。三日当复相望。"又于绣袪（qū）中，出数蒸饼置床头，悄然遂去。

安至中夜，汗已思食。扪（mén）饼啖之，不知所苞何料，甘美非常，遂尽三枚。又以衣覆余饼，懵（měng）腾酣睡。辰分始醒，如释重负。三日饼尽，精神倍爽。乃遣散家人。又虑女来，不得其门而入，潜出斋庭，悉脱扃键。未几，女果至，笑曰："痴郎子，不谢巫耶？"安喜极，抱与绸缪（móu），恩爱甚至。已而曰："妾冒险蒙垢，所以故，来报重恩耳。实不能永谐琴瑟，幸早别图。"安默默良久，乃问曰："素昧生平，何处与卿家有旧？实所不忆。"女不言，但云："君自思之。"

争姑子

逶迤原无伉俪
缘花拓情景自
缠绵万种不惜
残生命匝我飞
丹一百年

3

生固求永好。女曰："屡屡夜奔，固不可；常谐伉俪（kàng lì），亦不能。"安闻言，邑邑而悲。女曰："必欲相谐，明宵请临妾家。"安乃收悲以忻（xīn），问曰："道路辽远，卿纤纤之步，何遂能来？"曰："妾固未归。东头聋媪，我姨行（háng）。为君故，淹留至今，家中恐所疑怪。"安与同寝，但觉气息肌肤，无处不香。问曰："熏何芗泽，致侵肤骨？"女曰："妾生来便尔，非由熏饰。"安益奇之。女早起言别，安虑迷途。女约相候于路。

安抵暮驰去，女果伺待。偕至旧所，叟媪欢逆。酒肴无佳品，杂具藜藿。既而请客安寝。女子殊不瞻顾，颇涉疑念。更既深，女始至，曰："父母絮絮不寝，致劳久待。"浃（jiā）洽终夜，谓安曰："此宵之会，乃百年之别。"安惊问之，答曰："父以小村孤寂，故将远徙（xǐ）。与君好合，尽此夜耳！"安不忍释，俯仰悲怆（chuàng）。依恋之间，夜色渐曙。叟忽阚然入，骂曰："婢子玷（diàn）我清门，使人愧怍（zuò）欲死！"女失色，草草奔去。叟亦出，且行且詈（lì）。安惊孱（càn）遌（è）怯，无以自容，潜奔而归。

数日徘徊，心景殆不可过。因思夜往逾墙，以观其便。叟固言有恩，即令事泄，当无大谴。遂乘夜窜往。蹀躞（dié xiè）山中，迷闷不知所往，大惧。方觅归途，见谷中隐有舍宇。喜诣之，则闬闳（hàn hóng）高壮，似是世家，重（chóng）门尚未扃也。安向门者，询章氏之居。有青衣人出，问："昏夜何人询章氏？"安曰："是吾亲好，偶迷居向。"青衣曰："男子无问章也。此是渠妗（jìn）家，花姑即今在此，容传白之。"入未几，即出邀安。才登廊舍，花姑趋出，迎谓青衣曰："安郎奔波中夜，想已困殆，可伺床寝。"少间，携手入帏。安问："家何别无人？"女曰："妗他出，留妾代守。幸与郎遇，岂非夙缘？"然偎傍之际，觉甚膻（shān）腥，心疑有异。女抱安颈，遽以舌舐（shì）鼻孔，彻脑如刺。安骇绝，急欲逃脱，而身若巨绠（gěng）之缚。少时，惛然不觉矣。

安不归，家中逐者穷人迹。或言"暮遇于山径者"。家人入山，则见裸死危崖下。惊怪莫察其由，舁（yú）归。众方聚哭，一女郎来吊，自门外嗷啕而入。抚尸捺（nà）鼻，涕泗滂沱，呼曰："天乎，天乎，何愚冥至此？"痛哭声嘶，移时乃已。告家人曰："停一七，勿殓（liàn）也。"众不知何人，方将启问，女傲不为礼，含涕径出，留之不顾。尾其后，转眸已渺。群疑为神，谨遵所教。夜又来哭如昨。至七夜，安忽苏，反侧以呻，家人尽骇。女子入，相向呜咽。安举手，挥众令去。女取山草一束，燂（tán）汤升许，即床头进之。顷刻能言。叹曰："再杀之惟卿，再生之亦惟卿矣！"

因述所遇。女曰："此蛇精冒妾也！前迷道时，所见灯光，即是物也。"安曰："卿何能起死人而肉白骨也？勿乃仙乎？"曰："久欲言之，恐致惊怪。君五年前，曾于华山道上，买猎獐而放之否？"曰："然。其有之。"曰："是即妾父也。前言'大德'，盖以此故。君前日已生西村王主政家。妾与父讼诸阎摩王，阎摩王弗善也。父愿坏道代郎死，哀之七日，始得当今之邂逅（xiè hòu），幸耳！"

"然君虽生，必且痿痹（bì）不仁，得蛇血合酒饮之，病乃可除。"生衔恨切齿，而虑其无术可以擒之。女曰："不难。但多残生命，累我百年不得飞升。其穴在老崖中，可于晡（bū）时聚茅焚之。外以强弩戒备，妖物可得。"言已，别曰："妾不能终事，实所哀惨。然为君故，业行（háng）已损其七，幸悯宥（yòu）也！月来觉腹中微动，恐是孽根。男与女，岁后当相寄耳。"流涕而去。安经宿（xiǔ），觉腰下尽死，爬抓无所痛痒。乃以女言告家人。家人往，如其言，炽（chì）火穴中。有巨白蛇冲焰而出，数弩齐发，射杀之。火熄入洞，蛇大小数百头，皆焦臭。家人归，以蛇血进。安服三日，两股渐能转侧，半年始起。

后独行谷中，遇老媪以绷席抱婴儿授之，曰："吾女致意郎君！"方欲问讯，瞥不复见。启襁视之，男也。抱归，竟不复娶。

导读

　　獐子，属鹿科分支。它体形比鹿小，胆小善良，性情温顺，俗称"小花鹿"。蒲公用神话拟人写法，将它以"花姑子"美名纳入书中，占有一席之地，选材新巧。就人们日常心态而论，与狐狸、青蛙、鳄鱼、乌鸦相比，小花鹿当然更可爱了。

　　从具体内容来看，本文情节曲折可读。

　　1. 虽有恩怨，但两主角是真心相爱的。

　　故事从安生山中迷路写起。"此非安乐乡"，山中有危险，章翁主动向前将安生领回家。为什么呢？因为五年前安生从猎户手中买一獐放生，成为章翁恩主。那么，这出爱情悲喜剧完全是"报恩"的吗？不是的。两主角真心相爱是全文主基调。初见花姑，安生的感觉是"芳容韶齿，殆类天仙"。而花姑对安生，更是早已倾心相爱。这是故事的实质。

　　2. 幼稚乎？成熟乎？

　　花姑是怎样一个姑娘呢？安生初见章翁晚年生的这位娇女烫酒时，她还玩"蒿心插紫姑"一类的小儿玩具；酒沸腾，惊号一声；行酒时"嫣然含笑，殊不羞涩"，显然是个幼稚少女。当安生猛然向她示爱时，她下意识地疾呼一声，老父急忙来，她却说"酒复涌沸，非郎君来，壶子融化矣"。这又是多么机警成熟。至于后来为安生治病、救命、生子，哪里还是幼稚少女呢，分明是一位成熟的多情仙子！

　　3. 善恶对比，爱憎分明。

　　作者选择内容，思路缜密。为突出花姑的真、善、美，加写了蛇妖的假、恶、丑，形成了强烈对比。试想，如果不安排蛇妖情节，只写花姑这一条线，为安生按摩后，二人高高兴兴地完婚，那会怎么样呢？那完全是喜剧了，就会使

花姑、安生二人挚爱的深度浅了一层。加入蛇妖事件，安生死过一回，花姑为救安生，连多年修炼的法力都失去了，使故事情节达到了生死不渝的高度。

4.结尾简明，留下了许多值得思考的悬念。

临别时，花姑说"妾不能终事，实所哀惨"，是什么意思？试想她的道行已损其七，七成的法力没有了，小花鹿还能再化为花姑吗？若勉强回到安生身边，将是这样的镜头：安生右手抱着婴儿，左手牵着小花鹿，漫步村头，那将是怎样的心情呢？

结 构

从故事情节分，本文有三部分内容。

1.大、小段提纲是这样的：

上集一至四段，包括"善良""遇叟""天仙"和"动情"。

中集五至九段，包括"病重""按摩""相爱""邀请"和"潜奔"。

下集十至十四段，包括"遇险""相救""恩缘""除妖"和"授子"。

2.全文十四个小段落，其中"动情""遇险"和"除妖"三段写得最细。

3."动情"段是关键所在，二主角迈出相爱的第一步。它的小层次也很清楚：

第一次"酒沸"，是花姑心想安生，无意摆弄玩具误事，受到老父批评；

"忽闻姬呼，叟便去"，安的机会来了；

"生长跽"向花姑表白爱意，女疾呼；

叟奔入，第二次"酒沸"是假的，花姑机智地掩盖了安生的冲动，凸显了真情；

安生哪里睡得着，天没亮就告别了。

这五小层情节，安生心潮难平，但他惊恐之余，心里清楚，花姑对自己动心了。

主题

青年人从恋爱到成婚，路线图多种多样。

花姑与安生，原本没有相识的可能性，故事是从章翁报放生救命之恩切入的。花姑自幼一定常听老父念叨，"安生是我恩主"，所以见面之前就有好感。二人相见，安生是一见钟情，花姑是遇上了心中早已想念的"白马王子"。可见，报恩只是这桩婚事的起点；相爱且达到生死不渝的深度，才是事件的本质。

论主题表达的高度，本文当属一流。

人物

本文人物不多，花姑与章翁的形象格外鲜明。

1. 花姑，小花鹿仙子，第一主角。

作者在文后有几句评论："……至于花姑，始而寄慧于憨，终而寄情于恝（jiá）。乃知憨者，慧之极；恝者，情之至也。仙乎，仙乎！"论及花姑形象、性格，这两句表达得精准、深透。

2. 章翁，主要配角，善良的长者。

五年前，他遇难被猎，是安生花钱行善将他赎命放生的。这一点，他从未忘记。

安生华山途中迷路，遥见灯火，却不知那是蛇洞，危险重重，是章翁把他接到家中。老两口以礼相待，命女儿行酒，不见外，很亲切。

安生对花姑示爱，引起花姑喊叫，章翁急来察看。女儿机巧，说"酒复涌沸，非郎君来，壶子融化矣"表扬安生，其实老父心里一清二楚。

那么，待花姑已和安生相爱并带他回家同床共枕时，老爷子为什么斥责女儿呢？这有两个原因：一是老人家思想有些守旧，认为还没成亲二人便睡在一起，"婢子玷我清门"；二是恩是该报，但将已有仙道的女儿下嫁人间，还需三思而行……

最后，安生被蛇妖所害身亡，已于前日投生西村王家，他真急了。怎么办？他和女儿一起冒死去求阎王，使安生七日后得以活命。

这样一位老獐仙，可爱可敬。

语言

本文语言流畅，十分传情。

1. 单音字在文言句中用得好。如：

安闻女言，心始安妥，益德之。

德，这里作动词用，敬佩、感谢的意思。

至家，即浣交好者，造庐求聘。

造庐，可不是盖一所房子。这里的"造"，是"登门造访"的意思。

乃问曰："素昧生平，何处与卿家有旧？"

旧，指旧交，两家过去的交情。

父愿坏道代郎死。

道，道行（háng），指多少年来这位老爷子的仙道修行。"坏道代郎死"，不是老爷子身死，而是道行消亡，今后再也没有仙气了。

2. 文言语句，魄力鲜明。如：

安不寐，未曙，呼别。

这句话只七个字，含义却不少。它指的是：安生受了惊吓，一夜未眠，没等天亮就向章翁打招呼、再见了。

3. 疑问句用得多，用得好。如：

诃曰："老大婢，濡猛不知耶？"

这是一般语气的指责。

女起，厉色曰："狂郎，入闺将何为？"

这是由惊恐而突然责问。

女倾头笑曰："痴儿，何至此耶？"

这是由于心痛发出的慰问。

未几，女果至，笑曰："痴郎子，不谢巫耶？"

自比巫医，这是幽默的玩笑话。这么好的语言，大家当然爱读。

34. 连琐

　　杨于畏，移居泗水之滨。斋临旷野，墙外多古墓。夜闻白杨萧萧，声如涛涌。夜阑秉烛，方复凄断，忽墙外有人吟曰："元夜凄风却倒吹，流萤惹草复沾帏。"反复吟诵，其声哀楚，听之，细婉似女子，疑之。明日视墙外，并无人迹。惟有紫带一条，遗荆棘中。拾归，置诸窗上。向夜二更许，又吟如昨。杨移杌（wù）登望，吟顿辍。悟其为鬼，然心向慕之。

　　次夜，伏伺墙头。一更向尽，有女子珊珊自草中出，手扶小树，低首哀吟。杨微嗽，女急入荒草而没。杨由是伺诸墙下，听其吟毕，乃隔壁而续之曰："幽情苦绪何人见，翠袖单寒月上时。"久之寂然，杨乃入室。方坐，忽见丽者自外来，敛衽（rèn）曰："君子固风雅士，妾乃多所畏避。"杨喜，拉坐，瘦怯凝寒，若不胜衣。问："何居里，久寄此间？"答曰："妾陇西人，随父流寓，十七暴疾殂（cú）谢，今二十余年矣！九泉荒野，孤寂如鹜。所吟，乃妾自作，以寄幽恨者。思久不属，蒙君代续，欢生泉壤。"

　　杨欲与欢。蹙（cù）然曰："夜台朽骨，不比生人；如有幽欢，促人寿数。妾不忍祸君子也！"杨乃止。戏以手探胸怀，则鸡头之肉，依然处子。又欲视其裙下双钩，女俯首笑曰："狂生太啰唣（zào）矣。"杨把玩之，则见月色锦袜，约彩综一绺（liǔ）。更视其一，则紫带系之。问："何不俱带？"曰："昨宵畏君而避，不知遗落何所。"杨曰："为卿易之。"遂即窗上取以授女。女惊问"何来"？因以实告。乃去线束带。既

11

翻案上书，忽见《连昌宫词》，慨然曰："妾生时最爱读此。今视之，殆如梦寐。"

与谈诗文，慧黠（xiá）可爱。剪烛西窗，如得良友。自此，每夜但闻微吟，少顷即至。辄嘱曰："君秘勿宣。妾少胆怯，恐有恶客见侵。"杨诺之。两人欢同鱼水。虽不至乱，而闺阁之中，诚有甚于画眉者。女每于灯下为杨写书，字态端媚。又自选宫词百首，录诵之。使杨治棋枰，购琵琶，每夜教杨手谈。不则挑弄弦索，作《蕉窗零雨》之曲，酸人胸臆（yì），杨不忍卒听；则为《晓苑莺声》之调，顿觉心怀畅适。挑灯作剧，乐辄忘晓。视窗上有曙色，则张皇遁去。

一日，薛生造访。值杨昼寝。视其室，琵琶、棋局具在，知非所善。又翻书得宫词，见字迹端好，益疑之。杨醒，薛问："戏具何来？"答："欲学之。"又问诗卷，托以"假诸友人"。薛反复检玩，见最后一叶，细字一行云："某日月连琐书。"笑曰："此是女郎小字，何相欺之甚？"杨大窘，不知置词。薛诘之益苦，杨不以告。薛执卷挟之。杨益窘，遂告之。薛求一见。杨因述所嘱。薛仰慕殷切，杨不得已，诺之。

夜分女至，为致意焉。女怒曰："所言伊何，乃已喋喋向人？"杨以实情自白。女曰："与君缘尽矣！"杨百辞慰解，终不欢，起而别去，曰："妾暂避之。"明日薛来，杨代致其不可。薛疑支托，暮与窗友二人来，淹留不去，故挠之。恒终夜哗，大为杨生白眼，而无如何。众见数夜杳然，浸有去志，喧嚣渐息。忽闻吟声，共听之，凄婉欲绝。薛方倾耳神注，内一武友王生，掇（duō）巨石投去，大呼曰："作态不见客，甚得好句，呜呜恻恻，使人闷损！"吟顿止。众甚怒之。杨恚愤见于词色。次日，始共去。

杨独宿空斋，冀女复来，而殊无影迹。逾二日，女忽至，泣曰："君致恶宾，几吓煞妾！"杨谢过不遑。女遽出曰："妾固谓缘分尽也，从此别矣！"挽之已渺。由是月余，更不复至。杨思之，形销骨立，莫可追挽。

一夕，方独酌，忽女子搴（qiān）帏入。杨喜极曰："卿见宥（yòu）

12

耶！"女涕垂膺，默不一言。亟（qì）问之，欲言复忍，曰："负气去，又急而求人，难免愧恧（nǜ）。"杨再三研诘，乃曰："不知何处来一龌龊（wò chuò）隶，逼充媵（yìng）妾。顾念清白裔，岂屈身舆台之鬼？然一线弱质，乌能抗拒？君如齿妾在琴瑟之数，必不听自为生活。"杨大怒，愤将致死。但虑人鬼殊途，不能为力。女曰："来夜早眠，妾邀君梦中耳。"于是复共倾谈，坐以待曙。女临去，嘱令昼眠，留待夜约。杨诺之。

因于午后薄饮，乘醺登榻，蒙衣偃（yǎn）卧。忽见女来，授以佩刀，引手去。至一院宇，方阖门语，闻有人搦（nuò）石挝（zhuā）门。女惊曰："仇人至矣！"杨启户骤出，见一人赤帽青衣，猬毛绕喙（huì），怒咄（duō）之。隶横目相仇，言词凶谩（màn）。杨大怒，奔之，隶捉石以投，骤如急雨，中（zhòng）杨腕下，不能握刃。方危急间，遥见一人腰矢野射。审视之，王生也！大号乞救。王生张弓急至，射之中股。再射之，殪（yì）。杨喜感谢。王问故，具告之。王自喜前罪可赎，遂与共入女室。女战惕羞缩，遥立不作一语。案上有小刀，长仅尺余，而装以金玉。出诸匣，光鉴毫芒。王赞叹不释手，与杨略话。见女惭惧可怜，乃出，分手去。杨亦自归，赴墙而仆。于是惊寤，听村鸡已乱唱矣。觉腕中痛甚，晓而视之，则皮肉赤肿。

亭午，王生来，便言夜梦之奇。杨曰："未梦射否？"王怪其先知。杨出手示之，且告以故。王忆梦中颜色，恨不真见；自幸有功于女，复请先容。夜间，女来称谢。杨归功王生，遂达诚恳。女曰："将伯之助，义不敢忘；然彼赳赳，妾实畏之。"既而曰："彼爱妾佩刀。刀实妾父出粤中，百金购之。妾爱而有之，缠以金丝，瓣以明珠。大人怜妾夭亡，用以殉葬。今愿割爱相赠，见刀如见妾也。"次日，杨申致此意。王大悦。至夜，女果携刀来，曰："嘱伊珍重，此非中华物也！"由是往来如初。

积数月，忽于灯下，笑而向杨。似有所语，面红而止者三。生抱问之，答曰："久蒙眷爱，妾受生人气，日食烟火，白骨顿有生意。但须生人精

連瑣

羞慚垂楊薄色昏
吟懷悲楚氣
月無痕十年一覺
泉臺夢回
必真氣始返魂

14

血，可以复活。"杨笑曰："卿自不肯，岂我故惜之？"女曰："妾接后，君必有廿（niàn）余日大病，然药之可愈。"遂与为欢。既而著衣起，又曰："尚须生血一点，能拌痛以相爱乎？"杨取利刃刺臂出血；女卧榻上，使滴脐中。乃起曰："妾不来矣。君记取百日之期，视妾坟前，有青鸟鸣于树巅，即速发冢（zhǒng）。"杨谨受教。出门又嘱曰："慎记勿忘，迟速皆不可！"乃去。

越十余日，杨果病，腹胀欲死。医师投药，下恶物如泥。浃辰而愈。计至百日，使家人荷锸（chā）以待。日既西，果见青鸟双鸣。杨喜曰："可矣！"乃斩荆发圹。见棺木已朽，而女貌如生。摩之微温。蒙衣舁（yú）归，置暖处，气咻咻然，细于属丝。渐进汤酏（yǐ），半夜而苏。每谓杨曰："十余年如一梦耳！"

导读

女鬼故事，又一篇。读到这里，大家对鬼的话题，已经习以为常了。如《陆判》《聂小倩》《锦瑟》《席方平》等鬼怪的神话，我们已学习讨论过许多篇了。《画皮》一枝独秀代表《聊斋》的那个时代，已经一去不复返了！神话故事，以鬼拟人，没什么可怕的。这里出现在我们面前的，只是一位美丽多情的连琐姑娘。

本文内容的选择，亮点鲜明。

1. 两位年轻的读书人。

前面读过的许多爱情篇章，多为郎才女貌型。男青年，好学书生；女子呢，美如天仙即可。本文不是这样。"杨于畏，移居泗水之滨。斋临旷野"，斋，书房，一开头就点明他是书生。那么女主角连琐呢？竟也是个才女。一出场，她就低声吟诵诗句，还是自己的诗作。二人相见后，"与谈诗文，慧黠可

爱"。又"自选宫词百首,录诵之""灯下为杨写书,字态端媚",下围棋,弹琵琶,声调传情。两主角的相识、相爱是从琴棋雅事起步的。这内容格调高出一头。

2. 看影片与读原文。

巧了,我写这篇时,老伴突然叫我:"快来看电视,正演故事片《连琐》。"我放下笔专心地看了半小时。影片中,连琐,现代美女;情节,复杂多变;武功,飞檐走壁;语言,与原文完全是两码事。拍电影,为了使观众爱看,编剧当然要有自己的考虑。但要学习古典文学,我劝大家还是先读原文为好。不然的话,先看了影视剧、连环画或直接译成的白话故事,那你想再进入《聊斋》的意境,再了解真正的连琐,可就太难了。这样的话,一提《连琐》就说"我知道",漫无边际地说上一大堆;其中的语言呢,却一句也没学到。

3. 敌、我、友战线分明。

文中五个人物,三方阵容:连琐、杨生,我方;薛生、王生,友方;龌龊隶鬼,敌方。三方人物,关系清楚,战线分明。

我与友,一般朋友关系。起初,薛、王想见连琐,闹得不愉快。后来在夜战中,王生出手相助,立下大功。连琐向王生赠宝刀留念。

友与敌,本来没有关系。王生伸张正义,射杀隶鬼,值得称赞。

我与敌,是这场决战的主要对手。不打这一仗,连琐就得被逼为妾,可能就得死。打吧,隶鬼"投石"功夫厉害,杨生腕下中石,十分危急。多亏王生出手射杀,我、友联手,取得这场夜战的全胜。

4. 好日子长着呢。

文后,与蒲翁同时又为同乡的大诗人王渔洋云:"结尽而不尽,甚妙。"评得精准。连琐与杨生,从相识到相爱,几经波折。那么发冢起尸、连琐还阳后呢? 她只说了句"十余年如一梦耳"! 这就完结了吗? 其实本文只是一幸福小家庭的开头段罢了。有情人终成眷属后,步步把握好,美满生活日久天长。

结构

1. 从故事内容看, 本文应分为四个大段。

第一大段, "良友", 包括一至四段, "女吟""续诗""初会"和"同桌"。

第二大段, "挫折", 包括五至七段, "请见""取闹"和"泣别"。

第三大段, "惩恶", 包括八至十段, "求救""夜战"和"赠刀"。

第四大段, "贤妻", 包括十一至十二段, "相爱"和"复活"。

2. 布局谋篇, 符合规律。

写文章, 结构上讲究的是起、承、转、合。本文段落安排完全符合这一规律。故事从二人相见"起", 发展为良友, 又有些不愉快, 到生死夜战, 最后复活归"合"。这样写, 顺理成章。

3. "夜战"段, 写得紧张动情。

先是杨生午后薄饮, 睡上一觉, 储存体力。

梦中, 连琐来, 给他一把刀。

至一院宇, 与隶鬼相遇。隶鬼投石如雨, 杨生中腕, 不能握刀。

危急间, 王生到。他一射再射, 隶鬼殪。

连琐惊吓羞缩, 遥立不作一语。

案上小刀可爱, 王生注目, 留下伏笔。

梦醒, 天亮, 杨生手腕赤肿成真。

看, 这段中小层次多么分明。这叫功夫。

主题

广大中老年朋友，对恋爱、结婚是怎么回事都是知道的，我们都是过来人了，然而这一课题许多青年人由于生活阅历尚浅，对它们的认识还过于简单，还不够全面。有的人认为，恋爱、结婚就是"入洞房"。当然，年轻人年龄到了，恋爱结婚了，夫妻同床共枕、生儿育女，这是天伦大理，是正大光明的事，但在我们这些过来人回头看来，还有一些"说辞"该与年轻一代朋友探讨一番。

1. 什么时候结婚，要慎重考虑。

大多数情侣相识一两年时间，彼此相当了解，这时二人携手步入婚姻殿堂很正常，但社会上也有两种极端现象，一是"闪婚"。二人经人介绍，刚认识三周，领证了，这是不是太快了点？即使昼夜不停地长谈，彼此能互相了解多少？不妥的。二是"不婚"。二人交往多年，都三十多岁了，就是只恋爱，不结婚。说什么"结婚是恋爱的坟墓"，就又走向另一极端，也不好理解。不要说"外国人怎么怎么做"，我们还是走自己的路吧。

2. 什么叫"真爱"，本文有独到的见解。

古时候，男女授受不亲，见面机会不多。前面许多篇章中，二主角一相见就中意了，立刻"遂相欢好"，这是可以理解的。连琐与杨生，却不这样。

文中第一大段"良友"，本可以写为"成婚"的。杨生，年轻有为，好学多才；连琐，美丽聪慧，温柔多情。见面后，"杨欲与欢"，符合当时情况，但是连琐不同意那样做。"夜台朽骨，不比生人；如有幽欢，促人寿数。妾不忍祸君子也！"于是，二人的婚事一拖再拖，直到有了许多经历之后才成眷属。这样，才有可能一辈子好下去，好到庆祝"钻石婚"。

这里，体现他们是"真爱"最重要的一条是"首先要为对方着想"。

18

3. 是"我自己条件差吗"？

有的青年人，说到恋爱、结婚，有严重的自卑心理，比如"我的条件不如人家好"。不要这么想。真爱，那几样表面上的"条件"不起决定性作用。这里，请看几位众人皆知的人和事：

一位是诸葛亮，三国时代蜀国名相。年轻时，他风华正茂，谋略盖世。但是，他娶的妻子黄家女，离"貌美"相差几档。后来三十年，诸葛亮辅佐刘备打天下，大名鼎鼎；黄氏是他的贤内助，一直相伴终生。

一位是家喻户晓的《天仙配》中的七仙女。那条件，玉皇大帝的女儿，美丽异常。拨开云层要择婿下嫁，多少男儿可选啊！可是，她偏偏看上了穷得一无所有的董永。

一位是前面我们读过的《阿宝》中的孙子楚。孙生，"条件"太弱了：性格憨痴、木讷；家庭贫穷；残疾，生有六指；已婚，妻子过世；还带着一个孩子。阿宝何等人物啊，但她却嫁给了懂得真爱的孙子楚。

回过头来看看我们面前的连琐与杨生，普普通通的人，由于懂得真爱，建立了幸福家庭。

本文中，蒲公运用了几种常见手法，将人物写得栩栩如生。让我们看看连琐和配角王生这二位。

连琐为全文领衔人物，形象最鲜活：

一是鬼影逼真。"鬼"，没有的，正像孙悟空、猪八戒一样，神话中的人物。但写得"像不像"，读者心里有数。文中写连琐出场："次夜，伏伺墙头。一更向尽，有女子珊珊自草中出，手扶小树，低首哀吟。杨微嗽，女急入荒草而没。"字里行间，阴气十足。

二是写她真心爱杨生。"如有幽欢，促人寿数。妾不忍祸君子也！"言辞恳切。

三是有文化，爱学习。"与谈诗文，慧黠可爱""自选宫词百首，录诵之"。

四是柔弱胆怯。"夜战"中，"女战惕羞缩，遥立不作一语"。

五是知道感恩。王生有救命之恩，她将宝刀呈上，"今愿割爱相赠，见刀如见妾也"。

六是她有少女情怀。为还阳复活，需要与杨生相爱，她羞涩难以启齿，"面红而止者三"。

说是"鬼"，其实这完全是一位美貌聪慧、温柔多情的活生生的少女。

配角王生，形象也鲜明可敬：

初来求见连琐，他性情有些粗暴。武生么，"掇巨石投去"，大呼曰："作态不见客，甚得好句，呜呜恻恻，使人闷损"，直性子。

虽没文化，但他武功精良。见那宝刀"出诸匣，光鉴毫芒"，他"赞叹不释手"。

"夜战"中，生死关头，他以友情为重，冲锋向前，连发数箭，隶鬼立毙。

连琐赠刀，他不推辞——"王大悦"。

这样的朋友，交得。

语言

本文内容曲折多变，语言也急缓有度。

1.单音字在文言句中用得好。如：

杨喜，拉坐，瘦怯凝寒，若不胜衣。

胜，不是胜、败，而是胜任、承担或承受，"不胜"是指"衣服撑不起来"。

"随父流寓，十七暴疾殂谢。"

谢，如花凋谢，过世了。

视其室，琵琶、棋局具在，知非所善。

善，这里是"爱好""喜欢"的意思。

君如齿妾在琴瑟之数。

齿，可组成"咬牙切齿"等词语。它的内涵较深，是"十分在乎"，是"你如果内心把我放在十分重要的情侣位置"。

2. 开头，二人对诗出场，新奇巧妙。

"元夜凄风"，诗句一般。文章开头由吟诗写起，新颖，巧妙。

3. 写景句、状物句写得生动。如：

杨生在泗水之滨攻读，那里是什么样的环境呢？斋临旷野，墙外多古墓。夜闻白杨萧萧，声如涛涌。两句话，气氛造出来了。

写那把宝刀，什么样呢？长仅尺余，而装以金玉。出诸匣，光锃毫芒……妾爱而有之，缠以金丝，瓣以明珠。多可爱的物件啊。

35. 凤仙

刘赤水，平乐人，少颖秀。十五入县庠（xiáng）。父母早亡，遂以游荡自废。家不中资，而性好修饰，衾榻皆精美。

一夕，被人招饮，忘灭烛而去。酒数行，始忆之。急返，闻室中小语。伏窥之，见少年拥丽者眠榻上。宅临贵家废第，恒多怪异。心知其狐，即亦不恐。入而叱曰："卧榻岂容鼾睡！"二人遑遽，抱衣赤身遁去。遗紫绔袴一，带上系针囊，大悦，恐窃去，藏衾中而抱之。俄一蓬头婢，自门罅（xià）入，向刘索取。刘笑要偿。婢请遗（wèi）以酒，不应；赠以金，又不应。婢笑而去。旋返曰："大姑言，如赐还，当以佳偶为报。"刘问伊谁，曰："吾家皮姓，大姑小字八仙，共卧者胡郎也；二姑水仙，适富川丁官人；三姑凤仙，较两姑尤美，自无不当意者。"刘恐失信，请坐待好音。婢去久之，复返曰："大姑寄语官人：好事岂能猝（cù）合？适与之言，方遭诟厉。但缓时日以待之。吾家非轻诺寡信者。"刘付之。

过数日，渺无信息。薄暮，自外归，闭门甫坐。忽双扉自启，两人以被承女郎，手捉四角而入，曰："送新人至矣！"笑置榻上而去。近视之，酣睡未醒，酒气犹芳；赪（chēng）颜醉态，倾绝人寰。喜极，为之捉足解袜，抱体缓裳。而女已微醒，开目见刘，四肢不能自主。但恨曰："八仙淫婢卖我矣！"刘狎抱之。女嫌肤冰，微笑曰："今夕何夕，见此'凉'人？"刘曰："子兮子兮，如此凉人何！"遂相欢爱。既而曰："婢子无耻，玷（diàn）人床寝，而以妾换袴耶！必小报之。"从此，靡（mǐ）夕不至，绸缪

（móu）甚殷。袖中出金钏（chuàn）一枚，曰："此八仙物也。"又数日，怀绣履一双来，珠嵌锦绣，工巧殊绝。且嘱刘："暴扬之！"刘出夸示亲宾。来观者，皆以资酒为贽（zhì）。由此奇货居之。

女夜来，忽作别语。怪问之，答云："姊以履故恨妾，欲携家远去，隔绝我好。"刘惧，愿还之。女云："不必。彼方以此挟（xié）妾，如还之，中（zhòng）其机矣。"刘问："何不独留？"曰："父母远去，一家十余口，俱托胡郎经纪。若不从去，恐长舌妇造黑白也。"从此不复至。

逾二年，思念綦（qí）切。偶在途，遇女郎骑款段马，老仆鞚（kòng）之。摩肩过，反启障纱相窥，丰姿艳绝。顷，一少年后至。曰："女子何人？似颇佳丽！"刘极赞之。少年拱手笑曰："太过奖矣！此即山荆也。"刘惶愧谢过。少年曰："此何妨？但南阳三葛，君得其龙，区区者又何足道？"刘疑其言。少年曰："君不认窃眠卧榻者耶？"刘始悟为胡，叙僚婿之谊，嘲谑（xuè）甚欢。少年曰："岳新归，将一省（xǐng）觐（jìn），可同行否？"刘喜，从入萦（yíng）山。

山上故有邑人避难之宅，女下马入。少间，数人出望，曰："刘官人亦来矣！"入门谒见翁媪。又一少年先在，靴袍炫美。翁曰："此富川丁婿。"并揖即坐。少时，酒炙（zhì）纷纶，谈笑颇洽。翁曰："今日三婿并临，可称佳集。又无他人，可唤儿辈来，作一团圞（luán）之会。"俄，姊妹俱出。翁命设坐，各傍其婿。八仙见刘，惟掩口而笑。凤仙辄与嘲弄。水仙貌少亚，而沉重温克。满座倾谈，惟把酒含笑而已。于是履舄（xì）交错，兰麝熏人，饮酒乐甚。刘视床头，乐（yuè）具毕备，遂取玉笛，请为翁寿。翁喜，命善者，各执一艺。因而合座争取，惟丁与凤仙不取。八仙曰："丁郎不谙（ān）可也。汝宁屈指不伸者？"因以拍板掷凤仙怀中，便串繁响。翁悦曰："家人之乐极矣！儿辈俱能歌舞，何不各进所长？"八仙起，捉水仙曰："凤仙从来金玉其音，不敢相劳，我两人可歌《洛妃》一曲。"

二人歌舞方已，适婢以金盘进果，都不知其何名。翁曰："此自真腊携来，所谓田婆罗也。"因掬数枚，送丁前。凤仙不悦曰："婿岂以贫富为爱憎耶？"翁微哂（shěn）未言。八仙曰："阿爹以丁郎异县，故是客耳。若论长幼，岂独凤妹妹有拳大酸婿也？"凤仙终不快。解（xiè）华妆，以鼓拍授婢，唱《破窑》一折，声泪俱下。既阕（què），拂（fú）袖径出，一座为之不欢。八仙曰："婢子乔性犹昔。"乃追之，不知所往。刘无颜，亦辞而归。

至半路，见凤仙坐路旁，呼与并坐。曰："君一丈夫，不能为床头人吐气耶？黄金屋自在书中，愿好为之。"举足云："出门匆遽，棘刺破复履矣。所赠物，在身边否？"刘出之。女取而易之。刘乞其敝者。辗（chǎn）然曰："君亦无赖矣。几见自己衾枕之物，亦要护藏者？如相见爱，一物可以相赠。"出一镜，付之，曰："欲见妾，当于书卷觅之。不然，相见无期矣！"言已不见，怊（chāo）怅自归。

视镜，则凤仙背立其中，如望去人于百步之外者。因念所嘱，谢客下帷。一日，见镜中人忽现正面，盈盈欲笑，益爱重之。无人时，辄以共对。月余，锐志渐衰，游恒忘返。归见镜影，惨然若涕。隔日再视，则背立如初矣。始悟为己之废学也！乃闭户研读，昼夜不辍。月余，则影复向外。自此验之，每有事荒废，则其容戚；数日攻苦，则其容笑。如是，朝夕悬之，如对师保。如此二年，一举而捷。喜曰："今可以对我凤仙矣！"

揽镜视之，见画黛弯长，瓠（hù）犀微露，喜容可掬，宛然在目前。爱极，停睇（dì）不已。忽镜中人笑曰："影里情郎，画中爱宠，今之谓矣！"惊喜四顾，则凤仙已在座后。握手问翁媪起居，曰："妾别后，不曾归家，伏处岩穴，聊与君分苦耳。"刘赴宴郡中，女请与俱，共乘而往。人对面不相窥。既而将归，阴与刘谋，伪为娶于郡也者。女既归，始出见客，经理家政。人皆惊其美，而不知其狐也。

刘属富川令门人，往谒之，遇丁，殷殷邀至其家，款礼优渥（wò）。

鳳儀

僚壻身家自富貴
先鞭宜著算用縮郎
君及第歸來日第一
先酬鏡裏人

25

言："岳父母近又他徙。内人归宁，将复。当寄信往，并诣申贺。"刘初疑丁亦狐，及细审邦族，始知富川大贾（gǔ）子也。初，丁自别业暮归，遇水仙独步。见其美，微睨之。女请附骥以行。丁喜，载至斋，与同寝处，椸（líng）隙可入，始知为狐。言："郎无见疑。妾以君诚笃，故愿托之。"丁嬖（bì）之，竟不复娶。

刘归，假贵家广宅，备客燕寝。泛扫光洁，而苦无供帐。隔夜视之，则陈设焕然矣！过数日，果有三十余人，赍（jī）旗采酒醴（lǐ）而至，舆马缤纷，填溢街巷。刘揖翁及丁、胡，入客舍。凤仙逆姬及两姨，入内寝。

八仙曰："婢子今贵，不怨冰人矣？钏履犹存否？"女搜付之，曰："履则犹是也，而被千人看破矣！"八仙以履击背曰："挞（tà）汝寄于刘郎。"乃投诸火，祝曰："新时如花开，旧时如花谢。珍重不曾著（zhuó），姮（héng）娥来相借。"水仙亦代祝曰："曾经笼玉笋，著出万人称。若使姮娥见，应怜太瘦生。"凤仙拨灰曰："夜夜上青天，一朝去所欢。留得纤纤影，遍与世人看。"遂以灰捻桦（bàn）中，堆作十余分。望见刘来，拓（tuò）以赠之。但见绣履满桦，悉如故款。八仙急出，推桦坠地。地上犹有一二只存者。又伏吹之，其踪始灭。次日，丁以道远，夫妇先归。八仙贪与妹戏，翁及胡屡督促之。亭午始出，与众俱去。

初来，仪从过盛，观者如市。有两寇窥见丽人，魂魄丧失，因谋劫诸途。侦其离村，尾之而去。相隔不盈一矢，马极奔，不能及。至一处，两崖夹道，舆行稍缓。追及之，持刀吼咤。人众都奔。下马启帘，则老妪坐焉。方疑误掠其母，才他顾，而兵伤右臂，顷已被缚。凝视之，崖并非崖，乃平乐城门也。舆中人，则李进士母，自乡中归耳。一寇后至，亦断马足而絷（zhí）之门。李执送太守，一讯而伏。时有大盗未获，诘之，即其人也。

明春，刘及第。凤仙亦恐招祸，故悉辞内戚之贺。刘亦更不他娶。及为郎官，纳妾，生二子。

26

导读

《聊斋》书中，狐仙美女故事太多了。这一篇凤仙领衔，皮氏三姐妹同台出演，煞是精彩。虽说是同胞姐妹，但各有自己的心事。三位女婿也同时"伴舞"，有戏。凤仙与刘生，当然是中心人物，他们的故事是全文主线。尽管台上人物众多，但出场有序。

具体地说，本文有以下一些亮点：

1. 二主角婚事成得巧。

刘赤水，一少年书生，家中父母双亡。生活不富裕，怎么就娶到了美如天仙的皮家三小姐凤仙呢？文中第一大段详尽地讲述了这桩天赐良缘的故事。原来大姐八仙与胡郎在刘生床上偷情，匆忙中丢了裤子；刘生聪明，抓住良机，小妹凤仙是在酒醉中作为"换裤礼物"被送给刘郎的。刘生命好，遇上了"天上掉馅饼"，人间送媳妇，还真有这等巧事。

作者在第一段中亮出这个情节，紧紧地抓住了读者。

2. 凤仙有强烈的自卑感。

凤仙，自身条件多好啊，"三姑凤仙，较两姑尤美"，怎么会自卑呢？同胞三姐妹，各自女婿怎么样，是要暗中比较的。八仙的胡郎，属皮家"同族同宗"，不是"外人"。他有能力，"一家十余口，俱托胡郎经纪"，是皮家的当家"老大"。从"组织"上说，凤仙也在胡郎领导之下。水仙的丁郎，是富川大贾家的公子，权势横霸一方。凤仙的刘郎呢，说是一位书生，但贪玩不用功，学业荒废，怎么叫人瞧得起？全家相聚，分吃水果，老翁先给丁婿送上一份。凤仙看在眼里，不悦地说："婿岂以贫富为爱憎耶？"凤仙心中不平，自卑情绪更强了。

3. 神秘的"魔镜"情节。

"君一丈夫，不能为床头人吐气耶？"凤仙希望刘生为自己争气。怎么办呢？赠他一"魔镜"，督促他刻苦攻读。这个情节加得好。用功了，镜中妻子笑；废学了，凤仙背过身。爱情成了刘生苦学的动力，有效。从选材上看，文中"以妹换裤""赠郎魔镜"及"误捉李母"为三桩趣事，令人爱读。

4.问题答疑。

阅读本篇，有读者提出疑问："有几处内容看不明白"，例如：

"八仙丢了裤子，用妹妹去换，值吗？"

值得的。旧时代，男女授受不亲。像《阿宝》篇，女孩子鞋让孙生鹦鹉叼去，这就得嫁他了。鞋都不能让人看，何况裤子呢？那简直是八仙的"命"。所以，用多重的礼物，也得把裤子换回来。这是理由之一。另外，八仙有仙气，早为三妹选中刘生，是有意这么做的。

"凤仙爱刘生吗？"

是真爱。从表面看，凤仙嫁刘生，嫁得糊涂。她正在醉酒迷糊中，两婢女将她身子翻到被上，各握两被角，就被抬到刘生床上了。待她醒来，刘生已睡在身边。凤仙愿意吗？愿意。她也有仙气，平时对刘生早有所知，凤仙醒来一睁眼，年轻英俊的美少年在身边，自言道："今夕何夕，如此'凉'（良，谐音）人？"她心里满意，"遂相欢爱"。

"后来，姐妹一起'烧鞋''吹灰'，那是什么习俗呢？"

这，实话实说，我也不知道。古代民间各地有各地的风俗习惯。我是山东人，但平乐县这种"烧鞋"的事，没听说过。还是那句话，读古文，有实在不明白的地方，跳过去就是，这并不影响我们阅读全文。

结构

本文内容丰富，结构也比较复杂。

1.按故事情节，全篇可分为五大段：

第一大段，"天赐良缘"。包括一至三段，"刘生""允婚"和"送嫁"。

第二大段，"联而不欢"。包括四至七段，"告别""僚婿""团圆"和"拂袖"。

第三大段，"妻心良苦"。包括八至十段，"赠镜""攻读"和"回家"。

第四大段，"姊妹再聚"。包括十一至十三段，"丁生""欢庆"和"祝诗"。

第五大段，"善恶分明"。包括十四至十五段，"惩恶"和"及第"。

2.本文故事神话色彩浓郁，人物众多，场次跳跃大，布局谋篇上很有难度。这么多内容，篇幅又不宜拉得过长，因而有些情节就必须压缩简写，如水仙、丁生婚事这部分就文字不多。尾段刘生是如何"及第"的，一笔作结。蒲公这种驾驭大题材的布局功力，我们该用心领会。

3.五个大段中，"天赐良缘"独立性强，最为耐读。别看刘生"家不中资"，但"性好修饰""衾榻皆精美"。这才被八仙夫妇看中"借用"了他家的卧室。从此起，直到凤仙二人入洞房，一路写下来，语言幽默，情趣跌宕，摘录下来，可独自成篇。

主题

歌颂男女青年相爱、结成美满姻缘的主题，我们已读过多篇了。《凤仙》这篇，在这总主题的框架内，表达上有它自己的特点。

1.大姐八仙是真心对小妹好的。

初读时，有人这样说："包办婚姻都该反对，何况这是'骗办'呢？"话不能这样说。姐妹之间，日常小有矛盾，实属正常。同胞至亲，文中有一句话十分关键。丁生夫妇因路远先归，"八仙贪与妹戏"，迟迟不肯离去。"贪与妹戏"四字，是二十年间特殊感情的总纲。什么"以妹换裤"呀，"痛唱《破窑》"

呀，"烧鞋吹灰"呀，那都是"大江东去"中的浪花。说凤仙妹子的幸福婚姻是大姐八仙促成的，当不过分。

2. 凤仙够得上"贤妻"档。

夫妻生活中，能"与子偕老"的约占半数，其中又分几档：有为了孩子勉强维持的，有一年到头从大年初一吵到除夕的……夫妻二人过得幸福、和谐，可称为"良夫""贤妻"的，不多。凤仙够得上这一档。第三大段"妻心良苦"中，写赠镜后，刘生苦读，凤仙这两年干什么去了？她没回家休息。"伏处岩穴，聊与君分苦耳"，试想一只小狐，春夏秋冬，两轮在山穴中度过，多不易呀！她怕伴在刘郎身边，影响他专心进取呢。这么好的媳妇，刘生福气不小啊。

3. 如何评价婚姻质量？

青年人结婚，组成家庭，是好事，但好事也有度数，有质量高低。本是有为上进的青年，婚后昏了，不思进取，工作疲软，学业无成……这样的例子不必我举出了。本文中刘生，他若是没有凤仙的帮助，"父母早亡，遂以游荡自废"，后来不可能及第当了高官！可见，二人成婚后，前进的步伐更快了，对社会的贡献更大了，这才是青年人生活的阳光大道。

人物

本文人物较多。蒲公运用各种手段，着力突出了主角凤仙的形象。她给我们的印象是：

凤仙美丽。三位仙姑，八仙美，水仙美，而"三姑凤仙，较两姑尤美"。

凤仙钟情。虽在睡梦中被人抬到刘家，但醒来一看，刘生啊，正是自己的意中人。"今夕何夕，见此'凉'人！"她十分满意。

凤仙娇情。大姐"卖"了她，她要报复，将八仙的鞋拿来让刘生"暴扬

之"。

凤仙好胜。阿翁给丁生送上水果，她认为自己的丈夫被父亲小看了，愤愤不平。

凤仙伟大。这是她身上的主要亮点。谁家新媳妇肯"赠镜"助郎攻读，自己离家在山穴中苦待二年？这一点，给予多高的评价，都不为过。

凤仙自律。刘生及第后，"凤仙亦恐招祸，故悉辞内戚之贺"。当了官太太，身份高了，一点也不张扬。

凤仙包容。刘生升到"郎官"，纳妾生子，凤仙并没有施展自己的仙气干扰这事，说明她宽容。

语言

本文语言，字里行间多幽默诙谐，非常耐读。

1. 单音字在文言句中用得好。如：

父母早亡，遂以游荡自废。

废，不难懂。问题在"废掉什么"？这就必须接首句。"少颖秀。十五入县庠"，说他自小聪明，才十五岁就进"县立学校"就读了。再看"自废"，是自己不用功，荒废了学业。

怀绣履一双来……且嘱刘："暴扬之！"

暴，指"在公开场合""极力地"。

如此二年，一举而捷。

捷是取胜，考场上传来捷报，考中了。

八仙曰："婢子今贵，不怨冰人矣？"

冰人，媒人。有了媒人，水才结冰。这里，取"凝结""结合"的意思。

2. 四字句运用娴熟。如：

酣睡未醒，酒气犹芳；赪颜醉态，倾绝人寰。

刘视床头，乐具毕备，遂取玉笛，请为翁寿。

锐志渐衰，游恒忘返。归见镜影，惨然若涕。

有事荒废，则其容戚；数日攻苦，则其容笑。

3."烧鞋"段三人祝诗，颇有些情趣。

4.细节处，描述具体。如"讨裤"处：

俄一蓬头婢，自门奔入，向刘索取。刘笑要偿。婢请遗以酒，不应；赠以金，又不应。婢笑而去。

这里，两个人物情节不多，但面前景况跃然纸上。

36. 崔猛

　　崔猛，字勿猛，建昌世家子。性刚毅。幼在塾中，诸童蒙稍有所犯，
辄奋拳殴击。师屡戒不悛（quān）。名字，皆先生所赐也。至十六七，强
武绝伦。又能持长竿跃登夏屋，喜雪不平，以是乡人共服之。求诉禀
白者，盈阶满室。崔抑强扶弱，不避怨嫌。稍逆之，石杖交加，支体为
残。每盛怒，无敢劝者。惟事母孝，母至则解。母谴责备至，崔唯唯听
命，出门辄忘。

　　比邻有悍妇，日虐其姑。姑饿濒（bīn）死。子窃啖（dàn）之，妇知，
诟（gòu）厉万端，声闻四院。崔怒，逾垣而过，鼻耳唇舌尽割之，立毙。
母闻之，大骇，呼邻子，极意温恤（xù）。配以少婢，事乃寝。母愤泣不
食。崔惧，跪请受杖，且告以悔。母泣不顾。崔妻周，亦与并跪。母乃杖
子，而又以针刺其臂，作十字纹，朱涂之，俾勿灭。崔并受之，母乃食。

　　母喜饭僧道，往往餍（yàn）饱之。适一道士在门，崔过之。道士目
之曰："郎君多凶横之气，恐难保其令终。积善之家，不宜有此。"崔新受
母戒，闻之，起敬曰："某亦自念之。但一见不平，若不自禁。力改之，可
免否？"道士笑曰："姑勿问可免不可免，请先自问能改不能改。但当痛自
抑，如有万分之一，我告君一解死之术。"崔生平不信厌禳（ráng），但笑不
言。道士曰："我固知君不信。但我所言，不类巫觋（xí），行之亦盛德。
即其不效，亦不至有所妨。"崔请之。乃曰："适门外一后生，宜厚结之。
即犯死罪，此子能活之也。"呼崔出，指示其人，盖赵氏儿，名僧哥。赵，南

昌人。以岁祲（jìn）饥，侨寓建昌。崔由是深相结，请赵馆于其家，供给优厚。僧哥年十二，登堂拜母，约为昆弟。逾岁东作，赵携家去，音问遂绝。

崔母自邻妇死，戒子益切。有赴诉者，辄摈（bìn）斥之。一日，崔母弟卒，从母往吊。途遇数人，絷（zhí）一男子。呵骂促步，加以捶扑。观者塞途，舆不得进。崔问之，识崔者，竞相拥告：先是有巨绅子某甲者，豪横（hèng）一乡。窥李申妻有色，欲夺之，道无由。因命家人，诱与博赌，贷以资而重其息，要使署妻于券，资尽复给。终夜，负债数千。积半年，计子母三十余千，申不能偿。强以多人篡取其妻，申哭诸其门。某怒，拉系树上，榜笞（chī）刺剟（duō），逼立无悔状。

崔闻之，气涌如山。鞭马向前，意将用武。母搴（qiān）帘而呼曰："嗟（jiè），又欲尔耶！"崔乃止。既吊而归，不语亦不食。兀（wù）坐直视，若有所瞋（chēn）。妻诘之，不答。至夜，合衣卧榻上，辗转达旦。次夜复然，启户出，辄又还卧。如此三四，妻不敢诘，惟慑以听之。既而迟久乃返，掩扉熟寝矣。是夜，有人杀某甲于床上，刳（kū）腹流肠。申妻亦裸尸床下。官疑申，捕治之，横被残梏（gù），踝（huái）骨皆见，卒无词。

积年余，不能堪，诬服，论辟。会崔母死。既殡，告妻曰："杀甲者，实我也。徒以有老母故，不敢泄。今大事已了（liǎo），奈何以一身之罪，殃他人？我将赴有司死耳！"妻惊挽之，绝裾而去，自首于庭。官愕然，械送狱，释申。申不可，坚以自承，官不能决，两收之。戚属皆诮（qiào）让申。申曰："公子所为，是我欲为而不能者也；彼代我为之，而忍坐视其死乎？今日即谓公子未出也可。"执不异词，固与崔争。久之，衙（yá）门皆知其故，强出之，以崔抵罪，滨就决矣！

会恤刑官赵部郎，案临阅囚。至崔名，屏（bǐng）人而唤之。崔入，仰视堂上，僧哥也！悲喜实诉。赵徘徊良久，仍令下狱，嘱狱卒善视之。寻以自首减罪，充云南军。申为服役而去。未期（jī）年，援赦（shè）而

崔猛

排難解紛郭解
流運籌帷幄
出奇謀兩人儔
琴登壇命良
信勳名可匹傳

归，皆赵力也。既归，申终从不去，代为纪理生业。予之资，不受。缘橦（tóng）技击之术，颇以关怀。崔厚遇之，买妇授田焉。崔由此力改前行。每抚臂上刺痕，泫然流涕。以故乡邻有斗，申辄矫（jiǎo）命排解，不相承禀。

有王监生者，家豪富，四方无赖不仁之辈，出入其门。邑中殷实者，多被劫掠。或迕（wǔ）之，辄遣盗杀诸途。子亦淫暴。王有寡婶，父子俱烝之。妻仇氏，屡沮（jǔ）王。王缢杀之。仇兄弟质诸官。王赇嘱，以告者坐诬，兄弟冤愤莫伸。诣崔求诉，申绝之使去。过数日，客至，适无仆，使申瀹（yuè）茗。申默而出，告人曰："我与崔猛朋友耳！从徙（xǐ）万里，不可谓不至矣！曾无廪（lǐn）给，而役同厮养，所不甘也！"遂忿而去。或以告崔。崔讶其改节，而亦未之奇也。申忽讼于公堂，谓崔"三年不给佣价"，崔大异之，亲与口对状。申忿相争，官不直之，责逐而去。

又数日，申忽夜入王家，将其父子、婶妇并杀之，黏纸于壁，自书姓名。及追捕之，则亡命无迹。王家疑崔主使，官不信。崔始悟前此之讼，盖恐杀人之累己也！关行附近州邑，追捕甚急。会闯贼犯顺，其事遂寝。无何，明鼎革，申携家归，复与崔善如初。

时土寇啸聚。王有从子得仁，集叔所招无赖，据山为盗，焚掠村疃（tuǎn）。一夜，倾巢而至，以复仇为名。崔适他出。申破扉始觉，越墙伏暗中。贼搜崔不得，携崔妻，括财物而去。

申归，止有一仆，忿急不能为地。乃断绳数十段，以短者付仆，长者自怀之。嘱仆越贼巢，登半山，以火爇（ruò）绳，散挂诸荆棘，即返勿顾。仆诺而去。申窥贼皆腰束红带，帽系红绢，遂效其装。有老牝（pìn）马初生驹，贼弃诸门外。申乃缚驹跨马，衔枚而出，直至贼穴。贼据一大村。申絷马村外，逾垣入。见贼众纷纭，操戈未释。申窃问诸贼，知崔妻在王某所。俄闻传令，俾（bǐ）各休息，轰然噭（jiào）应。忽一人报"东

36

山有火"，众贼共望之。初犹一二点，既而多类星宿。申垒（bèn）息急呼："东营有警！"王大惊，束装率众而出。申乘间漏出其后，反身入内，见两贼守帐，绐（dài）之曰："王将军遗佩刀。"两贼竞觅。申自后砍之。一贼踣（bó），其一回顾，申又斩之。竟负崔妻，越垣而出。解马授辔（pèi）曰："娘子不知途，纵马可也。"马恋驹奔驶，申从之。出一隘（ài）口，申灼火于绳，遍悬之，乃归。

次日，崔还。以为大辱，形神跳躁，欲单骑（jì）往平贼。申谏（jiàn）止之，集村人而谋之。众恇（kuāng）怯，莫敢应。解谕再四，得敢往二十余人。又苦无兵。适于得仁族姓家，获奸细二。崔欲杀之，申不可。命二十人各持白梃（tǐng），具列于前，乃割其耳而纵之。众怒曰："此等兵旅，方惧贼知，而反示之，脱其倾队而来，阖村不保矣！"申曰："吾正欲其来也。"

执匿盗者诛之。遣人四出，各假弓矢火铳（chòng）。又诣邑借巨炮二。日暮，率壮士至隘口，置炮当其冲，使二人匿火而伏，嘱见贼乃发。又至谷口东，伐树置崖上。已而与崔各率十余人，分岸伏之。一更向尽，遥闻马嘶。暗觇（chān）之，贼果大至，褾属不绝。俟（sì）尽入谷，乃推堕树木，以断归途。俄而炮发，喧腾号叫之声，震动山谷。贼骤退，自相践踏。至东口，不得出，集无隙地。两岸铳矢夹攻，势如风雨。断头折足者，枕藉沟中。遗二十余人，长跪乞命，乃遣人絷送以归。乘胜直抵其巢，守巢者闻风奔窜。搜其辎（zī）重而还。

崔大喜，问其设火之谋。曰："设火于东，恐其西追也。短，欲其速尽，恐侦知其无人也。既而设于谷口，口甚隘，一夫可以断之。彼即追来，见火必惧，皆一时犯险之下策也！"取贼鞠（jū）之，果追入谷，见火惊退。二十余贼，尽劓（yì）刵（èr）而放之。

由此，威声大震。远近避乱者，从之如市，得土团三百余人。各处强寇无敢犯，一方赖之以安。

导读

"路见不平一声吼，该出手时就出手"，这是电视连续剧《水浒传》梁山一百零八位好汉的战斗之歌。崔猛、李申二位若早生几百年，定在山上占有两把交椅。在那没有民主、没有法制的旧社会，贪官污吏、豪强劣绅横行四方，平民百姓有冤无处诉，有仇不得报。在这种情况下，崔猛就是百姓心目中的青天尊神了。哪里有他们，哪里的豪强劣绅就得收敛一些吧？

本文内容丰富，情节紧张。

1. 生活是作文、写作的基础。

这篇故事，没有什么神话色彩，写的就是村里、县里的民间生活。作文，写文学作品，都得有深厚的生活基础才行。那么，有人会问：蒲公坐在书斋中，了解崔猛这样的人物吗？是了解的，这样的民间好汉，各地都有，像鲁智深拳打镇关西、武二郎醉打蒋门神，各地都有这类事件。蒲公身在斋房，耳听八方，写这类人物、故事，他是高手。

2. 用一组事写一个人物。

怎样写好一个人物是动笔行文的重要课题。就本文来说，为使崔猛形象高大、丰满，文中选写了"杀悍妇""杀某甲""杀王家"和"全奸贼"四个故事，这称之为"中间部分分点写"。这种选材、谋篇方法十分常用，大家应用心领会。

3. 僧哥这个人物及其故事加得精彩。

杀邻家悍妇后，老母大怒，崔猛也很后悔。老母给他臂上刺十字纹作警戒。这时，门外遇一道士，指点他"厚结僧哥""犯死罪能活"，于是僧哥与他结拜离去。过了些年，崔猛杀人犯死罪，僧哥当了大官，救了他一命。这一情节的加入，巧妙、生动。

4.能用人，李申实为"参谋长"。

像崔猛这样的豪杰多是独来独往的，没想到他不仅是将才，还是帅才——他会用人。救李申，李申也救他，二人成生死之交。在最后一个故事"全歼王家侄儿匪寇"中，前线实际指挥员是李申。李申智勇双全，是崔猛的得力助手，独当一面，立下大功。写李申，实际上是更拔高了崔猛的形象。

5.一场伏击战，真痛快。

平日看电视节目，八路军对日寇设伏，平型关打伏击，杀得敌人晕头转向，痛快。没想到，读《聊斋》，也能看到如此完整的一出伏击战。看到这情景，使我们由衷地叹服，中国人民是多么了不起啊！

结构

本文内容丰富，结构精巧。

1.一个人物，四桩事件。

开头：第一段，"性刚毅"。

中间部分：

第一大段，包括二至三段，"母刺字"和"结僧哥"。

第二大段，包括四至七段，"霸申妻""杀某甲""崔自首"和"好僧哥"。

第三大段，包括八至九段，"申'讼崔'"和"善如初"。

第四大段，包括十至十四段，"寇掠村""救崔妻""申设谋""全歼贼"和"战后会"。

结尾：第十五段，"保一方"。

2.文无定法，布局谋篇要灵活掌握。

前面我们阅读的几十篇，结构是多种多样的。总的来说，"三段体"为基本框架，本篇也如此。除头、尾外，本文中间部分又可分为四大段，可称为

"四杀"。可见，虽说文无定法，布局思路还是靠内容决定的。

3. 全文小段多，各有可赞之处。"杀某甲"，写得细；"好僧哥"，写得巧。"申'讼崔'"，曲折多变；"全奸贼"，紧张痛快。头、尾简明，是作文常用写法。

主题

　　像崔猛这样的人应该歌颂吗？当然应该。读古文，不能离开当时的社会背景。为什么各地这类豪杰那么受老百姓的热爱呢？就是由于受迫害的苦人家在叫天天不应、呼地地不灵的情况下，是他们挺身而出，为民雪恨。他们从品质到行为，在历代人们心中都占有"一方尊神"的崇高地位。

　　按今天社会要求看，我们不能照搬崔猛的做法。有恶人吗？有。应该怎么办呢？"路见不平先别吼，依照法律程序走"，该报警的报警，该抓捕的抓捕，该判刑的判刑，该枪决的枪决。想由自己决定"出手"是不可以的，像文中崔猛"杀悍妇"就很不妥了。邻家悍妇，品德低下，虐待婆婆，不给饭吃，这就该"鼻耳唇舌尽割之"吗？当然是绝对不可以的。我国是法制国家，"随意出手"的做法怕是要把自己送进去了！

　　正义要伸张，这正是我们歌颂崔猛的理由；法律要遵守，这也是我们今天不希望社会上再有崔猛身影的心情。

　　还有一点，不得不说。日常在街道中，有这种现象：一位老人摔倒了，不少人说："快躲开，别去扶，他家里人会说是你给撞伤的！"应该承认，有这样素质低劣的家属，但我们还是不能提倡"事不关己，高高挂起"的做法。那样的想法与做法，与中华文明格格不入，如果崔猛在场，也会狠狠地瞪他一眼的。

人物

看全文，作者着力刻画的人物是崔猛。这个人物的形象、素质与行为表现，前面已有讨论，下面重点谈谈李申与僧哥这两个人物。

李申，是本文的第二主角。他本是村中一平民，只因"妻有色"，被恶霸某甲看中，设计强夺，他是"被逼上梁山的"。这个人物，在斗争中成长很快，写得鲜活。他是一步一个脚印走上"参谋长"位置的：

其一，被某甲迫害时，他妻被夺，受鞭打，立无悔状，受尽欺侮，没有抵抗能力。

其二，得知崔猛杀某甲为他报仇时，李申成长了。被捕后，"横被残梏，踝骨皆见"，硬顶着，被冤判死刑。

其三，崔母过世后，崔猛自首，"杀甲者，实我也"。这时，官捕崔猛，解救李申。申深受感动，"他杀某甲，那正是我想干而做不到的事"。二人争"死"，显示英雄本色。

其四，崔猛从云南赦免回来。"申终从不去，代为纪理生业"，成了崔家总管。

其五，他帮崔猛戒躁。"乡邻有斗，申辄矫命排解，不相承禀"。他替崔猛挡了许多事。

其六，王监生作恶，申决定要除掉他。只是，这会连累崔猛的，怎么办？申动了脑筋，诬告"崔猛三年不给他工钱"，二人对质公堂，忿争反目，演得逼真。过几天，申杀王逃去，而官认为这事与崔猛无关。李申的智商、情商都不低啊！

其七，最后剿寇一战，申详尽设计，亲临指挥，全歼贼寇，干得漂亮。

僧哥，戏不多，形象鲜明可敬：

其一，道士向崔猛推荐时说得好："厚结之。即犯死罪，此子能活之也。"这时，僧哥还没出场，但他的身份已经定格了。

其二，崔猛"请赵馆于其家"，僧哥"登堂拜母，约为昆弟"。

其三，崔猛杀人判决，遇到复查案情的主官正是僧哥。官场上，他并没有立刻说："这是我结拜兄长，释放！"哪能那样做？僧哥水平高：先以"自首"为理由，改处决为充军云南；没到一年，再找理由把崔猛特赦而归，没事了。多好的哥们儿呀！道士当年这一指点，是本文唯一的一笔神话。

语言

文言语句，有滋有味，要把它的滋味读出来。

1. 单音字在文言句中用得好。如：

母闻之，大骇……配以少婢，事乃寝。

寝，本是入睡的意思。这里取其"休息"的讲法，指这桩祸事"了结"了。

崔……起身曰："某亦自念之，但……"

念，思念，心里"考虑"过这问题。

关行附近州邑，追捕甚急。

关，指"关文"，申的这次"案情"资料。

解谕再四，得敢往二十余人。又苦无兵。

这里的"兵"，不是指人，指的是"兵器"。

2. 理解同一字的不同意思。如：

比邻有悍妇，日虐其姑。（姑，婆母）

道士笑曰："姑勿问……"（姑，姑且）

一日，崔母弟卒……（卒，过世了）

……踝骨皆见，卒无词。（卒，到底）

仍令下狱，嘱狱卒善视之。(卒，士兵)

3.有些语句，深沉有力，引人思考。如：

当崔猛问道士时，道士笑曰："姑勿问可免不可免，请先自问能改不能改。"

当亲友笑话他时，申曰："公子所为，是我欲为而不能者也；彼代我为之，而忍坐视其死乎？"

一篇文中，有几句这样分量重的语言，即可给人留下深刻的印象。

37. 晚霞

五月五日，吴越间有斗龙舟之戏。刳（kū）木为龙，绘鳞甲饰以金碧，上为雕甍（méng）朱槛，帆旌（jīng）皆以锦绣。舟末为龙尾，高丈余，以布索引木板。下有童坐板上，颠倒滚跌，作诸巧剧。下临江水，险危欲堕。故其购是童也，先以金啖（dàn）其父母，预调（tiáo）驯（xùn）之。堕水而死，勿悔也。吴门则载美妓，较不同耳。

镇江有蒋氏童阿端，方七岁，便捷奇巧，莫能过。声价益起。十六岁，犹用之。至金山下，堕水死。蒋媪止此子，哀鸣而已。阿端不自知死，有两人导去，见水中别有天地。回视则流波四绕，屹如壁立。俄现宫殿，见一人兜牟坐。两人曰："此龙窝君也！"便使拜伏。龙窝君颜色和霁（jì），曰："伎（jì）巧可入柳条部。"遂引至一所，广殿四合。趋上东廊，有诸年少出与为礼，率十三四岁。即有老妪（yù）来，众呼"解（xiè）姥"，坐令献技。已乃教以钱塘飞霆之舞、洞庭和风之乐（yuè）。但闻鼓钲皇聒（guō），诸院皆响。既而诸院皆息。姥恐阿端不能即娴，独絮絮调拨之。而阿端一过，殊已了了。姥喜曰："得此儿，不让晚霞矣！"

明日，龙窝君按部，诸部毕集。首按夜叉部。鬼面鱼服，鸣大钲，围四尺许，鼓可四人合抱之，声如巨霆，叫噪不可复闻。舞起，则巨涛汹涌，横流空际。时堕一点星光，及着地消灭。龙窝君急止之。命进乳莺部，皆二八姝（shū）丽。笙乐细作，一时清风袅袅，波声俱静。水渐凝如水晶世界，上下通明。按毕，俱退立西墀（chí）下。次按燕子部，皆垂髫（tiáo）

44

晚霞

無端幻出
空靈境
補浮情天
離恨多
早竟龍宮
何豪是
居然選舞
又徵歌

人。内一女郎，年十四五已来，振袖倾鬟，作散花舞。翩（piān）翩翔起，襟袖袜履间，皆出五色花朵，随风扬下，飘泊满庭。舞毕，随其部亦下西墀。阿端旁睨，雅爱好之。问之同部，即晚霞也。无何，唤柳条部。龙窝君特试阿端。端作前舞，喜怒随腔，俯仰中节。龙窝君嘉其慧悟，赐五文袴褶（zhě），鱼须金束发，上嵌夜光珠。阿端拜赐下，亦趋西墀，各守其伍。

端于众中遥注晚霞，晚霞亦遥注之。少间，端逡（qūn）巡出部而北，晚霞亦渐入部而南。相去数武，而法严不敢乱部，相视神驰而已。既按蛱蝶部，童男女皆双舞。身长短，年大小，服色黄白，皆取诸同。诸部按已，鱼贯而出。柳条在燕子部后。端疾出部前，而晚霞已缓滞在后。回首见端，故遗珊瑚钗。端急内袖中。既归，凝思成疾，眠餐顿废。

解姥辄进甘旨，日三四省（xǐng）。抚摩殷切，病不稍瘥（chài）。姥忧之，罔所为计，曰："吴江王寿期已迫，且为奈何？"薄暮，一童子来，坐榻上与语。自言隶蛱蝶部，从容问曰："君病为晚霞否？"端惊问何知，笑曰："晚霞亦如君耳！"端凄然起坐，便求方计。童问："尚能步否？"答云："勉强尚能自力。"童挽出，南启一户，折而西。又辟双扉，见莲花数十亩，皆生平地上。叶大如席，花大如盖，落瓣堆梗下盈尺。童引入其中，曰："姑坐此。"遂去。少时，一美人拨莲花而入，则晚霞也！相见惊喜，各道相思，略述生平。遂以石压荷盖令侧，雅可障蔽；又匀铺莲瓣而藉之，忻（xīn）与狎寝。既订后约，日以夕阳为候，乃别端归，病亦寻愈。由此两人，日一会于莲亩。

过数日，随龙窝君往寿吴江王。称寿已，诸部悉还，独留晚霞，及乳莺部一人在宫中教舞，数月更无音耗。端怅望若失，惟解姥日往来吴江府。端托晚霞为外妹，求携去，冀一见之。留吴江门下数日，宫禁森严，晚霞苦不得出，怏怏而返。积月余，痴想欲绝。一日解姥入，戚然相吊曰："惜乎，晚霞投江矣！"端大骇，涕下不能自止，因毁冠裂服，藏金珠而出，意

欲相从俱死。但见江水若壁，以首力触不得入。念欲复还，惧问冠服，罪将增重。意计穷蹙（cù），汗流浃踵。

忽睹壁下有大树一章，乃猱（náo）攀而上。渐至端杪（miǎo），猛力跃堕，幸不沾濡，而竟已浮水上。不意之间，恍睹人世，遂飘然泅去。移时得岸，少步江滨。顿思老母，遂趁舟而去。抵里，四顾居庐，忽如隔世。次且至家，忽闻窗中有女子曰："汝子来矣！"音声甚似晚霞。俄与母俱出，果霞。斯时两人喜胜于悲，而媪则悲疑惊喜，万状俱作矣！

初，晚霞在吴江，觉腹中震动。龙宫法禁严，恐旦夕身娩，横遭挞（tà）楚。又不得一见阿端，但欲求死，遂潜投江水。身泛起，浮沉波中。有客舟拯（zhěng）之，问其居里。晚霞故吴名妓，溺水不得其尸。自念衕（háng）院不可复投，遂曰："镇江蒋氏，吾婿也。"客因代赁（shì）扁（piān）舟，送诸其家。蒋媪疑其错误，女自言不误。因以情详告媪。媪以其风格韵妙，颇爱悦之。第虑年太少，必非肯终寡也者。而女孝谨，顾家中贫，便脱珍饰售数万。媪察其志无他，良喜。然无子，恐一旦临蓐（rù），不见信于戚里。以谋女，女曰："母但得真孙，何必求人知？"媪亦安之。

会端至，女喜不自已。媪亦疑儿不死。阴发儿冢，骸骨俱存。因以此诘端。端始爽然自悟。然恐晚霞恶（wù）其非人，嘱母勿复言，母然之。遂告同里，以为当日所得，非儿尸。然终虑其不能生子。未几，竟举一男，捉之无异常儿，始悦。久之，女渐觉阿端非人，乃曰："胡不早言？凡鬼衣龙宫衣，七七，魂魄坚凝，生人不殊矣。若得宫中龙角胶，可以续骨节而生肌肤。惜不早购之也！"端货其珠，有贾（gǔ）胡出资百万，家由此巨富。

值母寿，夫妇歌舞称觞（shāng），遂传闻淮王邸。王欲强夺晚霞。端惧，见王自陈：夫妇皆鬼。验之无影而信，遂不之夺，但遣宫人就别院，传其技。女以龟溺毁容，而后见之。教三月，终不能尽其技而去。

导读

中华民族有五千年灿烂文化，杂技、歌舞是文化领域的重要组成部分。如今，各地都有自己的杂技团、文工团。没想到，阅读《聊斋》，我们竟能知道几百年前"江南民间文工团"会有如此大的规模，如此高的水平。

文工团生活，加以神话色彩，更为好看。

1. 故事中这对情侣都是"鬼"。

《聊斋》中鬼故事多。前面我们读过的《聂小倩》《连琐》等篇，都是书生、鬼女的故事。没想到，这一篇，二主角都是"鬼"身，选材上很有特色。神话么，写的是鬼影，做的是人事。晚霞，早在龙窝君"文工团"任主角，想是早年落水身亡的。阿端的堕水，是实写。二人在龙宫"文工团"中相识相爱，喜怒哀乐，过的是同人间一样的日子。

2. 好大的一个龙宫"文工团"呀！

阿端堕水后，进入这所"文工团"。它有健全的组织：总领导为龙窝君，教练为解姥。下设不少部门，有夜叉部、乳莺部、燕子部、蛱蝶部、柳条部等，人数众多。平日，在龙窝君亲自督导下，依次排练；特定日子，如吴王寿诞，他们还要远出表演。团内也有明星、大腕，像晚霞、阿端，各地多有专请。文中写各部排练时，秩序井然，表演细腻，各展特技，令人叹服。

3. 新房真宽阔、喜床真柔软呀！

阿端、晚霞相爱了，却没有相会时机。巧了，来了一童子，为二人全力帮忙。几重门外，有"莲花数十亩，皆生平地上"，这就是新房呀！"叶大如席，花大如盖，落瓣堆梗下盈尺"，这就是喜床呀！二位相爱的年轻人，在这天当房、地作床的美景中喜结连理，该是何等幸福！

4. 还是有个"家"好呀！

阿端、晚霞，经历也算坎坷。晚霞身孕日渐明显，到哪儿生下这小宝宝呢？蒋家。她很勇敢，直说"镇江蒋氏，吾婿也"。到了婆家，婆婆为难："儿子早过世了，哪里来的怀孕儿媳呢？"晚霞坦言："母但得真孙，何必求人知？"老母心安了。正好，阿端也回到家，什么人呀，鬼呀，一家团圆，又生贵子，高兴去吧。

5. 他们也有一定的斗争性。

这两位无依靠的青年要生活下去，要追求幸福，不易啊！在龙宫世界大白天，夕阳西照，二人就敢在龙宫墙外莲亩中相会；走投无路时，跳水"再死一回"；回到人间被淮王看上了，阿端敢去见王爷说明身份；王爷留晚霞入王府当舞蹈教练，她"以龟溺毁容"，三月后回家。他们尽管年纪轻、阅历浅，但有勇有谋，该斗争时不怯懦，可敬可赞。

结构

本文内容不复杂，记叙线索也较单一。

1. 这是标准的三段体结构。

开头：第一段，"龙舟之戏"。

中间部分：二至九段，包括"不让晚霞""各部展艺""遗钗传情""日会莲亩""晚霞投江""喜归故里""自认婆家"和"竟举一男"。

结尾：第十段，"毁容求安"。

2. 开头段写得简明、清楚。

写文章，首段最常用的方法是开门见山，把时、地、人、事的基本情况交代清楚。"五月五日，吴越间有斗龙舟之戏"，一句话，时、地、事都有了。下面再写龙舟，引出人物，男女儿童进行惊险紧张的杂技表演。这几行文字，引出全文，写得好，一下子把读者的思路带进后面的内容中去了。

3. 全文十个段落中，"各部展艺"写得详尽有序；"日会莲亩"为"戏核"，写得优美传情；"自认婆家"有理有节，对刻画晚霞这个人物作用明显。

主题

有情人终成眷属，这是文学作品要表达的永恒主题之一。二人情况为何叫"有情人"？成"眷属"，什么档次的眷属？这其中的情况就千差万别了。

1. 阿端、晚霞，一见钟情。

两青年相爱，类型多种多样。有自幼青梅竹马型，有亲朋帮助搭桥型……这二位不是。他们俩，一是吴门名妓，一是农家少年，不认识，没联系。那么，是怎样走到一起的呢？先后落水，都进入了龙窝君的"文工团"。二人是一见钟情。这"情"的产生，是有现实基础的：阿端技巧功夫了得，晚霞舞姿一枝独秀，再加上"情人眼里出西施"，在展艺过程中更加相互爱慕，彼此心许了。这种爱情类型，在当今社会中也相当多见。由于业务上是同行，彼此下班后有许多共同的语言，因此，他们能"执子之手，与子偕老"的几率自然就大一些。

2. 朋友的帮忙是不可或缺的。

家庭，是社会整体的细胞。夫妇二人从成婚到白头偕老，日子过得有质量，那是与亲朋、邻里及不相识的人共同帮助分不开的。文中，有三位配角的作用值得点赞。

解姥，一是他们的老教练，教以歌舞。二在阿端病中"辄进甘旨，日三四省。抚摩殷切"。三在二人于吴江王府内外隔离时，传递信息。这使我们想起《葛巾》中的"桑姥"。一为水中蟹，一为园中桑，两位慈祥的老太婆，为年轻人做了许多好事。

小童子，隶属蛱蝶部，与二主角只是一般"团友"。但是，他传告病情，引

阿端找新房，大功一件。最重要的是他知道保密。这种事若让龙窝君知道，那二人又得再死一次了。

客舟人，心地善良。他不仅救了晚霞，还"代赁扁舟，送诸其家"。多好的人啊！诚想，他若是"江上贪财好色"大盗，晚霞那姿容，那全身珠宝，后果还敢想吗？

二人终成眷属，仰仗多人都忙。世上还是好人多！

3. 阿端、晚霞二人相爱，生死不渝。

生死不渝，他们达到这个档次了吗？达到了。

一是"日会莲亩"。龙窝君，神通广大，"文工团"里耳目众多。二人这种相爱的事，是在刀刃上跳舞啊！

二是"各自投江"。吴王府相隔，成牛郎织女了，不得相会。"晚霞投江矣！""端大骇……相从俱死"，真令人敬佩。

三是"拒绝淮王"。若晚霞去了淮王府，还会有回家团聚的希望吗？阿端冒险前去说明情况，晚霞以龟尿毁容，付出了这样惨重的代价，才赢得"与子偕老"的平安生活。

人物

前面阅读过的多篇，男女主角形象各具特色。精读几遍本文，你会发现阿端和晚霞，二人从形象、性格到专长等许多方面都十分相似。这是两个在同心圆内的恋人，我们可以一起解读他们。具体地说，请看以下几个方面：

其一，二人都是苦命的孩子。晚霞，为吴门名妓，一定是自幼被卖入娼门；阿端，从七岁就立下生死勿悔状，为龙舟老板表演。

其二，二人都是不幸落水进入龙宫的。阿端十六岁时在表演中堕水，实写；晚霞也一定是不堪虐待投江的，虚写。

其三，二人都是龙宫"文工团"中的"大牌"。阿端，是经解姥单兵调教、龙窝君点名验试过的；晚霞早已成名，为吴江王、淮王所赏识。

其四，二人相爱，是一见钟情，二人相向快步走。

其五，二人都是一死再死的。二人命运坎坷，什么人呀，鬼呀，他们是优秀刚强的青年！

其六，他们都知道得有个"家"。历尽磨难，回家才能过上幸福日子。

其七，他们不仅技艺高超，而且有勇有谋，能逃出淮王恶府，二人智勇双全。

当然，总的看来，晚霞形象比阿端更亮丽些。她是怀着身孕逃离吴江王府的。投江、遇救，找到婆家；在人们的怀疑目光中生儿子；以龟溺毁容确保平安。她比阿端更可敬。要不，蒲公怎么以她的名字命题呢？

语言

本文语句流畅，没有什么难理解的地方。

1. 单音字在语句中用得好。如：

明日，龙窝君按部，诸部毕集。

按，是着手了解，亲自进行考查。

晚霞……遗珊瑚钗。端急内袖中。

内，动词，纳入，装进。

媪则悲疑惊喜，万状俱作矣！

状，状况，当时面部的具体表情。

女以龟溺毁容，而后见之。

溺，这里指尿液，传说中，以它抹脸，可以毁容。有人问："是真的吗？"那是科学要探讨的问题。文学与科学有关系，但不是一回事。

2. 文中比喻句用得多、用得好。如：

鼓可四人合抱之，声如巨霆，叫嚣不可复闻。

莲花数十亩，皆生平地上。叶大如席，花大如盖。

这两句，比喻与夸张手法并用，效果更好。

3. 疑问句用得好，很传情。如：

童子……从容问曰："君病为晚霞否？"

这是正问，以引出答案。

媪……以谋女，女曰："母但得真孙，何必求人知？"

这是反问，是以问话口气回答问题。反问用得好，有力量。

38. 荷花三娘子

　　湖州宗湘若，士人也。秋日巡视田垄，见禾稼茂密处，振摇甚动。疑之，越陌（mò）往觇（chān），则有男女野合。一笑将返，即见男子腼（miǎn）然结带，草草径去。

　　女子亦起。细审之，雅甚娟好。心悦之，欲就绸缪（móu），实惭鄙恶（wù）。乃略近拂拭曰："桑中之游乐乎？"女笑不语。宗近身启衣，肤腻如脂。于是挼（ruó）莎上下几遍。女笑曰："腐秀才，要如何便如何耳，狂探何为？"诘其姓氏，曰："春风一度，即别东西。何劳审究，岂将留名字作贞坊耶？"宗曰："野田草露中，乃村牧猪奴所为，我不习惯。以卿丽质，即私约亦当自重，何至屑（xiè）屑如此？"女闻言，极意嘉纳。宗言："荒斋不远，请过留连。"女曰："出门已久，恐人见疑，夜分可耳。"问宗门户，物志甚悉。乃趋斜径，疾行而去。更初，果至宗斋。殢（tì）雨尤云，备极亲爱。积有月日，密无知者。

　　会一番僧，卓锡村寺。见宗，惊曰："君身有邪气，曾何所遇？"答言："无之。"过数日，悄然忽病。女每夕携佳果饵之，殷勤抚问，如夫妻之好。然卧后必强宗与合，宗抱病颇不耐之。心疑其非人，而亦无术绝使去。因曰："曩（nǎng）和尚谓妖惑我，今果病，其言验矣！明日屈之来，便求符咒。"女惨然变色。宗益疑之。

　　次日，遣人以情告僧。僧曰："此狐也！其技尚浅，易就束缚。"乃书符二道，付嘱曰："归以净坛一事，置榻前。即以一符贴坛口。待狐窜入，

54

急覆以盆，再以一符黏盆上。投釜汤煮之，可毙。"家人归，如僧教。夜深，女始至，探袖出金橘。方将就榻问讯，忽坛口飕飗（sōu liú）一声，女已吸入。家人暴起，覆口贴符。方欲就煮，宗见金橘散满地上，追念情好，怆（chuàng）然感动。遽命释之，揭符去覆。女子自坛中出，狼狈颇殆，稽首曰："大道将成，一旦几为灰土。君仁人也，誓必相报！"遂去。

数日，宗益沉绵。家人趋市，为购材木。途中遇一女子，问曰："汝是宗湘若纪纲否？"答云："是。"女曰："宗郎是我表兄。闻病沉笃，将往省（xǐng）视，适有故不得去。灵药一裹，劳寄致之。"家人受归。宗念中表迄无姊妹，知是狐报。服其药，果大瘳（chōu）。旬日平复，心德之，祷诸虚空，愿一再觏（gòu）。

一夜，闭户独酌。忽闻弹指敲窗，拔关出视，则狐女也！大悦，把手称谢，延止共饮。女曰："别来耿耿，思无以报高厚。今为君觅一良匹，聊足塞责否？"宗问何人，曰："非君所知。明日辰刻，早赴南湖。如见有采菱女，著冰縠（hú）帔（pèi）者，当急舟趁之。苟（gǒu）迷所往，即视堤边，有短干莲花隐叶底，便采归。以蜡火爇（ruò）其蒂，当得美妇，兼致修龄。"宗谨受教。既而告别，宗固挽之。女曰："自遭危劫，顿悟大道。即奈何以衾裯之爱取人仇怨？"厉色辞去。

宗如言，至南湖。见荷荡佳丽颇多。中一垂髫（tiáo）人，衣冰縠，绝代也！促舟劙（mó）逼，忽迷所往。即拨荷丛，果有红莲一枝，干不盈尺，折之而归。入门，置几上。削蜡于旁，将以爇火。一回头，化为姝（shū）丽。宗惊喜伏拜。女曰："痴生，我是妖狐，将为君祟（suì）！"宗不听。女曰："谁教子者？"答曰："小生自能识卿，何待教也？"

捉臂牵之，随手而下，化为怪石。高尺许，面面玲珑。乃携供案上，焚香再拜而祝之。入夜，杜门塞窦，惟恐其去。平旦视之，即又非石。纱帔一袭，遥闻芳泽。展视领襟，犹存余腻。宗覆衾拥之而卧。暮起挑灯，既返，则垂髫人在枕上。喜极，恐其复化，哀祝而后就之。女笑曰："孽障

荷花三孃子

為謀良匡報
深恩荷華輕
鎔蠟大溫石太
玲瓏花太艶古
笛紗帔伴清魂

哉！不知何人饶舌，遂教风狂儿屑碎死。"乃不复拒。而款洽间，若不胜任，屡乞休止。宗不听。女曰："如此，我便化去。"宗惧而罢。

由是两情甚谐。而金帛常盈箱箧（qiè），亦不知所自来。女见人喏喏，似口不能道辞。生亦讳（huì）言其异。怀孕余十月，计日当产。入室，嘱宗杜门，禁款者。自乃以刀剖脐下，取子出。令宗裂帛束之，过宿而愈。

又六七年，谓宗曰："夙业偿满，请告别也！"宗闻泣下，曰："卿归我时，贫苦不自立，赖卿小阜。何忍遽离逖（tì）？且卿又无邦族，他日儿不知母，亦一恨事。"女亦怅惋（yì）曰："聚必有散，固是常也。儿福相，君亦期颐，更何求？妾本何氏。倘蒙恩眷，抱妾旧物而呼曰'荷花三娘子'，当有见耳！"

言已，解脱曰："我去矣！"惊顾间，飞去已高于顶。宗跃起，急曳之，捉得履。履脱及地，化为石燕，色红于丹朱。内外莹澈，若水精然，拾而藏之。

检视箱中，初来时所著冰縠帔尚在。每一忆念，抱呼"三娘子"，则宛然女郎，欢容笑黛，并肖生平，但不语耳！

导读

"文无定法"，这话说得真精辟。前面读过多篇爱情故事，都是一男一女出场，本文则是一男两女。是三角恋情节吗？是第三者插足吗？都不是。这是两个故事，两出戏上下连着演。文学上称这种选材思路为"绿叶红花"型，先出绿叶，再引出红花，思路新颖，文章特色自然鲜活。

1. 狐仙多情，心意不坏。

狐仙，是本文的女二号。有人对她提出两点负面评论：一认为她品质不好，与人野合；二认为她与女一号荷仙是正反面对比，把她打入"坏人"那一边。

请不要这么看。她本是狐。狐，禾稼间谈情说爱，正常事。说她心意不

坏，有四条理由：

其一，她见到宗生后，喜欢他是"士人"，年轻有才，书生气质好，对他的爱是真挚的。二人相约斋房，相爱自己做主，有进步意义。

其二，为了自己早成大道，过度相爱有伤宗生健康，这一点她忽略了。但当宗生请符要收了她时，见"金橘散满地上"，这是她对宗生的一片真情。

其三，"君仁人也，誓必相报"，她言行一致。冒充表妹，为宗生送来良药，宗生"服其药，果大廖。旬日平复，心德之"。她报了恩，取得了宗生的谅解。

其四，报恩报到底。自己离去，宗生怎么办？她用心为宗生择佳偶荷仙。怎么去找、怎么留住，叮嘱得一清二楚。这一情节，使狐仙毋庸置疑地成了正面人物。在全文中，她确是与荷仙这朵红花相配的一片绿叶。

2.两出折子戏有内在联系。

看内容，这"狐仙与宗生"和"荷仙与宗生"本是两出短剧。两出戏，蒲公为什么把它们捏在一起、纳入一题中呢？这是因为前后两事是有内在联系的。

其一，男主角宗湘若，士人，年轻，有文采，心地善良。他需要有房妻室，需要有个家。

其二，对狐仙，宗生是真心爱过的，即使知道她是狐，离去了，还"祷诸虚空，愿一再觏"。最后一面，狐仙来教他如何找到荷仙，他还恋恋不舍，"固挽之"。只是由于狐仙"顿悟大道"，不愿再伤宗生，这出戏才作罢。

其三，荷仙的戏，完全是由狐仙"导"出来的。没有前因，哪有后果。但从全文看，荷仙确是女一号，是孩子的母亲。要不，怎么以"荷花三娘子"命题呢？

3.荷仙的戏，感人至深。

与狐仙比，荷仙可没有那么主动热情。她是被宗生遵狐仙的安排"俘获"到家的。荷、宗的戏，十分感人。

其一，"酒好不怕巷子深"。荷仙，这位"干不盈尺的一枝荷花"，平静地在南湖中"修炼"，完全没想嫁人的事，是宗生硬把人家请回家来的。她本不

情愿，多次变化，但最终被宗生真情打动，爱上了宗生。

其二，"由是两情甚谐"，十月怀胎，以"荷莲剥蓬"取子方式，自"剖腹"生下一男孩。荷、宗相爱，开花结果。

其三，"又六七年"，时间不短呢。宗生与狐仙，萍水相逢，也就个把月的时间吧。这二位，恩爱夫妻生活两千多天，宗生福气啊！

其四，辩证法无情，"聚必有散"。难舍难分后，荷仙留下冰縠帔和化为石燕的绣履。宗生"每一忆念，抱呼'三娘子'，则宛然女郎，欢容笑黛，并肖生平"。这太动情了！

难怪蒲公在全文后自评道：花如解语还多事，石不能言最可人。放翁（陆游）佳句，可为此写照。

结构

本文结构精巧，"绿叶红花"特色鲜明。

1. 给各段拟定小标题。

上集，狐仙多情女。包括一至六段："田垅间""斋中会""宗果病""见金橘""送灵药"和"荐佳人"。

下集，荷花三娘子。包括七至十二段："自识卿""不复拒""喜生子""聚必散""化石燕"和"但不语"。

2. 这种"绿叶红花"型谋篇思路，一般情况是"前轻后重"，叶小花大，以一叶引出花一朵即可。像本文这种叶碧绿花艳红两者并重的结构，不多。

3. 十二个小段中，"见金橘""但不语"两段，文字不多，感人至深。这种见物动情的写法，大家应用心领会。

主题

说到主题，本文一个"情"字贯穿全篇。前面各爱情篇章都突出"情"字。那么，本篇的特点在哪里呢？

1. 二人相爱，完完全全自由、自主。

前面有些故事，除男女两主角外，或父母、家人，或亲朋、媒婆，常见配角穿插活动其中。本文这两出折子戏，狐仙与宗生、荷仙与宗生，事件中只有两位当事人，他们自由相爱，自主成婚，没有别人参与。故事情节虽然单一，却显得格外清纯。

2. 两个媳妇，一"热"一"冷"。

狐仙、荷仙，先后两任妻子，性格完全不同。狐仙太"热"，恨不得将禾稼田垅当洞房；"爱"得过度，连新郎的健康都不顾了。荷仙又太"冷"，羞羞答答不愿进家门，六七年夫妻、生了儿子也不多说几句话。然而，这热、冷之间，有强烈的共同点，那就是真挚地爱着宗生，也有信仰上的共同不足之处，那就是为了成仙得道而离开宗生。这也是另一种类型的"生命诚可贵，爱情价更高。若为'自由'（成仙）故，二者皆可抛"吧？

3. 真情无价，真爱永存。

当宗生一时糊涂接受了和尚的法术时，情况是十分危急的。霎那间，狐仙被吸入坛中，坛口以符加封，就要放入锅中开煮了！此刻，宗生见金橘落地，罢了。狐仙有真爱，出坛后没有恨宗生，而是十分大度地说"君仁人也，誓必相报"。后面，果然送灵药、荐佳人，她爱宗生，真情无价。

荷花呢，夫妇二人已经过了六七年，又有了心肝宝贝，遗憾的是"成仙"信仰太重，选择离去。她留下了冰縠帔，留下绣履化为石燕，使宗生一声呼唤"三娘子"，"欢容笑黛，并肖生平"。这份真爱，永留宗生心中。

人物

文中人物不多，主角只这三位：

狐仙，她爱宗生，行动、语言十分具体。

在田垅禾稼间，她对宗生就一见钟情。"腐秀才"，一句爱语，便是完全同意了。

宗生建议夜间书斋相会。狐仙多机敏，不必问街道门牌，"更初，果至宗斋"。

狐仙关爱宗生，"每夕携佳果饵之"。

可惜的是，她道行"尚浅"，没事先预知和尚设下的杀身计谋，险些丧命。

她素质好，对宗生不杀之恩，一报再报。送灵药，可说是对自己损害宗生健康的致歉；荐佳人，则是表达自己永远爱宗生的延续。

荷仙，宗生对她的追求，可以说是"曲径通幽"。这位女一号，道行高深，能随意千变万化。可以说，若不是后来真心爱上宗生，宗生无论如何是得不到荷仙的。荷仙，话不多，性格内向，但对宗生是真爱。二人"两情甚谐"，"金帛常盈箱箧"，六七年的小日子，过得很舒心。怀孕生子，作者神话的笔法合情合理。莲花结蓬，"剥开后取出莲子"嘛。荷仙自己剖腹产，拟人写法惟妙惟肖。最动情的是最后分别。那冰縠帔为什么放在箱中不带走，是粗心忘了吗？"惊顾间，飞去已高于顶"，为什么还让宗生捉到鞋子，是她不能飞得再高点吗？当然都不是。留下冰縠帔、鞋子，是把真爱永远留在宗生心中。

宗生，只写一笔吧。两房爱妻，你都没留住，命薄！夫妇二人，即使"与子偕老"，也有分手的日子。一位走后，我们称留下的这位为"独居老人"。宗生，不老呀，也就刚刚人到中年。这位"独居的中年汉子"，下面的日子怎么过呢？我们同情他。

语言

本文语言，生动、耐读。

1.单音字在文言句中用得好。如：

（女）稽首曰："大道将成，一旦几为灰土。"

几，几乎，差一点。

家人趋市，为购材木。

材，不是一般木材、材料，是棺材。

女曰："别来耿耿，思无以报高厚。"

耿耿，由"耿耿于怀"引申出，褒意，念念不忘。

……欢容笑黛，并肖生平。

肖，酷似，和平日生活在室中时是一样的。

2.疑问句用得多，有变化。如：

乃近拂拭曰："桑中之游乐乎？"

这是质问，嘲笑语气，不需要作答。

"即私约亦当自重，何至屑屑如此？"

这是指责，看不起对方。

（番僧）惊曰："君身有邪气，曾何所遇？"

这是正问，请对方说个明白。

（宗生）答曰："小生自能识卿，何待教也？"

这是反问，以问话语气回答对方。

3.四字句用得好。如：

追念情好，怆然感动。遽命释之，揭符去覆。

杜门塞窦，惟恐其去。平旦视之，即又非石。纱帔一袭，遥闻芳泽。展视

领襟，犹存余腻。

4. 语意深远句，有分量。如：

女曰："自遭危劫，顿悟大道。即奈何以衾裯之爱取人仇怨？"

女亦怅惘曰："聚必有散，固是常也！"

辩证思维，见识高明。

5. 文言语法，言简意赅。如：

……当得美妇，兼致修龄。

一来可以得到美媳妇，二来又能增长寿命，多惬意的事呀！

39. 侠女

　　顾生，金陵人，博于材艺。而家綦（qí）贫。又以母老，不忍离膝下，惟日为人书画，受贽（zhì）以自给。行年二十有五，伉俪犹虚。

　　对户旧有空第，适一老妪及少女，税居其中。以其家无男子，故未问其谁何。一日，偶自外入，见女郎自母房中出。年约十八九，秀曼都雅，世罕其匹。见生不甚避，而意凛（lǐn）如也。生入问母。母曰："是对户女郎，就吾乞刀尺。适言其家亦只一母。此母女不是贫家产。问其'何为不字'？则以母老为辞。明日，当往拜其母，便风以意。倘所望不奢（shē），儿可代养其老。"

　　明日造其室，其母一聋媪耳。视其室，并无隔宿粮。问所业，则仰女十指。徐以同食之，谋试之。媪意似纳，而转商其女。女默然，意殊不然。母乃归，详其状而疑曰："女子得非嫌吾贫乎？为人不言亦不笑，艳如桃李，而冷如霜雪，奇人也。"母子猜叹而罢。

　　一日，生坐斋头，有少年来求画，姿容甚美，意颇儇（xuān）佻（tiāo）。诘其所自，以"邻村"对。嗣（sì）后三两日辄一至。稍稍稔（rěn）熟，渐以嘲谑（xuè）。生狎抱之，亦不甚拒，遂私焉，由此往来暱甚。会女郎过，少年目送之，问以为谁。对以"邻女"。少年曰："艳丽如此，神情一何可畏？"

　　少间，生入内，母曰："适女子来乞米，云不举火者经日矣！此女至孝，贫极可悯，宜少周恤之。"生从母言，负斗粟，款门而达母意。女受之，

侠女

恩仇了、飘然
去玉貌花客
何羡寻常後
寻常儿女态
隐娘肝胆
小蛾心

65

亦不申谢。日尝至生家。见母作衣履，便代缝纫。出入堂中，操作如妇。生益德之。每获馈饵，必分给其母，女亦略不置齿颊。

母适疽（jū）生阴处，宵旦号咷（táo）。女时就榻省（xǐng）视，为之洗创敷药，日三四作。母意甚不自安，而女不厌其秽（huì）。母曰："唉！安得新妇如儿，而奉老身以死也。"言讫悲哽。女慰之曰："郎子大孝，胜我寡母孤女什百矣！"母曰："床头蹀躞（dié xiè）之役，岂孝子所能为者？且身已向暮，旦夕犯雾露，深以祧（tiāo）续为忧耳！"言间生入，母泣曰："亏娘子良多，汝无忘报德。"生伏拜之。女曰："君敬我母，我弗谢也。君何谢焉？"于是，益敬爱之。然其举止生硬，毫不可干（gān）。

一日女出门，生目注之。女忽回首，嫣然而笑。生喜出意外，趋而从诸其家。挑之，亦不拒，欣然交欢。已，戒生曰："事可一而不可再。"生不应而归。明日又约之，女厉色不顾而去。日频来，时相遇，并不假以词色。稍游戏之，则冷语冰人。

忽于空处问生："日来少年谁也？"生告之。女曰："彼举止态状，无礼于妾，频矣！以君之狎暱，故置之。请便寄语：再复尔，是不欲生也！"已，少年至。生以告，且曰："子必慎之，是不可犯。"少年曰："既不可犯，君何犯之？"生白其无。曰："如其无，则猥亵（wěi xiè）之语，何以达君听哉？"生不能答。少年曰："亦烦寄语：假惺惺勿作态。不然，我将遍播扬！"生甚怒之，情见于色。

少年方去，一夕独坐，女忽至，笑曰："我与君情缘未断，宁非天数？"生狂喜而抱于怀。欻（xū）闻履声籍籍，两人惊起，则少年推扉入矣！生惊问："子何为者？"笑曰："我来观贞节之人耳！"顾女曰："今不怪人耶？"女眉竖颊红，默不一语。急翻上衣，露一革囊，应手而出，则尺许晶莹匕首也。少年见之，骇而却走。追出户外，四顾渺然。女以匕首望空抛掷，夏然有声，灿若长虹。俄一物堕地作响，生急烛之，则一白狐，身首异处矣！大骇，女曰："此君之娈（luán）童也。我固恕之，奈渠定不欲

生何？"收刃入囊。生拽令入，曰："适以妖物败意，请俟（sì）来宵。"出门径去。

次夕，女果至，遂共绸缪（móu）。诘其术，女曰："此非君所知。宜须慎秘，泄恐不为君福。"又订以嫁娶，曰："枕席焉，提汲焉，非妇伊何也？业夫妇矣，何必复言嫁娶乎？"生曰："将勿憎吾贫耶？"曰："君固贫，妾富耶？今宵之聚，正以怜君贫耳！"临别嘱曰："苟（gǒu）且之行，不可以屡，当来我自来。不当来，相强无益。"后相值，每欲引与私语，女辄走避。然衣绽（zhàn）炊薪，悉为纪理，不啻（chì）妇也。

积数月，其母死。生竭力营葬之。女由是独居。生意其孤寝可乱，逾垣入，隔窗频呼，迄不应。视其门，则空室扃（jiōng）焉。窃疑女有他约。夜复往，亦如之，遂留佩玉于窗间而去之。越日，相遇于母所。既出，而女尾其后曰："君疑妾耶！人各有心，不可以告人。今欲使君无疑而乌可得。然一事烦急为谋。"问之，曰："妾体孕已八月矣！恐旦晚临盆。妾身未分明，能为君生之，不能为君育之。可密告老母，觅乳媪，伪为讨螟蛉者，勿言妾也。"生诺。以告母。母笑曰："异哉此女！聘之不可，而顾私于我儿。"喜从其谋以待之。

又月余，女数日不出。母疑之。往探其门，萧萧闭寂。叩良久，女始蓬头垢面自内出。启而入之，则复阖之。入其室，则呱呱者在床上矣！母惊问："诞几时矣？"答云："三日。"捉绷席而视之，男也，且丰颐而广额。喜曰："儿已为老身育孙矣！伶仃一身，将焉所托？"女曰："区区隐衷，不敢掬示老母。俟夜无人，可即抱儿去。"母归与子言，窃共异之，夜往抱子归。

更数夕，夜将半，女忽款门入。手提革囊，笑曰："大事已了（liǎo），请从此别。"急询其故，曰："养母之德，刻刻不去于怀。向云'可一而不可再'者，以相报不在床笫也。为君贫不能婚，将为延一线之续。本期一索而得，不图信水复来，遂至破戒而再。今君德既酬，妾志已遂，无憾矣。"

问："囊中何物？"曰："仇人头耳。"检而窥之，须发交而血模糊也，骇绝。复致研诘，曰："向不与君言者，以机事不密，惧有宣泄。今事已成，不妨相告：妾，浙人，父官司马。陷于仇，被籍吾家。妾负老母出，隐姓名，埋头项，已三年矣。所以不即报者，徒以老母在。母去，一块肉又累腹中，因而迟之又久。曩夜出非他，道路门户未稔，恐有讹（é）误耳。"言已出门，又嘱曰："所生儿，善视之。君福薄无寿，此儿可光门闾。夜深不得惊老母，我去矣！"方凄然欲询所之，女一闪如电，瞥（piē）尔间遂不复见。生叹惋木立，若丧魂魄。明日告母，相为嗟（jiē）异而已。

后三年，生果卒。子十八举进士，犹奉祖母以终老云。

导读

《聊斋》一书，侠士光环频频闪现。《聂小倩》中，侠士燕生以剑箧除妖；《瑞云》中，侠士和生以手一点盆水，洗去瑞云黑斑；《连琐》中，侠士王生弯腰开弩，射杀恶隶……但这些侠客身影，都是男子汉。有女侠吗？有，今天她就出现在了我们面前。一位妙龄女子，要恋爱、成婚、生子，还要仗义行侠、除暴安良，太不易、太神奇了！

从内容看，本文有许多独到之处。

1.先给顾生定位。全文中，侠女是领衔主角，她的搭档是顾生。故事的呈现与发展，和顾生是怎样一个人大有关系。

其一，他家綦贫，又有老母需奉养。

其二，他"博于材艺"，能写会画。村里周边的人来求字求画，"受赘以自给"。可想而知，他的画也可维持生活。才子啊！

其三，"行年二十有五，伉俪犹虚"。为什么，家贫又有老母，难呀！

其四，他至孝。这是他素质的核心。这样一个大孝子，会有人赏识的。

其五，他助人为乐。自家虽贫，但仍热心周济邻家。

2．两主角乃对门邻居，都是苦命人。

顾生贫穷，尚且过得去。邻女家更穷，常无隔宿粮。由于对门而居，侠女一年来与顾母处得很好。谁说包办婚姻都不好？他们二人的事，就是顾母做主的。侠女老母耳聋多病，顾生多有照顾；顾母闹妇科病，侠女"洗创敷药，日三四作"。两家已亲为一体。然而，当顾母主动提亲时，"女默然""冷如霜雪"。可见，除了贫穷，侠女还有难言的苦衷。

3．侠女对顾生，真爱，不能爱，但又必须爱，却又不能相爱到白头。怎么讲呢？

其一，她真爱顾生。顾生，大孝子，多才多艺，又那么热心助人，对她母女，简直就是"没过门的女婿"。遇上这么一位优秀青年，即使她是侠女，也会动心。

其二，她不能爱。顾母已登门将话挑明，嫁过去当儿媳吧。她不能。一是带着病重老母，二是深仇大恨压在心头。自己的青春，只好往后放，顾不上。

其三，她又必须爱。为什么呢？顾生家贫，年龄也大了（那时代时兴早婚，到顾生这年龄再不成家，难了）。"我不为他生个儿子，他家将如何'延一线之续'？"这一想法，侠女坚定不移。因此，即使未婚，也要先育。

其四，她又不能与顾生过正常家庭的夫妻生活、相爱到白头。为什么呢？她是"黑户"，是为复仇秘密到这里来的。她若公开嫁人、相夫教子，一旦官府查清她手中的人头事件，岂不连累顾家三代人脑袋落地？侠女苦啊！爱了，为顾家留后了，只能做到这一步。这也有力地抨击了当时社会的黑暗。

4．两次开杀戒，她正气凛然。

一次是杀白狐。他是什么东西？顾生的娈童，是丑恶现象。侠女本不愿管这事，但那家伙是只色狐精，损害了侠女的声誉，找死，该杀。

二是杀"仇家"。侠女的父亲，官至司马，大官。他被谋杀、抄家，妻女逃命，这仇当然得报。但这人一定官高势众，是不易除掉的。为此，侠女费了几

年的工夫，才割下他的狗头。

这"两杀"，写法上有讲究。杀白狐，实写，情况交代得一清二楚；杀狗官，"囊中何物？""仇人头耳！"虚写，一笔带过。这一布局很巧。狗官如何作恶，与顾生没有直接关系，因而虚写即可。

结构

本文是以时间为序写的。

1. 全文包括十四个段落。

开头：第一段，"顾生"。

中间部分：二至十三段，包括"女郎""猜叹""恶少""如妇""弗谢""初爱""警告""除妖""再爱""怀孕""得孙"和"倾诉"。

结尾：第十四段，"子贵"。

2. 插叙写法用得巧。从全文看，写的是侠女、顾生的爱情故事。中间插入个恶少白狐，起什么作用呢？一是突出侠女爱憎分明的性格，突出她的武功过人；二是生、女相爱，插写白狐作梗，故事更显曲折生动。

3. 各段中，"除妖"段惊险、痛快；"倾诉"段多情、沉重。细读几遍，字里行间感人肺腑。特别是"倾诉"段，小层次分明：自己的出身如何？为什么要一爱再爱？经常夜出为什么？手提人头是怎么回事？"咱们这个家"日后将如何？——一交代清楚。然后"一闪如电"离去，留下无限思念。

主题

回看前面读过的几十则爱情篇章，真像百花园，各种名花自有特色。写

"爱情"，多少名家名篇，多有独到见解，《侠女》正是如此。记叙、歌颂两青年真挚的爱情，还穿插着敬老、报恩、除恶等因素，因而使主题表达得更加丰满。

1. 二主角，都是至孝的好青年。

穷苦人家，不幸事多。侠女老母，耳聋病重；顾生老母，也有奇疾。二人都在床前尽孝。日常接触，双方互相敬重——"对老母至孝，一定是好人"，这是二人相爱的重要共识。百善孝为先。社会上，确有连自己爹妈都不孝的人，谈什么恋爱，说什么"我爱你情深似海"，见鬼去吧！

2. 侠女本是行侠修炼之人，不想涉入红尘过人间正常家庭生活，然而，不行。顾生母子对她母女太好了。无隔宿粮，顾生送去；老母病故，"生竭力营葬之"。侠女也是女，也有情。滴水之恩当涌泉相报。可见，他俩的这份爱，报恩成分是很重的。怎么报，顾生无钱娶妻，不能延续宗嗣，因此侠女对顾生的爱进入实施阶段，为顾生生下一个前程美好的接班人。

3. 善、恶相搏，这是文学作品中的重要内容之一。杀狗官，那是报家仇，略写。杀白狐，竟用了"恶少""警告"和"除妖"三个段落，写得很详尽。通过这桩事，侠女引导顾生：什么是人伦真爱，什么是邪门恶习。有了这一"杀"，二主角的爱得到了升华。

同样是表达"爱情"的主题，书中几十篇故事内容各有特色。蒲公，不愧是大家。

人 物

本文以"侠女"为题，她无姓无名，却是本文的主角，其形象太鲜明了。

1. 从外貌方面认识她。

侠女，怎样一个姑娘呢？文中写得很逼真：

女郎自母房中出。年约十八九，秀曼都雅，世罕其匹。

为人不言亦不笑，艳如桃李，而冷如霜雪。

少年曰："艳丽如此，神情一何可畏？"

2. 从行动方面了解她。

"对户女郎，就吾乞刀尺。""问所业，则仰女十指。"指女勤而巧，女红（gōng）出众。

"适女子来乞米，云不举火者经日矣！此女至孝，贫极可悯。"

"……女时就榻省视，为之洗创敷药，日三四作。母意甚不自安，而女不厌其秽。"说是"助人为乐"，低了，这就是未过门的至孝儿媳！

"女以匕首望空抛掷，戛然有声，灿若长虹。俄一物堕地作响，生急烛之，则一白狐，身首异处矣！"确是侠女。

"囊中何物？""仇人头耳！"神勇。

3. 话语方面感知她。

文中侠女有些话感人至深：

当顾母让顾生拜谢侠女时，女曰："君敬我母，我弗谢也。君何谢焉？"

当顾生提出嫁娶时，曰："枕席焉，提汲焉，非妇伊何也？业夫妇矣，何必复言嫁娶乎？"

当顾生问"将勿憎吾贫耶"时，曰："君固贫，妾富耶？今宵之聚，正以怜君贫耳！"

当谈到"一事烦急"时，曰："妾体孕已八月矣……妾身未分明，能为君生之，不能为君育之……"

当诀别出门时，又嘱曰："所生儿，善视之。君福薄无寿，此儿可光门闾。夜深不得惊老母，我去矣！"这话多沉重！

侠女形象，可爱、可敬，还有点可悲。

语言

本文语句,文言语法特点鲜明。像这样的篇章,若精读后能自悟七八成内容,那"文言关"可说是过了"及格门"了。

1.单音字在文言句中用得好。如:

行年二十有五,伉俪犹虚。

虚,虚无,妻子的座位还是"空"的。

"对户女郎,就吾乞刀尺。"

刀,不是它的单音词义。这里是"剪刀"。

然其举止生硬,毫不可干。

干,有招惹、侵犯的意思。

方凄然欲询所之……

之,在这里不是虚词,是"去向","到哪儿去了"。

2.读文言词、句,要注意时代感。如:

"恐旦晚临盆……"古时候,妇女生子,在自家炕上,叫"临盆"。如今叫"分娩"。像"临盆"这样的词,极少用了。

临别嘱曰:"苟且之行,不可以屡。"苟且,指男女不正常相处,现在仍然有这方面的词义。

3.读文言句,要细心逐字思考。如:

惟日为人书画,受赀以自给。

这里,十一个字,一字一词一义。思考中,可能有几处需要加深理解:惟,惟独,只靠;书,写字,或代写书信;赀,钱,辛苦费;给,供给,维持生活。所谓"悟而知之",就要这样结合上下文,逐字逐词思考。认真学进去,自学自通。这能力,终生受用不尽。

73

40. 王成

王成，平原故家子。性最懒，生涯日落。惟剩破屋数间，与妻卧牛衣中，交谪（zhé）不堪。

时盛夏燠（yù）热，村中故有周氏园，墙宇尽倾，唯存一亭。村人多寄宿其中，王亦在焉。既晓，睡者尽去。红日三竿，王始起。逡（qūn）巡欲归，见草际金钗一股。拾视之，镌（juān）有细字云"仪宾府造"。王祖为衡府仪宾，家中故物，多此款式，因把钗踌躇。欻（xū）一姬来寻钗。王虽故贫，然性介，遽出授之。姬喜，极赞盛德，曰："钗直几何？先夫之遗泽也！"

问："夫君伊谁？"答云："故仪宾王柬之也。"王惊曰："吾祖也！何以相遇？"姬亦惊曰："汝即王柬之之孙乎？我乃狐仙，百年前，与君祖缱绻。君祖殁（mò），老身遂隐。过此遗钗，适入子手，非天数耶？"王亦曾闻祖有狐妻，信其言，便邀临顾。姬从之。王呼妻出见，敝衣蓬首，菜色黯焉。姬叹曰："嘻，王柬之孙子，乃一贫至此哉！"又顾败灶无烟，曰："家计若此，何以聊生？"妻因细述贫状，呜咽（yè）饮泣。姬以钗授妇，使姑质钱市米。三日后，请复相见。王挽留之。姬曰："汝一妻不能自存活，我在仰屋而居，复何裨（bì）益？"遂径去。王为妻言其故，妻大怖。王诵其义，使姑事之，妻诺。

逾三日，果至。出数金，籴（dí）粟麦各一石。夜与妇共短榻，妇初惧之，然察其意殊拳拳，遂不之疑。翌（yì）日，谓王曰："孙勿惰，宜操小生

业。坐食乌可长也！"王告以无资。曰："汝祖在时，金帛凭所取。我以世外人，无需是物，故未尝多取。积花粉之金四十两，至今犹存。久贮亦无所用，可将去悉以市葛。刻日赴都，可得微息。"

王从之，购五十余端以归。妪命趣装，计六七日可达燕（yān）都。嘱曰："宜勤勿懒，宜急勿缓。迟之一日，悔之已晚。"王敬诺，囊货就路。中途遇雨，衣履浸（jìn）濡。王生平未历风霜，委顿不堪，因暂休旅舍。不意淙（cóng）淙彻暮，檐雨如绳。过宿（xiǔ），泞益甚。见往来行人，践淖（nào）没胫（jìng），心畏苦之。待到亭午，始渐燥。而阴云复合，雨又大作。信宿乃行。将近京，传闻葛价翔贵，心窃喜。入都，解装客店，主人深惜其晚。

先是南道初通，葛至绝少。京中巨室，购者颇多。价甚昂，较常可三倍。前一日，货葛云集，价顿贬。后来者，皆失望。主人以故告王。王郁郁不得志。越日，葛至愈多，价益下，王以无利不肯售，迟十余日，计食耗繁多，倍益忧闷。主人劝令贱鬻（yù），改而他图。从之，亏资十余两，悉脱去。早起，将作归计。启视囊中，则金亡矣！惊告主人，主人无所为计。或劝鸣官，责主人偿。王叹曰："此我数也，于主人何尤？"主人闻而德之，赠金五两，慰之使归。

自念无以见祖母，蹀（dié）躞（duó）内外，进退维谷。适见斗鹑（chún）者，一赌辄数千。每市一鹑，恒百钱不止。意忽动，计囊中资，仅仅足贩鹑。以商主人，主人亟（jí）怂恿之。且约假寓，饮食不取其直。王喜遂行，购鹑盈担，复入都。主人喜，贺其速售。至夜，大雨彻曙。天明，衢（qú）水如河，淋零犹未休也。居以待晴，连绵数日，更无休止。起视笼中鹑渐死，王大惧，不知计之所出。越日，死愈多，仅余数头，并一笼饲之。经宿往窥，则一鹑仅存！因告主人，不觉涕堕。主人亦为扼腕。王自度（duó）金尽罔归，但欲觅死。

主人劝慰之。共往视鹑，审谛（dì）之曰："此似英物。诸鹑之死，未

75

必非此之斗杀之也！君暇亦无所事，请把之。如其良也，赌亦可以谋生。"王如其教。既驯（xùn），主人令持向街头，赌酒肉食。鹑健甚，辄赢。主人喜，以金授王，使复与子弟决赌，三战三胜。半年许，积二十金，心益慰，视鹑如命。

先是有某王者，好鹑。每值上元，辄放民间把鹑者，入邸相角。主人谓王曰："今大富宜可立致。所不可知者，在子之命矣！"因告以故，导与俱往。嘱曰："脱败，则丧气出耳；倘有万分一，鹑斗胜，王必欲市之。君勿应。如固强之，惟予首是瞻。待首肯，而后应之。"王曰："诺。"

至邸，则鹑人肩摩于墀（chí）下。顷之，王出御殿。左右宣言："有愿斗者上。"即有一人把鹑，趋而进。王命放鹑，客亦放。略一腾踔（chuō），客鹑已败。王大笑。俄顷，登而败者数人。

主人曰："可矣！"相将俱登。王相之，曰："睛有怒脉，此健羽也，不可轻敌。"命取"铁喙（huì）"者当之。一再腾跃，而王鹑铩羽，更选其良。再易再败，王急命取宫中玉鹑。片时把出，素羽如鹭，神骏不凡。王成意馁（něi），跪而求罢，曰："大王之鹑，神物也。恐伤吾禽，丧吾业矣。"王笑曰："纵之，脱斗而死，当厚而偿。"成乃纵之。王鹑直奔之。而玉鹑方来，则伏如怒鸡以待之。玉鹑健喙，则起如翔鹤以击之，进退颉（xié）颃（háng）。相持约一伏时，玉鹑渐懈，而其怒益烈，其斗益急。未几，雪毛摧落，垂翅而逃。观者千人，罔不叹羡。

王乃索取而亲把之。自喙至爪，审周一过，问成曰："鹑可货否？"答云："小人无恒产。与相依为命，不愿售也。"王曰："赐而重直，中人产可致，颇愿之乎？"成俯思良久，曰："本不乐置。顾大王既爱好之，苟使小人得衣食业，又何求？"王请直，答以"千金"。王笑曰："痴男子，此何珍宝而千金直也？"成曰："大王不以为宝，臣以为连城之璧不过也！"王曰："如何？"曰："小人把向市廛（chán），日得数金。易升斗粟，一家十余食指，无冻馁忧，是何宝如之？"王言："予不相亏，便与二百金。"

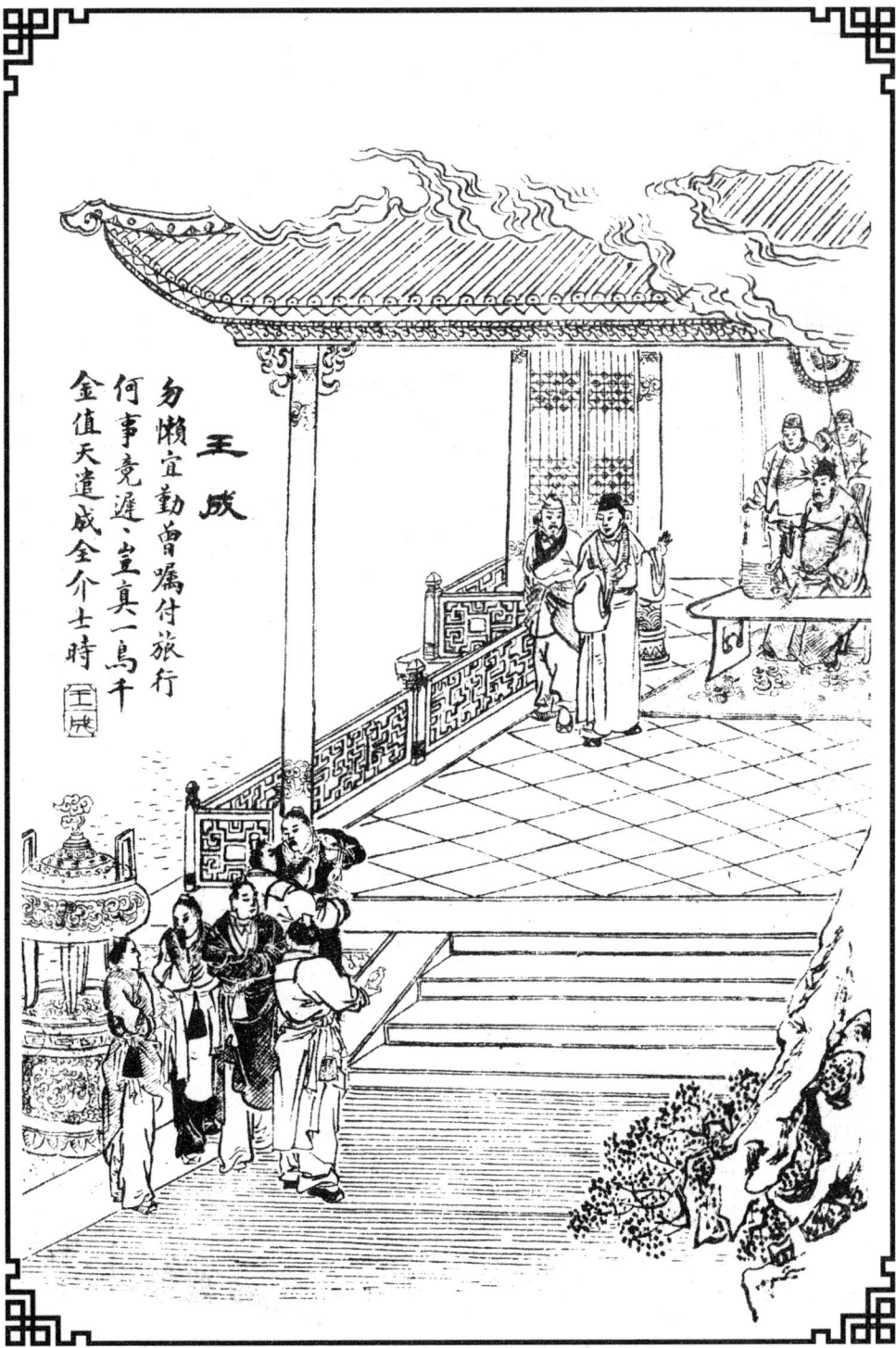

王成

勿懶宜勤曾囑付旅行
何事竟遷、豈真一鳥千
金值天遣成全介士時
王成

成摇首。又增百数，成目视主人，主人色不动。乃曰："承大王命，请减百价。"王曰："休矣，谁肯以九百易一鹑者？"成囊鹑欲行。王呼曰："鹑人来，鹑人来！实给六百，肯则售，否则已耳。"成又目主人，主人仍自若。成心愿盈溢，惟恐失时，曰："以此数售，心实怏怏。但交而不成，则获戾（lì）滋大。无已，即如王命。"王喜，即秤付之。成囊金拜赐而出。主人怼（duì）曰："我言如何？子乃急自鬻也。再少靳（jìn）之，八百金在掌中矣！"成归，掷金案上，请主人自取之。主人不受。又固让之，乃盘计饭直而受之。

王治装归。至家，历述所为，出金相庆。姬命治良田三百亩，起屋作器，居然世家。姬早起，使成督耕，妇督织。稍惰，辄诃之。夫妇相安，不敢有怨词。过三年，家益富，姬辞欲去。夫妻共挽之，至泣下。姬亦遂止。旭日候之，已杳（yǎo）矣。

导读

狐仙美女，青凤、长亭、小翠、红玉、凤仙……我们已读过多篇了。这一篇，二主角是狐仙奶奶，"领异标新二月花"。狐女，能爱上书生，结成亲眷；狐奶奶，能干什么呢？嘿，蒲公选材能力的确高明，给这位老人家安排了"严于家教"的重任。她，全力尽责，真有两下子，教孙有方。这样的祖辈人，难得哟！

1.孙子是有缺点的，得管。

人们常说，"世上有两种人没有缺点，一是死去的人，一是还没生出的人"。许多祖辈老人不同意这样说。看当今世俗，在多少奶奶、姥姥眼里，"我的孙儿是一点缺点都没有的"。祖辈人疼孙儿，已经到了无以复加的程度。这位狐奶奶则不然，在她眼里，孙儿穷是现象，懒是根本。"养不教，父之过"。父母不在了，隐居百年的狐仙祖母看清了孙儿的缺点，担当家教重任，实在了不

起。

愿我们城乡邻里，这样的奶奶多一些吧！

2. 写王成家贫，十分具体。

王成是什么人，官员仪宾王柬之的孙子，"故家子"。只两代人传下来，竟穷成这样：

"生涯日落。惟剩破屋数间"。他还有几间房产呀？这可不是当今大城市"有房产"的概念。他那几间破草房，不值多少钱。

有床睡吗？没有，"与妻卧牛衣中"。牛衣，衰草乱麻，没有被褥。

妻子什么形象？"敝衣蓬首，菜色黯焉"。菜色，脸都发绿了，严重的营养不良。

"败灶无烟"，吃什么呢？

如今，常听有"富二代"一说。仪宾王府，当年也辉煌过。到了第三代，"懒"字当头，竟成这样，能不令人深思吗？

3. 创业维艰，不怕失败。

狐奶奶拿出当年积下的花粉钱四十两，给王成作资本。成立志创业，做什么生意呢？来往京城，贩"葛"。"葛"是什么？南方的一种草本植物，皮可织布，叫葛麻；根可入药，叫葛根。葛根当年是名贵药材。可惜，初创事业，王成没有经验，再加上天公不作美，大雨连天，他这次贩葛生意亏了本，剩下点银子又丢失了，他死的心都有。幸好有店主人帮助，给了点钱，他才有勇气站了起来。这段内容很真实。人生第一步踏入社会，难啊！

4. 命运乎？机遇乎？

人生在世，生活之路想一辈子一帆风顺，不容易。俗话说，"三十年河东，三十年河西"，这里面有辩证法。命运，我们不信；机遇，却不是平均分给每个人的。

王成贩葛失败后，挺了过来，好。创业之路在哪里呢？那年月，没有开矿山、办农场、养鳄鱼、当演员的，弄几只鹌鹑街头决赌也很时尚。这就是抓住了机遇的第一步。第二步，众鹑都死掉，仅存一只。主人帮着一分析，"此似

英物。诸鹑之死，未必非此之斗杀之也！"精辟，这一认定太关键了。第三步，入王府"相决"，取胜在情理之中。第四步，卖鹑，全靠主人决策，大获全胜。

王成这第一桶金挣得不易啊！

结构

从全文情节看，可分为四个大段。

1. 各段的小标题可这样拟定：

第一大段，"认祖母"。包括一至三段："生涯日落""钗还原主"和"祖孙相认"。

第二大段，"贩葛败"。包括四至六段："祖母相助""中途遇雨"和"雪上加霜"。

第三大段，"斗鹑胜"。包括七至十二段："一鹑仅存""视鹑如命""店主出谋""败者数人""两鹑决战"和"售鹑得金"。

第四大段，即第十三段，"居然世家"。

2. 写文章，布局谋篇，讲究起、承、转、合。什么叫起承转合？本文结构，是最标准的答案。

3. "两鹑决战"段，写得最逼真、最精彩。那个时代，斗鸡、斗鸽、斗鹌鹑，城乡都有。看来，蒲公对这类场面一定很熟悉，观察得很细致，这才能做到"下笔如有神"。

主题

这是一篇励志文。当今，中华儿女正在齐心协力地实现强国梦。国是

80

由家组成的，家家都拼搏，人人齐争先，我们的"中国梦"就一定能够早日实现！

文中对创业致富的规律，写得很透彻。

1. 懒则贫，勤则富。

王成的状况，第一段中一句话"性最懒，生涯日落"，已说得十分明白。日子过得越来越穷，原因么，就是太懒了！懒则贫，勤奋才能过上美好生活，这是真理。

这道理王成是怎么明白的呢？祖母的教诲。"孙勿惰，宜操小生业"，这是指明做法；"坐食乌可长也"，这是警告。

当祖母拿出当年积攒的花粉钱四十两银子，送王成去京都时，叮嘱道："宜勤勿懒，宜急勿缓。迟之一日，悔之已晚。"遗憾的是天公不作美，王成想"勤"，想"急"，做不到。初次创业失败，银子算是"交学费"了。

贩葛失败后，"自念无以见祖母，蹀躞内外，进退维谷"。这心态，是祖母的教诲记在心头；再搏一次，是祖母的教诲促他前进。

斗鹑胜，回家"出金相庆"。祖母安排他买良田，建房屋。"妪早起，使成督耕，妇督织。稍惰，辄诃之"，好厉害的奶奶呀！"夫妇相安，不敢有怨词"，孙儿夫妇听话，化懒为勤，浪子回头金不换啊。

2. 创业维艰，很难一次成功。

拼搏过大半生的人都懂得，"失败是成功之母"。小到一个家庭的致富，大到一个新国家的建立，不经过艰苦奋斗的历程，总想一战成功，怕不现实。王成的"贩葛败"与"斗鹑胜"，是一次奋斗的前后两个环节。没有前面的痛不欲生，便没有后来的出金相庆。可见，创业的成功属于性格刚毅、奋斗不息的人。

3. 要"智商高"，更要"情商高"。

王成是败家子，自幼缺乏良好家教，不算聪明，智商一般。但是，他个人素质好，心地善良，情商高。这是他创业成功的因素之一。

家虽赤贫，草际中拾到金钗，"一妪来寻""遽出授之"。遽，是立即、毫

81

不犹豫，因而，"姬喜，极赞盛德"。

住在客店中，囊中银子丢了，店方是有责任的。有人劝他报官，王成没有那样做。"此我数也，于主人何尤？"足见他是个实诚的人。实诚，就是大聪明。试想，他若将主人告上公堂，可能判赔几两银子。然而，二人撕破了脸，还有后面"斗鹌胜"的戏吗？

4.机遇，是必须及时抓住的。

讲创业，人们都说，"成功之路靠三元素：天资、勤奋和机遇"。论天资，王成一般般；论勤奋，他在祖母的教导下刚刚起步。"斗鹌胜"机遇把握得好是关键。

同笼许多鹌鹑，为什么别的都死掉而这只独存呢？"此似英物。诸鹑之死，未必非此之斗杀之也"，这一判断十分正确。

进入王府官邸，先不出手，看看情况。待几家败后，主人曰"可矣"，这才投入决战。结果呢，一战成功。

王爷有钱，要买下这只神鹑，多少钱呢？主人是王成的得力参谋。他料定王爷是非买不可的。"再少靳之，八百金在掌中矣"，王成还是经验不足。但一只鹌鹑，卖六百两，也可以了。

如今青年人走上社会，都面临着创业难的实际问题。几百年后的今天，社会关系比王成的年代复杂多了，但是读王成的故事，体会他经历中的哲理，还是十分有意义的。

![人物]

本文故事简单，人物不多，他们的形象、品质，前面已进行分析。这里再补充几点：

王成——是个十分实诚的人。"贩葛败"，心里就有气；又丢了银子，很容

易迁怒到主人身上。他不。"主人闻而德之,赠金五两",他感恩不尽。斗鹑、卖鹑,他缺少经验,能虚心听取主人的指点,难得。"成归,掷金案上,请主人自取之",这真是高姿态。"这次斗鹑获胜,主要是您的功劳",这是王成的心里话。交这样的朋友,对头。

狐仙祖母——百岁老人,只是王仪宾当年的小妾,与孙儿王成没有直接的血缘关系。但她是如此负责,指导有方,管教从严,好奶奶!谁说《聊斋》里的狐狸精可怕?待孙儿三年后家益富,她悄然离去,令人思念。

店主人——开客店,商家,本都是为了赚钱的。这位不完全那样。王成没钱了,他赠金五两;卖鹑致富了,他本不受,"固让之,乃盘计饭直而受之"。这位店主也是视情谊高于金钱的人。

王爷——也得说两句。玩宠物,那是他生活的一部分内容。在决斗、买鹑过程中,他不以势压人,难得。若遇上一位劣官,让王成"鹑留下,人滚蛋",王成能回家出金相庆吗?不要把他看成反面人物。他在王成创业过程中,从不同角度来说是不可或缺的。

语言

本篇文笔流畅,没什么难懂的段落和语句。

1. 单音字在文言语句中用得好。如:

"钗直几何?先夫之遗泽也!"

泽,恩泽,常用于前人留下的值钱物件。

……又顾败灶无烟……

灶台,有什么胜、败?这里指穷的状况,一无所有。

主人闻而德之,赠金五两。

德,这里作动词用,指内心十分敬佩。

答云："小人无恒产……"

恒，指固定不动的；恒产，固定资产。

2.要灵活准确地理解文言词语。如：

生涯日落。有人说成"白天没事，等太阳落山后才开始生活"，错。这里的"日落"，指一天不如一天地衰落下去。

"孙勿惰，宜操小生业。"有人讲成"奶奶要王成去当演员，学演'小生'行当"。错。这里，"小"是形容词；"生业"，指谋生行（háng）业。说白了，是让王成经营点小买卖。

3.四字句用得娴熟。如：

宜勤勿懒，宜急勿缓。迟之一日，悔之已晚。

南道初通，葛至绝少。京中巨室，购者颇多。

片时把出，素羽如鹭，神骏不凡。王成意馁。

雪毛摧落，垂翅而逃。观者千人，罔不叹羡。

4.比喻句用得好。如：

淙淙彻暮，檐雨如绳。

天明，衢水如河。

心益慰，视鹑如命。

而玉鹑方来，则伏如怒鸡以待之。

这些精彩的语句，只有熟读才能学到手。

41. 织成

洞庭湖中，往往有水神借舟。遇有空船，缆忽自解，飘然游行。但闻空中音乐并作，舟人蹲伏一隅（yú），瞑目听之，莫敢仰视，任所往。游毕，仍泊旧处。

有柳生，落第归，醉卧舟上。笙乐忽作，舟人摇生不得醒，急匿艎（huáng）下。俄有人捽（zuó）生。生醉甚，随手堕地，眠如故，即以置之。少间，鼓吹鸣聒（guō）。生微醒，闻兰麝充盈。睨之，见满船皆佳丽。心知其异，目若瞑。少间，传呼"织成"，即有侍儿来，立近颊际。翠袜紫绡，履细瘦如指。心好（hào）之，隐以齿啮（niè）其袜。少间，女子移动，牵曳倾踣（bó）。座上问之，因白其故。座上者怒，命即行诛。

遂有武士入，捉缚而起。见南面一人，冠服类王者。因行且语曰："闻洞庭君为柳氏。臣亦柳氏，昔洞庭落第，今臣亦落第；洞庭得遇龙女而仙，今臣戏一姬而死。何幸、不幸之悬殊也！"王者闻之，唤回，问："汝秀才下第者乎？"生诺。便授笔札，令赋"风鬟雾鬓"。生固襄（xiāng）阳名士，而构思颇迟。捉笔良久，上诮（qiào）让曰："名士何得尔？"生释笔自白："昔《三都赋》十稔（rěn）而成，以是知文贵工，不贵速也。"王者笑听之。自辰至午，稿始脱。王者览之，大悦曰："真名士也！"遂赐以酒。顷刻，异馔纷纭。

方问对间，一使捧簿进，曰："溺籍告成矣。"问："人数几何？"曰："一百二十八人。"问："签差（chāi）何人？"答云："毛、南二尉。"生起

拜辞。王者赠黄金十斤，又水晶界方一握，曰："湖中小有劫数，持此可免。"忽见羽葆人马，纷立水面。王者下舟登舆，遂不复见。久之，寂然。舟人始自舱下出，荡舟北渡。风逆不得前。忽见水中有铁猫浮出，舟人骇曰："毛将军出现矣！"各舟商客俱伏。又无何，湖中有一木直立，筑筑动摇，益惧曰："南将军又出矣！"少时，波浪大作，上翳（yì）天日。四顾湖舟，一时尽覆。生举界方，危坐舟中，万丈洪涛，近舟顿灭。以是得全。

生归，每向人语其异，言："舟中侍儿，虽未悉其容貌，而裙下双钩，亦人世所无。"后以故至武昌，有崔媪卖女，千金不售。蓄一水晶界方，言："有能配此者，嫁之。"生异之，怀界方而往。媪忻（xīn）然承接，呼女出见。年十五六已来，媚曼风流，更无伦比。略一展拜，反身入帏。

生一见，魂魄动摇，曰："小生亦蓄一物，不知与老姥家藏，颇相称否？"因各出相较，长短不爽毫厘。媪喜，便问寓所。请生即归命舆，界方留作信。生不肯留。媪笑曰："官人亦大小心。老身岂以一界方，抽身窜去耶？"生不得已，留之。出即赁（lìn）舆急返，而媪室已空。大骇。遍问居人，迄无知者。日已向西，躁懊若丧，悒悒而返。

中途，值一舆过，忽搴（qiān）帘曰："柳郎何迟也？"视之，则崔媪。喜问何之，媪笑曰："必将疑老身略骗者矣？别后适有便舆，顿念官人亦侨寓，措办亦艰，故遂送女归舟耳。"生邀回车，媪必不可。生仓皇，不能确信。急奔入舟，女果及一婢在焉。见生入，谈笑承迎。见翠袜朱履，与舟中侍儿妆饰更无少别，心异之。徘徊凝注，女笑曰："耽耽注目，生平所未见耶？"生益俯窥之，则袜后齿痕宛然，惊曰："卿织成耶？"女掩口微哂（shěn）。生长揖曰："卿果神人。早请直言，以祛（qū）烦惑。"女曰："实告君：前舟中所遇，即洞庭君也！仰慕鸿才，便欲以妾相赠。因妾过为王妃所爱，故归谋之。妾之来，从妃命也。"生喜，沐手焚香，望湖朝拜，乃归。

后诣武昌，女求同去，将便归宁。既至洞庭，女拔钗掷水，忽见一小

86

戲成

下第歸來一舸行
醉中猶
記賦閒情水精界
尺如符
節羹足真成齧碑
盟

87

舟，自湖中出。女跃登，如鸟飞集，转瞬已杳（yǎo）。生坐船头，于没（mò）处凝盼之。遥遥一楼船至。既近，窗开，忽如一彩禽翔过，则织成至矣！一人自窗中遽掷金帛珍物甚多，皆妃赐也。由是岁一两觐（jìn），以为常。故生家富有珠宝，每出一物，世家所不识焉。

导读

这是一则完完全全的神话故事。尽管篇幅不长，文章从洞庭湖中"水神借舟"写起，直到"柳生喜迎织成归"止，内容曲折，情节跌宕，语句优美，令人爱读。写神话，全文都靠虚构，人物形象、故事内容又要与人间真实情况合拍，着实不易。本篇是这类文体的经典范文。

从选材构思看，亮点很多。

1. 仙气，从开头起一贯到底。

开头段仅几句话，就很神道。"水神借舟"，却不征得船家同意，缆自解，舟自行，空中还有音乐伴奏。水神不伤船家，游玩后，船又自动回归原处。

舟行湖中，遇有狂风恶浪，柳生手持水晶界方，洪涛便"近舟顿灭"。

在武昌，有崔媪卖女，柳生才有机会见到织成，"年十五六已来，媚曼风流，更无伦比"。是谁安排的这次见面？

织成过洞庭，拔下金钗往水中一掷，便化为一叶小舟；"遥遥一楼船至"，织成便从窗中像彩禽一般飞了过来……

这些神奇的想象，把我们带入神话中，使人感到愉悦。

2. 柳生特聪明，典故用得真好。

第二段中，柳生半醉被扔在船板边。这时王者传侍儿织成。怎么那么巧，织成站的地方，"立近颊际"，正好在躺着的柳生的脸颊边。"心好之"，柳生咬人家织成的翠袜。这可糟了，织成一动差点摔倒。王者查问，织成只好实话实

说，"有人咬我脚"！啊？这还了得？"拉下去，杀！"

情况十分危急。柳生才高胆壮，边走边辩，说出了著名唐代传奇《柳毅传书》的故事。昔日，书生柳毅为龙女传书有功，被老龙君招为附马。后来，他继承龙位，就是今天这位洞庭君。柳生辩白："咱俩都姓柳，都是落第书生。您遇龙女成了仙，我却因酒醉'咬袜'而被杀。两个人，幸与不幸，天壤之别呀！"

洞庭君就是当年的柳毅呀！他一听，柳生讲得在理，有水平，不但不杀，反而赏黄金，赐界方，转危为安了。

3. 全文为喜剧，有惊而无险。

别看本文故事不长，其中情节惊喜交错，还挺曲折的。大惊、小险，有那么几处：

"咬袜"事发，王者"命即行诛"，要砍脑袋了！但是柳生因才得福，让王者喜欢。

湖上遇毛、南二位将军，惊涛骇浪，要翻船的。但是柳生界方一举，平安无事。

遇崔媪，偏要先将水晶界方留下，柳生返回时一时找不到她，"躁懊若丧"。但是，回舟一看，织成携一婢已在其中。

织成洞庭归宁，掷钗化舟，转瞬已杳。"还能回来吗？"但是，楼船临近，不仅织成飞回，还带回许多珍宝。

看全文，喜剧色彩浓厚，读来令人开心。

4. 翠袜、界方，以物传情。

文中提到两样东西，即织成脚上的翠袜和王者赏赐的界方。蒲公在这两样东西上做文章，颇有情趣。

先说这"咬袜"事件。织成出场，站位有戏，脚正好站在柳生的"颊际"，这就为柳生"犯咬袜错误"客观上提供了方便条件。有人会问："柳生怎么啦，人家脚上的袜子，有什么可咬的？"不然。那年代，姑娘的美，"三寸金莲"

89

是重要标志之一。在我们今天看来，小小女孩，自幼缠足，造成残疾，这是社会的丑恶可悲现象。可那时，柳生见织成"履细瘦如指"，太美了，"心好之"，咬一口。后来见袜上齿痕还在，认定她就是当日舟中的织成。

再说那水晶界方。洞庭君送这物件给柳生，有两个目的：一是湖中遇水怪，可以免难；一是日后界方成对，可以成亲。既有第二层意思，王者当时为什么不明说呢？后来织成解释得清楚：她深得王妃喜欢，把她嫁给柳生，王者需回去与王妃协商一下。

总之，通过翠袜、界方两物，体现了二主角情在其中。

结构

本文以时间为序，地点变化，层次分明。

1.各段的提纲可以这样拟定：

开头，第一段，"水神借舟"。

中间部分，二至七段，包括"命即行诛""真名士也""持此可免""更无伦比""悒悒而返"和"望湖朝拜"。

结尾，第八段，"织成至矣"。

2.拟段落小标题，思路也多种多样。像本篇这种拟法，有两个特点：一是借用文中词语，随手抄来，现成的。如开头段"水神借舟"，用它，可以概括全段内容。二是各段小标题用语，力求协调一致。这就有难度了。哪有那么准确合适的词语？需反复思考才行。

3."真名士也"段，写得格外精彩。它的小层次分明：一是武士上来，要立即行刑；二是柳生镇定，据理力争；三是龙君命题，当面测试；四是柳生不慌，从容完卷；五是龙君大悦，赏赐财宝。其中，据理力争一层，铿锵有力，可谓画龙点睛之笔。说"只这一句话决定了柳生的幸福生活"，也不过分。

主题

写男女青年从相识、相爱到成婚，线路图是五彩缤纷、各式各样的。不过，有一条底线是明确的，那就是婚姻自由、自主。这正是诸多名篇歌颂的共同主题。反之，双方或一方坚决不同意，那就叫强迫婚姻，是我们反对的。

柳生与织成的婚事，属于什么情况呢？

1. 还有比"一见钟情"更快的。

男女两位青年，初次见面，一见钟情，这一类型算是快速的。柳生的心态，比这更快。在船板边际，他半醉地躺着，根本就没机会看到织成什么容貌。他闻到的，是"兰麝充盈"，奇香无比；他看到的，是"翠袜紫绡"，三寸金莲。于是，心好之，就爱上了。你说快不快？当然，后来经崔媪引见，他目睹了织成无与伦比的美，爱心更坚定了。

织成的心态是步步深入的。起初，龙君唤她，她差点跌倒。"你怎么回事？""有人咬我脚。"她差一点断送了柳生小命。后听柳生据理争辩，也见到柳生一表人才，更看到他文章写得好，受到洞庭君赞赏，这才爱上了。应该说，她对柳生的爱深厚坚定。

2. "郎才女貌"该怎么看？

在旧时代，论婚事，"郎才女貌"是名正言顺的话。如今，男女平等，这个词语似乎有些贬义了。不过，在我国，受几千年民间世俗的影响，谈到具体情况，"郎才女貌"在婚事中还起着一定的作用。本文更是这样。可以说，柳生能娶到仙女织成，才华横溢起了决定作用。

柳生的才华，表现在两个方面：一是口才好。"何幸、不幸之悬殊也"一句，打动了当年柳毅、今日洞庭君的心。二是文才好。别看从早晨到中午，写的时间长了，但"文贵工，不贵速"，又打动了洞庭君，称赞、赠酒、赏财宝。

柳生若是个文盲，别说娶媳妇了，怕是连脑袋也保不住了。

3. 包办为表，自主为本。

"反对包办，婚姻自主"，这一直是我们的主张。不过，"包办"有时与"自主"并不矛盾。有的婚姻，看似包办，实质上是自主的。柳生、织成结成伴侣，正是这样。

怎么讲呢？二人各有特殊情况。柳生，一落第学子，哪有机会与仙女去谈什么"自由"？织成，虽贵在龙庭，但只是王妃身边的一名侍儿，自身难以自主。于是，洞庭君欣赏，王妃同意，促成了这桩"包办"婚姻。而从内容、心态上看，二位主角对这种"包办"是求之不得的。可见，他俩成为眷属，本质上完全属自主婚姻，是值得歌颂的。

本文人物不多。除前面已讨论过的情况，这里再分别补充几句。

柳生——才华出众的书生。落第，因素很多，那是他机遇不佳。洞庭君柳毅，也是当年的才子。柳生的话，柳生的文，能得到洞庭君的赏识，水准非同一般。

再有，他知道感恩。最后，当织成说明自己的身世后，柳生"沐手焚香，望湖朝拜"，由衷地感谢龙洞庭君柳毅和小龙女王妃的恩德。

织成——其心态是逐步调整的。开始时她对柳生没有好感，后来，听柳生申辩，见洞庭君测试、赏赐柳生，又经崔媪引见正式相会，这才以心相许了。到后来，从龙宫带回许多珠宝，与柳生幸福终生。

洞庭君——尽管神位高、权势大，但毕竟是当年的书生柳毅，讲道理，有见识。从柳生眼前这桩事件中，他见到了当年自己传书招赘（zhuì）的影子（《柳毅传书》这出戏，京剧、越剧都上演过）。他的贤明，是二位青年终成眷属

的重要因素。

龙女王妃——昔日的小龙女，如今已是洞庭君王妃了。她没出场，但有她的戏。前面，洞庭君赏赐柳生水晶界方时，已有提亲做媒的意思。但他没说明，说需要回去与夫人商量一下。这不是"惧内"，是洞庭君开明。后面，织成回到柳生舟中，并随他回家过日子，那都是王妃的主意。有人"自窗中遮掷金帛珍物，皆妃赐也"，这位相当于"娘家妈"的王妃，令人敬佩。

本文语句精练，可读性强。

1. 单音字在文言语句中用得好。如：

有柳生，落第归。

第，门第，一般指住所。这里是指考后发皇榜的那面大墙。落第，即墙上没有自己的名字。

座上问之，因白其故。

白，这里不是色彩，是动词"讲"，说明白。

因各出相较，长短不爽毫厘。

爽，这里不是爽快，是"差失"。

因妾过为王妃所爱，故归谋之。

过，这里不是走过、通过，是"格外地""过了头"。王妃太喜欢她了。

2. 神话笔法，多有情趣。如：

游毕，仍泊旧处。

这的确是"借"舟，不是"抢"舟。

女拔钗掷水，忽见一小舟，自湖中出。

一支钗，扔到水中就变成小舟了，可见织成在王妃身边不是一般的丫环，

93

也有一定道行了。

3. 四字句用得好。如：

波浪大作，上翳天日。四顾湖舟，一时尽覆。生举界方，危坐舟中，万丈洪涛，近舟顿灭。

这语句，写得自然、流畅，有韵味。

4. 关键处语句十分精彩。如：

因行且语曰："闻洞庭君为柳氏……何幸、不幸之悬殊也！"

这句话一下子打动了洞庭君柳毅。

洞庭君催他写时，柳生回答："以是知文贵工，不贵速也！"洞庭君柳毅也是"高级知识分子"，深知动笔行文的奥秘，对这一说法完全赞同。

42. 翩翩

　　罗子浮，汾（fén）人，父母俱早世。八九岁，依叔大业。业为国子左厢，富有金缯（zēng），而无子，爱罗若己出。

　　十四岁，为匪人诱去作狭邪游。会有金陵倡，侨寓郡中，生悦而惑之。倡返金陵，生窃从遁去。居倡家半年，床头金尽，大为姊妹行（háng）齿冷，然犹未遽绝之。无何，疮创溃（kuì）臭，沾染床席，逐而出。丐于市，市人见辄遥避。

　　自恐死异域，乞食西行。日三四十里，渐至汾界。又念败絮浓秽（huì），无颜入里门。尚赹（zī）趄（jū）近邑间。日既暮，欲趋山寺宿。遇一女子，容貌若仙。近问何适，生以实告。女曰："我出家人，居有山洞，可以下榻，颇不畏虎狼。"生喜，从往。

　　入深山中，见一洞府。入则门横溪水，石梁驾之。又数武，有石室二，光明彻照，无须灯烛。命生解悬鹑，浴于溪流，曰："濯（zhuó）之，创当愈。"又开障拂（fú）褥促寝，曰："请即眠，当为郎作裤。"乃取大叶类芭蕉，剪缀（zhuì）作衣。生卧视之。制无几时，折叠（dié）床头，曰："晓取著之。"乃与对榻寝。生浴后，觉创疡（yáng）无苦。既醒摸之，则痂厚结矣。

　　诘旦，将兴，心疑蕉叶不可著。取而审视，绿锦滑绝。少间具餐，女取山叶，呼作"饼"。食之，果饼。又剪作鸡、鱼，烹之皆如真者。室隅一罂，贮佳酝（yùn），辄复取饮。少减，则以溪水灌益之。数日，创痂尽脱，就女求宿。女曰："轻薄儿，甫能安身，便生妄想。"生云："聊以报

德。"遂同卧处，大相欢爱。

一日，有少妇笑入，曰："翩（piān）翩小鬼头快活死！'薛姑子'好梦，几时做得？"女迎笑曰："花城娘子，贵趾久弗涉，今日西南风紧，吹送来也！小哥子抱得未？"曰："又一小婢子！"女笑曰："花娘子，'瓦窑'哉！那弗将来？"曰："方鸣之，睡却矣。"于是，坐以款饮。

又顾生曰："小郎君焚好香也。"生视之，年廿（niàn）有三四，绰（chuò）有余妍（yán）。心好之。剥果误落案下，俯假拾果，阴捻（niǎn）翘凤。花城他顾而笑，若不知者。生方恍然神夺，顿觉袍裤无温。自顾所服，悉成秋叶。几骇绝。危坐移时，渐变如故。窃幸二女之弗见也！少顷，酬酢（zuò）间，又以指搔纤掌。城坦然笑谑（xuè），殊不觉知。突突怔（zhēng）忡（chōng）间，衣已化叶。移时，始复变。由是惭颜息虑，不敢妄想。城笑曰："而家小郎子，大不端好。若弗是醋葫芦娘子，恐跳迹入云霄去。"女亦哂（shěn）曰："薄幸儿，便直得寒冻杀！"相与鼓掌。花城离席曰："小婢醒，恐啼肠断矣。"女亦起曰："贪引他家男儿，不忆得小江城啼绝矣。"花城既去，惧贻（yí）诮（qiào）责。女卒晤（wù）对如平时。

居无何，秋老风寒，霜零木脱。女乃收拾落叶，蓄旨御冬。顾生肃缩，乃持袄掇（duō）拾洞口白云，为絮复衣。著之，温暖如襦，且轻松常如新绵。逾年，生一子，极慧美。日在洞中弄儿为乐。

然每念故里，乞与同归。女曰："妾不能从。不然，君自去。"因循二三年，儿渐长，遂与花城订为姻好。生每以叔老为念，女曰："阿叔腊故大高，幸复强健，无劳悬耿。待保儿婚后，去住由君。"

女在洞中，辄以叶写书教儿读，儿过目即了（liǎo）。女曰："此儿福相，放教入尘寰，无忧不至台阁。"未几，儿年十四，花城亲诣送女。女华妆至，容光照人。夫妻大悦。举家宴集。翩翩扣钗而歌曰："我有佳儿，不羡贵官；我有佳妇，不羡绮纨。今夕聚首，皆当喜欢；为君行酒，劝君加

瘡瘠餘生羌遏僞
仙人風度信翩翩　他年數
椊重相
訪洞在白雲何處
邊

扁羽　扁羽

餐。"既而花城去，与儿夫妇对室居。新妇孝，依依膝下，宛如所生。

生又言归。女曰："子有俗骨，终非仙品。儿亦富贵中人。可携去，我不误儿生平。"新妇思别其母，花城已至。儿女恋恋，涕各满眶。两母慰之曰："暂去，可复来。"翩翩乃剪叶为驴，令三人跨之以归。大业已老归林下，意侄已死。忽携佳孙美妇归，喜如获宝。入门，各视所衣，悉芭蕉叶。破之，絮蒸蒸腾去，乃并易之。

后生思翩翩，偕儿往探之。则黄叶满径，洞口云迷。零涕而返。

![导读]

这也是一则神话故事。和前篇《织成》放在一起，就像玛瑙、翡翠两块宝石，晶莹剔透，分外可爱。两篇文句都很清新，但选材内容却完全不同。作文，写什么，是最关键的功夫。这两则神话故事如此新颖、赏心悦目，足见蒲公笔下神功。读这两篇，可以有效地增进我们的美学修养。

与《织成》比，《翩翩》中女主角的戏份更重些。她主导全文情节。

1. 罗子浮，苦命乎？幸运乎？

文中男主角罗生，命运多坎坷。他本是世家子，但幼年父母早丧，只能依靠叔父，家庭教育自然差了一档。叔大业，官高富有，又无子，"爱罗若己出"，这条件好啊。但是，罗生少时被坏人诱去，作狭邪游，走了一段弯路，还染上恶病，沦为乞丐。这是他的人生低谷。当走投无路时，命运出现转机，他遇上了山中的仙女翩翩。在这位"仙"妻的帮助下，罗生又从邪路回归坦途，过上了类似神仙的生活。他的前半生遭遇，有浓烈的辩证味道，我们在阅读时应留意到这一点。

2. 真情无价。

罗生自恐死于异域他乡，丐于市，"无颜入里门"，没活路了。这时，天上

真掉"馅饼"了,他在山寺附近遇到了翩翩。这使我想到家喻户晓的爱情大戏《天仙配》。七仙女,玉帝的贴心小棉袄,地位高。她拨开云层往下一看,正巧看到了董永。董永什么家庭情况?穷得一无所有,卖身葬父。但七仙女偏偏看中了他,本文不也是这样吗?翩翩"仙位"尽管不高,为山中一般仙子,竟一下看中了乞食潦倒的罗生!从二人相遇那一刻起,一切的一切,翩翩对罗生是全身心的爱。

3. 花城娘子串门,情趣多多。

翩翩深居山洞,太寂寞了。幸好邻山也有一位仙姑花城,常来串门聊天,多有情趣。翩翩、花城二人关系极好,情同姐妹。这方面,文中用了不少笔墨具体叙述:

其一,二人玩笑话连篇,互不介意。花城一到,就说:"小鬼头快活死!'薛姑子'好梦(指当新娘子),几时做得?"花城又生一女孩,翩翩讥笑说:"花娘子,'瓦窑'哉!"瓦窑怎么讲?旧时家生男孩,叫"弄璋之喜";家生女孩,叫"弄瓦之喜"。重男轻女么,女孩,就是砖头瓦片;如果连生女孩,妈妈就是只会烧砖瓦的"瓦窑"。二人相互打趣,很开心。

其二,花城性情有些浪漫,开放得很。罗生对她动手动脚,她不但不翻脸,反而笑着说"而家小郎子,大不端好"。翩翩也同意,加一句:"这种'坏小子',就该冻死他!"

其三,最终,两家儿女长大,结为亲家。

4. 神话笔法,想象新奇。

文中,神话语句处处都有。如:

吃——取山叶食之,呼作果饼。

喝——贮佳酿……少减,则以溪水灌益之。

穿——拾洞口白云,为絮复衣。

行——剪叶为驴,令三人跨之以归。

医——浴于溪流,曰:"濯之,创当愈。"

有了仙气，高山深谷什么都有。

本文情节不复杂，结构清晰。

1. 全篇故事包括三大块：

第一大段，喜遇翩翩。一至五段，包括"罗子浮""丐于市""喜从往""痂厚结"和"相欢爱"。

第二大段，生儿育女。六至十段，包括"花娘子""不端好""生一子""念故里"和"新妇孝"。

第三大段，回归故里。十一、十二段，包括"如获宝"和"思翩翩"。

2. "不端好"段，写得活泼。罗生随恶人狭邪游几年，沾染了一些毛病。见花城"绰有余妍""心好之"，于是，捏人家金莲，搔人家手心，大不端好。但花城大度，只与翩翩鼓掌为笑。这段三人都有戏，写得很生动。

3. 结尾段，文字少，含义深。与前篇《织成》比，喜、悲两出，情调完全不同。织成还仙为民，跟柳生回家过幸福的人间生活；翩翩难离仙境，丈夫、儿子永远不得再相聚了。这一悲剧结尾，给读者留下另一种滋味在心头。

主题

娶仙女为妻，走投无路的罗生连想都不敢想。但是，巧遇翩翩，娶媳生儿，却成了事实。这个故事，有几点是得议论一番的。

1. 好婚姻，一方积极努力也能成。

论婚姻，当然要男女双方情投意合了，这是结成夫妻的前提，但是也有罗

100

生这种情况，他自己完全不了解对方，也没有丝毫求婚的念头，然而，翩翩看中了他，情感的培养从无到有，从浅到深，这段姻缘完全是翩翩"一手包办"的。结果呢？两人过得很和谐。当然，那种一方拒不接受、另一方死死追求并开花结果的情况不多，不属于这一类。

2."神仙"不染红尘，能做到吗？

神话故事么，仙子也是人。说的是脱离红尘、山洞修炼，为什么见了罗生就起了凡心呢？男女相爱，人生大道理，翩翩多纯真的姑娘，是修炼成仙的"好苗子"，最终还是得结婚生子。仙姐花城也不例外。可见，有个别唱"洁身自好"高调的人，还是回到人间现实中来吧。照人伦规律，选择一个好的伴侣才是正理。

3.有缺点的人就不能爱吗？

有人说："罗生这孩子，小时候不错。后来遇上恶人，学坏了。这样的人，不值得爱。"不错，近朱者赤，近墨者黑。罗生的人生轨迹走了一段弯路，染上了污点。怎么办呢？翩翩素质高，病，可以给你治好；德，可以给你提高。浪子回头金不换嘛。认真地评价一番，谁人的伴侣没有这样、那样的缺点？许仙受法海和尚的诱导，叛变了，白娘子还是原谅了他。当然，谈婚论嫁，对对方缺点要有个底线要求——你改还是不改？罗生与翩翩共同生活近二十年，他的确洗心革面、真的改好了，才对得起翩翩的一片真情。

为了表达"二人相爱，自成眷属"的主题，蒲公从不同角度选择内容，的确是一位文学大家。

人物

本篇人物不多，个个栩栩如生。

翩翩，全文的中心人物，形象十分可爱。

101

她眼力好。在汾界上遇到罗生，心里就有了准主意。"我出家人，居有山洞，可以下榻，颇不畏虎狼"，大胆、主动地把潦倒的罗生拉到自己身边。女孩子家，迈出这第一步是对是错，太重要了。

她心灵手巧。衣服、鸡鱼，取芭蕉叶一剪，吃穿都呈现到罗生面前。

她有仙道，懂医术。罗生一洗，疮痂痊愈。

她幽默有才。"花娘子，'瓦窑'哉"，一句话，说得得当，有文学水平。

她心态好。当花城告罗生"大不端好"时，她只说句"薄幸儿，便直到寒冻杀"，互相鼓掌，并不责怪罗生。

她生儿教子，是个好母亲。

可惜的是，她入仙道过深，不能自拔，不能随罗生回家过人间幸福日子。"洞口云迷"，给罗生留下半世遗憾。

罗生，基本素质还好，属于"可教育好的青年"。他最可取的地方是认准了翩翩，肯听人指导。"每以叔老为念"，好后生。

花城是翩翩的最佳搭档。翩翩是红花，她是闪亮的绿叶。她的出现，把翩翩衬托得更动人了。翩翩庄重大方，花城活泼多情；翩翩"弄璋"，花城"弄瓦"。两人对比鲜明。但她俩也有相似之处：都在山洞脱俗修仙；都留恋红尘、生儿育女。送小夫妇回人间时，二人作为母亲，心境完全相同。"两母慰之日：'暂去，可复来。'"哪里还有"复来"哟！

大业，官高禄厚。兄嫂过世，他把侄儿罗生收养，爱如己出。好叔叔！待老归林下时，见儿、孙辈三人一同回归，喜如获宝。多难得的长辈啊！看当今荧屏上，一家亲人，法庭上"斗智斗勇"，与大业、罗生相比，天壤之别。

语言

本文语言流畅活泼。

1.单音字在文言语句中用得好。如：

入则门横溪水，石梁驾之。

这“横”字，当动词用，用得鲜活。

居无何，秋老风寒……

老，将“秋”拟人化，晚秋了。生动。

以叶写书教儿读，儿过目即了。

这里的“了”，不是语气词，而是“了如指掌、一目了然”的意思。

女曰：“子有俗骨，终非仙品。”

子，尊称，君子、您，不是儿子。

2.有些语句描述细致、具体。如：

罗生挑逗花城，“剥果误落案下，俯假拾果，阴捻翘凤”。“少顷，酬酢间，又以指搔纤掌。城坦然笑谑，殊不觉知。”二人表情动作，活于纸上。

3.翩翩的即兴小诗，“我有佳儿，不羡贵官……”，虽属顺口溜档次，但很活泼，表达了“当了婆婆”的喜悦心态。

翩
翩

43. 阿纤

　　奚山者，高密人，贸贩为业。往往客蒙沂（yí）之间。一日，途中阻雨。及至所常宿处，而夜已深。遍叩肆门，无有应（yìng）者。徘徊庑（wǔ）下，忽二扉豁开，一叟出，便纳客入。山喜从之，絷（zhí）蹇（jiǎn）登堂。堂上迄无几榻。叟曰："我怜客无归，故相容纳。我实非卖食沽饮者。家中并无多手指，惟有老荆弱女，眠熟矣。虽有宿肴，苦少烹鬻（yù），勿嫌冷啜（chuò）也。"言已，便入。少顷，以短足床来，置地上，促客坐。又入，携一短足几至。拔来报往，蹀（dié）躞（xiè）甚劳。山起坐不自安，曳令暂息。

　　少间，一女郎出行酒。叟曰："我家阿纤（xiān）兴矣。"视之，年十六七，窈窕秀弱，风致嫣然。山有少弟未婚，窃属意焉。因询清贯尊阀，答云："士虚，姓古。子孙皆夭折，剩有此女。适不忍搅其酣睡，想老荆唤起矣。"问："婿家阿谁？"答言："未字。"山窃喜。既而品味杂陈，似所宿具。食已，致恭而言曰："萍水之人，遂蒙宠惠，没齿所不敢忘。缘翁盛德，乃敢遽陈朴鲁：仆有幼弟三郎，十七岁矣。读书肄（yì）业，颇不顽冥。欲求援系，不嫌寒贱否？"叟喜曰："老夫在此，亦是侨寓。倘得相托，便假一庐，移家而往，庶（shù）免悬念。"山都应之。遂起展谢。叟殷勤安置而去。鸡既唱，叟已出，呼客盥（guàn）沐。束装已，酬以饭金。固辞曰："客留一饭，万无受金之理。矧（shěn）附为婚姻乎？"

　　既别，客月余，乃返。去村里余，遇老媪率一女郎，冠服尽素。既近，

阿纖

敲釘飄雪思不禁重來應為應邑涼分居
不惜分金粟猶珠區區憂弟心

疑似阿纤。女郎亦频转顾，因把媪袂（mèi），附耳不知何辞。媪便停步，向山曰："君奚姓耶？"山唯唯。媪惨然曰："不幸老翁压于败堵，今将上墓。家虚无人，请少待路侧，行即还也。"遂入林去。移时始来，途已昏冥。遂与偕行。道其孤弱，不觉哀啼，山亦酸恻。媪曰："此处人情大不平善，孤孀难以过度。阿纤既为君家妇，过此恐迟时日，不如早夜同归。"山可之。

既至家，媪挑灯供客已，谓山曰："意君将至，储粟都已粜（tiào）去。尚存廿（niàn）余石（dàn），远莫致之。北去四五里，村中第一门，有谈二泉者，是吾售主。君勿惮（dàn）劳，先以尊乘运一囊去，叩门而告之，但道南村古姥，有数石粟，粜作路用，烦驱蹄躈（qiào）一致之也。"即以囊粟付山。山策蹇去，叩户，一硕（shuò）腹男子出。告以故，倾囊先归。俄有两夫以五骡至。媪引山至粟所，乃在窖中。山下为操量执概，母放女收。顷刻盈装，付之以去。凡四返而粟始尽。既而以金授媪。媪留其一人二畜，治任遂东。

行二十里，天始曙。至一市，市头赁（lìn）骑，谈仆乃返。既归，山以情告父母，相见甚喜。即以别第馆媪，卜吉为三郎完婚。媪治奁（lián）妆甚备。阿纤寡言少怒，或与语，但有微笑。昼夜绩织，无停晷（guǐ）。以是上下悉怜悦之。嘱三郎曰："寄语大伯，再过西道，勿言吾母子也。"

居三四年，奚家益富，三郎入泮矣。一日，山宿古之旧邻，偶及"曩（nǎng）年无归，投宿翁媪"之事。主人曰："客误矣！东邻为阿伯别第。三年前，居者辄睹怪异，故空废甚久，有何翁媪相留？"山甚讶之，而未深言。主人又曰："此宅向空十年，无敢入者。一日，第后墙倾，伯往视之，则石压巨鼠如猫，尾在内犹摇。急归，呼众共往，则已渺矣。群疑是物为妖。后十余日，复入试验，寂无形声。又年余，始有人居。"山益奇之。归家私语，窃疑新妇非人，阴为三郎虑。而三郎笃（dǔ）爱如常。

106

久之，家中人纷相猜议，女微察之。夜中，语三郎曰："妾从君数载，未尝少失德。今置之不以人齿，请赐离婚书，听君自择良耦。"因泣下。三郎曰："区区寸心，宜所夙（sù）知。自卿入门，家日以丰，咸以福泽归卿，乌得有异言。"女曰："君无二心，妾岂不知？但众口纷纭，恐不免秋扇之捐。"三郎再四慰解，乃已。山终不释，日求善扑之猫，以观其意。女虽不惧，然蹙（cù）蹙不快。一夕，谓媪小恙（yàng），辞三郎省（xǐng）侍之。天明，三郎往讯，则室内已空。骇极，使人于四途踪迹之，并无消息。中心营营，寝食都废。而父兄皆以为幸，交慰藉藉，将为续婚。而三郎殊不怿（yì）。俟（sì）之年余，音问以绝。父兄辄相诮（qiào）责。不得已，以重金买妾，然思阿纤不衰。

又数年，奚家日渐贫。由是咸忆阿纤。有叔弟岚（lán）以故致胶，迂道宿表戚陆生家。夜闻邻哭甚哀，未遑诘也。既返，复闻之，因问主人。答云："数年前，有寡母孤女，僦（jiù）居于是。月前姥死，女独处，无一线之亲，是以哀耳。"问何姓，曰："姓古。尝闭户不与里社通，故未悉其家世。"岚惊曰："是吾嫂也！"因往款扉，有人挥涕出，隔扉应曰："我家故无男子。"岚隙窥而遥审之，果嫂。便曰："嫂启关，我是叔家阿遂。"女闻之，拔关纳入，诉其孤苦，意凄惨悲怀。岚曰："三兄忆念颇苦。夫妻即有乖迕（wǔ），何遂远遁至此？"即欲赁舆同归。女惨然曰："我以人不齿数故，遂与母偕隐。今又返而依人，谁不加白眼？如欲复还，当与大兄分炊。不然，行乳药求死耳！"

既归，以告三郎。三郎星夜驰去。夫妇相见，各有涕洟。次日，告其屋主。屋主谢监生，窥女美，阴欲图致为妾，数年不取其值。频风示媪，媪绝之。媪死，窃幸可谋。而三郎忽至，通计房租以留难之。三郎家故不丰，闻多金颇有忧色。女言："不妨。"引三郎视仓储，约粟三十余石，偿租有余。三郎喜，以告谢。谢不受粟，故索金。女叹曰："此皆妾身之恶障也！"遂以其情告三郎。三郎怒，将诉于邑。陆氏止之，为散粟于里党，敛

107

资偿谢，以车送两人归。

三郎实告父母，与兄析居。阿纤出私金，日建仓廪（lǐn）。而家中尚无儋（dān）石，共奇之。年余验视，则仓中盈矣。不数年，家大富。而山苦贫，女移翁姑自养之，辄以金粟周兄，狃（niǔ）以为常。三郎喜曰："卿可云不念旧恶矣！"女曰："彼自爱弟耳。且非渠，妾何缘识君哉？"后亦无甚怪异。

导读

这一篇选材方面有争议。有的人粗读一遍，就叫喊："哟，鼠女，耗子精呀，不要读了！"我本人多少也受些影响，才把《阿纤》放到本书爱情故事的后部分。这是一种偏见。其实，从动物生理学角度讲，峨嵋山大白蛇，既凶又毒；各地小狐狸，既诈又臊。它们化成美女白素贞、青凤，不都十分可爱吗？再说，鼠，在我国民俗文化中，声望不低。十二生肖，它超过牛、虎，名列首位。十几亿人中，有一亿多人"属鼠"，这有什么可嫌弃、可自悲的呢？再看当今艺术圈人士，不是还有叫"小虫""北方的狼"的吗？

阅读《聊斋》故事，让我们跳出生物圈，进入神话里吧。鼠仙阿纤，好姑娘，温柔可爱。

本文情节，亮点很多。

1.这是一桩平民百姓家的婚姻故事。

前面我们阅读过的篇章，像《阿宝》，她生于大商家，财宝与王侯埒（liè）富；《罗刹海市》，龙女家豪华无比，财宝无数。而古家呢？

三郎大哥初到她家，屋里连像样的椅子和床榻都没有，只吃了点昨天剩的饭菜，穷啊！

阿纤从奚家出走后，没有落脚的地方，租人家房子，连房租都付不起。

奚家呢，也是村间小贩，自阿纤来后才"家日以丰"。这种贫穷百姓生活情景，贯穿于全文的字里行间。

2. 阿纤命苦，悲事一桩接一桩。

贫穷，再加悲痛，真够阿纤受的：

大哥来，刚把亲事说定，不久，老父古翁压于破墙下丧了命，只剩下母女二人。

阿纤嫁到三郎家，可是老父的死，"鼠"族的秘密被大哥发现，全家起了疑心。阿纤十分痛苦，求三郎休了她。三郎舍不得，但迫于全家压力，她带着老母出走他乡。

不幸，老母又很快去世，阿纤"无一线之亲"。

三郎找到她，又遇到房主习难……阿纤的日子，直到最后才云开雾散。

3. 阿纤家为何总有数石粮食呢？

这是作者写神话故事的一大亮点。老古家，不种田，不经商，靠什么过呢？搬运稻谷呗。鼠族，分支很多。古家该是"搬仓鼠"。他们日夜不停地只干一件事——从田野往家运粮食。这是搬仓鼠的本能。本篇中几次提她家有多少石稻谷，作者把鼠的本能与故事情节结合在一起写，构思精巧。

4. 好人乎？坏人乎？

人们在孩童时期，看问题简单，常把人分为好人、坏人。文中除阿纤、三郎两位主角外，其他次要人物，脸谱各有不同。

奚家兄弟：大哥奚山，本是阿纤的订亲人，但后来"求善扑之猫"对付阿纤的，也是他；叔弟奚岚，年轻单纯，见到阿纤，力劝回家。

北村谈二泉家：与古姥公平交易，还派一仆二畜送她母女一程，够意思。

屋主谢监生：心术不正。起初不要阿纤房租，那是色狼心术在作怪；后阿纤以粟顶房租还不行，为人素质太低下。

读本文，看民间世态炎凉，使人多有想法。再看今天我们的城乡，提倡以德治国，提倡家和万事兴，好啊！

结构

本文是以时间先后、场景转换进行记叙的。

1. 全文可分头、中、尾三部分：

开头，第一段，"古家清贫"。

中间部分，二至九段，包括"为弟订婚""古翁遇难""棠棣离家""二人完婚""众疑新妇""阿纤离去""贤弟劝嫂"和"夫妻归里"。

结尾，第十段，"不念旧恶"。

2. 本文写法上有个特点，那就是首尾相顾。看整个故事，当然是以阿纤与三郎夫妇为主体。但从记叙方法上来讲，最先出场并为三郎订婚的人，是大哥奚山；最后受阿纤相助并感恩的人，也是他。奚山这个人物，在全文情节穿插中起了一定的作用。

3. 以情感表达而论，"为弟订婚"段，写得合情合理；"贤弟劝嫂"段，写得细腻动人。三郎有兄有弟，"订婚""劝归"都有家人帮他，有福气。

主题

有人说，阅读此篇，有些压抑感。不过，此篇总的说还是一出喜剧，一出悲情喜剧。为什么这样讲呢？

其一，从表面上看，两位主角的婚姻，是"包办"型的。阿纤一方，由父母做主；三郎一方，由阿哥敲定。直到奚山将阿纤母女带回家中，三郎才认识阿纤，相互了解、培养感情都谈不上，但从本质看，阿纤、三郎都十分优秀。家人把他俩带到一起，合适啊！事实证明，二人入洞房是仓促了点，但"与子偕

老"却做到了。全文最后一句"后亦无甚怪异",证实了他俩一辈子过得幸福。

二人素质都好,又能真诚相爱,这是根本。

其二,"曲径通幽"是二人的情爱之路。

别看这只是一出平民百姓的婚事,路径还是多有曲折的。

大哥奚山巧到古家,一开口提亲,古翁满口答应,很顺利;待再回去时,古翁过世,母女上坟,曲折。

古媪粜粟,带女儿来到奚家,小夫妻成亲,很顺利;奚山发现"倾墙压鼠"事件,全家起了疑心,阿纤只好出走,曲折。

阿纤出走后,老母过世,生活更为艰苦,曲折;叔弟奚岚来了,与嫂相认,劝嫂回家,很顺利。

三郎星夜驰去,要迎归阿纤,但房主谢某品质恶劣,故意习难,曲折;三郎怒,将报官,谢某怕了,放行,很顺利。

三郎将阿纤迎回家后,"不数年,家大富",一顺到底了。

其三,二人的坚韧、执着、勇敢、包容,是幸福的保证。

多少苦难压在阿纤身上,她挺着。唯奚山找一只善扑之猫来家,这是她无法忍受的,只得含泪离开家庭。三郎呢,"再四慰解",绝无二心,后勇敢迅速地将阿纤接回,答应阿纤提出的"与大兄分炊"条件。可见只要二人同心同德,一切坎坷都能踏平。

人物

全文内容的选择与主题的表达都很低调,人物刻画也是同样的。

阿纤——前些篇写女主角的美,用的多是"无与伦比""貌似天仙"等字样。这里写阿纤外貌,词语一般。"视之,年十六七,窈窕秀弱,风致嫣然";"阿纤寡言少怒,或与语,但有微笑"。美,但美得平常。

写阿纤的"贤"，很给力。与大哥奚山必须分家过日子，"不然，行乳药求死耳"；但自家富而兄家穷时，她又知感恩，"且非渠，妾何缘识君哉？"于是给兄家以帮助，真贤德。

三郎——有大哥当家，他似乎只处于"听话"的位置。但有两点表现出他独特的性格：一是阿纤要离去，求写休书，三郎坚持不写；二是与屋主谢某斗智斗勇，"粮食还不能顶房租吗？咱县衙公堂上见！"谢怕了，阿纤平安回家。三郎虽年岁不大，却有胆识。

奚岚——这位叔家弟弟值得说一说。他外出至胶县，遇到阿纤。这小叔子有三点可赞：一是认她，"是吾嫂也"；二是告知三郎的情况，"三兄忆念颇苦"；三是力劝阿纤回家，答应了她的要求。这岚弟，年岁虽然不大，有这般作为，好样的！

本文语调也是低沉的，但深刻感人。

1.单音字在文言语句中用得好。如：

"……惟有老荆弱女，眠熟矣。"

旧社会，男尊女卑，丈夫在家是主人、老爷；妻子叫"贱内""山荆"。荆，就是山上的野茅荆棘。

一日，山宿古之旧邻，偶及曩年无归……

及，是涉及，提起这……

三郎实告父母，与兄析居。

析，分家，各过各的日子。

……而山苦贫，女移翁姑自养之。

公公、婆婆本在长子奚山家过。为孝敬二老，减轻大哥的负担，阿纤请公

婆搬到自己这边来，一起过幸福的日子。

2. 四字句用得好。如：

"老夫在此，亦是侨寓。倘得相托，便假一庐，移家而往，庶免悬念。"

"区区寸心，宜所凤知。自卿入门，家日益丰。"

3. 有些细节描写有深度。如：

成婚后，全家人都喜欢阿纤。这时，她嘱三郎曰："寄语大伯，再过西道，勿言吾母子也。"什么意思？到原居处，若一提及"古家"事，就露"馅"了。

写屋主谢某坏，"窥女美，阴欲图致为妾，数年不取其值"。这家伙够阴的："几年不要你房租，到时候一算总账，你交不起，就以身顶债吧！"

113

44. 石清虚

邢云飞，顺天人，好石。见佳石，不靳（jìn）重直。偶渔于河，有物挂网，沉而取之，则石径尺。四面玲珑，峰峦叠秀。喜极，如获异珍。雕紫檀为座，供诸案头。每值天欲雨，则孔孔生云，遥望如塞新絮。

有势豪某，踵门求观。既见，举付健仆，策马竟去。邢无奈，顿足悲愤而已。仆负石至河滨，息肩桥上。忽失手，堕诸河。豪怒，鞭仆，即出金，雇善泅者。百计冥搜，竟无可见。乃悬金署约而去。

由是寻石者日盈于河，迄无获者。后邢至落石处，临流于邑。但见河水清澈，则石固在水中。邢大喜，解衣入水，抱之而出，檀座犹存。既归，不肯设诸厅事，洁内室供之。

一日，有老叟款门而请。邢托言"石失已久"。叟笑曰："客舍非耶？"邢便请入舍，以实其无。既入，则石果陈几（jī）上，错愕不能言。叟抚石曰："此吾家故物，失去已久，今固在此耶！既见之，请即赐还。"邢窘（jiǒng）甚，遂与争作石主。叟曰："既汝家物，有何验证？"邢不能答。叟曰："仆则故识之：前后九十二窍，巨孔中五字云，'清虚天石供'。"邢审视，孔中果有小字，细于粟米，竭目力，裁可辨认。又数（shǔ）其窍，果如所言。邢无以对，但执不与。叟笑曰："谁家物，而凭君作主耶！"拱手而出。

邢送至门外。既还，则石失所在。大惊，疑叟，急追之，则叟缓步未远。奔去，牵其袂（mèi）而哀之。叟曰："奇矣！径尺之石，岂可以手握

石清虚

其石玲瓏竟不
頑然遭攘竊屢
珠還笑他海嶽
庵中客淚滴璠
璵别研山

115

袂藏者耶？"邢知其神，强曳之归，长跪请之。叟乃曰："石果君家者耶？仆家者耶？"答曰："诚属君家，但求割爱耳！"

叟曰："既然，则石固在是。"还入室，则石已在故处。叟曰："天下之宝，当与爱惜之人。此石能自择主，仆亦喜之。然彼急于自见，其出也早，则魔劫未除。实将携去，待三年后，始以奉赠。既欲留之，当减三年寿数，始可与君相终始。君愿之乎？"曰："愿。"叟乃以两指捏一窍。窍软如泥，随手而闭二三窍。已曰："石上窍数，即君寿也。"作别欲去。邢苦留之，辞甚坚。问其姓字，亦不言，遂去。

积年余，邢以故他出。夜有小偷入室，诸无所失，惟窃石而去。邢归，悼丧欲死。访察购求，全无踪绪。

积有数年，偶入报国寺，见卖石者。近视，则其故物，将便认取。卖者不服，因负石至官。官问："何所质验？"卖石者能言窍数。邢问其他，卖石者不能言。邢乃言窍中五字及三指痕，理遂得伸。官欲杖责卖石者。卖石者自言以二十金买诸市，遂释之。邢得石归，裹以锦，藏椟（dú）中。时出一赏，先焚异香而后出之。

有尚书某，购以百金，而邢意万金不易也。某怒，阴以他事中（zhòng）伤之。邢被收，典质田产。某托他人风示其子。子告邢，邢愿以死殉（xùn）石。妻窃与子谋，献石尚书家。邢出狱，始知，骂妻殴子，屡欲自经，皆以家人觉救，得不死。

夜梦一丈夫来，自言石清虚。谓邢："勿戚。特与君年余别耳。明年八月二十日，昧爽时，可诣海岱门，以两贯相赎。"邢得梦喜，敬志其日。而石在尚书家，更无出云之异，久亦不甚贵重之。明年，尚书以罪削职，寻死。邢如期诣海岱门，则其家人窃石出，将求售主。因以两贯市归。

后邢至八十九岁，自治葬具。又嘱子"必以石殉"。既而果卒。子遵遗教，瘗（yì）石墓中。

半年许，贼发墓，劫石去。子知之，莫可追诘。逾二三日，携仆在道，

忽见两人奔踬（zhì）汗流，望空自投。曰："邢先生勿相逼。我二人将石去，不过卖四两银耳。"遂絷（zhí）送诸官，一讯遂伏。

问石，则鬻（yù）诸宫氏。取石至，官爱玩欲得之，命寄诸库。吏举石，石忽堕地，碎为数十余片，罔不失色。官乃重械两盗而放之。邢子拾石出，仍瘗墓中。

导读

当今中老年人都会记得，二三十年前，有一首悦耳的歌曲很流行，叫《美丽的传说》。"有一个美丽的传说，精美的石头会唱歌……"石的可爱，不仅仅在传说中。现实生活里，小到戒指上的宝石，大到故宫里的汉白玉雕龙，人人皆知。石文化，在我中华大地历史悠久，涉及千家万户。这方面的选材，蒲公当然是不会忽略掉的。这不，"石清虚"这块天石、这位石仙，就出现在了我们面前。

石为宝，自然就有它的故事。

1.这块天石，自能择主。

文中一开笔就点出主角邢云飞。他爱石、好石，"见佳石，不靳重直"。但这块天石是他花重金买来的吗？不是的。

无巧不成书。那天，邢"偶渔于河"，请注意这个"偶"字。他本是去捕鱼的，但天赐良机，鱼没捕到，却"有物挂网"。什么东西？正是这块径尺大的无价宝石。可见，邢与该石结缘，是天石主动投他。这块天石自能择主，它知道这位是爱石如命的知己。

2.它是块天石，他是位石仙。

就本文而论，邢为当然主角，但这篇神话中，这块石拟人化了，是全文的灵魂。它有名姓，"巨孔中五字云，'清虚天石供'。"它是块天石，成仙后名

"清虚"。这正是本文以"石清虚"命题的缘由。

由此可见，从表面上看，文中写的是邢云飞如何爱石的故事；而从实质上说，这里记叙的是邢云飞与天石石清虚二人的深厚情谊。这情谊，虽属神话类别，但却真诚感人。

3. 失而复得，情节曲折。

论文字，本文篇幅不长，但是作者运用了文言中最为精练的语句，所写故事情节曲折，天石失而复得，内容相当丰富。这是一篇"大"故事。

文一开笔，邢下河，立即得石获宝。

谁料到，势豪来家，大白天抢掠，将邢刚到手的宝石夺去了。

宝石有灵，势豪家仆人到河边，将石堕于河。

多少人下河寻石呀，不见踪影。但邢到河边，石在水中清晰可见。邢又得宝回家。

一叟来，摆出铁证，认定这宝石是他的。邢绝不放手。但送叟走后，回家一看，石没了。邢这才知道面前是位仙家。他心甘情愿，说出"诚属君家，但求割爱耳"。

叟说明将带石离去三年。"既欲留之，当减三年寿数"。邢爱石如命，愿留石减寿。

没想到，祸又来了，小偷将宝石窃去。

邢于市场上见到卖石人，经官衙断定，邢"理遂得伸"，又得石而归。

小偷好办，高官恶毒。一尚书设恶计，将邢下狱，逼邢妻、子将宝石献出。

尚书削职、寻死，其家人卖石，石仍归邢家。

邢八十九岁寿终，其子"瘗石墓中"。

盗墓贼又将宝石盗走。

官家捕盗，但他心术不正，想将宝石据为已有。吏举石，石碎。

最后，邢子收拾石片，"仍瘗墓中"。

邢，八十九岁过世；石，历尽劫难，破碎。二位同葬，可谓共生死同患难

吧?

这样一抒,看来这篇短文情节还真复杂!

4. 神话么,"神"气自在其中。

势豪家仆人在河边歇息,怎么石就掉河里了?

尚书阴坏得石,怎么不久就削职寻死了?

二盗墓贼为什么"奔蹶汗流,望空自投"?

这些情节中,石仙清虚,都使着神功呢。

结构

本文情节复杂,段落也安排得细一些。

1. 全篇可分为四大段:

第一大段,"石归邢家"。一至三段,包括"如获异珍""失手堕河"和"内室供宝"。

第二大段,"人仙相会"。四至六段,包括"邢无以对""但求割爱"和"减寿三年"。

第三大段,"历经劫难"。七至十段,包括"窃石而去""邢得石归""骂妻殴子"和"邢得喜梦"。

第四大段,"人石合一"。十至十三段,包括"瘗石墓中""一讯遂伏"和"仍瘗墓中"。

2. 在全文十三个段落中,以"人仙相会"那三个小段写得最细、最神秘、最动情。这里,天石为仙,拟人化,该是全书中数得着的十分精彩的片段,应当熟读成诵才好。

3. 详略得当这一条,文中体现得很好。如第七段"窃石而去",论情节,它是一个场面;论语言,它只有四个短句,三十几个字。这里,本应该含有许

多细节：邢以故他出，去哪儿？小偷入室，几个人？怎么进屋的？为什么只"窃石"而不拿其他物件？邢回家后，"悼丧欲死"，是怎样的表情？访察了，经过如何？这些层次、详情全都略去，高明。

主题

这是一则歌颂特殊友情的篇章。

谈到友情，至少得两个以上人物出场吧？邢云飞是一位，另一个是这位天石，神化成仙，石清虚。论故事情节，邢为主体；论精神素质，石为灵魂。这人、仙两者之间的友情，讲"真、善、美"的清纯，可以说达到了令人敬佩的高度。

1. 他们的友情，真。

邢好石，见到佳品，花重金都不在话下，何况是"偶渔于河"而得呢？"如获异珍"，准确。而天石呢？是"自投渔网"的。于是"洁内室供之"，当神位了。可见二位初见，感情上就动"真格"的了。

在后面的日子里，石几次丢失，都自动回到邢的身边；邢为石的丢失，"顿足悲愤""闭窍，愿减寿三年""悼丧欲死""愿以死殉石""骂妻殴子""自经获救"，直到"人石合葬"，都是以命相许的。二位友情"真"的高度，不可计量。

2. 他们的友情，善。

事物都有它的两面性。看邢、石感情那么好，有些人的嘴脸却十分丑恶。大官，尚书某，不动武，为夺石，"阴以他事中伤之"，使邢入狱，使其家人无奈自动将石"献"出，真缺大德了。势豪某呢，"踵门求观"，巧取豪夺，白日大盗。小偷呢，只能在夜间悄悄地行窃。县官存有私心，"爱玩欲得之"，但吏不配合，举石堕地。这些恶人恶事，一一写出，有力地对比出邢、石二位

"善"的美德。

3.他们的友情,美。

邢、石二位友情中,美的因素浓烈,这里只举两例说说。

其一,写这块天石状径尺、四面玲珑、峰峦叠秀;九十二窍,巨孔中隐有五字;天欲雨时孔孔生云,如塞新絮;叟闭窍时,窍软如泥……太可爱了。这种美感,是人人都可见到的。

其二,尾句,"邢子拾石出,仍瘗墓中",这本是个伤感语句,但深入地一想,邢子将碎了的天石一一拾起,全部放到父亲的身边,这就人、石合一了!二位的友情,好到这时,算是圆满地走到了终点。这里,不也有更深一层的"美"在其中吗?

人物

神话笔法的文章,人物的刻画,常有一些自己的特点。

1.实写与虚写。

对两位主角的刻画,分别使用的是实写与虚写两种手法,这也是区别人、仙的需要。

写邢云飞,笔笔都在实处:

那天是怎么得到天石的?"偶渔于河,有物挂网",他亲自从河中捞出来的。

出狱后,邢知道石已被尚书"劫"去,反应如何呢?他"骂妻殴子,屡欲自经,皆以家人觉救,得不死"。

写石清虚,只见结果,虚去过程:

豪仆堕石于河,多少善泅者都捞不到,怎么邢至落石处,"河水清澈,则石固在水中"呢?这是石仙为邢安排的。

邢、石二人争做石主，石仙空手出门，石为什么不在家了呢？后邢承认"诚属君家"，石为什么又回归原座了呢？也是石仙弄法的结果。

2.对比写法，优劣鲜明。

看本文，好人、坏人阵线分明。写邢、石两主角，语调清爽，幽默生动；写官、吏、豪、贼，笔锋犀利，这样写有力地歌颂了真、善、美，鞭挞了假、丑、恶。

有人问："写石仙清虚，正面人物，为什么最后要'玉碎'呢？"这不难理解。一是表达二人同生死共命运的情谊。"你活到八十九岁，入墓了，我也得结束自己，跟你合二而一。"二是防盗啊。试想，天石不碎，第二批盗墓贼来了，它还能伴随在邢的身旁吗？

3.次要人物处理得好。

写豪仆，抢得石后就跑。到河边休息一下，也在情理之中。得，石落水了。

写尚书夺石，使计谋，"妻窃与子谋"，"献"石救人。妻子不是"里通官府"，而是她觉得，能救出丈夫，比什么都重要。

语言

本文语言简练、精准，堪称文言文范例。

1.单音字在文言语句中用得好。如：

一日，有老叟款门而请。

请，请什么？请安问好吗？不是，是"请求"，"让我看看那块天石吧！"

邢便请入舍，以实其无。

实，这里是"证实"。

奔去，牵其袂而哀之。

袂，衣襟。牵袂，表示十分真诚热切。

骂妻殴子，屡欲自经。

经，织布机上有经线、纬线。这里指绳子，用绳子，意为想上吊自尽。句中，经作动词用。

2.文言句中，有的字同义不同。如：

举付健仆，策马竟去。（家中仆人）

叟曰："仆则故识之。"（仆，谦词，对人称自己）

卖石者自言以二十金买诸市。（市场）

……因以两贯市归。（购买）

怎么知道它们在不同语句中讲法不同呢？一句话，还是靠悟而知之，这是学习文言语句的真功夫。

3.几处问句深刻有力。如：

叟曰："既汝家物，有何验证？"

叟曰："奇矣！径尺之石，岂可以手握袂藏者耶？"

叟乃曰："石果君家者耶？仆家者耶？"

"既欲留之，当减三年寿数，始可与君相终始。君愿之乎？"

这些反问语句，意义的表达显得格外深刻。

45. 莲花公主

胶州窦（dòu）旭，字晓晖。方昼寝，见一褐（hè）衣人立榻前。逡（qūn）巡惶顾，似欲有言。生问之，答云："相公奉屈。""相公何人？"曰："近在邻境。"从之而出。

转过墙屋，导至一处。叠阁重楼，万椽（chuán）相接。曲折而行，觉万户千门，迥（jiǒng）非人世。又见宫人女官，往来甚伙，都向褐衣人问曰："窦郎来乎？"褐衣人"诺"。俄一贵官出，迎见甚恭。生启问曰："素既不叙，遂疏参谒。过蒙爱接，颇注疑念。"贵官曰："寡君以先生清族世德，倾风结慕，深愿思晤（wù）焉。"生益骇，问："王何人？"答云："少间自悉。"

无何，二女官至，以双旌（jīng）导生。行入重（chóng）门，见殿上一王者。见生入，降（jiàng）阶而迎，执宾主礼。礼已，践席，列筵丰盛。仰视殿上一匾，曰"桂府"。生局蹐（cù）不能致辞。王曰："忝（tiǎn）近芳邻，缘即至深。便当畅怀，勿致疑畏。"生唯唯。酒数行，笙歌作于下，钲（zhēng）鼓不鸣，音声幽细。稍间，王忽左右顾曰："朕（zhèn）一言，烦卿等属对。'才人登桂府'。"四座方思，生即应云："'君子爱莲花'。"王曰："莲花，乃公主小字，何适合如此？宁非夙（sù）分？传语公主，不可不出一晤君子。"

移时，佩环声近，兰麝香浓，则公主至矣。年十六七，妙好无双。王命向生展拜，曰："此即莲花小女也！"拜已而去。生睹之，神情摇动，木坐

凝思。王举觞劝饮，目竟罔睹。王似微察其意，乃曰："息女宜相匹敌。但自惭不类，如何？"生怅然若痴，即又不闻。

近坐者蹑之曰："王揖（yī）君未见耶，王言君未闻耶？"生茫乎若失，懡（mǒ）㦬（luǒ）自惭，离席曰："臣蒙优渥（wò），不觉过醉。仪节失次，幸能宽宥（yòu）。然日旰（gàn）君勤，即告出也。"王起曰："既见君子，实惬（qiè）心好（hào）。何仓卒（cù）而便言离也？卿既不住，亦无敢相强。若烦萦（yíng）念，更当再邀。"遂命内官导之出。途中内官语生曰："适王谓'可匹敌'，似欲附为婚姻，何默不一言？"生顿足而悔，步步追恨。遂已至家，忽然醒寤，则返照已残。冥坐观想，历历在目。晚斋灭烛，冀旧梦可以复寻，而邯（hán）郸路渺，悔叹而已。

一夕，与友人共榻。忽见前内官来，传王命相召。生喜，从去，见王伏谒。王曳起，延止隅坐，曰："别来知劳思眷，谬（miù）以小女子奉裳衣，想不过嫌也！"生即拜谢。

王命学士大臣，陪侍宴饮。酒阑，宫人前曰："公主妆竟。"俄见数十宫女，拥公主出。以红锦覆首，凌波微步，挽上氍（qú）毹（shū），与生交拜。成礼已而送归馆舍。洞房温清，穷极芳腻。生曰："有卿在目，真使人乐而忘死。但恐今日之遭，乃是梦耳。"公主掩口曰："明明妾与君，那得是梦？"诘旦方起，戏为公主匀铅黄。已而以带围腰，布指度（duó）足。公主笑问："君颠耶？"曰："臣屡为梦误，故细志之。倘是梦时，亦足动悬想耳！"

调（tiáo）笑未已，一宫女驰入曰："妖入宫门，王避偏殿，凶祸不远矣！"生大惊，趋见王。王执手泣曰："君子不弃，方图永好。讵（jù）期孽降自天，国祚（zuò）将覆，且复奈何？"生惊问何说，王以案上一章，投生启读。章云："含香殿大学士，臣黑翼，为非常妖异，祈（qí）早迁都，以存国脉事。据黄门报称：自五月初六日，来一千丈巨蟒。盘踞宫外，吞食内外臣民，一万三千八百余口。所过宫殿，尽成邱墟……等因。臣奋勇前

125

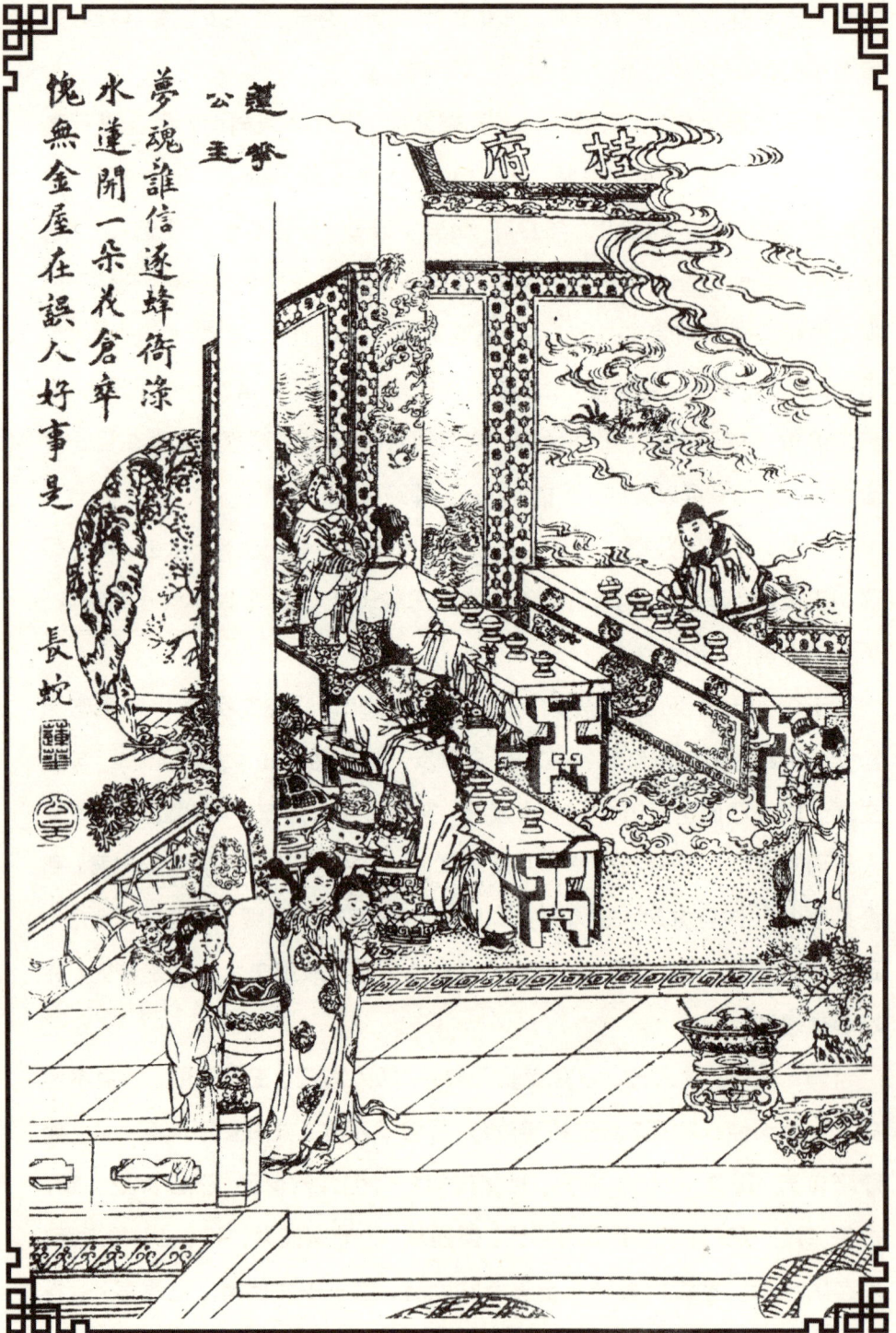

蓮擎公主

夢魂誰信逐蜂衙漾
水蓮開一朵花倉卒
愧無金屋在誤人好事是

長蛇

桂府

126

窥，确见妖蟒。头如山岳，目等江海。昂首则殿阁齐吞，伸腰则楼垣尽覆。真千古未见之凶，万代不遭之祸。社稷（jì）宗庙，危在旦夕。乞皇上早率宫眷，速迁乐土土云云。"

生览毕，面如灰土。即有宫人奔奏："妖物至矣！"阖殿哀呼，惨无天日。王仓遽不知所为，但泣顾曰："小女已累先生。"生奔（bèn）息而返。公主方与左右抱首哀鸣，见生入，牵衿曰："郎焉置妾？"生怆（chuàng）恻欲绝，乃捉腕思曰："小生贫贱，惭无金屋。有茅庐三数间，姑同窜匿可乎？"公主含涕曰："急何能择？乞携速往。"生乃挽扶而出。

未几，至家。公主曰："此大安宅，胜故国多矣！然妾从君来，父母何依？请别筑一舍，当举国相从。"生难之。公主号咷曰："不能急人之急，安用郎也？"生略慰解，即已入室。公主伏床悲啼，不可劝止。焦思无术，顿然而醒。始知梦也。而耳畔啼声，嘤嘤未绝。审听之，殊非人声，乃蜂子二三头，飞鸣枕上。大叫"怪事"。友人诘之，乃以梦告。友人亦诧为异。共起视蜂，依依裳袂（mèi）间，拂之不去。

友人劝为营巢。生如所请，督工构造。方竖两堵，而群蜂自墙外来，络绎如织。顶尖未合，飞集盈斗。迹所由来，则邻翁之旧圃也。圃中蜂一房，三十余年矣，生息颇繁。

或以生事告翁。翁觇（chān）之，蜂户寂然。发其壁，则蛇据其中，长丈许。捉而杀之。乃知巨蟒，即此物也。

蜂入生家，滋息更盛。

![导读]

蒲公是短篇小说选材巨匠。用神话形式、拟人手法，瞄准地球村动物界，这是他选材的一大特色。大至大象、巨蟒、鳄鱼、老虎，小到乌鸦、鹦鹉、青

蛙、老鼠，都是他笔下故事中的主要角色。这一次，他选材着眼点更细微，选定了三十余年的蜂房，圈定了小小的马蜂。拟人写法，那是个"王国"呢。

1. 窦生这个梦做得美。

书生窦旭与蜂仙莲花公主二人怎么能走到一起呢？那日昼寝，也就是午睡，窦生做了一个美梦。先是被褐衣人领去，进了重楼迷阁，贵官出迎。接着，二女官把他领进殿堂，王者"降阶而迎"。他呀，早被这位王者相中了。接下去王者"烦卿等属对"，引女儿莲花公主出场，二主角得以相见。

这是第一梦。王者想谈及婚事，"息女宜相匹敌"，这话说得够明白的了。可惜的是，窦生当局者迷，没将王者的话头接住，错过了机会。待回过味来，为时已晚。这第一梦美是美，却没有结果。

2. 郎才女貌，妙对结缘。

蒲公笔下的爱情故事，大多是"郎才女貌"型。本篇二主角的恋情，也是这样。

首先，王者出上联，给窦生展示才华的良机。"才人登桂府"，"君子爱莲花"。上下联对得好，含义妙，引出了这段姻缘。此时，公主还没出场，但窦生的文学水平，她在帘后是听到了的。

接着，公主"不可不出一晤君子"，王命下，莲花公主亮相。"年十六七，妙好无双"，窦生看得目瞪口呆。二主角这一见钟情，铺开了相爱之路。

事有曲折。第一梦虽没将婚事展开，又有了第二梦。王命再传，窦生求之不得，一切听从安排，于是有情人终成眷属，窦生、莲花，交拜成礼，喜入洞房。

3. 祸兮福所倚，福兮祸所伏。

好日子刚刚开始，灾难便降临了。宫女报告，妖入宫门。大学士黑翼（其实就是一只年老的黑翅蜂）有奏章：一条千丈巨蟒（蜂体太小，在它眼里，一条大蛇被视为巨蟒）来了，"头如山岳""吞食臣民一万多人"。这简直是灭国之灾。

怎么办呢？逃难吧。国王将公主托付窦生，自己率宫眷逃跑；莲花公主

哀鸣，惊呼"郎焉置妾"；窦生只得带公主回自家三间茅庐中。公主"悲啼"时，窦生梦醒。

从全文看，蒲公对神话形式、拟人笔法运用得十分娴熟。那大蜂房，位于邻翁园圃房壁间，三十余年，已成"王国"。蜂房很大，"叠阁重楼，万椽相接"。巨蛇吞食蜂族，合情理。窦生梦醒后，"蜂子二三头，飞鸣枕上"，情真意切。选这样的情节写，神话而不离谱，令人信服。

4. 结尾急速收笔，留下许多悬念。

蜂国虽败，但恶蛇被捉而杀之，痛快。窦生为蜂国重建家园，"蜂入生家，滋息更盛"，好。但是，读到这样的结尾，我们会想：

得多少年，蜂国才能恢复万民盛况？

国王又回到他的宝座上了吗？

莲花公主呢？与窦生非得梦中相见吗？她可以化为美女到窦家过正常生活吗？

喜剧开场，中途遭遇大难，结尾总算得以再生。但遗憾的是，二位有情人没有白头到老。不过，这在各不相同的爱情故事中，也不鲜见。《小翠》如何？《书痴》如何？《阿英》如何？《侠女》又如何？能有"一段情"这就不错啦。"执子之手，与子偕老"那美好的境界，需"天合、地合、人合、己合"，种种条件齐备，才能做到呢。

结构

1. 本文故事不复杂，可分为四大段落。

第一大段，包括五个小段。"被邀""入宫""妙对""见女"和"悔叹"。

第二大段，包括两个小段。"赐婚"和"成亲"。

第三大段，包括三个小段。"凶讯""出逃"和"梦醒"。

第四大段，包括三个小段。"营巢""灭蟒"和"重生"。

2. 在第一大段中，"妙对""见女"和"悔叹"写得最为精彩。

3. 第四大段为结尾部分，三个小段都写得简短，蒲公善用"高潮急落"的结尾写法，妙。

主题

古文中，写爱情故事，能敢于抨击"父母包办"、歌颂"婚姻自主"就是主题鲜明的好文章。本文在这条正路上，有自己的特色。

1. 二主角是怎样做到"婚姻自主"的？

窦生与莲花，属于近邻。二人是青梅竹马、两小无猜吗？不全是这样的。怎么讲呢？窦生对公主从不相识；而公主有仙气，自小是看着窦生长大的，对他早就一清二楚。

莲花爱窦生正直好学、才华出众，窦生所对下联更是令她佩服。窦生对莲花呢？"年十六七，妙好无双"，二人一见钟情。他为第一梦中没与国王敲定婚事而后悔不已；新婚那天醒来为莲花"匀铅黄"、量腰围，生怕又是梦一场，可见二人相爱是真诚的，即使后来恶蟒来袭，他们也一起避难、生死不离。

2. "包办"婚姻，都不好吗？

这也不尽然。看问题，要透过表面看本质。从表面看，邀请窦生，出题面试，提及"匹敌"，敲定婚事，这一切，都是父王一手操办的，二主角似乎处于被动位置。实质上，父王作为家长，这一"硬性"决定正合二位心意。也许，父王这一系列行动，都是和女儿商量好的呢。

3. 窦生的婚姻生活幸福吗？

当然，两青年真心相爱，坐上顺风船，二人一直携手走到老，那太理想

了。前面的篇章，阿宝与孙子楚、王桂庵与孟芸娘、青娥与霍桓、小二与丁紫陌，幸福夫妻，都白头到老。

然而，二人组成家庭，这只是爱情生活的第一步。人生之路太复杂了。许仙不是看着白娘子压在雷峰塔下了吗？董永不是看着七仙女被押回天宫了吗？窦生与莲花这"一夜夫妻"，其深情也终生难忘。

人物

本文人物不多，加上国王，也只是三位主角。

莲花公主，作者对她虚写。邀请窦生来，父王代办；窦生妙对后，她只出来"向生展拜"，露一下庐山真面目；直到婚事谈成，入了洞房，也只是只言片语。灾难来临，"郎焉置妾？"显出蜂女的柔弱。作为第一主角、标题人物，这样写公主，个性更为鲜明。

窦生，行动、语言都是实写。见国王，他彬彬有礼；对对联，他才华出众。没及时抓住王者赐婚的话头，他自悔；成婚后为公主化妆、量身，他得意。面对灾难，他挺得住；友人劝为蜂国筑新巢，他亲自督工。莲花公主选中这样的郎君，眼力准，靠得住。

蜂国王者，戏不少：

托梦邀请窦生，他的指令；见生入，他"降阶而迎"，很谦恭；出对联，他一定是考虑多日了；暗示婚姻，窦生一时木然，他耐心等待；细心观察，知窦生感情真切，他急为女儿和窦生办婚事；遭灾时，"小女已累先生"，他诚心相托。

"女儿是爸爸的贴心小棉袄"。莲花公主有这样的好父王，"包办"得顺心，有福气。

还有一位配角——友人，也得说两句。"一夕，与友人共榻"，能共榻

131

的，一定是挚友。灾后，"友人劝为营巢"，主意正确。一生有位好朋友在身边，幸福。

本文篇幅不长，语言亮点不少。

1. 单音字在文言语句中用得好。如：

王曰："息女宜相匹敌。但自惭不类……"

什么叫自惭不类？这是国王的谦辞。"您是'人'，我们是'虫'，不同类啊！"

王曳起，延止隅坐。

隅，宫殿角落。国王为了保密，请窦生"借一步说话"。

酒阑，宫人前曰："公主妆竟。"

竟，"完成"的意思。

（王）但泣顾曰："小女已累先生。"

累，连累，国王的谦辞。

2. 四字句用得娴熟。如：

转过墙屋，导至一处。叠阁重楼，万椽相接。

忝近芳邻，缘即至深。便当畅怀，勿致疑畏。

臣蒙优渥，不觉过醉。仪节失次，幸能宽宥。

红锦覆首，凌波微步，挽上氍毹，与生交拜。

3. 排比句用得好，表达深刻。如：

近坐者蹑之曰："王揖君未见耶，王言君未闻耶？"

黑翼奏章中写蟒妖："头如山岳，目等江海。昂首则殿阁齐吞，伸腰则楼垣尽覆。真千古未见之凶，万代不遭之祸。"

4. 疑问句用得多、用得准。如：

王曰："莲花, 乃公主小字, 何适合如此? 宁非凤分? "这是自问。

王乃曰："息女……如何? "这是正问, 要求回答的。

近坐者蹑之曰："……未闻耶? "这是质问, 有指责的意思。

公主笑问："君颠耶? "这是趣问。

公主牵袂曰："郎焉置妾? "这是求问。

公主号咷曰："不能急人之急, 安用郎也? "这是责问。

文中问句还很多, 用得都恰到好处。

46. 阿绣

　　海州刘子固，十五岁时，至盖县省（xǐng）其舅。见杂货肆中一女子，姣丽无双，心爱好之。

　　潜至其肆，托言买扇。女子便呼其父。父出，刘意沮（jǔ），故折阅之而退。遥觑（qù）其父他往，又趋之。女将觅父，刘止之曰："无须，但言其价，我不靳（jìn）直耳。"女如言故昂之。刘不忍争，脱贯径去。

　　明日复往，又如之。行数武，女追呼曰："反来，适伪言耳。价奢过当。"因以半价返之。刘益感其诚，蹈隙辄往。由是日熟。女问："郎君何所？"以实对。转诘之，自言："姚氏。"临行所市物，女以纸代裹完好，已而以舌舐（shì）粘之。刘怀归，不敢复动，恐乱其舌痕。积半月，为仆所窥，阴与舅力要之归。意惓（quán）惓不自得。以所市香帕、脂粉等类，密置一箧（qiè），无人时，辄阖户自检一过，触类凝思。

　　次年，复至盖。囊装甫解，即趋女所。至则四宇阒焉，失望而返。犹意暂出未复，早起又赴之，扃（jiōng）如故。问诸邻居，始知姚原广宁人，以贸易无重息，故暂归去，又不审何时可以复来，神志乖丧。居数日，怏怏而归。为之卜婚，屡梗（gěng）母议。母怪怒之。仆私以曩（nǎng）情告母，母益防闲之。盖之途由是遂绝。刘忽忽不乐，减食废学。母忧思无计，念不如从其志。于是刻日办装，使如盖。转寄语舅，媒合之。舅承命诣姚，逾时而返，谓刘曰："事不谐矣！阿绣已字广宁人。"刘低头丧志，心灰望绝。既归，捧箧啜（chuò）泣，而徘徊痴念，冀天下有似之者。

适媒来,艳称复州黄氏女。刘恐不确,命驾至复。入西门,见北向一家,两扉半开。内一女郎,怪似阿绣。再属目之,且行且盼而入。真是无讹(é),刘大动疑,因僦(jiù)居东邻,细诘其家为李氏。反复凝念,天下宁有如此相似者耶?居之数日,莫可夤(yín)缘。惟日耽耽伺候于其门,以冀女郎复出。

一日,日方夕,女果出。忽见刘,即反身掩扉,以手指其后,又复掌及额乃入。刘喜极,但不能解。凝思移时,信步诣舍后。见荒园寥廓,西有短垣,略可及肩。豁然顿悟,遂蹲伏露草中。久之,有人自墙上露其首,小语曰:"来乎?"刘诺而起。细视,真阿绣也!因而大恸(tòng),涕堕如绠(gěng)。女隔堵探身,以巾拭其泪,所以慰藉之良殷。刘曰:"百计不遂,自谓今生已已,何意复有今夕?顾卿何至此?"曰:"李氏,妾表叔也。"刘请逾垣,女曰:"君先归。遣从人他宿,妾当自至。"刘如其教,坐伺之。

少间,女悄然入。妆饰不甚炫丽,袍裤犹昔。刘挽坐,备道艰苦。因问:"闻卿已字,何未醮(jiào)也?"女曰:"言妾受聘者,妄也。家君以道里赊(shē)远,不愿附公子为婚姻。此或舅氏托言,以绝君望耳。"既就枕席,款接之欢,不可言喻。四更遽起,过墙而去。刘自是如复之,初念悉忘。而旅居半月,绝不言归。

一夜,仆起饲马,见室中灯烛犹明。窥之,望见阿绣,大骇,不敢诘主。且访市肆,始反而诘刘曰:"夜与往还者,何人也?"刘初讳(huì)之。仆曰:"此第岑(cén)寂,狐鬼之薮(sǒu),公子亦宜自爱。彼姚家女郎,何为而至于此?"刘始觍(tiǎn)然曰:"西邻其表叔,有何疑沮?"仆言:"我已访之最审。东邻止一孤媪,西家一子尚幼,别无密戚。所遇,当是鬼魅(mèi)。不然,焉有数年之衣,尚未易者?且其面色过白,两颊少瘦,笑处无微涡,不如阿绣美。"刘反覆回思,乃大惧曰:"且为奈何?"仆谋,俟(sì)其来,操兵入击之!

至暮女至,谓刘曰:"知君见疑,然妾亦无他,不过了(liǎo)此夙分

135

耳。"言未已，仆排闼骤入。女呵曰："可弃而兵，速具酒，与主人言别。"仆自投其刃，若或夺焉。刘益恐，强设酒馔。女谈笑如常，谓刘曰："悉君心事，方且图效绵薄，何劳伏戎？妾虽非阿绣，颇自谓不亚之。君视之犹否耶？"刘身毛俱竖，默不得语。女听漏三催，把盏一呷（xiā），起曰："我且去。待花烛后，再与君家美人较优劣也。"转身遂杳（yǎo）。

刘信狐言，径如盖，怨舅之诳己也。亦不舍于其家，寓近姚氏，托媒自通，啖（dàn）以重赂。姚妻言："小郎为觅婿于广宁。若翁以是故去，就否良不可知。须彼旋时，方可作计较。"刘闻之，徊徨无以自主，惟坚守以伺其归。

逾十余日，忽闻兵警。犹以讹传自解。又久之，信益急，乃趣装行。中途遇乱，主仆相失，为侦者所掳。以刘文弱，疏其防，盗马亡去。至海州界，见一女子，蓬鬃垢耳，步履蹉（cuō）跌。刘驰过之，女子呼曰："马上刘郎非乎？"刘停鞭审顾，盖阿绣也！心仍讶其为狐，曰："汝真阿绣耶？"女问："何出此言？"刘述所遇。女曰："妾真阿绣，非赝（yàn）冒者。父携妾自广宁归，遭变被掳，授马屡堕。忽一女子，握腕趣遁。荒窜军中，亦无诘者。女子健步若驶，苦不能从，百步而屣（xǐ）屡褪焉。久之，闻号嘶渐远，乃释手曰：'别矣。前皆坦途，可缓行。爱汝者将至，宜与同归。'"刘知是狐，感之。

因述其留盖之故。女言其叔为择婿于方氏，未委禽而乱适作。刘始知舅言非妄。携女马上，叠骑归。入门，则老母无恙，大喜。系马而入，述所自来。母亦喜，为之盥（guàn）濯（zhuó）。妆竟，容光焕发，益喜曰："无怪痴儿魂梦不忘也！"遂设裯褥，使从己宿。又遣人赴盖，寓书于姚。不数日，姚夫妇俱至，卜吉成礼乃去。

刘藏箧旧封俨然。有粉一函，启之，化为赤土。异之。女掩口曰："数年之盗，今始发觉矣！尔日见郎任妾包裹，更不审及真伪，故以此相戏耳！"

方笑嬉间，一人搴（qiān）帘入曰："快意如此，当谢蹇（jiǎn）修

阿绣

知君自有意
中人赝鼎如
何况不真他
甲重来较优
劣尚题幻术
现双身

137

矣！"刘视之，又一阿绣也。急呼母。母及家人悉集，无有能辨识者。刘回首亦迷。注目移时，始揖而谢之。女子索镜自照，赧（nǎn）然趋出，寻之已渺矣。夫妻感其义，为位于室而祀（sì）之。

一夕，刘醉归。室暗无人，方自挑灯，而阿绣至。刘挽问何之，笑曰："酒臭熏人，使人不耐。如此盘诘，谁作桑中逃耶？"刘笑捧其颊，女曰："郎视妾与狐姊孰胜？"刘曰："卿过之。然皮相者不能辨也。"已而阖扉相狎。俄有叩关者，女起笑曰："君亦相皮者也！"刘不解。趋启门，则阿绣入。大愕，始悟适与语者，狐也。暗中犹闻笑声。夫妻望空而祷，祈求现相。狐曰："我不愿见阿绣。"问："何不另化一貌？"曰："我不能。"问："何故不能？"曰："阿绣，吾妹也。前世不幸夭殂（cú）。生时，与余从母至天宫。见西王母，心窃爱慕。归即刻意效之。妹子较我慧，一月神似。我学三年而后成，然终不及也。今已隔世，自谓过之，不意犹昔耳。我感汝两人诚意，故时一相过。今且去矣！"遂不复言。

自此，三五日辄一来，一切疑难悉决之。值阿绣归宁，来常数日不去，家人皆惧避之。有亡失，则华妆端坐，插玳瑁簪数寸长，朝家人而庄语之："所窃物，夜当送之某所。不然，头痛大作，勿悔！"天明，果于某所得之。

三年后，绝不复来。偶失金帛，阿绣效其装束，以吓家人，亦屡效焉。

导读

刘生、阿绣的这桩婚事有些奇怪。二主角恋情本是人间故事，但插入假阿绣这神话一笔，派生出许多纠结。男女二人相恋成家，路径原本就是多种多样、五花八门的，阿绣的故事读起来也颇有情趣。

1.二主角自然相识，情感日增。

没有父母之命，未经他人搭桥，刘生、阿绣二人自然相识，从日常生活接

触中感情日增，这该是恋爱故事的第一档。

故事发生在辽东半岛，如今的大连市郊县。刘生去舅家省亲，在小市场上偶然遇到看摊少女阿绣，"姣丽无双，心爱好之"。时间不长，买卖双方之间相互产生好感。这半个月为二人终成眷属打下基础，机会难得。

2. 还真有以假乱真的事。

刘生回盖县再找阿绣时，晚了，人家已经"嫁人"了。得到这个信息后刘生"减食废学""徘徊痴念，冀天下有似之者"。此时有媒人来介绍了一位同样很美丽的姑娘。为了一探黄氏美貌，刘生又遇到了狐女。不是刘生薄情，真阿绣已经"嫁人"了，这位替身及时来到，也是求之不得的吧。

事有曲折，二人偷情半个月，被仆人发觉。仆人旁观者清，细察暗访，证明这位是假阿绣。假的？非狐即鬼，刘生吓坏了。假阿绣见事已败露，知趣离去。

3. 有情人终成眷属。

好事多磨，几经周折，真阿绣终于来到刘家。双方父母十分高兴，二人卜吉成婚。经过真真假假许多变化，刘生竟有些不敢相信今天洞房花烛是真的。阿绣帮他回忆当年在盖县小市场买花粉等事，刘生才回到真情中来。

说"有情人终成眷属"，"终成"之路曲折多多。有兵荒马乱，有双方家人促成，更有假阿绣暗中相助。从当年盖县二人初识到今日夫妇礼成，几年时光，不易啊！

4. 假阿绣也有自己的苦衷。

文章读到结尾，故事真相大白。假阿绣，一狐仙，原来如此啊！她之所以屡屡从中搅局，是因为她有自己难言的苦衷。其一，前世，她与阿绣是同胞姐妹，都想学王母娘娘，但妹妹阿绣聪慧，学得像；她能力稍弱，学得差一层。其二，转世后，妹妹成为民女阿绣，她却成为一狐仙。由于二人原是同胞，她不能化成另一模样的人。其三，她们都是妙龄少女，她也爱刘生，从中搅局，实属情不由己。其四，阿绣毕竟是她亲妹妹，该出手相助时，她做得好。

本文正是有了这位假阿绣，才别有情趣。

结构

本文故事情节较为复杂。

1.全篇可分为五个大段：

第一大段，"心心相印"。包括一至三段，"姣丽无双""刘不忍争"和"由是日熟"。

第二大段，"以假乱真"。包括四至七段，"阿绣已字""如此相似""真阿绣也"和"绝不言归"。

第三大段，"假绣败退"。包括八至九段，"当是鬼魅"和"身毛俱竖"。

第四大段，"真绣礼成"。包括十至十三段，"无以自主""妾真阿绣""卜吉成礼"和"以此相戏"。

第五大段，"原来如此"。包括十四至十七段，"为位于室""今且去矣""家人皆惧"和"绝不复来"。

2.五个大段中，第一大段是开头部分，时、地、人、事交代得清楚。二主角从相识到相知，情感基础铺垫充实。

3.结尾段，"原来如此"，点明真相，使故事圆满结束。这里，神话笔法与现实生活交叉在一起，对主题的表达与人物的刻画都起到了良好的作用。

主题

《聊斋》中的爱情故事，前面我们已读过几十篇了。说这是座大花园，百花齐放，株株艳丽，当不为过。"恋爱自主"的主题尽管一致，但色彩各有不同，使人读了这篇还想读下一篇。

140

本文主题的表达，也很有特色。

1. 刘生、阿绣是真正自主相爱的。

讲爱情故事，男女两青年是怎么走到一起的，路径太复杂了。《阿宝》，女方本毫不在意，孙子楚却苦苦追求；《白秋练》，女方主动追求，慕生慢慢接受；《青凤》呢，是由英雄救美而成；《小翠》呢，她竟能将傻公子驯化成多情少年郎君……这一篇，按排行榜说应属第一档。二主角在日常生活中自然相遇，日久生情，完全自主，顺理成章。这是至今我们都羡慕的姻缘模式。细读文章第一大段，可以透彻地看清这一主题特色。

2. 有人质疑，"刘生"对爱情专一吗？

这个问题要结合故事具体情节看。真阿绣、假阿绣，表面上看是两个人，有人说"刘生爱情不专，吃着碗里的，看着锅里的"。别那样看。在当时情况下，刘生有他自己的苦衷：

其一，在盖县小市场上，与阿绣相识相知，他一见钟情，爱心是专一的。

其二，再去盖县时，人说"阿绣已字"，他"减食废学"，心都凉了。真阿绣是娶不成了，那只好找与之甚相似者。

其三，巧了，这时又有阿绣出现了，不仅相似，而且"相同"。在热恋期头脑不是十分清醒的刘生看来，这就是阿绣了。于是，二人相爱了半个月。

其四，当仆人发现，告知他这阿绣是假的时，刘生惊恐了，"身毛俱竖"。可见，他心里只有那位真阿绣。

其五，当真阿绣到家、二人卜吉成礼时，刘生乐在其中。

看，这能说他爱情不专一吗？

3. 假阿绣不是第三者。

初读时，有人说"假阿绣很讨厌，第三者插足"。不是的。她有自己的苦衷：

其一，狐女阿绣，也正当少女妙龄。她原本不知道人家刘生、阿绣已经有了恋情。见刘生这样优秀的青年，她心生爱意，是很自然的事。

其二，当仆人识破她的真面目时，她没有施展妖术相抗，而是心平气和、

礼貌退出。

其三，她与阿绣，前世系同胞姊妹，当阿绣遇到兵乱时，她全力相助。

其四，二主角成婚后，她来说明真相，并间或帮妹妹料理家务。

所以说，狐女阿绣不是二主角姻缘的破坏者。

人物

本文情节复杂，但人物不多。

1. 主角阿绣，形象可爱：

她年轻貌美，"姣丽无双"。

她是平民家的姑娘，心地质朴。看摊做小生意，遇事呼父亲处理。

她有慧眼，对刘生看得准。

她为人诚信，刘生出高价买东西，她说明实情，半价返之。

她活泼"狡黠"，看刘生心在不焉，弄些红土当花粉卖给刘生。婚后，才说明真相。

她心胸开阔，对假阿绣能包容，知感恩，"为位于室而祀之"。

娶了这样的妻子，刘生福气不浅。

2. 主角刘生优点也多。他年轻、正直、有才学、知情意。找这样的人相伴终生，靠谱。

3. 配角中的仆人当说几句。

他身为家仆，却有勇有谋，是他发现了假阿绣的真相。夜半起来饲马，主人屋里为什么灯火通明？刘生说是阿绣来了，他不信，"焉有数年之衣，尚未易者？且其面色过白，两颊少瘦，笑处无微涡"，观察力很强！"东邻止一孤媪，西家一子尚幼"，调查得很细！"当是鬼魅"，"其来，操兵入击之"，计划相当有力。这样的仆人应视为良友，难得。

语言

本文记叙的是民间故事,语言质朴流畅。

1. 单音字在文言语句中用得好。如:

女如言故昂之。刘不忍争,脱贯径去。

昂,高昂。这里指阿绣故意抬高物价。

刘益感其诚,蹈隙辄往。

蹈,舞蹈,不停地跳。把它用在这个句子里,生动活泼,写出刘生"抓空就去"的形象。

仆谋:俟其来,操兵入击之。

这里的兵,不是人员、部队,而是兵器。操兵,指"操起手中的兵刃"。

女曰:"郎视妾与狐姊孰胜?"

这里的胜,不是胜败,是指谁更美。

2. 无主语句简练有力。

现代语法中,有一条重要理念:一个完整的句子,必须主、谓语齐全。古文中,为了简练,常出现无主句。这种情况,结合上下文读,也容易理解。如:

……潜至其肆,托言买扇。

谁在入市买扇,是主语"刘生"。

古文中,这种语句很多,阅读时要用心领会。

3. 观察细微,描写生动。

讲提高写作能力,不在观察上下功夫是不行的。观察得细,才能写得真、写得美。如:

临行所市物,女以纸代裹完好,已而以舌舐粘之。刘怀归,不敢复动,恐乱其舌痕。

这样写，表明刘生对阿绣爱得很深。

女掩口曰："数年之盗，今始发觉矣！尔日见郎任妾包裹，更不审真伪，故以此相戏耳！"

当年的小恶作剧，以红土代花粉，今日说清，情在其中。

47. 庚娘

金大用，中州旧家子也。聘尤太守女，字庚娘，丽而贤，迷好甚敦。

以流寇之乱，家人离逖（tì）。金携家南窜。途遇少年，亦偕妻以逃者。自言："广陵王十八，愿为前驱。"金喜，行止与俱。至河上，女隐告金曰："勿与少年同舟。彼屡顾我，目动而色变，中叵（pǒ）测也。"金诺之。王殷勤觅巨舟，代金运装，劬（qú）劳臻（zhēn）至。金不忍却，又念其携有少妇，应亦无他。

妇与庚娘同居，意度亦颇温婉。王坐船头上，与橹人倾语，似其熟识戚好。未几日落，水程迢（tiáo）递，漫漫不辨南北。金四顾幽险，颇涉疑怪。顷之，皎月初升，见弥望皆芦苇。既泊，王邀金父子出户一豁，乃乘间挤金入水。金父见之，欲号，舟人以篙筑之，亦溺。生母闻声出窥，又筑溺之。王始喊"救母"。出时，庚娘在后，已微窥之。既闻一家尽溺，即亦不惊，但哭曰："翁姑俱没（mò），我安适归？"王入劝："娘子无忧，请从我至金陵。家中田庐，颇足赡（shàn）给，保无虞（yú）也。"女收涕曰："得如此，愿亦足矣。"

王大悦，给奉良殷。既暮，曳女求欢。女托体姅（bàn），王乃就妇宿。初更既尽，夫妇喧竞，不知何由。但闻妇曰："若所为，雷霆恐碎汝颅矣！"王乃挝（zhuā）妇。妇呼云："便死休，诚不愿为杀人贼妇！"王吼怒，捽（zuó）妇出。便闻"骨董"一声，遂哗言"妇溺矣"！

未几，抵金陵，导庚娘至家，登堂见媪。媪讶非故妇，王言："妇堕水

死，新娶此耳。"归房，又欲犯之。庚娘笑曰："三十许男子，尚未经人道也！市儿初合卺（jǐn），亦须一杯薄浆酒。汝沃饶，当亦不难。清醒相对，是何体段？"王喜，具酒对酌。庚娘执爵（jué），劝酬殷恳。王渐醉，辞不饮。庚娘引巨碗，强媚劝之。王不忍拒，又饮之。于是酣醉，裸脱促寝。庚娘撤器灭烛，托言溲（sōu）溺出房，以刀入。暗中以手索王项。王犹捉臂作昵（nì）声。庚娘力切之，不死，号而起。又挥之，始殪（yì）。媪仿佛有闻，趋问之。女亦杀之。王弟十九觉焉。庚娘知不免，急自刭。刀钝不可入。启户而奔，十九逐之，已投池中矣！呼告居人，救之已死，丽如生。共验王尸，见窗上一函。开视，则女备述其冤状。群以为烈，谋敛资作殡。天明，集视者数千人，见其容，皆朝拜之。终日间，得百金。于是葬诸南郊。好事者，为之珠冠袍服，瘗（yì）藏丰备焉。

初，金生之溺也，浮片板上得不死。将晚，至淮上，为小舟所救。舟盖富民尹（yǐn）翁，专设以拯溺者。金既苏，诣翁申谢。翁优厚之，留教其子。金以不知亲耗，将往探访，故不决。俄白"捞得死叟及媪"。金疑是父母，奔验果然。翁代营棺木。生方哀痛，又白"拯一溺妇，自言金生其夫"。生挥涕惊出，女子已至，殊非庚娘，乃王十八妇也。向金大哭，请勿相弃。金曰："我方寸已乱，何暇谋人？"妇益悲。尹审得其故，喜为天报，劝金纳妇。金以居丧为辞，且将复仇，惧细弱作累。妇曰："如君言，脱庚娘犹在，将以报仇，居丧去之耶？"翁以其言善，请暂代收养。金乃许之，卜葬翁媪。妇缞（cuī）绖（dié）哭泣，如丧翁姑。

既葬，金怀刃托钵（bō）将赴广陵。妇止之曰："妾唐氏，祖居金陵，与豺子同乡。前言广陵者，诈也。且江湖水寇，半伊同党。仇不能复，只取祸耳！"金徘徊不知所谋。忽传女子诛仇事，洋溢河渠，姓名甚悉。金闻之一快，然益悲。辞妇曰："幸不污辱。家有烈妇如此，何忍负心再娶？"妇以业有成说，不肯中离，愿自居于媵（yìng）妾。会有副将军袁公与尹有旧，适将西发，过尹，见生大相知爱，请为记室。无何，流寇犯顺，

庚娘

風波惡地
起同舟荏
豹蛾眉
竟後儷想
見蒼～惜節烈
三星重許賦綢繆

147

袁有大勋（xūn）。金以参机务，叙劳授游击以归。夫妇始成合卺之礼。

居数日，携妇诣金陵，将以展庚娘之墓。暂过镇江，欲登金山。漾舟中流，欻（xū）一艇过。中有一妪（yù）及少妇，怪少妇颇类庚娘。舟疾过，妇自窗中窥金，神情亦肖。惊疑不敢追问，急呼曰："看群鸭儿飞上天也。"少妇闻之，亦呼云："馋獈（wō）儿欲吃猫子腥耶。"盖当年闺中之隐谑（xuè）也。金大惊，返棹（zhào）近之，真庚娘也！青衣扶过舟，相抱哀哭，伤感行旅。唐氏以嫡（dí）礼见庚娘。庚娘惊问，金始备述其由。庚娘执手曰："同舟一话，心常不忘。不图吴越一家矣！蒙代葬翁姑，所当首谢，何以此礼相向？"乃以齿序，唐少庚娘一岁，妹之。

先是庚娘既葬，自不知几历春秋。忽一人呼曰："庚娘，汝夫不死，尚当重圆！"遂如梦醒。扪之，四面皆壁，始悟身死已葬。只觉闷闷，亦无所苦。有恶少年，窥其葬具丰美，发冢（zhǒng）破棺。方将搜括，见庚娘犹活，相共骇惧。庚娘恐其害己，哀之曰："幸汝辈来，使我得睹天日。头上簪珥，悉将去。愿鬻我为尼，更可少得直，我亦不泄也。"盗稽首曰："娘子贞烈，神人共钦。小人辈不过贫乏无计，作此不仁。但无漏言幸矣！何敢鬻作尼？"庚娘曰："此我自乐之。"又一盗曰："镇江耿夫人，寡而无子。若见娘子，必大喜。"庚娘谢之，自拔珠饰，悉付盗。盗不敢受。固与之，乃共拜受。遂载去，至耿夫人家，托言"船风所迷"。耿夫人，巨家，寡媪自度。见庚娘，大喜，以为己出。

适母子自金山归也。庚娘缅述其故，金乃登舟拜母。母款之若婿，邀至其家，留数日始归。后往来不绝焉。

导读

青年男女相识相爱、结婚成家，这只是迈出人生的第一步。前面一些篇章

讲的正是这"终成眷属"的过程，是家庭生活"执子之手"的故事。婚后呢？如何"与子偕老"，路途还长着呢。不同的家庭，各有"难念的那本经"。本文，作者正是从婚后生活中，选取了这惊心动魄的一幕。

1. 有坏人。

男女相爱，组成家庭，各过各的幸福日子，这多好，然而，社会上有人不让。金生、庚娘，在婚后生活中就遇上恶霸弄得家破人亡。

2. 恶有恶报。

恶贼王十八，勾结强盗转瞬间杀害四条人命，连良言相劝的妻子都不放过，他还有一点人味吗？幸好庚娘智勇双全，手执钢刀"力切之，不死，号而起。又挥之，始殪"。对这种人，庚娘该出手时就出手，干得漂亮！

歌颂真、善、美，抨击假、恶、丑，这是文学的根本职责。对王十八这种恶人，恶报来得如此迅速、如此生动，解恨。

3. 善有善报。

世上还是好人多。文中的好人有的不幸遭难，有的机遇好，得以善报。

首先是男主角金生。遇害落水后，遇上好人尹大爷，在他的帮助下，金大用收纳王妇，参军立功，最后得以与庚娘团聚。

庚娘呢？雪恨后自刎不死，投水自尽。众乡里出资为她安葬，这本是死定了。作者以神话笔法，让好心尚存的几名小盗将她从坟中挖出，起死回生。又遇"干妈"耿夫人，最终回到金生身边。这样安排，大快人心。

王妇呢？虽为贼妻，但为人正直。王贼作恶，她舍命相劝。遇害后，她也获救不死。最后归金家为妾，那是她的福分，是王贼的报应。

4. 场面描写生动精彩。

这是一出多幕戏剧的底稿，几处场面的安排设计紧张激烈，可读性强。

色狼王十八舟上行凶一幕，动人心魄。

庚娘为夫报仇智勇双全，既杀得痛快，又令人为庚娘悲伤。

众小盗挖墓救庚娘一幕，庚娘因祸得福，情节安排也匠心独运。

总之，蒲公选定这份材料成文，高明。

结构

本文内容复杂，情节结构清晰。

1. 全文可分为四大段。

第一大段，"色狼行凶"。包括一至三段："好夫妻""遇恶人"和"庚娘忍"。

第二大段，"舍命雪恨"。包括四至五段："王杀妻"和"生死决"。

第三大段，"金纳王妇"。包括六至七段："尹翁贤"和"暂纳之"。

第四大段，"天理至公"。包括八至十段："庚娘归""祸转福"和"喜团聚"。

2. "生死决"小段，写得十分精彩。

包括"王贼求欢""庚娘媚劝""挥刀力切"和"乡里敬重"几层文字，十分耐读。记叙事件，首先要写得真实、具体，人物跃然纸上，才能给人留下深刻的印象。

3. 首尾两小段，"好夫妻"与"喜团聚"，文字十分简洁，可谓文章谋篇得法。

主题

读到本文的主题思想，有人认为它应归"凶杀冤案"类。这是只看到故事内容。夫妻恩爱，表现在方方面面。金生、庚娘会相爱终生，这是本文要着力歌颂的。

1."逑好甚敦"是全文的纲。

写二主角相爱,只在前面开头段有半句话——"逑好甚敦"。逑,指配偶关系;敦,是敦厚、充实。就是说,这对夫妻的婚后生活,过得一直非常充实、十分美好。这是全文的纲。后面发生的故事都是以这个纲为依据的。

2.日常生活要有一定的警惕性。

社会上有坏人,这是肯定的。金生,"旧家子",书呆子气重些,脑子里缺了这根弦。王十八作案所以得逞,客观上是金生给了他机会:

其一,逃难至河上,妻子庚娘提醒过他,"勿与少年同舟","金诺之",虽然答应了,但实际上并未听从。

其二,他好面子。见王贼"殷勤觅巨舟""代金运装,劬劳臻至""金不忍却"。

其三,他判断错误。"念其携有少妇,应亦无他",错了。

其四,他完全失去警惕性。当时月色下河边芦苇迷蒙,王贼邀他父子"出户一豁",能是好意吗?与庚娘对比,金生对坏人没有警惕性。

3.斗恶人须智勇双全。

庚娘不仅智商高,勇气也是头等的。没有她的神勇,全剧就要改写了。说金生有福气,能"与子偕老"过幸福日子,那是因为他找到了一位好妻子。文中开头只提庚娘"丽而贤",不够,还应该加上"贤而勇"。如今男青年择偶,只注意丽与贤,不全面。女孩子也应该有胆量,在坏人面前弱似羔羊,不行。

4.从全文看,金生有知识,为人正直,对爱情执着,这与庚娘优势互补,正是理想的一对好夫妻。

人物

本文情节紧张,人物栩栩如生。

1. 庚娘,本文主角,大智大勇,形象鲜明。

说她"大智",文中写得最给力:

她目光锐利。途中一见恶贼王十八,便提醒丈夫留心——"勿与少年同舟"。

她沉着能忍。王贼杀她家人后,悲痛中她不惊慌,有对策。王说要"善待她",她收涕曰:"得如此,愿亦足矣。"先稳住王贼。

她处事机敏。王贼要与她强合时,她笑脸相迎,不停地劝王贼喝"喜酒",将其灌醉。

她很有远见。自知在王家杀王,难逃活命。于是事先写好一函留于窗间,以澄清事实。

她见机行事。面对盗墓众小贼,她晓之以理,动之以情,扭转局面,转危为安。

她心胸开阔。王贼妇不是坏人,她认下王妇为妹,大度包容。

说她"大勇",主要表现在"杀贼"一幕中。一个女子,黑暗中摸贼项而杀之;不死,又一刀。这是一般人能做得到的吗?情急自刭,死不成投水,堪称女中豪杰。

2. 二位老人,向你们致敬了!

尹翁、耿夫人,两位都是大善人。他们与二主角非亲非故,却能全力相助,真难得。

3. 盗墓众小贼,尚属"可教育者"。

他们良心未泯,知道"娘子贞烈",助了一臂之力,好。

语言

本文语言十分流畅、生动。

1.单音字在文言语句中用得好。如：

彼屡顾我，目动而色变，中叵测也。

顾，这里是"看"的意思，是在调戏。

庚娘引巨碗，强媚劝之。

这个媚字用得巧，鲜活。不加引号，贬义自在其中。极为逼真地表现了庚娘的智慧。

见庚娘，大喜，以为己出。

出，生，妪把庚娘看成亲闺女。

2.语句前后铺垫，呼应得好。如：

王坐船头上，与橹人倾语，似其熟识戚好。

后面写到杀人时，王贼与船家是同伙的。

好事者，为之珠冠袍服，瘗藏丰备焉。

陪葬品很多，这才引起贼人盗墓。

3.景色描写营造气氛。如：

顷之，皎月初升，见弥望皆芦苇……

如此情景正是图财害命的"好地方"。

发冢破棺，方将搜括，见庚娘犹活……

这情景，使人读着如亲临其境。

48. 雷曹

乐（yuè）云鹤、夏平子，二人少同里，长（zhǎng）同斋，相交莫逆。

夏少慧，十岁知名。乐虚心事之，夏亦相规不倦。乐文思日进，由是名并著。而潦倒场屋，战辄北。无何，夏遘（gòu）疫卒，家贫不能葬，乐锐身自任之。遗襁褓子及未亡人，乐以时恤（xù）诸其家。每得升斗，必析而二之。夏妻子赖以活。于是士大夫益贤乐。乐恒产无多，又代夏生忧内顾，家计日蹙（cù），乃叹曰："文如平子，尚碌碌以殁（mò），而况于我？人生富贵须及时。戚戚终岁，恐先狗马填沟壑（hè），负此生矣！不如早自图也。"于是去读而贾（gǔ）。操业半年，家资小泰。

一日，客金陵。休于旅舍。见一人，颀（qí）然而长，筋骨隆起，彷徨座侧。色黯淡，有戚容。乐问："欲得食也耶？"其人亦不语。乐推食食之，则以手掬（jū）啖（dàn），顷刻已尽。乐又益以兼人之馔。食复尽。遂命主人割豚肩。堆以蒸饼，又尽数人之餐，始果腹而谢曰："三年以来，未尝如此饫（yù）饱。"乐曰："君固壮士，何飘泊如此？"曰："罪婴天谴，不可说也。"问其里居，曰："陆无屋，水无舟，朝村而暮郭耳。"

乐整装欲行，其人相从，恋恋不去。乐辞之。告曰："君有大难，吾不忍忘一饭之德。"乐异之，遂与偕行。途中曳与同餐。辞曰："我终岁仅数餐耳。"益奇之。次日，渡江，风涛暴作，估舟尽覆。乐与其人，悉没江中。俄风定，其人负乐踏波出，登客舟。又破浪去。少时，挽一船至，扶乐入，嘱乐卧守。

复跃入江，以两臂夹货出，掷舟中。又入之。数入数出，列货满舟。乐谢曰："君生我亦良足矣，敢望珠还哉？"检视货财，并无亡失。益喜，惊为神人。放舟欲行，其人告退。乐苦留之，遂与共济。乐笑云："此一厄（è）也，止失一金簪耳。"其人欲复寻之。乐方劝止，已投水中而没。惊愕良久。忽见含笑而出，以簪授乐曰："幸不辱命。"江上人罔不骇异。乐与归，寝处共之。每十数日始一食，食则啖嚼无算。

一日，又言别。乐固挽之。适昼晦（huì）欲雨，闻雷声。乐曰："云间不知何状？雷又是何物？安得至天上视之，此疑乃可解。"其人笑曰："君欲作云中游耶？"少时，乐倦甚，伏榻假寐。既醒，觉身摇摇然，不似榻上。开目，则在云气中，周身如絮。惊而起，晕如舟上，踏之软无地。仰视星斗，在眉目间。遂疑是梦。细视星嵌（qiàn）天上，如莲实之在蓬。大者如瓮，次如瓿（bù），小如盎（àng）盂。以手撼之，大者坚不可动；小者动摇，似可摘而下者。遂摘其一，藏袖中。拨云下视，则银海苍茫，见城郭如豆。愕然自念，设一脱足，此身何可复问。

俄见二龙夭矫（jiǎo），驾幔车来。尾一掉，如鸣牛鞭。车上有器，围皆数丈，贮水满之。有数十人，以器掬水，遍洒云间。忽见乐，共怪之。乐审所与，壮士在焉，语众曰："是吾友也。"因取一器授乐，令洒。时苦旱。乐接器，排云，约望故乡，尽情倾注。未几，谓乐曰："我本雷曹。前误行雨，罚谪三载，今天限已满，请从此别！"乃以驾车之绳万尺，使握端缒（zhuì）下。乐危之。其人笑言："不妨。"乐如其言，飔飔然瞬息及地。视之，则堕立村外。绳渐收入云中，不可见矣。时久旱，十里外，雨仅盈指，独乐里沟浍（kuài）皆满。

归探袖中，摘星仍在。出置案上，黯黝（yǒu）如石。入夜，则光明焕发，映照四壁。益宝之，什袭而藏。每有佳客，出以照饮。正视之，则条条射目。一夜，妻坐对握发，忽见星光渐小如萤，流动横飞。妻方怪咤，已入口中。咯之不出，竟已下咽。愕奔告乐，乐亦奇之。既寝，梦夏平子来，

踏波而出拳
雲上手擡
星辰行雨
回神報
杳由人
事致少
微有
燿茂
珠胎

曰："我少微星也。君之惠好，在中不忘。又蒙自天上携归，可云有缘。今为君嗣（sì），以报大德！"乐三十无子，得梦甚喜。自是妻果娠（shēn）。及临蓐，光耀满室，如星在几（jī）上时。因名"星儿"，机警非常。十六岁，及进士第。

结构

云雨雷电，本是自然界中的天气现象，蒲公选材视野实在高超，这次竟瞄准"雷"，并加以神化，与人间乐生组成一段佳话，选材达到了标新立异的水平。郑板桥诗云："删繁就简三秋树，领异标新二月花。"本文选材，正是这个档次。

1. 一顿饭结下友谊。

雷神与乐生本不相识，偶然在客舍饭桌上一遇，有戏了。乐生对面这位彪形大汉，饭食海量啊！开始，乐生将自己的饭"推食"，他"以手掬啖，顷刻已尽"；乐生又叫了两个人的饭，他"食复尽"；最后，乐生"命主人割豚肩。堆以蒸饼，又尽数人之餐"。果腹后，这位大汉谢曰："三年以来，未尝如此饫饱。"这太神奇了！就这一顿饭，二人结下了人间的深厚友情。

写文章主要"靠事实说话"，摆出这一场面，道理不需多讲，定会给人留下深刻印象。

2. 雷神够意思，一德三报。

就这一饭的恩德，雷神"其人相从，恋恋不去"。他要干什么？"感恩"的情意涌在心头。时不等人，他必须及时报答。

其一，要渡江了，"君有大难"，必须贴身保护。次日渡江，风涛暴作。所有船只都覆没了。救人要紧，雷神先将乐生托上小舟。还有货呢，他下水数入数出，"以两臂夹货出"。最后，还发现少了一只金簪。雷神毫不犹豫又跳入

水中。大河中觅簪子，这真是"大海捞针"啊！结果呢，不辱使命，雷神终将金簪子递到乐生手中。

其二，夜空，星斗满天。乐生好奇，"能上去看看吗？""这不难"，这是雷神的本行。他将乐生带到云霄，欣赏了星空，还摘下一颗藏入袖中；他指点乐生怎样行云播雨，使乐生体验了一下神仙的生活。

其三，乐生三十无子，这在当年是大憾了。古人常说，"不孝有三，无后为大"。雷神给了乐生摘取小微星的机会，设计好星入乐生妻子口中，生了个杰出的儿子。这是乐生夫妻最大的喜事。

一饭之德，连连三报。雷神人格令人敬仰。

3. 事实与想象结合得好。

写神话故事，人间事、神话情节要结合运用好，如写雷神人高体壮、吃得多，这是实情，但一顿吃那么多，且多少天才吃一顿，这就是神话了。写气象，雷雨交加，这是自然界实况，但这是由雷曹指挥的，这也是神话了。这样交叉写，既有实情，又富有想象力，手段高明。

4. 首、尾呼应得好。

全文写的是雷神，那么开头部分写乐、夏二生的友谊干什么呢？看到结尾我们明白了，好友夏生，原来是天上小微星，他死后为报乐生情谊，投胎成为他的子嗣。这前后事件，巧合可信，呼应得好。

结构

本文篇幅不长，故事情节也比较单一。

1. 全篇段落小标题可这样拟定：

开头，一至二段，"莫逆之交"和"家资小泰"。

中间部分，包括三至七段，"君固壮士""君有大难""幸不辱命""银海

苍茫"和"我本雷曹"。

结尾,第八段,"因名星儿"。

2. 中间部分五个段落,写得都很具体。"下水""游空"等情节描述详细,大家应力求熟读。

3. 结尾段,夏生化少微星,成了乐生爱子,写得妙,读着愉快。星儿"十六岁,及进士第",太优秀了!

主题

本则故事是友情篇。作为人的基本素质之一,知道感恩这是大德。人们赞扬真、善、美,"善"包括的方面很广,其中知恩图报是主要的一个方面。本文着力地表达了这一主题。

1. 滴水之恩当涌泉相报。

这一条是感恩中的最高层次,雷神对乐生报恩达到了这一高度。滴水之恩不就是一顿饭吗?量大,也值不了几个钱,"恩"的级别,当属"滴水"级。

那么雷神是怎样报答乐生的呢?水中救命,大德;捞觅财物,尽力;九霄遨游,世间难遇;赠送"星儿",无价之宝。这几样够"涌泉"级别了吧?说本文主题鲜明有力、充满正能量,文中这诸多事实令人信服。

2. 知恩图报,要报在"点"子上。

人家对我有恩要报答,但报什么呢?要仔细思考一番。作为神,雷君预知乐生这次渡江贩货"有大难",于是贴身护卫、及时相救;知道乐生想"云中一游",成全他;知道乐生为"三十无子"发愁,赐少微星为他延续香火。看,雷神的这几报,都报在了"点子"上,十分得当。

3. 乐、夏友谊值得歌颂。

本文表达主题的重点内容,当然是雷、乐的故事。那么首、尾段乐、夏

的故事呢？也与主题合拍。只是乐生对夏家的恩情，"相交莫逆""为他安葬""抚恤妻小"，这不是"滴水"之恩了。夏生呢，以少微星身份甘愿低了一辈，为乐生当爱子，报恩级别也够上"涌泉"的级别了。

读"友情"篇，《雷曹》当为上品。

人 物

雷曹，当然是本文中心人物。作者运用各种手段，尽全力突出他的形象。

他外貌奇特。乐生在旅舍食堂餐桌上，"见一人，颀然而长，筋骨隆起，彷徨座侧"，这是他的体魄；"色黯淡，有戚容"，这是他的心态。乐生想："这位兄台是怎么回事呢？"

他的饭量大得惊人；入水，神出鬼没；行雷降雨，他亮出本色；乐生得子，他心满意足。神嘛，本事就是超群。

他语言质朴。饭后，当乐生要与他分手时，他坚持同行，理由是"君有大难，吾不忍忘一饭之德"。捞取金簪时，递给乐生，他只说四个字"幸不辱命"。

他心态坦荡。教乐生拨云行雨时，他表明自己的身份——"我本雷曹。前误行雨，罚谪三载……"他是神、是官，与乐生却是平等的挚友。

乐生，也是主角之一。对他的评价，只要一句话，他是一个大好人。对夏生、对雷神，他做到了"他人第一"。三十喜得贵子，好人自有好报。

本文故事情节简约，人物不多，但雷神、乐生二人刻画得鲜明生动，令人难忘。

语言

本文语句流畅，没有什么难懂的地方。

1. 单音字在文言语句中用得好。如：

而潦倒场屋，战辄北。

北，本是方向名词，这里写夏生那么有学问，每年入考都失败。北，败北。

乐以时恤诸其家。每得升斗，必析而二之。

析，分开。乐生照顾夏家妻小，每得到点粮食必分一半给夏家。

乃以驾车之绳万尺，使握端缒下。乐危之。

这是典型的文言句式。"乐危之"，不是说他已经危险了，而是指心情十分紧张。

乐三十无子。得梦甚喜。自是妻果娠。

"妻果娠"，即妻子果然怀孕了。这"娠"字，讲法单一，就是指怀上孩子。

2. 有些语句写得形象、精准。如：

当乐生问雷神家住哪里时，他答道："陆无屋，水无舟，朝村而暮郭耳。"

雷神"到处流浪"的状况说得十分鲜明。

写雷神入水取货，"数入数出，列货满舟"，八个字，简明而又具体。

"小者动摇，似可摘而下者。遂摘其一，藏袖中。"想象力很丰富。

"忽见星光渐小如萤，流动横飞。妻方怪咤，已入口中。咯之不出，竟已下咽。"

看，夏生少微星竟是这样投胎入乐妻腹中，成为乐生贵子"星儿"的。

3. 比喻句用得多、用得好。如：

写乐生升空遨游，"开目，则在云气中，周身如絮。惊而起，晕如舟上。"

比喻得新颖、准确。

161

写乐生见到星空状况，"细视星嵌天上，如莲实之在蓬。大者如瓮，次如瓿，小如盎盂"。

来到星空，原来是这个样啊！

乐生在高空往下看，什么样子呢？"拨云下视，则银海苍茫，见城郭如豆。"

我们坐飞机往下看时，感觉也是这样吧？

跟着王有声老师

读聊斋

王有声 主编

山东城市出版传媒集团·济南出版社

图书在版编目（CIP）数据

跟着王有声老师读聊斋：全四册 / 王有声主编 .
— 济南 : 济南出版社，2017.7
ISBN 978-7-5488-2620-0

Ⅰ . ①跟… Ⅱ . ①王… Ⅲ . ①《聊斋志异》—文学
欣赏—青少年读物 Ⅳ . ① I207.419-49

中国版本图书馆 CIP 数据核字（2017）第 111920 号

出版发行	济南出版社
地　　址	济南市二环南路1号（250002）
网　　址	www.jnpub.com
发行热线	0531-86922073　86131701
印　　刷	山东省东营市新华印刷厂
版　　次	2017年7月第1版
印　　次	2017年7月第1次印刷
成品尺寸	170 mm×240 mm　1/16
总印张	45
总字数	580千
印　　数	1–3 000 套
总定价	150.00元（全四册）

目　录

1. 阿宝

　　广西人孙子楚，是知名的书生。他的手上生有六个指头。其人性情古板，拙口笨腮；有人诳他，他总信以为真。和友人聚会，如果座中有歌妓，他从远处望见，扭头就走。别人知道他这样儿，把他哄过来，让妓女调戏他，他就羞得脸红到脖子根儿，汗珠儿直滴答。于是众人呵呵大笑，就描摹他的呆相，编一套让他丢丑的话到处传扬，还给他起了诨号：孙痴。

　　县里有个经商的大富翁，富比王侯，亲戚都是贵族。他有个女儿，名叫阿宝，长得极美。家里天天为她挑选称心的夫婿，大户人家的公子哥争着下聘礼，都不合富翁的心意。这时，孙生的妻子去世，有人戏弄孙生，劝他托媒向富翁家求婚。孙生不自量力，竟听从了。富翁过去听说过孙生的名气，可是嫌他家穷。媒婆碰了一鼻子灰，就要走出富翁家门，恰巧遇见阿宝。阿宝问她，她说了做媒的事。阿宝开玩笑说："孙子楚去掉那个小指，我就嫁给他。"媒婆告诉孙生，孙生说："这不难。"媒婆走后，他拿起斧头自己砍去小指。一时剧痛钻心，鲜血喷涌，差点儿送了命，过了好几天才能起床。去找媒婆，伸手让她看，媒婆心惊，连忙跑去告诉阿宝。阿宝也觉得惊奇，又开玩笑：要孙生再去掉傻气。孙生听过传来的话，高声辩白，说自己不傻，只是没法子见到阿宝，以便当面说清。再一想，阿宝也未必美如天仙，怎么就把自己看得如此高不可攀？因此过去的情思立刻冷下来。

　　正逢清明节，沿袭旧风俗，这天妇女会外出游玩。轻薄少年往往成群结队，跟在她们身后随意评论。孙生的几个同社友人，强拉孙生同去。有人嘲笑他说："难道不想去看一眼意中人吗？"孙生也知道这是在戏耍他，却因为受过阿宝的嘲弄，也有意看她究竟是什么模样，便愉快地和他们一道去寻访。远远望去，有一个女子在树下休息，恶少年环绕着她，就像立了一道人墙。友人说："那女郎一定是阿宝！"快步

近前一看，果然不错。孙生仔细看她，确实是秀丽无双。一会儿，围观的人更多了。阿宝站起来很快离开。于是群情颠倒，品头论足，像都疯狂了似的；唯独孙生默不作声。大家都到别处去了，回头看，孙生还呆头呆脑地站在原处，喊他也不答应。友人来拉他，问："你的魂儿跟阿宝走了么？"还是不答应。因为他平素不爱讲话，大家也不以为怪，推推拉拉，送他回家。孙生到家径直上床，躺了一天也不起来，头脑昏沉，像是喝醉了，喊他也不醒。家里人怀疑他是掉了魂儿，就到野外去招魂，没见效。使劲拍着他问话，才迷迷糊糊地说："我在阿宝家。"再细问，他又默默不语，家里人疑惧不安，莫名其妙。

原来，当时孙生见阿宝离去，心里不忍分别，于是感觉身体已经跟她走了。渐渐靠近她的衣襟裙带，也没有人呵斥他，就跟随她回了家。阿宝不论坐着还是躺下，孙生都紧贴着她，彼此夜间亲昵，非常高兴。可是孙生觉得肚子很饿，就想回家，却又心里迷糊，不知道路。阿宝常梦中同人交合，问他的名字，说："我就是孙子楚啊！"她心里感觉奇怪，却不便告诉人。孙生在家躺了三天，气息咻咻，眼看就要断气了，家里人非常恐慌，便托人委婉地转告富翁，要到他家招魂。富翁笑着说："平常不互相来往，他的魂魄怎么会失落在我家？"家里人一再哀求，富翁才许可。巫婆拿着孙生的旧衣服和草席前往。阿宝问明缘由，无比惊异，不让她去别处，拉她径直到自己闺房，听凭她召唤而去。巫婆刚到孙家，孙生已经在床上呻吟出声了。清醒以后，他对阿宝房里的镜匣、日用家具，是什么花色、什么名称，都能说得一清二楚。阿宝听说这件事，更觉奇异，私下感激孙生对她情深。

孙生能离开病床了，只是不论站着、坐下，总是一门心思地想阿宝，精神恍惚，好像遗失了什么东西似的。他常探听阿宝的动静，希望有幸再遇见她。浴佛节这天，他听说阿宝要去水月寺烧香，就一大早在路旁恭候，直瞅得两眼疲劳发花。晌午时分，阿宝才到，她在车中望见孙生，便用纤细的小手掀开车帘，目不转睛地看他。于是孙生情思更被牵动，就跟着车快走。阿宝忽然派丫鬟来问姓名，孙生殷勤地自我介绍，神魂越发摇摇荡荡。车走远了，他才回去。刚到家，孙生又病倒在床，神志昏迷，不吃不喝，梦里总是喊阿宝的名字，常自恨他的灵魂不像过去那么神奇。

孙生家养了一只鹦鹉，忽然死去，小孩子在床上玩弄它。孙生见后心想：如果自己也是鹦鹉，展翅就能到阿宝闺房。心里正这样想着，身体已变成能轻快飞翔的鹦

鹉。他匆匆飞去，一直飞到阿宝屋里。阿宝高兴地捉住他，锁住一只腿，喂他麻子。他大叫起来，说："姐姐甭锁，我是孙子楚啊！"阿宝大惊，解开绳锁。鹦鹉并不飞去。阿宝嘱咐他说："你对我的深情，我铭刻在心里了。可现在我是人，你是鸟，不是同类，怎么能成亲呢？"鹦鹉说："能在你身边，我就心满意足啦！"别人来喂鹦鹉，他不吃，阿宝自己喂才吃。阿宝坐着，鹦鹉站在她腿上；躺下，他卧在床沿上。

这样过了三天，阿宝很怜惜鹦鹉，暗地派人去探望孙生。原来孙生躺在床上，断气已有三天了，只是心头还没冰凉。阿宝又嘱咐鹦鹉说："你要是能再变成人，我誓死嫁给你。"鹦鹉说："诳我！"阿宝就对天盟誓。鹦鹉斜转眼珠，好似在想什么事。一会儿，阿宝缠脚，把鞋脱到床下，鹦鹉突然跳下去，衔了一只绣鞋飞去。阿宝急忙喊他，却已经飞远了。阿宝打发老女仆去孙家探望。这时，孙生已经醒过来。家里人见一只鹦鹉嘴里叼着一只绣鞋飞来，一头扑在地上死去，正在议论事情奇怪，孙生刚醒就向他们要绣鞋。大家都不明白这是什么缘故，正好那老仆来看孙生，问鞋在哪里。孙生说："这只绣鞋是阿宝向我起誓的凭证。请代我回答她：小生不会忘记她贵比黄金的诺言。"老仆回去说了，阿宝更觉蹊跷，故意让丫鬟把这秘密泄露给母亲。

母亲查问属实，说："这公子才气名声都不错，只是同司马相如一样，家境太穷。挑选女婿挑了好几年，最后找了这样的，恐怕要被名门大家耻笑。"可是阿宝因为绣鞋的缘故，发誓不嫁别人。父母就依从了她，并且很快通知孙生。孙生欢喜，病体立刻痊愈。富翁想让孙生入赘，阿宝说："女婿不可常住岳父家，况且孙郎家贫，长住下去，更会被人瞧不起。女儿既然答应他，就甘心住茅草棚，情愿吃野菜，没有怨言。"于是孙生亲迎阿宝举行婚礼，两人相见，像夫妻隔世团圆般欢乐。孙家因为得到很多嫁妆，家境略微宽裕，添置了一些财产。孙生迷恋书本，不懂管家理财。阿宝很会囤积，又照顾孙生，不拿别的事情麻烦他。过了三年，孙家更富了。

孙生忽然得了糖尿病，死后，阿宝痛哭，泪眼不干，不吃不睡。家人劝她，不听，趁夜深人静上吊自尽，幸亏丫鬟发觉，经过急救才苏醒过来，却到底不吃东西。三天以后，孙家会集亲戚朋友，要将孙生下葬，忽然听到棺材里有呻吟的声音，打开一看，他竟复活了。孙生说自己见到阎王，因为生前纯朴忠诚，被任命为部曹。忽然有人禀报："孙部曹的妻子快到了。"阎王查阅生死簿以后说她不应当现在死。又禀报："停食已经三天了。"阎王对他说："你妻子的节义使我大受感动，暂且让你再回阳世。就

派马夫牵马送你回去。"此后，孙生渐渐恢复了健康。

　　这一年举行乡试，考前，一些年轻人又捉弄孙生：共拟定七道生僻的题目，把孙生拉到僻静处，骗他说："这是某人得到的关键，偷偷地送给你。"孙生又相信了，日夜揣摩，写出七篇八股文稿。众人知道以后都暗中笑话他。这时，主考官考虑，如果出熟题，难免出现照抄照搬的弊病，就一反常情出了生僻题，题纸下来了，七道题和孙生准备的正好一一符合。因此，孙生考得第一名。第二年，他又考中进士，当了翰林。皇帝听说关于孙生的奇闻，召见孙生，孙生具实上奏，皇帝乐呵呵地称赞他。后来，皇帝又召见阿宝，破格赏赐她很多贵重的东西。

2. 香玉

劳山有座下清宫，宫内耐冬树高有两丈多，粗有几十围；牡丹也有一丈多高，每到开花时节，朵朵牡丹竞相怒放，灿烂似锦。胶州一位姓黄的书生，就在这下清宫内盖了间房子，为的是静心读书。

一天，他从窗口远远望见一位女子，穿着一身洁白的衣裙，在牡丹花丛间若隐若现。他有些疑惑，心想：在这下清宫内怎么会有如此美丽的女子？便匆匆走出去，可那女子已无踪影。从这天起，黄生就经常会望见那女子的身影。于是，他隐藏在树丛中，等候那女子到来。不一会儿，那女子竟又偕同一位穿红衣的女子出现，远远望去，两位女子的美丽堪称世间双绝。她们渐渐走近了，红衣女子却往后退了几步，说："附近有人！"黄生接着就猛不丁地跳了出来，两个女子吓得回头就跑，衣袖裙摆飘舞起来，四周空间霎时充满了扑面的香风。黄生追着翻过矮墙，只见周围寂静异常，两个女子就这么杳无踪迹。黄生对她们十分爱慕，忍不住在树上题诗一首："无限相思苦，含情对短窗。恐归沙吒利，何处觅无双？"

回到书房后，黄生苦思冥想。忽然，白衣女子竟自己走了进来。黄生又惊又喜，忙迎上前去。那女子笑着说："你刚才气势汹汹的像个强盗，真让人害怕。没想到你竟是个温文尔雅的书生，也就不妨和你亲热亲热。"黄生询问女子的生平来历，那女子说："我的小名叫香玉，以前住在平康巷，后来被一个道士关闭在这山里，这可实在不是我的心愿。"黄生问："那道士叫什么名字？我要为你洗刷耻辱。"香玉说："不必了，他也没敢逼迫我。借此机会与你这样一表人才的风流书生时常幽会，也是挺不错的。"黄生又问："那穿红衣的女子是谁？"香玉回答说："她叫绛雪，也是我的结拜姐姐。"接下来，两人就上床就枕，亲热起来。

一觉醒来，东方已见火红的曙光。香玉急忙爬起来，说："只顾一夜贪欢，都忘

了天亮了。"她穿上衣服，换上鞋子，又说："我作了一首与你唱和的诗，你可千万别笑话。诗是这样的：良夜更易尽，朝暾已上窗。愿如梁上燕，栖处自成双。"黄生听完，拉着香玉的手说："你容貌这么美丽，心灵又这么聪慧，真是叫人爱得要死。只要你离开一天，对我来说就是千里之别。所以你要有空就来，别再等到晚上了。"香玉答应了他。自此以后，两人早晚都在一起。

黄生每次要香玉把绛雪也请来，绛雪却总不来，黄生很是遗憾。香玉说："绛雪姐姐性情格外孤僻，不像我这样痴情。最好让我慢慢地劝她来，不要过于着急。"一天晚上，香玉神情凄惨地走进黄生的书房说："你连'陇'也守不住了，还指望得到'蜀'吗？今天我真的要和你永别了。"黄生问："为什么？"香玉用袖子擦掉眼泪，说："这是命中注定的，很难对你说明白。你当初的好诗句，现在都成了应验的预言。宋人当年那句'佳人已属沙吒利，义士今古无押衙'，好像就是为今天的我唱的。"黄生问她到底发生了什么事，香玉不回答，只是不住地哭泣。她整整一夜都没合眼，凌晨时分就离去了。黄生对香玉的举动感到很奇怪。

第二天，即墨县有个姓蓝的人来下清宫游览，看到白牡丹花，非常喜爱，就把它连根带叶地挖走了。黄生这才明白，香玉原来是一个花仙，不由得怅然若失，惋惜不已。过了几天，听人说那个蓝氏把白牡丹移栽在家中后不久，那花就一天天枯萎下去。黄生悔恨到了极点，便作了哭花诗五十首，天天到白牡丹先前所在的那个坑前痛哭。

一天，黄生哀悼完香玉正往回走，远远地看见穿红衣的绛雪也来到白牡丹的花坑旁哭祭。黄生慢慢走近她，她也不再躲避。黄生拉着绛雪的袖子，与她相对流泪。哭祭完了，黄生挽住她，请她到他的屋里去，绛雪就跟着去了。坐定后，绛雪叹息说："我与香玉是从小的姐妹，想不到说永别就永别了。听你哭得那样哀伤，就更加触动了我内心的悲痛。眼泪流入九泉之下，也许她会为我们真诚的怀念所感动，起死回生。但死去的人精神元气已经消散，仓促之间怎么能和我们两个人一起说说笑笑的呢？"黄生说："我是个薄命的人，妨害自己的情人，一定也没有福气受用两个美人。以前曾多次烦请香玉向你转达我的心意，你为什么再不来了呢？"绛雪说："我原以为年轻的书生，十个有九个是薄情的，却没想到你原来是个极重感情的人。不过我与你交往，重在友情，不在淫欲。要是一天到晚地亲热，那我是做不到的。"绛雪说

完，就要告别。黄生说："香玉离我而去已有这么久了，叫我吃不下饭，睡不好觉。想指望着你稍待一会儿，安慰一下我这悲伤的心绪，你怎能就这样决然拒绝呢？"绛雪听了，就留了下来，过了一夜才回去。

一连几天，绛雪没有再来。这一天，凄雨纷飞，寒窗幽暗，黄生痛苦地怀念着香玉，躺在床上辗转反侧，泪水湿透了枕席。他爬起来披上衣服，挑亮灯烛，拿起笔来，按着先前写给香玉那首诗的韵脚，又写了一首："山院黄昏雨，垂帘坐小窗。相思人不见，中夜泪双双。"诗成之后自己又吟唱了一遍。忽然窗外有人说道："写诗的不能没有和诗的。"黄生一听，原来是绛雪，就连忙打开门请她进来。绛雪看了黄生的诗，马上就在诗的后面续写了一首："连袂人何处？孤灯照晚窗。空山人一个，对影自成双。"黄生读完绛雪的诗，不禁又流下了眼泪，就抱怨绛雪与他相见的时间太少了。绛雪说："我虽然不能像香玉那样热情，但可以稍微安慰一下你的寂寞。"黄生要与她亲热一番，绛雪说："相见的欢乐，何必非这种事不可呢？"

从此，每当黄生感到无聊的时候，绛雪就过来一趟，来到就和黄生一起喝酒作诗，有时不睡觉就走了，黄生也随她的便。对此，黄生的说法是："香玉是我的爱妻，绛雪是我的良友。"相处久了，黄生便时不时问绛雪："你是花中第几株？何不早早告诉我，我好把你抱到我这里栽下，免得你又像香玉那样被坏人夺去，使人终生遗憾。"绛雪说："故土难移，告诉你我是哪株花也没什么好处。自己的爱妻尚且不能终生伴随，何况朋友呢！"黄生不听，拉着绛雪的胳臂走出去，每走到一株牡丹花下，就问："这是你不是？"绛雪不答话，捂着嘴只是笑。

这时刚好已到了腊月底，黄生便回家过年去了。到了二月间，黄生忽然梦见绛雪来到，悲凄地对他说："我有大难！你赶快去下清宫，还来得及见上一面；若迟了就赶不上了。"黄生醒来后觉得奇怪，就赶紧叫仆人备马，火速赶到劳山。原来是道士要盖房子，有一棵耐冬树妨碍施工，工匠正要用斧头将它砍掉。黄生知道这就是绛雪托梦的原因，急忙阻止了他们。

到了晚上，绛雪来向黄生道谢。黄生笑着说："你过去不如实相告，该着遭到这次厄运！从今往后我已知道你了，你要是不来，我会用艾火烤你的。"绛雪说："我本来就知道你会这样，所以以前不敢告诉你。"坐了一会儿，黄生说："现在我面对着好朋友，更加想念我那美丽的爱妻。好久没去哭祭香玉了，你能跟随我去哭祭吗？"绛

7

雪答应了，二人就一起前往，来到白牡丹花的坑穴前痛哭流泪。直到一更快结束，绛雪才收住眼泪，把黄生劝住，就回去了。

又过了好几个晚上，黄生正独自在屋里难过，绛雪笑着进来说："有一个好消息告诉你，花神为你的真情所感动，让香玉又重新回到下清宫里来了。"黄生高兴地问："什么时候？"绛雪回答说："不知道，大约为时不远了。"天亮以后，绛雪下床要走了，黄生说："我是为了你从家里赶回来的，你不要让我一个人长时间地感到寂寞。"绛雪笑着答应了。可她又连着两晚上没来，黄生就来到耐冬树下，抱着树又是摇晃又是抚摩，频频呼唤绛雪的名字。见没有回音，就回到屋里，对着灯烛搓艾草绳，要用它去烤那棵耐冬树。正搓着，绛雪突然跑了进来，夺过艾草扔在地上，说："你真是胡闹，要是把我烫出伤疤，我就和你一刀两断！"黄生笑着抱住她，刚刚坐下，香玉步态轻盈地走了进来。黄生看见香玉，眼泪一下子就涌了出来，急忙起身握住香玉的手。香玉用另一只手抓着绛雪，三人你看我、我看你地痛哭起来。哭够了，他们坐下来互诉离别之苦。黄生发觉握着香玉的那只手空空的，就像自己握着空拳，他为香玉的手变得跟从前不一样而大为惊讶。香玉伤心地流着眼泪说："以前的我，是花的神，所以形体是凝聚的。现在的我，是花的鬼，所以形体是飘散的。今天我们虽然相见了，但你不要以为这一切是真的，权当这事是一场梦吧。"绛雪说："妹妹来得太好了，我被你家男人纠缠死了。"说完就告辞走了。

香玉还像过去一样与黄生恩爱，但在两人相依相偎时，黄生就感到他的身子好像是依在影子上。黄生闷闷不乐，香玉也不停地恼恨自己，她就对黄生说："你用白蔹碎末，掺上少量的硫黄，每天给我浇一杯水，明年的今天我就可以报答你的恩情了。"于是就告别走了。第二天，黄生来到白牡丹原来的坑穴观看，发现牡丹已发芽了。黄生就按照香玉说的方法，每天精心地培育浇灌它，并制作了雕花栏杆来保护它。一天，香玉忽然来了，向黄生表示无比感激之意。黄生打算将牡丹花移植在自己家中，香玉不同意，说："我的体质很弱，受不了再一次伤害。而且任何事物的生长都各有自己一定的地方，我这次来原就没打算生长在你家里，违反了这个原意反而会减少寿命。其实，只要我们真心相爱，自然会有欢聚的那一天的。"

黄生又埋怨绛雪总不来。香玉说："如果你一定要让她过来，我想我可以做到这一点。"说完，香玉就与黄生举着灯烛，出门来到耐冬树下。接着，香玉取来一根草，

然后用手掌比量着来丈量树干，自下而上地量到四尺六寸处，用手按住那个位置，然后让黄生用两只手一齐去抓挠。不一会儿，绛雪便从背后走了出来，笑着骂香玉道："你这丫头回来，越发助纣为虐了！"于是互相拉着手，一起进了屋子。香玉说："姐姐请不要怪罪。我想拜托姐姐替我暂时陪伴一下郎君，一年之后就不再打扰你了。"从此，他们就这样相处，渐渐习以为常了。

黄生看着牡丹花芽一天比一天茁壮茂盛，到春天快过去时，已经长到了二尺多高。年底，黄生要回家了，便留下些银子给道士，嘱咐他早晚好生培育这株牡丹。第二年四月，黄生回到下清宫，只见一朵牡丹花，正在那里含苞待放。黄生正在它旁边流连忘返，突然，那朵花摇摇晃晃地要绽开来。不大一会儿，花瓣就全伸展开了，有盘子那么大，好像有个小美人坐在花心里，只有三四指高。转眼间这小美人就飘飘忽忽地走了下来，原来正是香玉。香玉笑着对黄生说："我忍受着风吹雨打等待你，你怎么来得这么晚呀？"说笑间，两个人一起走进屋里。绛雪也来了，笑着说："我天天替别人当老婆，现在总算有幸退出来，可以只做朋友了。"于是三人一起喝酒说笑，你唱我和。直到半夜时分，绛雪才离去。黄生与香玉便一同上床就枕，又像当年那样欢爱融洽了。

后来，黄生的妻子不幸去世，黄生就索性定居在劳山不再回家。这时，牡丹已经长得像手臂一般粗了。黄生经常对着牡丹说："我死了以后，就把精魂寄托在这里，一定生长在你的左边。"香玉、绛雪听了，就笑着对他说："你可不要忘了你说的这句话。"

十几年后，黄生突然病倒了。他的儿子赶到这里，面对父亲很是哀伤。黄生却笑着说："这是我生的日子，而不是死的日子，你哀伤什么呢？"他又对道士说："我死以后，牡丹下有一株红色的幼芽茁壮生长，一下子就长出五片叶子，那就是我。"说完这话，黄生就不再言语了。儿子用车子把他拉回家中，刚到家他就死了。第二年，果然有一棵茁壮的幼芽钻出地面，叶子数目与黄生说的一模一样。道士感到奇异，就更加用心地浇灌它。三年以后，它长得有好几尺高，枝干有两只手合拢起来那么粗，只是不开花。

后来，老道士死了，他的弟子不懂得爱惜这株植物，因为它不开花，就把它砍掉了。接着，白牡丹便枯萎起来，很快就死了。没多久，耐冬树也死了。

3. 西湖主

陈生名弼教，字明允，河北人，家境贫寒，跟随副将军贾绾掌管文书。一次，他坐的船停泊在洞庭湖边，正巧一头扬子鳄浮在水面，贾绾开弓射去，箭中背上。有一条小鱼衔住鳄鱼的尾巴不离开，贾绾就命人全捉上来。锁到船桅杆下面。鳄鱼快断气了，大嘴一张一合，似哀求援救。陈生很可怜它，就恳求贾绾释放它们。他带有金创药，闹玩儿似的为鳄鱼敷了伤口，就把它们放回湖里，鳄鱼入水，忽沉忽浮了一阵子，一会儿就游跑了。

一年以后，陈生回北方，又经过洞庭湖，大风刮翻了船，侥幸漂来一只竹箱，他一把抓住，漂流了一夜，挂到木头上才停下来。刚刚爬上湖岸，见有一具尸体漂来，原来是他的书童，用力把他拉上来，已经死了。他一腔悲痛苦闷，面对尸体坐下休息，只小山耸立，一抹青翠，杨柳成行，绿丝摇曳，可行人断绝，没处问路。从黎明到辰时以后，他心里空落落的，不知怎么办好。忽然书童的身子动弹，陈生很高兴，去抚摩他。一会儿，书童吐出一些水，苏醒过来。两人脱下湿衣服，晒在石头上，接近中午才晒干。这时他们感觉肚子饿得咕噜咕噜叫，简直无法忍受，于是翻过山头，加快步伐，只盼望有一个村庄。

才爬到半山腰，忽然听见一声箭响。正在侧着耳朵听，见有两个女郎骑着骏马飞奔过来，发出如同倾撒豆粒的声音。她们前额勒着丝绢，帽子上插有野鸡翎，穿紫衣衫，窄袖口，腰扎绿绸，一个拿着弹弓，一个臂架猎鹰。陈生和书童爬过山顶，见从草乱树中有人骑马打猎，几十个人都是美女，同样的打扮。陈生不敢走近她们，见有个男子走来，像是马夫，就问他，马夫回答说："这是西湖主来首山打猎哪！"陈生说了自己的来历，还说肚子饿了。马夫就解下干粮送给他，嘱咐说："赶快躲在一边，冒犯了公主的大驾就是死罪！"陈生害怕，快步下山。

山下林木青葱，林外楼台殿阁隐约可见，陈生暗想一定是寺院。走近一看，粉墙环绕，清溪横流，朱红大门半开半掩，门外有石桥可通。陈生趴着门扇向里一瞅，台榭高耸入云，类似皇家的园林，又怀疑它是官宦家的花园。他迟疑不决地向里走，迎面是一架高大的藤萝，紫花盛开，香气袭人。过了几段曲曲折折的栏杆，又是一所庭院，内有几十棵垂柳，绿油油的枝条在朱红的檐间拂来荡去。山中鸟雀惊鸣远去，惹花瓣漫天飞舞；深苑微风轻吹，榆钱儿片片飘落。景致悦目赏心，让人怀疑这里不是人间。

他穿过一座小亭子，看见一架秋千，架子很高，没入云际，绳索下垂，周围连个人影也没有。他怀疑这里靠近闺房，心里打怵，不敢再向前走。忽然门外人马喧腾，似有女子说笑，于是急忙拉着书童躲进花丛。一会儿，笑声更近了，听一个女子说："今天打猎兴致不高，打到的飞禽很少。"又一个女子说："如果不是公主打得雁落，人马就空跑啦！"没一会儿，几个红衣女子簇拥着一个女郎到亭子里坐下。她穿的是窄袖猎装，约十四五岁，鬓髻层叠，凝聚云雾，腰肢细柔，袅娜惊风。说她是最香的玉蕊花，是最晶莹的琼英，这比喻都显得蹩脚。一群女子围上来献茶、熏香，聚成光灿灿锦簇花团。一会儿，女郎起身，一步步走下亭阶。一个女子说："公主跃马飞奔好不劳累，还能打秋千吗？"公主笑着说："还可以。"于是有的来托肩膀，有的架胳膊，有的撩裙子，有的拿鞋子，将公主扶上秋千。她雪白的手腕一伸，翘尖儿的小鞋儿一蹬，身轻似燕，渐渐蹴入云霄。打完了，扶下来，女子们夸赞说："公主真是仙人哟！"接着连说带笑地走了。

陈生看了好久，神魂飞扬。待人声已远，他和书童走出花丛，来到秋千架下，踱来踱去，一心回忆刚才的情景。看见篱笆下面有一块红巾，知道是美女们失落的，就拾起来，喜滋滋地藏在袖子里。陈生登上亭子，见案上有文具，于是在红巾上题诗一首："雅戏何人拟半仙？分明琼女散金莲。广寒队里恐相妒，莫信凌波便上天。"

写完以后，轻声吟诵着走下亭子。再找来时的路径，一道道的门竟上了锁。他急得团团转，想不出办法，索性转回，在楼阁亭台间逛了个遍。突然一个女子走来，吃惊地问："你是怎样来到这里的？"陈生向她作了个揖，说："我迷了路，请多指教。"女子问："拾到红巾了吗？"陈生说："拾到了。可是弄脏了，怎么办呢？"就掏出来。女子接去一看，惊慌地说："你呀，怕是死无葬身之地了。这是公主常用

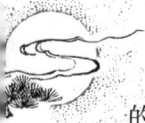

的，抹得这么脏，叫我怎么去为你说好话呢？"陈生吓得面色如土，苦苦哀求她代为开脱。女子说："偷看宫里的情景，罪行已经不可饶恕。我念你是个读书人，又温雅，私下想成全你，现在你又自作孽，教人怎么办呢！"说罢，就急忙拿着红巾走了。陈生吓得心里乱扑腾，浑身战抖，痛恨自己没有翅膀，不得飞走，只有伸着脖子等死。过了好久，女子回来了，悄悄地祝贺陈生说："你有活路了。公主看那红巾三四遍，只抿着嘴笑，没有生气，兴许能放了你。你暂且耐心等等，千万别爬树跳墙，发觉后饶不了你！"这时，天快黑了，是吉是凶陈生没法儿知道，他只觉肚子里发烧，饿得要命。一会儿，女子挑着灯走过来，她后面跟着一个丫鬟，手里提着壶、盒，取出酒饭让陈生用。陈生急着打听消息，女子说："刚才我趁空问公主：'园子里的秀才，可以饶恕就放他走。不然就要饿死啦。'公主寻思一阵儿说：'夜深了，叫他到哪里去？'就命来送饭。这可不是坏消息哟！"入夜，陈生一直踱来踱去，怕有危险，心神不安。早晨就要过去了，女子又来送饭。陈生哀求她向公主讲情，女子说："公主不说杀，也不说放，我们做仆人的，哪里敢碎嘴子乱说呢！"

太阳偏西了，陈生正急切地向外张望，忽然女子上气不接下气地跑来，说："不好啦！有人多嘴把事情泄露给王妃了。王妃展开红巾看了看，扔在地上，骂了一声'张狂的东西'，大祸不远了！"陈生大惊，面色如土，直挺挺地跪倒求救。忽然听见人声杂乱，女子向他摇摇手躲开了。接着有几个人拿着绳子，气势汹汹地闯进来。这里面有一名丫鬟，两眼盯着陈生说："我以为是谁，原来是陈公子。"就拦住拿绳子的人，说："别动他，不能动他！等我禀明王妃以后再说。"她转身走了。一会儿，丫鬟回来说："王妃请陈公子进去。"陈生战战兢兢地跟着她。穿过几十道门，来到一座宫殿，殿门上绿帘银钩，有一个美女掀着帘子喊"陈公子到"。殿堂里坐着一位美貌的妇人，身穿华丽耀眼的服装。陈生趴在地上磕头，说："万里之外的孤臣，希望饶命。"王妃急忙站起，亲手把他拉起来，说："如果不是你，我就不会有今天。丫鬟们不懂事，冒犯了贵客，这罪怎么赎呢！"王妃命人摆上丰盛的酒席，用雕花的杯子向陈生敬酒，陈生心里莫名其妙。王妃说："救命大恩，正恨没法报答。蒙你喜欢我女儿，为她红巾题诗，这是天定的姻缘。今天夜里就让她侍奉你。"事情来得突然，出乎意料，陈生神思恍惚，心里一百个悬念。

傍晚，一名丫鬟走近陈生说："公主已经梳妆好啦！"就带领陈生去花堂成亲。

忽然间笙管齐鸣，台阶上铺了绣花地毯，堂上、门旁、篱笆……处处挂起红灯。几十名艳丽的女子簇拥着公主行婚礼。麝、兰的香气充满庭院。行过礼，走进洞房，两人相互倾诉爱慕之情。陈生说："我一向客居在外，没有拜见过你。弄脏了红巾，免我一死就很幸运了，反而赏赐我和你成亲，我实在不敢有这想法。"公主说："我母亲是湖君妃子，扬子江王的女儿。去年，她去探望我外祖，在湖上游览，偶然中箭。承蒙你解救，又给敷药，我全家感激，念念不忘。请不要因为我不是人而猜疑吧！我从龙君那里得到长生不老的秘诀，愿意和你共同享用。"陈生这时才明白她们是神仙，就问："那丫鬟怎么认识我？"公主回答说："那天在洞庭湖船上，衔在尾巴上的小鱼就是她。"陈生又问："既然不杀我，却为什么迟迟不放呢？"公主笑着回答说："我实在爱你的才华，但是自己不能做主。我翻来覆去想了一夜，别人是不知道的啊！"陈生赞叹说："你真是我的知己啊！给我送饭的是谁？"公主回答说："她叫阿念，也是我最信得过的。"陈生问："怎么报答她？"公主笑着说："她会长期伺候你，慢慢想办法搪塞一下，晚不了，"陈生又问："大王在哪里？"公主说："跟随关帝讨伐蚩尤，还没有回来。"

过了好几天，陈生考虑家中不知道他的下落，一定十分惦念，便写了一封平安家信，让书童带回家。家里听说陈生洞庭湖翻船的事以后，妻子为他服丧已经一年多了，书童回去，才知道陈生没死。但是音信不通，总怕他漂泊在外，难以回家。又过了半年，陈生忽然到家，穿着轻裘，骑着骏马，带回满满一大袋珍珠宝玉。从此，陈生成为拥有万贯家财的富户，家中乐声悠扬，美女成群，世代官宦的人家也比不上。陈生七八年间得了五个儿子，每天大摆筵席，招待宾客，住的吃的都华美丰盛到极点，有人问陈生的际遇，他一一照实回答。

陈生有位自幼要好的朋友，名叫梁子俊，在南方做了十几年官，回家时路过洞庭湖，看见一条画舫，栏杆雕花，窗户朱红，笙歌幽婉清细，在水雾笼罩的绿波上慢悠悠地荡漾。船里的美女不时凭窗远眺。梁子俊目不转睛地向船里瞅，见一个青年男子，光着头，跷着二郎腿坐着，身旁有妙龄女郎为他按摩。他暗想这一定是湖北襄阳地区的贵官，却又随从很少，仔细一看，竟是陈明允，不觉趴在栏杆上叫他。陈生听见有人喊就停下船，走到船头上，邀请梁子俊过去。梁子俊进舱一看，桌子上摆满吃剩的菜肴，酒气还相当浓烈。陈生立刻命美女把杯盘撤去。一会儿，有三五个漂亮的

丫鬟重新摆上筵席，献茶进酒，摆的山珍海味都是梁子俊不曾见过的。梁子俊十分吃惊，说："才十年不见，你怎么竟这样富贵了？"陈生笑着说："你小看我是穷书生不能发家么？"梁子俊问："刚才陪你饮酒的是谁？"回答说："是我的妻子。"梁子俊又觉得奇怪，问："你带了家眷到哪儿？"陈生回答说："准备到西边去。"梁子俊还想再问，陈生忽然命令美女来唱歌，助酒兴。他话音刚落就管弦齐鸣，聒得耳朵嗡嗡响，歌声、伴奏声使得说笑都听不见了。梁子俊见眼前美女众多，醉意蒙眬地说："明允公能够使我的欢乐达到最高境界么？"陈生笑着说："你喝醉啦！不过有一笔买美女的钱，可以赠给老朋友。"就命丫鬟进舱取来一粒明珠，说："美妾不难买到，表明我不是吝啬啊！"于是催他回船，说："我忙着办一件小事，不能同你长聚了。"送罢梁子俊，就开船了。

梁子俊回乡以后，到陈生家去探望，见陈生正在家陪客人饮酒，心里更加怀疑，就问陈生："昨天在洞庭湖遇到你，怎么回来得这么快？"陈生回答说："没有的事啊！"梁子俊就追述前一天的见闻，在座的人都很惊异。陈生笑着说："你弄错了，难道我有分身术吗？"众人都觉奇怪，终究弄不清是怎么回事。

后来，陈生活到八十一岁。出殡的时候，棺材很轻，众人惊讶，打开一看，原来是空的。

4. 陆判

陵阳县的朱尔旦，字小明。他性格豪爽，但是心思迟钝，读书很专心，成绩却数不着。一天，文社的秀才们一道儿饮酒，有人戏耍朱生说："您有豪侠的名气，如果肯深夜到十王殿，把左廊下的判官背来，大家凑钱摆酒宴请您。"原来陵阳县有十王殿，里面的神鬼都是木雕的，塑画得栩栩如生。东廊下有一尊立式判官，绿脸红胡，相貌特别凶恶。有人夜间从殿外经过，听到两廊下有拷打和审讯的声音。许多人一进十王殿，就吓得浑身汗毛直竖，所以大伙儿给朱生出了这道难题。朱生笑着站起来，径直前往。不久，朱生在门外高喊："我把大胡子宗师请来啦！"大家都为此站起来。朱生霎时背判官进屋，放在小桌上，接着面对判官祭奠了三杯酒。众秀才看着判官的凶相，吓得哆哆嗦嗦，坐立不安，便请朱生再背回去。朱生又把酒浇地，祷告说："门生狂荡轻率，不明礼节，相信大宗师不会见怪。我家离十王殿不远，您高兴的时候该去喝两杯，请不要见外。"于是他又把判官背回去了。

第二天，同社的秀才果然请朱生饮酒。朱生傍黑天半醉而回，没有喝够，点上灯，自斟自饮。忽然有人一掀帘子走进来，朱生抬头一瞅，却是判官老爷，朱生立刻站起身子，说："大概我就要死了。前夜冒犯，今天要在我脖子上动刀斧吧？"判官听了以后，把大胡子一掀，微微一笑，说："不对啊！昨天承您深情厚谊相邀，今夜偶然得闲，特来履行你胸怀旷达之士的约会啊！"朱生很快活，拉着他的袖子请他入座，然后急忙清洗酒杯、温酒。判官说："天气温暖，可以冷饮。"朱生就听他的话，把酒瓶向桌上一放，赶快去吩咐家里人置办酒肴、水果。他妻子知道这件事以后.心里很害怕，告诫他不要再出去。朱生不听，立等办好端了出去。换了酒杯，敬了酒，朱生请问判官的姓氏。判官说："我姓陆，没有名字。"朱生和他谈论古代的典章、制度，他才思敏捷，应答流畅。问："大宗师也熟悉应试的八股文么？"陆判说："文章

好坏，稍能分辨。在阴司读的，和在阳世的差不多。"陆判酒量很大，一连饮了十大杯。朱生已经喝了一天，不觉醉倒，趴在桌子上睡去。醒来时，则烛残灯暗，眼前一片昏黄，陆判已经走了。

从这以后，陆判隔三两天来一回，和朱生感情更加亲近，有时困了就与朱生睡在一张床上。朱生拿自己的文稿请教陆判，陆判总是提起红笔涂抹，说都不好。一夜，朱生同陆判对饮醉了，先睡。陆判自斟自饮。朱生醉梦中忽觉内脏有点儿疼，醒后一看，竟见陆判坐在床边，正剖开他的肚子，掏出肠胃，一条一条地整理。他不禁一怔，说："从来无仇无怨，为什么杀我？"陆判笑着说："别害怕，我为您换上一颗聪明的心脏罢了！"他边说边不紧不慢地把肠子装回肚子，合起肚皮，最后用缠脚的长布条扎起朱生的腰。手术完毕，朱生瞧瞧床上，并没有血迹，只觉肚子里有点儿麻麻的。见陆判把一块肉放在桌子上，朱生问他那是什么，回答说："是你原来的心脏。你写文章不畅快，我知道那是心里的小空窍堵塞了。刚才在阴司从千万颗心脏中，拣选了一枚好的，为您换上，留下它去填补那一颗的空缺。"说完起身，随后带门走了。天亮，朱生解开腰上的布条察看，刀口已经愈合，皮肤上留下一条红线般的疤痕。从这以后，他做文章时思路开阔，读书过眼不忘。过了几天，他又拿文稿向陆判请教，陆判说："可以啦！但是你的福气不大，只不过科试、乡试取胜罢了。"朱生问："在什么时候？"陆判说："今年必魁！"不久，朱生参加科试，得了冠军，又参加乡试，考得前五名——经元。文社的秀才们一向看不起朱生，经常嘲笑他，现在看到朱生应试的文稿，不由得面面相觑，十分惊讶，细问朱生，才得知换心的奇闻。他们争相请求朱生介绍，愿意同陆判交好。陆判满口应承。众秀才于是又大摆酒席，等候陆判光临。一更时分，陆判到。他的胡子又红又长，摇摇晃晃；两只大眼，滴溜溜炯炯放光，像闪电一样明亮。秀才们吓得胆战心慌，面无血色，上牙和下牙碰得嘚嘚直响，一个一个都溜了。朱生就拉陆判回家饮酒。

朱生喝得醉醺醺的，对陆判说："洗肠剖胃，你给我的恩赐已经够多啦。不过还有一件事想麻烦大宗师，不知可不可以？"陆判问他有什么吩咐，朱生说："心肠可以换，我心想头脸也能改。我妻子是原配，下身长得不错，可就是脸盘不是很美丽，想麻烦您动动刀斧，怎么样？"陆判笑着说："行，让我慢慢地想办法。"过了几天，半夜，朱生家有人敲门。朱生急忙起身，开门一看，原来是陆判。待引他进屋，点灯

一照，见他衣襟里兜着个东西。问他兜的什么，他说："你过去嘱托我的事，总是难物色。刚才找到一个美人头，特来回复你的教命。"朱生伸手向里面拨开看，脖子上的血迹还湿淋淋的。陆判催他快进夫人的卧房，不要惊动鸡犬。朱生担心房门闩着，陆判走上前轻轻一推就开了。朱生把陆判引进卧室，见夫人侧身躺着，已经睡熟了。陆判把美人头交朱生抱着，自己从靴筒里抽出一把像匕首般长短雪白锃亮的刀子，按着夫人的脖子用力一切，就像切豆腐一样，刀下颈开，头落枕边，急忙从朱生怀里取过美人头，扣在夫人的脖子上，仔细察看，见位置端正了，用力按捺。手术结束，拉过枕头塞在肩前，吩咐朱生把头颅埋在僻静的地方，说完就走了。朱妻醒来，感觉脖子发木，一摸脸面，粗糙不平；搓一把，是干血片，她很害怕，喊丫鬟取水清洗。丫鬟见夫人脸上血迹纵横，大吃一惊。夫人洗后见一盆红水，抬起头来脸面全变了，又非常害怕。夫人自己一照镜子，仓促间极为惊讶，自己不知为何会变成这样。朱生来，告诉她另换了头面。于是她对镜细端相，最显眼的是两道蛾眉，眉梢纤细，淡淡地隐进绿鬓；杏腮上两个酒窝儿，不深不浅，就像画里的美人。解开衣领一看，脖子上有一圈红线，线上线下肤色截然不同。

这件事发生之前，吴侍御有个女儿，长得很标致，死过两个未婚夫，所以拖到十九岁也没有出嫁。她在正月十五到十王殿游玩。当时游人很杂乱，其中有个无赖贼，见她漂亮，就暗中打听来她的住处，在夜间爬梯子进去，打开卧室的门，把丫鬟杀死在床下，就要强奸小姐。小姐拼命反抗，高声喊叫，贼人一怒之下把她也杀了。吴老夫人听到隐隐约约的喧闹声，喊丫鬟去看小姐。丫鬟见地上两具尸体，十分恐慌。于是全家人都起来了，把小姐的尸身停放在屋里，把头放在脖子旁边，一家人悲伤得哭天叫地，乱腾了一夜。第二天一早，掀开被单察看尸体，尸身依旧，头却不见了。吴老夫人把守灵的丫鬟都打遍了，责骂她们不严加守护，以致头颅被狗衔去吃了。吴公因女儿被杀到衙门告状。衙门里四处缉查，限期捉拿凶手归案，但是三个月过去了，还没有发现凶手。渐渐地，有人把朱生家的换头奇闻讲给吴公听。吴公起了疑心，派一个老妇人去朱生家探访。老妇人看见朱妻的面孔，不胜惊异，立刻回去禀报吴公。吴公眼见女儿的尸身在家，心中惊疑却不能判断。他猜想朱生用邪术杀死女儿，便到朱生家责问。朱生说："我妻子梦中换了头，实在不了解什么缘故。说我杀了你女儿，是天大的冤枉！"吴公不信，状告朱生。衙门里对朱生家的人一一传

讯，结果全和朱生说的一样。知府也没有办法判别。朱生回家，求陆判谋划。陆判说："不难，应当让吴公的女儿自己出来说话。"于是吴公夜间梦见女儿说："女儿是被苏溪的杨大年杀害的，和朱举人无关。朱举人因为自己的妻子不美，陆判官取女儿的头为他换上，这是女儿身死而头生啊！希望不要与朱举人结仇。"吴公把梦情告诉夫人，两个人的梦情相同。于是吴公又把梦情告诉知府。知府派人调查，果然有个杨大年，捕来上刑，杨大年承认了罪状。吴公到朱生家，请朱妻出来见面。朱生认吴公为岳父。吴公又把朱妻原来的头合在吴小姐尸身上安葬。

朱生三次参加会试，三次违犯场规，被中途撵出考场，于是伤透了心，不再追求功名。又过了三十年，一天夜晚，陆判告诉朱生说："您的寿命不长了。"问他还有多少日子，回答说"五天"。朱生问："能援救么？"陆判说："寿限长短是命里注定的，怎么能私自改变呢？况且在心胸旷达的人看来，生和死一个样子，何必以生为快乐，以死为悲哀呢？"朱生认为这说法很对，立即置备寿衣、棺木；备齐以后，穿戴得整整齐齐，很快去世。朱生死后的第二天，夫人正在扶着灵柩啼哭，朱生忽然慢慢地从门外走来，夫人惧怕。朱生说："我实在是鬼，可是同活着的时候一样。想你们妇寡儿孤，很是挂念。"夫人啼哭，泪洒胸怀。朱生恋恋不舍地劝说安慰。夫人说："古代有还魂的说法，您既然有灵，怎么不复活呢？"朱生说："生死都由天数决定，不可违背。"夫人问："您在阴司做什么事？"他说："陆判推荐我干了督办文书的事，给了官衔爵位，也没有什么痛苦。"夫人还想说，朱生说："陆判和我同来的，可以摆下酒饭。"接着快步走出去。夫人照办了。只听见屋里欢饮，有说有笑，亮气高声，同过去一样。夫人半夜去看，他们已经走了。从这以后，朱生每隔三两天回家一次，有时在家过夜，彼此亲昵，家中事务，顺便处理。朱生的儿子，名叫玮，才五岁，朱生回家就抱抱他；他七八岁时，朱生时常在灯下教他读书。他很聪明，九岁就会写文章，十五岁时考中秀才，到县学读书。他一直不知道自己没有父亲。

从此开始，朱生回家次数减少了，每隔十天半月见一次面罢了。一天夜晚，他又回到家，对夫人说："今天要和你永别了。"夫人问："要到哪儿去？"朱生说："承玉皇大帝的旨意，委任我为华山山神，就要到远处去上任。要办的事多，路途又远，所以不能再来了。"夫人、儿子都拉着他啼哭。朱生说："不要这样。儿子长大了，家业还能维持生活，哪有百年不散的鸾凤呀！"他对儿子说："好好做人，对于事业不要

懈怠。十年后再相见吧！"话音刚落，径直出门，此后再也没有回家。这一年，朱玮二十五岁，考中了进士，朝廷给他"行人"的官职，奉命去祭祀西岳华山。路过华阴县时，忽然从对面驶来一辆轿车，车前的仪仗队打着饰有彩色羽毛的伞盖，车马走得很快，把朱玮的仪仗队给冲了，朱玮震惊。朱玮仔细看车里的人，原来是他父亲，于是下马跪在路边哭起来。朱生停下车子，说："你官声好，我死也瞑目了！"朱玮跪着不肯起来，朱生催车起程，飞快奔驰，不再管他。不过，他走了不远，又停下车马，回过头望一望，解下身边的佩刀，派人送给朱玮，在远处对朱玮说："佩带这口刀，可以大富大贵。"朱玮要追随他，只见车马随从飘飘忽忽，像一股疾风，转眼就消失了。朱玮哀痛、遗憾很长时间。他抽刀一看，佩刀铸造精良美观，上面刻有一行小字说："胆量要大而思虑要细，计谋要圆而品行要方。"后来，朱玮的官职升到司马。他生了五个儿子，名沉，名潜，名沕，名浑，名深。一天夜里，朱玮梦见他父亲说："佩刀应当给浑。"朱玮听从他的话。浑长大后当了总宪，政绩很好，有些名气。

5. 王桂庵

　　王樨，字桂庵，河北大名府官宦家的后裔。一次到南方旅行，船停靠在长江岸边。邻船上有位船家姑娘，在船舱里做绣鞋，风度容貌美好极了。王桂庵偷看了很久，姑娘似乎没有察觉。王桂庵高声朗诵"洛阳女儿对门居"的诗句，故意让她听见。姑娘好像明白了这是为她在朗诵，微微抬头斜看了一眼，又低下头照旧绣花。王桂庵更加心猿意马，将一块金子远远地投过去，金子落在了姑娘的衣襟上。姑娘拾起来往旁边一扔，似乎不知道那是块金子。金子落到了岸边，王桂庵捡了回来。王桂庵又拿一只金镯子投过去，金镯子落到了她的脚下，姑娘做着手里的活儿看也不看。不久，船家从外面回来。王桂庵担心船家发现金镯会查问，心中十分着急；姑娘不慌不忙地用双脚遮盖上它。船家解开缆绳，顺流而去。王桂庵心情沮丧，怅然若失，呆呆坐在那儿沉思。这时王桂庵刚刚娶妻不久，妻子就去世了，后悔没有当即托媒人说定这门婚事，于是询问各位船家，都不知道她姓什么。王桂庵立即掉转船头追赶那只船，四下张望，已茫然不知去向。没有办法，只好掉头向南。事情办完之后，返回北方，又沿着江边仔细寻访，一点儿消息也没有。回家后，他睡觉吃饭都挂念着这件事。

　　过了一年，又到南方去，王桂庵在江边租了条船，好像是自己的家一样。他天天仔细注意来往船只，以至于来往船只的帆桨都熟悉了，但上次那只船却杳无踪影。又过了半年，旅费用尽只得回家。他走着也想，坐着也想，一刻也放心不下。一天夜晚，王桂庵梦中来到江边的一个村子里，经过几家门口，看见有一家朝南的柴门，门内有稀疏的竹篱，他想这大概是所亭园，就直接走了进去。里面有棵马缨树，树上满挂着红丝。他暗暗想道：古人诗中有"门前一树马缨花"的句子，这大概就是了。向前走了几步，看见芦苇做的篱笆光亮洁净。他便又走了进去，见北面有三间屋子，双

门关闭。南面有个小房间，鲜红的美人蕉遮蔽着窗子。探身一看，只见迎门有个衣架，上面挂着花裙子，知道这是姑娘的闺房，他吃惊地连退几步。可里面的人已经察觉到了，有人跑到外面探看，粉面稍稍露了一露，正是当初船上的那位姑娘。王桂庵喜出望外，说："居然还有重逢的日子啊！"刚要过去亲近，姑娘的父亲正好回来，猛然惊醒，才知道原来是场梦，但景物历历在目。他保守着这一秘密，唯恐告诉别人，会破坏掉这个好梦。

后来又过了一年多，再次前往镇江。镇江南边有位徐太仆，和王桂庵是世交，请他去喝酒。王桂庵信马由缰地往前走，不留心来到了一个小村子里，沿途的景物仿佛曾经见到过。一座门里，长着棵马缨树，景象宛然在目。他非常吃惊，扔掉鞭子跳下马来径直走了进去。眼前各种景物，和梦中没有区别。再向里走，房屋的样子也完全相同。梦境既然已被验实，他不再有什么怀疑担心，直奔南边的小屋子，船上的那位姑娘果然在里面。远远看见王桂庵，那姑娘吃惊地立起身，用门遮住自己，呵斥着问道："这是哪里来的男人？"王桂庵彷徨之间，还怀疑自己仍在梦中。那姑娘看到王桂庵一步步走近，砰的一声关上了门。王桂庵说："姑娘不记得那个丢镯子的人了吗？"他详尽地述说了想念姑娘的苦况，并且讲了已被验实的梦境。姑娘隔着窗子询问他的家世，王桂庵全都告诉了她。姑娘说："既然是官宦人家的后代，必定有了美貌的妻子，哪里还用得着我？"王桂庵说："要不是为了你，我早就结婚娶妻了。"姑娘说："如果真像你说的那样，我也完全明白你的诚心了。我的这些情意难对父母讲，但我也违背父母之命拒绝了几家的提亲。你给我的金镯子我还保存着，估计钟情的人一定会有消息的。我的父母正巧到亲戚家去了，这就该回来了。你先回去，请位媒人来提亲，估计没有不成功的；假如你想不通过礼法就成配偶，那你就想错了。"王桂庵匆忙要走，姑娘又远远地叫了声王郎，说："我叫芸娘，姓孟。父亲字江蓠。"王桂庵答应着，用心记住就出来了。

酒席刚刚结束，王桂庵早早返回去拜见孟江蓠。江蓠把他迎进门去，在篱笆下坐定。王桂庵自我介绍了家世，接着说明了来意，同时奉上一百两银子作为聘礼。老翁说："我的女儿已经许配人家了。"王桂庵说："我打听得非常确凿，您的女儿的确尚未定亲，为什么这样坚决地拒绝我？"老翁说："刚刚许了人家，不敢说谎。"王桂庵神情怅惘，拱手作别而回，不知他说的是真是假。当天夜里，王桂庵辗转难以入睡，

想不出合适的媒人。原来想把这事情告诉徐太仆，又担心娶个船家女儿被徐太仆讥笑；现在情况紧迫了，没人可以做媒，等到天亮，赶到了徐太仆家，如实地说明了一切。徐太仆说："这位老翁和我有些关系，是祖母的亲孙子，你为什么不早说？"王桂庵才吐露了心里话。徐太仆怀疑道："孟江蓠虽然贫穷，但一向不把撑船作为职业，莫非其中有误吗？"于是派儿子徐大郎来到孟家。孟江蓠说："我虽然贫困，但也不是买卖婚姻的人。先前那位公子用银子为自己做媒，估计我一定会被金银所打动，所以我不敢攀高答应这门婚事。既然承蒙徐先生的吩咐，必定不会有什么差错。只是我那顽皮的女儿娇惯成性，很好的人家都被她执拗地拒绝了，所以不能不和她商量商量，以免日后再埋怨这场婚姻。"就起身进去，一会儿回来，拱手表示完全同意，约定好日子后，两人就告别了。徐大郎回复了父亲，王桂庵就准备了丰厚的聘礼，到孟家定亲，又借了徐太仆家的房子，亲自迎娶行了婚礼。

三天之后，王桂庵辞别岳父回到北方家乡去。夜晚住在船上，王桂庵问芸娘："以前曾在这儿遇到过你，本来就疑心你不像船家的姑娘。那天你们驾船到哪儿去了？"芸娘回答说："我叔叔住在江北，偶然借船去看望他。我家虽然刚刚能够解决衣食，但对侥幸得来的钱物并不看重。我笑你眼光短浅，多次用金银打动别人。刚听见朗诵声时，知道你是位风雅之士，又疑心是轻薄的浪子，把我当作淫荡的女人来挑弄。假使父亲看见金镯子，你就死无葬身之地了。我爱怜读书人的心诚恳不诚恳？"王桂庵笑着说："你确实非常狡黠，但也上了我的圈套了！"芸娘问是怎么回事，王桂庵闭口不说。姑娘又坚持追问，他才说："离我家越来越近了，这件事也不能保密到底。我实话对你说：我家里原来已经有了妻子，是吴尚书的女儿。"芸娘不相信，王桂庵故意夸大其词来证实。芸娘脸色突变，沉默了一会儿，猛然站起来跑了出去；王桂庵趿着鞋子追过去，芸娘却已经跳入江中了。王桂庵大声呼喊，周围的船都惊闹起来，夜色一片昏暗，只有满江的星光在闪烁。王桂庵哀悼伤痛了一整夜，沿着长江顺流而下，用高价寻觅芸娘的尸体，也没有人见到，他心情沉重地回到家中。

王桂庵又愁又痛心，又恐怕老翁来看望女儿，没话可以回答。他有位姐夫在河南做官，就坐车前往拜访，一年多后才回家来。半路上遇雨，在一户人家稍事休息，只见房屋过道都很清洁，有一位老婆婆在屋子里逗孩子玩儿。那孩子看见王桂庵进来，就让他抱，王桂庵很奇怪。又见这孩子清秀可爱，就抱起来放在膝头上。老婆婆叫这

孩子也不肯离开。过了一会儿，雨停了，王桂庵抱着孩子交给老婆婆，走出屋子整理行装。孩子哭着说："爸爸要走了！"老婆婆感到不好意思，呵斥他也制止不住，就硬抱着他离开。王桂庵坐着等待出发，忽然有位漂亮的女子从屏风后抱着孩子走了出来，原来正是芸娘。正在诧异时，芸娘骂道："负心郎！留下这个骨肉，把他放在哪里？"王桂庵才知道是自己的儿子。酸痛伤心，来不及问芸娘别后的情况，先讲当初的话是开玩笑，指天发誓辩白。芸娘这才化怒为悲，相互哭了起来。

　　起初，这家的主人莫翁，六十岁了还没有儿子，领着老伴去南海朝拜。回来途中停在江边，正好芸娘随波漂了下来，恰巧碰在莫翁的船上。莫翁吩咐仆从把她救起来，治疗了一整夜，才渐渐苏醒过来。莫翁夫妇俩一看是位美貌女子，非常高兴，认作自己的女儿，带了回来。过了几个月，要为芸娘选位丈夫，芸娘不同意。过了十个月，生了个儿子，起名叫寄生。王桂庵在她家避雨，寄生才一周岁。王桂庵于是解下行装，到屋子里拜见莫翁夫妇，于是成了岳父和女婿。又住了几天，才全家回北方去。到家时，孟江蓠坐等已经两个月了。孟江蓠刚来时，看到仆人们表情谈吐闪烁不定，心中十分奇怪怀疑；见到王桂庵等人后，才一起高兴万分。王桂庵详细地讲述了遭遇经过后，孟江蓠才知道仆人们闪烁其词是有原因的。

6.青凤

太原府耿氏，过去是官宦人家，家里的宅院宏伟宽敞。后来，日子败落了，接二连三的楼房，有一半闲着。因此，家里常有怪事：屋门自己打开又自己关上，家中的人常因此在三更半夜吓得乱喊乱叫。主人为此不胜忧虑，搬家到乡间的别墅里居住，留下一老头看守。于是这里更加荒凉，怪事层出不穷，有时能听到楼房里欢声笑语、吹拉弹唱。主人有个侄子，名叫去病，性情放荡，不受拘束，嘱咐守院的老头发现怪异以后，赶快向他报告。

一天夜晚，老头见有座楼上灯火明灭，立即去告诉耿生。耿生要去看鬼怪，老头儿劝阻，他不听。耿生对全院的门户都很熟悉，手拨蒿子、飞蓬等乱草，拐弯抹角，一会儿就走到那楼下。上楼，没有异常的动静。穿过一层楼，听见房子里有人说话。悄悄地向里一瞅，见门厅里点着高高一对蜡烛，屋里雪亮，和白天一样。有一位老翁头戴儒冠，面向南坐着，他的对面座位上是一位老妇，他们都年近五十岁。脸向东的是一个少年，至多二十岁；有一个女郎，芳龄不过十五六，坐在右边。桌子上肴酒丰盛，一家人团团围坐，有说有笑。这时，耿生一步踏进门槛，笑着说："一位不请自来的客人到！"屋里人大惊，赶快躲藏，唯独老翁走近耿生高声责问："你是什么人？随意进入别人闺房！"耿生说："这是我家闺房，被你占据。有了美酒只顾自己喝，不邀请主人，岂不太小气吗？"老翁上下打量耿生，说："你不是这宅院的主人。"耿生说："我是狂生耿去病，主人的亲侄子啊！"老翁听后向耿生恭恭敬敬地说："久仰大名，如望泰山北斗！"于是向耿生把手一拱，敬请入座，又喊人撤换酒席。耿生劝阻，他便慌忙给耿生斟酒。耿生说："咱们亲如一家，不要让刚才在座的客人回避，请招来共饮。"老翁立即高喊"孝儿"，一会儿，那少年进来。老翁介绍说："他是我儿子。"少年向耿生作揖，重新入座。耿生问起老翁的家世，老翁说："我姓胡，名字

是义君。"耿生一向豪爽，谈论间意气飞扬，孝儿也是爽快大方，两人说说笑笑，互相欣赏。耿生二十一岁，比孝儿大两岁，称孝儿弟弟。老翁问耿生："听说令祖写了一本《涂山外传》，公子知道吗？"耿生说："知道。"老翁说："我就是涂山氏的后代。唐代以后的家谱世系，我还能记得；五代以前的，没有传下来。请公子赐教。"耿生便讲涂山女辅助禹王治水的功绩，粉饰、夸张，奇思妙想，层出不穷。老翁大喜，对儿子说："今天运气好，听到了从来没有听说过的大事。公子不是外人，快请你母亲和青凤都来听，好让她们也知道祖上的功德啊！"孝儿走进帷幕。一会儿，老妇领着女郎出来。耿生细看女郎：神态娇媚，眼波似水，转盼之间流动着聪慧，大概数遍人间，再也不会有人像她那么美。老翁指着老妇说："这是我老伴儿。"又指女郎，说："她名叫青凤，是我侄女，很聪明，凡事听说见到牢记不忘，所以让她也来听。"

耿生讲完涂山氏的故事举杯饮酒，边饮边注视青凤，两个眼珠好像再也不会转动似的。青凤觉察，很不好意思，低下头。耿生偷偷地踩她的鞋尖，她急忙把脚收回去，却没有表示讨厌。耿生为此神志飞扬，不能自已，手向桌子上一拍，说："如果能娶她为妻，叫我当皇上也不换哪！"老妇见耿生渐渐醉了，越来越狂，就手拉青凤，急忙掀开帷幕离开。耿生失望，于是告别老翁出来。可是青凤的娇美姿容总是在他心头千萦百转，不能忘怀。

到了晚上，他再登重楼，房子里残留着青凤的兰麝香味。他聚精会神地等了一夜，却一直静悄悄，连一点儿声响也没有听到。回家和妻子商量，要搬到这楼里居住，以便和青凤相遇。妻子不同意，他就自己搬去，住在楼下读书。这天读完，已是深夜，正坐在桌边，忽然闯进一个恶鬼，他披头散发，脸面漆黑，双目圆睁，逼视耿生。耿生向他呵呵大笑，伸手从砚台蘸来墨汁，抹了个满脸，目光闪闪，同恶鬼对看。恶鬼甘拜下风，退出门外。

第二天，耿生又读到夜深，刚吹灭灯火，准备睡觉，忽然像是楼后吮当当开门，接着乓的一声。他急忙起来查看，见楼上有一扇房门半开半掩。霎时，又听见细碎的脚步声，接着就有一个灯笼挑出门外。耿生映着烛光一看，原来是朝思暮想的女郎——青凤。青凤仓促间看到耿生，吓得连连倒退，走回房里，紧闭房门。耿生扑腾跪倒，说："小生冒险而来，实在是为了你的缘故。幸好现在没有别人，如果你大发慈悲，出来笑着和我握一握手，我死去就没有遗憾了。"青凤隔着门说："公子对我情

深，我怎能不知？但是叔叔家教严厉，我不敢啊！"耿生还是苦苦哀求，说："我不敢请求贴近你的玉体，只是看一眼你那美貌就心满意足了。"青凤见实在挣不过他，就开门走近耿生，拉着他的胳膊扶他起来。耿生欢喜极了，扶她下楼，揽在怀里，让她坐在膝上。青凤说："幸好和你有命里注定的缘分——只有今夜，过后再相思也没有用了。"耿生问她什么缘故，青凤回答说："叔叔怕你太狂，所以出鬼脸吓你，你却不怕。他已另找住所，全家都搬走了，只剩下我留守，明天也要离开。"说完就要走，并解释说怕叔叔就要来了。耿生紧抱不放，想同她特别亲昵一番。两人正争执不下，老翁突然一步跨进门来。青凤又羞又怕，一时不知怎么是好，低下头，靠在床边，一言不发，只是双手不自觉地搓拈衣带。老翁很生气，训斥说："贱丫头，辱没我家门户！还不快滚？等着挨鞭子吧！"青凤低着头快步离开，老翁跟随其后出去。耿生不放心，尾随在老翁身后，只听老翁百般谩骂，青凤嘤嘤地抽泣。耿生心如刀割，放大嗓门说："罪在小生，这和青凤有什么相干！如果能原谅她，我愿承受你那刀锯斧头！"但是老翁和青凤已经消失，四处鸦雀无声，耿生便回去睡觉。从此以后，耿家大院再也没有出现怪声邪气。耿生的叔叔听说后感到很惊奇，想把宅院卖给侄子，不计较价钱。耿生乐意要，带着家人搬到楼里居住。耿生住在大院里，生活得很安逸，可是心里连一分一秒也没有忘记青凤。

那一天是清明节，他到郊外扫墓，在回家的路上望见远处有两只小狐狸跑过来，后面有狗紧追不舍。一只狐狸转身逃向荒野，剩下一只还是顺路奔跑，看到耿生，偎依不去，抿耳缩头，声似啼哭，好像请求拯救。耿生可怜它，兜在衣襟里抱着往回走。到家关好门，耿生把它放在床上，一转眼，小狐狸变成青凤。耿生喜出望外，安慰她，问长问短。青凤说："刚才和丫鬟出外玩耍，遭到这个灾。如果不是郎君搭救，我就葬在狗肚子里了。请不要因为我与你不是同类就嫌弃。"耿生说："日夜思念，连做梦想的也都是你。看见你，就像得到世间最珍贵的宝贝，怎么能嫌弃呢？"青凤说："这真是老天爷的意思。如果不经受这次惊险，我现在怎能到你身边？幸好丫鬟一定以为我死去，没有人再找我，咱们可以终生在一起啦！"耿生非常高兴，让她住在另一所房子里。

过了两年多，一天夜里，耿生正在读书，忽然孝儿来了。耿生惊异，放下书本，问他从哪里来。孝儿跪下，悲伤地说："家父有横祸，非公子不能拯救。他本想亲自

来，怕公子不接待，才派我来的。"耿生问："要出什么事？"回答说："公子认识莫三郎么？"耿生说："我父亲和他父亲是年兄弟啊。"孝儿说："明天他打猎后从这里经过，如果带着狐狸，请公子把它留下。"耿生说："令尊那次当面侮辱，我心里一直窝囊，别的事不敢过问了。如果一定要我效力，非青凤来不可！"孝儿流下眼泪，说："凤妹妹在郊野死去已经三年啦！"耿生一挥袖子，说："这么讲，我怨恨得更深啦！"说完就重新捧起书本高声朗读，不再理睬。孝儿站起来，放声大哭，捂着脸走出门去。

耿生见孝儿走远，去找青凤，说明孝儿的来意。青凤吓得脸都黄了，急躁地问："公子到底救不救？"耿生说："救总是要救的。刚才没有答应他，是暂时给你叔叔的蛮横一个小报复罢了。"青凤听他这样说就放心了，说："我很小的时候就父母双亡，是叔叔把我抚养大的。过去他对不起你，可是照家规应当那么做。"耿生说："你说的也有理，但是不能不使人忌恨。如果你真的死了，我一定不救他。"青凤笑着说："你这个公子怎么忍心哪！"第二天，莫三郎果然来了，骑着骏马，马胸前的镂金带闪闪发光，挎着虎皮弓袋，后面跟随一大队耀武扬威的仆从。耿生出门，迎接。见猎来的禽兽很多，其中有一只毛色偏黑的狐狸，毛上沾染一片红血。近前抚摸，皮肤温和，就借口皮衣残破请求留下狐狸，以便缝补。莫三郎很大方，立即从马上解下来相赠。耿生把狐狸交给青凤，就招待来客饮酒。客人走了，青凤把狐狸抱在怀里，三天后狐狸苏醒，转眼变成老翁。看见青凤，怀疑所在不是人间。青凤把过去的事一一讲清，老翁向耿生下拜，承认过失，深表歉疚。他又对青凤笑着说："我过去执意说你不会死，现在果然如此了。"

青凤对耿生说："公子如果真为我着想，就借给我楼房，使我能奉养叔叔，表达对他的一片孝心。"耿生答应了。老翁羞得脸红，表示感谢，然后告辞。夜里，老翁全家都来了。从这以后，老翁和耿生亲如父子，不再相互猜忌了。耿生常在书斋里居住，和孝儿谈笑畅饮。耿生的正妻所生的儿子渐渐长大，拜孝儿为师。孝儿循循善诱，教导得法，很有名师的气派。

7. 罗刹海市

马骏字龙媒,是商人的儿子,风姿英俊。他自幼潇洒豪爽,喜爱歌舞。常跟随戏曲艺人,用彩绸缠头,像一个美女,因此得了个"俊人"的外号。

十四岁时,他考中秀才,进府学读书,有些名气。他父亲年老体弱,停止经商,住在家里,对马生说:"几卷书,饿了不中吃,冷了不能穿,我儿还是继承父业干买卖吧!"马生从此就学习做生意。马生随人渡海经商,坐的船被台风刮跑了,经过几天几夜,来到一个城市。这里的人长得很丑,看见马生,以为是来了妖精,吓得呜呜呀呀地喊叫,四散奔逃。马生遇到这一情况,起初很害怕,等知道那些人怕他以后,就反过来欺负当地人。他看见有人吃东西,就冲他跑过去,人家怕他,吓跑了,他就把剩下的饭菜吃掉。过了好久,马生走进一个山村。这里有些人的长相接近中国人,却是穿得破破烂烂,好像乞丐。马生到树下休息,他们不敢走近他,只在远处观望。望了好久,觉得马生并不吃人,才略微靠近。马生笑着和他们说话,虽然彼此语言不同,那意思倒也能明白一半。于是马生说明自己的来历,他们很高兴,遍告乡亲,说来客不打人,更不吃人。可是那些相貌很丑的人,站在远处望望就走,始终不敢前来。凡是敢接近马生的,长的口鼻等五官都像中国人。他们给马生送来酒水饮料。马生问村民们为什么怕他,一个村民回答说:"曾听爷爷说,向西两万六千里有中国,那里的人长得很奇怪。仅是听说,今天才相信了。"问他们为什么贫穷,说:"我们国家重视的不是文章,而是相貌。长得美,做上卿;差些的做地方官;再差的也能受贵人喜爱,从那里给妻子儿女带来吃喝。像我们这模样,初生下来,父母都以为不吉祥,常被扔掉;不忍心抛弃的,全是为了传宗接代。"问:"这里是什么国?"说:"名叫大罗刹国。京城在北面,距这里三十里路。"马生请这个村民引导他去京城游览。

第二天,村民摸黑起身,带领马生出发。天亮时,他们走到京城。城墙是黑石

头砌的，颜色墨黑。楼阁有百尺高，没有瓦，盖的是红石头。拾来红石块磨磨指甲，和朱砂没什么不同。这时正逢百官退朝，有个官员穿着朝服，坐着高大华美的轿车出来，村民指着他说："他就是宰相。"马生仔细看去，这宰相的两个耳朵是背着长的，鼻子有三个孔，睫毛遮眼，像草帘子。他后面有几个官员骑马，村民说："这是大夫。"对所有过来的官员，他一一指明官职，官员们全长得凶恶奇怪；不过，官位渐低，丑陋的程度也随着减轻。马生看了一阵儿要回去，街道行人看见他以后，直吓得号叫奔窜，跌跌滚滚，像遇到了大怪物。村民向他们百般解说，他们才敢在远处站下。马生回到村里，这时，全国上下都知道村里来了怪人。于是官绅们都争着要增广见闻，使村民代为邀请马生。但是每到一家，门总是关得紧紧的，不分男女，都从门缝里向外偷偷张望，小声议论。他们跑了一天，没一家敢放马生进门的。

村民说："这附近有个人，过去做过执戟郎，为已故的国王出使过外国，见过的人多，见了你可能不害怕。"去拜访他，他果然很高兴，把马生当作贵客。马生看他像有八九十岁，眼睛突出，胡须密密麻麻，卷卷曲曲，像一团刺猬。这老头儿说："我年轻的时候奉国王的命令，出使外国的次数最多，只是没过过中华。现在，我一百二十多岁了，有幸看到上国的人物，这件事不能不奏明国王。但是，我离职以后，有十多年不踏朝廷的台阶了。明天一早为你去一趟。"于是以酒筵接待贵客。喝过几杯酒以后，老头儿喊出十几名歌女轮番歌舞。歌女们长得夜叉一般，白绸子缠头，红舞衣拖到地上。她们演唱的不知是什么歌词，马生只觉腔调节奏古怪离奇。老头儿却兴致很高，问马生："中国也有这类歌舞吗？"说："有。"老头儿要他来一段，马生就打着拍子唱了一支小曲儿。老头儿很欣赏，称赞说："太新奇啦！像龙啸，似凤鸣，从来没听过！"

第二天，老头儿上朝，向国王推荐马生，国王愉快地下令召见。这时走出两三个大臣，说马生相貌古怪，怕国王受惊，国王就没有召见。老头儿走出宫殿，转告马生，表示很为他惋惜。过了好久，马生和老头儿对面饮酒，喝醉以后舞起剑来，还用煤灰抹在脸上，扮作张飞。老头儿以为这面孔很漂亮，说："扮张飞的美貌去见宰相，一定能得到任用，高官厚禄就不难到手了。"马生说："唉，换一种面貌玩一玩还可以，怎能用这个手段谋取荣华富贵呢？"可是老头儿一再让他去，马生这才表示同意。于是老头儿摆下筵席，邀请当权的大臣们饮酒，同时让马生化好妆等着。不一会儿，客

人到齐，老头儿喊马生见客。客人们一看，惊讶地说："奇怪！怎么过去那么丑，今天这么美呢？"他们共同饮酒，都很开心。马生表演，边唱边舞，在座的官员没有一个不佩服。第二天，大臣们纷纷上表，推荐马生。国王很高兴，以最隆重的礼节召见。马生拜见国王，国王问他中华治国安邦的方针，马生原原本本禀告，国王嘉奖称赞他，命在行宫设宴招待。大伙儿酒兴正浓，国王对马生说："听说你擅长高雅的音乐，可以让寡人听一听吗？"马生就起来舞蹈，也仿照歌女用白锦缠头，唱起腔调软绵绵的歌曲。国王非常欢喜，当日封他为下大夫。此后常请马生赴家宴，给他的待遇特别优厚。可是时间一长，官员们发觉马生的漂亮脸蛋有假。因此马生不管走到哪里，都会看到有人交头接耳地说话，对他远不如以往亲热。他感觉在朝里很孤立，心里七上八下不舒服。于是上书请求退休，国王不准；又请求休假，国王给他三个月的假期。马生就用驿站的车马载着金银财宝，又回到山村。

村民们跪着行走，热烈欢迎。马生把载来的东西分给友人，大家都高兴，欢声雷动。村民们说："我们这些小老百姓，得到大夫的赏赐，下次赶海市，弄来珍奇的玩物来报答。"马生问："海市在哪儿？"村民说："海市里四海鲛人聚集，出卖珠宝，四方十二国都来做生意，神人也到海市游戏。途中云霞遮天，有时波涛翻腾。富贵人家看重身体，不敢冒险，都是把钱财交给我们，代购珍宝。下次海市为期不远啦。"马生问他怎么知道海市不远，村民说："每见到海上红鸟成群，飞来飞去，再过七天就是海市了。"马生又问他什么时间走，想同去游览一番，村民劝他保重身体。马生说："我是航海经商的人，哪怕它风大浪又高呢！"不久，果然有人送来钱物，委托购买宝物，马生就和村民把它装上船。这只船能容纳几十个人，平面底，高栏杆，十个人摇橹，破浪前进，轻快似箭。走了三天，远远望去，水云荡漾之间出现一座城市，楼阁层层叠叠，商船多如蚂蚁。一会儿，船到城下。看城墙上的砖，每块有一人长。城门楼钻天高。拴好船上岸，见岸上摆列很多珍奇瑰宝，光明耀眼，人世罕见。

有一个少年骑着骏马走来，市民跑开躲避，都说他是"东阳三世子"。世子看见马生，说："这不是外国人么？"为世子开道的人就来问马生的乡籍。马生在路边向世子行礼，说明了乡里、姓氏。世子高兴地说："蒙你屈驾光临，咱们缘分不浅。"于是给马生一匹马，请他并骑同行。走出西门，来到海岸，马生的坐骑一声嘶鸣向水里跳去，吓得马生"哎呀"一声，却见海水向两旁分开，变成两面高高的水墙。走了一

会儿，看见宫殿，它用玳瑁壳装饰屋梁，用鲂鱼鳞作瓦，墙壁明亮，能照见人影，光彩炫目。马生下马，和世子相互行礼，随后进殿，抬头望见龙君在上面坐着。世子奏道："儿臣闲游海市，遇到中华的贤士，邀请他来参见大王。"于是马生向前朝龙君拜舞。龙君说："先生是文学士，文才一定高过屈原、宋玉，想请先生大手笔写一篇《海市赋》，希望不要吝惜精思妙语。"马生磕头接受命令。于是送来水晶砚、龙毫笔，纸色似雪，墨香胜兰。马生立刻写出一千多句，呈献龙君。龙君赞赏说："先生才华出众，为我水国增添太多光彩了！"于是召集各龙族，大宴彩霞宫。酒过数巡，龙君擎起酒杯向马生说："寡人的爱女还没有选定女婿，我愿意请先生多关照她。先生意下如何呢？"马生心里又惭愧又感激，只有连声答应。龙君就向身旁的大臣说了几句。一会儿，几个宫女扶着龙女出来。只听见环珮窸窣作响，箫鼓齐鸣。两人互拜后，马生瞟了龙女一眼，见她美丽同天仙一样。龙女拜过就走了。稍待了一会儿，酒宴散了，有两个宫女挑着花灯，引导马生来到副宫。龙女装扮得十分艳丽，坐在宫里等他。洞房里，珊瑚床镶嵌八宝；帐缘丝线穗间缀一颗夜明珠，有鹅蛋大小；被褥温软，香气洋溢。天刚放亮，一群年轻漂亮的宫女走来，分列两排伺候。马生起身，快步上朝谢恩。马生被封为驸马都尉，龙君把他的《海市赋》分送各海。各海龙君都派员庆贺，争相下请帖邀请马生赴宴。马生穿锦绣，乘青龙，前呼后拥地出行。有几十名武士护卫，都身骑骏马，腰挎雕弓，肩扛白杖，金光闪耀，挤满道路；还有乐队，马上弹筝，车里吹笛，一路好不威武煊赫。三天走遍各海，"龙媒"的大名四海传扬。

宫里有棵玉树，粗可合抱；树身晶莹明净，像雪白的琉璃；树心淡黄色，树梢比胳膊稍细；叶片像碧玉，一钱多厚。细碎的树叶遮一片浓密的绿荫，马生常同龙女在下面吟诵诗文。玉树花开，很像栀子；花瓣坠落殿阶，锵锵有声；拾起来看一看，似红玛瑙雕刻的，光明可爱。树上常飞来一种奇异的小鸟——羽毛黄绿相间，尾巴比身子长得多，叫声哀伤凄凉，使人胸臆酸楚。马生每次听到它叫，总不免怀念故乡，因此对公主说："离家三年，远离父母，想起来就伤心流泪，汗湿脊背。你能和我回家探亲吗？"龙女说："仙凡是两条路，我办不到。我也不忍为了夫妻的恩爱，夺去父母膝下的欢心。让我慢慢想办法吧！"马生听她这么说，难过地哭了。龙女也叹气，说："情势限人，不能两全其美啊！"

第二天，马生从外面回宫，龙君对他说："听说驸马想家，明天早晨就收拾行装，

可以吗？"马生向他拜谢，说："臣单身异乡为客，蒙赐极多的宠爱，衔环求报的情意凝结肺腑。请允许我暂时回乡看望父母，一定设法再来相聚。"晚间，龙女设酒宴和马生话别。马生同她商量日后相会的日期，龙女说："咱俩的缘分到头了。"马生听后大哭。龙女说："回家奉养双亲，可见你很孝顺。人生聚合分离，百年之间就像一早一晚般短暂，哪用得着像小孩子一样哭泣呢？今后我为你守贞节，你为我守义气，两地分居，却心心相连，这就是恩爱夫妻，何必每天厮守在一起，才称为白头到老呢？如果不履行盟约，另行婚姻，不会吉利。假使你担心没人照管家务，可收一个丫鬟做妾。还有一件事嘱咐你：自从伺候你以来，像有怀孕的兆头，请你起名字。"马生说："要是生女孩，可以取名'龙宫'，男孩儿叫'福海'。"龙女向马生要凭证，马生拿出在罗刹国得到的一对红玉莲花，递给龙女。龙女说："三年以后的四月八日，你务必乘船到南岛，我要把儿女送还给你。"龙女用鱼皮做了袋子，里面装满珠宝，捧给马生说："好好收藏起来，几辈子吃用不尽。"天快亮了，龙君设筵送行，并赠给马生很多珍贵的东西。马生向龙君跪拜，谢恩分别。龙女坐着白羊拉的车子，送马生到海滨。马生上岸下马，龙女向他说声"珍重"，就掉转羊车回去，瞬间已经离开很远，海水分而复合，再也看不见龙女的倩影了。马生起程回家。

马生航海，久久不回，人们都认为他死了，突然到家，家里人没有不诧异的。幸好他父母健在，只是妻子已经改嫁。他这才领会龙女让他"守义"的话，原来改嫁的事她早就知道。父亲要马生另娶，马生不同意，就把一个丫鬟收到屋里。他牢记龙女所订三年的期限，按时间乘船去南岛。见大海里有两个小孩坐在水面上，手拍流水嘻嘻哈哈地玩耍，位置并不随水移动，身体也不下沉。前去逗引他们，有一个笑着抓马生的胳膊，跳到怀里。另一个哭起来，似生马生的气，怨他不向自己伸手。马生也把这一个抱起来。仔细一看，一男一女，相貌都很俊美；头戴花帽，上面缀着宝玉，都装饰一支红玉莲花。有个孩子背着锦袋，拆开来看，里面有一封信，信中写着："估计公婆安好。仙凡界限把我们隔离两地，转眼已经三年了；眼前一衣带水，清澈晶莹，却任何音信都无法超越。深切怀念，凝结成梦；翘首远望，使我颈项酸疼。茫茫苍苍的天啊，我幽怨满腔，怎样才能消解呢？但是，想那奔月的嫦娥，尚且独自守在月宫；银河的织女，还要站立在岸边惆怅。我是何等人，怎能夫妻永得团聚呢？想到这里，常破涕为笑。别后两个月，生下双胞胎，现在怀抱里咿咿呀呀地学话，也能懂

得一些说笑了；知道要枣抓梨，离开妈妈他们也能活命了。特意把他们送给你。你留下的红玉莲花，缀在他们帽子上，当作辨识的标记。当他们坐在你膝头时，全当我守在你身边吧！听说你履行盟约，我得到很大的安慰。我一辈子不会改嫁，至死不爱别人。梳妆盒里，不再放胭脂香膏；对镜新妆，久已不搽粉描眉。你好比远行客，我就是游子妻。就比作象征夫妻的琴瑟吧，摆在架上不去弹拨，又怎么可以说它不是琴瑟呢？只是想到公婆已经抱上孙子，却没见过新妇一面，论起情理，这是一个缺憾。一年后婆母丧葬，我会赶到坟边，一表儿媳的情意。此后，'龙宫'平安，少不了握手相见的机会，'福海'长寿，也有通来往的路径。希望你多保重，想说的话太多，说不完的。"

马生拿着信，流着泪看了一遍又一遍。两个孩子搂着他的脖子说："回家，回家！"马生悲痛得心如刀绞，抚摩着孩子的头顶说："我的好孩子，你们知道家在哪儿呀？"孩子们使劲哭，直闹着要回家。马生看海水茫茫，远连天际，秀发人儿不见踪影，雾气弥漫无路可通，只好抱起儿女，掉转船头，无限怅惘地扬帆回家。

马生知道母亲寿命不长，预先置办好送终用品，在墓地里栽了一百多棵松树、楸树。过了一年，他母亲果然去世。棺木刚运到墓地时，有个女子披麻戴孝到坟前啼哭。众人吃惊地看她，忽然风起雷鸣，接着一阵暴雨，那女子转眼就不见了。墓地新栽的树，有很多干枯了，雨过后又都活过来。福海长大了一些，常想念母亲，忽然跑向海滨，跳进大海，隔了好几天才回来。龙宫因为是女子，不能去见母亲，经常把自己关在屋里啼哭。一天，天色忽地暗下来，龙女突然间赶到，劝龙宫说："孩子，你快到成家的年龄了，哭什么呀！"说罢，送给女儿一棵高八尺的大珊瑚树，一帖龙脑香，一百颗夜明珠，还有一对八宝嵌金盒，说是陪嫁用的。马生听说龙女来家，急忙跑去找她，彼此握手哭泣。霎时间一声雷响，击破屋顶，马生一惊，龙女已经渺无踪迹了。

8. 张诚

河南的张某，本来是山东人。明朝末年，山东大乱，张某的妻子被北方的士兵抢去。此后，他常到河南去，就在那里安了家。娶了妻子，生个儿子，名叫讷。不久，妻子死了，他又娶了一个，生的儿子名叫诚。后娶的牛氏为人凶悍，经常嫉恨张讷，把他当作奴隶，给他粗劣的饭菜吃，吩咐他砍柴，每天一大担，做不到就打骂，张讷苦得难以忍受。牛氏暗中存放糕点、糖果只给张诚吃，又送张诚到私塾读书。张诚渐渐长大，孝顺父母，友爱兄弟，不忍心哥哥受苦，暗中劝说母亲。牛氏不听。

一天，张讷进山砍柴，还没有完事，就来了大风雨。他躲避在山岩下面，等雨停了，天也快黑了。这时他已饿得肚子咕咕响，就担柴回家。牛氏嫌砍的柴少，怒气冲冲，不给饭吃。张讷饥火烧心，走回屋去，一头倒在床上。张诚下学回家，见哥哥蔫巴巴的，问："病了么？"张讷回答说："肚里饿呀。"张诚问是什么原因，张讷就把情况告诉他。张诚听后，一脸愁苦地走了。过了一段时间，他怀里揣来饼，让哥哥吃。哥哥问他饼从哪里来，张诚说："我偷了面，请邻家大娘烙的，你尽管吃，别向外说。"张讷吃饼，嘱咐弟弟说："以后别这样啦。这事一旦泄露就连累你。再说，我一天能吃一回，饿也饿不死。"张诚说："哥哥早就身体虚弱，饿肚子怎么能砍柴呢？"第二天早饭以后，张诚偷偷地上了山，找到哥哥砍柴的地方。张讷看见他，吃惊地问他："你来干什么？"他回答说："帮你砍柴呗。"又问："谁叫你来的？"张诚说："是我自己要来。"哥哥说："别说你不会砍柴，就算会，也不能来。"于是催促弟弟回去。张诚不听，用手和脚断柴帮助哥哥，还说明天要带斧头来。哥哥走近他阻拦，见他手指头出了血，鞋也扎破了，悲伤地说："你要是不快回家，我就用斧头割自己的脖子了！"弟弟这才答应回去。张讷送他到半路，才又到原地砍柴。他担柴回家，走进私塾，嘱咐老师说："我弟弟年幼，请老师严加约束。山里的虎狼凶恶啊！"老师

说:"他午前不知到哪里去了,因此我责打了他。"张讷回家见到弟弟,说:"不听我的话,挨老师的板子啦!"张诚笑着说:"没有的事儿!"第二天,张诚怀里揣上斧头又上山找哥哥。张讷吃惊地说:"我一再劝你不要来,咋又来啦?"张诚不作声,只是急火火地砍柴,累得满头是汗也不歇息,约莫砍够一捆,不吭声就走了。老师又责备他,于是他将实情告诉老师。老师赞叹他贤良,就不再禁止他。哥哥屡次阻止张诚上山,他到底不听话。

一天,兄弟俩和另外几个人在山上砍柴,忽然跑来一只老虎。大家害怕,躲藏起来,老虎竟把张诚衔走了。老虎嘴里衔着人,走不快,被张讷赶上。张讷使劲猛砍,砍到老虎胯骨上。老虎疼得拼命奔跑,张讷没办法追寻,痛哭着回到原地。众人安慰劝说他,他哭得更悲痛了,说:"我弟弟和别人的弟弟不同。再说,他是为了我才死的,我怎好再活下去呢?"说罢就用斧头砍自己的脖子。众人急忙抢救,已经砍进寸把深了,血如泉涌,眼看就要昏死。众人惊怕,赶紧撕他的衣服包扎伤口,扶着他回家。牛氏知道以后连哭带骂,说:"你杀了我的儿,想在脖子上割破点皮混过去啊!"张讷呻吟着说:"娘不要烦恼。弟弟死了,我一定不再活下去。"他被放在床上,伤口很疼,不能入睡,只是日夜依着墙哭。父亲怕他也死去,时常到床边喂他吃点东西,牛氏见了就骂他。因此,张讷绝食,过了三天就死了。

他村里有个巫师,能到阴间听差办事,张讷死后遇见他,诉说生前的苦情,趁机问弟弟的下落。巫师讲没有听说,就转身带领张讷走。走到一座大城市,遇见一个身穿青衣的差役出城。巫师拦住他,代张讷打听张诚的消息。差役从背包里取出公文册查看,男女囚犯一百多口,里面并没有张诚。巫师怀疑在别的公文里。差役说:"这一路属我办理,哪会被别的公差拉去呢?"张讷不信,硬拖着巫师走进城内。城中新鬼、旧鬼来往不断,也有认识的,问起来竟没有知道的。忽然他们一阵喧哗,说:"菩萨来了。"只见云彩里有一个身材特别高大的人,周身光芒四射,照耀上下,整个阴曹地府一片光明。巫师向张讷祝贺说:"大郎有福啊!菩萨几千年才来阴间拔除苦恼,今天正好赶上。"巫师就拉着张讷跪下。众鬼纷纷攘攘,合掌齐诵:"大慈大悲,救苦救难!"声浪轰轰,震天动地。菩萨举起杨柳枝,一处处洒下甘露,露水蒙蒙,像尘雾似的。一会儿,雾气消散,光辉收敛,菩萨也不见了。张讷感觉脖子上滴了甘露,斧头割的伤口不再疼痛。巫师领他走回阳世,望见家门才告别而去。

张讷死了两天，竟豁地醒来，述说在阴间遇到的事，说张诚没有死。牛氏认为他编造谎言，反把他臭骂了一顿。张讷抱屈，没法申辩，又摸摸伤口，已经好了，就自己爬起来，去拜见父亲说："我要穿云入海去找弟弟，如果见不到他，一辈子就别指望我回来了。请父亲还当作儿子已经死了。"张翁把他领到没人的地方，相互抱头大哭，不敢留他。张讷就离家走了。

张讷常在冲要处探听弟弟的消息，盘缠花光了，一路讨饭寻访。过了一年，来到南京，穿着打满补丁的破衣服，弯腰驼背地走着。偶然看见十几个人骑马走来，他在路旁躲避。马队里有一人像是官长，年约四十多岁，有健卒骏马前后护卫。还有一个少年骑一匹小骏马，一次次地看张讷。张讷因为他是贵公子，没有敢细看他。少年却停鞭勒马，忽地跳下来，高声喊道："你不是哥哥吗？"张讷抬头仔细打量，原来是张诚，就握住他的手放声大哭。张诚也哭，说："哥哥咋流落到这般境地？"张讷叙说了一番，张诚更加悲伤。马上的人都下来了，问清缘由，禀报官长。官长命令腾出一匹马让张讷骑上，并排骑马到家。

张讷这才详细询问，原来，当初老虎衔走张诚，不知什么时候丢在路边。张诚在路上躺了一夜，正碰上张千户（注：官名）从京城回来，从他身边经过，见他相貌文雅，心里怜惜，轻轻地拍拍他。他渐渐醒过来，说出自己的家乡，却已是很远了。张千户就用车把他载回家，又拿药敷在伤处，过了好几天才痊愈。千户没有儿子，就认张诚为养子。刚才是父子外出游览。张诚把这些都说给张讷。正说话间，千户进来。张讷一再行礼致谢。张诚到内院，捧来绸缎衣服，让哥哥换上，再摆下酒席叙谈。千户问："贵家族在河南还有多少人？"张讷说："没有多少啦。父亲年轻时是山东人，后来流落河南。"千户说："我也是山东人。贵乡里属哪里管辖？"张诚回答说："我曾听父亲说是东昌府管。"千户吃惊地说："那我们是同乡啊！你家为什么迁到河南呢？"张讷说："前房母亲被清兵抢走，父亲遭到兵乱，家产全没了。父亲先是西走河南做生意，后来在那里混熟了，就安了家。"千户惊问："令尊叫什么名字？"张讷告诉他。千户直惊得瞪着眼睛看张讷，又低下头，像是产生了怀疑，快步跑进内院。不大一会儿，太夫人出来了，张讷和张诚一齐下拜。待拜完，太夫人问张讷："你是张炳之的孙子吗？"张讷说："正是。"于是太夫人大哭，对千户说："他是你弟弟啊！"张诚、张讷都不知所以。太夫人说："我嫁给你父亲三年，离散去北方，

跟了一名军官。半年后，生下你哥哥。又半年军官死了，你哥哥承袭了他的官职，升任千户，现在已经卸任了。他时时刻刻想念家乡，就脱离旗人的户籍，再恢复原先的宗族。几次派人到山东，竟然探访不到消息，怎能知道你父亲西迁河南了呢！"她对千户说："你以弟弟当作养子，太损折福气啦！"千户说："过去问诚，他没有说是山东人，想必是因为年幼不记得吧！"于是按年龄排行，千户四十一岁，是大哥；张诚十六，最小；张讷二十岁，由原先的老大变为老二了。千户得到两个弟弟，心里很高兴，日夜同他们相聚在一起。全家离散的经过都了解清楚了，千户就准备回河南。太夫人恐怕牛氏不愿意容纳，千户说："能容纳就在一起，不能就分开。天下难道有没父亲的国度么？"于是变卖房产，置办行装，定准日子向西出发。

到家以后，张讷和张诚先跑去禀告父亲。张翁自讷离家，妻子牛氏不久死去，他孤零零一个老鳏夫，只能形影相吊。忽然看见张讷进家，猛地心花怒放，惊得神志恍恍惚惚；又见张诚，高兴极了，激动得不能再讲话，只是泪流不止。又告诉他千户母子来到，张翁惊得停止哭泣，不笑也不悲，只是呆呆地站着。一会儿，千户进来向张翁行礼，太夫人拉着张翁，相对痛哭。张翁见婢仆成群，屋里屋外站得满满的，自己忽而坐下，又忽而站起来，不知怎么是好。张诚不见母亲，问后知道她已经去世，号啕恸哭，昏死过去，一顿饭工夫才苏醒。千户出钱盖楼阁，又请老师教两个弟弟读书。槽上骏马撒欢，屋里人群欢笑，他们居然成了大户人家。

9. 聂小倩

宁采臣，浙江人，性情慷慨直爽，品格端正，在生活上自我约束很严。他常对人说："除了妻子以外，我不会再爱别的女子。"

他到金华府去办事，到了北城外，解下行装，去寺院里休息。寺中佛殿、佛塔壮丽，只是满院子蓬蒿长得比人还高，好像早已没人来。东西两排僧舍，门都虚掩，只有南廊下一间小房子的门锁像是新的。观佛殿东墙角处，有一丛高大的翠竹，每棵都有合把粗细；石阶下有大水池，里面长着野莲，红花盛开。这里寂静幽雅，宁生喜爱极了。这时，府里召集秀才们考试，城里面赁房子价钱很高，为了节省房费，宁生就想在寺里住下，于是在院子里散步，等待和尚回来。

快黑天时，来了一个书生打扮的人，开南屋门。宁生快步走近施礼，说明来意。这人说："寺里没有房主，我是暂时寄住。你要是不嫌荒凉也来住，一早一晚给我些教益，我就很幸运了。"宁生欢喜，另找了房间，用干草当床，支起木板当桌子，打算长期住下去。这一夜，月明高洁，清光似水，他们在廊下促膝交谈，自我介绍。那书生打扮的人说"姓燕，字赤霞"。宁生猜想他是赶考的秀才，不过听口音他却不像浙江人，问他，自称"陕西人"，态度很朴实诚恳。最后，他们讲得没话可说了，就拱手告别，回房歇息。

宁生因是新居此处，躺下好久，总是睡不着。他听见房子北面有人小声说话，像是家属。他起身扒在北墙的石窗下偷偷地张望，见短墙外是个小院落，院里有个四十多岁的妇人，还有个老太婆身穿褪了色的红布衫，头上插一把大银梳子，腰弯背驼，老态龙钟，两个人正在月光下说话。那妇人说："小倩怎么这么久还不来？"老太婆说："大概快啦。"妇人问："她向你埋怨过吗？"回答说："没有，但是好像心情不太舒畅。"妇人说："不可给这丫头好气儿！"话还没有说完，走来一个约十七八岁的女

郎，她似乎美丽无比。老太婆笑嘻嘻地对她说："背地里不说人。我两个正说着，鬼丫头就悄悄走来，连一丝声响都没有，幸亏没有讲你的短处。"又说："小娘子长得端庄漂亮，就像画里的美人。要是老身是个男人，也一定让你勾了魂儿去。"女郎说："姥姥要是不夸奖，还有谁说我好呢？"妇人也和女郎说话，声音很低，听不清说的什么。宁生揣度她们大概是邻人的家属，就上床睡觉不再听。

过了一会儿，外面鸦雀无声。宁生刚要入睡，觉得有人进屋，急忙起来细看，竟是北院那个女郎。他吃惊地问她，她说："月明之夜睡不着，愿意和你亲昵。"宁生板起面孔说："你该提防别人议论，我怕别人说三道四。一步走错，廉耻心就丧失了。"女郎说："黑天半夜，没人知道。"宁生又训斥她。她走来走去，像还有话说。宁生呵斥她说："快走！要不，我就大声喊叫，让南屋的书生知道。"女郎害怕，吓得后退，走到门外却又回来，掏出一锭黄金放在宁生褥子上。宁生抓起来扔到院子里，说："不义之物，弄脏了我的口袋！"女郎羞愧，出去拾了金子，自言自语道："这个人真是个铁石硬汉！"

第二天早晨，从兰溪县来了一个书生，带着仆人来赶考，住进东厢房，夜里突然死了。检查他的尸体，发现脚心有个小洞，像是用锥子扎的，还有一点血迹。大家都不知道这是怎么回事。又过了一夜，仆人也死去了，症状同他的主人一样。傍晚，燕生回寺，宁生问他兰溪书生和仆人暴死的事，燕生猜想是鬼怪杀害的。宁生一向刚强正直，对这事很不在意。半夜，女郎又来到宁生屋里，对他说："我见过的人多了，从来没看到像您这样耿直的。您真是大圣大贤，我不敢骗您。我名叫小倩，姓聂，十八岁时死的，葬在寺外，常在妖物逼迫下干下贱的事。厚着脸皮找人，实在不是我愿意做的。现在，寺里没有我能害死的人，恐怕他们要派夜叉来收拾您了。"宁生害怕，求小倩为他想办法。小倩说："您去同燕生住在一起，就可以不受祸害。"宁生问她："你为什么不去迷惑燕生？"小倩说："他是奇人，我不敢走近他。"宁生问："你怎么去迷人？"她说："同我亲昵，我就用锥子偷偷地扎他的脚，他就会昏迷，再吸他的血供妖物喝；或者用金子，那不是金子，而是罗刹鬼的骨头，谁经不起诱惑，拿起来以后心和肝就被截下来。这两种手段，都是投合现在人们的爱好罢了。"宁生感谢她，问戒备的时间，小倩回答说"明天晚上"。临别时，小倩流着眼泪说："我坠落进茫茫的苦海，求岸不得，您义气冲天，一定能挽救生灵，脱离劫难。如果能把我

的骸骨装进袋里，埋葬在一个可以安居的地方，就如同给了我第二次生命。"宁生毫不犹豫地答应了，问她现在的墓址，小倩说："请您记准了：乌鸦垒窝的白杨树。"说完出门，一晃就不见了。

第二天，宁生恐怕燕生外出，早去把他请到自己屋里，辰时以后就摆酒对饮。他留心观察燕生，提出和他同宿一室的事，燕生推辞，说自己一向习惯寂静。宁生不听，硬把自己的被褥搬过去。燕生不得已，挪动自己的床铺，任他安排，嘱咐宁生说："我知道您是一位志气很高的人，非常佩服。只是我略微有点心事，一时难以说明。希望您不要翻看我的床铺和箱子。如果不听，对您对我都不利。"宁生郑重地表示遵从。不久，各自上床。燕生把箱子放到窗台上，刚一躺下，就响起雷鸣般的呼噜声。宁生睡不着。约有一更天，他见窗外隐隐约约有个人影。一会儿，人影走到窗下向屋里窥探，目光闪闪。宁生惧怕，正要喊燕生，忽然有个东西从箱子里飞出来，光亮耀眼如白绢，撞断石窗棂，向外一射，立刻返回，闪电般地消失了。燕生觉察后起身下床，宁生装睡觉，偷偷地看他。燕生捧起箱子查看，从里面取出一件东西，对着月光闻闻看看。那东西亮白晶莹，有二寸多长，一韭菜叶宽。燕生看完以后，把它包了好几层，依旧放回箱中，并自言自语道："是什么妖怪，竟如此大胆，使得我的箱子都残破啦！"他又躺下了。宁生极为惊奇，就坐起来问他，并且把自己所见情状告诉他。燕生说："咱们既然相互知己友好，我怎好深瞒呢！我，是一名剑客。如果不是石棂挡着，妖物一定立时死，现在虽然没有死去，也受了伤。"宁生问："包起来的是什么？"他说："是宝剑啊！刚才闻了闻，上面有妖怪的气味。"宁生想一开眼界，燕生爽快地取出来，果然是一把小巧玲珑、寒光四射的宝剑。从此，宁生更加敬重燕生了。

第二天，宁生看见窗外有妖物的血迹。于是，他走出寺门向北拐，见荒坟累累，果然有一棵白杨树，树枝上垒了一个乌鸦窝。等到宁生来金华府的事办完了，准备整理行装回去。燕生为他设宴饯行，情义深厚。他又拿出一个皮袋赠给宁生，说："这是剑袋，好好地收藏着，妖魔鬼怪就不敢接近你。"宁生想跟他学法术，燕生说："像您这么信义刚直的人，是可以学的。但是您是富贵人，不是我这一道儿的人啊！"燕生问他还有什么事要办，宁生假推还要为妹妹迁葬，从白杨树下的坟里取出骸骨，包进衣被，就租船往回走。

40

宁生的书房靠近田野，于是他就近营造墓穴，安葬小倩的骸骨。祭奠时，他说："怜惜你地下孤单，就贴近书房安葬，彼此歌唱、啼哭，都能听得清，这样，兴许恶鬼不敢欺侮你。一杯水酒，很不清醇甜美，请不要嫌弃。"祷告完了，他转身往回走。不料身后有人喊："慢走！等等我——"回头一看，是小倩。她很高兴，向宁生拜谢，说："您真讲信义，我为您死十回也报答不了您待我的恩情！请允许我跟您回家，去拜见公公婆婆，就算做小妾也决不后悔。"宁生仔细看她，面庞白嫩，像映衬着天上流动的彩霞；绣鞋瘦溜溜的，似微微翘起的春笋，在白天端详，比夜间更加娇美艳丽。于是他们一同来到书房。宁生嘱咐小倩坐下稍等，自己先去禀告母亲，母亲惊得不得了。这时宁妻病卧床上已经很久，宁母告诫宁生不要告诉她，以免使她受惊害怕。正说话间，小倩轻快地走进来，向宁母跪拜。宁生介绍说："她就是小倩。"宁母惊慌，一时不知怎么好，小倩向她说："孩儿飘零一人，远离父母兄弟。蒙公子关怀，像雨露滋润发肤，我愿意做他的婢妾，来报答深情高义。"宁母看她长得柔美可爱，才敢同她讲话，说："小姐愿意照顾我儿子，我挺喜欢。但是，我只有这一个儿子，要靠他传宗接代，不敢让他有鬼媳妇。"小倩说："孩儿实在没有别的想法。我是地下人，老母信不过，请允许我认他做哥哥，早晚侍奉老母，这么做可好呀？"宁母见她心意诚恳，就同意了。小倩要求拜见嫂嫂，宁母推辞说她有病就免了。于是小倩就下厨房替母亲做饭。她穿户入室，就像早已住熟了似的。

到了晚上，宁母望着小倩有点怕，催她回去睡觉，家中却没有安排住处。小倩看出宁母的心思，终于退出屋外。路过书房想进去，走了几步却又退回去，在门外踱来踱去，像是害怕什么东西。宁生喊她，她说："你屋里的剑气可怕。从金华回来的路上我不找你，实在是为了这个缘故。"宁生已知道是剑袋的事，于是把它挂到别的屋里。小倩这才进来，靠近灯光坐下。坐了一阵子，她一言不发。闷了好久，她才问："夜里读书么？我小时候念过《楞严经》，现在大半忘记了。请给我找一卷，夜里闲暇，来这里请哥哥指教。"宁生答应照办。两个人又默默地对坐着，二更天就要过去，小倩还无意离开。宁生催她走，她愁眉苦脸地说："外乡的孤魂很害怕这里荒凉的墓穴。"宁生说："这里别无床铺。再说，兄妹之间也应当避嫌。"小倩无可奈何地站起来，紧皱眉头，眼看就要哭出来，急忙抬脚，却懒得挪步，磨磨蹭蹭地走出门去，刚下台阶就消失了。

　　宁生私下可怜她，想在书房里再安一张床，却又怕母亲生气。小倩一大早向宁母请安，然后捧盆盛水，伺候梳洗，操持各种家务，每做一件事，无不曲折婉转地体会宁母的心意。黄昏时拜辞宁母，便路过书房，去凑在灯下念经，直到宁生要睡觉时，才凄凄惨惨地离去。先前，因为宁妻病在床上，宁母独自忙家务，备感辛苦。从有了小倩，她安闲轻松，因此心里很感激小倩。日子一长，彼此熟悉，感情渐渐浓厚，宁母对待小倩就如同亲生女儿，把她是鬼全忘了，不忍心让她夜里离开，而留她同床安睡。小倩初来时不吃东西，半年以后，开始喝几口稀粥，饭量慢慢增加。宁家母子极宠爱她，忌讳说她是鬼，别人当然也认不出来。

　　不久，宁妻死了，宁母私下有娶小倩为儿媳的意思，却又怕这样做对儿子不利。小倩暗中看出宁母的意思，找时机对她说："孩儿来家一年多了，母亲一定熟知孩儿的心肠。为了不愿意祸害来往的行人，才随公子来。我没有别的意思，只因为公子光明磊落，有高尚道德的人都敬爱他，所以想依赖辅助他几年，托他的福得到朝廷的封号，使得九泉之下增添光彩。"宁母也知道小倩没有恶意，可还是担心不能传宗接代。小倩说："有没有儿女，都是命里注定的。按照福籍册，公子有三个儿子，还都能光宗耀祖，并不会因为娶鬼为妻就削减了。"宁母听信小倩的话，同儿子商议。宁生很高兴，于是大摆筵席，遍告亲友。参加婚礼的人要看新娘子，小倩很爽快地走出来，姿容娇艳，服装华美，满堂的人都注视着她，没有人怀疑她是鬼，而以为她是仙女。因此五属六亲的女眷都拿了礼物来祝贺，争着和小倩认亲结友。小倩擅长画兰草和梅花，常用小幅作品应酬，有些人得到小倩的画珍藏起来，引以为荣。

　　一天，小倩在窗前低着头，心情惆怅，好像遗失了东西似的。她忽然问宁生："那剑袋在哪里？"宁生告诉她："因为你望着它害怕，我把它装起来放在别处了。"小倩说："我浸染活人的气息已经好久了，该不怕它了，最好拿回来挂到床头上。"宁生细问她的意思，小倩说："三天来我总是心惊肉跳，怀疑是那金华的妖物恨我远逃，恐怕很快会找上门来。"宁生当真把剑袋拿回来。小倩拿起它来反复观察，说："这是剑仙用来盛人头的，残破到这个地步，不知杀过多少人。我今天看见它，身上还起鸡皮疙瘩。"于是把它挂起来。第二天，小倩又让宁生把剑袋挂在门外。夜里，两个人秉烛对坐，约定都不能睡觉。突然院子里有一个东西，像飞鸟一般自上落下。小倩害怕，急忙躲藏在帷幕后面。宁生向外细看，那东西长得像个夜叉，两眼闪电，舌头血

红，舞着爪子飞快走过来，到门外后又后退，迟疑不定，过了好久，渐渐走近剑袋，伸爪就摘，似乎剑袋就要被它抓裂。这时忽然咯啦啦一声暴响，剑袋噗唧张开，有两只竹筐大小，恍惚间有怪物从中探出半身，一把将夜叉抓进去。接着一片寂静，剑袋复原。宁生惊奇诧异。小倩走出来，高兴地说："平安无事了！"他们一同看那剑袋，里面约有几小杯清水罢了。

几年以后，宁生果然考中进士。小倩生了一个男孩。宁生娶了小妾以后，她们又各生了一个男孩。这三个儿子长大都做了大官，而且都有好名声。

10. 青娥

霍桓字匡九,山西人。他的父亲当过县尉,死得早。霍桓从小就很聪明,远远超过一般人,十一岁的时候以神童的名义成为秀才,进县学读书。他母亲对他过于爱护,严禁他自己走出大门,因此他十三岁时还认不清大爷、叔叔、外甥和舅舅。他村里有个姓武的评事,喜欢道术,进山修道不回家。他的女儿名叫青娥,十四岁,长得非常美丽,从小偷看父亲的道教书,爱慕何仙姑的为人。她的父亲隐居深山,她立志不出嫁,她母亲也拿她没办法。

一天,霍桓在大门外看见青娥。小孩子虽然不懂事,可只觉得极爱她,原因却说不出来。他直截了当地告诉母亲,求她托人去说媒。母亲知道说不成,所以有些为难。霍桓闷闷不乐。母亲恐怕违背儿子的心意,就托和两家都有来往的人向武家致意,果然不成。霍桓走着想,坐下还是想,想不出办法。

正好门口来一个道士,手里提着一个小铲子,有尺把长。霍桓借到手看了一遍,问:"它有什么用处?"道士回答说:"这是刨药用的,虽然很小,却能挖动石头。"霍桓不大相信。道士就用它砍墙上的石头,随手落下,好像豆腐。霍桓感觉它很奇怪,拿在手里玩来玩去,不想放下。道士笑着说:"公子喜欢它,就把它送给你吧。"霍桓十分高兴,要给他钱,道士摆摆手走了。霍桓拿小铲子回家,试了砖又试石头,都一点也挡不住。他立刻想到:要是在墙上挖个洞,就马上能见到那美丽的少女。但他并不知道这是违法的。

一更天过去了,霍桓跳墙出去,径直来到武家,挖了两道墙才来到正院。他看见小厢房里还有灯光,弯腰向里偷看,青娥正在向下卸首饰。一会儿,烛光灭了,院里院外一点声音也没有。他把屋墙挖个洞进去,青娥已经睡着了。他轻轻地脱下鞋,悄悄地爬上床,又怕青娥惊醒,会把自己呵斥一顿撵出去,就偷偷地躺在绣花被一旁,略微

闻到脂粉的香气，心里暗自欣慰。可是他忙了半夜，十分疲倦，刚一合眼就睡过去了。

青娥醒来，听见有呼吸的声音，睁眼一看，墙上有个大洞透进光亮，大吃一惊，急忙起身，暗中摇醒丫鬟，拔开门闩，轻轻地走出来；敲敲窗叫醒老妈子。众人提着灯、拿着棍来到青娥屋里，见一个小书生，头上扎着两个小角儿，正在绣床上呼呼地睡。众人仔细看他，认出是霍桓，推推他，他醒了，突然爬起来，两只眼睛闪闪发光，转来转去，好像也不大害怕，只厚着脸皮一声不吭。众人说他是贼，吓唬他，他才流着眼泪说："我不是贼，实实在在是因为爱你家小姐，从心眼里愿意接近她。"众人又怀疑挖了几道墙，不是一个小孩子能干的，霍桓就拿出铲子，述说它的神异。众人一试，惊奇极了，认为是神仙给他的，要去告诉武夫人。青娥低头想事，意思像不同意。众人看透她的心意，就说："这孩子家的名声和门第都不错，不如把他放了，使他家托媒求亲。天明以后，对夫人假说夜里有贼进来，这样做怎么样？"青娥不回答。众人就催霍桓走，霍桓要铲子，众人都笑了，说："傻孩子！还没忘这凶器吗？"霍桓瞅见枕边有一股凤钗，偷偷地藏进袖子里，却被一个丫鬟看见了，急忙告诉青娥。青娥不作声，也没生气。一个老妈子拍着霍桓的脖子说："别说他傻，这孩子机灵极啦！"就拉着他，还让他从墙洞里钻出去。

霍桓回到家，不敢把实际情况告诉母亲，只是嘱咐母亲再托媒人到霍家提亲。母亲不忍明显地拒绝他，却是托了许多媒人急匆匆另找人家。青娥知道以后，心里惊恐着急，暗地派心腹向霍夫人表示自己的心愿。霍夫人很高兴，又托媒人向武夫人求婚。这时有一个小丫鬟把那一夜的事泄漏了，武夫人以为是耻辱，气得不得了。媒人来到以后，更加惹得她火冒三丈，拿着手杖指天画地，大骂霍桓和他母亲。媒人吓得跑回去，从头到尾说了武夫人的情状。霍夫人也生了气，说："这不孝的孩子造的孽，我半点都不知道，为什么要骂我呢？当两个孩子一起睡的时候，为什么不把荡儿淫女一道杀掉？"从此以后，霍夫人见到武家的亲戚就说这件事。青娥听说了，羞愧得要死。武夫人十分后悔，却没法子禁止霍夫人，使她不再向外传。青娥暗地派人婉转地告诉霍夫人，发誓不另嫁别人，话说得很悲痛恳切。霍夫人很受感动，这才不再向外讲。但结亲的事，也随着中断了。

正逢陕西的欧公来当县令，看见霍桓的文章，很看重他，常把他召进衙门，极为优待宠爱。一天，欧公问霍桓："你成亲了没有？"回答说没有，细问原因，霍桓说：

"过去和武评事的女儿有过婚约，后来两家有了一点隔阂，嫁娶的事就没再商量。"欧公问："现在你还愿意吗？"霍桓羞得脸红，没有再说。欧公笑着说："我来成全你。"就委托县尉、教谕到武家送聘礼。武夫人高兴，婚事就定下了。过了一年，霍桓把青娥娶到家。青娥进家，把铲子也带来了，向地下一扔，说："这是你当贼使用的东西，拿走吧！"霍桓笑着说："别忘了这个媒人哟！"他把铲子当宝贝，时常带在身边。

青娥为人温柔善良，不爱多说话，一天三次拜见婆母。此外就只闭门静坐，不大留心家务。霍夫人有时因为庆吊等事离家，青娥才负责安排家事，都处理得有条有理。过了两年多，她生了一个儿子，名叫孟仙，把他交给乳娘照管，好像也不很关心爱护。又过了四五年，青娥忽然对霍桓说："咱们互相欢爱的姻缘，到现在已经八年了。眼看要长期离别，不能再在一起了，有什么办法呢！"霍桓吃惊地问她，她默默不语，穿戴整齐地去拜见婆母，接着回到自己屋里。霍桓追过去问她，她仰面躺在床上，已经断气了。霍夫人和霍桓痛哭，买来上等棺木安葬她。

霍夫人年老体衰，常常怀抱孙儿想念儿媳，满腔辛酸，像痛断肝肺似的，因此得了病，衰弱得卧床不起。霍夫人饭也吃不下，只是想喝点鱼汤，可是近处没卖鱼的，到百里以外才能买到。这时，家里的仆人和马匹都派到远地去了，霍桓十分孝顺，急着要鱼，不愿等待，就带上钱独自去买，不管白天黑夜走个不停。他买鱼回来的时候，路过大山，太阳已经落了，两只脚累得一瘸一拐，一步挪不了四指。后面走来一个老汉，问他说："脚上起了泡吗？"霍桓说正是。老汉就把他拉到路旁，敲打火石取火，用纸裹上药面熏他的两只脚。熏完以后让他试走，他不光不再疼，还比过去更轻快有力。霍桓非常感激，向老汉致谢。老汉问他："有什么事，走得这么匆忙？"回答说因为母亲病了，就一一说明这么做的缘故。老汉问："为什么不另娶妻子？"回答说："没找到好的。"老汉指着远处一个山村说："那里有一个美女，要是你愿意随我去，我为你当媒人。"霍桓说母亲等着吃鱼，暂且没有工夫，推辞不去。老汉向他拱拱手，同他另约了日期，说"进村以后，只打听老王"即可，就分别而去。霍桓回家，炖了鱼端给母亲。母亲吃了一点儿，过了几天病就好了。

于是，霍桓就让仆人备马去找那老汉。来到原来交谈的地方，没有看到老汉指点的山村。他们犹豫了一阵子，太阳渐渐落下去了。山谷横三竖四，挡住眼光，不能远望，霍桓就和仆人分别走上山头，以便看到村落。山路陡峭，不能再骑马，他丢下马

爬上去，暮色已是朦胧。他挪着小步四下张望，也看不见村子。才要下山，来时的路找不到了，他心急火燎，胡乱走起来，一片昏暗中从峭壁上摔下去。幸亏下落几尺后有个平台，正好落在上面。台子很窄，仅仅能容下身子；向下一看，则是一片漆黑，望不到底。霍桓吓得不得了，不敢动弹。也幸亏平台边上长了一排小树，围着身体，像安装了栏杆似的。他蜷缩在平台上好久，发现脚旁边有一个小洞口，心里暗暗欢喜，用脊背紧贴洞壁，像蛴螬一般拱进去。霍桓心神略微安定，希望天明以后喊人救命。

一会儿，洞的深处发出光亮，像星星那么一丁点儿。渐渐走近它，走了大约二三里路，忽然看见房子，没有点灯，却像白天一样光明。一个美丽女子从房里走出来，霍桓一看，原来是青娥。她见了霍桓，惊讶地说："郎君怎么来到这里的？"霍桓顾不上回答，拉着她的手呜呜咽咽地啼哭。青娥劝住他，问母亲和儿子的情况。霍桓把家里的苦情讲了一遍，青娥也觉得凄惨。霍桓说："你死了一年多啦，这里莫非是阴间吗？"青娥说："不是，这是仙府。那时候我实际没死，埋葬的是一根竹棍罢了。你今天能到这里，是有成仙的缘分哪！"就带领他去拜见父亲。她父亲是一个长胡子老头儿，正在堂上坐着，霍桓快走上前行礼。青娥告诉父亲："霍郎来啦！"老先生吃惊地站起来，握着霍桓的手说了几句平常的话，又说："女婿来了很好，该住下。"霍生推辞说母亲盼望，不能久留。老先生说："我也知道，只是晚三几天，有什么关系呢？"就让他吃菜喝酒，还让丫鬟为他在西堂里安置床，铺上锦绣被褥。

霍桓来到西堂，要青娥跟他同床共枕，青娥拒绝，说："这是什么地方，能容人胡乱亲呢？"霍桓拉着她的胳膊不放。只听得窗外有丫鬟吃吃发笑，青娥更加羞惭。他俩正在一个拉扯，一个躲闪，老先生走进来，呵斥霍桓道："俗骨头，沾脏了我的洞府，快走吧！"霍桓平时不向别人低头，羞愧得不可忍耐，把脸一沉说："儿女之情，凡人都免不了，你是长辈，怎么可以来偷看我？要我走不难，只是一定要你女儿跟我一起走。"老先生没话可说，招青娥跟随他，开后门送霍桓走。骗霍桓刚迈出大门，父女就关上门回去了。霍桓回头一看，峭壁又高又险，连个缝隙也没有，孤单一人，没处可去。抬头看天上，西斜的月亮挂在空中，星星已经稀少了。他惆怅了很久，悲伤转为怨恨，面对峭壁高声喊叫，始终没人答应。霍桓气愤极了，解下腰里带的小铲子挖掘石壁，边挖边骂。转眼挖了一个三四尺深的洞，隐隐约约听见有人说："罪过呀！"霍桓挖得更快了。忽然洞底开了两扇门，把青娥推出来，说："去吧，去吧！"

石壁就又合上了。青娥埋怨他说："你既然爱我做媳妇，哪有这样对待岳父的？是哪儿的老道士送给你这凶器，快把我缠磨死啦！"霍桓得到青娥，心满意足，听后也不加辩解，只是愁山路高险，难以回去。青娥折下两条树枝，各跨一条，它就变成马，跑得飞快，一会儿就到了家。这时家中找不到霍桓已经七天了。

当初，霍桓和仆人失散，仆人找不到他，回去禀告霍夫人。霍夫人派人在山谷里到处寻找，不见踪影，正惶惶不安，听说儿子自己回到家，欢天喜地地去迎接他，抬头看见青娥，几乎惊煞。霍桓简略地讲述了经过，母亲更加欣慰。青娥因为自己的事迹离奇，担心众人议论，要求搬家，霍夫人同意。霍家在别的郡里还有一处宅院，他们商定日期全搬过去，那里的人都不了解青娥的情况。霍桓和青娥一起过了十八年，生了一个女儿，后嫁给同县的李家。后来，霍夫人去世。青娥对霍桓说："我老家茅草地里，有一只锦鸡抱了八个蛋，适合安葬母亲。你父子俩把灵柩去葬在那里。孟仙已经长大，应当留下看守坟墓，不必再回来了。"霍桓照办，葬后自己回来。过了一个多月，孟仙来探望，父母都不见了。孟仙问老仆人，老仆人说："去送葬至今没回来。"孟仙知道这件事奇异，只长叹几声罢了。

孟仙的文才非常有名，考试却总失败，到四十岁，还没考中。后来以拔贡的资格参加乡试，遇见同号舍的一个考生，年龄有十七八岁，长得英俊潇洒，令人喜爱。看他的试卷，上写"顺天廪生霍仲仙"。他惊得瞪大了眼睛，就自报姓名。仲仙也对他感到惊奇，就问他的乡里，孟仙全告诉他。仲仙高兴地说："弟弟来京以前，父亲嘱咐在文场中要是遇到山西姓霍的，咱们是一家，应当热情相待，今天果然不错。可咱俩的名字怎么这样相同呢？"孟仙便问他的高祖、曾祖和父母的名字，然后吃惊地说："你的父母也正是我的父母啊！"仲仙怀疑年龄不对头，孟仙说："父母是仙人，怎么可以凭相貌断定他们的年龄呢？"于是讲出过去的事，仲仙这才相信。

考试过后，两人顾不上休息，一起坐车回家。才到门口，家里人迎出来，说夜里老太爷和太夫人不知道去哪了。两人大惊。仲仙进去问妻子，妻子说："昨天夜里还一道喝酒，母亲说：'你夫妻俩年少不懂事。明天你大哥来，我不再担心了。'到了早晨去拜见他们，屋里就没人了。"兄弟俩一听，悲伤得跺脚。仲仙要去寻找，孟仙认为不会找到，仲仙才作罢。乡试发榜，仲仙考中举人。因为祖宗的坟墓都在山西，他随着孟仙回去。他们指望父母还在人间，到处访问，却始终没有踪影。

11. 白秋练

　　河北有个姓慕的书生，小名叫蟾宫，是商人慕小寰的儿子。他天资聪慧，酷爱读书。到了十六岁，他父亲觉得读书科举不实用，便不再让他上学读书而学做生意，他便跟随父亲去了湖北。但每当船上无事，他总是吟诵诗文。到了武昌，慕生的父亲把他留在旅店里，看守囤积的货物，自己出去忙生意上的事。慕生趁着父亲外出，便拿起书高声吟诵，音节铿锵。每当这时，总见窗外人影晃动，似乎有人在偷听，可他并没把这当回事。

　　一天晚上，慕生的父亲赴宴去了，很久没回来，慕生吟诵不已，格外刻苦。这时，有人在窗外徘徊，月光把人影很清晰地投到窗子上。他觉得奇怪，快步走出去窥看，原来是一个十五六岁的美貌女子。那女子见慕生出来，就慌忙避开走了。过了两三天，慕氏父子将货物装上船北上回家，傍晚时将船停泊在湖边。父亲正好外出办事去了，有个老妇人走进船舱，说："小郎君，你可把我女儿害死了！"慕生很吃惊，忙问这话从何说起，老妇人答道："我姓白，有个亲生女儿名叫秋练，很能识文解字。她说在府城听到你吟诵，到如今还记挂在心，念念不忘，饭也不吃觉也不睡。我想把她许配给你，你可不能拒绝呀！"其实慕生心里也已喜欢上了那位姑娘，只是担心父亲生气责怪，于是把实情告诉了老妇人。老妇人不相信，坚持要慕生订下婚约。慕生不肯，老妇人生气地说："人世间的婚姻，常常是男方上门去求还求不到，现在老身亲自登船做媒，你反倒不肯，这太让我丢脸了！你别想渡湖北上了！"说完就走了。

　　一会儿父亲回来，慕生委婉地把这事告诉了他，心里暗暗希望他能答应这门亲事。可是父亲嫌两家离得太远，又嫌这个姑娘主动追求男子，不免有些轻薄，便付之一笑，不再理会。他们停船的地方，本来水深没过船桨，夜里忽然涌起一片沙滩，船搁浅走不动了。湖里每年都有商船滞留在沙洲上，到第二年春天桃花水上涨时，别处

的货物还没运到，停在这里的船上的货物卖得要比原来的价钱高出好多倍。因此，慕生的父亲对船不能走了，并不很担忧、奇怪，只是盘算着明年再到南边来，还得筹集些资金。于是，他留下儿子看守货物，自己回河北去了。

慕生见父亲走了，暗暗高兴，后悔当时没有问清老妇人家的住址。不料天黑后，老妇人和一个丫鬟竟扶着秋练来了。老妇人让女儿躺在床上，向慕生说："人都病成这个样子了，你不要高枕无忧，好像没事人一样！"说完就走了。慕生乍一听很吃惊，端着灯到近处看秋练，见她病态中含着娇媚，眼波一转如秋水流动。慕生问候了她几句，她嫣然一笑。慕生硬要她说句话，她说："'为郎憔悴却羞郎'这一诗句好像就是为我而写的。"慕生欣喜若狂，想上床和她亲近，又怜惜她身体虚弱，便把手伸进她怀里，和她亲嘴玩乐。秋练不觉露出喜悦的神情，便说："你为我吟诵三遍王建'罗衣叶叶'的诗，我的病就会好的。"慕生照办了。才吟诵了两遍，秋练就披上衣服坐起来，说："我病好了。"慕生再吟诵时，她就娇声颤颤地应和着。慕生更加心荡神摇，于是吹灭蜡烛，和她一起睡了。天还没亮，秋练已经起床，说："老母亲就要到了。"不久，老妇人果然来了。她看到女儿打扮得漂漂亮亮，喜滋滋地坐在那里，不禁感到欣慰。她叫秋练跟她回去，秋练低头不语。老妇人便自己走了，说："你要愿意留在这里和他在一起，就随你的便吧！"于是慕生才仔细询问秋练的住处。秋练说："我和你相处的时间还不长，能不能终成眷属还说不定，何必让你知道我家的住处呢？"尽管这样，两人还是互相爱悦，海誓山盟。

一天夜里，秋练早早起床点上灯，忽然翻开一本书看，满面凄凉地流下泪来。慕生见了，急忙起来问她怎么了。秋练说："你的父亲快要到了。我刚才用书占卜咱俩的事，打开一看，是李益的《江南曲》，词意不吉利。"慕生安慰她说："这首诗的第一句'嫁得瞿塘贾'，是说你要嫁给一个商人，这不是很吉利吗？有什么不吉祥的呢？"秋练这才稍稍高兴了一些，站起来告别说："我们暂且分手，否则天亮后就会被很多人指戳脊梁骨了。"慕生拉着她的胳膊，难过地边哭边问："要是我父亲同意咱们的事，到哪里去找你呢？"秋练说："我会时常派人来打听消息，成不成我都会知道的。"慕生要送她下船，秋练坚持不让送，自己走了。没多久，慕生的父亲果然回来了。慕生渐渐地向他吐露了和秋练相好的事情。父亲怀疑他招引妓女，生气地骂了一通。可仔细检查，船上货物并没损失，呵斥一顿也就算了。一天晚上，慕父不在船

上，秋练忽然来了，两人见面依依难舍，却想不出什么办法。秋练说："事情成不成，都是注定的。暂且留你两个月，以后再商量长久之计。"临别时，他们约定以吟诗作为相会的暗号。从此，父亲外出时，慕生一高声吟诗，秋练就前来会面。

四月将要过去，货物错过季节，就卖不上好价钱了，商人们束手无策，只好凑了钱，到湖神庙祷告。过了端午节，下了几天大雨，商船才得以通行。慕生回到家中，日夜思念秋练，后来就病倒了。父亲很担忧，请来巫师、医生为他治病。慕生私下告诉母亲说："儿子的病不是吃药求神可以治好的，只有秋练来才行。"父亲听说，开始很生气，后来看到儿子的病越发沉重，才害怕起来，便又雇了车子拉着儿子来到湖北，再次把船停靠在原来的地方。慕父差人向当地人打听，并没有人知道有个姓白的老妇人。后来有个老妇人在湖边摇船，见到慕生的父亲，便从船里走出来，自称姓白。慕父登上她的船后，看见秋练，心里暗暗高兴。可是一询问她的籍贯家世，原来只是漂泊无定的水上人家。于是他把儿子得病的原因如实相告，希望秋练到自己船上去，让病重的儿子先好起来再说。老妇人认为没有婚约，不答应。秋练微微露出半张脸，很忧伤地听着两人的对话，几乎哭出来。老妇人看着女儿悲伤的面容，又经不住慕父苦苦哀求，也就答应了。

这天夜里，慕父故意躲出去，秋练果然来了。她走近慕生床前哭着说："当年我害的病，现在轮到你身上了。这其中的滋味，总不能不让你尝一尝。可你如此瘦弱困顿，怎能很快就好呢？请让我为你吟一首诗吧。"慕生听了高兴起来，秋练就给他吟诵王建那首诗。慕生说："这诗说的是你的心事，治我的病怎么能有效呢？不过一听到你的声音，我的精神已清爽多了。请你为我吟诵'杨柳千条尽向西'这首诗吧。"秋练照他说的做了。慕生赞叹说："真痛快啊！你以前吟诵的《采莲子》词里有'菡萏香连十顷陂'，我还记得，麻烦你拖长声音唱给我听。"秋练又照办了。刚唱完，慕生一跃而起，说："我哪里有什么病！"于是亲热地拥抱秋练，一身重病似乎一下子没了。

随后，慕生问："我父亲见到你母亲说了些什么？咱们的事情能成吗？"秋练已看透了他父亲的心思，就直言相告："不成。"后来，秋练离开了。父亲回来，见儿子已经能下地了，很高兴，但又劝告他说："那女子的确很漂亮，但从小就把舵唱歌，出身低贱姑且不说，大概也不会守贞节的。"慕生沉默不语。父亲出去后，秋练又来了，

慕生说了父亲的意思。秋练说："我早就料到了。世上的事情，你追求得越急，反离你越远；你越俯就迎合，越会受到拒绝。看来只有让你父亲自己回心转意，反过来求我了。"慕生问她有什么办法，秋练说："大凡商人，他的心思无非是想赚钱发财。我有办法预知物价的涨跌。刚才看了船上的货物，并没钱可赚。替我告诉你父亲，囤积某种货物，有三分利；某种货物，有十分利。等回家后我的话应验了，那我就是他眼里的好媳妇了。再来时，你十八岁，我十七岁，好日子长着呢，有什么可犯愁的！"慕生把秋练预言的物价告诉了父亲。父亲不大相信，但试着拿着剩余资金的一半，买了秋练所说的货物。回来以后，自己买的货物亏了大本，幸好略微听了秋练的话，所买货物赚了大钱，亏赚大略相抵。他由此信服秋练的神机妙算。

慕生更是添油加醋，说秋练自称可以使慕家发财致富。慕父于是筹措了更多的钱南下。来到湖边，几天没见老妇人。又过了几天，才看见她在一棵柳树下停着船。慕父便拿着聘礼去求亲，老妇人一概不收，选了个吉日，便把秋练送过船来。慕父另外租了一条船，为儿子举行了婚礼。此后秋练让慕父再往南去，把应购买的货物列成货单交给他。慕父走了以后，老妇人就把女儿、女婿接了去，住在自己船上。三个月后，慕父从南方回来，货物运到湖北，价钱已翻了几倍。将回河北时，秋练要求带些湖水回去。到家后，秋练每逢吃饭都要加点湖水，好像用酱醋一样。从此，慕父每次到南方去，总为她带几坛湖水回来。

三四年后，秋练生下一个男孩。一天，她哭哭啼啼地要回娘家，慕父就带着儿子、儿媳一起去了湖北。来到湖边，没有见到白老妇人，秋练就敲着船舷呼唤母亲。之后她脸色大变，失魂落魄，催促慕生沿着湖边打听。正好有个钓鲟鳇鱼的，刚刚钓起一条白鳖豚。慕生走近一看，它形体很大，样子完全像人，乳房和阴户都齐全。慕生觉得奇怪，回去告诉了秋练。秋练一听，大惊失色，便说她过去曾对神灵许下放生的心愿，让慕生去买下放掉。慕生和钓鱼人商量，那人索价很高，慕生很为难。秋练说："我在你家，赚的钱数以万计，区区几个钱怎么就舍不得呢？如果你不依我，我就马上投湖而死！"慕生害怕了，不敢告诉父亲，偷了钱去把白鳖豚买下放掉了。

慕生回来后，不见了秋练，到处找也没找到，到了天快亮的时候，她才回来。慕生问她到什么地方去了，她答道："刚才去看母亲了。"慕生问母亲在哪里，秋练羞羞答答地说："现在我不能不把实情告诉你了：昨天你买下放掉的，就是我母亲啊！她

过去在洞庭湖里，被龙王派来管理行旅客商。近来宫里要选嫔妃，不知哪个长舌头的人说我长得漂亮，龙王就降旨给我母亲，指名要我。我母亲把我已许配给你的事情如实禀告，龙王不相信，把我母亲放逐到南方水滨。我母亲饿得要死，因此吞了钓饵，遭了昨天的灾难。现在这次灾难虽然免除了，可是惩罚还没有撤销。你如果真的爱我，替我去求告真君，罪就可以赦免了。如果你嫌弃我不是人类，那我就把孩子还给你，自己到龙宫去，龙宫比起你家来，恐怕不止好一百倍吧！"慕生大惊，表示愿意去求告真君，但又担心见不到真君。秋练告诉他说："明天下午未时，真君会来。当你看见一个跛脚的道士，就赶紧跪下求他，他下水你也跟他下水。真君喜欢文人雅士，一定会怜悯你，答应你的请求。"秋练于是拿出一块鱼腹绫，说："如果他问你有什么要求，你就拿出这个，求他在上面写个'免'字就行了。"慕生照秋练的话等候道士。果然有个道士一瘸一拐地来了，慕生上前向他跪拜。道士急忙跑开，慕生紧跟在后面。道士把拐杖往水里一扔，一下子跳了上去。慕生也跟着跳上拐杖，一看，原来不是拐杖，而是一条船。慕生又向他跪拜，道士问他有什么要求，慕生取出鱼腹绫请求他在上面写个"免"字。道士展开一看，说："这是白鱀豚的翅膀，你怎么得到的？"慕生不敢隐瞒，把事情始末说了一遍。道士听了笑着说："白鱀豚很风雅，老龙王怎么能这样荒淫无耻呢？"于是拿出笔在鱼腹绫上写了个草书"免"字，像符咒的形状，随后将船靠岸，让慕生下去。只见道士踏着拐杖漂浮而去，瞬间即逝。慕生回到自己船上，秋练很高兴，只是叮嘱他不要向父母泄露。

回到河北后过了两三年，慕父又到南方去，走了好几个月还没回来。家里存的湖水吃完了，又等了好久，慕父还没有回家。秋练便病了，日夜喘得很厉害。她嘱咐慕生说："如果我死了，不要埋葬我，每天要在早晨、中午和傍晚三个时辰，给我吟诵一遍杜甫的《梦李白》诗，那么我死了也不会腐烂。等到湖水一来，倒进盆里，关上房门，脱掉我的衣服，把我抱进去浸泡，我就能复活了。"她喘息了几天，渐渐气息奄奄，死了。半个月后，慕父回来了。慕生急忙按秋练所嘱咐的去做，浸泡了一个时辰左右，秋练渐渐苏醒过来。从这以后，秋练常常想回到南方。后来慕父去世，慕生依从秋练的意愿，把家搬到湖北去了。

12. 细柳

细柳姑娘，是都城某读书人的女儿。有些人因为她腰肢细，袅娜可爱，同她开玩笑，喊她"细柳"。细柳从小就很聪明，知书识字，喜欢看相面的书；可平常沉默寡言，对别人的好坏不加评论。只要有人来她家求婚，她一定要亲眼看看对方。见的人很多，她全说不行。这时，她已经十九岁了。父母生气地说："普天之下到现在还没有一个合适的，你要做一辈子老姑娘吗？"细柳说："我想尽力改变自己的命运，很久没有成功，这也是命该如此。从今以后，就敬听父母的安排吧！"

当时有个姓高的书生，出生在世代官宦人家，又是个名士，听说细柳的名字，来下了聘礼。婚后，夫妻感情很好。高生的前妻生的儿子，小名叫长福，五岁，细柳照料得很周到。细柳回娘家，长福总是哭闹，要跟细柳去，吓唬不怕，赶他也硬是不离开。过了一年多，细柳生了儿子，取名长怙。高生问细柳起这名字什么意义，回答说："没别的，只盼望他长期在咱跟前罢了。"细柳对于针线活仅会一点儿，平时不留意；而对于田地的位置、纳税的多少，则按账册查问，只怕知道得不详细。时间一长，她对高生说："家里的事请你不要操心了，由我来管，不知道能不能让我当家？"高生听从她的意见，过了半年，家里没有被耽误的事，高生也夸她贤惠。一天，高生到邻村去喝酒，正好来了个催讨赋税的差役，边嘟嘟地打门边骂。细柳派仆人跟他说好话，他不走，就让书童把高生请回家。差役走后，高生笑着说："细柳呀，今天才知道聪明女子不如傻男儿哩！"细柳听他一说，低下头哭起来。高生挽着她的胳膊劝说，她总是不高兴。高生不忍拿家中事劳累她，还想自己干，细柳又不肯。她早起晚睡，管家更加勤恳，总是头一年就准备好第二年的赋税，因此一年到头不见催租的差役找上门。安排穿衣吃饭也照这个办法，所以生活日用更加宽裕。于是高生十分愉快，曾经开玩笑说："细柳哪儿细呢？眉细、腰细、金莲细，且喜她心思更细。"细柳说了下

联："高郎真的高呀，品高，志高，文字高，只愿你寿数尤高。"

村里有卖上等棺木的，细柳不嫌价高要买回家，钱不够，又千方百计向亲戚借。高生认为它不是急用的东西，一再阻拦，细柳总是不听。买来棺木一年多，有一家富户遇到丧事，肯出比原价高一倍的价钱来买。高生以为有利可图，跟细柳商量，细柳不同意。高生问她原因，她不说，再问，她眼泪汪汪，马上就要哭。高生感觉奇怪，不忍心过于违背她的意思，这事就算了。又过了一年，高生二十五岁，细柳不让他出远门，外出回来的时间稍晚一些，就一再派人去请，书童前面走，老仆跟了去，路上接连不断。因此，朋友都嘲笑高生。一天，高生到朋友家喝酒，感觉身上不舒服，赶快回家，走到半路从马上摔下来就死了。这时正当伏天，又湿又热，幸亏寿衣寿被都是先前就准备下的。村里的人这才都佩服细柳的才能和见识。

长福十岁的时候开始学写文章。在他父亲死后，娇气十足，又懒惰不肯读书，常常逃学找牧童玩耍。骂他，他也不改；打他，他还是老样子。细柳实在无奈，就把他喊来，告诉他说："你既然不愿意读书，硬让你读怎么能成呢？可是穷家没闲人，你可以换上衣服，同仆人一样干活。要是不干，就要挨鞭子，不要后悔！"于是让他穿上破烂衣衫去放猪；回家以后，端着粗瓷碗，同仆人们一道吃饭。长福这样生活了几天，觉得很苦，找到细柳跪下啼哭，说还愿意读书。细柳转身向墙，不理睬。长福不得已，只好拿起鞭子哭着再去放牧。秋天就要过去了，长福还是露着腿光着脚，冷雨淋湿衣裳，冻得他缩着头，就像叫花子。村里人都觉得他可怜。娶填房的人，都害怕娶到细柳这样的，说了不少闲话。对于村里的风言风语，细柳也听到一些，却不放在心里。长福吃不消放牧的苦，扔下猪逃走了。细柳随他的便，并不追问。过了几个月，长福讨饭也找不到合适的人家了，饿得面黄肌瘦，主动回家。他不敢急匆匆走进大门，哀求邻家老太去告诉细柳。细柳说："他要是愿意挨一百棍子，可以来见我；要不，趁早回去。"长福听说以后突然进来，哭着说愿意挨打。细柳问他："现在后悔吗？"回答说："后悔啦。"细柳说："既然后悔，就不打了，老老实实放猪去吧，要是再偷跑就不饶你了！"长福大哭，说："我愿意挨一百棍，再去读书。"细柳不准。邻家老太为他讲情，细柳才同意。细柳让他洗澡后换衣服，和弟弟长怙跟同一位老师读书。长福读书专心勤奋，跟过去大不相同，学了三年就考上秀才。巡抚杨公看见他的文章后，对他很器重，每月给他钱，资助他读书。

长怙很笨，读过几年书还不会写自己的姓名。细柳命他丢下书本，去干农活。他游手好闲，怕下大力劳苦，细柳发怒说："士、农、工、商各有自己的职业，你不能读书，又不愿意种地，难道能不饿死在壕沟里吗？"立刻把他打了一顿。从此，他跟随仆人耕种，只要有一天不早起床，就要挨骂。而且，不管是穿的还是吃的，细柳总是把好的给长福。长福虽然嘴里不说，心里却暗自不平。农闲的时候，细柳给长怙钱，让他学着贩卖东西。长怙连嫖带赌，钱一到手就花干净，还假托强盗抢去，欺骗细柳。细柳查明以后，用棍子打他，差点儿打死。长福跪下哀求，愿意替弟弟挨打，细柳才消了怒气。从此以后，长怙一出家门，细柳总是暗中查访他。他的歪门邪道收敛了一点儿，可这并不是他心甘情愿的。

一天，他向细柳提出请求，说要跟一些商人到洛阳做生意，实际是想乘机去外地玩个痛快。他心里战战兢兢，只怕母亲不答应。细柳听罢并不担心，就给他三十两碎银子，为他整理行装，最后又交给他一锭金子，说："这是你祖父做官时留下的，不要用掉，暂且用它压口袋，有急用时才能动它。你头一次远出经商，也不敢盼望你赚大钱，这三十两银子的本钱亏不了就好。"临走前又嘱咐一遍。长怙满口答应，洋洋得意。他来到洛阳，就离开结伴同行的客商，自己住到有名的妓女李姬家。他一住十几天，碎银子渐渐挥霍干净了，仗着藏有金锭，起初并不犯愁，等凿开金锭一看，原来是假的。他十分害怕，吓得脸色都变了。李老婆子见他这样，冷言冷语地嘲笑他。长怙心神不安，可是钱袋空了，没处可去，还盼望李姬不忘旧情，不会同他立即断绝来往。一会儿，有两个人拿着绳子进来，猛地拴住他的脖子，他吓得不知怎么好，哀求着问拴他的原因，原来是李姬已经偷去假金子告到公堂。长怙被押到官府，官员不许他讲话，几乎把他打死。他被关进监狱，又没钱行贿，受到狱卒的残酷虐待。他只能靠向囚犯讨饭吃，勉强活命。

当初，长怙离开家，细柳对长福说："你记住，二十天以后要派你到洛阳去。我事情多，怕到时候会忘掉。"长福问为什么要去，细柳一阵心酸，眼看要流泪，长福不敢再问就走了。过了二十天，长福又问母亲，细柳叹了一口气说："你弟弟现在轻浮放纵，就像你过去逃学一样。要是我不背那黑锅，你怎么会有今天？人人说我心狠，只是眼泪淌在枕席上，别人不知道罢了。"说罢就哭起来。长福站在一边，恭恭敬敬听着，不敢追问。细柳哭完，才说："你弟弟一心放荡，不思悔改，所以我给他假金

56

子，使他去吃些苦头，估计现在已经被关进监牢了。巡抚待你很好，你去求求他，这样就能救长怙的命，也使他心里惭愧，愿意改过自新。"长福立刻起程，等赶到洛阳，弟弟已经被逮起来三天了。他到监狱里去探望，这时长怙只剩下一口气，面目像个鬼，看见哥哥以后哭得抬不起头。长福也哭。这时长福很受巡抚的宠爱，因此远近都知道他的名字。县官听说他是长怙的哥哥，急忙把长怙放了。长怙回家，怕母亲生气发火，老远就跪下，用膝盖走近她。细柳向他看了一眼，说："你在外面心满意足了吧？"长怙只是流泪，不敢说话。长福也向母亲跪下，细柳这才让他们都起来。从此，长怙痛自悔改，勤恳地办理家里的事务，即使偶尔偷一次懒，细柳也不责问他。过了几个月，细柳不提做生意的事，长怙想商量一下，自己不敢说，就把自己的意思告诉长福。细柳听后很高兴，用抵押和借贷的办法弄来钱交给他，经过半年，赚的利息就和本钱一样多了。

这一年，长福考中举人，又过了三年，他成为进士。长怙做生意，手里有几万两银子。县里有人客居洛阳，见过太夫人细柳，四十岁了，看上去像三十岁左右的人，而且她穿得很朴素，同平常人家一样。

13. 瑞云

　　瑞云是杭州有名的妓女，容貌和才艺举世无双。她长到十四岁时，养母蔡婆要她接客，瑞云说："这是我一生的开端，不能随随便便。接客的价钱由母亲决定，但是接的客人要由我自己挑选。"蔡婆说："好吧。"就定了十五两银子的身价，于是，瑞云每天出来接待客人。求见的客人必定得有见面礼，礼厚的，瑞云陪他下盘棋，酬谢一幅画；礼薄的，留他喝一杯茶就算了。瑞云声名本来早已远扬，从这时起，富商贵人，天天接踵而至。

　　余杭县有个姓贺的书生，是个很有名气的才子，可是家境一般。他一向仰慕瑞云，虽然没有和瑞云同床共枕的奢望，却也竭力筹措了微薄的礼物，希望能够一睹芳颜。他暗暗担心瑞云经多见广，不会把一个穷书生放在眼里。等到见了面攀谈起来，瑞云的态度却特别殷勤。二人坐着交谈了很久，瑞云眉目含情，并且作了首诗赠给贺生："何事求浆者，蓝桥叩晓关。有心寻玉杵，端只在人间。"贺生得到这首诗，欣喜若狂，正要说几句话，忽然小丫鬟来禀告"客人来了"，他就匆匆忙忙地告别了。回家后，贺生反复吟咏玩味这首诗，魂牵梦绕。

　　过了一两天，贺生实在按捺不住思念之情，准备了礼物又去。瑞云见到他，非常高兴。她移过座位靠近贺生，悄悄说："我们能不能欢聚一夜呢？"贺生说："一个穷书生，只有痴情可以献给知己。区区见面礼，已用尽我微薄的财力。能够近睹红颜，我已心满意足，至于进一步的亲近，是做梦也不敢想的。"瑞云听了，闷闷不乐，两人对坐着没有一句话。贺生坐了很久也不肯离开，蔡婆就频频呼唤瑞云来催贺生走，贺生只好回去了。贺生心里十分愁闷，很想拿出全部家产求得一夜之欢，但是一夜过后就得分别，那思恋之情可怎么忍受得了？一想到这里，他的满腔热情顿时烟消云散，从此就断绝了音信。

瑞云挑选第一个过夜的客人，好几个月过去了也没有看上一个合适的，蔡婆很生气，准备强迫她，不过还没有说出口。一天，有个秀才送上见面礼，和瑞云坐着说了会话，便站起来，用一个手指按着瑞云的额头说："可惜，可惜！"说完就走了。瑞云送走客人回来，大家看到她额头上有个墨黑的指印。瑞云急忙去洗，谁知那指印反而越发明显。过了几天，黑印渐渐扩展开来，一年后，竟蔓延到颧骨和鼻梁。见到她的人都笑话她，门前车水马龙的热闹景象再也没有了。蔡婆拿走瑞云的妆饰，让她和丫鬟们一起干活。瑞云身体柔弱，受不了这样的劳作，所以一天天地憔悴起来。

贺生听到消息后前去看望，只见瑞云披头散发地在厨房里干活，丑得像鬼。瑞云抬起头来看见贺生，急忙扭头对着墙壁遮掩自己。贺生怜惜她，便对蔡婆说，愿意赎出瑞云做妻子，蔡婆答应了。贺生变卖田产，倾其所有，把瑞云赎买出来带回了家。一进门，瑞云就拉着贺生的衣服流泪，说是不敢做贺生的正妻，情愿做一小妾，以便贺生将来另娶主妇。贺生说："人生最值得珍重的就是知己。你在走运的时候能够看得起我，我岂能因为你容貌变丑就忘掉你呢？"于是不再另娶。听到这事的人都嘲笑贺生，可是贺生对待瑞云的情意愈加深厚。

过了一年多，贺生偶然到了苏州，有位姓和的秀才和他住在同一个旅馆里。和秀才忽然问："杭州有个名妓叫瑞云，近来怎么样了？"贺生告诉他说已嫁人了。和秀才又问："嫁了个什么人？"贺生说："那个人和我差不多。"和秀才说："如果真能像你，可以说是嫁着合适的人了。不知道花了多少钱？"贺生说："因为她有一种奇怪的病，所以贱卖了。不然的话，像我这样的人，如何能在妓院里买到漂亮的女子呢！"和秀才又问："那个人果然像你吗？"贺生因为觉得他问得奇怪，就反问他为什么老问这个问题。和秀才笑着说："实不相瞒，从前我曾经见过她一面，很为她有绝代美貌却流落风尘而痛惜，所以用了点小法术，遮掩她的美貌以便保护她的纯真，留待真正赏识她的人去爱惜她。"贺生急忙问："你能点上黑印，也能给洗去吗？"和秀才笑着说："怎么不能？只不过必须那个娶她的人诚心诚意地恳求一次罢了。"贺生站起来向和生拜道："瑞云的丈夫，就是我呀！"和秀才欢喜地说："天下只有真正的才子才能情真意切，不会因为美丑而变心。我跟你回去，送还你一个美人。"于是和生就随贺生一同回去。到了家，贺生要准备酒菜。和秀才阻止他说："先施行我的法术，好教准备酒饭的人心里高兴。"就让贺生用脸盆盛上水，他伸出食指和中指在

水中画符，然后对贺生说："用这水一洗就好。可是得让她亲自出来谢谢大夫啊！"贺生笑着端着脸盆进了内室，站在那里等瑞云洗脸。一洗，她的脸果然变得光洁起来，艳丽得如同当年一样。

夫妻二人都非常感激和秀才，便一起走出内室要向他表示谢意，然而客人却不见了。他们到处找也找不到，想来和秀才大概是个仙人吧！

14. 葛巾

常大用是洛阳人，特别喜欢牡丹花。他听说曹州府的牡丹在山东数第一，很想去看一看。正巧因为别的事情到了曹州，就借住在一个官宦人家的花园里。当时正是二月天，牡丹还没有开花，常生只好在花园中走来走去，察看牡丹花的花芽，很希望它早点儿开放。他还作了一百首思念牡丹的绝句。没过多久，花芽渐渐含苞待放，可是带来的盘缠也快花光了，他就典当了春天穿的衣服，仍然每天在花园里徘徊流连，舍不得离开。

一天，常生一大早就到了栽有牡丹花的地方，却见一个姑娘和一个老婆子已经先在那里。他以为是官宦人家的家眷，就急忙返回。到了傍晚，常生前往，又在老地方遇上她们。他不慌不忙地躲开，偷偷地看了一眼，只见那姑娘身着宫妆，容貌十分艳丽。正看得心醉神迷之时，他忽转而一想：这一定是天上的仙人，人世间怎会有如此美妙的女子！想到这儿，急忙回身去寻找。他很快绕过假山，正好和那老婆子打了个照面。那姑娘正坐在石凳上，他们俩相互看了一眼，都吃了一惊。老婆子用身子挡住姑娘，斥责道："大胆狂徒，你要干什么？"常生跪在地上说："娘子一定是个神仙！"老婆子呵斥道："这样胡说八道，就该把你捆起来送到官府问罪！"常生大为恐惧。姑娘却微笑着说："我们走吧！"说完，便和老婆子转过假山走了。常生要走回去时，已是吓得走不动了，料想姑娘回去告诉父兄，一定会招来羞辱。他仰面躺在空荡荡的房子里，后悔自己太冒失了。好在姑娘没有生气的样子，或许没把这事放在心上。就这样，又是后悔又是害怕，左思右想折腾了一夜，天亮了他也病倒了。直到天色接近晌午，并没有人来兴师问罪，他心里才逐渐踏实了。然而，回想起姑娘的音容笑貌，又把刚才的惧怕之情变成了相思之苦。这样过了三天，他面黄肌瘦，眼看就不行了。

这天半夜，仆人已经睡熟了，常生还点着灯烛没有休息。那个老婆子忽然进来，手里拿着一只盅子送到他面前说："我家的葛巾娘子，亲手调制了毒药汤，快喝下去吧！"常生听了吓呆了，接着说道："我和娘子，素无仇怨，如何至于让我一死？这毒药既然是娘子亲手调制，我如此相思成病，倒不如喝了毒药一死了之！"于是接过来一饮而尽。老婆子笑了，接过盅子走了。常生喝下去后，觉得这药既香又凉，似乎不像毒药。不一会儿，觉得身体轻松舒服，头脑清爽，就酣睡起来。一觉醒来，已是红日满窗。试着站起来，觉得好像没什么病了，心里更加相信那姑娘是个仙人。只恨相见无缘，只好在没人的时候，回忆她曾站过的地方、坐过的地方，虔诚地表示敬意并默默地祷告。

一天，常生走进花园，忽然在树丛深处迎面遇着葛巾，幸好没有别的人在场，常生大喜过望，拜倒在地。葛巾走近搀扶他，他忽然闻到一种奇异的香味从葛巾身上散发出来，就情不自禁地握住葛巾的玉腕站了起来。他又感到葛巾的手指肌肤软滑细腻，令人骨节都要酥软了。常生正想说些什么，老婆子忽然走过来。葛巾让他隐藏在石头后面，指着南边说："夜里你搭上梯子翻过那堵墙，四面都是红窗的房子，就是我的住处。"说罢，匆匆忙忙地走了。常生心中怅然，魂不守舍，记不清楚她往哪里去了。到了夜里，常生搬过梯子爬上南墙，而墙那边已放好一架梯子，他高兴地下去，果然有一间四面红窗的房子。他听到屋里有下棋的声音，就在墙下站了很久，不敢再往前走，只好暂且翻过墙头回来。等了一会儿，他又过去，仍听到频频的落子声。他慢慢走近，朝里窥探，只见葛巾和一位身穿白衣服的美人对坐着下棋，老婆子也在座，还有一个丫鬟在旁边伺候着。他只好再次返回去。就这样，一共往返了三次，三更已过。常生正趴在墙外的梯子上，听见老婆子出来说："怎么有个梯子？谁放在这儿的？"叫来丫鬟一起把梯子拿走了。常生爬上墙头，想下去，没梯子，只好恼恨烦闷地回来了。

第二天晚上他又去了，上墙一看，墙下已摆好了梯子。幸好周围寂静无人，常生悄悄进屋，只见葛巾正独坐在那儿，若有所思。葛巾看见常生，吃惊地站起来，侧着身子，面目含羞。常生作了个揖说："我自认为福气浅薄，担心和仙人没有缘分，想不到也会有此良宵！"于是就亲昵地拥抱她，只觉她腰身纤细，一把就能握过来，吐出的气息如同兰花般馨香。葛巾推开他说："怎么如此着急！"常生说："好事多磨

难，慢了怕鬼要嫉妒我呢！"话没说完，就听得远处有人说话。葛巾急忙说："玉版妹子来了，你可暂且藏在床下。"常生听从她的话。不久，一个女子走进来，笑着说："你这个败军之将，还敢再战吗？我已煮好了茶，来邀请你痛痛快快地玩上一夜。"葛巾推辞说身子困倦。玉版再三劝请，葛巾就是坐着不动。玉版说："如此眷恋，难道屋里还藏着个男人不成？"说罢，硬拉着她出门去了。常生从床底爬出来，恼恨透了，就翻检枕席，希望能得到一件葛巾的东西。可是房内并没有用来收藏贵重物品的镜匣，只在床头有一个水晶如意，上面还系着紫色手帕，芳香洁净，招人喜爱。常生把它揣在怀里，翻过墙头回去了。在整理自己的衣服时，葛巾身上的香味还在，因此对她的思慕更加殷切。然而，因为经历了钻床底的惊恐，他就有了害怕被人发现吃官司的畏惧，思前想后不敢再去，只是把水晶如意珍藏起来，期待着葛巾前来寻找。

隔了一个晚上，葛巾果然来了，笑着说："我一向认为你是个君子，想不到竟是个小偷。"常生说："确实如你所说。之所以偶尔一次不做君子，只是期望能够称心如意罢了。"说着，就把葛巾揽在怀里，替她解开衣裙。只见她肌肤如玉，温香四溢，亲热之间，更觉她鼻息、汗气无不芬芳。常生就对她说："我本来就认为你是个仙人，现在更知不错。有幸承蒙你垂青于我，真乃是三生的缘分。但是，恐怕你要像仙女杜兰香下嫁凡人又返回天上那样，终究要造成离愁别恨。"葛巾笑着说："你考虑得也太多了。我不过是个钟情的女子，偶尔被情爱打动罢了。此事要谨慎保密，就怕爱搬弄是非的人捏造黑白。到那时，你不能展翅高飞，我不能乘风而去，那么，遭受灾祸而离别比好好的分手就更凄惨了。"常生认为她说得有道理，然而始终怀疑她是个仙人，再三追问她的姓氏。葛巾说："既然认为我是仙人，仙人又何必让姓名流传。"常生又问老妇人是什么人，葛巾说："那是桑姥姥。我小的时候受过她看护，所以待她和丫鬟们不一样。"于是起身准备走，又说道："我那儿耳目多，不能耽搁太久，有空我会再来。"临走时，葛巾索要如意，说："这不是我的东西，是玉版忘在那里的。"常生问："玉版是谁？"回答说："是我的堂妹。"常生把珍藏的如意还给她，她就走了。走后，被褥枕头上都留有一种奇异的香味。

从此，隔上三两夜葛巾就来一次。常生迷恋着葛巾，不再想回家。无奈钱袋已空，就打算把马卖掉。葛巾知道了这事，说："你为了我的缘故，花光了钱又典当了衣服，实在叫我过意不去。如果再卖掉马，离家千余里，将来可怎么回去？我多少

有点积蓄，可以拿来帮助你。"常生推辞说："实在感激你对我的情意，无论怎样也不足以报答你。如今却要贪鄙地花费你的钱财，我还怎么做人啊！"葛巾坚持要他接受，说："就算是借给你的吧。"于是拉着常生的胳膊，来到一棵桑树下，指着一块石头说："把它挪开！"常生照办了。葛巾又拔下头上的簪子，在地上扎了几十下，又说："扒开。"常生又按她说的做了，结果露出一个瓮口。葛巾伸进手去，拿出白银，近五十两。常生抓住她的胳膊，不让再拿，她不听，又拿出十几锭银子。常生硬是放回一半，然后又把它掩盖好。

一天晚上，葛巾对常生说："近来略有些闲言碎语，看来我们这种情形维持不了多久了，不得不早做打算。"常生吃惊地说："这可怎么办？我一向谨慎，如今为了你，就像寡妇失去了贞操，再也不能把握自己了。我听你的，即使刀、锯、斧、钺架在头上，我也顾不上了。"葛巾提出两人一起逃走。她让常生先回去，并约定在洛阳相会。常生收拾起行李就返回了故乡，打算先回家然后再去迎接葛巾。等他到了家，葛巾的车子也正好到门口。于是两人一起上堂拜见了家人，左邻右舍也都非常惊喜，前去祝贺，但并不知道他们是偷偷逃出来的。常生暗自担心，葛巾却特别坦然，对常生说："别说千里之外他们巡查不到，即便是万一知道了，我是世家高门的女儿，家里人也不能把我怎么样！"

常生的弟弟名叫大器，十七岁了。葛巾见到他就对常生说："这是个有福相的人，前程要比你强。"大器成亲的日子马上就要到了，不料未婚妻竟突然死去。葛巾对常生说："我妹妹玉版，你曾窥见过的，相貌很不错，年龄也相当，如果让她和大器做夫妻，可算得上一对好配偶。"常生听后笑了，开玩笑说请她做媒。葛巾说："如一定要她来，却也不难。"常生惊喜地问有什么办法，葛巾说："妹妹和我最要好。只用一辆两匹马驾的车子，派一个老婆子走一趟就行了。"常生怕这么一去，连他与葛巾的事情也暴露了，不敢听从她的主意。葛巾坚持说不会的。于是他们就派了车，让桑姥姥跟着去了。走了几天，到了曹州。快到宅院的大门，桑姥姥下了车，让车夫停在路上等着，她趁着天黑进了宅院。过了好大一会儿，桑姥姥领着一个女子一同出来，上了车就走。天黑下来就睡在车里，天刚破晓又启程。葛巾计算好她们到家的日子，让常大器穿戴整齐前去迎接。大器大约走了五十里，就迎上了她们。他亲自驾车回到家里，这时鼓乐齐奏，花烛高照，完礼成婚。从此兄弟俩都得了漂亮媳妇，家业也越来

越兴旺。

一天,几十名强盗骑着马闯进常家宅院。常生知道有变故,带领全家上了楼。强盗入内,围住楼房。常生俯身问道:"我们有仇吗?"大盗答道:"没有。只有两个要求:一是听说两位夫人是世间所无的美人,请让我们见一见;二是我们一共五十八人,给我们每人五百两银子。"强盗们将柴火堆在楼下,以纵火烧楼相威胁。常生只答应他们索取银子的要求。强盗不满意,就要烧楼,家人都非常害怕。葛巾想同玉版下楼,怎么阻止也不听。她们盛妆而下,还剩三个台阶没走到楼底,站住对强盗说:"我们姐妹都是仙女,只不过是暂时来到人间,怎么会害怕强盗!即使想赐给你们万两银子,恐怕你们也不敢接受。"强盗们一起向上膜拜,答道:"不敢。"姐妹俩正想退回楼上,一个强盗说:"这是诡计!"葛巾听说,转过身来站住,说:"你们想干什么,趁早动手,现在还不算晚。"强盗们面面相觑,沉默着不说一句话。姐妹从容不迫,上楼而去。强盗们仰着头看着她们,直到看不见了,才一哄而散。

两年后,姐妹俩各生一个男孩,才渐渐谈起自己的身世:"本姓魏,母亲被封为曹国夫人。"常生心里犯疑:曹州并没有魏姓世家,再说大户人家两个女儿失踪,怎么会不管不问呢?他不敢刨根问底,只是心里老犯嘀咕,于是找个借口又到曹州去。常生到曹州境内,到处打听,并没有魏姓的世族大户,便又在先前的房东家住下。他忽见墙上有首赠曹国夫人的诗,顿感惊异,便询问房东。房东笑了,就请他去看曹国夫人。到了那里一看,却是棵牡丹,跟屋檐一般高。常生问为什么起这样一个名字,房东说因此花为曹州第一,所以朋友们开玩笑这样封它。常生问是什么品种,答道:"葛巾紫。"常生心里更加惊骇,于是便怀疑葛巾是花妖。

回来后,常生不敢当面直说,只是提起那首赠曹国夫人的诗来观察她的反应。葛巾皱起眉,变了脸色,快步走出,叫玉版抱着儿子出来,对常生说:"三年前,我感念你的痴情,便以身相报;如今竟被猜疑,哪能还在一起生活!"因此,就和玉版都举起孩子,远远地扔出去,孩子落地后全不见了。常生正吃惊地看着,她们两个也无踪无影了,他悔恨不已。几天后,孩子落地的地方长出两棵牡丹,一夜就长一尺多高,当年开花。花朵一棵紫一棵白,花朵像圆盘那么大,跟平常的葛巾、玉版相比,花瓣尤为繁盛细碎。几年后,茂密丛生。分株移栽到其他地方,又变异出别的品种,没有人能知道名称。从此牡丹盛产于洛阳,举世无双了。

15. 婴宁

王子服是莒县罗店人，很小就失去父亲，极聪明，十四岁时已经是秀才。母亲最爱他，寻常不允许他去郊外游玩。他同萧家订了婚，萧姑娘没等出嫁就死了，因此还没有找到合心意的姑娘。

这天是元宵节，王生舅舅的儿子吴生来邀王生出外游赏。才到村外，舅舅家仆人来，把吴生叫走了。王生见出游的女子很多，就乘兴独自游逛。有一个身后跟随丫鬟的女郎，手指捏着一枝梅花，美丽无双，笑容可掬。王生盯着她，目不转睛，把什么忌讳顾虑全给忘啦。女郎走过去几步，回头对丫鬟说："这个小伙子目光闪闪，像个小毛贼。"她把花丢在地上，边笑边说地走了。王生拾起花来发愣，像掉了魂似的，很不高兴地走回家去。回家以后，他把花藏在枕头底下，倒头躺下就睡，不说话，也不吃饭。他母亲发了愁，求神拜佛，他却病情加重了，很快面黄肌瘦。医师诊断，服药发散，他还是神志昏迷，恍恍惚惚。母亲爱抚地问他得病的缘由，他沉默不回答。恰巧吴生来到，母亲暗中嘱咐他私下里细问王生。吴生刚到病床前，王生便流下眼泪。吴生坐在床上安慰劝解，渐渐细问，王生讲了实话，并且请吴生为他想个办法。吴生说："你也真是够痴傻的，这个愿望有什么难以满足的！我替你去查访。在野外步行，她家就不是名门大户，如果她还没有订婚，这事就算成啦！就算已经许配人家，多给他钱财，估计也能办成。只要你病好了，这门亲事包在我身上。"王生听后笑了。吴生把王生的事告诉姑母以后，就去打听那女郎的住处，而找遍四面八方，竟没有头绪。王母为此愁苦极了。王生从吴生走了以后，开始有了笑脸，也能吃下点饭了。

过了几天，吴生又来了。王生问他做媒的事，吴生骗他，说："已经找到啦！我还以为是谁，就是我姑姑的女儿，你姨妹啊！现在正等着嫁人。虽然两家是内亲，不

宜婚配，要是把你的情况实实在在地告诉她家，这事没有不行的！"王生一听，眉开眼笑，问她家住哪儿，吴生又撒谎，说："在西南山里，离这儿三十多里。"王生再三嘱托他快办，吴生拍拍胸膛，说："你就看哥哥的吧！"说完转身就走了。吴生去后，王生的饮食渐渐增加，病一天天痊愈了。他掀开枕头，藏的那枝梅花虽干了，却没有凋落；拿在手里反复赏玩，凝神想象，就似见到那女郎。可是吴生好久不来了，王生感觉奇怪，便写信邀请。吴生回信中支支吾吾，一味推托，不肯前来。王生恼怒，闷闷不乐。王母怕他犯病，急忙为他说亲。刚提出来商量，他就连连摇头，说不愿意，只是一心盼望吴生。见吴生始终没有消息，更加怨恨他。

王生转念一想，三十里路不算远，何必依赖别人！于是把梅花藏在袖子里，赌气自己前往。他一大早就悄悄地出门，家里人谁也不知道。他孤零零地走着，没有办法问路，只是望着南山前进。走了大约三十余里，乱山重叠，苍翠清爽。一路静悄悄，行人断绝，几乎无路可走。远望谷底，丛花乱树中隐约有一个小小村落。下山入村，房舍不多，都是茅草屋，情趣高雅。朝北有一户人家，门前垂柳，墙内桃杏，间植簇簇翠竹，野鸟啾啾，穿枝飞翔。王生揣度，这大概是某家园亭，不敢贸然进去。回头一看，门外有块大石头，平整光滑，便坐在上面休息。一会儿，听到有女子的喊声："小荣——"音色娇柔。他正在侧耳倾听，有一个女郎自西向东走来，手里捏着一朵杏花，低下头向发间安插。她忽地一抬头发现王生，就中止插戴，拈花微笑而去。王生仔细看，她正是元宵节在路上遇到的女郎。王生异常惊喜，但是想了想，自己没有进入院内的理由，又想喊姨母，可过去没有来往，怕喊错了。门里面也没人可问，他就在石头上坐够了躺下，躺够了坐起来，有时在门外踱来踱去。这样一直等到太阳偏西，真是望眼欲穿，连饥渴都忘得一干二净。后来，他看见院子里有个女子，隔一会儿就从屋角后面露出半个脸看他，好像是为了他不走而惊讶似的。忽然，一个老妇人拄着拐杖走出来，看着王生说："哪里来的小伙子，听说从上午就来了，一直到现在，来干什么？不饿么？"王生急忙起来向她行礼，说："我来探望亲戚。"老妇人耳聋，没有听清。王生又大声重复了一句。她问："你的亲戚姓什么？"王生无话可答。老妇人笑着说："怪呀！姓名还不知道，探的什么亲呀！我看你也是个小书呆子罢了。倒不如随我来，吃点儿粗茶淡饭，还有小床，供你睡觉。明天一早回去，等问清了姓氏再来探访也不晚。"王生早已饿得肚子咕噜响，想吃东西，又以为可以由此渐渐接

近那女郎，十分高兴，就跟随老妇人进去。他一进大门，见路上铺着雪白的鹅卵石，夹道红花，片片飘下，落满石阶。顺路曲折向西，又开了一道门，里面满院子豆棚、花架。随老妇人进屋，见粉墙光明如镜，窗外盛开的海棠，花枝弯弯曲曲伸进屋里，桌椅、衬垫，无不整洁华美。

刚坐下，隐隐约约见人隔窗偷看。老妇人喊："小荣，快做饭！"外面有个丫鬟高声答应。相对而坐，谈起家世，老妇人问："您的外祖父，是不是姓吴啊？"回答说："是的。"老妇人吃惊地说："那你就是我的外甥呀！你母亲是我妹妹。近年来因为家境贫穷，又没有男孩子，两家的音信就断了。外甥长这么大了我还不认识。"王生说："这次来，就是专程探望姨母的，仓促间把姨母的姓氏忘了。"老妇人说："老身的夫家姓秦，我没有生儿育女，仅有一个女儿，是偏房生的。她母亲改嫁，留给我抚养。她相当聪明，可是因为缺少调教，只是一天到晚戏耍，不懂得什么叫愁。等一会儿让她同你见面。"不大一会儿，丫鬟端来饭菜，烧的鸡鸭又肥又嫩。老妇人劝他多吃，饭后丫鬟收敛餐具。老妇人对丫鬟说："去把宁姑叫来。"丫鬟应声去了。过了好久，王生听见远处有笑声。老妇人喊："婴宁，你姨表哥在这里。"婴宁走到门边，吃吃地笑个不停。丫鬟推她进屋，还是捂着嘴一个劲儿地笑。老妇人瞪了她一眼，说："有客人在这里，嘻嘻哈哈的，成什么样子！"女郎这才强忍住笑，站立一旁。王生向她行礼，老妇人向她介绍说："这是你王大哥，你姨母的儿子。咱们一家人还不认得，可笑死人喽！"王生问："妹妹年龄多大了？"老妇人听不清，王生又重说一遍，引得女郎笑弯了腰。老妇人对王生说："我早就讲她缺少调教，这不，你可亲眼看见啦！十六岁了，憨乎乎的像个娃娃！"王生说："比我小一岁。"老妇人问："外甥十七岁了，是不是庚午年生，属马的？"王生点点头。她又问："外甥媳妇是谁？"回答说："还没有呢！"老妇人说："像外甥这样的才貌，怎么十七岁还没有娶亲？婴宁也没有婆家，倒是极般配的。可惜咱两家是内亲，有嫌忌。"王生不说话，只是目不转睛地看婴宁。丫鬟在婴宁耳边小声说："目光闪闪的，贼样儿没改呢！"婴宁一听，立刻大笑起来，对丫鬟说："咱们去看看园里的碧桃花开了没有。"婴宁急忙起身，用袖子遮着嘴，脚步细碎而又轻快地走了出去，一到门外就放声大笑。老妇人站起来，喊丫鬟抱了被褥，为王生收拾住处。她对王生说："你老远的来到这里，不容易，该住上三五天，晚些日子送你回去。要是嫌闷得慌，屋后就是小园子，可以去

散散心，这里也有书可读。"

第二天，王生来到屋后，果然有一所半亩地大小的花园。地上长满又短又细的嫩草，毛茸茸的，铺了绿毡似的；白皑皑的柳絮，在小径间滚来滚去；草房三间，花木环绕。他正在花丛里漫步，听见树上有苏苏的声响，抬头一看，原来是婴宁在上面。她一见王生，又纵情大笑，几乎从树上掉下来。王生说："别这样，会摔下来的！"婴宁边下边笑，不能自已，快到地时失手落下来，这才停住笑声。王生扶她站起来，暗中在她手腕上捏了一把，引得婴宁又笑，笑得浑身无力，倚在树上笑了好久才停下。王生等她笑完以后，从衣袖里取出梅花，送给她看。婴宁接过去，说："花干啦，为什么还留着？"王生说："这是元宵节那天妹妹掉的，所以才存着。"婴宁问："存它有什么意思呢？"王生回答说："表示相爱不忘。从元宵节遇到你以后，日夜想你，害得我长了一场大病。我自己想着就要死了，不料有幸重逢，望你怜悯。"婴宁说："这算是鸡毛蒜皮的小事，咱们是近亲，有什么值得吝惜的？等兄长走的时候，我一定把老仆人喊来，让他从园里砍一大捆花，背起来给你送到家。"王生说："妹妹傻呀！"婴宁说："怎么就是傻呢？"回答说："我不是爱花，爱的是那手里拿花的人啊！"婴宁说："亲戚间有感情，当然要爱，这还用说么？"王生说："我说的爱，不是一般亲戚的爱，而是夫妻之爱。"婴宁说："这跟我说的不一样么？"回答说："要夜晚同床共枕哪！"婴宁低下头，想了好久，说："我可不习惯和生人同睡。"话还没有说完，丫鬟悄悄来到，王生慌里慌张地跑了。一会儿，王生和婴宁又在老妇人屋里相见。老妇人问："到哪里去啦？"婴宁说在园子里谈话。老妇人说："饭早就熟了，有什么长话，啰唆到现在？"婴宁说："大哥要跟我睡……"话说了半截儿，王生不禁十分尴尬，赶紧瞪了一她眼。婴宁微笑，没再往下说。幸亏老妇人没有听见，还絮絮叨叨地问，王生趁机编造别的话掩盖过去，因而低声责备婴宁。婴宁说："刚才那句话不应当说么？"王生说："这是背人的话。"婴宁说："背别人，怎能背老母亲呢？再说，睡觉也是常事儿，为什么避讳呢？"王生恨她愚蠢，没有办法让她明白。

刚吃过饭，王生家里派人牵着两头毛驴找来了。这以前，王母见王生独自出游过了很久不回家，开始怀疑，让人在村里找遍了，竟连个影子也没有，于是去找吴生。吴生回忆过去的交谈，便让到西南山里去找。来人找过好几个村庄才找到这里。王生恰好到门外遇见他，便回去告诉老妇人，并请婴宁同行。老妇人高兴地说："我有

这个意思不止一天了，只是自己年老体弱，不能长途相送。外甥愿意领她走，去认识姨母，这太好啦！"接着就喊婴宁，婴宁笑着跑来。老妇人说："有什么可笑的？总是笑呀笑呀，要是不笑，你就没的可褒贬了！"老妇人向婴宁翻个白眼，又接着说："大哥想要同你一道回家，快去收拾一下。"她招待来人酒饭，临走送到门外，又叮嘱婴宁："姨家田产很多，能养闲人。到那里以后不必急着回来，学一点诗书礼仪，也好侍奉公婆。就麻烦你姨母为你找一个好丈夫。"于是二人起程。待走到山坳，回头看时，还模模糊糊望见老妇人倚门向北遥望。

到了家，王母看见漂亮的女郎，吃惊地问她是谁。王生回答是姨母的女儿。王母说："过去你表兄弟说的，是骗人的话。我没有姐姐，哪里来的外甥女呀？"问婴宁，婴宁说："我不是母亲生的。我父亲姓秦，他去世时，我还在小儿被里包着，什么都记不得。"王母说："我本来有一个姐姐，嫁给秦家，确实不错，可是早就去世了，哪能还活在世上！"又仔细问那老妇人脸盘上的痣疣，回答得一一符合。王母说："一点儿也不错，但是姐姐过世多年，怎么还活着呢？"正当疑虑不定的时候，吴生来到，婴宁躲进内室。吴生得知这事的缘故，怔了好久，忽然说："这个女郎的名字，是不是叫婴宁呀？"王生说正是。吴生认为这件事怪极了。王生问吴生怎么知道女郎名叫婴宁，他说："在秦家的姑姑辞世以后，姑夫独身过日子，被狐仙迷住，患病极消瘦，没过多久就不在了。狐仙生了个女儿名叫婴宁，绷在小儿被里，放在床上，家里人都见过。姑夫去世以后，那狐仙还常来。后来，秦家求了天师符，贴在墙上，狐仙就把女儿带走了。这女郎莫非就是她么？"他们彼此怀疑，说来道去，谁也说不清。只听内室里嘿嘿地笑个不停，又是婴宁的声音。王母说："这个姑娘也太傻气啦！"吴生要她出来相见。王母走进内室，婴宁不管不顾，笑个没完。王母催她出去，才极力忍住笑，又面对墙壁好久才走出来。刚到外间行了个礼，又急忙转身回室，放声大笑。满屋的妇女都被她引笑了。吴生要到西南山中，一来是看看有没有怪异现象，二是为了顺便做媒。他寻找到原来的村址，并没有房舍，只有山上的野花因风飘落罢了。他回忆姑母葬处，好像离此不远，可是眼前一片荒烟衰草，不可辨认，他只有惊疑感叹，回去告诉王母。

王母听了吴生的介绍，怀疑婴宁是鬼，把吴生所见说给她，她没有害怕的神情；说可怜她再也找不到娘家，她也不很悲伤，依旧憨笑不止。众人都揣摩不透是怎么回

事。王母让她和小女儿睡在一起，天刚亮就起来向王母请安。她做起针线活儿，精巧无比。她的特点是最爱笑，不让笑也止不住。不过，她的笑总能给人以美感，即使狂笑也不能损害她的柔媚，大家都喜欢她。特别是邻家的姑娘、媳妇，都争相同她亲热。王母看了个吉利的日子，准备为儿子和婴宁举行婚礼，但是总顾虑婴宁是鬼。她暗中在阳光下仔细察看婴宁，却形影分明，和别人没有什么不同。结婚那天，让婴宁穿上华美的礼服，她总是笑，不能直腰弯腰，这礼就算了。王生因为婴宁傻里傻气，恐怕她泄露两个人同房的事，而婴宁却是守口如瓶，连半点儿也不肯透露。王母有时愁闷或者生气，婴宁走来开口一笑，那气闷立刻云消雾散。丫鬟们有了小过错，怕挨鞭子，总是先请婴宁去和王母谈天，自己随后拜见王母。由于王母心情愉快，她们常常得到饶恕。

婴宁爱花已成癖好，到处物色，亲戚朋友家都跑遍了；典当金钗，购买名贵品种。几个月之间，台阶前，甚至厕所旁边都栽满了花草。王家后院有一架木香，靠近西邻。婴宁常攀登架上，掐了最美的插在发髻上，或者把玩观赏。王母有时遇见就斥责，婴宁不改。一天，婴宁又在木香架上摘花，西邻的儿子看见以后倾心爱慕，两眼直愣愣地看婴宁。婴宁不但不避开，相反报以微笑。这小子以为婴宁喜欢他，更乐得飘飘然了。婴宁向他指指墙底，这小子以为是约定幽会的地方，心里说不出来的高兴。到夜晚他来到墙边，见婴宁就在眼前，试着同她交欢，像被扎了一锥子，痛得穿心刺骨，大声喊叫，倒在地上。他强忍疼痛再一打量，身边不是婴宁，竟是大半截烂木头，交接的那个物，原来是木头上的水淋洞窍。他父亲听到儿子的呼叫声，急忙跑来问他，他除了疼得直哎哟以外什么也不说。他妻子来问，才说了实话。于是家人拿来灯，一照，见洞中有个蝎子，像螃蟹般大。他父亲气呼呼地劈开木头，捉了蝎子杀掉。儿子被背回家，半夜时毒性发作就死了。西邻的老头儿状告婴宁，揭发她是妖物。县令平常敬仰王生的才学，知道他是个老实人，便说老头儿是诬告，并且要老头儿挨板子。王生为老头儿求情，才饶了他，撵出衙门。事情过去以后，王母对婴宁说："你性憨气狂到这个样子！我早就知道，喜过了头来忧愁。多亏县令神明，要是个糊涂人，一定把你逮了去公堂对质。那时我的儿子还有什么脸见亲友邻居啊？"于是婴宁板起面孔，发誓不再笑。王母说："人没有不笑的，但是要看在什么时候。"而婴宁竟真的不笑了，即使故意逗她也不笑，不过，她并不愁眉苦脸。

一天晚上，婴宁面对王生淌眼泪，王生感觉很奇怪。婴宁说："过去，因为跟随你的时间短，说了担心你会害怕。现在婆母和你对我都很喜爱，没有恶意，直截了当地说出来，大概没有妨害。我本是狐仙生的，母亲走时，把我委托给鬼母亲抚育，依赖她十几年才有今天。我没有兄弟，能依靠的人只有你了。老母孤独冷清地被葬在山坡上，没有人可怜她，把她和先父合葬一处，因此她在地下抱憾哀伤。你要是不嫌麻烦和破费，使她能由此消解怨恨悲痛，也许能让人明白女孩儿也有用，生下女孩儿，不忍心把她淹死和抛弃。"王生一口应承，但是担心坟墓掩盖在草丛里难以找到，婴宁说不必顾虑。于是他们选定日期，载了棺木，一同前去。来到雾气蒙蒙、树乱草荒的墓地，婴宁指示埋葬处，果然刨出老妇人的尸体，而且没有腐烂。婴宁拍着尸体痛哭了一番，载回去，找到秦氏的故墓合葬。当天夜里，王生梦见老妇人向他道谢，醒后说给婴宁。婴宁说："我夜里确实见到她，遵照她的嘱咐，才没有惊动你。"王生埋怨她不加挽留，婴宁说："她是鬼，生人多，阳气盛，哪能长在这里？"王生打听小荣，婴宁说："她也是狐狸，最聪明机灵，我亲娘留下她照顾我。她常给我找来好吃的，我一向很感激她。昨天问母亲，说已经嫁出去啦。"从这以后，每年到寒食节，王生和婴宁都到秦氏坟地扫墓。

过了一年多，婴宁生了个儿子，抱在怀里，不怕生客，见了人总是小嘴儿一裂，笑得非常动人，大有他母亲的风采。

16. 夜叉国

　　交州有个姓徐的人，漂洋过海做生意。忽然船被大风吹去，来到一个地方，丛山
叠岭，一片苍茫。巴望上面有人居住，他就拴好船，背了干粮和干肉上岸。

　　刚进山，见两边山崖上洞口很多，密密麻麻，像蜂窝似的，还听到隐隐约约有人
声。他走到洞外，停下来暗中一瞅，里面有两个夜叉，牙齿伸出唇外，刀剑般尖利；
目光闪耀，亮如明灯；手劈生鹿肉，大口吞吃。他吓得魂飞魄散，想马上逃走，夜叉
却早已望见他，丢下鹿肉，把他捉进洞里。两个夜叉谈话，像鸟鸣兽叫，然后争着撕
徐某的衣服，好像立刻要吃掉他。徐某很害怕，把袋里的干粮和干肉掏出来献上。夜
叉一尝，味道很美，吃完以后又翻徐某的袋子。徐某摆摆手，示意没有了，夜叉愤怒，
又把他抓起来。徐某苦苦哀求，说："放了我。我船里有炊具，可以再烧菜做饭。"夜
叉听不懂他的话，仍怒气冲冲。徐某用手比画，夜叉像有点明白了，就跟他到船上，
把炊具搬进洞。徐某取柴点火，煮夜叉吃剩的鹿肉，熟了以后献给他们。两个夜叉吃
后很欢喜。天黑了，夜叉用大石头堵上门，像是怕徐某逃跑。徐某远远地躲在一边，
蜷曲着身子躺下，很怕免不了被夜叉吃掉。

　　天亮了，两个夜叉要出去，又把洞堵上了。一会儿，他们带回来一只鹿，交给徐
某。徐某把鹿皮剥下来，向洞的深处提了流水，煮了好几锅鹿肉。霎时间又来了好
几个夜叉，他们围起鹿肉，狼吞虎咽，吃完以后，指一指肉锅，好像嫌它太小。过了
三四天，一个夜叉背来一口大锅，类似人们常用的那种。于是，夜叉们有的拖来狼，
有的扛来麋鹿，煮熟以后和徐某一块享用。住了几天，夜叉们和徐某渐渐熟识，临出
去也不堵洞口了，相处如一家人。徐某逐渐听懂夜叉语，就模仿他们的音调，说夜叉
话。夜叉们更喜欢他了，领来一个女夜叉给他做妻子。起初，徐某望着女夜叉害怕，
很拘束。女夜叉主动贴近徐某，徐某就同她交欢。女夜叉非常开心，常留着肉给徐某

吃，像夫妻一般。

一天，夜叉们一早起身，胸前各挂一串明珠，轮班出门，像是在等候贵客光临，还命令徐某多煮肉。徐某就这场面问女夜叉，回答说："今天是天寿节。"然后，她出去对众夜叉说："徐郎没有骨突子。"于是众夜叉每人摘下五枚，女夜叉又从自己珠串上解下十枚，一共凑了五十枚，用野麻皮串好，挂在徐某脖子上。徐某看这串珠，一枚就值百十两银子。一会儿，夜叉们都走出洞。徐某煮熟了肉，女夜叉也把他叫去，说："去接天王。"他们就一同走进一个大洞。这洞足有一亩地大，里面有一块很大的石头，平滑如桌子面，四周围着石头座位。上位蒙着豹子皮，其余蒙鹿皮。一共坐了二三十个夜叉。一会儿，一阵大风刮来，尘土飞扬，众夜叉连忙走出洞口。见一个大怪物，也是夜叉模样，径直进洞，叉开两腿坐着，头转来转去，像老鹰一样四下察看。众夜叉随他进洞后，站立东西两行，都仰起头，两只胳膊十字交叉。这大夜叉一个个地查数，问："卧眉山只有你们这一些么？"众夜叉齐声答"是"。大夜叉望着徐某说："他是从哪儿来的？"女夜叉回答是她丈夫。大伙儿都夸奖徐某的烹调手艺。立刻有两三个夜叉，跑去取来熟肉，摆在石桌上。大夜叉抓起来吃了个肚儿圆，极口称赞味道鲜美，并且要求经常供应。他又看着徐某说："骨突子为什么这样短？"大伙儿说："他才来到，过去没准备。"大夜叉就从自己脖子上解串珠，摘下十枚，每一枚都有指顶般大，像滚圆的弹丸。女夜叉急忙接过来，代徐某穿好，挂在脖子上。徐某也交叉胳膊，用夜叉话表示感谢。大夜叉回洞，追风而行，同飞的一样快。众夜叉吃完剩下的肉，各自散去。

过了四年多，女夜叉忽然临产。一胎生两男一女，都是人形，不像他们的母亲。众夜叉都喜爱她的儿子，常常抚摩和逗他们玩耍。一天，和徐某同住一洞的夜叉都出去找食物，只有徐某自己守在洞里。忽然一个外洞的女夜叉走进来，要与徐某交合。徐某不肯，女夜叉生了气，把徐某扑倒在地。正好徐妻回洞，见后十分恼火，跟那女夜叉打成一团，把她的耳朵咬掉一个。一会儿，那女夜叉的丈夫来了，经过劝解，平息下来，那女夜叉才走了。从这以后，徐妻经常守着徐某，不管是活动还是休息都不离开他。又过了三年，子女都会走路了。徐某教他们说人话，他们渐渐能说几句，在夜叉的叽里呱啦声里带有人的气息。三个孩子虽然都是儿童，跑在山间却如走平路。他们和徐某相依相恋，很有父子之爱的味道。

一天，女夜叉带领一子一女出洞，走了半天不回来。这时北风猛吹，徐某迎风伤感，思念故乡。他领着一个儿子走到海岸边，见过去乘的船还拴在那里，就同儿子商量，要一同回老家。儿子要告诉母亲，徐某不同意。父子二人上船，一天一夜到达交州。回到家，原来的妻子已经改嫁。他卖了两枚大明珠，得到很多银子，家里非常富足。儿子起名叫徐彪，才十四五岁就力举千斤，生性鲁莽好斗。交州的大帅看他长得奇特，任命他为千总。当时边境有战事，徐彪出征有功，十八岁时当了副将。

这时，有一个商人出海，也被大风刮到卧眉山。正在上岸，见一个少年。这少年见了他十分惊讶，知道他是中国人，就问他家住哪里。商人告诉他，他把商人拉进深谷，送到一个石洞里，洞外荆棘丛生，而且嘱咐他不要出来，然后离开。过了一会儿，他带来鹿肉给商人吃，自称父亲也是交州人。商人问他，知道说的是徐某——商人在旅途中认识徐某，就说："他是我的朋友。现在他儿子当副总。"少年不懂什么是副总，商人说："这是中国的官名。"少年又问："什么是官？"商人说："出门坐车骑马，家住高楼大屋。上面一声喊叫，下面百人回答。见了他不敢正眼相看，站立一旁把头低下。他就是官。"少年听后惊奇，觉得很有趣。商人说："你父亲在交州，你长期留在这里干什么？"少年告诉他实情。商人劝他回交州，他说："我也常这么想，可母亲不是中国人，相貌、言语大不相同。再说，被同类发觉以后，一定会遭到残害，因此没有定下来。"少年走出洞口，又说："等刮起北风，我就来送你走，麻烦你向我父兄传个消息。"商人藏在洞里差不多半年，时常隔着荆棘向外偷看，见山里总有夜叉往来，十分害怕，不敢轻举妄动。一天，北风刮得飒飒响，忽然那少年来了，拉着他快跑，并嘱咐说："我说的事，你可别忘了。"商人满口应承，就开船回去了。

商人径直到达交州，来到副总府，细说了在卧眉山的见闻。徐彪听到商人带来的音信，心里不禁感伤，想去寻找亲人。父亲担心海中波浪滔天，妖怪出没，形势险恶，难以对付，竭力劝阻。徐彪捶胸痛哭，父亲劝不住。他就禀告交州的大帅，带了两个兵士航海。他们顶风行船，走得很慢，在茫茫大海里颠簸了半个月，举目四望，无边无际，咫尺间水雾迷蒙，无法分清南北。忽然间，层层上接云天的大浪卷来，船被打翻，徐彪落在水里，在浪涌里漂流。过了好久，他被一个怪物拉去，来到一个地方，竟然有房屋。徐彪看着这怪物是夜叉模样，就说夜叉话，这怪物听后一惊，问他到哪儿去，徐彪就告诉他。怪物高兴地说："卧眉山是我的故乡。刚才冒犯了你，真

是罪过。你离开原路已有八千里，这条路是向毒龙国去的，去卧眉山不是这条路。"于是他找来船送徐彪。他下水推船，船行像飞箭一般，一转眼工夫千里开外。过了一宿，到达卧眉山，见一个少年站在岸边，正面向海洋向远方瞭望。徐彪知道山上没有人，怀疑这就是弟弟，走近一看，果然不错，一见面就互相拉着手哭起来。徐彪问母亲和妹妹的情况，回答说都很健康。他想同弟弟回家，弟弟不同意，并且自己急忙走回去。这时，徐彪才想起送他的夜叉，要好好地谢谢他，回头一看，早已走了。

过了不大一会儿，在弟弟引导下，母亲和妹妹都来了，见了徐彪，都激动得哭起来。徐彪说要接他们走，母亲说："恐怕在那里会受人欺负。"徐彪说："儿子在中国极为荣显富贵，没人敢欺负。"回去的主意打定了，只愁正刮着顶头风，有船难行。母子们在岸边心神不安，走来走去，忽然看见帆篷向南鼓动，北风瑟瑟，越刮越大。徐彪高兴极了，说："这是老天爷帮忙啊！"他们依次上船，浪急船快，如箭离弦，三天工夫就到达海岸。岸上的人害怕他们，吓得乱跑。徐彪脱下衣服，分给三个人穿。进了家，女夜叉看见徐某以后气冲冲地咒骂，恨徐某回中国时不商量。徐某忙不迭地赔罪道歉。家里的仆人来拜见主母，都吓得浑身发抖。徐彪劝母亲学说中国话，穿绫罗绸缎，吃美味佳肴，母亲十分欢喜。母女二人都穿男式服装，几个月以后，他们都能懂得一些中国话，弟弟和妹妹的皮肤也渐渐变白了。弟弟的名字叫豹，妹妹的名字是夜儿，都体格健壮，力大无比。徐彪以没有文化为耻，教弟弟读书。弟弟很聪明，不分经史读一遍就懂。可是他不想学文，就让他练习骑马射箭。后来，他考中武进士，娶了阿游击的女儿。夜儿因为是夜叉种，没人娶她。正逢徐彪的部下袁守备的妻子死了，硬把夜儿嫁给他。夜儿能拉开最硬的弓，百步以内射飞鸟，百发百中。袁守备出征，总是同她一道上阵。后来袁守备官升同知将军，他立的大功多是得力于妻子。

徐豹三十四岁挂将军印，母亲曾经跟随他南征。每次遇到强敌，母亲总是穿起铠甲，挥舞刀枪，接应儿子。敌兵见了她，没有不后退的。皇帝下诏，以男爵封徐豹的母亲，徐豹代替母亲上奏章辞谢，就改封夫人。

17. 长亭

石大璞是泰山人，喜欢降妖驱鬼的法术。有个道士遇到他，很欣赏他的聪慧，收他做弟子。道士打开插着象牙签的函套，拿出两卷书：上卷驱狐，下卷驱鬼。道士把下卷送给他，说："只要虔诚地学习这卷书，就不愁没有衣食、美女。"石大璞问道士的姓名，道士说："我是开封城北村元帝观的王赤城。"王道士住了几天，把秘诀全部传给他。石大璞从此精通符咒，带着礼物、酬金上门请他驱鬼的人络绎不绝。

一天，来了个老头。他自称姓翁，拿出许多银子和绸缎，说他的女儿得了鬼病，已经快不行了，求石大璞务必亲自去一趟。石大璞听说病人垂危，便推辞不收财物，姑且跟老头一起去看看。走了十来里路，来到一个山村。到了翁家，只见门廊房舍非常华丽。进了内室，看见一个少女躺在纱帐里。丫鬟用帐钩将帐子挂起来，那少女看上去约十四五岁，面容枯槁，奄奄一息。石大璞近前细看，少女突然睁开眼睛说："良医到了。"全家都很高兴，因为她已经好几天不能说话了。石大璞出来，询问起病情。老头说："大白天看见进来一个少年，跟她一起睡觉，去捉就不见了。过一会儿又来，想必是鬼。"石大璞说："如果是鬼，那倒好办了。只怕是狐狸精，那我就无能为力了。"老头说："一定不是，一定不是！"石大璞交给他一道符，当晚，在他家住下了。到了半夜，一个年轻人走进石大璞睡觉的房间，衣帽整齐。石大璞猜他是主人的亲属，便起来问讯。年轻人说："我是鬼，而翁家都是狐狸。一个偶然的机会，我喜欢上了翁家的女儿红亭，就暂且在这里停留。鬼被狐狸迷惑，无伤阴德，你何必拆散别人的姻缘，而专护着他们呢？姑娘的姐姐叫长亭，光彩艳丽，无人能比。我特意保全了她的贞节，留给你这高贤。他如果答应把长亭嫁给你，方可为红亭诊治，那时我会自己离开。"石大璞答应了。这一夜，年轻人没再到红亭那里去，红亭顿时清醒过来。天亮后，老头非常高兴，把这消息告诉了石大璞，请他去看看。石大璞将那旧

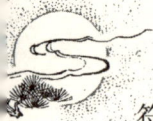

符烧掉，才坐下来看病。他见绣幕后有个女郎，美丽如同下凡的仙女，心里明白这就是长亭了。诊病完毕，石大璞让拿清水来洒在帐子上，那女郎忙把一碗水递给他，莲步轻移，意动神流。这时的石大璞，心思根本不在驱鬼上了。

石大璞借口配制药物，向老头告辞而去。他一连几天也不回来，那鬼没了顾忌，越发放肆起来，除长亭外，翁家的儿媳、丫鬟都被他迷惑奸污了。老头又叫仆人牵马去接石大璞，石大璞托词有病，不到翁家去。第二天，老头亲自登门，石大璞故意做出腿有毛病的样子，拄着拐杖出来相见。行过礼后，老头问起他的腿怎么回事，石大璞说："这就是死了老婆的难处啊！几天前的晚上丫鬟上床，跌倒摔破了暖脚瓶，烫伤了我的两只脚。"老头问："为何拖着不再娶？"石大璞说："遗憾的是没碰上像您这样清高的门第啊。"老头默默无语走出去。石大璞跑上去送他，说："病好后我会自己去的，不敢麻烦老人家远道上门了。"过了几天，老头又来了，石大璞一瘸一拐地出来见他。老头说了几句慰问的话，接着说道："刚才和老伴商量过了，如果你把鬼赶走，使我全家安枕无忧，愿让十七岁的小女长亭侍奉先生。"石大璞高兴得跪下叩头，对老头说："您有这般美意，我怎么敢再把这点小毛病放在心上！"说完立刻出门，跟老头一起骑马走了。到了翁家，石大璞看过被鬼迷惑的人后，怕老头食言，便请求跟老太太敲定。老太太急忙出来说："先生何必多心呢？"当场把长亭所插的金簪送给石大璞，作为信物。石大璞向她行礼拜谢，然后便把翁家的人召集在一起，逐个为他们驱邪。唯独长亭躲起来找不到。石大璞便画一道佩符，让人拿去送给她。这一夜翁家非常安静，连个鬼影也没有，只是红亭还在不停地呻吟。石大璞让她喝下法水，病就好了。石大璞要告辞回家，老头挽留他住下，态度十分殷勤恳切。

到了晚上，桌上摆满菜肴果品，老头殷切地劝酒劝菜。直喝到二更时分，主人才告别而去。石大璞刚躺下睡觉，就听到很急的敲门声。他起来开门一看，原来是长亭，掩上门走进来，神色慌张，言语急促，说："我们家准备拿刀杀你，快逃吧！"说完，就急忙转身走了。石大璞浑身发抖，面无人色，跳过墙头仓皇逃走。见远处有火光，便飞奔过去，原来是本村的人晚上打猎。他这才放下心来，等打完猎，便与他们一起回了家。石大璞心中愤愤不平，想来只有一个办法，就是到开封找王赤城。可家里有长期卧病在床的老父亲需要照料，所以日夜筹划盘算，拿不定主意。

有一天，忽然两辆车子来到门前，原来是翁老太太送长亭来了。她对石大璞说：

"那天不告而别，怎么不商量一下？"石大璞一见长亭，怨恨如烟消云散，也就忍住气不发作了。老太太催促二人在院子里拜了天地。石大璞要设宴款待，老太太推辞说："我不是清闲的人，没福气坐享美味。我家老头子糊涂，如有得罪之处，姑爷倘肯看在长亭面上替老身想想，我就感激不尽了。"说完就上车走了。原来谋害女婿的事，老太太开始并不知道，等到老头没追上石大璞回到家里，她才知道竟有这回事。她很气愤，与老头天天吵骂，长亭也哭哭啼啼不吃饭。老太太不顾老头的反对，硬把女儿送来了。长亭过门后，石大璞问她，才明白了其中的缘故。

过了两三个月，翁家来接长亭回娘家。石大璞料想她此去难回，就不许她走，长亭从此不时哭泣。一年多以后，长亭生下一个儿子，取名慧儿，雇了奶妈哺育他。但孩子爱哭，晚上一定要跟着母亲才会安静。一天，翁家又派车子来，说老太太非常思念女儿。长亭听说，更加悲伤，石大璞不忍心再留住不放。长亭想抱着儿子一起回娘家，石大璞不肯，长亭就一个人回去了。分别时，说好一个月就回来，可是半年过去了，还是没有音信。石大璞派人去探听，翁家先前租住的房子早就空空如也。

又过了两年多，盼望想念都毫无结果，孩子又整夜啼哭，石大璞心如刀割。不久石大璞的父亲又病故了，他愈添哀伤，因此自己也病倒了，在居丧期重病缠身，没法接受亲戚朋友的吊唁。一天，正在昏沉之际，忽然听到一个妇人哭着进来。睁眼一看，竟是一身孝服的长亭。石大璞悲伤难忍，一阵哀痛昏死过去。丫鬟一阵惊叫，长亭才不哭了，给石大璞抚摩了好长时间，他才渐渐醒过来。他疑心自己已经死了，这是与长亭在阴间相聚。长亭说："不是。我不孝，讨不到严父的欢心，被他阻拦三年没能回来，实在对不起你呀！恰巧仆人从海东经过这里，听到公公病逝的噩耗。我依从父亲严命断绝了儿女之情，却不敢顺从不合理的要求而有失公媳之礼。我来这里，父亲并不知道，只有母亲知道。"说话间，慧儿扑到她的怀里。她和石大璞说完话，又抚摸孩子，哭着说："我要父亲，儿子就没有母亲了。"慧儿也号啕大哭，满屋的人也都掩面而泣。长亭起身，料理家务，灵柩前的祭品丰盛整洁，石大璞很感宽慰。但他病得太久了，一时间不能起床，长亭便请他的表兄来接待吊丧的宾客。丧礼完毕，石大璞才能拄着拐杖站起来，一起商量安葬的事。下葬以后，长亭想告辞回娘家，去接受违抗父命的惩罚。但丈夫苦苦挽留，儿子牵衣号哭，她就忍住留下来。没过多久，有人来报信说她母亲病重，长亭便对石大璞说："我这次是为你父亲而来，难道你不

为我母亲放我回去吗？"石大璞答应了。她让奶妈把慧儿抱开，流着眼泪出门而去。长亭一去，几年又没回来，时间一长，石大璞父子也渐渐把她忘了。

　　一天，天刚亮，石大璞打开门，长亭跌跌撞撞地进来。石大璞很吃惊，正要问她，长亭悲愁地坐在床上，叹气说："我在闺房里长大，一里路都觉得很遥远，这次一天一夜跑了一千里，实在累坏了！"石大璞仔细盘问，长亭欲言又止。石大璞仍不停地追问，她才哭着说："那我告诉你，但恐怕我所悲痛的，正是你所高兴的。近年我家搬到山西，租了赵绅士的房子住着。主客交往得很好，我家把红亭嫁给了他的公子。公子屡屡外出游荡，家庭很不和睦。妹妹回家向父亲诉苦，父亲留住她，半年不让回去。公子怀恨在心，不知从何处请来一个恶人，差遣神将给父亲套上锁链，捆走了，全家人都惊恐害怕，顷刻间四处逃散了。"石大璞听了，忍不住笑起来。长亭生气地说："他再不仁义，也是我的父亲。我跟你夫妻多年，只有恩爱而没有怨恨。如今我家家破人亡，百口人流离失所，你即使不为我父亲伤心，难道也不安慰安慰我吗？听了我家的不幸就高兴得手舞足蹈，竟没有半句话来安慰，怎么这样没情没义呢？"说完，拂袖而去，石大璞追出去赔礼道歉，可是长亭已经不见了。他心中怅怅，很是后悔，心想这回是彻底没指望了。

　　刚过了两三天，翁老太太和长亭一起来了。石大璞高兴地上前慰问，母女二人都跪伏在地。石大璞吃惊地问她们，母女都哭了。长亭说："我赌气而去，现在自己不能坚持，只好又来求你，还有什么脸面呢？"石大璞说："岳父固然不像话，但岳母的恩惠、你的情义，我石某是不会忘记的。不过我听到他遭祸就高兴，也是人之常情，你为什么不暂忍一忍呢？"长亭说："刚才在路上遇到母亲，才知道捆走我父亲的，就是你的师父。"石大璞说："真是这样，那就好办了。可是，岳父如不回来，那你们父女离散；一旦他回来，恐怕你的丈夫就要哭泣，你的儿子就要悲伤了。"老太太起誓表白心迹，长亭也发誓回报丈夫。于是石大璞立刻收拾行装来到开封，打听着到了元帝观，王赤城刚外出归来不久。石大璞进去拜见师父，师父问他来到这里有什么事。石大璞见厨房里有一只老狐狸被绳子穿过小腿捆绑着，便笑着说："弟子这次来见师父，为的就是这个老妖精。"王赤城追问其中原因，石大璞说："它是我的岳父。"便把事情的来龙去脉照实说了一遍。王道士说它狡诈得很，不能轻易释放。石大璞再三请求，他才答应了。石大璞于是历数它的诡诈，老狐狸听了，将身子缩进

80

灶膛里，显出好像有些惭愧的样子。王道士笑着说："它的羞耻之心还没完全失掉呢。"石大璞起身，把狐狸从灶里牵出来，用刀割断绳索往外抽。狐狸痛极了，咬得牙齿格格响。石大璞并不一下子抽出来，而是拽拽停停，笑着问："老丈人要是疼的话，不抽出来可以吗？"老狐狸眼睛闪闪发亮，好像很生气。放开以后，老狐狸摇着尾巴跑出道观。石大璞告别师父回到家。

三天以前，已经有人回来报告了老头获释的消息。老太太先走了，长亭留下来等待石大璞。石大璞一到家，长亭就迎上前跪下。石大璞拉起她来，说："你如果不忘夫妻情义，我就满足了，感谢就不必了。"长亭说："现在我娘家又搬回旧居去了，村子就在附近，音讯不会隔绝了。我想回去看望一下，三天就回来，你信得过我吗？"石大璞说："儿子生来就没有母亲，也没夭折。我天天独身生活，也已习惯了。现在我不像赵公子，反而以德报怨，对你已经仁至义尽了。如果你不回来，在你为负义，相隔虽近，我也不会再去找，有什么信不信的呢？"长亭第二天回家，住了两天就回来了。石大璞她怎么这么快回来，长亭说："父亲因你在开封曾捉弄他，至今耿耿于怀，一唠叨起来就没完没了，我不愿再听，就提早回来了。"从此，长亭与母亲、妹妹往来密切，而翁婿之间还是不相往来。

18. 黄英

马子才，是顺天府人。他家祖祖辈辈喜欢菊花，到马子才更是嗜菊如命。一听到有好的品种，即使相隔千里也不怕远，一定买来方才罢休。一天，来了个南京的客人，住在他家里，自称他的中表亲家有一两种好菊花，是北方没有的。马子才听了欣喜动心，马上收拾行装，随客人到了南京。客人想方设法为他寻求，总算弄到两支幼苗。马子才仔细包裹收藏起来，像得了宝贝一般。

回家途中，马子才遇到一位年轻人，他骑头小驴跟在油碧车后面，相貌不凡，气度潇洒。马子才慢慢近前和他攀谈，年轻人自称姓陶，谈吐文雅。问起马子才为何出门在外，马子才如实告诉了他。年轻人说："菊花的品种无所谓好坏，关键是人们怎样培植浇灌罢了。"于是两人谈论起栽培菊花的园艺来。马子才为遇到知音而非常高兴，就问他们要到哪里去。年轻人答道："姐姐在南京住得厌烦了，想到黄河以北找个地方住下。"马子才欢喜地说："我家虽然不富裕，但还有几间茅屋能住得下。如果不嫌荒僻简陋的话，请到我家一住，就不必再找别的地方了。"陶生快步走到油碧车前，和姐姐商量这事。车里人推开车帘说话，竟是一个约二十岁的绝代美人。那女子对弟弟说："房子好坏不必计较，只是院子一定要宽敞。"马子才连忙代替陶生答应下来，于是和他们一起回到家里。

马子才住宅的南边有一个荒芜了的园子，园中只有三四间小屋，陶生很喜欢，就住了下来。陶生天天到北院，替马子才培植菊花。有的菊花已经枯萎了，陶生连根拔出来再栽上，没有不成活的。但陶家很清贫，陶生每天和马子才一起吃饭饮酒，看起来家里似乎不动烟火。马子才的妻子吕氏，也很喜欢陶生的姐姐，不时送些粮食过去接济她。陶生的姐姐乳名叫黄英，能说会道，常常过来和吕氏做伴，一起做针线活。一天，陶生对马子才说："你家本来也不富裕，我天天在这里吃喝，让你这好朋友受

拖累，哪里是长久之计呢？为眼下考虑，不妨卖些菊花，也足可以维持生计了。"马子才一向性情耿直，听了陶生这话，很瞧不起他，说："我以为你是个风流文雅、品质高洁的人，一定能安于清贫，谁想今天却说出这样的话，要把菊园变成市场，真是对菊花的侮辱！"陶生笑着说："自食其力，不能说是贪财；做花草生意，也不能算是俗人。人固然不能不择手段地求取富贵，可也不必一心去追求贫困呀！"马子才不说话，陶生站起身出去了。从这以后，马子才扔掉的残枝劣种都被陶生拾去。陶生也不再到马家睡觉吃饭，只有马子才叫他才来一趟。

不久，菊花要开放了，马子才听到陶家门前吵嚷喧闹，如同集市一样。他觉得奇怪，过去探看，只见到陶家买花的人，有的用车载，有的用肩挑，路上人来人往，络绎不绝。那些菊花的品种都很奇特，马子才从来没见到过。马子才心里厌恶陶生的贪鄙，想和他绝交，但又恼恨他私下藏着优良品种不让自己知道，于是去敲他的门，想责备他一顿。陶生走出门来，见是马子才，便热情握手，拉着他进了园子。只见原先荒芜的半亩园地都成了菊畦，除了几间小屋之外，找不到空闲的地方。凡是把花挖走的地方，已折别的花枝插上，补起空缺。那些在畦里含苞欲放的菊花，没有一株不是好品种。马子才近前细看，都是自己以前认为不好拔出来扔掉的。陶生走进屋里，取出酒菜，摆在菊畦旁边，说："我因贫穷不能遵守安于清贫的信条，这几天幸好卖了几个钱，还足够让我们一醉。"一会儿，听到房里有人呼唤"三郎"，陶生答应着去了。陶生很快又端出几盘下酒好菜来，烹调得很精致。马子才于是问陶生："你的姐姐为什么还不出嫁呢？"陶生回答："还不到时候。"马子才问："要到什么时候呢？"陶生说"过四十三个月。"马子才感到莫名其妙，又问是为了什么，陶生只是笑，并不回答。吃得酒足饭饱，两人才尽欢而散。第二天，马子才又来到南院，新插的花枝已长到一尺多高了。他非常惊奇，苦苦请求陶生将技艺教给他。陶生说："这实在是难以言传的，况且你不以卖菊谋生，怎么用得到这个呢？"

又过了几天，生意略为冷落，陶生就用蒲席包起菊花，捆扎着装了好几车走了。过年后，春天快要过去一半了，他才载着南方的珍奇花卉回来。他又到北京城开了一个花店，十天的工夫，全部卖完了，又回来栽培菊花。去年买花的人都把花根留下自己栽种，不料第二年都变成了劣种，只好又来向陶生购买。陶生从此一天天富裕起来：第一年增盖房屋，第二年又建起高楼。他盖房建楼随心所欲，也不和主人商量。

渐渐地，旧日的花畦都成了回廊房舍。陶生又在墙外买了一块地，四周筑起土墙，里面都种上菊花。到了秋天，陶生用车子装着菊花走了。第二年春天过后还没回来。这时马子才的妻子生病死了，他对黄英有意，便暗地让人向她微言示意。黄英微笑不语，看意思像是默许了，只是专等着陶生归来罢了。

过了一年多，陶生竟然一直没回来。黄英让仆人种菊花，和陶生在家时一样。卖花赚来的钱就和商人合伙做买卖，还在村外买下了二十顷良田，宅第也更加华丽壮观。一天，忽然有个从东南沿海一带来的客人，给马子才捎来陶生的一封信。拆开一看，内容是嘱咐姐姐嫁给马子才。查对一下寄信的日期，正是他妻病逝的日子。回想起那天和陶生在南院园中饮酒，到今天正好是四十三个月，因此对陶生的言行更加惊奇。他把信拿给黄英看，问她聘礼送到什么地方。黄英表示不要彩礼，但她认为他的旧居太简陋，想让马子才搬进南院住，像入赘一样。马子才不同意，选了好日子，举行了迎娶之礼。

黄英嫁给马子才后，在墙壁上开了个通向南院的便门，每天过去督促仆人干活。马子才把靠妻子而富足视为耻辱，常嘱咐黄英准备两本账簿，南北两院的财物分别登记，以防混淆。但是，家里需要的东西，黄英总是从南院拿过来用，不到半年，家里陶家的东西到处可见。马子才派人一一送还，告诫黄英不要再拿回来。可是不出十天，东西又混杂了，马子才又让人送回去。这样拿来送去折腾了好几次，马子才不胜烦恼。黄英笑着说："陈仲子不是太劳累了吗？"马子才很羞惭，便不再过问察看这类事，一切听任黄英安排。黄英准备好砖木瓦石，请来许多工匠，大兴土木，马子才制止不住。只几个月，楼台亭阁连成一片，南院、北院竟合二为一，分不出界限来了。但她听从了马子才的劝告，闭门在家，不再做菊花生意，然而家中生活享用之物，就是世家大户也比不上。

马子才心里不安，对黄英说："我三十年不贪富贵、清廉自守的品德，都让你给败坏了。如今活在人世，只是倚仗妻子，真没有一点男子汉的气概了。人家都祈祷致富，我只是祈祷变穷。"黄英说："我不是个贪财好利的俗人，可要是不过得富裕些，就会让千年之后的人说陶渊明是个穷骨头，百世也发不了家，所以才给我家陶公争口气。不过，贫困人家要变富很难，富贵人家要想变穷倒也容易。床头的金银随你挥霍，我决不吝惜。"马子才说："胡乱耗用别人的钱财，也是够丑恶的了。"黄英说：

"你不愿富裕，我却不甘于贫穷。实在没办法，只好和你分开过，这样清高的自己清高，浑浊的自己浑浊，有什么妨碍！"于是黄英在园中盖了间草房，挑选漂亮的丫鬟去服侍他。马子才住进草房，才觉得安心多了。只是过了不几天，他便苦苦思念黄英。叫她来，她也不肯。不得已，反而去找她了。每隔一夜，马子才就要到黄英房间去睡，成了常事。黄英笑着对他说："在东家吃饭，在西家住宿，清廉之士不应该这样。"马子才自己也笑了，无言以对，于是又像以前那样住在了一起。

马子才因事到南京去，正值菊花开放的深秋时节。他早上起来去逛花店，见店中陈列的盆菊很多，品种很好，不禁心中一动，猜测这大概是陶生栽培的。不一会儿，花店主人出来，果然是陶生。两人相见，高兴极了，互相诉说久别之情，马子才于是在花店里住下。他邀请陶生回家，陶生说："南京是我的故乡，将要在这里成婚。我积攒了一些钱，麻烦你带给我姐姐。到年终时，我会去看你们的。"马子才不听，越发苦苦请求，并且说："现在家中幸好富足，尽管坐享清福，不必再做买卖了。"他坐在店中，让仆人代替陶生讲价钱，减价出售店里的菊花，不几天全卖完了。他催促陶生收拾行装，一起雇船北上了。进了家门，黄英已清扫出一间房子，床铺被褥都收拾好了，好像预先就知道弟弟回来似的。陶生自从回来，放下行装就督促仆人大修亭园。从此，他天天和马子才下棋饮酒，再也不结交一个客人。给他提亲，他推辞说不愿意。姐姐就派两个丫鬟服侍他睡觉，过了三四年，生下一个女儿。

陶生一直酒量很大，从来没见他喝醉过。马子才有个朋友曾生，酒量也很大，没遇到过对手。这天，曾生来看望马子才，马子才便让他和陶生比试酒量。两人纵情畅饮，喝得很痛快，都遗憾相见太晚了。两人从清晨一直喝到深夜，算来他们各喝了一百壶。曾生醉得像摊烂泥，在座位上睡着了。陶生起身回去睡觉，出门踩着菊畦，摔倒了，衣服掉到一边，就地化为一株菊花，有一人那么高，枝上开着十几朵菊花，都比拳头还大。马子才被吓坏了，忙去告诉黄英。黄英急忙赶去，把那株菊花拔出来，放到地上，说："怎么醉成这个样子！"说着把衣服盖在那株菊花上，叫马子才跟她一起离开，并告诫他不要来看。第二天天亮后马子才来到园中，见陶生躺在菊畦边上。马子才这才明白他们姐弟俩原来是菊花精，然而更加敬爱他们。

而陶生自从显露原形以后，喝起酒来更没顾忌，常常主动发请柬邀曾生过来喝酒，因此和曾生成了莫逆之交。农历二月十五日百花生日那天，曾生带着两个仆人，

抬着一坛药酒前来拜访，约定和陶生一块把它喝光。坛里的酒快喝完了，两人还都觉得没多少醉意，马子才暗中又将一大瓶酒倒进去，两人又喝光了。这时曾生已醉得不成样子，他的仆人就把他背走了。陶生躺在地上，又变成菊花。马子才见过这种情形，也就不再惊奇，仿照黄英的做法，将菊花拔出来，放在地上，守在旁边观察它的变化。过了很久，菊花的叶子越来越憔悴了，马子才大为惊恐，这才去告诉黄英。黄英听了，吃惊地说："你杀死我弟弟了！"黄英忙跑去，只见根基已经枯萎。黄英悲痛欲绝，掐下花梗埋在花盆里，端回自己的房间，每天浇灌。马子才后悔极了，非常怨恨曾生。过了几天，听说曾生已醉死了。盆里的花梗渐渐萌生新芽，到九月已开花了，枝干很短，花朵是白的，闻起来有酒的香气，就起名叫"醉陶"。用酒浇灌它，就生长得愈发茂盛。

后来，陶生的女儿长大成人，嫁到世族大家。黄英直到老死，也没有出现什么奇特怪异的事情。

19. 连城

　　乔生是云南晋宁县人，少年时就有才华和名望。二十岁时，他很重义气，和顾生要好。顾生去世，他常救济顾生的家人。县令因为他文才超众而器重他。县令任职期间去世，家属没有路费回原籍，乔生变卖田产，亲自护送灵柩，来回两千多里。因此，乔生更受文士们敬重，可是他的家境却更衰败零落了。

　　史举人有个女儿，字连城，擅长绣花，书也读得不错。父亲对她百般娇爱，拿出她绣的《倦绣图》，征求少年们题诗，为的是选择女婿。乔生题诗道："慵鬟高髻绿婆娑，早向兰窗绣碧荷。刺到鸳鸯魂欲断，暗停针线蹙双蛾。"又赞美绣工精巧，写道："绣线挑来似写生，幅中花鸟自天成。当年织锦非长技，幸把回文感圣明。"

　　连城很喜欢这两首诗，在父亲面前称赞。父亲嫌乔生家贫。可是她逢人就赞美那诗写得高明，又派老妈子假托父亲的意思，向乔生赠送银子，资助他读书。乔生不胜感叹，说："连城真是我的知己啊！"他一门心思地想念连城，心中似饿火中烧要吃东西一样。

　　可是没过多久，连城许配给盐商的儿子王化成，乔生这才绝望，可梦里依然对连城铭记不忘。不久，连城生了痨病，病势沉重，躺在床上。来了一个西域的和尚，自称能治连城的病，但是要有一钱男子胸脯的肉，掺了药捣成丸子。史举人派人到王家告诉女婿，王化成冷笑，说："傻老头，要剜我的心头肉吗？"来人回去一说，史举人很生气，对众人说："谁肯割肉，就把女儿嫁给谁。"乔生听到这么说就跑到史家，抽出锃亮的短刀，割了胸脯肉递给和尚。鲜血淋淋，沾红乔生的衣裤，和尚为他敷了药才止住。和尚制成药丸三粒，连城三天服完，病状消失。史举人准备兑现自己的话，事先通知王家。王家生了气，气呼呼地要到官府告状。史举人只好摆下筵席请乔生，桌上摆了一千两银子，说："十分对不起先生的大恩大德，请答应我用这银子报

答你。"史举人又说明违背盟约的缘由。乔生气恼，说："我忍痛割肉，不过是为了报答知己，难道是卖肉么？"说罢把长袖子一甩，扭头就走。连城得知乔生的处境后，于心不忍，派老妈子去安慰他，并且对老妈子说："像乔生那样有才华，决不会长期贫贱。他还用得着愁天下没有好女子么？我做了一个很不吉利的梦，三年以后一定死。他不必同别人争我这地下的人了。"听到传来这话，乔生告诉老妈子说："'士为知己者死'，我不是单单为连城长得漂亮。恐怕她未必真正了解我，只要她真知道我的心，不能成亲有什么关系！"老妈子代连城指天为誓，表明心迹。乔生说："如果真像你说的那样，当她遇见我时，应当对我一笑，这样，我就死而无憾了。"老妈子走后又过了几天，乔生偶然出去，遇到连城从叔叔家回家。乔生斜眼瞅她，连城转头看他，眉目含情，开口娇媚地一笑。乔生非常开心，说："连城是真了解我的！"

正巧王家来史举人家商定成婚的日期，连城旧病复发，过了几个月就死了。乔生来吊唁，哭得过于悲痛，也死了。史举人派人把他抬回家。乔生自知身死，也不觉有什么可难过的。他走向村外，还盼望一见连城。远远望去，西北大道上行人往来，多得像蚂蚁，就也混进人群。一会儿，走进一个衙门，遇到顾生，顾生吃惊地问他："你怎么来到这里？"顾生立刻拉住他的手，要送他回去。乔生长叹一声，说自己的心事还没有了结。顾生说："我在这里管文书案卷，很受上级信任。如果你用得着我，决不推辞！"乔生向他打听连城的情况，顾生就领他去寻找，走了好几个去处，见连城和一个白衣女郎都泪眼模糊，坐在一个走廊的角落里。连城看见乔生，连忙站起来，似乎很高兴，问他为什么也来了，乔生说："你死了，我怎么敢再活下去呢？"连城感动得流泪，说："像我这样忘恩负义的人，你还不抛弃，以身殉情干什么？就是要嫁给你，今生也晚了，我发誓下一辈子一定嫁给你！"

乔生对顾生说："你有事的话就走吧。我乐意死，不想再活啦！只是麻烦你查清连城到哪里投生，我准备跟她一道走。"顾生应声而去。白衣女郎向连城问起乔生，连城为她追述了一遍。她听后不胜悲伤。连城告诉乔生："她和我同姓，小字宾娘，是长沙太守的女儿。我们一路同行，就相互要好了。"乔生看白衣女郎情态可爱，才想细问她，顾生已经回来，祝贺乔生说："我为你办好啦，立刻让娘子和你一同回阳世，好不好？"乔生和连城高兴极了。正要行礼告别，宾娘张口大哭，说："姐姐走了，我到哪儿去？恳求你们可怜我，救救我，我就给姐姐当丫鬟吧！"连城心里一阵

悲伤，却毫无办法，同乔生商量。乔生转脸哀求顾生，顾生很为难，严厉地表示不能办。乔生一再求他勉强办理，顾生才说："胡乱去试试看吧！"等了一顿饭工夫，顾生回来了，摆着手说："怎么样？碰了一鼻子灰，实在无能为力了！"宾娘一听，娇声痛哭，哀怨动人，紧靠连城臂后，生怕她马上离开。他们心里凄凄惨惨，无计可施，低头不语，再看看宾娘，一脸愁苦，令人心酸肠柔。这时，顾生激情满怀，对乔生说："你就带宾娘走！如果上级怪罪，我一力担当！"

宾娘转悲为喜，跟随乔生出去。乔生担心她路远，没人做伴，宾娘说："我要跟你走，不愿意回家了。"乔生说："你太傻了。不回去，怎么能复活呢？以后我到湖南去，你见了我以后不马上躲开，我就很幸运了。"正好有两个老妈妈拿着文书去长沙，乔生就托她们带宾娘走，三人洒泪分别。路上，连城走得很慢，行一里多路就要歇息，歇了十几次才望见家门。连城说："我复活以后，怕过去的事情有反复。请你把我的尸体要来，我在你家复活，王家必然不能反悔。"乔生同意，就带她一道向家走。眼看到家，连城惊慌害怕得走不成步，乔生停下等她。连城说："我到这四肢摇摇晃晃，心神不定，怕是咱俩的事办不成，还应该仔细谋划。不然，复活以后怎能由咱自作主张呢？"

他们携手走进厢房，沉默了一会儿，连城笑着说："你讨厌我么？"乔生吃惊地问她原因。她红着脸说："恐怕事情不成功，那么就太对不起你了。请让我在复活之前用魂灵报答你吧！"乔生喜出望外，就同她极尽欢乐缠绵。两人犹豫不决，不敢很快出去，在厢房里待了三天。

连城说："俗话说：丑媳妇少不得见公婆，在这里愁来愁去，到底不是长久之计。"她就催乔生回到正房里。乔生才到灵床，那尸体忽然醒来。家里的人十分惊异，忙端水给他喝。乔生派人把史举人请来，向他索要连城的尸体，自称能使她复活。史举人很高兴，听从他的意见。刚把连城的尸体抬进屋，看一看，连城已经醒过来。连城对父亲说："儿已经把自己许配给乔郎了，再也没有回去的道理。如果要更改，只有再以死了结。"史举人回家，派丫鬟到乔家伺候连城。王家听说连城复活，到官府告状。县官受贿，把连城判归王家。乔生得知，十分气愤，烦闷得要死，却无可奈何。连城被抬到王家，满腔愤恨，不吃不喝，只求快死，屋里没人时，就把上吊的带子拴到梁上。过了一天，她精力更加疲惫，眼看又要死。王家害怕，把连城送回史举

人家。史举人又把她送给乔生。王家知道了，却也无可奈何，所以就相安无事了。

连城又能起来了，她常常想念宾娘，要派人去湖南探访，因为路太远，迟迟没有动身。一天，家里人跑进来说："门外有车马。"夫妻两人去看，宾娘已经走进院子。三人相会，悲喜交集。史太守亲自来送女儿，乔生请他进屋。太守说："我女儿仰仗你才能复活，发誓不嫁别人，现在就依她吧。"乔生以女婿的身份向太守行礼。这时史举人也赶到了，大家相互热情地认亲戚。

生名年，字大年。

20. 宫梦弼

柳芳华，家在保定府。他是一乡的首富，慷慨好客，家里常有成百的客人。遇到人有急难，他破费千金也不吝惜。客人和朋友借了他的钱常常不还。只有一个客人，名叫宫梦弼，是陕西人，从来不提要求，来一趟就成年住着。他言谈清雅洒脱，柳芳华和他相处的日子最多。

柳芳华的儿子名字叫和，那时头上梳两个小角，称宫梦弼叔叔。宫梦弼爱哄柳和玩，每当柳和从私塾回来，总是一道揭开铺地砖，做拿石子当银子埋藏的游戏为乐。柳家的房舍中，有五间几乎都埋遍了。众人笑宫梦弼孩子气，柳和却单单喜欢他，比对别的客人更加亲热。

过了十几年，柳家的家业渐渐空虚，不能满足众多客人的需求，于是客人越来越少了，但是十几个人通宵欢宴，还是常事。柳芳华到了晚年，家境更衰落了，还出卖土地，供客人吃喝。柳和也很大方，学习他父亲的好客，结交小朋友，柳芳华知道以后不加禁止。不久，柳芳华病死，穷得买不起棺材。宫梦弼自掏腰包，为他料理丧葬。柳和更加感激他，家中事不分大小，一概委托宫叔叔办理。宫梦弼从外面回来，经常袖子里装来瓦片碎石，进家后扔在暗旮旯里，大家都不明白他是什么意思。柳和因为家贫，常常愁容满面。宫梦弼说："你不知道劳苦的艰难，别说没有钱，就算是给你一千两银子，你也会一下把它花光。一个男子汉怕的是不能自力更生，哪里是怕穷！"一天，宫梦弼要回陕西，向柳和辞行。柳和啼哭，嘱咐他快回来，宫梦弼答应一声就走了。柳和穷得少吃缺穿，能典当的东西渐渐当光了。他每天盼望宫叔叔回来，为他料理家业，而宫梦弼却是无影无踪，就像飞去的黄鹤，似乎要一去不复返了。

以前柳芳华在世的时候，为柳和同无极县黄家定亲。黄某也是财主，后来听说柳家穷了，暗中后悔。柳芳华去世，柳家给黄某送去报丧帖，黄某没有来吊唁，柳家考

虑到路远，原谅了他。柳和服丧期满，母亲派他去岳家商定成婚的日期，希望得到黄某的怜悯关怀。等走到以后，黄某听说柳和穿得破烂，指使守门人不放他进来，并且捎了口信，说："回家筹得一百两银子，可以再回来。不然，就从此断绝关系。"柳和听后不禁大哭。黄家对门有个刘老妈妈，看柳和怪可怜的，送饭给他吃，又给他三百文铜钱，安慰他，让他回家。

柳和的母亲因此又伤心又气愤，却没办法。柳母想到过去客人来借钱，十之八九没偿还，就让柳和向他们中的富贵之家求助。柳和说："从前来交好的人，是为了贪图咱们的钱财。假如我今天乘四匹骏马拉的高篷车，向他们借来千两银子也不难。现在穷到这般地步，谁还记着过去的恩德，顾念老交情呢？再说，父亲借出钱财，一没文约，二没保人，要账也没有凭据呀。"母亲非让他去不可，柳和只好听从，可是他出门跑了二十多天，没有收到分文。只有一个唱戏的，名叫李四，过去受过柳家的周济，听说柳家困难，仗义赠送一两银子。为此，柳和母子相对痛哭，求助的希望完全断绝了。

黄某的女儿已到可以结婚的年龄，她听说父亲因为柳家穷而断了亲，私下认为没有道理。黄某要她另许配别家，她哭着说："柳郎不是生来就穷的。假如他家比过去更加富有，难道咱们的仇家就能够从我们手里把他夺走吗？现在柳家穷了，因此把人家扔掉，不厚道！"黄某听后不高兴，又百般婉转劝说，女儿始终不动摇。黄氏夫妻气急败坏，一天到晚骂女儿，女儿满不在乎。不久，夜间有盗贼抢劫黄家，黄氏夫妻被热烙铁烧得死去活来，几乎送了命，家中财物也被席卷一空。又过了三年，黄家更加贫困败落了。有西路商人听说黄女美丽，愿意拿五十两银子作为聘礼。黄某见钱眼开，就把女儿许配给他，逼迫女儿出嫁。黄女觉察父亲的企图，撕烂衣服，抹了一脸灰，趁黑夜出逃。她一路讨饭，走了两个月才到保定，打听到柳家的住址，径直来到柳家。柳和的母亲以为她是讨饭的，因此呵斥她。黄女哭着自我介绍，柳母拉着她的手，心疼得流下眼泪，说："我的好闺女，你怎么弄成这个模样了？"黄女一阵心伤，凄凄惨惨地说明原委。柳家母子被感动得哭起来，就让黄女梳洗。黄女稍加整理，顿时容貌艳丽润泽，眉目间光彩照人，柳家母子都很喜欢。但是三口之家，一天只能吃一顿饭，柳母哭着说："我母子本来就该这样，令人难过的是对不起你这好媳妇啊！"黄女笑着安慰柳母，说："媳妇当过乞丐，很知道那个滋味，今天感觉从地狱

来到天堂了。"说得柳母也笑了。

一天，黄女走进一间闲房，见地上丛丛断草，连个插脚的空也没有。她渐渐走进内室，到处是尘土，墙旮旯里有一堆乱七八糟的东西。她用脚一踢，感觉硬邦邦的，拾起来一看，都是上等成色的银子，她很惊异，就去告诉柳和。二人同去细看，原来是宫梦弼当年扔下的瓦片碎石，现在都变成银子了。柳和联想到童年时曾和宫叔叔埋的石子，是不是它也变了呢？可是那旧房子已经典当给东邻，于是赶快把它赎回来。他们进屋去看，有的砖破裂残缺，下面露出来的东西清清楚楚，还是石子，柳和非常失望。他又揭开别的砖，竟然白光灿灿，都是银子，一会儿就得到几万两。从此，柳和赎田产，买奴仆，盖的新房舍比过去的更豪华。柳和自我勉励，说："如果不能靠自己把事情办好，就对不起宫叔叔了！"他开始专心读书，三年以后考中举人。

柳和亲自到无极县，拿出一百两银子酬报刘老妈妈。去时，柳和穿着光鲜夺目的衣服，后跟十几个年轻漂亮的仆人，他们都骑着高头大马。刘老妈妈仅有一间房屋，柳和就坐在床上。屋外，人声喧哗，骏马撒欢，小巷子里到处是人。黄老头自从女儿出走，西路商人就逼他退还聘金，可那钱已经用去一半，他卖了房屋才还上债。因此他家穷得同过去柳家一样。黄某听说原来的女婿钱多势大，只有关起门来暗自伤心。刘老妈妈用酒饭款待柳和，称赞黄女贤惠，而且对她的离家出走很惋惜。她又问柳和娶亲没有，柳和说："娶过了。"饭后，柳和硬要老妈妈去看新娘子，把她用车拉到保定。到家，黄女迎接，打扮得非常华丽，一群丫鬟团团簇拥伺候，像仙女下凡一般。刘老妈妈见后十分惊异。于是黄女同她叙谈旧情，殷切地向她询问父母的生活情况。老妈妈住了好几天，柳和热情招待，给她做漂亮衣服，上下一新，这才送她回无极县。

刘老妈妈到黄家报告黄女的消息，转达女儿对父母的问候。黄家夫妻大惊。老妈妈劝他们投奔女儿家，黄某很难为情。后来，黄家夫妻实在饥寒难忍，黄某才不得已到保定。走到柳家大院一看，门楼高大壮丽，但是守门人横鼻子竖眼，一整天不给通报。这时有一个妇人走出来，黄某低声下气，告诉她自己的姓名，请她私下通知女儿。那妇人答应帮忙，一会儿又走出来，领他到门边的小屋里，说："娘子很想快来拜见，可是怕郎君知道，瞅空才能来。老太爷什么时候到的，饿了么？"黄某向她诉苦。妇人去提来一壶酒、两样饭菜，送到黄某身边。她又赠送给黄某五两银子，

说："郎君在内室设宴，娘子恐怕不能来了。请明天一早离开，千万别让郎君看到。"黄某答应了。第二天，黄某早起打点了行装，大门还锁着，就在门洞里坐包袱上等待。忽然听见院里一阵喧嚷，说主人要出来了。黄某转身躲避，柳和已经看见，心里惊怪，向别人问他是什么人。众人都回答不上来，柳和很生气，说："一定是个毛贼，抓起来送官。"众人应声而上，拿绳子拴了，捆在树上。黄某又羞又怕，不知说什么好。一会儿，昨天晚上见的那个妇人出来了，向柳和跪下说："他是我的舅舅，昨天来得很晚，没有禀告主人。"柳和命人解开绳子。妇人送黄某走出大门，说："我忘记嘱咐门房，出了这个差错。娘子说想她的时候，可以让老夫人装扮成卖花的，和刘老妈妈同来。"黄某答应，就走了。

黄某到家，把在保定的情形说了一遍。黄老太急切想念女儿，就去告诉刘老妈妈。老妈妈果真陪黄老太到柳家。开了十几道门，黄老太才到女儿闺房。女儿头挽高髻，一身绫罗绸缎，外罩彩绣披肩，珠环翠绕，香气扑鼻。她轻轻一声喊，丫鬟仆妇跑来一大群，搬来镶着金花的躺椅，又放了一对儿夹膝。聪明伶俐的丫鬟泡好香茶捧上来。母女相见，用暗语互相问候，眼里都泪花闪动。到晚上，黄女收拾干净房间，为两个老人安排住宿。被褥特别暖和柔软，是黄老太过去富时也没享用过的。住了三五天，黄女对母亲情深意厚。黄老太常拉她到僻静地方，哭着向女儿认错。女儿说："母女之间，有什么差错不能忘怀的，只是郎君怒气不息，怕他知道你来。"因此，每逢柳和到来，黄老太就早早躲起来。一天，黄家母女正促膝而坐，柳和忽然进来，看见以后，生气地骂道："你是什么乡下老婆子，胆敢靠近娘子坐，就该把鬓毛拔光！"刘老妈妈急忙向前一步，说："她是我亲戚，卖花的王嫂，请不要怪罪。"柳和就拱一拱手道歉，坐下来说："姥姥已经来到好几天，我因为忙，没有早来见面叙谈。黄家老畜生还在么？"刘老妈妈回答说："都好，可是穷得没法过。官人大富大贵，怎么不顾念一点丈人和女婿的情分呢？"柳和不以为然，拍着桌子说："当年要不是姥姥可怜我，给我一碗粥喝，我怎么能活着来家呢？我恨不得剥他的皮当坐褥，有什么可顾念的！"他话到气头上，就跺着脚臭骂黄家夫妻。这时，黄女气愤难忍，说："就算他们不仁不义，总是我的父母。我从老远来你家，一路冻裂了手，磨烂鞋，露出脚指头，自觉没有对不起郎君。怎么就对着女儿骂她父亲，令人受不了呢？"柳和这才消了气，起身走了。黄老太羞愧难当，脸色苍白，要回家，女儿暗地给她二十

两银子。

黄老太回无极以后，音信就断绝了，黄女十分挂念，柳和就把黄家夫妻接来。老两口来后，惭愧得无地自容。柳和道歉说："去年岳父母大人来了，没人向我说明，多有得罪。"黄某不知说什么好，只随便答应了一声。柳和为他们更换衣服鞋袜，留他们住了一个多月。黄某心里总觉不踏实，几次要回去，柳和赠银一百两，说："西路商人给五十两，我加倍奉上。"黄某听罢羞了一头汗，不好意思地接过去。柳和派车马送他们回家。黄家夫妻晚年，生活比较富裕。

21. 竹青

鱼容是湖南人，说起他故事的人忘了他是哪个县的。此人家境贫寒，参加考试又落第而归，带的钱已经花光。他羞于向人讨饭，结果饿得要命，只好暂时到吴王庙中歇息。

鱼容忍不住用了些抑郁愤懑之语，向吴王祈拜祷告了一番。然后，他出来就在大廊里躺下了。这时，忽然有个人领着他离开这里，走到吴王面前，跪下说道："黑衣队还缺少一个士兵，就让这个人补缺行吗？"吴王说可以，立即递过来一身黑衣。鱼容穿好后，顿时变成了一只乌鸦，扑棱着翅膀飞了出去。只见空中林间乌鸦伙伴们成群结队，他便跟着一起飞翔。他们分别落在各条船的桅杆上，船上的乘客们争着把肉往上抛，乌鸦们就在空中接住吃掉。鱼容也仿效着他们，不一会儿就填饱了肚子。他们平时在林中树梢飞舞栖息，倒也十分悠然自得。

过了两三天，吴王可怜他形单影只，又给他配了一只雌乌鸦，唤作"竹青"，两个彼此相亲相爱，相处得十分快活。鱼容觅食，每每过于驯良，不很机警，竹青便常常劝他，他总也无法听从。一天，有士兵路过，鱼容胸口中弹。幸而竹青把他叼走，才没有被抓去。乌鸦群被激怒了，他们鼓动翅膀，扇动得波涛汹涌，江上的船全部都被掀翻。这时，竹青衔来食物喂鱼容吃。但鱼容伤势太重，到了晚上还是死去了。忽然像是大梦初醒，鱼容睁眼一看，原来自己仍旧躺在吴王庙里。在这之前，附近的村民见鱼容昏死在这里，也不知道他究竟是谁，摸摸还没有变得冰凉，就不时派人来察看。直到他醒来，人们才从他口中弄清了来龙去脉，大家便凑了些钱，把他送回家去。

三年后，鱼容故地重游，来到庙中参拜吴王。他在那里摆下食物，招呼林中的乌鸦伙伴们下来一起啄食，看着他们祷告说："竹青如果也在里面，就请留下来。"那群乌鸦吃完，却一起飞走了。后来，鱼容乡试中举，衣锦还乡，又前来参拜吴王，摆

下了牛羊猪等供品。祭拜完毕，他又用很丰盛的食品招待乌鸦伙伴，又像上次那样祈祷。这天晚上，他就在湖边村落停船过夜，刚点上蜡烛坐定，忽觉桌前好像有飞鸟飘然落下。他一看，却是一位二十来岁的美女。那女子先笑着开口问："别来一向可好？"鱼容吃惊地问对方是谁，女子说："你难道不认识竹青了？"鱼容喜不自禁，问她这是从哪里来。竹青回答说："我如今成了汉水神女，返回故乡的次数少了。这之前乌鸦使者两次说起您对我的情意，所以我特来与您相聚一次。"鱼容越发感动万分、欣喜异常，两人就像是恩爱夫妻久别重逢，不胜欢爱，依恋之至。

鱼容打算带竹青一起回南方家中，竹青则想让鱼容跟她一起去西边汉水，商量了半天也没有决定下来。第二天大清早，鱼容醒来时，竹青早已起床。鱼容睁开眼睛，只见高屋大堂灯烛通明，竟已不在船上。他慌忙爬起来，吃惊地问这是什么地方，竹青笑着说："这里已是汉阳。我的家就是您的家，何必再回南方。"天慢慢大亮，丫鬟仆妇们纷纷来到，美酒佳肴都端了进来。他们就在宽大的床上摆上炕桌，夫妻对饮起来。鱼容问他的仆人在哪里，竹青回答说在船上。鱼容担心船夫不能久等，竹青说："不碍事，我会替你去告诉他们的。"于是鱼容在这里与竹青日夜把酒叙谈，乐而忘归。且说船夫从睡梦中醒来，一看竟是在汉阳，惊恐万分；仆人到处寻找主人，也是杳无音讯。船夫本想再到别处去，却怎么也解不开缆绳，只好一起守在这里。

一共过了两个多月，鱼容忽然想该回家看看了，便对竹青说："我住在这里，与家人亲戚都断绝了来往。况且你和我，名义上是琴瑟和谐的恩爱夫妻，却连家门都不认得，这怎么行呢？"竹青说："且不说我根本无法前往，纵使能去，你家中自有妻子，又能把我放在哪里呢？不如就让我待在这里，把这里当作你的别院好了。"鱼容则恨道路遥远，不能时时前来。竹青拿出一件黑衣，说："你先前的衣服还在这里，什么时候想我了，穿上它马上就能来。来到后，我会为你脱下来的。"说罢大摆宴席，为鱼容饯行。鱼容大醉而睡，醒来时已在船上。他看看四周，仍在洞庭湖原先停泊之处。船夫和仆人都还在那里，见到鱼容非常吃惊，便问他究竟到哪里去了。鱼容装出自己也很懊恼吃惊的样子。这时枕边新添了一个包袱，打开一看，都是竹青送的新衣鞋袜，那件黑衣也折叠在里面，又有一个绣袋系在腰际，里面装满了金银。于是他们起航南行，到岸后，鱼容重谢船夫，然后回了家。

到家几个月来，鱼容苦苦思念远在汉水的竹青。于是，这天他偷偷取出黑衣穿

上，两肋顿时生出翅膀，飘然腾空而起，大约过了两个时辰，已经到达汉水。他在空中盘旋着往下巡视，只见水面孤岛上有一簇楼房，便徐徐降落下来。有个丫鬟早已望见，喊道："官人来了！"不一会儿，竹青跑了出来，和大家一起动手给他解衣，鱼容只觉得身上的羽毛"忽拉"一下全部脱落下来。竹青拉着鱼容的手一起走进房间，说："夫君来得正好，我或早或晚就要临产了。"鱼容打趣地问道："是胎生呢，还是卵生呢？"竹青说："我如今是水神，早已脱胎换骨，应该是与以前不一样了。"过了几天，果然产下一子，胎衣仍厚厚地裹在上面，像个大大的卵，把胎衣破开一看，是个男孩。鱼容十分欢喜，给那孩子取名叫"汉产"。三天之后，汉水神女都来到厅堂，送来衣服食品、珍珠宝物以示祝贺。只见这些神女都美艳妙绝，没有一个超过三十岁的。她们一起进屋走到床前，用拇指按一按小儿的鼻子，这叫"增寿"。待她们离开后，鱼容问刚才来的都是谁，竹青说："她们都是和我一样的神女。你看见走在最后穿藕白衣裙的那个，人们所谓'汉皋解珮'说的就是她。"鱼容在汉水住了几个月之后，竹青用船送他回去。那船不用帆桨，自行在湖中漂走。鱼容抵达陆地时，已经有人在路旁拴好一匹马，他就骑着那匹马，回到家中。从此，他们往来不断。

几年后，汉产愈加俊秀动人，鱼容视若珍宝，非常疼爱。他的妻子和氏，苦于一直没有生育，常常想见见汉产，鱼容便把这意思告诉了竹青。竹青便打点行装，送儿子随他父亲回家，约好三个月回来。回到家后，和氏非常喜爱这个孩子，简直比自己生的还要亲，已经过了十个多月，还是不忍让他离开。一天，这孩子突然就暴病而死，和氏悲痛欲绝。鱼容只得到汉水去告诉竹青。一进门，却见汉产正光着脚丫躺在床上。鱼容惊喜异常，忙问竹青是怎么回事，竹青说："你负约时间也太长了。我想儿子，就把他招回来了。"鱼容便把和氏爱孩子、不忍与他分别的前前后后说了一遍。竹青听罢，说："等我再生个孩子，就放汉产回去。"又过了一年多，竹青生下一对双胞胎，一男一女，男孩取名叫"汉生"，女孩取名叫"玉珮"。鱼容便把汉产带回家中。但一年三番五次地来回跑，觉得太不方便，所以干脆把家迁到了汉阳。汉产十二岁那年就考中了秀才。竹青觉得人世间没有能配上他的美女，就又把他招去，为他娶了妻，才让他返回。为他娶的妻叫"蕳娘"，也是神女所生。

后来和氏去世，汉生和妹妹都来为她送葬尽哀。送葬完毕，汉产留了下来，鱼容则带着汉生、玉珮回到汉水，从此再也没有返回。

22. 小翠

王太常是浙江人。小时候，有次他白天躺在床上，忽然阴云密布，电闪雷鸣。有一个东西比猫稍大，跑进屋，躲在他床下，转来转去不离开。过了一阵天晴，它才径直出去。王太常见它不是猫，心里害怕，隔着房子喊他哥哥。哥哥赶来，听他一说，很高兴，说："弟弟长大以后一定是大贵人，这是狐狸来躲避雷轰的劫难哪！"后来，王太常果然考中进士，从县令任上调进朝廷，当了御史。

王公有个儿子，名叫元丰，长得傻极了，十六岁的时候还分不清动物的公母，因此同乡里的人都不愿意把女儿嫁给他。王公为此十分忧愁。

正好有个妇人带领一个女郎到王家，主动请求把女郎嫁给元丰。王公看她的女儿，笑吟吟的，美天仙若，高兴地问她的姓名。妇人说姓虞，女儿名叫小翠，十六岁了。王公问她要多少聘金，妇人回答说："这孩子跟着我连糠都吃不饱，要是有一天住上高房子，使唤上丫鬟、老妈子，吃喝不愁，闺女得意，我就很满意了。这难道是卖青菜，还要说个价钱吗？"王夫人听后非常高兴，热情款待。那妇人就命小翠给王公和王夫人磕头，嘱咐她说："这就是你的公公和婆母，要好好伺候。我很忙，回去三五天，以后再来。"王公命仆人准备车马送她，妇人说："家不远，别费事啦。"就走出门去。小翠一点也不悲伤眷恋，就翻检针线盒里的花样子，王夫人很喜欢她。过了几天，那妇人没有再来，王夫人问小翠家在哪里，小翠竟傻里傻气，讲不清到她家要走哪条路。于是王公命人另外收拾院子，让孩子完婚。他的亲戚听说他拾了一个穷人家姑娘做儿媳，都嘲笑他，可亲眼看到小翠，都十分震惊，不再乱议论了。

小翠很聪明，能暗暗揣摩出公婆的喜怒心情。王公夫妇对她的宠爱超出一般，只担心小翠嫌元丰傻，而小翠却一天到晚欢笑，不嫌元丰。但是，她喜欢戏耍，缝制布球踢着取乐，穿上小皮靴，把球踢出几十步远，哄元丰跑过去拾，元丰和丫鬟都累

得出汗。一天，王公偶然从院子里经过，圆球砰的一声踢来，正碰在脸上。小翠和丫鬟都吓跑了，元丰还在跑着追球。王公愤怒，拾了一块石头扔他，他才趴在地上哭起来。王公把这情况告诉夫人，夫人去责备小翠。小翠只是低头微笑，下意识地用手抠床。王夫人一走，她照旧顽皮，用粉把元丰脸上抹得像个小鬼。王夫人看见了，非常生气，喊来小翠，骂了一顿。小翠依在桌子旁边，玩弄衣带，不害怕，也不说什么。王夫人无可奈何，就打元丰。元丰大哭大叫，小翠吓得变了脸色，跪下来求饶。王夫人怒气消解，才扔下棍子走了。小翠笑着把元丰拉进闺房，代他扑打衣服上的泥土，擦眼泪，抚摸棍子打的痕迹，拿出红枣栗子给他吃。元丰不再哭，呵呵笑了。小翠关上屋门，把他打扮成楚霸王，或是胡人；自己则穿上艳丽的衣裙，束上细腰，扮成虞姬，跳军帐前独舞，或自己头插野鸡翎，弹奏起琵琶，发出叮叮咚咚的响声，闹得满屋子喧笑。这类游戏成为他们的生活习惯，王公因为儿子傻，不忍心过分责怪儿媳，就算暗地听到嬉闹，也不去制止。

　　王公的同巷有个姓王的给谏，两家不过相隔十几个门，彼此是冤家对头。这时正逢官吏三年政绩考核，王给谏妒忌王公负责监察河南道，想乘机伤害他。王公得知他的阴谋，十分忧愁，想不出对策。一天晚上，王公早早睡下，小翠戴上官帽，穿起官服，打扮成吏部尚书的模样，剪白丝线当作浓密的胡须，又让两名丫鬟穿上青色衣服，打扮成侍卫，骑上从牲口棚偷来的马跑出大门，开玩笑说："去拜访王先生。"跑到王给谏的门口，小翠鞭打自己的侍卫，大声说："我要拜访的是御史王，难道去拜访给谏王吗？"然后掉转马头就回来了。她们来到家门口，守门人误以为真是吏部尚书驾到，跑去禀报给王公。王公急忙起床相迎，才知道是儿媳戏耍，气得要命，对夫人说："人家正想利用我的过失，她反把闺门里的丑事送上门。我不久就要大祸临头了。"夫人发怒，跑到小翠屋里大骂。小翠只是傻笑，不说话。王夫人想打她，又不忍心，想赶她出去，她没有家。王公和夫人悔不当初，一整夜没睡着。这时，吏部尚书某公十分显耀，他的仪表和随从，都和小翠装扮安排得相差不多。王给谏信假为真，几次来王公家侦探，发现直到半夜尚书还没出来，就怀疑尚书和王公有机密谋划。第二天早朝，他见了王公问："昨天夜里相公到你家吗？"王公怀疑他有意讽刺，红着脸含含糊糊地应了两声。给谏更怀疑他们亲近，谋害王公的想法就打消了，从此反更加讨好王公。王公打听到王给谏的心情，暗暗高兴，并且私下嘱咐夫人劝小翠以后别

那么顽皮。小翠笑着答应了。

一年以后，尚书被免职，正好有人论公事，写信给王公，误送给王给谏。给谏大喜，想乘机敲诈，先托王公的友人向王公借一万两银子。王公不借，给谏亲自去找王公。王公为了接待他找礼服，好久没找到。给谏等了很久，以为王公有意怠慢他，气得不得了，正准备回去，忽然看见元丰身穿龙袍，头戴王冠，被一个女子从屋里推出来。给谏大惊，接着却又笑了，虚情假意地抚慰元丰，骗他脱下龙袍王冠，包在包袱里拿去了。王公急忙出来，客人已经走远了。他听说给谏走的原因，惊得面色如土，放声大哭说："这儿媳是祸水呀，我家不几天就要被灭九族了！"王公和夫人拿着木杖去和小翠算账。小翠早已知道，关了屋门，插上门闩，任凭公公婆母骂。王公恼火，用斧子劈开门。小翠在屋里笑着说："公公不要恼怒，有媳妇在，不管何种刑罚，我自己承担，一定不连累双亲。公公拿斧子来，是要杀人灭口吗？"王公听她这么说，只得住手。王给谏从王公家回去以后，果然上疏揭发王公要造反，并用龙袍和王冠作为物证。皇上震惊，打开王给谏的包袱检查，原来王冠是高粱秸心扎的。龙袍是一块烂黄包袱。皇上认为是诬告，十分生气，又招来元丰，见他傻里傻气，冷笑说："这样的孩子能做皇帝吗？"皇上把王给谏交司法部门审理。王给谏又告王公家有妖人。执法的官员把王公家的男女仆人抓去严加审问，都说没别的，只有一个疯癫媳妇和傻儿子，一天到晚嬉笑。提问王公的邻人，也是这么说。于是定案，把王给谏充军云南。

经过这次案件，王公认为小翠奇怪，又因为她母亲一直不来，猜想她不是人。他让夫人追问小翠，小翠只抿嘴笑，不作声，再盘问，就捂着嘴说："儿是玉皇大帝的女儿，母亲难道不晓得吗？"不久，王公升为京卿。这时他五十多岁了，常愁没孙子。小翠来到已有三年，夜夜和元丰两张床上睡觉，像从来没有同床共枕过。夫人派人撤去一张床，嘱咐元丰和媳妇同床。过了几天，元丰告诉母亲说："你借走我的床，硬是不还。小翠夜夜把腿放在我肚子上，憋得我喘不过气来，又好掐人的大腿根。"说得丫鬟、老妈子都呵呵大笑。王夫人呵斥他一声，拍打他一下，让他走开。

一天，小翠在屋里洗澡。元丰见后要同她一块洗，小翠笑着阻拦他，让他暂且等一等。她洗完以后，把瓮里倒上热水，脱去元丰的衣裤，跟丫鬟把他扶进去。元丰感觉水烫汽蒸，高声喊着要出来。小翠不听，拿来被子把他蒙起来。不多时，瓮里寂静无声，掀开被单一看，元丰已经停止呼吸。小翠坦然欢笑，不惊不慌，把元丰拖到

101

床上，擦干他身上的水，然后盖上两层被。王夫人听说以后，哭着进来，骂道："疯癫丫头，为什么要杀我儿子？"小翠笑着说："这样的傻儿子，不如没有。"王夫人更加气恼，用头抵小翠。丫鬟们争着劝解。正在乱纷纷打闹，一个丫鬟说："公子出声了！"王夫人收住眼泪，摸一摸元丰，已经在大口喘气，浑身大汗，把裤子都弄湿了。过了一顿饭工夫，汗出透了，元丰睁开眼四下里看看，对家里的人好像不认得了，说："我现在回忆过去，像是做了一场梦，怎么回事呢？"王夫人听他说的不是傻话，觉得奇怪，拉着他去见王公。测试了好几次，果然不再痴傻，王公夫妇十分高兴，像得到一个珍奇的宝贝。到了晚上，王夫人把元丰的床放在原处，铺好被褥等着观察。元丰进了屋，让丫鬟全走开。第二天一早去偷看他，他的床铺原封没动。从此以后，元丰原有的傻瓜模样和疯癫表现都不见了，小两口儿安安静静，十分亲热，形影不离。

过了一年多，王公被给谏党羽弹劾免去官职，还受到一点儿处分。因为过去广西巡抚所赠玉瓶价值千金，就把它拿出来，准备用它向当权人物行贿。小翠很爱这玉瓶，拿过去玩赏，不小心跌碎了，她很惭愧，主动找到公婆认错。王公夫妇正因为被免职不高兴，听她一说就怒火迸发，你一句我一句，骂个没完。小翠也生了气，转头跑出去，对元丰说："我在你家，出力保全的东西岂止一个玉瓶，怎么一点面子也不留？实话告诉你：我不是人。因为母亲身遭雷轰劫难，受到你父亲的庇护；又因为咱们有五年的前世姻缘，就让我来报过去的恩德，了却前缘罢了。我在你家挨的骂多得数不清，之所以没有离开，不过因为相爱五年的日期不到。像今天这样子，我怎么好再留下来呢！"她气冲冲地跑出去，元丰去追赶，已经没有踪影了。小翠一走，王公心中惭愧不安，像失落了什么东西似的，可是后悔已经来不及了。元丰走进闺房，看到小翠剩下的脂粉和绣鞋，触物生情，哭得死去活来。元丰吃不下睡不着，一天比一天瘦弱憔悴。王公为此十分忧愁，急着要为元丰再娶，以让他摆脱悲恸，元丰却不乐意，只求画工画出小翠的肖像，日夜供奉祷告。

差不多过了两年，元丰偶然因事到外乡去，回来已是皎月当空。村外有他家的亭园，他骑着马从墙外经过，听见园里有人说笑，勒住马，让马夫抓住马络头，自己登上马鞍向里一望，原来是两个女郎在玩耍。浮云遮月，昏暗不明，看不很清，只听那穿绿衣服的说："你这丫头，就该把你撵出去！"穿红衣衫的说："这是我家的亭园，你反过来撵谁？"绿衣人说："你这丫头一点也不知道害羞，不会当媳妇，被人家赶

出来，还冒认家产吗？"红衣人说："总比你老大没人要的强。"元丰听这人说话极像小翠，急切喊她的名字，绿衣人离开红衣人说："暂且不同你争，你汉子来啦。"红衣人走向元丰，她果然是小翠，元丰高兴极了。小翠让他爬上墙，把他扶过去，说："两年不见，你瘦成一把骨头啦！"元丰握着小翠的手，述说对她的相思。小翠说："我也知道你的苦情，可是没脸再见家里的人。刚才同大姐游戏，不料见到你，可见前世姻缘没法逃避。"元丰要她一同回家，她不同意；请她住在亭园里不要离开，她答应下来。元丰打发仆人告诉王夫人。王夫人不胜惊异，起身坐轿来到亭园。待王夫人打开门锁进去，小翠快步迎上前拜见。王夫人握着她的胳膊，热泪滚滚，痛切地讲说自己以往的过失，千错万错都怪她自己，说："要是你不记恨，请和我一道回家，给我这老人一些安慰。"小翠坚决辞谢。王夫人担心亭园荒凉寂寞，想多派来仆人，小翠说："我对很多人都不愿意再见，只有两个丫鬟，过去一天到晚在一起，非常想念她们。另外再派一名老仆人来看大门，其余都不需要。"王夫人照她说的办，把儿子托付她，在亭园里养病，每天来送生活日用的东西。

小翠经常劝元丰另娶，元丰不同意。过了一年多，小翠的脸面和声音渐渐不像过去，拿出以往的画像对比，简直是两个人。元丰觉得很奇怪。小翠说："你看我现在，还像过去一样漂亮吗？"元丰说："现在是漂亮，可是同过去比较，好像差一些了。"小翠说："想来是我老了。"元丰说："二十多岁的人哪能很快就老了呢？"小翠笑了笑，把画像烧了，元丰来抢救，已经成纸灰了。

一天，小翠对元丰说："那时在家，婆母说我这个蚕到死不结茧。现在父母年老，你是独生子，我实在也是不能生孩子，怕耽误你家传宗接代。请你娶个媳妇来家，一早一晚伺候公公婆母，你两下里跑着，也没什么不方便。"元丰认为她说得也对，向钟太史家下了聘礼。婚期临近，小翠为新娘子做衣衫鞋子，送给王夫人。新娘子来了，姿态容貌、言谈举止和小翠完全一样。元丰觉得很奇怪，到亭园来找小翠，小翠不知去哪儿了。元丰问丫鬟，丫鬟拿出来一块红手巾，说："娘子暂时回娘家，给公子留下这个。"元丰打开手巾，见里面有一枚玉玦，知道小翠不再回来，就让两个丫鬟随他回家。他虽然时时不忘小翠，可幸而面对钟氏就像看见小翠。他这时悟出：和钟家结亲，小翠预先知道，所以早先变化为钟家女儿的面貌，用来安慰他日后的思念。

23. 红玉

河北广平府冯老先生有个儿子，名字叫相如。父子俩都是秀才。老先生年近六十，为人方正耿直。他家很穷，几年来老伴和儿媳接连去世，挑水和舂米等家务活都由他操持。

一夜，冯相如在月光下坐着，忽然看见东邻有个姑娘隔墙偷看。相如看她长得很漂亮，走近她就微笑，向她招手，她不来，也不去。相如一再请求，她踩梯子过来，就一块睡了。相如问她的姓名，说："我是你的邻居红玉。"相如很爱她，要求共订百年之好，红玉答应了。从这以后，他们夜夜来往。

大约过了半年多，冯老先生夜间起来，听到儿子房里有笑声，暗地里一瞅，看见红玉，很生气。他喊相如出来，骂道："你个畜生，干的什么事？这么贫贱，还不刻苦，却学轻浮淫荡么？别人知道了，坏了你的名声；不知道，也会损折你的寿限！"相如跪倒，向他父亲磕头，哭着说要悔过。老先生叱呵红玉说："女孩子不守闺门训诫，污辱了自己，也污辱了别人。倘若事情传出去，就不只我家丢脸！"骂完，气呼呼地回屋睡觉。红玉流着眼泪说："老父训斥，我感觉羞愧难当，咱俩的缘分到头了！"相如说："有父亲在，我不能自作主张。你如果有情，就该忍耐，咱们继续好下去。"红玉坚决拒绝，相如就哭起来。红玉劝他，说："我和你没有媒妁之言、父母之命，跳墙钻洞的，哪能指望白头到老！这里有一个好配偶，你可以娶她。"相如说自己家贫，红玉说："等明天晚上，我为你想办法。"第二天夜间，红玉果然来了。她拿出四十两银子相赠，说："离这里六十里，有吴村的卫氏，年纪十八岁。她家要聘金多，所以到现在没嫁。你多出聘金，她家一定会应许。"说罢就走了。

相如趁空告诉父亲要去相亲，隐瞒了红玉赠金，不敢说。冯老先生自忖没钱，不让去。相如婉转地说试试看，不行就算了。老先生同意了。相如借来仆人和马，到卫

家去了。卫氏的父亲本是个庄户老头儿。相如请他到门外，找地方私下交谈。卫老头儿知道相如家是世家大族，又见他长得仪表轩昂不凡，早已心里答应，却担心他舍不得出钱。相如看他说话吞吞吐吐，懂得他的意思，就把银子都摆在桌子上。于是卫老头儿眉开眼笑，请来邻家书生作中人，在红纸上写了婚约。相如走进卫家拜见岳母，那住房很狭窄。姑娘躲在母亲身后，相如瞟了她一眼，见她虽然穷家打扮，神色情态倒也光鲜艳丽，因此心里暗喜。老头借房子款待女婿，又说："公子不必亲自迎接，等做几件衣服嫁妆，就抬花轿把闺女送去。"相如同他订了日期便回去了。到家以后，相如骗冯老先生，说："卫家喜爱咱这个清白人家，不要聘礼。"老先生也很高兴。到了那一天，卫家果然把女儿送来了。卫氏很勤俭，又贤惠，夫妻感情深厚。

两年以后，卫氏生了一个儿子，取名福儿。清明节这天，卫氏抱着孩子去上坟，遇见县里的豪绅宋氏。宋氏过去当御史，因为贪污受贿撤了职，住在家乡，横行霸道，仗势欺人。这天他也扫墓，回来时看见卫氏，觉得美丽，问村里的人，知道是冯家的媳妇。他料想相如是穷人，多拿金钱引诱，有望使他动心，就命家人暗示他。相如突然听到以后，气得脸色铁青。可是又一想，自己没钱没势，敌不过他，就强压怒火，装出笑容。回家告诉父亲。老先生大怒，跑出门去，向宋家的人指天画地，万般臭骂。宋家的人抱头鼠窜而去。宋氏也大怒，竟派好几个人到冯家殴打他们父子，气势汹汹，闹腾得像开了锅。卫氏听见以后，把福儿放在床上，披头散发喊人救命。宋家的人把她抢上轿，抬起来一哄而去。冯家父子伤残，在地上呻吟，福儿在屋里哇哇啼哭。左邻右舍都可怜他们，把他们父子扶到床上。过了一天，相如拄着拐杖能起来了；冯老先生不吃不喝，又吐血，不久就死了。相如大哭，抱着儿子去告状，一直告到总督、巡抚衙门，这官司到底打不赢。后来，他听说卫氏不屈服，死了，更加悲愤，冤气塞满胸腔，却没有门路去诉说和洗白。他常想在半路上拦截宋氏，把他杀掉，只担心他随从太多，福儿又没处托付，因而日夜哀伤，为此合不上眼。

忽然有一大汉来慰问相如，生着蜷曲的络腮胡子、宽大的下巴。相如过去同他没来往，拉他坐下，想问他乡里姓氏，他突然说："你有杀父之仇、夺妻之恨，却忘了报么？"相如怀疑他是宋家的探子，暂时假意回答他。这人直气得二目圆睁，几乎把眼角瞪裂，猛地站起来就向外走，说："我原以为你是人，现在才知道是不值一提的下贱货！"相如看他不是一般人，跪下拉着他说："实在是担心宋家来套问我。现在讲

真心话：我下定决心报仇有好久了。但是怜惜这娃娃，怕绝了后，你是义士，能为我抚养孤儿么？"大汉说："这是妇女的事，我办不到。你要托人办的事，请自己担当；想自己干的事，我愿意替你干。"相如听罢，感激地磕响头。大汉不管不顾，转身出门。相如追问他的姓名，他说："办不成，不受抱怨；成了，也不要你感恩。"说罢就走了。相如怕大祸临门，抱着福儿逃走。到了夜里，宋家都睡了。有人翻过几道墙，跳进大院，杀死御史父子三人，和一个儿媳、一个丫鬟。

宋家递状子告到官府，县官大惊。宋氏咬定凶手是冯相如，衙门就派差役逮捕相如。相如逃得不知去向，案情进一步落实。宋家的仆人陪着差役到处搜查，夜里搜到南山，听见娃娃的哭声，顺着声音抓到相如。差役用绳子拴起相如来拉走，福儿越哭越厉害。这群人把福儿夺下来扔在地上，相如蒙受奇冤，悲愤难忍，直想一死了之。见到县官，问他："为什么杀人？"相如说："冤枉啊！宋家人是夜间死的，我早在白天就走了，再说我抱着孩子，怎么能跳过墙去杀人呢？"县官说："既然没有杀人，为什么逃跑呢？"相如一时答不上来，不能辩驳。县官下令把他关进监牢。相如哭着问："我死也没什么可惜，孤儿有什么罪？"县官说："你杀人家的儿子多啦，杀你一个儿子有什么可怨的？"官府勾销了相如的秀才资格，几次毒刑逼供，相如始终不招认。这一夜县令正在睡觉，听见啪的一声，有东西碰到床上，吓得胆战心惊，大声喊叫。于是全家惊慌，都跑过来，端灯一看，有一把短刀，寒光闪烁，锋利异常，扎进木头一寸多深，拔不出来。县官一看，吓得魂飞魄散。众人拿起刀枪，四下搜索，竟然无影无踪。县官私下心里发虚，又因为宋氏已死，不再可怕，就向上呈报，代相如解脱，要求不再追究，最后就把他放了。

相如回家，瓮里没有一升半斗米面，只孤零零的影子面对屋里冷冰冰四堵墙。幸亏邻人可怜他，送来饮食，凑合着过日子。他想到大仇已报就哈哈大笑；想到残酷的大祸，几乎灭门，就泪流不止；等想到自己半辈子穷到骨髓，断了后代，就在没人时放声大哭，不能忍耐。这样过了半年，捉拿凶犯的事更松懈了，相如就找到县官，哀求判还卫氏的尸骨。安葬过后，相如悲伤愁苦得要死，躺在空床上翻来覆去，竟然想不出活命的路。突然有人敲门，相如凝神静听，门外有人唧唧哝哝地和小孩子说话。相如赶紧跳下床，偷偷向外张望，那似乎是一个女子。门刚打开，她就问："大冤昭雪，你还好吧？"这声音很熟悉，却匆忙间想不起是谁；拿灯照过，原来是红玉，手

里拉的小孩儿在她身边戏耍。相如顾不上问，抱着红玉啼哭，红玉的神色也很凄惨。后来，红玉推着小孩说："你忘记父亲了么？"那孩子扯着红玉的衣服，两眼闪光，直盯着相如。相如仔细看他，竟是福儿，十分惊讶，哭着问："儿子怎么来的呢？"红玉说："从前我说自己是你邻家的女儿，是乱说的。我其实是狐仙。夜间走路，看见福儿在谷口啼哭，就把他抱到陕西抚养。听说你大难平息，特意领他来和你团聚。"相如擦干眼泪，向红玉拜谢。福儿在红玉怀里，就像依傍着妈妈，竟不认得父亲了。

天还没有亮，红玉就赶忙起床。相如问她，回答说："我想走。"相如一听，光着身子跪在床上，哭得头都抬不起来。红玉笑着说："是诳你的！现在新创家立业，非早起晚睡不可。"说罢就动手清除杂草，打扫院子，像男子汉一样操劳。相如愁家穷，日用短缺，红玉说："请你只放下幔子一心读书，不要问收入多少，大概不会饿死的。"红玉出钱买来纺织机，又租了几十亩地雇人耕种。自己则扛锄除草，拉萝补屋，习以为常。邻里亲朋听说红玉贤惠，更喜欢资助他家。约莫过了半年，相如家人烟兴旺，家业发达，很像大富户的样子。相如对红玉说："我家破人亡，劫后余灰，你赤手空拳给重建起来了。可是还有一件事不妥当，怎么才好呢？"红玉盘问他，回答说："就要举行乡试了，县里过去拿掉我秀才的资格，还没恢复哩。"红玉笑着说："我早已拿四两银子寄给县里的学官，你那秀才功名又记进档案了。如果等你说话，可就晚了三秋了。"于是，相如更认为红玉才智非凡。

这次考试，相如中了举人，年纪才三十六岁。他的良田沃土阡陌相连，房舍深广。红玉体态苗条轻盈，好像能随风飘去，而操作起来却胜过农家妇女，即使在数九寒天干粗活，双手照旧白嫩细腻。她自称三十八岁，别人看来真像二十多岁的人。

24. 席方平

席方平是东安人。他的父亲名叫席廉，生性刚直朴拙，因事和本村一个姓羊的财主结下怨仇。姓羊的先死了。过了几年，席廉得了重病，快死的时候，对家人说："姓羊的如今买通了阴间的差役，叫他们来拷打我了。"果然不多一会儿，全身便红肿起来，他疼痛得号叫了一阵，就死了。席方平悲痛得饭也吃不下，说："我的父亲老实巴交，现在居然被恶鬼欺凌，我要到阴间替他申冤出气。"从此席方平不再说话，时而坐着，时而站着，好像痴呆了一样，原来他的魂魄已经离开身体了。

席方平觉得自己刚出门时，不知道要往何处去。待看到路上有行人来往，便打听进城怎么走。不久，进了城，他的父亲已被关进监狱里。他来到监狱门口，远远地望见父亲在屋檐下面躺着，样子很狼狈。父亲抬头看见儿子，眼泪簌簌地流下来，对儿子说："监狱的看守都接受了羊家的贿赂，日夜不停地拷打我，腿都被打烂了！"席方平愤怒极了，对看守破口大骂："如我父亲有罪，自有王法处置，怎么能由你们这些死鬼任意摧残呢！"于是走出来，拿笔写了状子。正好遇着城隍早上坐堂，席方平就喊着冤枉递上了诉状。姓羊的听说后，心里很害怕，赶忙把里里外外都买通了，才出堂对质。城隍说席方平的控告没有凭据，断他无理。

席方平满腹怨气没处发泄，连夜走了一百多里路来到郡府，把县城隍衙役徇私舞弊的情况告到郡司。拖延了半个月，他的告诉才得审理。郡司竟打了席方平一顿，仍批回城隍复审。席方平回到县城，备受酷刑，悲惨的冤情无法排解。城隍怕他再上告，就派差役将他押送回家。

差役把他押到家门口就回去了。席方平哪里肯进门，就又跑到阎王府，控告郡司、城隍残酷暴虐和贪赃枉法。阎王立即拘拿他们来对质。郡司和城隍暗中派亲信与席方平谈判，许诺给他一千两银子。席方平不答应。过了几天，席方平寄住的客

店的老板告诉他说："你赌气得过分了，官府求和，你执意不从。现在听说郡司和城隍都给阎王送了礼物，你的事情恐怕要糟了。"席方平以为是传闻之词，并不放在心上。不多一会儿，来了黑衣衙役传他进阎王府。上了公堂，只见阎王满脸怒色，不容分辩，就命衙役打他二十大板。席方平厉声问道："小人犯了什么罪？"阎王表情冷漠，好像没听见似的。席方平挨着打，喊道："挨打应该，谁教我没有钱呀！"阎王更恼了，命令把他放在火床上。两个鬼卒把他揪下去，只见堂下东侧的台阶上放一张铁床，床下燃着熊熊烈火，床面烤得通红。鬼卒剥掉席方平的衣服，把他抬起来放到铁床上，翻来覆去又揉又摁。席方平痛极了，浑身骨肉烧得焦臭黑烂，苦于不能马上死去。过了大约一个时辰，鬼卒才说："行啦。"于是把他扶起来，催促他下床穿衣，幸而还能一跛一拐地走。又来到堂上，阎王说："还敢再控告吗？"席方平答道："大冤未伸，寸心不死，如果说不控告，那是骗你。我一定要控告！"阎王又问："你告什么？"席方平回答说："我所遭受的一切，都要诉说。"阎王又大怒，命令用锯把他的身体锯开。席方平被二鬼卒拉过去，见竖着一根高约八九尺的木桩，有两块木板反仰着放在下面，木板上下血迹斑斑，一片模糊。鬼卒正要绑起他来，忽听堂上大声传唤"席方平"，两个鬼卒就又把他押回去。阎王又问："还敢告吗？"席方平答道："一定要告！"阎王命令押下去赶快锯了。下堂后，鬼卒就用两块木板把他夹住，绑在木桩上。锯子刚下去，席方平觉得头顶上渐渐裂开，痛得难以忍受。但他还是强忍着不哭喊出来。鬼卒说："好个刚强的汉子！"锯声隆隆地响着，很快锯到胸口，又听到一鬼卒说："这人是个大孝子，本来无罪，让锯稍微偏一点，不要伤着他的心。"于是席方平便觉得锯锋曲折而下，加倍疼痛。不大工夫，身子被锯开了。鬼卒将木板解开，两片身子倒向两边。鬼卒上堂大声禀告，堂上传下命令，叫合上身子来见。两个鬼卒就将两片身子推到一起，重新合上，席方平仍然觉得身上那道锯缝疼得像要裂开，刚迈半步，就摔倒了。一个鬼卒从腰间抽出一条丝带递给他，说："送给你这个，报答你的孝行。"席方平接过来往身上一扎，全身顿时复原，一点疼痛也没有了，于是上堂跪下。阎王又像先前那样问他，席方平恐怕再遭毒刑折磨，便回答说："不告了。"阎王立即命令把他送回阳世。两个差役领他出了北门，指给他回家的路，就转身回去了。

席方平心想：阴曹黑暗得比阳间还厉害，怎奈没有办法让天帝知道。忽又想起世人传说，灌口二郎是天帝的功臣和亲戚，这位天神聪明正直，向他申诉，该会灵

验。他暗自庆幸两个差役已经回去，便转身往南跑。正奔跑之间，两个差役又追上来，说："阎王怀疑你不回去，果然这样。"揪着他又去见阎王。席方平猜想阎王会更加愤怒，一定会施加更惨酷的毒刑，但阎王全无怒容，对席方平说："你实在是个孝子。不过你父亲的冤屈，我已替他申雪了。现在他已转生到富贵之家，用不着你为他鸣冤啦。现在送你回去，赏给你千金家产、百岁寿命，你的心愿总该满足了吧？"说着，便把这些许诺记在簿册里，盖上大印，并让席方平亲眼看了看。席方平道谢下堂。差役跟他一起出来，走在路上，一边驱赶他，一边骂道："你这个奸猾贼，屡屡反复，害得我们来回奔走，都快累死了。如果再犯，就把你捉回去放在大磨里，细细地磨！"席方平瞪圆眼睛斥责道："鬼东西，想干什么！我生性耐刀锯，忍受不了鞭打！请回去见阎王，阎王如果叫我自己回家，还何必劳你们相送！"说着便往回跑。差役害怕了，好言劝他回来。席方平故意装瘸慢慢地走，没走几步，就在路边停下休息。差役虽有怨怒，但不敢再说什么。走了大约半天，来到一个村子。见一家的门半开着，鬼差拉席方平一起坐下，席方平便坐在门槛上。两个鬼差趁他不注意，把他推进门里。席方平吃了一惊，定神看自己，身子已变成婴儿。他悲愤地哭啼，不肯吃奶，三天就夭亡了。

他的魂飘飘摇摇，仍不忘去找灌口二郎。大约奔跑了几十里路，忽然看见一辆顶盖饰有羽毛的车子迎面而来，旌旗戈戟塞满道路。席方平忙跨过路去躲避，不想冲撞了仪仗队，被前面一个骑马的人捉住，绑起来送到车前。他抬头看见车内坐着一个少年，姿容仪态奇伟不凡。少年问他是什么人，席方平满腹冤愤正无处倾诉，又猜想此人一定是个大官，或许能靠他的权力为自己做主，便把自己遭遇的痛苦诉说了一遍。车中少年命人给他松绑，让他跟在车子后面。不一会儿来到一个地方，十多名官员在路旁迎候拜见。车中少年向每个人问了话，然后指着席方平对其中一个官员说："这是下界的人，正想来向你告状，应该立即给他裁决。"席方平向随从一打听，才知道车中少年是上帝的儿子九王，他所叮嘱的那个人就是灌口二郎神。

席方平看那二郎神，身材高大，满脸胡须，不像世间所传说的那副模样。九王走后，席方平跟着二郎神来到一所官署，只见他父亲和姓羊的财主以及衙役们都在那里。不多一会儿，囚车中走出犯人，正是阎王、郡司和城隍。当堂对质，席方平所说的都是事实。三个鬼官战栗不止，样子像蜷伏的老鼠一般。二郎神立刻提笔来写判词。不一会儿，传下判词，命案中人一起来看。判词说：

"查得阎王，职任王爵，身受帝恩，本应廉洁奉公，以作臣僚的榜样，不该贪赃枉法，招致人们对官府的非议。你却耀武扬威，一味夸耀爵位的尊贵；狠毒贪婪，竟然玷污人臣的节操。斧头敲凿，凿子入木，层层盘剥，连女人和儿童的皮骨也搜刮一空；鲸吞大鱼，大鱼吃虾，恃强凌弱，蝼蚁一样的小民委实可怜。真应该捧来大江之水，为你洗涤肮脏的肚肠；马上把东墙根的火床烧红，让你也尝尝火烤的滋味。

"城隍、郡司身为父母官，奉上帝之命治理人民。虽然职位低下，但忠于职守的人本应不辞劳苦；即使有大官以势相逼，有志节的人也应敢于抵制。但你们却上下勾结，像老鹰一样凶残，全不念人家境贫苦；而且要尽诡计，更不嫌人瘦无油，一味贪赃枉法，真是人面兽心！应该剔掉骨髓，剥去皮毛，先在阴间处死，还应剥下人皮，换上兽皮，再让你们投胎托生。

"阴间差役，既在鬼府，就不是人。只应在衙门里修身行善，或许还能回阳间重新做人，怎能在苦海中推波助澜，愈发造下弥天的罪孽？飞扬跋扈，像狗一样翻脸无情；狂突乱吠，狐假虎威，阻塞四通八达的道路。在阴间大发淫威，让人人都知道狱吏的残暴；帮助昏官行酷为虐，使大家说起刽子手就胆战心寒。应当在法场里剁下你们的四肢，然后从油锅里捞出你们的筋骨。

"羊某为富不仁，狡诈多端。你家的金银，光盖大地，居然使阎王殿上布满阴云；你家的铜钱，臭气熏天，竟使枉死城中全无日月。金钱的余腥足以能够役使小鬼，财力的广大简直可以贿通天神。应当全部抄没羊某的家产，用来补偿席生的孝行。立即将一干人犯押赴东岳泰山执行。"

二郎神又对席廉说："考虑到你的儿子大孝大义，你的性格善良懦弱，可再赐给你三十六年的阳寿。"于是就派了两个差役送他们返回乡里。席方平便抄下二郎神的判词，归途中父子俩一同阅读。到家后，席方平先苏醒过来，叫家里人打开父亲的棺材，见父亲的尸体还僵硬冰冷，等了一整天，才渐渐有了体温，活了过来。要找那抄录的判词时，却已经没有了。从此，他们家一天天富足起来，三年的工夫，肥沃的良田遍布田野。而羊家的子孙却衰败了，楼阁田产全都归了席家。村里有个人想买羊家的田地，夜里梦见神人斥责他："这是席家的田产，你怎么能占有它！"这人起初不大相信，等买过去种上庄稼，全年竟颗粒不收，于是又卖给席家。席方平的父亲一直活到九十多岁才去世。

25. 小二

　　山东滕县有个名叫赵旺的，夫妻二人都信奉佛教，不吃荤腥只吃素，同乡里的人们都把他们称作善人。他小有家产，可称小康之家。有一个女儿名叫小二，绝顶聪慧美丽，赵旺十分珍爱。小二六岁，赵旺就叫她与哥哥长春一起跟老师读书，读了五年就把五经读熟。

　　同学中有个姓丁的书生，字紫陌，比小二大三岁。丁生既有文才又很风流，对小二倾心爱慕，暗暗把自己的心意告诉了母亲，派人到赵家求婚。赵家期望把女儿嫁给一个大户人家，所以没答应。不多久，赵旺为白莲教所蛊惑，教主徐鸿儒起兵造反，他一家人全都参加进去。小二知书善解，凡剪纸为马、撒豆成兵等法术，她一接触就能精通。徐鸿儒一共收六个小女孩为徒弟，小二最拔尖，因此得到他传授的全部法术。赵旺因为女儿的缘故，也被委任很重要的职务。

　　这年丁生十八岁，已经成为滕县的秀才，而不肯与别人订婚，因其心中一直不忘小二。他偷偷由家中逃出去，参加了徐鸿儒的造反军。小二一见大喜，优待礼遇都超过正常规格。小二凭着是徐的大弟子，主持军队事务，昼出夜入，连父母也难得相见。丁生每到晚上去看望她，她都叫身边所有的仆役出去，经常到三更天才分别。丁生私下告诉她："我这次来，你知道我真正的心意吗？"小二说："不知道。"丁生说："我并不是妄想攀龙附凤求富贵，我之所以这样做，实在是为了你。旁门左道之术，终究不会成事，不过自取灭亡。你是聪明人，不想想这些么？能跟我一起逃走，就不负我这一片苦心了。"小二先是茫然，继而深思，过了一会儿，忽然如梦初醒，说："背着父母逃走，是不义的行为，我想告诉二老。"二人到父母屋里陈述了是非利害，赵旺不醒悟，说："我师傅是神人，怎么会有差错？"小二知道不可能劝得动，就自己把垂髫童发改变成妇人的发髻，取出两个纸做的鹞鸟，与丁生各跨上一个。纸鹞扑棱

棱展开翅膀，像两只比翼鸟并排飞去。到了天明，已经抵达莱芜地界。小二用手指向纸鹞脖子上拧了一下，纸鹞就敛翅降落在地面。她收起纸鹞，换乘两头驴子，奔驰到山阴里，托词说是逃兵祸、避灾乱的人，租房子住下来。

两人匆匆忙忙出走，穿着简单，更没有柴米油盐生活必需品。丁生十分忧愁，向邻居借米，没有人肯借一升一斗。小二却一点也不愁，只是典当簪子耳环一类的首饰度日。闭起门来，夫妻二人相对静坐，猜灯谜，回忆读过的书，以记忆诗文的多少比赛胜负，谁输了，就并起两个指头打手腕或胳膊。西邻一个姓翁的，是绿林的强盗。有一天打猎归来，小二对丁生说："想发财可以依靠这个邻居，我有什么忧愁的？暂借他一千两银子，他大概愿意借给我吧！"丁生以为此事很难。小二说："我会叫他痛痛快快地把钱送来。"于是用纸剪成一个判官，放在地下，上面盖上鸡笼。然后她把丁生拉到坐榻上，烫好藏酒，翻检着《周礼》作酒令。任意说某册第几页第几行，然后共同翻开查阅，这个人若得食旁、水旁、酉旁的，就可以饮酒，得酒部的可以加倍饮。接着小二正巧得到酒人，丁生以大杯斟了满满一杯敬小二。小二于是祝祷说："若借得钱财来，你当得饮部。"丁生翻检书卷，得"鳖人"。小二大笑说："事情已经成功了。"一二一下子斟满酒给丁饮，丁不服气。小二说："你是属于水卒的，应该作鳖饮。"两人正为酒令争闹不止，只听鸡笼中嘎嘎出声，小二起身说："来到了。"把笼子打开检看，就见布袋里装满了沉甸甸的银子。丁生十分惊喜。后来翁家的老妈子抱着小孩来丁家玩，私下说："我家主人刚刚回来，夜里点着灯在屋里坐着。地面忽然暴裂开一个大缝，深不见底。只见一个阴曹判官从里边出来，说：'我是地府的司隶官。东岳大帝会集地府所属的各官，要编制出强盗名册，须用银灯一千架，每架重十两，能献上百架的银两，可以消除自己的罪过。'我家主人又惊又怕，焚香叩头祷告，立即奉上一千两银子。判官慢慢地回了地府，地缝也就合上了。"这夫妻二人听她讲着这事，故意不断啧啧出声，装作诧异惊奇。从此之后，他们就逐渐购买牛马，养蓄丫鬟奴仆，自己也营造了新的宅院。

乡里一些无赖子弟看见他家富有，纠集一伙狂徒，跳进墙来劫持丁生。丁家夫妻刚从梦中醒来，就看见许多火把照得通明，满屋子都是强盗贼寇。有两个人抓住丁生，又一个强盗把手伸到小二怀里去。小二就袒露着上身坐起来，用手一指，大声呵斥："停！停！"十三个强盗全都伸出舌头，呆呆地站立在那里，个个像木偶。小二

这才穿好衣裤下睡榻，呼喊集合家丁仆役，把强盗一个一个反绑了胳膊，逼着他们坦白招供。然后，小二斥责说："我们外地来的人想在这山间深谷埋名隐姓，希望得到大家的关照，为什么不仁不义到这种地步？手头不便人所常有，有困难不妨明白讲出来，我们难道是只知积钱的守财奴吗？你们这种豺狼行为，本应该全部斩首，但那样我又不忍心。暂且放你们回去，如果下次再犯，决不宽恕！"众强盗叩头谢不杀之恩而去。

过了不久，徐鸿儒失败被擒，赵旺夫妻、子媳全都被诛杀。丁生拿着钱将长春的幼儿赎出来。这时幼儿才三岁，丁生将他当作自己的儿子收养，叫他跟从姓丁，名字叫承祧。于是同乡里的人逐渐知道丁生夫妻是白莲教的亲戚或后代。正碰上蝗虫危害庄稼造成灾害，小二用几百个纸鸢放在田里，蝗虫远避，不敢进入她家的田垄，因而粮食丰收。乡里的人们很嫉妒他家，集体派代表报告了官府，说他们是徐鸿儒的余党。官府看着他家富裕，当作一块肥肉，就把丁生抓起来。丁生用很重的贿赂收买县令，才得到赦免。小二说："财物来得容易，破点财也是应该的。然而，这种蛇蝎心肠的人聚集之地，不可久住。"于是贱卖了自家的产业，迁到益都县城西边居住。

小二做事心灵手巧，善于料理生活和积财，搞经营活动更超过一般男子汉。她曾开设琉璃厂，每收进工人就细心指点。厂里造出的玻璃灯及器皿、玩具，样式时新，色彩奇幻，所有市场上卖的都比不上，所以价格虽高而卖得特别快，过了几年，他们家财力越发雄厚。小二管理工匠奴仆十分严格，数百员工没有白吃饭的。闲暇时，小二就与丁生品茶下棋，或者阅读书籍取乐。钱款收支以及工匠仆人的工作，每五天小结一次，小二自己计算，丁生为她点名报数。对勤劳有功的重重赏赐，懒惰失误有过者鞭挞、罚跪，及时处理。这一天，放了假，夜里不干活，夫妻二人摆设下菜肴和美酒，呼喊仆婢演唱俚曲小调取乐。小二对周围的一切观察明晰得如神灵，没有人敢欺瞒她。而赏赐又都超过人们的功劳，所以办事就十分容易。

村子里有二百余家，凡是贫穷人家，小二都酌量给予资本，乡里因此没有无业懒惰的游民。遇上大旱年景，小二叫村里的人在野外设一个祭坛，她夜里乘车出去，踏着罡步作法，如同甘露般的好雨倾盆而下，五里地内全都获益，人们越发把她看作神人。小二外出从不戴面罩，村里人都见过她。有些青年小伙聚在一起，私下议论小二如何美貌，及至碰上，见了面，全都严肃恭敬，没有敢抬头看她的。每到秋天，村里

有些不能耕作的少年童子，她就给些钱，派他们去剜苦菜和荠菜，几乎二十年，年年如此，积满了楼房和住屋，人们都私下笑话小二这么做。后来山东发生大饥荒，有的地方竟然人吃人。小二就把野菜掺上粮食救济灾民，附近村里没有饿死人，也没有外出逃荒的。

26. 书痴

彭城有个叫郎玉柱的书生，他的父亲做过知府，为官很廉洁。官中得来的俸禄，不用来购置田地产业，而是以买书为乐，结果家里的书塞满了屋子。到了郎玉柱，更成了一个嗜书如命的呆子。家里穷得活不下去，没有什么是不能变卖的，只有父亲的藏书，却一卷也舍不得卖。父亲在世时，曾经抄录宋真宗皇帝作的《劝学篇》，郎生把它当作"座右铭"，天天诵读，鞭策自己，并且用白纱将它罩起来，生怕字迹磨掉。郎生读书，不是为了求取禄位，而是确实相信书中真的有《劝学篇》上所说的"黄金屋"和"千钟粟"。所以他不分寒暑，日夜钻研苦读。已经二十多岁的人了，也不想张罗婚事，因为他觉得书读好了，书中的美女会自动走出来。平时见到亲戚朋友，也不知道寒暄应酬，常常是说不上两三句话，就旁若无人地高声朗读起来，客人觉得无趣，一会儿就自个走了。每次学政考核秀才，他总是名列第一，可是考举人却屡试不中。

一天，郎生正在读书，忽然刮起一阵大风把书刮跑了。他急忙去追，一脚陷进坑里。用手一探，坑里有些烂草。刨开一看，原来是古人窖藏的粮食，已经霉烂变成粪土了。这些粮食虽然不能吃了，但他越发相信"书中自有千钟粟"的话不是欺人之谈，因此，读书更加用功了。一天，郎生踩着梯子爬上高高的书架，在杂乱的书中翻出一个金辇，有一尺来长。他很高兴，以为又应验了"书中自有黄金屋"这句话。他拿给别人看，却是镀金的，而不是真金的，便在心里暗暗埋怨古人欺骗自己。过了不久，有个郎生父亲的同年到彭城这个地方做观察使，这人特别喜欢敬神拜佛。有人劝郎生献给他金辇做佛龛，他照办了。观察使很高兴，赠送他三百两银子和两匹马。郎生十分喜悦，认为《劝学篇》里说的书中有金屋、车马都应验了，读书愈发刻苦。到了三十岁上，有人劝他娶妻，郎生说："'书中自有颜如玉'，我还愁没有漂亮的妻子

吗？"又读了两三年，仍然没有应验，人们都取笑他。当时民间流传着一种谣言，说是天上的织女私奔了，有人就借此和郎生开玩笑说："织女私奔，就是为了你呀！"郎玉柱知道是嘲弄他，任人去说，也不争辩。一天晚上，他翻出《汉书》读到第八卷将近一半时，发现有个用薄纱剪成的美人夹在书页里。他惊讶地说："'书中自有颜如玉'，难道就用这来应验吗？"心情怅然，很有些失落之感。可是细看这美人，眉眼像活人一样，背面隐隐约约有两个小字，写的是"织女"，他感到很奇怪。郎生天天把美人放在书上，反复赏玩，以至于有时忘记了吃饭睡觉。一天，郎生正聚精会神地看着，那美人忽然弯腰起身，坐在书上微笑。他惊讶极了，忙趴在桌下叩拜。等他起来，美人已变得一尺多高了。郎生更加惊骇，又跪下磕头。美人从书桌上走下来，亭亭玉立，宛然是个绝代佳人。郎生施礼问她是什么神仙，美人笑着说："我姓颜，字如玉，你本来早就知道我了。天天承蒙你喜爱，如果不来一趟，恐怕千载之下再不会有笃信古人的人了。"郎生高兴起来，于是和美人坐卧相伴。枕席间，他对美人倍加爱怜，却不懂得夫妻同房的事。

每次读书，郎生总让美人坐在身旁。美人劝他不要读，他不听。美人说："你所以不能飞黄腾达，正是因为读书的缘故。请你看看那进士、举人榜上，有几个像你这样读书的人？你如果不听，我就走了。"郎生只好暂时依了她。一会儿，便把她的话忘了，又吟诵起来。过了片刻，再找美人，已不知哪里去了。他失魂落魄，念念有词地祷告，还是不见踪影。他忽然想起美人原先藏身的地方，便拿出《汉书》仔细翻检，一直翻到当初发现美人的地方，看见她果然在那里。郎生呼唤她，她一动不动，无奈，他只得跪在地上哀求祷告，美人这才下来，说："你再不听我的，我就和你永远一刀两断！"美人让郎生买来棋具和赌具，天天陪她玩。但郎生的心思根本不在这些上面。一瞅美人不在眼前，便赶紧偷出书来翻看。他怕美人发现他读书后再逃走，便暗地里把《汉书》第八卷藏在别的地方，好让她找不到归处。一天，郎生读书读得兴致正浓，美人走到他跟前竟也没有察觉。忽然抬头看见了，急忙掩卷藏书，可是美人已不见了。他非常恐慌，赶忙去寻找，可遍翻群书，一无所获。后来还是在他藏起的《汉书》第八卷里找到了，页码竟一点不差。于是他又跪下去再三祷告，发誓再也不读书了，美人这才下来。她和郎生下围棋，说："你如果三天之内下不好棋，我还要走。"到了第三天，郎生有盘棋居然赢了美人两个子，美人才高兴起来。她又教郎生

弹琴，限他五天时间弹熟一支曲子。郎生手眼并用，全神贯注，没有时间去顾及别的事，时间一长，他信手弹来，却合乎拍节，不觉大受鼓舞。美人天天和他饮酒、赌博，他终于快活得把读书的事抛在了脑后。美人又怂恿他出门，广交朋友。从此，郎生风流倜傥的声名鹊起。美人说："好了，你可以去参加考试了。"

一天夜里，郎生对美人说："凡是男女同居就会生孩子，你我同居这么长时间了，为什么还没有孩子呢？"美人笑着说："你天天读书，我本来就说没什么好处。这不到现在你连夫妇一章还没读明白，枕席二字里面可是有功夫的呀。"郎生惊讶不解，问："什么功夫？"美人笑笑，不说话。过了一会儿，美人悄悄地主动和他亲热。郎生快活极了，说："我没想到夫妇之间的乐趣，竟有没法言传的滋味。"于是他逢人就津津乐道，听到的人没有不捂着嘴笑话他的，美人知道了，责怪他不该到处乱讲。他说："钻窟窿爬墙头，才不可以告人；夫妻之间的天伦之乐，人皆有之，何必避讳呢？"过了八九个月，美人果然生下一个男孩，雇来了老妈子照看抚育。

一天，美人对郎生说："我和你在一起两年了，已给你生了儿子，现在可以分手了。如果相处太久，恐怕会给你带来灾祸，到那时后悔就来不及了。"郎生听了这话，难过得流下眼泪，跪在地上不起来，说："你就不顾念咱们哇哇哭叫的孩子吗？"美人也很伤心，过了很久，她才说："如果一定想让我留下，必须将书架上的书全部丢掉。"郎生说："那些书是你的住所，也是我的性命，为什么说出这样的话来呢？"美人不勉强他，说："我也知道事情都有定数，只是不得不预先告诉你一声罢了。"原来，郎生的亲族中有些人见过颜氏，对她的美貌无不惊奇万分，可是又没听说郎生和哪家姑娘结过婚，便都向他询问。郎生不会编造瞎话，又不愿道出实情伤害美人，所以只是沉默不语。人们更起疑心，议论纷纷，这件事于是传播得连县令史公也知道了。史公是福建人，少年得意中了进士。他听到这事怦然心动，暗想一睹美人的芳容，就下令拘捕郎生和美人。美人听到风声，逃得无影无踪。县令很恼火，抓起郎生来，取消了他的秀才资格，严加酷刑，定要逼问出美人的下落。郎生虽被折磨得奄奄一息，但始终一语不发。无奈之下，县令又拷问郎生的婢女，婢女说出了事情的大概。县令认为美人是个妖精，命令备车亲自来到郎家。只见屋子里堆满了书，多得没法搜查，就点火焚烧。一时间院子里浓烟滚滚，经久不散，周围昏暗得像乌云遮蔽了天空一般。

郎生获释后，跑了很远的路，去求父亲的一个正仕途得志的门生写了封信，他申辩恢复功名的请求得到批准。他当年中了举人，第二年又进士及第。他对那姓史的县令痛恨入骨，立了颜如玉的牌位，早晚祷告说："如果你有灵，当保佑我到福建去做官。"后来他果然以御史的官衔巡察福建。在福建的三个月期间，他查访清楚史家的恶行劣迹，抄没了史家。当时郎生有表亲做司理官，他逼着郎生收纳了史某的爱妾，假称是买的婢女寄居在官署里。结案的当天，郎生上疏自述过失，请求免职，带着那侍妾归乡去了。

27. 青梅

南京的程生，胸怀开朗，对人热情，不分彼此。一天，他从外面回家，解开衣带，感觉带子的一头沉甸甸的，像有东西坠着。他看了看，上面什么也没有。而一转身，从后面钻出来一个女子，手指轻拢着发鬓，笑吟吟的，长得很美。程生怀疑她是鬼。姑娘说："我不是鬼，而是狐仙。"程生说："要是能得到美女，是鬼也不怕，何况是狐仙！"于是他们就像夫妻一样亲昵。过了两年，生了一个女儿，起名青梅。女子对程生说："你不要娶亲，我还要为你生儿子哩。"程生相信她的话，就不娶。可是亲戚朋友都讥笑他，程生心里动摇了，娶了湖东的王氏。狐仙知道以后大怒，给女儿喂完奶就抱给程生，说："这是你家的赔钱货，让她活还是让她死都由你，我何必替人做奶妈呢！"说罢就径直走了。

青梅长大了，聪明伶俐，姿容极为秀美，很像她妈妈。后来，程生病死，王氏再嫁，青梅依靠堂叔生活。她堂叔为人放荡，品质恶劣，想卖掉青梅。正好有个王进士在家等着入选做官，听说青梅聪明，就出高价买下来，让她伺候女儿阿喜。阿喜十四岁，容貌漂亮举世无双，见了青梅，非常高兴，与青梅同睡一张床。青梅十分乖觉，善解人意，她简直眼睛会听，眉毛也会说话，因此，王家人人喜欢她。

同县有个张生，字介受，家境很穷苦，没有田地，又没有房子，租赁王进士的房子居住。他很孝顺，人品端正，又刻苦读书。青梅偶然去张生家，见张生正坐在石头上喝糠粥；进屋找张生的母亲聊天，见桌子上摆一盘喷香的猪蹄。这时张父有病，躺在床上，张生进屋把他抱起来，伺候他小便。便液沾脏了张生的衣服，张父发觉以后怨恨自己，张生遮掩着污迹，急忙到外面冲洗，怕父亲知道。青梅由此认为张生很不平常，回家说起张生，对阿喜说："咱家的房客不同一般。小姐不想找如意郎君就罢了，要是想找，这张生最好啦！"

120

　　阿喜怕父亲嫌张生家贫，青梅说："不能这么说。做主的是小姐你自己，要是愿意，我可以去偷偷地告诉张生，叫他托人来求亲。那时，夫人就会找小姐商量，小姐只要说出'我愿意'，这事儿就成了。"阿喜又怕受一辈子穷，落得人人耻笑。青梅说："我自认为能识别天下的人士，一定错不了。"第二天，青梅去告诉张母。张母大吃一惊，认为青梅说的不会如意。青梅说："小姐知道公子的为人，认为他品德好，我私下看破她的心思，才来告诉你。你托人去求亲，我和小姐从旁边协助，估计能成。就算王家不答应，难道还丢了公子的脸么？"张母被她说服了，就托卖花的侯氏去求亲。王夫人听后冷笑，转告王进士。王进士大笑，把阿喜叫到跟前，说了侯氏的意思。阿喜还没来得及回答，青梅就急忙称赞张生的品德，断定他将来一定富贵。王夫人问阿喜："这是你的终身大事，你要是不怕吃糠，我就为你答应张家。"阿喜低下头，过了好大一阵子才把脸转向墙，说："穷富由命。要是命好，穷日子不会长，不穷的日子就长了；要是命薄，那些身穿锦绣的王孙公子，后来穷得无立锥之地这样的事儿还少吗？当然，这事还是父母大人做主。"原先，王进士明说是和女儿商量，实际是一道取笑她，听罢女儿的话，心里很不是滋味，就问："你真想嫁给张生吗？"女儿不回答，再问，还是不作声。于是王进士大为恼火，骂道："贱骨头，半点儿也不长进，想挎着讨饭篮子做乞丐，不是羞死人嘛！"阿喜听后脸都红了，气得不得了，含着眼泪跑回闺房。媒人也吓跑了。

　　青梅眼看事没办成，就为自己打算。过了几天，她在夜里去找张生。张生正在读书，看见青梅，心里一惊，问她有什么事，青梅说起话来吞吞吐吐。张生严词拒绝，青梅哭着说："我是清白人家的姑娘，不是为了淫乱私奔的。只为你品德高尚，愿意把终身托付给你。"张生说："你爱我，说是因为我品德好。夜里见不得人的事，洁身自爱的人尚且不做，能说品德好的人会做吗？开头淫乱，后来成亲，有道德的人还不赞成，何况不能成，今后彼此怎样做人呢？"青梅说："要是万一能成，你愿意娶我吗？"张生说："如果有你做妻子，还有什么可求的？可是这里面有三个没办法，所以不敢轻率答应。"青梅问："哪三个？"张生说："要是你不能自主，就没办法；即使能自主，要是我父母不乐意，也没办法；即使他们同意，赎你的身价钱一定很多，我家拿不起，就更没办法了。——你快走吧，'瓜田不纳履，李下不整冠'，怕的是惹嫌疑啊！"青梅临去又嘱咐说："你要是有情意，求你和我共同想办法。"张生答应了。

青梅回去以后，阿喜追问她哪儿去了，于是青梅下跪坦白承认去找了张生。阿喜恼她私奔，要责打她。青梅哭着辩解，说没有做不正当的事，就从头到尾说了一遍。阿喜感叹说："不做不正当的结合，这是讲礼仪；一定要禀告父母，是讲孝顺；不轻率地答应，是讲信用。有这三种德行，上天一定会保佑他，他用不着担心受穷。"又问青梅："你准备怎么办？"青梅说："嫁给他。"阿喜笑着说："傻丫头，你能自己说了算么？"说："要是不成，只有一死了。"阿喜说："我一定让你如愿以偿。"青梅听后磕头拜谢。

过了几天，青梅问阿喜："日前小姐的话是戏言，还是当真要大发慈悲呀？要是真心话，我就还有点儿心事，要请小姐可怜我。"阿喜问她，青梅回答说："张生拿不起聘金，丫鬟我又没有力量自己赎身，要是一定得交足身价钱，许嫁和不许嫁是一个样呀。"阿喜迟疑了一会儿，说："这么说，是我的能力达不到的。我说把你嫁出去，还怕行不通，要再说不要身价钱，父母一定不答应，我也不敢讲情。"青梅一听，心里凉了半截，泪流不止，一个劲地哀求阿喜可怜她。阿喜想了好久，说："真是没办法了。我自己积攒了几两银子，全拿出来帮你。"青梅磕头致谢，于是偷偷地去告诉张生。张母知道以后欢喜极了，多方借贷，凑了一个数，存起来，等待王家许嫁的好消息。

那时，王进士当了山西曲沃县的县令。阿喜找机会告诉母亲说："青梅年龄大了，父亲要到外地上任，不如现在就把青梅打发走。"王夫人本来嫌青梅鬼心眼多，怕她把阿喜教坏了，常想把她嫁出去，又怕女儿不高兴，听到女儿这么说，心里自然高兴。过了两天，有个仆妇传来张家想娶青梅的意思，王进士笑着说："他只配娶丫鬟为妻，上一回来提亲，真是痴心妄想啊！可是把青梅卖给富贵人家当小老婆，身价钱可以高出原价一倍。"阿喜急忙说："青梅伺候我好久了，卖给人家当妾，我心里不过意。"于是王进士就派人转告张家，以原价赎买立文书，把青梅嫁给张生。青梅和张生成亲以后，对公婆很孝顺，体贴入微，胜过张生；操持家务很勤快，吃糠咽菜不说苦。全家人因此没有不喜欢和敬重青梅的。青梅心灵手巧，干起刺绣副业，卖得很快，商人上门收购，只怕抢不到手。青梅的刺绣收入稍稍可以应付过穷日子。她劝张生别为家事误了读书，全家里里外外，由她一手安排。

因为过去的主人要上任做官，青梅就去向阿喜告别。阿喜见她以后，哭着说："你现在有了好安身之地了，我一定比不上你。"青梅说："是谁恩赐给我的，我敢忘

记吗？可是认为不如丫鬟我，就要短我的寿哟。"两人洒泪分别。

王进士到山西以后，过了半年，夫人去世，把灵柩停在庙里。又过两年，他因为行贿被革职，还罚了他上万两银子，他渐渐穷得缺吃少穿，奴仆都逃散了。当时瘟疫大流行，王进士染上病也死了。阿喜身边只剩一个老妈子，不久也死去，她就更是孤苦伶仃。她的邻家有个老太太，劝她嫁人，阿喜说："谁能为我安葬双亲，我就嫁给谁。"老太太可怜她，答应帮忙，又送给她一斗米就走了。隔了半月，老太太才来找阿喜，说："我为姑娘费尽气力，可是事情难成，穷家没有力量为你办丧事，富家嫌你是败落户的后代。这事能怎么办呢！还剩一个门路了，只怕你不愿意。"阿喜说："怎么办？"老太太说："这里有个姓李的，要娶妾，要是他见了你的美貌，即使让他出钱厚葬，也一定不会吝惜。"阿喜一听，难为得放声大哭，说："我是官宦人家的后代，能去为人做妾么？"老太太没有再说，转身走了。阿喜穷得一天只有一顿饭，勉强能活命，等待卖身的机会。

等了半年，她越来越支持不住了。一天，老太太又来了，阿喜哭着告诉她说："我困苦到这般地步，常想自尽。现在还偷偷地活着，只不过因为两个灵柩没埋葬。我要是死了，双亲的尸骨谁管？所以想倒不如照你上次说的办。"那姓李的在老太太带领下来了，于暗中看了阿喜，十分高兴，就出钱办理丧事。两个棺木入了土，他就用车把阿喜拉走了。阿喜到了李家，拜见李妻，李妻嫉妒成性，非常凶悍，姓李的没敢说阿喜是妾，只说是新买的丫鬟。即使如此，李妻一见如花似玉的阿喜，就立时恼怒，抓起棍子就把阿喜赶出门外，不让回家。阿喜披头散发，难为得痛哭，进退两难，无处安身。有个老尼姑路过李家门口，让阿喜随她居住。阿喜转悲为喜，跟她去了。到了尼姑庵，阿喜向尼姑行过礼，就要求削发为尼。尼姑不同意，说："我看姑娘，不是长期经受风尘苦难的人。庵里土瓷碗盛糙米饭，凑合着过日子，你暂且住下，等等看，时机到了你就走。"过了不久，街市上的流氓见阿喜年轻貌美，常来敲门打户，说些不三不四的轻薄话，老尼姑管不了他们，阿喜为此哭着要自杀。尼姑只好去求官府，写来告示，严加禁止，流氓行为才有点儿收敛。后来，有些人夜间在尼庵墙上挖洞，尼姑高声呼喊，他们才逃走。尼姑又去告官，逮捕了首犯，送官府打了一顿板子，从这以后，尼庵里才逐渐太平。

又过了一年多，有个贵公子来到尼庵，见了阿喜的美貌，几乎惊煞，强迫尼姑

代他去献殷勤，又拿钱贿赂尼姑。尼姑婉转地说："她是官宦人家的小姐，不甘心为妾。公子先回去，等几天我会答复你的。"公子走后，阿喜又气得要服毒自尽。夜间她梦见父亲伤心地说："我过去没有依从你，使你沦落到这一境地，后悔也晚了。但是你只要再拖上几天不死，过去想办的还能办成。"阿喜醒后觉得奇怪。天亮了，洗了脸，尼姑看着她惊奇地说："看你脸上灰暗浑浊的气色全消了，再有横行霸道的事不必担忧。大福就要临门了，可不要忘了我哟！"话没说完，就听得打门声。阿喜吓得脸都黄了，心想一定是那公子家的奴仆。老尼姑开了门，阿喜一看，果然没错。这仆人急火火地问商量的结果，尼姑甜言蜜语地奉承他，只是请他暂缓三天。仆人转告主人的话，说事情要是办不成，由尼姑自己进府回话。尼姑恭敬地答应下，请他先回去。阿喜悲伤极了，又想自杀，尼姑拦住了她。阿喜生怕三天后又来闹，没话回复他。尼姑说："不怕，有老身在这里，要杀要剐，我一身承当。"

　　第二天傍晚，下起倾盆大雨。忽然听到庵外有人吭吭喝喝地打门，阿喜心想是大祸临头了，吓得不知怎么是好。老尼姑冒雨去开了门，见门外停了一顶轿子，几名丫鬟簇拥着一个美人走过来，仆役成群，车马服装华丽。尼姑心里一惊，问是哪儿来的贵官，说："司理的家眷，来暂时躲避风雨。"尼姑引导他们到正殿，搬来坐榻，请贵夫人坐下。老妈子等人各自进禅房休息，到内室看见阿喜，都认为长得漂亮，就去告诉夫人。一会儿，雨停了。夫人站起来，要参观禅房。尼姑带领前去。夫人看见阿喜，大吃一惊，目不转睛地盯着她。阿喜也呆呆地看夫人。这夫人不是别人，原来是青梅。认清以后，两人激动得放声大哭。青梅追述了她嫁后的情况：张父去世，张生服丧期满以后，连续考中举人、进士，被任命为司理。张生先同母亲去上任，后接家眷。阿喜叹气说："今天看来，咱们真是一个天上，一个地下啦！"青梅笑着说："幸亏你受到挫折，没有成亲，这是上天要咱俩团圆罢了。要不是中途落雨，怎能有这次不期而遇呢？这是神差鬼使，不是人力能办到的。"于是取出珠冠和锦绣衣服，催阿喜换装。阿喜低下头，犹豫不决，老尼姑从中帮着劝说。阿喜担心和青梅住在一起，会名不正，言不顺，青梅说："这名分早就定下了，丫鬟怎敢忘记你的恩德！试想张郎，难道是忘恩负义的人么？"青梅硬给她换了妆，同老尼姑告别而去。

　　青梅、阿喜等人来到司理府，张生和母亲都很高兴。阿喜拜见张母，说："今天没有脸面见您了。"张母笑着安慰她，接着就计划择吉日举行婚礼。阿喜说："在尼庵

里要是有一丝活路，也不肯跟夫人来。夫人如果顾念过去的情分，给我一间屋，能放下一只蒲团就足够了。"青梅只是笑，不回答。选定的吉日到了，青梅抱来华美的结婚礼服来，阿喜左看右看，不知怎么办好。一会儿，鼓乐齐奏，喜气催人，阿喜也拿不定主意了。青梅带领丫鬟和老妈子硬给阿喜换上礼服，挽着她走出来。阿喜见张生身穿朝服向她作揖，就不自觉地也盈盈下拜。青梅把她引进洞房，说："早就空着这个位子等你啦！"又看着张生说："今夜得到报恩的机会，好好地报她一报吧。"说罢转身要走，阿喜拉着她的衣裳角不放。青梅笑着说："别留我，这个事儿，我可没法替你呢。"她掰开阿喜的手指，一溜烟地跑了。

青梅还是恭恭敬敬地侍奉阿喜，夜间不敢以正妻身份陪伴张生，而阿喜始终满怀惭愧，心神不安，于是张母让她和青梅互称夫人，但是青梅总是对阿喜行丫鬟对小姐的礼节，不敢懈怠。三年以后，张生被调去朝里做官，路过尼庵，拿出五百两银子为老尼姑作寿礼。老尼姑不要，张生一再请她收下，她留了二百两，建起观音大士庙、王夫人碑。后来，张生由司理晋升为侍郎。程夫人生了两个儿子、一个女儿，王夫人生了四个儿子、一个女儿。张侍郎向皇帝禀报自己的家庭情况，青梅和阿喜都被封为夫人。

28. 画皮

　　太原府的王生，早晨出来游逛，遇见一个女郎正抱着包袱独自赶路，走得很吃力。王生加快脚步跟上去，一看，原来是一个年纪不过十五六岁的少女，心里很喜欢她，问："小姐怎么大清早就独自行走呢？"女郎说："你是走路的人，不能为我排忧解愁，何必劳神相问。"王生问："小姐有什么可愁的？说不定我就能效力，只要小姐需要，我决不推辞。"女郎愁苦地说："父母贪财，把我卖给一个富贵人家。他大老婆嫉妒得很厉害，成天打骂我。我受不了，要跑得远远的。"王生问："你要到哪儿去？"女郎回答说："偷跑的人，哪里有一定的地方。"王生说："我家不远，你就屈驾光临吧。"女郎高兴地同意了。王生替她提包袱，带领她回家。女郎走进房间，见没有人，问："先生怎么没有家眷哪？"王生说："这里只有书房。"女郎说："这里很好，不过先生要是真心可怜我，救我的命，一定要保密，不要向外泄露。"王生应许了。于是二人同居，王生让她躲在密室里，过了好几天外人也不知道。

　　王生向妻子吐露了一丁点儿女郎的事。妻子姓陈，怀疑女郎是某大户人家的丫鬟，要不就是个小老婆，劝王生赶快撵她走。王生不听。有一天，王生偶然路过集市，遇见一个道士。道士看见王生以后不禁一怔，问王生近来遇到什么不寻常的人，回答说："没有。"道士说："我看公子身上邪气缠绕，怎么能说没有呢？"王生竭力分辩。道士离开他，一面走一面说："奇怪了，世间竟有死到临头却执迷不悟的人！"王生听这话蹊跷，就对女郎很是怀疑。可是转回头一想，分明是个漂亮姑娘，怎么会是妖怪？王生就以为道士是个借赶鬼拿邪骗饭吃的。

　　一会儿，王生回到书房院，见大门关得紧紧的，里面闩着，进不去。他心里犯了嘀咕，找了一段已经坏的墙，一翻身跳下去，见书房门也关着。他悄悄走到窗边，从纸洞里向里一瞅，见一个狰狞恶鬼，脸是翠绿的，牙齿长得特别长，像一排尖利的锯

齿，床上铺一张人皮，正手拿彩笔向上描画。恶鬼画完了，把笔一扔，掂起皮来抖了几抖，像抖顺衣服一样，向身上一披，立刻变成一个娇滴滴的女郎。王生看到这一情状，害怕极了，吓得连滚带爬地跑出去。

王生急忙追寻道士求教，可是道士去向不明。他到处寻找，最后来到野外才找到。王生跪倒在道士脚边，求他救命，道士说："既然你来乞求，我就为你把它赶走。这个东西挖空心思，到现在才找到个替身，我不忍心伤害它的性命。"他把拂尘交给王生，让他挂在卧室门口。临别时，道士与王生约定下次在青帝庙见面。

王生回到家，不敢再进书房，夜间到陈氏床上睡觉，门口悬了道士给的拂尘。约莫到一更天，王生听见门外有声音，吓得不敢看，求陈氏设法看看。陈氏从门缝里向外一瞅，见有个女郎来，像不敢进屋，只是站在门外，望着拂尘咬牙切齿，停了好久才离开。不料霎时她又回来，骂道："老道吓唬我，岂有吞进嘴里再吐出来的！"于是一把拉下拂尘，扯了个粉碎，破门而入，径直跳上床，撕裂王生的肚皮，掏出心脏，提起来就走。陈氏吓得大声号叫，丫鬟拿灯来一照，王生已经死去，胸膛上下血流纵横。陈氏非常害怕，两眼直流泪，却不敢放声哭。

第二天，陈氏让小叔二郎快去告诉道士。道士发怒，说："我本来可怜它，鬼东西竟敢这样！"他跟随二郎来家，那女郎已经不在。道士探望过四周，说："幸亏没有走远。"问："南院是谁家？"二郎说："是小生的。"道士说："现在你家。"二郎吃了一惊，还说没有。道士问道："是否有不相识的人来过？"二郎说："小生一早前往青帝庙，家里的事实在不知道，回去问问。"说完就去，不一会儿回来说："果然有。清晨来了一个老太婆，要在我家做工，我妻子把她留下了，还在我家。"道士说："就是她。"便和二郎同去找她。道士站在院中心，手举木剑，大声喊道："作孽的鬼东西，偿还我的拂尘！"老太婆在屋里惊慌失措，脸色苍白，想出门逃窜。道士追上前，手起剑落，老太婆随剑扑倒，披的人皮哗啦掉下来，现出恶鬼的原形，像一头被宰的猪嗷嗷惨叫。道士用木剑砍下恶鬼的头，鬼身子化为一股浓烟，盘转地上，渐渐聚集一团。道士取出一个葫芦，拔开木塞，放在烟下。轻烟向下慢慢流动，像葫芦用嘴吸气，它一会儿工夫就被全吸进去。道士取过葫芦，塞紧口后放到袋子里。大家围观人皮，只见眉眼手脚样样俱全。道士把它卷起来——发出卷画轴的声音，也装进袋子。

道士准备回去，陈氏迎面过来，拜倒在地，哭着乞求起死回生的办法。道士辞谢，说他没有这么大的本领。陈氏哭得更加悲伤，跪在地上不肯起来。道士想了想，说："我的法术不深，确实不能起死回生。我推荐一个人，说不定他能行。如果能找到他，一定有用处。"陈氏问是谁，道士说："集市上有一个像疯子的人，常躺在粪土里。你去向他磕头哀求，试试看。如果他狂性大发，侮辱夫人，夫人千万不要恼火。"

二郎也熟知这么个人，便告别道士，和嫂嫂同去寻找。他们来到市上，看见一个乞丐，正疯疯癫癫地一边走一边高唱，鼻涕下垂三尺长，脏得简直令人不敢靠近。陈氏离老远就下跪，膝行到他身边。乞丐嬉皮笑脸地说："大美人，你爱我吗？"陈氏向他说明缘故。他哈哈大笑，说："天下的男人都可以做丈夫，救活他干什么？"陈氏继续哀求，道士说："怪啦！人早已死去，求我救活，难道我是阎王吗？"他怒气冲冲，举拐杖打陈氏。陈氏忍着疼痛，任他随意打。集市上看热闹的人越来越多，一会儿就围起厚厚一道人墙。乞丐打够了，嘴里咳出一大把痰，黏糊糊举到陈氏嘴边，说："吃下去！"陈氏羞得脸红，很为难，但是她想起道士的话，就硬着头皮吞下去。陈氏感觉咽到喉咙，像一团硬棉花，憋得咯咯响，渐渐下去，停在胸间。乞丐大笑，说："大美人真的爱我了！"说完就走，连头也不回。陈氏便紧跟道士，道士进了庙，她赶上前再哀求，道士却不见了。她把庙前庙后都找遍了，哪里也没有，只能羞愧地回家。

陈氏她悼念丈夫死得凄惨，又悔恨吃痰大受羞辱，哭得前仰后合，但愿一死了事。她想擦净王生身上的血迹，收敛尸体，家里人只站着看，没有一个敢靠前的。她只好自己抱尸收肠，一面整理一面痛哭。她哭得太厉害了，喉咙嘶哑，突然要呕吐，只觉得落在胸间的东西一阵猛涌，还没有来得及回头，已经全吐进王生的胸膛里。陈氏慌忙看去，原来是一颗人心。心脏在胸腔里突突跳个不停，上面冒着热气，像轻烟似的蒸腾。陈氏觉得非常奇怪，急忙用两手合起胸腔，对好裂缝，用力挤压，稍一松劲儿，气就氤氤氲氲从缝里冒出来，于是撕来丝绸急忙扎紧。她用手抚摩尸体，尸体渐渐由凉转温。她盖上被子保暖，半夜时掀开他脸上的被子，发现鼻孔里有气息。天亮，王生竟复活了，说恍恍惚惚像做了一场梦，梦中只觉心脏有点疼。再看王生胸膛下撕裂的地方，结了一块铜钱大的疤，不久就痊愈了。

29. 阿英

甘玉字璧人，江西吉安人。他的父母早死，弟弟名珏，字双璧，从五岁起就由他抚养。甘玉生性友爱，抚养弟弟像一般人对待亲生子。后来，甘珏渐渐长大，风姿俊秀出众，又很聪明，能写文章，甘玉更加喜爱他，常说："我弟弟才貌不同寻常，不能没有个好媳妇。"可是挑选时太挑剔，到底没能定亲。

甘玉在匡山的寺庙里读书，夜里刚躺下睡觉，听见窗外有女子的声音。他从窗缝里看去，见有三四个女郎坐在地上，几个丫鬟为她们摆酒菜，都长得非常美。一个女子说："秦娘子，秦娘子，阿英怎么不来？"座下首有女子回答："昨天她从函谷关来，被恶人伤了右胳膊，不能同来游玩，她正为这个抱恨呢。"一个女子说："前天夜里做了一个梦，太吓人，现在想起来还吓得出汗。"坐在下首的女子摇着手说："别说，别说。今天晚上姊妹们在一起欢欢乐乐地聚会，说出来吓得人不快活。"那要说的女子讲："这丫头怎么这样胆小，难道就会跑来虎狼把你衔走吗？你要是不让我说，必须唱一支小曲儿，为姊妹们助酒兴。"下首的女子就低声唱起来："闲阶桃花取次开，昨日踏青，小约未应乖。嘱咐东邻女伴，少待莫相催。着得凤头鞋，子即当来。"唱罢，在座的女子没有不称赞的。

女子们正在说说笑笑，忽然一个大汉耀武扬威地从外面走来，长着老鹰眼，闪闪发光，相貌凶恶丑陋。众人吓得连哭带喊："妖精来啦！"登时一阵混乱，飞鸟似的跑散了。只有唱曲儿的女子身子骨柔弱，落在后面，被那大汉抓住。她一边哭一边努力抵挡，那大汉发怒，大吼一声，张口交断她的手指头，接着嚼嚼咽到肚里。这女子倒在地上，像已经死了。甘玉可怜女子，忍耐不住，急忙抽出宝剑，拔开门闩跑出来，举剑向大汉砍去，砍到大腿上。那大汉腿断了一只，忍痛逃走。甘玉把女子扶进屋，见她疼得面如土色，袖子上鲜血淋漓，拉过手一看，右拇指断去一截，就赶紧撕布为

她缠上。女子这才呻吟着说："救命的大恩怎么报答？"甘玉在刚见到她时，心里就暗中为弟弟的婚姻打算，于是把这心意告诉她。女子说："残疾人不能干活，我要为你的好弟弟另找一个。"甘玉问她的姓名，回答说："姓秦。"甘玉为她铺好被褥，让她上床休养，自己抱了被子到另外的房子睡觉。第二天早晨回屋一看，人去床空，甘玉心里暗想：她一定是自己回家了。甘玉到附近的村子打听秦氏，没有姓秦的人家；托了很多亲友再打听，也没有可靠的消息。他回家同弟弟讲，后悔自己当时没问清，心里觉得空落落的，像失去了重要的东西。

一天，甘珏偶然在野外游玩，遇到一个十五六岁的女郎，姿容和神情很美，看着他抿嘴笑，像要和他讲话。女郎水灵灵的大眼朝四下望了望以后，说："你是甘家的二郎吗？"回答说："是啊。"女郎说："令尊为我订有婚约，怎么现在背弃这婚约，为你另找姓秦的？"甘珏说："我从小是孤儿，没听说过定亲的事。请告诉我你是谁家，我回去要问哥哥。"女郎说："不必细讲，只要有你一句话，我会自己到你家去。"甘珏因为没有告诉哥哥，向她推辞。女郎笑着说："傻小子，就这样怕你哥哥吗？既然这样，我姓陆，家住东山望村。三天之内，我听你的信。"说罢就走了。

甘珏回家，把遇见女郎的事告诉哥嫂。哥哥说："这是胡说！父亲去世的时候，我已经二十多岁，要是有这一说，哪能不知道呢？"他因为这女郎独自在野外走路，主动和男人讲话，心里越发看不起她。他又问甘珏那女郎的相貌如何，甘珏脸红到脖子根，一句话也不说。嫂嫂笑着说："想必长得很漂亮。"甘玉说："小孩儿知道什么美丑？就算长得美，也美不过秦家女郎。等秦家办不成，再另找也不晚。"甘珏没作声就走了。

过了几天，甘玉在路上遇到一个女郎，她一边流泪一边向前走。甘玉垂下鞭子勒住马，略微斜眼看她，简直是绝代佳人，便让仆人去问她啼哭的原因。女郎回答说："我过去许配甘家二郎，因为家境贫穷迁移到远方，从此音信不通。近几天才回来，听说郎君家说话不算话，背弃婚约，我要去找大伯甘璧人，问他怎么安置我。"甘玉又惊又喜，说："甘璧人就是我。先父过去订的婚约，我实在不知道。这里离我家不远，请你一道回去商量。"甘玉就下马，把缰绳递给她，让她骑上，自己牵着马走回家。女郎自称小字阿英，家里没有兄弟，只和表姐秦氏住在一起。甘玉这才知道他所救的秦氏正是阿英的表姐。甘玉想把阿英的情况告诉秦氏，阿英一再阻拦。他为弟弟娶到

美丽的媳妇而暗暗欢喜，可是怕阿英举止轻佻惹人议论。过了好久，阿英却是为人庄重，情态柔媚，说话得体，伺候嫂嫂像对待母亲，嫂嫂也很喜欢她。

中秋节的夜晚，甘珏夫妻说说笑笑地饮酒，嫂嫂派人请阿英，甘珏神情惆怅。阿英打发来人先走，说自己接着就去，可是坐在位子上说笑，过了好久，还没有去的意思。甘珏怕嫂嫂等得太久，接连催她，她只是笑，到底没有去。第二天早晨，阿英刚梳妆完，嫂嫂自己来探望她，问道："昨天夜里咱们对面坐着，你怎么不高兴呢？"阿英只是微笑。甘珏觉得这事奇怪，和嫂嫂核对，说法不同。嫂嫂十分害怕，说："如果不是妖，怎么能会分身术呢？"甘玉听说以后也害怕，隔着帘子对阿英说："我家一向积德行善，同你无冤无仇。如果你是妖怪，请快走开，幸望不要杀害我弟弟。"阿英惭愧地说："我本来不是人，只是因为公公从前定了婚约，所以秦家表姐劝我来。我自忖不会生男育女，曾经想离开这里。恋恋不舍地没有走，是因为哥嫂待我不薄。现在既然怀疑我，就从此分别吧。"阿英转眼变成鹦鹉，架起翅膀飞走了。

当初，甘玉的父亲在世时，养着一只很聪明的鹦鹉，常亲自喂它。这时甘珏四五岁，问："喂鸟干什么？"父亲同他开玩笑说："以后要它做你的媳妇。"这期间，父亲想到鹦鹉缺食，就喊来甘珏说："不拿食喂鹦鹉，把你媳妇饿煞了！"家中人也这样戏耍甘珏。后来鹦鹉因为链子断开飞去。现在出了这件事，甘玉才醒悟所讲旧婚约指的就是这开玩笑的话。现在鹦鹉又飞了，甘珏明知它不是人，心里却总是想念。嫂嫂更是一心挂念着她，一天到晚想得哭。甘玉也后悔了，可是没有办法叫她回来。

过了两年，甘玉为弟弟娶来姜氏，弟弟心里始终不高兴。有个表兄在广东当司李，甘玉去探望他，很久没有回家。正逢土匪作乱，附近的村落都被抢劫焚烧光了，甘珏十分害怕，带领全家进山避难。山上男女混杂，彼此都不认得。嫂嫂听到有人细声说话，很像阿英的声音，就催甘珏走近去看，果然是她。甘珏高兴极了，拉住她不放。阿英对同伴说："姐姐先走，我去看看嫂嫂。"来到那里，嫂嫂见她以后一阵心酸，抽抽搭搭地哭起来。阿英一再劝慰，又说"这里不是安乐的地方"，就劝他们回家。众人害怕土匪进村，阿英一再说"不妨事"，于是同他们一道回去。大伙儿回到家，阿英收一些土拦在门外，嘱咐大家都老老实实待在家里不要出去。她坐下说了几句话转身要走，嫂嫂急忙握住她的手腕，又让两个丫鬟抓住她的左右脚，阿英不得已，就留下来了。不过，她不常到她闺房里去，甘珏再三叫她，才去一回。

嫂嫂常说新娘子不够漂亮，不称甘珏的意，阿英就一早起来为姜氏打扮。梳完头，细心地涂脂抹粉，人们再看，美得多了。这样做了三天，姜氏竟然成为美女。嫂嫂感觉奇怪，对阿英说："我没有儿子，想买一个女郎为甘玉当妾，还没来得及，不知道家里的丫鬟有没有能改扮成美人的？"阿英说："没有不可以改变的人，只是原来美一点儿的更容易打扮罢了。"于是阿英对丫鬟们挨个相面，只有一个长得黑丑的能生男孩子，就喊她洗了脸，用厚粉和药面涂上去。涂了三天，丫鬟的脸色由黑转黄；二十八天以后，脂粉渗进肌肉，竟然也相当漂亮了。甘家一天到晚关着大门说笑，并不考虑兵匪杀人放火。一天夜里，院外大声喧闹，全家都不知道怎么好。一会儿，听见门外人喊马叫，乱哄了一阵后都走了。家人到天明才知道村子里几乎被抢光烧光了。村外，土匪成群结队，到处搜查，凡是在山洞里躲藏的都被杀死，或者成为俘虏。因此甘家更加感激阿英，认为她是神仙。

阿英忽然对嫂嫂说："我这次来，只是因为嫂嫂对我很好，我不能忘掉，暂且来帮你排解兵荒马乱的忧愁。大伯就要回来了，我在这里就像俗话说的'不是李子，也不是柰子'，太可笑了。我暂且回去，有空闲再来看你。"嫂嫂问："你大伯在外面没有事吧？"回答说："他近几天有大难。这事和别人没关系，我的秦家姐姐受过他的大恩，我想一定会去报答他，不妨事。"嫂嫂留她过一夜再走。天还没有亮，阿英就离开了。

甘玉从广东回家，听说土匪作乱，日夜兼程往回赶。路上遇到土匪，他和仆人把马扔掉，把钱束到腰里，躲藏进酸枣丛里。一只秦吉了飞来，站到树上，伸开翅膀盖着树叶。看它的爪，缺少一个，甘玉觉得奇怪。一会儿，土匪从四面八方围过来，在酸枣丛边转来转去，好像在寻找甘家主仆，两个人在树下大气也不敢喘。土匪都走了，那鸟才飞去。甘玉回到家，各人叙说遇到的事，才知道救甘玉的秦吉了就是他救的美女秦氏。

后来，每逢甘玉离开家不回来，阿英一定傍晚来陪嫂嫂；算计着甘玉要回家，她就早早出去。甘珏有时在嫂嫂屋里见到她，请她到闺房里去，她虽满口答应，却根本不到。一天晚上，甘玉又离开家，甘珏估计阿英一定来，躲在一边等她。不久，阿英果然走来，甘珏猛然跑出去截住她，推到自己屋里。阿英说："我和你的缘分已经完了，勉强结合，恐怕会触犯上天的禁忌。还是要留有余地，以便有时能见一面，你看

怎么样？"甘珏不听，终于和她欢合了。天明，阿英去见嫂嫂，嫂嫂怪她夜里不来。阿英笑着说："半路上被强盗抢走了，劳你挂念啦。"说了几句话就走了。不久，有一只大猫衔着鹦鹉从甘玉门口经过。嫂嫂十分惊讶，很怀疑那就是阿英。这时她正在洗脸，推开脸盆急忙喊人。众人赶来连喊带打，那猫才把鹦鹉丢下。嫂嫂捧起一看，左翅膀上有血，嘴里仅存一点儿气息；抱在腿上，抚摩了好久，它才渐渐苏醒。鹦鹉用嘴梳理自己的翅子，一会儿，在屋里飞了一圈儿，叫着："嫂嫂再见了，我怨恨甘珏啊！"接着飞向室外，此后再也没来。

30. 锦瑟

　　沂水县的王生，幼年成了孤儿，家中清贫。但他风度翩翩，一表人才，是个装束得潇洒俊秀的少年。富翁兰某，见他后很喜欢他，将女儿嫁给了，答应为他修建房屋、置办田产。他娶妻不久兰某死去，妻子的弟兄们瞧不起王生。妻子尤其傲慢无礼，常常把丈夫当作奴仆；自己享受美味佳肴，王生到家，就是粗粮加上瓢水，折根草梗当筷子，摆在王生面前。王生全都不声不响地忍受下来。十九岁时，王生去参加童生的考试，未被录取。从府城回来，妻子正巧不在家中。锅里炖的羊胛骨已经熟了，王生就着锅吃了起来。妻子进来后也不说话，把锅端走了。王生非常恼火，把筷子扔到地上，说："受这种窝囊气，不如去死！"妻子生了气，问他什么时候死，就递给他一根绳子做上吊的用具。王生气愤地将汤碗掷过去，砸伤了妻子的额头。

　　王生满腔愤怒地走出家门，自己想真不如去死算了，就把绳索揣在怀中进入了深山野谷中。来到一丛树下，正选择树枝系上绳索，忽然看见土崖之中，微微露出了一点儿裙角。转眼间，一个丫鬟走了出来，看见王生赶紧退了回去，像影子一样消失了。土崖壁上也没有一点儿裂痕。他知道这肯定是妖怪，但既然是来寻死，所以也就没什么可害怕的，就解开绳索坐着观察。一会儿，那个丫鬟又露出半个脸来，稍微看了一下就缩回去了。王生想这个鬼物有趣，跟着她一定死得很快乐，于是便抓住块石头敲那崖壁说："地如果能够进入，请给我指一条路。我不是要寻求欢乐，而是寻找死的人。"过了很久，也没有声音。王生又说了一遍，里面说道："想寻死就请暂且回去，到晚上可以再来。"声音清脆尖细，就像蜜蜂飞的声音。王生说："是。"就坐着等待天黑。

　　过了不久，天上布满了繁星，土崖间忽然变成了高大的房屋，静静地敞开两扇大门。王生顺着台阶走进去，才走了几步，有一股流水从地下涌上来，热气就像温泉一

样。他用手试一试，热得如开水，也不知道有多深。王生疑心这就是鬼神指示给他死的地方，便纵身跳了进去。那水热得透过了几层衣服，皮肤疼得像是腐烂了一般，幸好浮在水面上没有下沉。游了很久，觉得热度渐渐可以忍受了，王生用力抓住石头向上爬，才登上了南岸。全身幸亏没有被烫伤。他向前走着，远远看见一座大房子里有灯火，快步赶过去。一条凶猛的狗突然窜了出来，咬坏了他的衣服和袜子。他从地上摸起块石头投过去，狗才稍微后退。又有一群狗扑上来乱叫，狗都有牛犊那么大。正在危急之时，丫鬟出来喝退了群狗，说："寻死的少年来了吗？我家娘子可怜你的困苦不幸，让我送你去安乐窝里，从此以后没有灾难了。"丫鬟挑着灯笼引导着他，打开后门，静静地向前走。走进一户人家，明亮的灯烛照着窗子，丫鬟说："你自己进去吧，我回去了。"王生走进室内四下张望，原来已经回到自己家了。他掉头又跑了出来，遇见妻子使唤的老妈子。她说："整天在找你，又要往哪儿去？"把他拖了回去。妻子用巾帕裹着受伤的地方，从床上下来笑脸相迎，说："夫妻已经一年多了，这样亲近怎么反而不认识了呢？我知道自己错了。你受了口头的奚落，我却实实在在受了伤，你的怒气也可以稍稍消解了。"说罢，妻子便在床头上拿出两大锭黄金放在王生怀中，说："以后穿衣吃饭，完全听你的，行了吧？"王生也不说话，扔下金子夺门而跑，还要进那山谷之中，去敲那高大房子的门。

来到野外后，只见丫鬟走得非常缓慢，挑着灯笼，远远还能够望见。王生急忙边跑边喊，灯笼于是停了下来。跑到她面前后，丫鬟说："你又来了，辜负娘子的一片苦心了。"王生说："我只求死，不想向你再求活路。娘子是个大户人家，在阴间也应当需要人手。我自愿去服役，实在不把活着看作是件乐事。"丫鬟说："快乐地死也不如痛苦地活，你想的怎么这样不对头啊！我们家没有别的事可做，只有淘河、挖粪、喂狗、扛尸体等活。干得若不合要求，就要割掉耳朵鼻子、敲断肘骨、砍下脚趾，你能行吗？"王生回答说："能行。"他们又从后门走进去，王生问："众人在干什么活？"回答说："扛尸体。""哪里有这么多死人？"丫鬟说："娘子非常慈悲，开设了座'给孤园'，收养整个阴间遭横祸无家可归的鬼魂。鬼以千计，每天都有死亡的，需要扛去埋葬。请你过来看看。"走了一会儿，看见一座门，上面写着"给孤园"。进了园，看见房屋杂乱无章，臭气熏人。园里面的鬼看到灯围了过来，都是断头缺腿，不堪入目。王生回过头来想走，看到一具尸体横放在墙下，走近一看，血肉

模糊一片。丫鬟说："半天没人扛走，已经被狗啃成这样。"即让王生扛走他。王生感到为难。丫鬟说："你如果不能扛，请你仍回家享受安乐。"王生没办法，扛起尸体放到了隐蔽的地方。王生于是请丫鬟为他说情，希望免受尸体的污染，丫鬟答应了。走近了一座房子，丫鬟说："你先在这儿坐一会儿，我进去说一下。喂狗的活比较省力，我会替你讨这个差使，希望能够成功再告诉你。"

去了一会儿，丫鬟跑出来说："来，来，娘子出来了！"王生跟着她走进去，只见大堂上四处悬挂着灯笼，一位女郎靠近窗户坐着，是位二十多岁的天仙。王生跪伏在台阶下面，女郎让人拉起他来，说："这是一位读书人，怎能去喂狗？可以让他住到西边的堂屋里，主管账簿的事情。"王生很高兴，跪下拜谢。女郎说："因为你朴实诚恳，可以做好这件事。如果有什么差错，罪责可是不轻啊！"王生连连答应。

丫鬟领王生来到西边的堂屋，看到屋梁墙壁非常清洁，十分高兴，向丫鬟致谢。他这才打听娘子的官阶。丫鬟说："娘子名叫锦瑟，是东海薛侯的女儿。我叫春燕。早晚有什么需要，希望你告诉我。"丫鬟去后，很快又把衣服鞋子被褥拿来放在床上。王生为有了安身之处而感到高兴。黎明时分，他早早起来处理公事，登记鬼魂的籍贯。全家的仆人都前来拜见，送酒送肉的很多。王生为避嫌疑，一概拒绝。每天吃两顿饭，都是从里面送来。娘子考察到他廉洁谨慎，特意赠送他儒生戴的头巾和鲜艳的衣服。凡是赠送的物品，都派春燕送来。春燕很有风度，与王生熟悉后，常常用眉目传情。王生小心谨慎，不敢有一点闪失，只是假装迟钝呆傻。过了两年多，赏赐的东西比正常的薪俸要多出一倍，可是王生依然谨慎谦虚。

一天夜间正睡着觉，王生听到内室有喊闹声。他赶忙起来，拿了把刀跑了出去，看见火把的光亮照红了天空。走到里面张望，只见一群强盗挤满了院子，仆人们吓得四处逃窜。一个仆人催促王生和他一起逃走，王生不肯。他涂抹了脸，束紧腰带，混在强盗中大喊："不要惊动薛娘子！只需分头搜括财物，不要漏掉。"这时各处的强盗正在搜寻锦瑟而未得到。王生知道锦瑟未被捉住，便偷偷来到房后独自寻找。遇到一个趴在地上的老婆婆，他才知道锦瑟和春燕都翻过墙去了。王生也翻过墙去，看见她两人藏在暗处，就说："这个地方怎能藏身？"锦瑟说："我再也走不动了。"王生扔下刀背起她来，跑了二三里路，汗流遍体，才来到深谷之中，从肩上放下锦瑟，让她坐一会儿。突然，一只猛虎跳出来，王生吓了一跳，想迎上去阻挡，老虎已经衔

住了锦瑟。王生赶忙捉住老虎的耳朵，用力将胳臂伸到老虎口中，来取代锦瑟。老虎大怒，放下锦瑟，咀嚼起王生的胳臂，发出骨折的声音，胳臂被咬断落到地上，老虎也径直离开走了。锦瑟哭着说："让你受苦了，让你受苦了！"王生在匆忙之中还没有感到疼痛，只觉得血流如水，让春燕撕下块衣襟包扎起来，锦瑟制止了他，弯下身子找到了断臂，亲自为他接上，然后包扎好。天渐渐亮了，他们这才慢慢往回走。进到堂屋一看，如废墟一般。天色大明，男女仆人才逐渐汇集。锦瑟亲自到西面的堂屋，慰问王生所受的痛苦。解开包扎的衣衫，见胳臂上的骨头已经接好，又取出药末敷在伤口上，才离开。从此以后，锦瑟更加看重王生，让王生使用的一切，全都和自己相同。

王生胳臂好了，锦瑟在内室安排酒宴慰劳他。让他坐下，王生再三推让然后坐在了角落里。锦瑟举起酒杯，就像对贵宾似的敬酒。喝了很长时间，锦瑟说："我的身子已经靠在了你的身体上，我想模仿楚王女儿对钟建那种做法，只是没有媒人，羞于自己说出。"王生恐慌地说："我受到您的恩惠已经很重了，虽死也无法报答。如果做出非分的事，我害怕会遭到雷劈，实在不敢从命。如果您同情我没有妻室，赐给我一个丫鬟已经是太大的恩赐了。"

一天，锦瑟的大姐瑶台来了，是位四十岁左右的美丽妇人。到了晚上，请王生进来，瑶台叫他坐下，说："我从千里之外赶来，为妹妹主持婚礼，今晚可以许配给你。"王生又起身推辞。瑶台立即吩咐倒酒，让他们两人交盏而饮。王生再三推辞，瑶台夺过来替他换了盏。王生于是跪拜谢罪，接过来喝了。瑶台离开后，锦瑟说："实话告诉你，我是仙女，因为犯了罪被放逐。我自愿来到阴间，收养冤枉的鬼魂，来赎天帝的惩罚。上次遭到天魔的劫难，就跟你有了身体相靠的缘分。从远处邀请大姐来，既是为了请她主持婚嫁，也是让她代我管理家事，以便我跟着你回去。"王生起身致敬说："阴间最为快乐！我家里有个泼妇，再说房屋狭窄简陋，看情况我不能委曲求全，勉勉强强地生活下去。"锦瑟笑了，只是说"不碍事"。酒醉之后，上床入睡，欢爱至极。

过了几天，锦瑟对王生说："阴间的相聚不能长久，请你马上回去。你处理完家事后，我会自己来到。"把一匹马交给王生，打开门让他出去，崖壁又合上了。王生骑着马进了村子，村里的人都很吃惊。来到家门口，只见高大的房屋宽敞明亮。当初，

王生离开后，妻子叫来两个哥哥，要痛打王生报复。到了傍晚，王生没回来，两个哥哥才离开。有人在山沟里找到了王生的鞋，怀疑他已经死去。已经一年多了还没有消息。有个陕西的商人托媒人与兰家疏通，于是在王生的家中与兰氏同居。半年时间，修建的房屋连成了片。商人外出经商，又买回一个妾来，从此家中不得安宁。商人也常常几个月不回来。王生问明了其中的缘故，非常恼怒，拴好马进了屋子。看见了原来的女仆，女仆吓得趴在地上。王生呵斥责骂了很久，让她领自己到了兰氏的住处，她已经逃走了，接着在房后找到了她，已经上吊身亡。王生便让人把她抬到兰家去。又把那个妾叫出来，十八九岁，容貌举生也还不错，就和她住在了一起。那个商人托村里的人说情，要求还给他妾，妾哭着不肯走。王生便写好了状词，要告商人霸占房产妻子的罪行。商人不敢再多说，收拾了铺子回陕西去了。

王生正在怀疑锦瑟违背了约定，一天晚上，与妾正喝着酒，只听见车马声和敲门声，原来锦瑟到了。锦瑟只留下春燕，其余的人都立即打发回去。进了室内，妾来拜见。锦瑟说："这个女人有生儿子的相貌，可以代替我受苦了。"就赐给她首饰衣服，妾拜谢收下，站在一旁侍候锦瑟。锦瑟拉她坐下，有说有笑十分开心。过了一会儿，锦瑟说："我喝醉了，想休息。"王生也脱鞋上了床，妾才出去。妾回到自己房内一看，只见王生睡在床上。她感到吃惊又回去偷看，灯烛已经吹灭了。王生没有一夜不睡在妾的房内。一天夜里，妾起床偷偷到锦瑟房外偷看，只见王生与锦瑟正在一起谈笑，她非常奇怪，连忙回来告诉王生，床上却没有人了。天亮后，她悄悄告诉王生，王生自己也不知道，只是觉得有时留在锦瑟处，有时睡在妾的房内。王生嘱咐妾保守秘密。过了很久，春燕也与王生有了私情，锦瑟好像不知道一样。春燕忽然要分娩，可是难产，只是呼喊"娘子"。锦瑟进来，婴儿就生下来了，抱起来一看，是个男孩。锦瑟给婴儿剪断脐带放到春燕怀中，笑着说："痴丫头不要再干这种事了，孽缘一多，想割爱就难了。"从此以后，春燕就没再生育。妾生了五个儿子两个女儿。过了三十年，锦瑟有时回自己家看看，来回都是在夜里。

一天，锦瑟带着春燕走了，再也没有回来。王生活到八十多岁，忽然带着个老仆人夜里出了门，也没有再回来。

31. 青蛙神

　　湖北一带的民间，崇奉青蛙神最为虔诚。蛙神祠里的青蛙成千上万，有的大如蒸笼。要是有人惹怒青蛙神，他家里总会出现怪异的征兆：青蛙在桌上床上跳来跳去，甚至有的爬上光滑的墙壁，贴在上面不下来，情状多种多样。这户人家就要遭殃了，于是家人大为恐慌，忙宰牲口祭祀青蛙神，祈求消灾。青蛙神一高兴，就什么事情也没有了。

　　湖北有个薛昆生，自幼聪明，人长得也漂亮。他六七岁时，有个身穿青衣的老仆妇来到他家，自称是青蛙神的使者。她坐下转告说，青蛙神愿把女儿嫁给昆生。薛翁为人憨厚老实，心里很不情愿，却又不敢得罪青蛙神，便推说儿子年龄太小。薛家虽然借故拒绝了这门亲事，但不敢再和别的人家议婚。过了几年，昆生慢慢长大了，才和姜家定了亲。青蛙神听说后，警告姜家说："薛昆生是我的女婿，你们怎能染指？"姜家非常恐惧，退还了薛家的聘礼。薛翁忧心忡忡，置办了整洁的祭品，前往蛙神祠祷告，说儿子不敢和神女相匹配。祷告完，见酒菜中浮出大蛆虫，纷纷蠕动。他倒掉酒菜，向蛙神谢罪而回。他心里更加害怕，但又没有办法，只好听天由命了。

　　一天，昆生走在路上，迎上来一个使者，转达青蛙神的旨意，苦苦要求他前往。昆生不得已，就跟着去了。走进一座朱漆大门，里面楼台殿阁极其华丽。有个老翁在堂上坐着，有七八十岁的样子。昆生伏身拜见，老翁让人扶起他来，赐他在桌旁坐下。一会儿，丫鬟、老妈子都来围观，乱哄哄地站满两侧。老翁对她们说："进去说薛郎到了。"几个丫鬟应声跑进去了。过了一会儿，一个老太太领出一个女郎来。那女郎十六七岁，美艳绝伦，天下无双。老翁指着她对昆生说："这是小女十娘，我以为她和你是美满的一对，谁想你父亲却因不是同类而拒绝了。这是你个人的终身大事，父母只能当一半家，主要还是看你的意思了。"昆生盯着十娘，心里喜欢，但沉默

139

不语。老太太说:"我早就知道薛郎心里很愿意。请你先走一步,我们这就把十娘送去。"昆生答应了一声,便快步跑回家告诉父亲。薛翁仓促间想不出法子,便教给儿子一些推托之辞,让他回去婉言谢绝,昆生却不肯去。正在催促责备儿子时,车子已到门前,使女成群,簇拥着十娘进来了。她上堂拜见公婆,公婆一见,都喜欢上了她。当晚成了亲,夫妻很是和美。从这以后,青蛙神老翁、老太太时常降临薛家。他们来时如穿着红色的衣服,是喜事;如穿着白色的则是财运,无不灵验。因此薛家一天天兴盛起来。

自和青蛙神结亲后,薛家的门口、厅堂、篱笆、厕所等处全是青蛙,但没有谁敢斥骂、践踏它们。只有昆生年轻任性,高兴时还有些顾忌,生气了就踩死青蛙,不很爱惜。十娘虽然谦和温顺,但有时也容易发脾气,对昆生如此对待很不满意。但昆生并不因此而收敛克制。十娘说了些责怪的话,昆生愤愤地说:"别倚仗你家父母能降祸于人,我堂堂大丈夫哪会怕青蛙呢?"十娘对"蛙"字很忌讳,听了这话非常生气,说:"自从我过门到你家,为你家种田增产、经商增利,做得不少。现在老小都吃饱穿暖了,就像猫头鹰长了翅膀以后,要啄母鸟的眼睛了吗?"昆生更加气愤说:"我正嫌增加的财富不干净,没脸留给儿孙,不如早点散伙!"就赶走了十娘。昆生的父母听说后,十娘已经离去。他们责骂昆生,叫他快去把十娘追回来。昆生正怒气填膺,哪肯屈服。到了夜里,母子两人都生病了,心里闷闷的,吃不下东西。薛翁害怕了,到蛙神祠负荆请罪,情词殷切。过了三天,母子俩的病好了,十娘也自己回来了,小两口又和好如初。

十娘每天总是打扮好坐着,不做针线活,昆生的衣服鞋子,全由薛母来做。一天,薛母生气地说:"儿子娶了老婆,还要我做娘的受累。人家的媳妇伺候婆婆,我们家却婆婆伺候媳妇。"这话恰巧让十娘听见了,她赌气上堂对婆婆说:"我早上侍候你吃饭,晚上问候你安寝,侍奉婆婆的妇道怎么样?所不足的,只是不能连雇佣人的钱也省下,自己去做苦工罢了。"薛母无言以对,惭愧沮丧,自己哭泣起来。昆生进来,见母亲泪痕满面,问明原委,怒气冲冲地责备十娘。十娘固执地争辩,不肯相让。昆生说:"娶了妻子不能让父母开心,还不如没有。就算惹怒老青蛙,顶多不过是遭横祸一死罢了!"便再次休弃了十娘。

十娘气得拂袖而去。第二天,薛家发生火灾,火势蔓延烧了几间房子,其中的桌

椅床铺都化为灰烬。昆生气愤地去指责、数落青蛙神，说："你生养女儿不能侍奉公婆，毫无家教，却偏袒她的短处。神应该是最公正的，有教人怕老婆的吗？再说家里发生口角，都是我的事，与我父母无关。要是刀劈斧砍，就冲着我来好了。如果不是这样，我也烧掉你的房子，来报复你。"说完，背来柴草堆在殿堂下，点火就要烧。居民们聚集过来哀求他不要这样做，他才愤愤地回家去了。他父母听说，吓得脸色都变了。

到了夜里，青蛙神托梦给附近村子的人，让他们为昆生家盖房子。天一亮，人们带来木材石料，召集工匠，一起为昆生建房子，薛家推拒也阻止不住。路上每天数百人来往不绝，不几天，薛家房舍焕然一新，床榻、帷幕和日用器具也都齐备。刚刚修建清扫完毕，十娘已经回来了，登堂向公婆道歉认错，言语婉转温和，又回过身来向昆生露出笑脸，于是全家化怨为喜。从此，十娘的性情越发温和，两年间没有发生口角。

十娘最厌恶蛇。有一次，昆生恶作剧地用匣子装着一条小蛇，哄十娘打开。十娘变了脸色，责骂昆生。昆生也由开玩笑变为生气，说出难听的话来。十娘说："这次不用你赶我了，从此一刀两断！"就愤然出门而去。薛翁大为恐慌，将儿子杖打一顿，又向青蛙神请罪。幸而这次没降灾祸，但全无十娘的音信。

过了一年多，昆生思念十娘，同时对自己以前的所作所为很后悔，偷偷去了神祠哀求十娘回来，一直没回音。不久，听说青蛙神把十娘许给了袁家，昆生很感失望，于是也向别家求婚。可是相了好几家，都没有比得上十娘的，于是对十娘的思念之情更为强烈。他到袁家去探听消息，袁家已经粉刷好墙壁、清扫好庭院，专等迎接花轿了。昆生心里又羞愧又气愤，不能自已，茶饭不进，终于病倒了。他父母忧心如焚，不知所措。昆生昏迷之中，忽觉有人抚摸着他说："大丈夫屡次要和我断绝夫妇恩义，怎么又做出这般模样？"昆生睁眼一看，是十娘。他高兴极了，一跃而起，说："你是从哪里来的？"十娘说："按无情无义的人对我的伤害，我只该服从父命，另嫁他人。本来很久以前就收下了袁家的聘礼，可我左思右想，不忍心和你就此决绝。婚期就在今晚，我父亲没脸去退还聘礼，我只好亲自拿去送还袁家了。刚才父亲送我出门时，说：'傻孩子，不听我的话，以后再受薛家的欺凌虐待，就是死了也别回来！'"昆生深为十娘的痴情所感动，热泪盈眶。家人都很欢喜，跑去告诉薛翁和薛

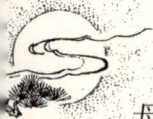

母。薛母一听，不等儿媳来拜见，跑进儿子的屋里，拉着十娘的手呜呜哭起来。从此，昆生变得老成了，不再开恶作剧的玩笑，于是两人的感情日益深厚。

十娘说："我以前因你轻浮刻薄，担心不能白头偕老，所以不想在人间留下后代。现在你对我已无二心，我要生孩子了。"过了不久，青蛙神老翁、老太太穿着红袍来到薛家。第二天，十娘分娩，生下两个男孩。从此两家经常来往，再无隔阂。居民们有触怒青蛙神的，总是先来求昆生，再让妇女们盛装打扮，进闺房朝拜十娘，十娘一笑，灾祸就消解了。薛家的后代子孙很兴旺，人们称他家为"薛蛙子家"。近处的人是不敢这样叫的，远处的人才这样称呼。

32. 田七郎

武承休是辽阳人，爱结交朋友，而且朋友都是有名望的人。夜里梦见一个人向他说："你的朋友遍布全国，都是没进行选择的。只有一个人可以同你共患难，怎么反而不认识呢？"武承休问是哪一个人说："就是田七郎呀。"睡醒以后，他觉得这梦境很奇怪。

第二天早晨，武承休见到朋友就打听田七郎。有一个朋友认识，说田七郎家住在东村，是个猎户。武承休恭恭敬敬地去拜访，用马鞭子敲敲门，不大一会儿，走出一个人，年纪有二十多岁，虎目蜂腰，头戴积满灰尘的瓜皮帽，腰系遮膝黑围裙，裙上打着白补丁。他拱手施礼，问客从哪里来。武承休说了自己的姓名，假托走路时身上难受，想暂借房间休息，又问谁是田七郎，这人回答："就是我。"于是带领武承休到家。他院里有几间破屋，屋墙可能快倒了，用大树杈顶着。走进小屋，虎皮、狼皮挂在柱子上，没有椅凳可坐。

七郎拉一张虎皮铺在地上。武承休和他讲话，他说话很朴实，武承休很高兴，掏出银子资助他，七郎不要。武承林一再让他收下，七郎接过去，去禀告母亲。一会儿，七郎又把银子拿回来，说什么也不收。武承休再三强要送给他，七郎的母亲老态龙钟地走过来，严厉地说："我老婆子只有这一个儿子，不想让他伺候贵客。"武承休听后，惭愧地走了。在回家的路上，武承休反复琢磨七郎母亲的话，弄不清她到底是什么意思。正好他的仆人在屋后听见老太太说话，就告诉主人：起先，七郎捧着银子去告诉母亲，母亲说："我刚才看见公子脸上长了要倒霉的纹路，一定会遭受奇祸。我听说过：受人赏识就要分担人家的忧愁，受人恩惠就有责任助人摆脱困境。富人报答别人用钱财，穷人报答别人用义气。无缘无故地收人家许多银子，这可不好，恐怕会以死报答哩！"武承休听说以后，深深赞叹七郎的老母贤明，也更加爱慕田七郎。

143

第二天，武承休请七郎赴筵，七郎推辞不去。他只好到七郎家，坐下以后向七郎要酒喝。七郎为他斟酒，摆上鹿肉干，做得很够情礼。又过了一天，武承休回请七郎，七郎才来到武家，在席间，二人感情亲切，十分欢乐。武承休又给他钱，七郎还是不要。推说要买虎皮，这才收下。七郎回家，查看过去收藏的虎皮，算了算，不值那么多钱，想再打来虎以后献给武承休。不料进山三天，什么也没打到。这时他的妻子病了，他烧汤熬药伺候，顾不上去打猎。过了十天，他妻子忽然死了。为了办理丧事，七郎用了一部分武家给的钱。武承休亲自来吊唁，还送来厚礼。丧事过后，七郎背了弓箭走进山林，更急着打猎报答武承休，却始终一无所得。武承休得知这一情况，就劝七郎不要着急，殷切希望他到武家去一趟。可是七郎因为欠债，于心不安，不肯去。武承休就说要七郎现有的虎皮，以便让七郎快到他家。七郎又查看旧皮，被虫蛀得很厉害，虎毛片片脱落，这使他心里更加懊丧。武承休知道了这件事，骑马跑到七郎家，极力安慰劝解。武看到旧虎皮，说："这也很好，我要虎皮，不在乎毛色。"于是卷起皮子要走，并邀请七郎同去。七郎不肯，他就自己走了。

七郎终是觉得原有的虎皮顶不了武给的钱，带着干粮进了山，熬了好几夜，终于打到一只虎，就全交给武承休。武承休很高兴，摆上酒席请他，要留他住三天。七郎坚决推辞，武承休派人锁上大门，让他出不去。武家的宾客见七郎是大老粗，私下说武承休胡乱结交。而武承休照顾七郎，和别的客人大不相同。他为七郎做新衣服，七郎不要，趁他睡下偷偷地以新换旧，七郎不得已才穿上。七郎回家以后，他儿子却遵照祖母的意思把新衣送回来，要原来的旧衣服。武承休笑着说："你回去告诉奶奶，那旧衣服已经拆掉，做鞋的衬褙了。"从此，七郎每天把鹿肉、兔肉送来武家，武承休请七郎来家，七郎总是不肯去。一天，武承休到七郎家，正逢七郎又去打猎，还没回来。七郎的母亲走出来，倚着门对武承休说："再也不要来招惹我儿子了，我看你太不怀好意了！"武承休恭敬地向她行礼，很惭愧地退了回去。

过了约半年，家里人告诉武承休说："七郎为了同别人争猎豹子，打死人，被捉进官府。"武承休十分惊讶，急忙骑马进衙门去看七郎，他已经被押进监牢。七郎见武承休没说别的，只说："以后要麻烦您照顾我的老母亲了。"武承休面色凄惨地出来，赶紧拿出很多钱贿赂县官，又送一百两银子给死者的家属。一个月以后官司了结，七郎才得释放回家。七郎的母亲感慨地说："你的性命是武公子给留下的，现在

不能由我爱惜了。只愿武公子一生别遭祸殃，这也就是你的福气了。"七郎要到武家致谢，母亲说："要去就去吧，可是见了武公子，不要说感谢的话。对于小恩小惠，可以道谢；受到大恩大德，就不能只道声谢了。"七郎到武家，武承休安慰他，说了许多暖心的话，七郎仅是一般地应答。武家有些人嫌七郎不懂礼节，武承休却爱他忠厚老实，更加厚待他。从这以后，七郎常在武家住，一住就是好几天，武家赠送的钱物都收下，不再推辞，也不说要报答的话。

正逢武承休生日，来祝贺的人很多。晚上，各屋都睡满了，武承休和七郎住同屋。有三个仆人在床边用草搭了地铺。二更天就要过去了，仆人都已经睡熟，武承休和七郎还在交谈。七郎的佩刀挂在墙上，忽然刀鞘自己跳出几寸高，铮铮作响，电光闪烁。武承休吃惊地站起来，七郎也起来了，问："床下睡的是谁？"武承休回答说："都是仆人。"七郎说："这里面一定有坏人。"武承休问他怎么知道，七郎说："这把刀是从外国买来的，杀人没见血就刀过头落，我家佩戴它已经三代人了。杀人上千，还同新磨的一样锋利。它见了坏人就铮的一声跳起来，大概离杀人不远了。公子要亲近君子，远离小人，这样，兴许能不受灾祸。"武承休听后点点头。七郎一直不高兴，在床上翻来覆去，武承休说："祸福都是天定的，何必愁得这么厉害呢？"七郎说："我什么都不怕，只是家有老娘还在世。"武承休说："怎么能一下子就到那一步呢？"七郎说："不出事更好。"

原来地铺上睡的，一个是林儿，他是主人的爱童，最得主人欢心；另一个是十二三岁的小僮仆，是武承休经常使唤的；还有一个是李应，这人固执任性，常为小事和武承休瞪着眼争个不休，主人很讨厌他。武承休当夜心想，这坏人一定是李应。第二天早晨，武承休把李应叫来，好言好语地打发他走了。武承休的大儿子名绅，新娶妻子王氏。一天，武承休外出，留林儿在家。这时候，书房院中的菊花盛开，王氏心想公公外出，书房院里没有人，自己就去摘菊花。林儿看见她以后，突然跑出来调戏她。王氏想跑回去，林儿强行把她抱进屋。王氏哭着抗拒，急得脸通红，嗓子也喊哑了。武绅跑来，林儿才松开手逃走。武承休回家听说林儿作恶，气得到处找林儿，竟然已经不知去向了。过了两三天，才知道他投靠到某御史家。御史在朝当官，家事委托弟弟照管。武承休凭着和御史的弟弟曾是同学，向他写信要林儿，御史的弟弟竟不予理睬。武承休更加恼火，写了状子向县里告发。县官写了拘捕林儿的文书，可是

没人敢到御史家捕人，县官也不再过问。

武承休正为此愤愤不平，七郎来到。武承休对他说："你的话应验了！"就把林儿的事告诉七郎。七郎神情凄惨，脸色苍白，一句话也没说，转身径直走了。武承休嘱咐干练的仆人巡查，要抓林儿。这一夜，林儿回御史家时，被负责巡查的人捉住拉去见武承休。武承休命人痛打，林儿辱骂武承休。武承休的叔父武恒，是一位忠厚的老人，怕侄子盛怒下闯祸，劝武承休把林儿送交官府惩治。武承休依从叔父的意见，就把林儿绑起来送到县衙。可是御史家一封信到，县官竟把林儿放出来，交给御史的管家领回家。于是林儿更加放肆，大庭广众下扬言王氏和他私通。武承休对林儿毫无办法，愤恨满腔，气得要死。一天，他跑到御史家门口，指手画脚地叫骂，经过御史的邻人安慰劝解，他这才回去。过了一夜，武承休的家人忽然禀报："林儿被人割成碎块，扔到了荒野里。"武承休听后又惊又喜，心里才出了一口气。

一会儿，御史家状告武家叔侄，武承休就同叔父一道去县衙对质。县官不容分说，要打武恒。武承休抗议，说："咬定我家杀人，全是诬陷！去御史家叫骂，那是我干的，和我叔父无关！"县官不理睬。武承休瞪起眼珠子向前阻拦，一群衙役揪住他不放。掌棍子的衙役都是御史家的走狗，武恒年老体弱，还没打够半数，就把他打死了。县官见武承休的叔叔死了，也就不再追究。武承休高声大骂，县官装聋作哑。武承休于是派人把叔父抬回家，哀伤气愤，无可奈何。他很想同七郎商量，七郎却迟迟不来吊丧和慰问。

武承休暗自想：我待七郎不薄，怎么突然对我像陌生的路人一样？也怀疑杀林儿的一定是七郎。可是又想：果真如此，他能不来商量么？于是派人到七郎家探望，原来门锁了，门外静悄悄，邻人也不知道七郎的去向。一天，御史的弟弟正在县衙内院和县官说事。这正是早晨进柴送水的时间，忽然一个樵夫走来，把柴担一放，抽出一把锋利的钢刀，向御史的弟弟跑过去。御史的弟弟惊慌失措，用手挡，被砍断手腕，又一刀才砍掉他的脑袋。县官大惊，逃跑了。樵夫还在慌张地四下察看，衙役们急忙关死大门，手举刀枪，大声喊叫。樵夫自杀而死。衙役纷纷跑来辨认，有人认出是田七郎。县官惊魂稍定，才出来验尸，见七郎躺在一摊血里，手里还紧握着刀。县官正站定仔细查看，尸体忽然一跃而起，竟然把县官的头砍掉了，接着又倒下去。衙役们去捉拿七郎的母亲和儿子，原来他们逃走已经好几天了。

武承休听说七郎自杀，跑到七郎尸体边痛哭哀悼。关于七郎杀人，都说是武承休指使的，他卖掉田产，向当权的官员行贿，这才没有重遭灾难。七郎的尸体被衙役们扔到田野三十多天，群鸟飞来，和义犬一道守护它。武承休收尸厚葬。七郎的儿子流落到登州，改姓佟，当兵立了战功，升官到同知将军。后来他回辽阳老家，武承休已经八十多岁了，为他指点他父亲的墓地。

33. 花姑子

安幼舆是陕西的一名拔贡生，花起钱来很大方，讲义气，爱放生，看见猎人有活飞禽走兽，常不惜出大价钱买下来放生。

正逢舅父家有丧事，他去送葬，傍晚回来，路过华山迷了路，心里很害怕。忽然看到一箭道远的地方有灯光，他就赶快向那里走。正走着，忽见几步之外，出现一位老翁弯着腰，拄着手杖，从斜路上快步走来。安生站住，正想向他问题，老翁却先开口问起他是谁。安生告诉他自己迷路的经过，还说灯火处一定是村庄，自己想去投宿。老翁说："那可不是个安乐窝。幸亏老汉我赶来，你跟我走吧！家有茅屋，你可以住下。"

安生很高兴，跟他走了约一里路，看到一个小村子。老翁敲了敲柴门，走出一位老妇，开门就问："郎君来了吗？"老翁说："来啦！"安生进院一看，房屋又矮又潮湿。老翁点了灯，请他坐下，指使老妇随便给弄点吃的，又对她说："这不是外人，是我的救命恩人啊！老太婆你行动不便，喊花姑子来斟酒吧！"一会儿，一位女郎端着酒菜进来。她站在老翁身边，两只眼睛水灵灵的，向安生瞟来瞟去。安生一看，这女子貌美年轻，几乎像天仙一样漂亮。老翁扭头招呼女郎让她去烫酒。内室西墙角有煤火炉，女郎进去拨开火。安生问："请问老公公，这女郎是你的什么人？"回答说："我姓章，七十岁了，只有这一个女儿。我们家没有婢女、仆人，因为君子你又不是外人，才敢让老伴儿和女儿出来见面，希望你不要笑话。"安生问："女婿家住哪儿？"回答说："还没有出嫁啊！"安生夸奖女郎聪明美丽，赞不绝口。

老翁正在谦逊，忽然听见女郎惊叫。他就跑进内室，原来是酒烧开了，从壶里沸出来着了火。老翁把火扑灭，呵斥花姑子说："这么大的丫头，酒溢出来了不知道吗？"他转脸向火炉边一看，有一个还没做完的用青草芯扎的紫姑神，又呵斥说：

"长发蓬蓬松松，才像个娃娃！"他拿了紫姑神给安生看，说："只顾玩这个，把酒烧沸了。你还夸奖他，岂不羞死人吗？"安生接过来细看，那紫姑仙画了眼睛，穿了袍子，制作得很精细。安生称赞说："这虽然是个儿戏，倒也能看出她的聪明灵巧。"老汉和安生对饮，女郎一次一次来斟酒，脸上总是笑嘻嘻的，一点儿也不羞涩。安生直盯着她，心里动了情。这时，忽然听见老妇喊了一声，老翁顺声走出门外。安生眼看没有别人，对女郎说："见到你天仙般的美貌，我魂飞魄荡，想托媒求亲，恐怕不成，怎么办呢？"女郎提壶走向火炉，沉默着好像没听到安生说话，再三问她，她却总是不回答。安生一步步凑近内室，女郎站起来，红着脸气呼呼地说："你这轻狂的家伙，进来想干什么？"安生跪下哀求，女郎想冲出门去。安生立刻起身阻拦，紧紧地搂住了他。女郎情急，一声颤抖的尖叫，老翁急匆匆赶来问怎么了。安生就松开手跑出来，心里惭愧害怕，七上八下。女郎却不紧不慢地对老翁说："酒刚才又沸啦！要不是这位安生过来，这锡酒壶恐怕就熔化了！"安生听她这么说，放心了许多，更加感激她。安生被迷得神魂颠倒，完全忘记了自己是来干什么的。安生假托酒醉离开席位，女郎也出去了。老翁为他铺好被褥，顺手关好门，也走了。安生一夜没睡好，天还没亮就起来，在院子里向老翁打个招呼就走了。

他到家以后，立刻托友人去章家求亲。友人找了一天，竟然没有找到章家的住所。安生就带着仆人骑了马，亲自沿着来路去找，只见绝壁巉岩，并没有村庄。他到附近打听，根本就没有姓章的。他大失所望，回到家里，吃不下，睡不着，从此得了神志昏乱的病，勉强喝一口面汤，食道痉挛，直想呕吐。他常在昏迷中呼喊："花姑子！花姑子！"家里都莫名其妙，但整夜围在他身边伺候，已能感觉到他气息奄奄，病情已经很危险了。

一夜，伺候安生的人过于困倦，进入梦乡。安生蒙眬中感觉有人晃动他，略微睁开眼一看，花姑子站在他床边，他不自觉的精神清醒起来。他向花姑子看了又看，不禁泪流潜潜。花姑子低着头看安生，笑着说："傻小子！怎么成了这个样子？"就爬上床，骑在安生腿上，用两只手按摩安生的太阳穴。安生闻着她有一股龙脑香和麝香味，气味浓烈，穿过鼻孔沁入骨髓。按摩了一会，安生忽然前额冒汗，渐渐浑身出汗。花姑子小声对他说："屋里人多，我不便住下，三天以后再来看你。"又从绣花的袖筒里取出一些蒸饼，放在床头上，悄悄地走了。

半夜，安生不出汗了，想吃东西，摸出饼吃起来，不知饼子包了什么馅儿，只觉又甜又香，于是一气吃了三个。然后用衣服盖上剩下的饼子，迷迷糊糊地睡去，睡了好几个辰时才醒。他感到浑身轻松，像肩上卸下千斤重担似的。过了三天，安生把饼子吃光了，精神更加好了，于是把周围的家人打发走。他又怕花姑子来时进不来，就偷偷地跑到院子里，把门闩全拨开。不久，花姑子果然来了，笑着说："傻小子不向我这医生道谢吗？"安生开心极了，抱住她亲亲热热，恩爱无比。然后，花姑子说："我冒着危险，忍受着羞辱来探望你，只不过为了报你的大恩罢了。实在不能结为夫妻，也希望你另作打算。"安生沉默了好久，才问道："我和你家素不相识，在哪里交往过，实在想不起来。"花姑子没有回答，只说："你自己想想吧！"

安生坚决要求结为夫妻，花姑子说："常常黑夜奔走私会固然不可，结为夫妻也办不到。"安生听后闷闷不乐，十分伤心。花姑子说："你一定要同我在一起，请明天夜里到我家去。"安生转悲为喜，问："路这么远，你的脚又纤巧，怎么走来的？"花姑子说："我一直没回去。这个村子东头的耳聋老妇，是我姨妈，我为了你一直住到现在，怕家里要怀疑了。"安生和她睡在一个被窝里，闻着她的呼吸香，皮肤也香，无处不香，问她："你熏了什么香物，香透皮肤，沁进骨头啦！"花姑子说："我生来这样，并没有熏香。"安生更觉奇怪。花姑子早起告别，安生怕自己去时再迷路，就与花姑子约定在路口等他。

傍晚，安生骑着马去了，花姑子果然在路口等他。他们一同来到旧居，老翁、老妇欢迎，摆酒款待。酒肴不是什么美味，只有许多野菜。饭后安歇，花姑子也不管不问，安生不免怀疑。夜色已深，花姑子来了，说："爹娘絮絮叨叨，不肯睡觉。叫你久等了。"这一夜，他俩非常亲昵融洽。花姑子对安生说："今夜的欢会之后就是百年的离别。"安生吃惊地问为什么，她回答说："爹娘因为在这小村里孤单寂寞，要把家搬到远处。你我的情分也就到头了。"安生不放她走，抬头伤情，低头悲痛。正当二人难分难舍的时分，天渐渐亮了，老翁忽然闯进来，骂道："臭丫头，败坏了我家的门风，把人羞死了！"花姑子吓得脸色苍白，急忙逃走，老翁跟了出去，边走边骂。安生心惊胆战，无地自容，就偷偷地回了家。

安生到家以后，几天来急得团团转，心里痛苦得不可忍耐时，就想夜里再去，跳过墙，寻找机会和花姑子幽会。他想老翁说过自己对他有恩，就算这事败露，该也不

会受到严厉的责罚，就乘着夜色又向那里跑。这次又迷了路，在山谷里东走西碰，晕头转向，不知该向哪里走。心里十分害怕，正在寻找回去的路，隐隐约约看见山谷里有一片宅子，喜出望外。他走近一看，一座高大壮丽的门楼，像是官宦人家，院子里重重大门还没有关。安生向守门人打听章家，正好有个丫鬟走来，问："夜里黑漆漆的，谁来问章家？"安生说："章家是我的亲戚，一时迷路，找不见了。"丫鬟说："不必问章家了。这是她姊子家，花姑子现在这里。请等我禀报她。"她进去不久就出来邀请安生。刚进走廊，花姑子就快步出来迎接了，对丫鬟说："安郎跑了半夜，想必又累又困，伺候他睡觉。"一会儿，女郎拉着安生钻进帐子。安生问："你姊子家怎么没有别人？"女郎说："姊子外出，留我看门，有幸遇到你，岂不是前世的缘分吗？"但是安生靠近她，总觉腥膻扑鼻，心里怀疑有问题。女郎搂着安生的脖子，突然用舌头舔安生的鼻孔。安生感觉脑子被刺了一下，害怕极了，要急忙逃走，身子却像被大绳子捆起来，霎时憋得失去知觉。

安生一直没有回家，家里人派人四处探访，凡是人能到的地方都找遍了。有人说傍晚在山路上遇到安生。家里人就进山寻找，见安生身上赤裸裸的死在悬崖下面，心中惊怪，不明白怎么回事，就抬回家去。家里人正围着安生痛哭，一位女郎来吊丧，从门外大声哭着走进院子。她去抚摸尸体，按一按他的鼻孔，眼泪肆意流淌，哭着喊着："天呀，天呀！你怎么糊涂到这个地步呀！"她哭得嗓子都哑了，好久才停下，嘱咐家里人说："他的尸体在这停放七天，不要埋葬。"大家不认得她，刚要问她，她傲气不顾礼数，含着眼泪走出门去，挽留她，她连头也不回。家人跟在她身后，一眨眼不见了。人们以为她是神仙下凡，恭敬地照她的意思办。第二天夜里，女郎又来了，哭得很悲痛，像前一天一样。到了第七夜，安生忽然苏醒，转动身子，呻吟了一声，家里人都很害怕。女郎进屋，和安生对面而泣。安生摆摆手让众人走开。女郎拿出一把青草，放进锅里煮了一碗汤，送到床头上。安生喝下去不大会儿就会讲话了。他感叹道："杀我的是你，使我死而复生的也是你。"

接着陈述了七天前的事。女郎说："这是蛇精冒充我啊！你先前迷路看到的灯光，就是它呀！"安生问"你怎么能起死回生呢？莫非是神仙吗？"花姑子说："早就想说个明白，又担心你惊怪。五年以前，你在华山下的路上向猎人买到一只香獐，把它放回山林。有这件事吗？"安生说："是，有这回事。"花姑子说："那就是我爹。

从前说大恩大德，就是为了这个缘故。前天，阎罗让你到西村王主政家投生。我和爹找到阎罗为你诉冤，他不发善心。爹愿意毁弃道行替你去死，哀求了七天，才得成功。今天见到你也是侥幸罢了。"

"但是，你复活以后会落下瘫痪之症，须得用蛇的血配酒喝才能好。"安生想起蛇精，恨得咬牙切齿，而想来想去找不到捕捉它的办法。花姑子说："不难。只是杀伤太多性命，会使我百年不得飞升天界。蛇洞在老山崖里，可以在日落时搬草去烧，洞外安排弓箭手戒备，这样就能捉住它了。"说完告别，说："我不能侍奉你到底，实在令人哀伤惨痛。但是，为了你，我的道行已毁去十有七成，希望你可怜我，原谅我。有一个多月了，我觉得肚子里动弹，恐怕已经怀孕，生下来是男是女，我都会在一年之后送还你。"说罢就流着眼泪走了。安生过了一宿，觉得自腰而下像是死了，用手捏腿，不疼不痒。于是，安生就把花姑子的话说给家里人。家里人找到那山崖，照花姑子说的办，在洞里点起火。有一条大白蛇冲出火焰，弓箭手一齐放箭，立刻射死。大火熄灭，家里人进洞一看，蛇大小几百条都被烧焦，散发着臭气。家里人回去，把蛇血端上来。安生喝后三天，两条腿渐渐能转动，又过了半年便能站起来。

后来，安生独自在山谷里走路，遇到老妇，老妇抱着小儿被包的婴儿，交给安生，说："我女儿向你问好。"正要问她，转眼却无影无踪。打开小儿被一看，是个男孩。安生把孩子抱回家，以后再也没有娶妻子。

34. 连琐

杨于畏迁居泗水岸边，书房临近旷野，院墙外多古墓。夜里听着白杨叶子被风吹得哗啦啦响，像涛声汹涌。他深夜秉烛，情怀十分凄凉，忽然墙外有人吟诵道："元夜凄风却倒吹，流萤惹草复沾帏。"反复了几遍，声调哀伤凄楚，听起来细柔婉转，似是女子的声音。杨生心里疑惑，天明以后到墙外查看，并没有人留下的痕迹，只有紫色短带一条，掉在荆棘丛里。他捡回去，顺手放在窗台上。到夜里二更天左右，窗外又有人又像前一天吟诵。杨生搬来杌子，站上去向外张望，吟诵声立刻中断。他突然醒悟，意识到她是鬼，但是，心里还是向往爱慕她。

第二天夜里，杨生趴在墙头上等她。一更快过去了，他看见一个姑娘从草丛里小步走出来，手扶一棵小树，低声哀伤地吟诵。杨生轻轻一声咳嗽，姑娘急忙钻进荒草，消失了。杨生因此到墙下等她，听吟诵已完，就隔墙续吟道："幽情苦绪何人见？翠袖单寒月上时。"过了好久，墙外无声无息。杨生就回到屋里。刚坐下，忽然看见一个美女从门外走来，向杨生施了个礼说："先生原来是风雅的人，我竟躲来避去的。"杨生很高兴，拉她坐下。这姑娘长得清瘦，怯生生散发出几分寒意，似乎连衣服的重量也经受不起。杨生问她："家住哪儿？客居这里好久了吗？"回答说："我是陇西人，跟随父亲流落这里。十七岁的时候，得急症死去，至今二十多年了。九泉下，荒野中，孤独寂寞，像失群的野鸭。我所吟诵的诗句，是我的习作，用来寄托心底的怨恨。我想了好久，也接不上下句，承蒙您代为续成，我也可以含笑九泉了。"

杨生要和她交欢，她紧皱起双眉说："我是阴间的烂骨头，和活人不同，如果与你幽会交欢，就会缩短你的寿限。我不忍心祸害你啊！"杨生就不再要求，却仍是戏弄她，抚摸她的胸脯见仍是处女的样子。又要看裙下一双小脚，她低下头笑着说："你这狂生太啰唆了！"杨生握着女子的脚玩赏，只见她脚上穿的是月白丝袜，上系

一绺彩色丝线。再看另一只脚，却系了紫色的带子。杨生问她："为什么不全系紫色的带子？"姑娘说："昨天夜里，被你吓得逃跑时，不知掉到哪儿了。"杨生说："我为你换上。"就从窗台上拿了带子递给她。她惊问带子的来路，杨生如实说了，她就解下彩线来换上，然后翻看桌子上的书，见有唐代元稹的《连昌宫词》，感慨地说："我在世时最爱读这本书，今天看到它，像在做梦一样。"

她与杨生谈诗论文，聪明机敏，很可爱。杨生同她说笑于灯下窗前，像面对好友。从这以后，杨生只要一听到低吟声，一会儿这姑娘就一定来到。她常嘱咐杨生说："咱们的事要保密，我自幼胆小，怕来恶人欺负我。"杨生满口答应。他们相处得十分愉快，如鱼得水，虽然不至淫乱，但在闺房里也确实有超出张敞画眉的风流事。这姑娘常坐在灯下为杨生抄书，字体端正娇媚。又自选宫词一百首，抄录诵读。她还让杨生备办棋盘，买琵琶，每夜教杨生下围棋，或是拨动琴弦，弹奏《蕉窗零雨》，听后令人心酸。杨生不忍听下去，她就改弹《晓苑莺声》，杨生顿时感觉心情舒畅。他们挑灯玩乐，常常不知不觉天就亮了。姑娘每次一见窗纸透进晨光，就慌慌张张地离开。

一天，薛生来探望，正当杨生睡午觉，见屋里有琵琶，还摆着棋盘、棋盘，知道这不是杨生擅长的；又翻书，见有抄写的宫词，字迹端正柔美，于是心中更加怀疑。杨生醒后，薛生问："这些游戏玩意儿哪儿来的？"回答说："我自己想学一学。"薛生又问诗卷从何而来，杨生就假托从友人处借来。薛生拿起诗卷反复观赏，见末页有一行小字，写的是"某月日连琐书"，便笑着说："这'连琐'，是女人的小名。你分明是在骗人！"杨生很难为情，无话可说。薛生见他这样，更是苦苦追问。杨生不告诉，薛生拿起诗卷要挟他，杨生实在没办法，就向他说明真相。薛生求见连琐，杨生说了连琐对他的叮嘱。薛生对连琐极为向往思慕，心情十分殷切。杨生不得已，只能答应下来。

半夜，连琐到杨生家来。杨生告诉她有人求见。连琐很生气，说："我是怎么嘱咐你的？竟唠唠叨叨地说出去！"杨生以被逼不过的实情为自己解释，连琐说："我和你的缘分到头了！"杨生百般安慰劝解，连琐始终不高兴，站起身告辞，说："我要先躲一躲了。"第二天，薛生来。杨生代连琐向他转达说自己不愿见客人。薛生怀疑他推托，傍晚约了两个同学来，久留不去，有意阻挠杨生和连琐的幽会，彻夜喧哗。

杨生多次向他使眼色，却无可奈何。众人见连琐几夜不来，渐渐想离开，喧腾烦嚣随着平静下来。这时，忽然外面又有吟诵声，众人共同静听，这吟诵极为凄凉婉转。薛生正全神贯注地听，与他同来的王某是个武秀才，搬了块大石头顺声砸过去，大声说："装腔作势，不见客人，吟诵的什么东西，哭哭咧咧，叫人心烦气闷！"于是吟诵立时停止。大家横眉竖眼地埋怨他，杨生更是怒容满面地指责他。到了第二天，薛生等才一同离去。

杨生独自在书房里，希望连琐再来，却仍然不见她的踪影。两天以后，连琐忽然来了，哭着说："你请来粗暴客人，可把我吓坏了。"杨生忙不迭向她陪罪道歉。连琐毫不原谅，一步跨出门说："我早就说过缘分到了头，从此分手了！"杨生想拉她回来，她却已经不见了。此后一个多月，连琐没再上门。杨生想念她，因而瘦得皮包骨头，也没能挽回她。

一天夜里，杨生正在喝闷酒，忽然连琐一掀帘子走进来。杨生喜出望外，说："你是不是宽恕我啦？"只见连琐热泪滚滚，洒落胸前，默不作声。在杨生的一再询问下，她张了几次嘴才说："我赌气离开你，现在有急事来求你，难免惭愧。"杨生再三追问，她才说："不知从哪儿来了一个臭鬼差役，逼我为他做小老婆。我出身清白，怎能委屈自己嫁给下贱鬼呀！可是我瘦弱如丝线，怎能抵抗得了呢？你如果把我当作妻妾，一定不会听任我独自挣扎。"杨生听后大怒，恨不得打死那恶鬼，可是担心人和鬼不一路，自己有劲儿使不上。连琐说："明天夜里你早睡，我趁你在梦中把你请去。"于是两人又尽情谈心，直坐到天明。连琐临去时叮嘱杨生白天不要睡觉，留待夜间约会。杨生答应了。

杨生在午后喝了点儿酒，趁醉上床，盖上衣服躺下。忽然看见连琐来了，递给他一把佩刀，拉着他的手向前走。来到一个院子，刚关上门要说话，就听见有人砸门，连琐惊慌地说："仇人来了！"杨生打开门猛然奔出去，见一个人头戴红帽，身穿青衣，嘴外围一圈刺猬毛似的胡子。杨生气冲冲地呵斥他，他横目相向，把杨生当作仇敌，恶狠狠地谩骂。杨生恼火，向差役冲了上去。差役拾了石头骤雨般打来，打中杨生手腕，使他吃痛不能握刀。杨生正当处境危急，见远处有一个人，腰佩弓箭，在野外射箭。杨生仔细一看，原来是王某，于是杨生大声喊他援救。王某弯着弓跑来，一箭射中差役的大腿，接着跟上去一箭，射得差役倒地死去。杨生高兴地致谢。王某问

为何打起来了，杨生说了一遍。王某自以为立了功，可以将功抵罪，也很高兴，就跟随杨生到连琐屋里去。连琐羞怕得发抖，站在远处不吭声。桌上有把小刀，长仅一尺有余，嵌金镶玉，拔出刀鞘，光芒四射，能照出人影。王某连说好刀好刀，爱不释手，和杨生说了几句话，见连琐羞怕，就出屋告辞了。杨生也自己回去，跳过墙头，摔倒在地，梦就醒了。这时天已拂晓，村舍里的鸡也开始打鸣了。他觉得手腕疼，天亮一看，皮肉都红肿了。

中午，王某来，说夜里做了一个怪梦，杨生问："没有梦见射箭吗？"王某见他早已知道自己的梦，感觉很奇怪。杨生伸手让他看，告诉他受伤的原故。王某回忆起梦中的连琐，恨不能够真的见到她，自觉对她有功，又请杨生引见。夜里，连琐来了，向杨生致谢。杨生归功王某，接着转达王某求见的诚意。连琐说："他来帮助，恩德不敢忘记，但是他雄赳赳的样子，我实在害怕。"连琐接着说："他喜欢我的佩刀，那刀是我父亲去广东时，花一百两银子买的。父亲见我喜欢就送给了我，我把刀把缠上金丝，镶上明珠。父亲心疼我早亡，用它为我殉葬。现在我愿意割爱相赠，他见刀同见我一样啊！"第二天，杨生向王某传达了连琐的意思，王某很开心。到了夜间，连琐果然把刀拿来，说："嘱咐他珍爱这把刀。它并非中原铸造的常见之物。"从此，连琐又像过去一样来往于杨生家了。

过了几个月，连琐忽然在灯下喜笑颜开，像有话要说，可是脸红了好几次没说出来。杨生拥抱她，问她有什么好事，回答说："承蒙你久久相爱，我感受到活人的元气，又每天吃熟食，白骨很快有了活力，只要再得到活人的精血，就可以复活了！"杨生笑着说："精血的事儿，是你自己不肯做，难道是我过去舍不得吗？"连琐说："交合以后，你一定会大病二十多天，不过吃药就能治好。"于是两个人尽情欢合。然后，穿上衣服起来，连琐又说："还得要几滴鲜血，你肯为爱忍受疼痛么？"杨生拿来快刀，把胳膊割出血。连琐躺在床上，接着滴在肚脐里。连琐起来，说："我走后不再来了，你记准过一百天，见我坟前有青鸟在树梢上叫，就赶快把坟掘开。"杨生认真记下了。连琐出了门，又嘱咐说："千万别忘记了，来早了晚了都不行！"说罢就走了。

过了十几天，杨生果真病了，肚子胀得要命。医师下药，杨生拉下乌泥样的粪便，经过十二天才恢复健康。他屈指一算已经等了整一百天，就使家人扛来铁锹，等

待挖坟。太阳偏西，果然看见一对青鸟飞落坟前树顶，叽叽喳喳地叫个不停。杨生心花怒放地说："可以动手了！"于是众人斩除荆条和酸枣树，挖开坟墓。棺木已经腐烂，而连琐的面貌却白里透红，像活人一样，抚摸一下，还有些温热。杨生把她盖上衣服抬回去，放到暖和地方，连琐便可以喘气了，只是气息微弱，像游丝一样。杨生慢慢灌了面汤让她喝下，到了半夜连琐便苏醒过来。她常对杨生说："这二十多年，大梦一场罢了。"

35. 凤仙

刘赤水，广西平乐府人，从小聪明秀雅，十五岁时考中秀才。父母去世得早，因此他便失去管教，终日游玩，不求上进。他家的资产算不上中等户，可是他偏讲究装饰，所用的床褥都很华丽精美。

一天夜晚，他被人请去饮酒，临走时忘记吹灭屋里的蜡烛。酒过数巡他才想起来。他急忙回到家，却听见屋里有人在小声说话，弯腰从门缝里一看，见有个少年抱着一个美女在床上睡觉。他家旁边是富贵人家早年废弃的宅院，常常闹鬼。因此他心里知道他们是狐精，也就不怕了。进去呵斥说："我的床，你们怎么来睡呢？"两个人惊慌失措，抱起衣服光着身子逃走。慌忙中遗落下一条紫色的绸子裤，裤带上拴着针线荷包。刘生很高兴，恐怕被人盗走，于是把它藏在被子里包起来。不久，一个头发乱蓬蓬的小丫鬟从门缝里挤进来，向刘生要裤子和荷包。刘生笑着要报酬，丫鬟要请他喝酒，刘生不答应；丫鬟要给他钱，刘生也不同意。丫鬟没办法，笑着往回走。一会儿，她又回来，说："我家大姑说，要是把裤子还回来，就给你个漂亮媳妇。"刘生问："她是谁？"说："我家姓皮，大姑小字八仙，同他睡觉的是胡郎；二姑叫水仙，嫁给富川县丁官人；三姑叫凤仙，长得比大姑、二姑都美丽，你不会看不上的。"刘生怕她说话不算数，要坐等好消息。丫鬟回去好久，又回来说："大姑让我转告官人，好事哪能立时成就？刚才同三姑商量，反被她骂了一顿。需要略等些时日，我家不是那种随便答应而不守信用的人。"于是刘生就把东西交还给她了。

过了几天，刘生没再听到消息。一天傍晚从外面回家，刚关上门坐下，忽然两扇门自己敞开，有两个人用被子兜着一个女郎，手拽着四个被角进来，说："送新娘子来啦！"笑着放在床上就跑了。刘生走近一看，她正在熟睡，浑身酒香，醉得面色绯红，艳丽无比。刘生高兴极了，为她搬起脚脱袜子，抱起身体脱衣服。女郎醒来，睁

眼看见刘生，吓得四肢不由自主，只发狠说："八仙这贱人把我出卖了！"刘生亲昵地拥抱她，她嫌刘生皮肤凉，微笑着说："今夕何夕，见此'凉'人！"刘生说："子兮子兮，如此'凉人'何？"于是两人非常欢爱。

随后凤仙又说："八仙不要脸，沾脏人家的床褥，还拿我来换裤子。一定要给她个小报复！"从此以后，凤仙没一夜不来，两人极为亲昵。一天凤仙从袖子里掏出一只金手镯，说："这是八仙的。"又过了几天，她从怀里取出一双绣鞋，上面镶着明珠，用金线绣花，做得十分精巧。凤仙嘱咐刘生把八仙的东西拿出去广为宣扬。刘生逢人就夸那绣鞋，人们为了看这奇物一眼纷纷带了美酒送给刘生。刘生把绣鞋和手镯当成了招财的奇货。

一夜，凤仙来到，忽然向刘生告别。刘生觉得奇怪，问她，回答说："姐姐为了绣鞋的事恨我，想把家远迁别处，隔绝咱们的恩爱。"刘生害怕，愿意原物奉还。凤仙说："不行，她拿这个要挟我，如果归还，正好陷进她的圈套。"刘生问："你为什么不能独自留下来？"说："父母到远处去了，一家十几口，全托胡郎照管，如果不跟着去，怕这个爱搬弄是非八仙，又要给我胡编乱造了。"从此以后凤仙没再来过。

又过了两年，刘生非常想念凤仙。偶然在路上遇到一个女郎，骑着马慢慢地走，有个老仆人为她拉着缰绳。擦肩而过，女郎揭开面纱，回头看他，姿容十分漂亮。不久，后面跟上来一个少年，刘生问道："前面的女子是谁？好像很美丽。"刘生大加称赞。少年向他拱手行礼，说："太过奖了！那是我内人。"刘生惶恐不安地向他道歉。少年说："没关系。但是南阳三葛，你得到的是龙，我内人的容貌实在算不了什么。"刘生对他的话产生怀疑，少年说："你不认得偷偷在你床上睡觉人了吗？"刘生才醒悟他是胡郎。于是相叙连襟的情谊，相互逗趣，谈得很痛快。胡郎说："岳父母刚从远方回来，我要去拜望，能一道去吗？"刘生很高兴，就跟着进入紫山。

山上有过去人们避难盖的房子，女郎下马进去。一会儿，有几个人出来看，说："刘官人也来啦！"进门拜见岳父母，见他们身边有一个少年，穿戴华美，岳父介绍说："这是富川县的丁郎。"彼此行礼就座。不久，酒菜端上来，大家相谈甚欢十分融洽。老岳父说："今天三家女婿都来了，是难得的聚会，又没有外人，可以把孩子们都喊来，来个大团圆。"霎时间姐妹们都走出来。老岳父让添座位，三个女儿各靠近自己的丈夫就座。八仙看见刘生，只是捂着嘴笑。凤仙和她开玩笑。水仙容貌稍

差一些，但性格稳重温和，满座家人尽情交谈，她仅是捧着酒杯微笑罢了。这时，桌下男靴女鞋交互错杂，席间美酒、脂粉，香气袭人。大伙饮酒举杯非常开心。刘生向床头上一看，摆着许多乐器，就拿起玉笛，要为老岳父祝寿。老岳父很高兴，命擅长器乐的家人都各选一种演奏，只有丁郎和凤仙不去拿。八仙说："丁郎不会演奏就罢了；你小凤仙的手指头，难道弯下去伸不开吗？"于是就把拍板扔到凤仙怀里。大伙表演完器乐合奏，老岳父说："一家人快乐极啦！你们都会歌舞，怎么不各尽所长呢？"八仙起来拉住水仙说："凤仙不轻易唱，咱们两个来唱《洛妃曲》。"

歌舞过后，丫鬟托金盘送来水果，都是些叫不出名字的水果。老头儿说："这是从真腊国带回来的，叫作波罗蜜。"就拿了几个给丁郎。凤仙见后不高兴，说："父亲对女婿的爱憎难道还要讲贫论富吗？"老翁笑了笑，没说话。八仙说："爸爸因为丁郎家在外县，所以拿他当客人。要是论长幼，难道只有你凤妹妹有个拳头大的酸女婿吗？"凤仙始终不快，脱下华丽的装束，把拍板交给丫鬟，唱了一折《破窑》，边唱边流泪。唱完凤仙一甩袖子走了，满座的家人都有些不快。八仙说："这丫头性子很古怪，跟从前一样。"于是去追她，却也不知她跑哪儿去了。刘生觉得脸上无光，也告辞回家。

他走到半路，看到凤仙坐在路边喊他坐到自己身边，说："你是一个男子汉，不能为床头人争一口气吗？书中自有黄金屋，希望你向好处争取。"又抬起脚来说："离家太匆忙，酸枣针扎坏了套鞋，我给你的绣鞋带来了吗？"刘生取出来给她穿上，要讨回旧的，凤仙笑着说："你真是个无赖！你见谁把自己老婆的贴身之物藏在怀里？你要是喜欢我，我倒有一件东西可以送给你。"接着拿出一面镜子交给刘生，说："要想见到我，就到书里找；不然，就再也见不着我了。"说完就不见了。刘生满怀惆怅地回到家。

他掏出镜子看看，凤仙竟然在里面站着，后背朝向他，像远在百步之外。刘生想起她嘱咐的话，于是同外界断绝交往，闭门读书。一天，见镜子里的人现出正面，像是面带微笑。刘生便更加爱她，没人的时候，便常取出来欣赏一番。苦读了一个多月，刘生的意志渐渐衰退，出门游逛，经常忘记回家。再看镜子里的人影，面色凄惨，像眼看要流下眼泪，隔一天再看，镜中的人影又成背面了。他这才醒悟，凤仙身影的变化这是因为他荒废学业而导致的。于是他又关门读书，日夜不停。过了一个多月，

镜子中的人影又向外了。因此又得到验证：每有事荒废学业，人影就哀愁；几天苦读，人影就喜笑颜开。于是刘生把镜子一天到晚挂着，像面对老师。这样苦读了两年，一次就考中了举人。他高兴地说："现在可以面对凤仙而内心无愧了。"

刘生拿过镜子一看，见凤仙眉毛又弯又长，牙齿雪白，微微绽露，笑容可掬，像站在眼前。他爱得不得了，目不转睛地看她。忽然镜中人笑出声来，说："'影里情郎，画中爱宠'，今天就是这样啊！"刘生又惊又喜，四下看看，凤仙已藏在他身后。他握住凤仙的手，问起岳父母的生活近况。凤仙说："分手以后，我没回家，隐居在山洞里，只为和你分担些辛苦罢了。"刘生到府里赴宴，凤仙要和他同去，坐在刘生车里，人们都看不见她。事后回家，暗中和刘生商量，假装在府里成的亲。到家以后，凤仙开始出来会见客人，操持家务。人们都说她长得漂亮，却不知道她是狐仙。

刘生是富川县县令的门生，到富川拜谒县令，半路遇到丁生，被热情地邀请到丁家，盛情款待。丁生说："岳父母近来又搬了家，我内人回娘家，快回来了。我要给他们去信，一起到你家祝贺你高中。"刘生起初怀疑丁郎也是狐狸，等细谈家世以后，才知道他是富川县一个富商的儿子。最初，丁郎晚上从别墅回家，遇到水仙独自行路，见她长得美丽，瞟了她一眼。水仙想与他一同赶路，丁郎很欢喜，把她带回去，两人住在一起后来丁生发现她能窗棂里出入，才知道她是狐仙。水仙说："你不要怀疑我。我看你为人忠诚，所以愿意嫁给你。"丁郎很爱她，竟不另娶亲。

刘生回家，借用富贵人家的宽大宅院，准备招待客人吃住。院子已打扫得很干净，可愁的是没有桌椅帷帐。隔了一夜去看，院子里竟安置得焕然一新。过了几天，果然有三十多个人打着彩旗，抬着酒肉贺礼来了。车马很多，挤满街巷。刘生向岳父和丁郎、胡郎行礼，把他们让进客厅，凤仙迎接母亲和两个姨母进闺房。

八仙说："凤仙丫头现在富贵，不怨恨我这个媒人了吧！那手镯和绣鞋还存着吗？"凤仙找出来交还给八仙说："鞋，还是那一双，可是已被上千人看破啦！"八仙就拿鞋敲凤仙的脊背，说："你该打，谁叫你把它给刘郎来着！"于是就把绣鞋扔到火里，祷告说："新时如花开，旧时如花谢，珍重不曾着，姮娥来相借。"水仙也代为祝祷，说："曾经笼玉笋，着出万人称；若使姮娥见，应怜太瘦生。"凤仙拨着鞋子烧成的灰烬说："夜夜上青天，一朝去所欢。留得纤纤影，遍与世人看。"顺手就把鞋灰捏到盘子里，分为十几堆。凤仙望见刘生来到，把盘子托起来送给他，只见满盘都

是绣鞋，样式和原来那双一模一样。八仙急忙过来，把盘子推落地上。地上剩下一两只，她趴下吹了一口气，就都不见了。第二天，丁郎因为家远，夫妇二人先离开了。八仙和凤仙戏耍起来没完，老丈人和胡郎几次催她走，到中午才出屋门，和众人一道回家。

他们刚来的时候，车马众多，引来很多人看热闹。有两个强盗看见美女，神魂飘荡，打算在路上抢劫她们。探听到她们今天要离开村子，于是紧紧跟随。相隔不过一箭之地，打马猛跑，却总是赶不上。跑到一个地方，两面山崖夹着路，车慢下来。一个强盗追上他们，持刀大喊，许多人都被吓跑了。强盗下马打开车上的门帘，原来里面只坐一个老太婆。强盗正怀疑是自己抢错了，才向别处一看，右臂已被兵器打伤，刹那间被绑起来。他仔细一看，刚才的山崖并不是山崖，原来是平乐县城门，车里拉的是李进士的母亲，是刚从乡里回城的。另一个强盗后到，也被砍断马蹄子后绑住。守门的士兵把强盗捆起来送给知府，一经审问两人都供认了。那时有没抓捕归案的大盗，盘问后发现正是他们。

第二年春天，刘生考中进士，凤仙也怕招祸灾，把要祝贺的亲戚全推辞掉了。刘生也不再娶，做官以后纳妾，生了两个儿子。

36. 崔猛

　　崔猛字勿猛，是江西建昌府世家子弟，性格刚强勇猛。崔猛小时候在私塾里，同学们稍有冒犯，他常常伸拳就打。老师多次训斥惩戒，总是不改。他的名、字，都是老师给起的。崔猛长到十六七岁，勇武无比，又会撑竿跳，跳过高屋。他喜欢打抱不平，因此村里人都佩服他，找他诉冤说事的人挤满屋，站满台阶。他压制豪强，扶助贫弱，不怕别人和他结仇。若有人稍同他顶撞，他就用石头砸、棍子打对方，使人肢体伤残。当他发火的时候，没敢来劝说的。但他侍奉母亲很孝顺，母亲一到，他的怒气就烟消云散了。母亲每次狠狠地责备他，他都满口答应，可一出家门，就忘得一干二净了。

　　崔猛的近邻有一个凶悍的妇人，每天虐待她婆母。婆母饿得眼看要死，儿子偷偷地给她东西吃，妇人知道以后，骂起来没完，怒骂声大得四邻都能听到。崔猛很生气，于是跳过墙头，把妇人的鼻子、耳朵，嘴唇和舌头全割下来，那妇人当时就死了。崔猛的母亲知道以后非常惊骇，把邻人的儿子喊来，极力体贴抚慰，送给他一个年轻丫鬟当老婆，这事才算了结。母亲为此气得不吃饭，崔猛很害怕，跪下请母亲责打，说自己很后悔。母亲只是啼哭，并不搭理他。崔猛的妻子周氏也来跪下，母亲就用棍打儿子，又拿针在他胳膊上刺十字纹，涂上红颜色，使它永不消失。崔猛老老实实接受，母亲这才吃饭。

　　崔母喜欢布施和尚、道士，常请他们吃个饱饭。一个道士在门口，正好崔猛从他身边经过，道士看着他说："公子脸上多凶横之气，怕难以平安地度过一生。你家积德行善，不该这样啊。"崔猛刚受母亲的惩戒不久，听后对他怀有敬意，说："我自己也这么想，可是一见不平的事，像是没法控制。我尽力改正，不知是否可以避免？"道士笑着说："暂且别问能不能避免，请先问问自己能改不能改吧。一定要下决心克

制自己的感情冲动，要是万一出了事，我告诉你一个解决的办法。"崔猛一向不迷信鬼神能消除灾难，因此只是笑，不说话。道士说："我知道你不信。可我说的跟巫师那一套不同。你去办，那是好品德。将来就算不见效，也没妨碍。"崔猛向他请教，他说："正好门外有个小孩子，你应当跟他结下深厚的交情。将来就算你犯了死罪，他也能救你的命。"他喊崔猛出来，指点那人让他看：原来是赵家的孩子，名叫僧哥。赵家本是南昌人，因为家乡遭受灾荒，寄居建昌。崔猛从此和僧哥十分要好，请赵家人搬到他家居住，供给他吃穿，十分优厚。僧哥十二岁，登堂拜见崔母，和崔猛结为兄弟。第二年春耕开始，赵家搬回南昌，彼此没再通过音信。

崔母从邻家妇人死后，训诫儿子时便更加严厉，有人来找崔猛诉冤，崔母总是赶人家走开。一天，崔母的弟弟死了，崔猛跟母亲去吊唁。路上遇到几个人绑着一个男子，边叫骂边催他快走，还拿棍子打他。路上围观的人堵着大车过不去。崔猛打听缘故，认得他的人拥到车边争着告诉他。原来是大乡绅的儿子某甲横行乡里，看见李申的妻子漂亮，想把她从李申手里夺走，找不到理由，就命仆人诱骗李申赌博，向他放高利贷，立了没钱还债便以妻子抵债的文书，输光以后再贷给他。赌了一夜，李申输了好几千两银子。半年下去，连本带利，李申要还三万多两。他还不起，某甲就派许多人把李妻抢走。李申到某甲门口哭闹，某甲恼怒，把他捆起来吊在树上，棒打刀扎，逼他立不再反悔的字据。

崔猛听后，义气耸涌得高如山岳。他打马向前，就要动手去打。母亲在车上掀开门帘喊道："喑！又想跟过去一样吗？"崔猛才停下来。吊过孝，回到家，崔猛不说话，也不吃饭，独自瞪大眼睛呆坐，好像在生气。妻子问他，他也不回答。到夜里，穿着衣服躺在床上，整夜翻来覆去。第二天夜里，他还同上一夜一样。忽然他开门出去，一会儿又回来。这样出入了三四次，妻子不敢问他，只是提心吊胆，屏气静听。崔猛最后一次出门，在外好久才回来，接着把门关好，上床大睡。这天夜晚，有人把某甲杀死在床上，肚子被刀捅开，流出肠子。李妻的尸体赤裸裸的横在床下。官府怀疑凶手是李申，逮起他治罪。李申受刑，横被摧残，踝骨都被打断了，始终不承认。

他被折磨了一年多，忍受不住残酷的刑罚，屈打成招，判了死刑。这时，崔母死了，殡葬以后，崔猛告诉妻子说："杀某甲的人其实是我。过去，只因为有老母亲在世，不敢泄漏。现在，大事已经办了，我怎能因自己的罪行使别人遭受祸害！我要去

官府认罪。"崔妻大惊，拉住他不放，崔猛撕断衣襟，毅然走去。他到公堂自首，县官听后一愣，就给他带上镣铐，关进监狱。释放李申，李申不走，坚持是自己杀了某甲。县官犹疑不决，只好把他俩都关起来。李申的亲戚埋怨李申。李申说："崔公子做的事，是我想做而做不到的。他替我做了，我能忍心坐着看他受死吗？现在应该全当他没有自首。"李申只认这个理，别的不说，一再同崔猛争。时间一长，衙门里都知道其中缘故，硬把李申推出狱门，以崔猛抵罪，择期处决他。

恰逢赵部郎来复审罪犯的档案，看到崔猛的名字，他让随从退下，把他喊来。崔猛进来向大堂上一看，原来是僧哥。他心里又悲伤又欢喜，把事情照实诉说了。赵部郎犹豫了好久，仍旧把他押回监狱，嘱咐狱卒好好看待，随即因为自首而减刑，判他充军云南，李申自愿跟去伺候他。不到一年工夫，崔猛被赦免回家，这都靠僧哥的力量。回家以后，李申仍旧跟他在一起，为他管理家业。崔猛给他钱，他不要。他只对爬竿儿和拳击很感兴趣。崔猛厚待他，为他娶媳妇、买田地。同时，崔猛坚决改掉过去的行为。常常抚摸着母亲为他刺的十字疤痕流泪。当乡邻有打架斗殴的事，李申常以崔猛的名义为他们排解，且从来不告诉崔猛。

有个叫王监生的，家里有钱有势，来自四方的流氓坏蛋都集聚他家，来来往往。县里比较富裕的人家，大多被他们抢劫过。要是有人得罪他，常被他派人在路上杀害。他的儿子也淫乱残暴。王监生有个守寡的婶母，父子两个都与她通奸。王监生的妻子仇氏，多次阻拦他们这么干，王监生便把她勒死了。仇家兄弟到官府告状，王监生向官府行贿，给原告定了个诬告好人的罪名。仇家兄弟没处申冤，去找崔猛诉苦。李申代崔猛拒绝，让他们回去。过了几天，崔家来了客人，正好仆人不在，使李申沏茶，李申不理睬，一声不吭地走出去，对别人说："我和崔猛是朋友！我跟着他走了上万里路，不能说不够交情吧！他不给我工钱，使用起来像仆人，我不愿意干下去了。"就气呼呼地离开崔家。有人把李申的话告诉崔猛，崔猛认为李申变了心，有些怀疑，可也不以为奇。李申忽然又告到公堂，说崔猛三年不给工钱。崔猛感觉很奇怪，亲自同他当堂对质，李申忿忿地和他争论。官府认为李申不通情理，把他训斥了一顿，赶出衙门。

又过了几天，李申忽然夜间到王监生家，把他家父子和王监生的婶母一并杀死，墙上粘了纸条，写上自己的名字。官府捉拿他，他早跑得无影无踪了。王监生家怀疑

这是崔猛指使李申干的，官府不相信。崔猛这才醒悟：李申告他，是怕杀人以后连累他。官府向附近州县发公函，追捕李申，十分急迫。正逢李闯王攻打顺天府，这事就搁下了。不久，明朝灭亡，李申带着家眷回乡，依旧同崔猛像过去那么要好。

当时，地方上有成伙的强盗。王监生的侄子得仁，聚集他叔叔过去招的无赖占山为王，到处抢劫，放火烧毁民宅。一天夜里，他们全部出动，说要为王监生报仇。崔猛恰巧不在家。大门被捣开以后李申才发觉，他翻过墙头，藏在暗影里。强盗搜崔猛、李申，没有找到，就绑架崔妻，搜刮财物而去。

李申回家，家里只剩下一个仆人，心里十分气愤，却有劲使不上，就拿了一条长绳，把它剪成几十段，短的给仆人，长的自己带着。嘱咐仆人越过强盗老窝，爬到半山腰，用火把绳子头点着，分散挂在酸枣树上，就立即回来，不要管它。仆人应声去了。李申看强盗都腰束红带，帽子上拴着红绸子，便模仿他们的打扮。他家有匹母马刚生了驹子，强盗把它扔到门外。李申就把马驹拴好，骑老马不声不响地径直奔向强盗窝。强盗的据点是一个大村子，李申把马拴到村外，跳墙进去。见众强盗乱哄哄的，都拿着武器。他向强盗们打听，知道崔妻在王得仁的住处。一会儿，听见传来休息的命令，众强盗一个个高兴地喊叫。忽然有人来报告，说东山上起了火。他们共同向远处看去，起初有一两点火光，后来多得像星星。李申喘着粗气，急忙大喊："东营房打起来了！"王得仁大惊失色，连忙束装，带领众强盗扑过去。李申乘机绕到后面，转身走进里院，见两个强盗看守军帐，骗他们说："王将军忘记带佩刀。"两个强盗争着寻找。李申从后面砍杀他们。两个贼人一个倒下了，另一个回过头来，李申又把他杀掉。李申找到崔妻，背着她爬出墙来。李申解开老马，递给她缰绳，说："娘子您不知道路，让马自己跑就行！"老马恋驹，跑得很快，李申跟在后面。见来到一个险要的谷口，就掏出长绳点起火，把它挂起来，这才又继续前进。

第二天，崔猛回到家。他觉得认为遭抢劫是奇耻大辱，气得暴跳如雷，想单身匹马去荡平贼寇。李申把他劝住，召集村里的人商量，众人胆小怕事，都不敢答应。崔猛再三再四地讲明利害关系，有二十多个人敢前去杀贼，但愁没有兵器。正好在王得仁同族的亲戚家里捉到两个奸细，崔猛想把他们杀掉，李申不同意。李申命二十个人各拿棍子，站在奸细面前，把两个奸细的耳朵割下来以后把人放了回去。众人埋怨说："咱们仅有这些兵，正怕他们知道，反让他们看见。要是他们派来大队人马，全

村都保不住了。"李申说："我正想让他们来。"

随后李申把窝藏奸细的人抓来斩首。派人四处借弓箭火枪，又到县里借来两门土炮。天黑后，李申带领壮士把守险要路口，把炮架在要冲，使炮手带上火种埋伏好，嘱咐他们见强盗以后放炮。又到东谷口，伐树堆放山崖上。然后和崔猛各带领十几个人，在两个山崖上埋伏好。一更天快过去了，听见远处有马叫声。暗中望去，强盗果然来了，一个又一个，接连不断。等他们走进谷口，李申一声令下，把伐的树推下来，断绝了他们回去的道路。接着开炮，打得强盗们连哭带叫，震动山谷。强盗们立刻败退，自相践踏。贼人逃到东口，道路不通，挤在一起。这时两崖上火枪和弓箭一齐射下，夹攻之势如暴风骤雨，强盗断头折足，尸体堆满山沟。剩下二十多人，跪下哀求饶命。李申派人拴起俘虏，押着他们回村。乘胜直捣强盗老窝。留守的人见势不好，全逃走了，李申就把他们的财物全部拉走。

崔猛十分高兴，问李申为什么要配置火绳，李申说："在东边点火绳，是怕他们向西追赶。所用的火绳短，是恐怕他见到绳子后知道此处没有人把守。在谷口点火是因为谷口狭窄，一个人就能挡住去路，即使他们追来，见火后一定不敢再向前追赶。这都是一时冒险的下策。"押过强盗来问，果然在李申随马进入谷口后曾经追赶，见火以后吓得退回去。二十多个俘虏被割掉鼻子、耳朵放走。

从此，崔猛和李申声威震动城乡，远近的人们都来找他们避难，山村里人来人往，像是闹市。于是成立起三百多人的乡团武装，各处的强盗都不敢侵犯，一方人靠他们过上平安的日子。

37. 晚霞

　　五月五日端午节，江浙一带有斗龙舟的习俗。把大木头挖空，做成龙形的船，画上鳞甲，涂上金黄碧绿的油彩，船上雕饰的屋脊和朱红的栏杆，船帆和旗帜都用锦绣绸缎做成。船末是龙尾，向上翘起有一丈多高，尾巴上用布绳垂下一块木板，有个小孩在木板上翻滚跌爬，做多种奇巧的表演。下面是江水，人在木板上，随时都有掉到水里的危险。因此雇这种小孩时，先要花大钱买通父母，表演前还要演习熟练。假如小孩不慎落水而死，父母也不能反悔。在苏州，在木板上表演的是美貌的妓女，这一点有些不同。

　　江苏镇江有个姓蒋的男孩子，名叫阿端，刚七岁的时候，在木板上就身体轻便敏捷，动作灵巧多变，谁也比不上。因此，他的名声和身价越来越高，直到十六岁，还用他表演。有一次，龙舟斗到金山下，阿端掉下江去淹死了。蒋母只有这么一个儿子，自然心疼得很，可也没有办法，只能哀痛哭泣罢了。阿端并不知道自己淹死了，沉下水去后，来了两个人领着他走，见水下另是一番景象。回头一看，水波在四周环绕，像墙壁般屹立着。一会儿走进一座宫殿，见一个戴头盔的人坐在上面。领路的两个人介绍说："这是龙窝君。"就叫他跪下拜见。龙窝君和颜悦色地说："阿端动作轻灵巧妙，可以编在柳条部。"于是他又被领到一个地方，四周全是宫殿。走上东廊，有许多少年出来和阿端见面行礼，大都十三四岁。接着来了个老太太，大家都叫她"解姥姥"。解姥姥坐下来，叫阿端表演。过后就教他们"钱塘飞霆舞""洞庭和风曲"。只听得钟鼓齐鸣，四周的院子都响起来。教完后，各个院子又都静下来。解姥姥恐怕阿端还没有学会，就单独对他絮絮叨叨地指点着，哪知道阿端刚学过一遍，就已经全学会了。解姥姥高兴地说："得到这么个孩子，不比晚霞差呀。"

　　第二天，龙窝君要检阅各部的技艺，全体都集合齐了。首先检阅夜叉部。只见

这个部的夜叉个个都戴着假面，佩戴着用鱼皮做成的箭袋。敲的大铜钲，周围有四尺多。擂的大皮鼓要四个人才合抱过来，声音如同雷鸣，震耳欲聋，即使对面呼叫也听不到。夜叉们跳起舞来，巨浪汹涌，直上天际，不断有点点星光落地而灭。龙窝君急忙让他们停下来，命乳莺部上来表演。乳莺部全都是十五六岁的美丽少女。笙管笛箫悠悠奏起，一时间清风习习，波涛声随之静了下来。江水渐渐凝结，四周透明，好像一个水晶世界。表演完毕，她们都退下去，站在西边台阶下面。接着上来燕子部，都是披垂着头发的小姑娘，其中有一个女郎，约十四五岁，飞扬长袖，侧倾云鬓，跳起天女散花舞。她舞姿翩翩，如同燕子轻盈飞翔。随着身体的舞动，她的衣襟、袖口、鞋袜之间，都飘散出五彩缤纷的花朵，随风飘扬，落满庭院。跳完后，她随着本部的人也退到西边的台阶下面。阿端在一旁注视着这个少女，心里顿时爱慕。他向本部的人打听，才知道原来她就是晚霞。不一会儿，喊柳条部表演。龙窝君特意要试试阿端的技艺，阿端便跳起前一天刚刚学会的舞蹈。他随着乐曲的变化表现出喜怒哀乐的情绪，踏着节拍做出各种俯仰转身的动作。龙窝君赏识他的聪明伶俐，特地奖赏他五彩军服，还有用鱼须形金丝制成的上嵌夜明珠的束发冠。阿端拜谢龙窝君的赏赐，退下来，也快步走到西边台阶下。各部的人都站在本部的队伍里。

阿端在人群中远远地注视着晚霞，晚霞也远远地凝视着他。一会儿，阿端挪动脚步，向北走到队列边上，晚霞也渐渐向南走。两个人相隔只有几步远。但是由于部规严厉，谁也不敢越出本部的界限，只能相对凝视，用目光传递着内心的爱慕。最后检阅蛱蝶部。这个部都是童男童女，他们都成对起舞。每一对的身材高矮、年龄大小、衣服颜色都完全一样。检阅完毕，便各部首尾相接走出宫殿。柳条部跟在燕子部后面，阿端快步走到本部的前列，而晚霞则放慢脚步，落在本部的后面。晚霞回过头来，看见阿端，故意丢下一支珊瑚钗，阿端会意，急忙拾起藏在袖子里。回来以后，阿端痴痴地恋着晚霞，凝思成疾，饭也吃不下，觉也睡不着。

解姥姥时常给阿端送些好吃的来，一天来看望三四次。她殷切地抚慰，可阿端的心病却一点也没有好转。解姥姥很担心，不知如何是好，说："吴江王大寿的日子已经快到了，可怎么办呢？"傍晚时分，来了一个小孩，自称是蛱蝶部的，坐在床边问阿端："你是不是为了晚霞才病了的？"阿端吃惊地问："你是怎么知道的？"小孩笑着说："晚霞也和你一样。"阿端听后更加悲凄，坐起身来，请求他帮助想个办法。

小孩问："你还能走路吗？"阿端说："硬撑着还能走。"那小孩就搀扶着阿端走出来，打开南边的一道门，拐个弯向西走，又打开两扇门，见有几十亩荷花，都生长在平地上。荷花叶子有席那么大，花开得像伞盖，落下的花瓣堆在花埂下，有一尺厚。小孩领着阿端走进荷花丛中，说："你暂且坐在这里等一等。"说完就走了。不一会儿，有个美丽的女子分拨着荷花走来，一看，正是晚霞。两人相见，惊喜交集，互相诉说分别后的相思之情，又各自大略地介绍了自己的身世。随后就用石头压住荷叶，让叶片像屏风一样遮住他们，又把一些莲花瓣均匀地铺开，两人就躺在上面，高兴地亲热了一番。临别又约好每天太阳落山以后就来相会，这才依依分手。阿端回去后，病也很快好了。从此以后，两人每天在荷花丛里幽会一次。

过了几天，大家跟着龙窝君去为吴江王祝寿。祝完寿，各部都回来了，只有晚霞和乳莺部的一个女子被留在吴江宫里教习舞蹈。从此几个月没有音讯，阿端心情惆怅，整天一副失魂落魄的样子。他了解到只有解姥姥每天去吴江王府，便假称晚霞是他的表妹，求解姥姥带他去，希望能见上一面。他在吴江王府门下徘徊了几天，宫廷门禁森严，晚霞苦于出不来。阿端只好垂头丧气地回来了。此后一个多月里，阿端苦苦地想念晚霞。一天，解姥姥走进来，悲伤地对阿端说："真可惜啊！晚霞投江自尽了。"阿端一听，惊呆了，热泪忍不住夺眶而出。于是，他撕毁了龙窝君赏赐的束花冠和五彩服，揣着金子和夜明珠出了龙宫，想随晚霞一道死去。可是江水像墙壁一样耸立着，他使劲用头去撞也撞不进去。他想再回去，又怕因为自己毁坏了束发冠和五彩服，龙窝君会判他重罪，左思右想没有办法，急得大汗淋漓直流到脚后跟。

忽然看见水墙下有一棵大树，便像猴一样攀爬上去，渐渐爬到了树梢，猛然用力向下一跳，衣服没有沾湿，身子却浮在水面上了。出乎意料的是，恍惚间又看到了人间世界，于是飘然游去。一会儿，游到岸边，上了岸在江边稍稍坐了一会儿，顿时思念起家中的老母亲，便搭了一条船，回家去了。到了家乡，阿端看着四周的房舍，恍若隔世。他跟跟跄跄走到自家门口，忽然听到了窗子里有女子呼喊："你儿子回来了。"声音听起来很像晚霞。一会儿，那女子与他母亲一块出来，一看果然是晚霞。这时候，两个人欢喜不尽，没有悲伤，而老母亲则又是悲伤，又是疑惑，又是惊奇，又是高兴，一时百感交集。

当初，晚霞在吴江王府，觉得腹中有胎儿在动，知道怀上阿端的孩子了。龙宫里

法规森严，恐怕一旦分娩，难免遭受毒打，又与心上人相会无期，所以只想一死，就偷偷跳进江里。哪知身子却飘浮起来，随着波涛忽上忽下。幸有一只客船将她救起，问她家住哪里。晚霞原是苏州有名的妓女，淹死在江里，家里没有捞到她的尸体，自己心想，妓院是不能再回去了。就说："镇江蒋氏是我丈夫。"船家便替她雇了一条小船，把她送到蒋家。到了蒋家，阿端的母亲怀疑她认错了人家，晚霞说错不了，就详细说了和阿端在龙宫相识相爱的经过。蒋母见晚霞仪容美好，很喜欢她，只是顾虑她年纪轻，时间一长会守不住寡。可是晚霞对她又恭敬又孝顺，看到家里穷苦，就摘下珍贵首饰，卖了很多钱。蒋母察觉晚霞没有二心，很高兴。但是儿子不在家，怕晚霞一旦分娩，不能让亲戚邻里相信是蒋家骨肉。蒋母就和晚霞商量，晚霞说："母亲只要能抱上亲孙子，何必在意别人说什么！"蒋母也就安心了。

正好阿端回了家，晚霞高兴极了。蒋母对儿子的生还有些怀疑，暗中挖开儿子的坟墓，发现尸骨都在，蒋母就问阿端这是怎么回事。阿端恍然大悟，明白自己是真的死去了，现在只是灵魂还在，但怕晚霞嫌他不是人，嘱咐母亲不要再说。母亲答应了。于是告诉乡邻，说当初捞到的不是阿端的尸体。但蒋母始终担心他们不能生孩子。不久，晚霞竟然生下一个男孩，抱起来和普通孩子没什么不一样，这才高兴起来。过了很久，晚霞逐渐察觉到阿端不是人，阿端不得已照实说了。晚霞说："怎么不早说！凡是鬼只要穿上龙宫里的衣服，经过七七四十九天，飘忽的魂魄就会坚实地凝聚起来，和活人没有差别了。要是得到龙宫中的龙角胶，还可以使骨节连接起来，生出肌肉和皮肤，可惜没早买一点。"阿端把他的夜明珠卖了，有个外国商人以一百万钱买走了，阿端家因此变得很富有。

正值蒋母寿辰，夫妻两个载歌载舞，举杯敬酒。事情传到了王府里。王爷想要强夺晚霞。阿端很害怕，去见王爷说："我们夫妻俩都是鬼。"王爷验看阿端，见他没有影子，才相信了，就打消了抢夺晚霞的念头。只是派宫女住在别的院子里，让晚霞去传授舞技。晚霞用龟尿自毁容貌，然后去见王爷。教了三个月，宫女们始终不能把晚霞的舞技全部学会，晚霞便回家去了。

38. 荷花三娘子

浙江湖州的宗湘若，是一位读书人。秋天，他到田里巡视，见庄稼稠密的地方摇来摆去。他心里疑惑，便踏上田间小道去察看，竟是一男一女在交合。他不禁扑哧一笑，要转身往回走，见那男子羞得脸红，束上腰带，匆匆忙忙地走了。

那女子也站起来。宗生仔细看这女子，长得十分美丽。宗生心里喜爱她，想同她亲昵，又认为这么干令人厌恶。于是宗生就稍微走近她，向她身上挥袖一拂说："桑中之游痛快吗？"女子只是微笑，不说话。宗生靠近她，伸手掀开她的衣服一看，皮肤像脂肪那么细腻，就上下地抚摸起来，几乎摸遍全身。女子笑着说："臭秀才，你想怎么样就怎么样好啦，轻狂地乱摸干什么！"宗生问她的姓氏，回答说："春风一度，各自东西，何必劳驾细问？难道留下姓名，给我盖一座贞节牌坊吗？"宗生说："在漫野草露里，是山村猪倌儿干的，我不习惯。凭你这么美丽，私下约会也当自重，哪能这么下作？"女子听他这样说，表示十分赞成。宗生说："我的书斋离这里不远，请你去坐坐。"女子说："我出来已经好久，怕别人怀疑，等到夜里吧！"就详细询问宗生的门户标志，快步从一条斜路上走了。刚到一更天，女子果然来到宗生书斋。两人云雨欢会，极为亲爱。这样来往了一个多月，严守秘密，外人都不知道。

这时，有一个喇嘛和尚住在近村的寺庙里，见了宗生吃惊地说："你身上有邪气，最近遇到什么了吗？"回答说："没有的事。"过了几天，宗生不知不觉就忽然病倒了。女子每天夜晚带来香甜的水果给他吃，殷勤地照顾他，像夫妻一样恩爱。但是躺上床以后，总勉强宗生同她交合。宗生病弱，很不耐烦。宗生怀疑她不是人，可是也没办法拒绝，使她离开。于是他就说："几天前有个和尚说我被妖怪迷惑，如今果然病了，他的话应验了。明天请他来，求他画符念咒。"女子一听，吓得神情凄惨，脸色刷地变了，宗生更加怀疑她。

第二天，宗生派仆人把这情况告诉和尚。那和尚说："这是只狐狸，它的本领还不算高，很容易捉住。"于是就画了两道符，嘱咐说，"回去以后，找一个干净坛子，放在床前边。用一道符贴在坛口外面。等狐狸蹿进去以后，写上用盆盖住坛口，把另一道符贴在盆上。放在锅里加上水，烈火烹煮，她一会就死了。"仆人听后回家，按照和尚的说法办理。夜深了，女子来到书斋，从衣袖里掏出金橘。女子正要到床边慰问，忽然坛口飕飀一声，女子已经被吸进去。仆人突然跑出来盖坛口，贴符咒，准备拿去烹煮。宗生看着散落地上的金橘，回忆过去同女子的恩爱，不禁一阵心酸，心里十分感动，立即命仆人把她放走。揭下符，掀开盆。女子从坛子中钻出来，神情十分狼狈，向宗生磕头说："我的大道就要修成了，差点一夕之间变成灰土。你是一位仁慈的人，我发誓一定报答你的恩德。"说罢就走了。

过了几天，宗生的病情越来越重，像是就要死了。仆人到市上买棺材，在路上遇到一个女子。女子问："你是宗湘若的管家吗？"回答说："是"。女子说："宗郎是我表兄，听说他病重，想去探望他，却因为有事去不成。有一包灵药，劳你捎给他。"仆人接过来带回家中。宗生想表亲里没有姊妹，知道是狐狸来报恩了。服了她的药以后，果然病情大大减轻，十天以后就康复了。他心里很感激狐女，向空中祷告，希望可以与女子再见面。

一天夜里，宗生关着门独自饮酒，忽然听见有人用手指敲窗子，开门出来一看，原来是狐女。宗生非常高兴，握着狐女的手道谢，拉她一同饮酒。狐女说："分别以后，我心里很不平静，考虑没法报答你。现在为你找了一个好配偶，聊以塞责吧？"宗生问女子找的是谁。狐女回答说："你不认得。明天早晨，你一早到南湖边，见有采菱的女郎，身披雪白绡纱披肩，你要飞快划船追赶。如果迷失了她的去向，就去找一朵莲花。这莲花临近湖堤，茎很短，隐藏在莲叶下面。找来后带回家，用蜡烛火烤花蒂。这样，你就能得到一位漂亮的媳妇，而且你也可以长寿。"宗生恭敬地接受她的指教。狐女告别，宗生拉着她不放。狐女说："我自从遭受到劫难，猛然领悟了大道，怎能因男女情爱，惹人怨恨呢！"说完很严肃地告辞了。

宗生按照狐女说的，走到南湖，见荷花荡里美女很多。其中有一位垂发少女，披着白绡纱，美丽无比。宗生就催船靠近她，却忽然找不到她了。随即撩拨花丛，果然有红莲一枝，花茎不满一尺。他折下来带回家，走进书斋，放在茶几上。宗生削好

蜡，准备点燃。一回头，莲花变成美女。宗生又惊又喜，向她磕头。女郎说："书呆子，我是狐狸精，就要祸害你啦！"宗生不听，女郎问："这是谁教给你的？"回答说："小生自己能认识你，还用人教吗？"

宗生拉她的胳膊，女郎随手而下，变成一块奇怪的石头，有一尺多高，玲珑剔透。宗生把她抱起来，放到桌子上，在它前面烧了香，拜了又拜，连声祈祷，表达自己的爱慕。到夜里宗生关紧门窗，只怕她跑掉。第二天早晨再看它，却又不是石头，而是一件绉纱披肩，在远处就能闻到它的芳香，展开领口，还残留着脂粉。宗生抱着它盖上被子躺在床上。到了晚上，起身点灯，回去一看，那垂发女郎竟在床上，宗生高兴极了，怕她再变化，苦苦地哀求祷告，然后才靠近她。女郎笑着说："真是前生罪孽呀！不知谁多嘴多舌，让你这疯狂儿郎把人缠磨死啦！"不过，她没再拒绝宗生，只是十分亲昵的时候，她似乎受不了，几次要求宗生住手。宗生不听。女郎说："如果你这样，我就要变。"宗生害怕她再变化，只得作罢。

从此以后，两人的感情如鱼得水。家中的金银绸缎常常满箱满袋，宗生也不知从哪儿来的。女郎见人以后不爱讲话，别人说，她常是点头应声，像是不善于言辞。宗生也隐瞒她的神奇。女郎怀孕十个月多，计算日子应当分娩，就到屋里去，嘱咐宗生关紧门，严禁来人。自己用刀割开脐下，取出婴儿，命宗生撕布包好，过一宿，肚子就愈合复原了。

又过了六七年，女郎对宗生说："我前生欠你的债全还上了，请让我与您告别吧！"宗生听后哭着说："你来我家时，家里穷苦，不能自立，全靠你才得稍稍富足，你怎么突然说要离别呢？再说，你也没有亲族，以后儿子长大不知道母亲是谁，也是一件非常遗憾的事。"女郎也感怅惘，郁郁不乐地说："有合必有散，这本来是常情。儿子将来有福气，你能活一百岁，还有什么可要求的？我本姓何，你如果想念我，抱着我用过的东西喊：'荷花三娘子'，就能见到我了。"

说罢，掰开宗生拉着的手说："我去啦！"宗生吃惊地看她，已经飞过头顶。宗生急忙跳起来抓她，只抓到一只小绣鞋。鞋子落到地上，变成一只石燕，比朱砂还红，晶莹透亮，像红水晶。拾起来，当宝贝收藏着。

宗生检查箱子，荷花三娘子初来时披的白绉纱披肩还在。从这以后，宗生每想念荷花三娘子时，就抱着这两件东西喊"三娘子"。这么一喊，她就出现，眉开眼笑，和往日一样，只是她不讲话。

39. 侠女

顾生是金陵人，多才多艺，家境贫寒。因母亲年老，顾生不忍心离开她出远门，只能平日为人写字绘画，赚钱养家糊口。他已二十五岁了，还没有娶亲。

他家对门有一座住宅，原来空着的，一个老妇人和少女租赁下来，住在里面。她们家没有男人，所以顾生没去问这近邻的姓氏。一天，顾生偶然从外面回家，见对门的女郎从他母亲屋里出来。女郎年约十八九岁，生得秀丽娴雅，人世少见。她看见顾生后并没有躲避，但情态十分严肃。顾生向母亲询问，母亲说："是对门的姑娘，向我借剪刀、尺子来了。刚才说她家也只有母亲了。这姑娘不像出身贫家，问她为什么没出嫁，推说因为母亲年老。我明天要拜见她母亲，顺便透露我的想法。要是她的要求不太高，你可以为她奉养老母。"

第二天，顾母来到女郎家，见女郎的母亲是个聋老太太，屋里没有隔夜的存粮。问她靠什么度日，家中仅凭女郎的十个手指头。以两家合伙吃饭的话试探，老太太似乎赞成，她又转脸和女郎商量，女郎不言语，看起来心情很不愉快。顾母回家后揣摩女郎的情状，疑惑地说："这姑娘，该不是嫌咱家穷吧！为人不说也不笑，脸盘儿艳丽，像那嫣红粉白的桃李花，神情却冷如霜雪，真是个奇怪的人呢！"不过这感叹也只不过是母子二人的猜测罢了。

一天，顾生坐在书房里，有一个少年来求画。这人姿容俊美，神气很轻佻。问他从哪儿来，回答"邻村"。此后每隔三两天少年就来一趟，稍稍熟悉，他们渐渐相互开玩笑，顾生把他紧紧搂在怀里，他也不怎么抗拒，就胡搞起来，从此往来十分亲昵。一天，两人又在一起，正逢女郎经过。少年盯着她不放，问她是谁，顾生答说："邻家女郎。"少年说："这么娇艳美丽，神情为什么那样严肃啊？"

一会儿，顾生走进屋，顾母说："刚才，姑娘来借米，说已经有一天没生火做饭

啦。她非常孝顺，穷得怪可怜的，咱们应该稍加周济。"顾生遵照母亲的意思，背了一斗栗子，敲开女郎家的门，转达了顾母的心意。女郎收下，并不表示感谢。她常来顾生家，见顾母做衣服、鞋子，就接过来缝纫。从顾家进进出出，操持家务，就像顾家的媳妇一个样儿。顾生更加感激她，每次收到好的吃食，都分送女郎的母亲，女郎知道了也不说客气话。

后来赶上顾母生疮，长在阴部，疼得日日夜夜喊叫。女郎时常在床前伺候，为她洗疮换药，一天三四次。顾母心里很过意不去，而女郎并不嫌脏臭。顾母叹息说："唉！怎么才能有个儿媳像你，伺候老身到死呀？"说罢就抽泣起来。女郎安慰她，说："你的儿子很孝顺，你家胜过我寡母孤女十倍百倍了！"顾母说："干床头上琐碎事，岂是孝子能行的？况且我已日落西山，不久会进坟墓，很为传宗接代的事忧愁啊！"正在说着，顾生进来。顾母哭着说："亏欠这位姑娘的情分太多了，你不要忘记报答恩德啊！"顾生连忙向女郎行礼。女郎说："你敬重我母亲，我都没有表示感谢，你谢什么呢！"顾生因此更加敬爱女郎，但是女郎对顾生的态度总是很生硬，摆出来一副丝毫不可侵犯的架势。

一天，女郎从顾生家出去，顾不住地看她。忽然，她回头娇媚地一笑。顾生喜出望外，快步跟她回家顾生挑逗她，她也不拒绝，两个就愉快地欢合了。事后，她告诫顾生说："这事儿，只可一次，不可再次。"顾生没有作声，回去了。第二天，顾生约她幽会，女郎面色严厉，转头就走。她一天多次来顾生家，时常和顾生相遇，并不同他说笑。有时顾生向她稍稍开个玩笑，她总是冷言冷语，冰得人透不过气来。

她忽然在僻静处问顾生："常常来的那少年是谁？"顾生如实相告。她说："这个人的举动和态度，对我十分不礼貌。已经有许多次了。因为你同他特别亲热，我没有教训他。请你转告：他要是再那样，就是不想活了！"晚上，顾生转告少年，并说："你一定要谨慎，她可不是好惹的！"少年说："既然她不好惹，你怎么就惹了呢？"顾生辩白说"没有的事儿"。少年说："如果没有，我调戏她的话怎么能传到你耳朵里呢？"顾生没话可答。少年又说："也请你转告她：假惺惺，别装正经！不然，我就把她的事到处传扬。"顾生听后很生气，脸色阴沉沉的。

少年就走开了。一天夜晚，顾生正在屋里坐着，忽然女郎来到，笑着说："你我情爱的缘分没有断，这不是老天的意思吗？"顾生狂喜，把她搂在怀里。突然门外有

脚步声，两人慌忙起立，少年已推门进来。顾生吃惊地问："你来干什么？"少年冷笑，说："来看贞洁的人呗！"转脸对女郎说："今天不责怪别人了吧！"女郎一听，双眉倒竖，两颊通红，不容分说，猛地一翻上衣，露出一个皮套，随手而出，却是把亮铮铮的匕首。少年看见它，吓得转身就跑。女郎追出门外，四下张望，无影无踪，就把匕首刷地向空中一扔，只听"嘎"的一声响，闪过一条长虹般的亮光，接着有东西自天降下，一下落在地上。顾生端灯一照，竟是一只白狐，头和身子已经分了家，十分害怕。女郎说："这就是同你相好的美少年啊！我本来想饶恕他，怎奈他一门心思想死，教人怎么好呢！"顾生拉她进屋。女郎说："刚才妖物令人败兴，等明天晚上吧。"出门径直去了。

第二天夜间，女郎果真来了，两人又极尽情好。顾生问她的法术，女郎说："这事不是你该知道的，一定要保密，一旦泄露，对你不利。"向她提出婚嫁问题，她说："同床共枕，洗衣做饭，不是媳妇儿是什么？已经是夫妻了，何必再提嫁娶呢！"顾生说："莫不是你嫌我穷吧？"女郎说："你家固然穷，可我家难道富吗？今天晚上来欢聚，正是因为怜惜你贫苦啊！"临别嘱咐说，"不合礼法的事，不可常办。该来的时候我自然会来，不该来，你强迫我也白搭。"以后相遇，顾生每次想拉她说悄悄话，她总是避开。而补衣煮饭的事务她还是一应料理，像媳妇儿一样。

又过了几个月，女郎的母亲去世。顾生尽力帮办丧葬。女郎从此独自居住。顾生以为她孤独寂寞，可以去乱搞，就跳墙到女郎房前，隔着窗子连声喊她，始终不应声。顾生再看看屋门，锁得紧紧的。于是私下怀疑女郎去跟别人约会。隔夜再去，和前夜一样，顾生便解下佩玉，把它放在窗间就走了。第二天，女郎在顾母屋里遇到顾生。顾生走出屋外，女郎跟出来说："你怀疑我吗？人都有自己不可告人的心思，不能告诉别人。现在想让你不要怀疑也是不行的。但是有件事，麻烦你快想办法。"问她什么事，回答说："我怀孕八个月了，恐怕不久要临产，我没有名分，能为你生孩子，却不能为你养育他。你可以偷偷地告诉母亲，找奶妈，假装抱来的是养子。别向外人提我的事儿。"顾生应声说好，回去告诉母亲，顾母笑着说："奇怪呀！这姑娘，明媒正娶不同意，却私下和我儿相好！"她越想越欢喜，就照女郎的意思等她生产。

又过了一个多月，女郎接连好几天没去顾家。顾母有些疑惑，就登门去探望。女郎家的门关着，敲了好久女郎才蓬头垢面地走出来，开门让顾母进去，又关上。顾

177

母进屋，看到一个小娃娃躺在床上。她又惊又喜，问："何时生的？"回答说："三天。"抱起来一看，是个男孩，胖脸蛋，宽额头。顾母太高兴了，说："你已经为老身生下孙子，可一个人孤苦伶仃，哪里是你的托身之地啊？"女郎说："我有些心事，不能向老母亲说。等到夜深人静，您可以来把孩子抱去。"顾母回家告诉儿子，两人都觉得女郎奇怪。到夜晚，顾母去把孙子抱回家。

隔了几夜，快半夜了，女郎忽然敲顾生的门。她走进来，手里提着一个皮袋子，笑容满面地说："我心里的大事了结了，让我们分别吧。"顾生急忙问她什么缘故。回答说："你奉养我母亲的恩德，我时刻不能忘怀。从前，我说'只可一次，不可再次'是因为我报答你的并不是床间乐趣。因为你家穷，不能婚配，我想为你延续一线后代。本预想一次成功，不料月信又来，就打破了只一次的戒律。如今，你的恩德已经报答，我立志要做的事也顺利完成了。我没有遗憾了。"问她袋子里是什么，她说："是仇人的头。"顾生打开一看，头发胡子交缠，血肉模糊一片，惊讶极了，细问她，女郎说："过去不向你说，是因为事情机密，怕泄露出去。如今事情已成过去，不妨告诉你。我是浙江人，父亲做过司马的官职，却遭仇人陷害，被抄了家。我背着母亲外逃，隐姓埋名，不敢抛头露面，已经有三年了。我没立即报仇，只是因为老母亲要由我照顾。老母辞世后，我肚子里又怀着一块骨肉，所以拖了好久。过去我夜里出外，不是为了别的，只是因为对复仇的道路和门户不熟悉，怕到时候出差错！"女郎说完就要走，出门以后又叮咛说："咱们的儿子，你要好好养育。你福气不大，寿数也不太长，但这儿子将来可以光耀门楣。夜深了，不要惊扰老母亲。我去了。"顾生心里凄惨，正想问她走向何处，女郎一闪身，恰似电光闪烁，转眼就看不见了。顾生感叹、惋惜，呆呆地站着，像掉了魂灵儿似的。第二天，顾生把这事告诉母亲，两人感叹这事奇怪。

过了三年，顾生果然去世。他的儿子十八岁中进士，奉养祖母度过了晚年。

40. 王成

　　王成家住平原县，是官宦人家的后代。他生性最懒，家境越来越落魄。他和妻子住在几间破屋里，连一床被子也没有，睡觉时盖着乱麻编制的牛蓑衣。因为日子太难过，妻子整天怨声怨气。

　　时当盛夏，天气炎热。村外有周家的旧花园，已经墙倒屋塌，只剩下一座亭子，村里有不少人来这里乘凉睡觉。王成也在这里过夜。这一天清晨，在亭子里睡的人全走了。红日三竿，王成才起床。他正不慌不忙地走回家，忽然看见小草里有一只金钗。王成拾起来仔细瞧瞧，上面镌有一行字："仪宾府造"。王成的祖父是衡王府的女婿，家中所用物品很多都采用这个款式。因此，王成手拈金钗犹豫不决。忽然一个老妇人走来，弯着腰，边走边向路边草丛里瞅。王成虽然一向穷苦，可是为人耿直，立刻迎上前去，拿出金钗递给她。老妇喜出望外，极力称赞王成品德好，还说："一只金钗能值几个钱！可它是我先夫的遗物啊！"

　　王成问："老大娘您的丈夫是谁啊？"回答说："过去有个衡王府，他是这府里的女婿王柬之。"王成吃惊地说："他是我的祖父，你怎么会遇上他呢？"老妇人对王成也觉得奇怪，说："你就是王柬之的孙子吗？我是狐仙，百年以前我和你祖父十分亲爱。你祖父辞世后，我便隐居不出。今天路过这里，丢了金钗，没想到恰好被你拾到了，这不是老天爷的意思吗！"王成听说过祖父有狐妻的事，所以相信老妇人的话，便邀请她回家。老妇人就随他前去。到家以后，王成喊妻子出来拜见。妻子走出屋外，蓬头垢面披着残破的衣衫，脸色青黄暗淡。老妇人看后说："哎呀，王柬之的孙子穷到这般境地！"她转头看见锅灶，里面没有烟火，问："家道这个样子，日子是怎么过的？"于是王妻细诉贫苦的情状，不禁呜呜咽咽地哭起来。老妇人拿出金钗，交给王妻，让她暂且典当了买米，临走时说三天以后再见。王成挽留，她说："你连自

己妻子都管不起饭，留下我还不是一起看着屋梁发愁吗？有什么用呢？"说完就径自走了。王成把这件事的原委告诉妻子，妻子非常害怕。王成赞扬老妇人情深意厚，让她把老妇人当作婆婆，尽心侍奉。妻子也就答应了。

过了三天，老妇果然又来了，拿来许多钱，让王成买了一石小麦，一石谷子。家里床不多，老妇人和王妻同睡在一张小床上。王妻最初胆怯，见老妇人待人十分诚恳，真像个慈爱的婆婆，就不再对她怀疑了。第二天，老妇人把王成叫到跟前，说："孙子呀，你应该做点儿生意。坐吃山空，怎么能长久呢！"王成说手里没有本钱。老妇人想了想，说："你祖父生前对我很好，金银、绸缎，我要多少给多少。我因为是世外的人，不大需要钱，所以没多要。只有积攒下买绢花、脂粉的零用银子四十两，眼下还存着。这些钱我长期藏着也没用，你可以拿去，全买夏布，马上运到京城，能赚点儿钱。"

王成遵命，买回五十多匹夏布。老妇人叫他赶紧打点行装，说六七天能到京城，嘱咐王成："要勤劳，别偷懒，要急速，别迟缓。迟到一天，后悔已晚。"王成恭恭敬敬地听从她的指教。王成装好货物动身，走到半路便下起大雨。衣服、鞋袜全都湿透了。他过去没有经受过风霜之苦，弄得自己狼狈不堪，就暂且住进旅店休息。不料这雨淅淅沥沥，到天黑也没停，瓦垄的水像一条条没头没尾的粗绳子，急泻而下，没完没了。雨下了一宿，道路更加泥泞，来往行人在烂泥里蹚，半截小腿上糊满泥巴。王成见了，觉得这会出门太过辛苦。等到中午，路面渐渐有点儿干燥，王成心里开始轻松起来。可是一会儿又是浓云压顶，大雨又泼下来了。王成住了两宿才能继续赶路。眼看来到京城，听说那里夏布很贵，他心里暗暗欢喜。进了城，卸下货，住进旅店。店主人听说他运来夏布，嫌他来得太晚了，深表惋惜。

原来前些日子贯通南北的大道刚能通行，来的夏布不多，京中的大家族竞相购买，价格猛涨，比平时高出将近三倍。前天，他们买足了，迟来的夏布客商大失所望。主人说明情况，王成闷闷不乐。第二天，市上的夏布更多了，价钱一落再落。王成因为无利可图不肯卖，一直等了十几天，合计了一下，吃饭住宿花销很多，加倍忧愁苦闷。店主人劝他减价出售，改做别的生意。王成听劝，亏本十几两银子，把夏布甩卖了。第二天，王成起身很早，准备回家，打开钱包一看，卖夏布的钱全不见了！王成大吃一惊，把这事告诉店主人，店主人想不出找钱的办法。有人劝他去告店主

人，叫他赔偿。王成叹气，说："这是因为我命运不好，和店主人有什么相干！"店主人听他这么说，感激他为人忠厚，送给他五两银子表示安慰，劝他回家。

王成想：回家后不好向祖母交代，便不由得在门里门外来往徘徊，总觉进退两难。这时，门外有人斗鹌鹑，王成见赌一次有几千钱的输赢，买一只鹌鹑要花一百多钱。他联想到自己的钱，心里忽然一动，算一算，仅够贩鹌鹑作本钱。于是去和店主人商量，店主人大加鼓励，并且约定下次来时，吃、住都不要他的钱。王成很欢喜，立即起程。买了一担子鹌鹑，挑起来重返京城。店主人看见他以后很高兴，说："祝愿你这一回能早卖完。"但是，这一天夜里又下大雨。天亮了，街上已是水流成河，雨还是淅淅沥沥地下。王成急等天晴，不料阴雨连绵，下个不停。他查看笼子里的鹌鹑，发现已经死了不少。他很害怕，不知怎么办才好。隔了一天，鹌鹑死得更多了，只有几只活的，王成便把它们合在一个笼子里饲养。又过了一宿再看，笼里仅仅剩下一只活了下来。王生难过得流下泪来，他把此事告诉店主人，店主人也只是表示惋惜罢了。王成的钱花光了，希望完全破灭了，自己反复琢磨，饭也没得吃，住也没处住，回家没有路费，只想寻死。

店主人来劝说安慰他，和他一同看鹌鹑，仔细观察以后说："这只鸟气象不凡，是上品。那些死去的鹌鹑，说不定就是被它啄死的。你现在闲着，可以天天将它把在手里，驯养锻炼它。如果它真敢拼善斗，用它去赌也能维持生活。"王成把鹌鹑调教好了。店主人让他带到街头赌吃喝。这鹌鹑果然雄健坚强，百战百胜。店主人听说以后很高兴，供给王成银子，去找富家的公子们大赌，初次上阵就三战三胜。赌了半年，王成攒了二十两银子，心里更加愉快，把鹌鹑当成自己的命根子。

有一个亲王最喜爱斗鹌鹑。每逢正月十五，他便允许玩鹌鹑的平民入宫比赛。这天又是元宵佳节，店主人对王成说："今天能发大财。成不成，就看你的命运啦！"就告诉他其中缘故，带领他前去，嘱咐说："要是斗败了，你耷拉着脑袋出来就是了；万一能赢，亲王一定想要买下。你不要急着应许。如果他强迫你卖，你千万看我的眼色，你看什么时候我连连点头你再答应。"王成痛快地说："好！"

他们来到王府，见把鹌鹑的人很多，厅堂前非常拥挤。一会儿，亲王走出厅外，有侍从宣告大亲王的旨意："愿意斗鹌鹑的上来！"接着就有一个人把着鹌鹑快步上殿。亲王命令侍从放出鹌鹑，客人也随着放出。两只鹌鹑互斗，不过跳了几跳，客人

的就败了，引得大亲王呵呵大笑。一会儿工夫，好几个上去斗的都大败而回。

店主人对王成说："到时候啦！"于是二人同上。亲王不愧是玩鹌鹑的行家，一见王成的鹌鹑，说："眼睛旁边长着怒脉，是个善斗的啊！不可轻敌。"命令取他的铁嘴鹌鹑抵挡。不料铁嘴腾跳了几次，就被啄落了羽毛。亲王不服气，选来更好的，结果却是一败再败。亲王赶紧命令取来宫中的玉鹌鹑。一会儿玉鹌鹑提来了，这只鹌鹑，羽毛像白鹭一般雪白发亮，体态英俊，神采奕奕。王成一见，吓得勇气全没了，把鹌鹑收拢起来，接着双膝跪倒，哀求免战，说："王爷您的鹌鹑是神物啊！放开一斗，我这只难免受伤，我就没了生活的依靠了。"亲王满不在乎，沉着地说："你不要怕嘛！尽管放出来斗。如果把你那只啄死，我高价赔偿！"王成无可奈何，重新放出鹌鹑。玉鹌鹑攻击性很强，一见有鹌鹑来便飞奔直上。王成那一只见来势很猛，便把自己的体位放低，脖子伸长，二目炯炯，活像怒鸡般地等待它。玉鹌鹑的喙十分健壮，王成那一只就像一只仙鹤，趁势飞起，居高临下，双爪狠击。两只鸟忽起忽落，时进时退，斗了老半天，不分胜负。观众们都看呆了。后来玉鹌鹑渐渐松懈，对方却怒气更盛，追击更猛。不大一会儿，雪毛纷飞，玉鹌鹑垂翅而逃。观众上千，对于王成的鹌鹑无不大加称赞，非常羡慕。

王成的鹌鹑才是真的神物，亲王无比喜爱。他从王成手里轻轻地接过来，把在手里，看嘴形，打量双爪的粗细长短，仔细观察了一遍，问王成："你的鹌鹑卖不卖？"王成回答："小人没有家产，全指望它过日子，不准备卖。"亲王说："我可以多给你钱，让你能置办上中等人家的财产，该愿意了吧？"王成低下头想了好久，说："本来不乐意卖，只是王爷您喜欢它。要能叫小人有吃有穿，小人就心满意足。还再求什么呢！"大亲王说："那么，你就说个数吧！"王成说："多了小人也不敢要。老王爷赏我一千两银子吧。"大亲王笑了，说："傻小子！这是什么宝贝吗？怎么能值一千两银子？"王成说："老王爷不拿它当宝，小人却看它比价值连城的玉璧还珍贵！"大亲王说："为何这么说？"王成说："小人把着它上市，一天能赢好几两银子，买米、买面，一家十口人吃穿不愁啊！有什么宝贝能比得上它呢？"大亲王说："我也不让你吃亏，就给你二百两吧。"王成听后摇摇头。大亲王见他不干，说："再加一百两！"王成转脸偷看店主人。店主人不动声色。王成说："老王爷要小人卖，小人不好不卖，就减价一百两吧。九百两，不能再少啦！"大亲王说："算了吧！谁肯拿九百两

银子买一只鹌鹑！"王成收起鹌鹑，施罢礼转身就走。大亲王喊道："斗鹌鹑的你回来！你回来！"王成回去，大亲王接着说："实实在在的，给你六百两银子。肯卖，给我留下，不愿卖就算了！"王成又看店主人的脸色，店主人神态没变。可是王成已经心满意足，害怕坐失良机，说："你老王爷给六百两，小人本来不乐意，可是您心爱这鹌鹑，我要是硬不卖，罪过就大了。不得已，敬听王爷您的。"亲王很高兴，秤了银子，交付王成。王成拿起钱，磕头拜谢，同店主人一道回店。路上，店主人埋怨王成，说："刚才我怎么说的？你怎么这样急着要卖啊！要是再坚持一下，八百两银子就到手了！"回到店里，王成把钱袋子向桌上一放，请店主人随意拿。店主人不要。王成非要他拿不可，他拿出算盘，手指拨弄一番，只收了饭钱。

　　王成整理行装回乡，到了家，先向老妇人禀报做生意的情况。拿出银子，一家人欢欢乐乐地庆祝了一番。老妇人命王成买肥沃良田三百亩，盖上新房，置办了新家具，于是王成家成为富户。早晨，老妇人起身最早，让王成督促耕田种地，让王妻督促纺棉织布，见有人偷懒磨滑就训斥。王成夫妻理解祖母，尊敬她，也不埋怨她。这样又过了三年，王成家更富了，老妇人也要回去。王成夫妻竭力挽留，难过得流泪。老妇人便没再说走的话。可是第二天一早，她早已不知去向了。

41. 织成

　　洞庭湖中，常常有水神借船的事。有时空船的缆绳会忽然间自己解开，船就自行漂动起来，这时除了会听到空中有音乐齐鸣的声音，别无所见。遇到这种情况，船夫们会蹲在船的角落，闭上眼睛聆听，但谁也不敢抬头去看，一任船漂来漂去。待船自行游走完之后，还会停泊在原来的地方。

　　有个姓柳的书生，应考落第，返归的途中，醉倒在船上。这时忽然传来笙乐奏鸣的声音。船夫急忙摇摇柳生，柳生大醉不醒，船夫只好自己匆匆躲进船舱。接着又有人拽柳生。柳生醉得太厉害，顺着那人的手劲倒在船板上，仍旧沉沉睡着，那人也就由他躺在那里。过了一段时间，鼓乐吹奏之声轰轰震耳，柳生微微有些清醒了。他先是闻到一股浓浓的兰麝香气，眯着眼偷偷一看，只见满船都是绝色美女。他心里明白这事有些不同寻常，就又假装闭着眼睛。不一会儿，听到有人喊"织成"，紧接着便有个侍女跑来，正好站在了紧贴柳生脸颊的地方。只见她翡翠绿的袜子，紫色的绣鞋，小小的鞋细瘦得如同手指头。柳生心生喜爱，偷偷用牙咬住了她的袜子。过了一会，这个侍女抬脚要走，袜子被扯住，不小心摔倒在地。上面的人问是怎么回事，侍女说了缘故。上面的人一听，大怒，下令马上把柳生斩首。

　　于是跑来几个武士，把柳生五花大绑捉了起来。只见上面有个人面南而坐，服饰穿戴颇像个大王。柳生便边走边自言自语地说："听说洞庭君姓柳，我也姓柳。当年洞庭君应考落第，现在我也落了第；可洞庭君有幸遇到龙女而成了神仙，我却因喝醉了与侍女开个玩笑就要丧命，怎么幸运不幸运之间有这么大的悬殊啊！"那大王听他如此说，便把他喊回来，问："你是落第的秀才吗？"柳生点点头。大王便递给他纸笔，让他以"风鬟雾鬓"为题写一篇赋。柳生本来是襄阳名士，构思却很慢，久久没有下笔。大王讥诮地说："你这名士是怎么得来的？"柳生放下笔为自己辩解道：

"当年左思的《三都赋》，整整用了十年才写成，由此可知做文章是以好坏而不是以快慢取胜的。"大王笑笑便由他去了。就这样，从早晨一直写到晌午，柳生才脱了稿。大王看了一遍，大喜道："还真是个名士呀！"于是命令赐酒。顷刻间，珍奇美味纷纷摆上桌来。

二人正在问答之际，一个官吏捧着一本簿册前来禀报："淹死者的名册已经造好了。"大王问："有多少人？"答道："共一百二十八人。"又问："准备差遣哪位去？"答道："派了毛将军和南将军。"这时柳生起身作揖告辞，大王赠给他十斤黄金，又送给他一把水晶石界尺，说："湖中将会有些小劫难，你拿着它可免遭不测。"话音刚落，只见一队仪仗人马纷纷立在水面，大王走下船上了车，便不见了。紧接着便是长久的沉寂。这时先前躲进舱中的船夫才又走了出来，摇着船往北行驶，可骤起的大风顶得船前进不得。忽见水中有一只铁猫冒了出来，船夫恐怖地喊："毛将军出现了！"各条船上的乘客都趴了下去。没过多久，又见湖中有一根木头直直立起，上下捣动，船夫更加惊惧地喊道："南将军也出现了！"不一会儿，湖面上便巨浪翻滚，遮天蔽日，再环顾四周的船只，一时间竟全部覆没。危急中柳生举着大王送的界方正襟危坐于船中间，果然万丈波涛一接近这条船便骤然消退，柳生这才得以保全了性命。

回家后，柳生常常向人提起这次奇异的经历，并说："当时所遇船上的那个侍女，虽没能看到她的容貌，但只裙下的那双小脚，是人世间所根本看不到的。"后来，柳生因事去武昌，在那里听说有个姓崔的老太太要卖女儿，却纵有千两银子也不卖，只说家中藏有一块水晶界尺，有能给这界尺配上对的，才把女儿嫁给他。柳生觉得这事有些奇怪，便怀揣界尺去见崔老太太。老太太高高兴兴地接待了他，并喊女儿出来相见。只见姑娘十五六岁的样子，妩媚妖艳，再无一人可比；相见时略微拜了拜，便转身进了幔帐。

柳生一见便像是被勾了魂似的，心旌摇动，忙说："小生我也藏有一物，不知与老婆婆家藏的那件般配不般配？"于是双方都把界尺拿了出来一比，长短分毫不差。老太太十分欢喜，便问柳生住在哪里。请他马上回去雇辆车来，并要求把界尺留下作个信物。柳生不想留下界尺。老太太笑笑说："先生也太小心了，老婆子我难道会为了一把界尺就抽身逃走吗？"柳生不得已，只好把界尺留下了。从老太太那里出

来后，柳生又急急忙忙租了一辆车返回去，可到里面一看，老太太的住所却已是人去楼空了。柳生大惊失色，问遍附近邻居，终无一人知道她们的去向。这时太阳已经偏西，柳生心急如焚，形色懊丧，郁郁而返。

半路上有辆车从旁边经过。忽见那车的窗帘被掀开，里面有人问："柳郎怎么来迟了？"一看，正是崔老太太。柳生惊喜地问："你这是到哪里去？"老太太笑道："肯定在怀疑我是个骗子吧？咱们分手后，正好赶上有方便的车子，忽然想到先生本是旅居此地，操办起来也不容易，所以就干脆把女儿送到你船上去了"。柳生请老太太回车一起去船上，老太太执意不肯。柳生有些慌张不能确信，急忙奔到船上，那姑娘果然和一个丫鬟已在里面了。看到柳生进来，姑娘满脸含笑迎上前来。柳生发现她穿着翡翠绿袜，紫色绣鞋，与那次船上的那个侍女，打扮得一模一样，心中觉得奇怪。于是柳生前前后后上下打量她。姑娘笑着说："你一个劲儿地盯着我看，是平生从没见过我这样的吗？"柳生索性低头仔细查看，居然看到那袜子后面分明还有牙齿咬过的痕迹，便惊呼道："你就是织成？"姑娘小手捂着口，只是微笑。柳生长长作了个揖，请求道："你如果真是那位仙女，还请早早明说，免得我捉摸不定，心烦意乱。"姑娘说："实话告诉您，先前您在船上遇到的那位大王，正是洞庭君。他仰慕您的才学，当时就想把我送给您。只因我一直受王妃宠爱，所以他要回去与王妃商量一下。现在我来到您的身边，正是遵从了王妃的意思。"柳生大喜，洗手烧香，向着洞庭湖深深拜谢，随后便与织成一同回了家。

后来，柳生又要去武昌，织成请求一同前往，顺便回娘家问安。到了洞庭湖后，织成拔下头钗投进水中，忽然便见一条小船从湖中冒出来，织成一跃身跳到那小船上，就像鸟儿飞落，转眼的工夫就不见了。柳生坐在船头，眼睛紧紧盯着小船隐没的地方凝神期盼。不久，远处驶来一条高大的画楼彩船。那船走近时窗子突然被推开，接着好像看到一只彩鸟飞过，原来织成已经回到了柳生身边。又有人从楼船窗口传递、投掷过来许多丝帛金器珠宝，都是王妃所赐。从此，每年这么探视一两次，成了习惯，所以柳生家珠宝多得数不胜数，每拿出一件，都是官宦世家也不认识的。

42. 翩翩

罗子浮是山西邠州人,父母都去世很早,他从八九岁起就跟着叔父罗大业生活。罗大业在朝中任国子祭酒,有很多金银绸缎,可是没有儿女,待子浮就像亲生孩子一样。

罗子浮十四岁那年,受坏人引诱去逛妓院。正巧有个南京来的妓女到邠州,罗生很爱她,被她的美貌迷住了。后来,这妓女回南京,罗生偷偷地随她逃走了。在妓院住了半年,罗生把带的钱全花光了,妓女们对他冷讽热嘲,但也还没有立即赶他走。不久,他长了大疮溃烂了,臭味熏天,沾染床褥,就被妓院撵出来。子浮在街上讨饭,人们一看见他就远远躲开。

他害怕自己死在外乡,于是一路讨饭向西走。一天走三四十里路,渐渐来到邠州地面,他想起自己破衣烂衫,脓臭扑鼻,觉得没有脸面回家,就在城郊转悠。天黑了,见山前有座庙,想进去住宿。这时走来一个姑娘,容貌美艳似仙女。姑娘问他:"你到哪儿?"他照实说了。姑娘说:"我是个出家人,住在山洞里。你可以去住宿,就不怕虎狼了!"罗生很开心,就跟她去了。

子浮走进深山,看见一座洞府,近门横流一条小溪,上面架着一座石桥。又前进几步,有两座并排的石头房屋,里面锃明瓦亮,不须灯烛。姑娘让罗生脱掉衣裳,跳进溪水里洗澡,说:"洗一洗,你的疮就好了。"洗完以后,姑娘又掀开帐子伸好铺盖,催他上床,说:"请快些睡下,我要为你做衣裳了。"就拿起类似芭蕉的叶子,裁剪缝纫。罗生躺下看她。不多时姑娘就把衣服缝好了,叠得整整齐齐,摆在床头上,说:"早晨起来穿上它。"说罢就在罗生对面的床上睡了。罗生从洗过澡,也没有再觉得疮疼。睡醒以后一摸,疮面结了一层厚痂。

第二天早晨起床,罗生怀疑芭蕉叶不能穿。他拿起来细看,那衣服竟是绿色绸

缎，光滑极了。一会儿，姑娘准备饭菜，端来从山上摘的树叶，说它是饼。罗生一尝，果然是饼。姑娘又把树叶剪成鸡、鱼，经过烧煮，都同真的一样。墙角里放着一个坛子，装的是美酒，常一再倒出来喝。酒减少了，姑娘就提来溪水灌满，又变成美酒。几天以后，疮痂全脱落了，罗生就求姑娘和他同睡，姑娘说："轻薄的家伙，刚有个地方住下就胡思乱想。"子浮说："算暂且报答你的恩情吧！"于是二人同床，十分快乐。

　　一天，有个少妇笑吟吟地走来，说："翩翩啊，你个小鬼头可快活死啦！你这薛姑子好梦什么时候做成的？"姑娘欢迎她，笑着说："花城娘子，你的大驾好久没有光临，今天西南风紧，把你吹送来啦！小哥儿抱着了吗？"说："又是一个小丫头！"翩翩开玩笑说："花娘子，你可真是个瓦窑啊！怎么不把她抱来？"说："刚才哄她睡了！"翩翩热情招待花城，三个人坐下来饮酒。

　　花城看着罗生说："小郎君烧了高香啦！"罗生瞧她有二十三四岁年纪，姿容还很姣美，从心里喜欢她。他削水果皮，不小心把水果掉在桌下，就借着拾果子，偷偷地捏花城的脚尖。花城咧嘴一笑，却眼望别处，装不知道。而罗生却心中恍惚，神魂飘荡起来。又立刻感觉身上凉飕飕的，不由向身上一瞅，衣服变化成黄色的树叶。他几乎吓煞，急忙收心端坐，过了一会儿，那树叶才渐渐变回去。他暗自庆幸两位姑娘没有看见这变化。一会儿，罗生趁向花城劝酒，轻搔花城那白嫩的小手。花城照旧和翩翩说笑，好像是没有感觉到。可是罗生却心里乱扑腾，惊恐不安，于是衣服又变成黄叶。过了一阵儿才变回去。他因此羞红了脸，消除杂念，不敢再痴心妄想。花城笑着对翩翩说："你家这小郎子，太不老实！要不是你这个醋葫芦娘子，恐怕他要狂得跳到云彩眼儿里去了！"翩翩也跟着她嘲笑，说："薄情郎！就该眼看他活活冻煞！"说罢，她和花城都拍手大笑。花城要走，说："怕小丫头醒了会哭断肠呢！"翩翩也站起来，说："你贪图勾引别家的男儿，想不起来小江城泣哭欲绝！"花城走后，罗生担心要挨责备，翩翩却待他和平时一样。

　　不久，到了深秋，天气渐凉，树叶凋零。翩翩收集落叶，储存好吃的，准备过冬。她看罗生衣单寒冷，就拿来包袱皮儿，抓取洞口飘动的白云，为他絮在夹衣里。罗生穿着感觉像棉衣一样温暖，而且特别轻便柔软，常穿也像新絮的一样。过了一年，翩翩生了儿子，儿子聪明，又是个俊娃娃，罗生和翩翩每天在洞里逗孩子取乐。

罗生有时想家，求翩翩和他同去。翩翩说："我不能跟你走。若是非走不可，你就自个儿回去！"可子浮舍不得，时间就拖下来了。一转眼就是两三年，孩子渐渐长大，翩翩就和花城结成儿女亲家。罗生因为叔父年老，放心不下，翩翩说："叔叔固然年事已高，好在身体还强健，不必挂念。等保儿成了亲，愿去愿留，随你的便。"

翩翩在洞里，常用树叶写书，教儿子诵读。保儿看上一遍就能明白。翩翩说："这孩子长得福相，叫他到人间去，不愁做大官！"没过多久，保儿长到十四岁。花城亲自送女儿来完婚。小江城打扮得十分艳丽，光彩照人。罗生夫妻高兴非常，大摆筵席，全家欢饮。翩翩拔下头上的金钗，打着拍子高声歌唱道："我有好儿子，不羡慕贵官；我有好儿媳，不羡慕绫罗绸缎；今晚聚会，都要尽兴为君敬杯酒，劝君多加餐。"饭后，花城回家，翩翩让保儿夫妻住在对面石室里。新娘子很孝顺，依恋在公婆身边，就像翩翩的亲生女儿。

罗生又想回老家。翩翩说："你长了一身世俗骨头，终归修不成仙。保儿也是富贵道上的人。你可以把他带走，我不耽误他的前程。"新娘子想向母亲辞别，花城已经赶来。儿女和两个母亲恋恋不舍，各自眼里泪汪汪的。两个母亲安慰他们说："暂且回去。还有机会回来。"翩翩拿来树叶，把它剪成三头毛驴，让他们分别骑上回了邠州。罗大业已经退休在家，以为侄子已经死了，见罗生从外面带来英俊的孙子和漂亮的媳妇，开心极了，像得到珍宝。三人进家，各人细看自己的衣服，都变成了芭蕉叶，撕破以后，里面的棉絮变成白云，朵朵升空，就都换上新衣。

后来，罗生十分想念翩翩，带领儿子一道去探望。走进深山，竟然满路黄叶，白云弥漫，洞口已经找不到了，只得洒泪而回。

43. 阿纤

　　奚山是山东高密人，以贩卖货物维持生计，常常来往于蒙阴、沂水一带。一天，途中遇雨耽搁了，等到达往常投宿的地方时，已是深夜。他敲遍旅店的门，没有应声的。奚山只好在屋檐下徘徊。忽然两扇门开了，一个老人出来，请他进去。奚山喜出望外，就拴好驴子跟老人进去了。走进院子里面，见堂屋里没有桌椅床铺。老人说："我可怜你没地方过夜，所以让你进来。我本不是卖饭卖酒的。家中人口不多，只有老伴和女儿，她们已经睡熟了。虽有剩饭剩菜，但没人来热饭，不要嫌弃将就着吃点冷的吧。"说完，走进里屋。不一会儿，老人拿出矮凳来放在地上，请客人坐。接着他又进去搬出一张矮脚桌子来。他迈着小步子出来进去，看样子十分劳累。奚山看着过意不去，坐立不安，拉住老头儿请他不要忙活。

　　一会儿，有个女郎端着酒菜出来，老头儿看着她说："我家的阿纤起来了。"奚山一看，女郎有十六七岁，身材苗条，秀丽柔弱，颇有风致。奚山有个小弟弟还没结婚，心里便有了撮合他们的意思。于是询问老头儿的姓名，答道："姓古，名士虚。子孙都夭折了，只剩下这个女儿。刚才不忍心打搅她睡觉，想必是老伴叫起她来的。"奚山又问："姑爷是谁呢？"古老爷子回答："还没有许配人家。"奚山听了暗暗高兴。接着各种酒菜果品摆上桌来，像是早有准备。奚山吃完后，恭敬地向老头儿致意，说："我与你素不相识，却受到如此厚待，我一辈子也不会忘记。因为老先生品德高，才敢冒昧地提个鲁莽的请求：我有个小弟三郎，今年十七岁了，未能完成学业，但也不很愚笨。想跟您攀亲，不知是否嫌弃我家贫寒微贱？"老头儿高兴地说："老夫在此也是侨居。如果小女有此依托，就借你家一间房子，把家搬过去，也免得我牵肠挂肚。"奚山全都答应下来，便起身道谢。老人殷勤地将他安顿好就离开了。鸡叫天亮以后，老头儿出来，招呼客人洗漱。奚山收拾好行李，付给老人饭钱，老人坚决推辞，

说:"留客人吃顿饭,万万没有收钱的道理,何况还攀了亲呢?"

奚山告辞以后,为生意忙活了一个多月,才又回到这里。离村子一里多路,遇到一位老太太领着一位女郎,都身着素白的衣帽。奚山走近一看,觉得那女郎像是阿纤。女郎也频频回过头来看奚山,又拉拉老太太的衣袖,附在耳朵上不知说些什么。老太太便停下脚步,朝着奚山问:"先生姓奚吗?"奚山连声答应。老太太凄惨地说:"我家老头子不幸被倒塌的墙砸死了,现在我俩正要去给他上坟。这会儿家里没人,请你在路旁稍等,我们马上就回来。"便走进墓林。两人好长时间才回来。这时路上已经昏暗下来,奚山便与她们一起走。老太太说到家中孤寡幼弱,不觉伤心落泪,哭出声来,奚山也很同情她们,感到很心酸。老太太说:"这地方人情很不和善,我们孤儿寡母度日很是困难。阿纤既然已和你家定亲,过了今天恐怕又要耽搁下去,不如今晚就一同到你家去。"奚山同意了。

到了古家,老太太掌灯招待客人吃过饭,对他说:"我们猜想你快要来了,把存粮卖掉一些,还剩下二十多石,路远也没人叫买主来。你向北走四五里路,村子第一道门里有个叫谈二泉的,他便宜是我的买主。你别怕辛苦,先用你的驴子运一口袋去,敲开门告诉他,就说南村古姥姥有几石粮食,要卖掉作上路的盘缠,麻烦他赶牲口来一块运走。"说罢便把一口袋粮食交给奚山。奚山赶着驴子来到北村,敲门后出来一个大肚子男人。奚山把事情的原委告诉他,就放下粮食先回来了。不久,又有两个人赶着五头骡子来到。老太太领奚山到存粮的地方,原来是个地窖。奚山下去用斗量粮食,老太太装袋,女郎收扎。顷刻就把粮食装满口袋,交给来人运走。一共运了四次,才把粮食运完。然后来人交给老太太银子。老太太留下一个仆人和两头骡子,收拾行李便向东而去。

走了二十里路,天才放亮。来到一个集市,她租了牲口,谈家的仆人才回去。到家后,奚山把定亲的事向父母说了一遍。两家相见,十分高兴。奚家便让老太太居住另一宅院,挑好日子为三郎和阿纤完婚。古老太太为女儿置办的嫁妆十分齐备。阿纤沉默寡言,性情温和,有人和她说话,她只是微笑。她纺线织布,一刻不停。因此全家上下都怜爱她。她叮嘱三郎说:"你去跟大哥说,再路过西边时,不要提起我们母女。"

过了三四年,奚家更加富裕,三郎也考中了秀才。一天,奚山在古家原先的邻居

191

家中留宿，偶然提到那年没处过夜，投宿古家的事。主人说："客官弄错了。东邻是我伯父的宅第，三年前，住的人总是见些怪异的事情，所以很久空着没人住了，哪里会有老头老太太留你住宿？"奚山非常吃惊，但还是不大相信。主人又说："以前这宅子空了十年，没人敢进去。一天，宅子的后墙倒塌了，我伯父去看时，发现石块下压着一只像猫那么大的老鼠，尾巴还露在外边摇动。他急忙回来喊人一起去，可赶到那里时老鼠已不见了。大家都怀疑那东西是妖精。十几天后，又进去查看，静悄悄的并没什么动静，又过了一年多，才有人住。"奚山听了，越发觉得奇怪。奚山回家后与家人私下议论，怀疑阿纤不是人，暗暗为三郎担心。但三郎仍像往常一样深深地爱着阿纤。

家里人纷纷猜疑议论，时间一长，阿纤有些察觉，便夜里对三郎说："我嫁给你这几年，未尝做过不合妇德的事。现在家里人不把我当人看待，请你给我写一封离婚书，这样你可以再去找个好媳妇！"说着，她的眼泪就流了下来。三郎说："我的心你应该知道。自从你进了我家门，家里的日子一天比一天富足，大家都说是托你的福，怎么会有别的话呢？"阿纤说："你没有二心，我当然知道，但人言可畏，怕免不了像秋后的扇子一样被抛弃了。"三郎再三安慰劝解，她才破涕为笑。奚山心里老犯嘀咕，天天找善捕鼠的猫，想来试探阿纤的反应。阿纤虽不害怕，但皱着眉头，很不开心。一天傍晚，她称母亲得了小病，想要告别三郎去看望服侍。第二天早上，三郎前去探问，发现屋子里已经空空如也。三郎很担心，派人四下查找，但却毫无消息。他心中七上八下，饭吃不下觉睡不着。但父亲和哥哥却都为去了一块心病而庆幸，轮番劝慰他，准备为他续娶。但三郎很不乐意。苦等了一年多，全无音讯。父亲和哥哥又时常讥诮责备，三郎不得已，花重金买了个侍妾，但他心里还是思念着阿纤。

又过了几年，奚家渐渐贫困，于是大家又都怀念起阿纤来。三郎有个叔伯弟弟奚岚因事到胶州去，绕道到表亲陆生家住宿。晚上听到邻居有人哭得非常哀痛，当时也没顾得上打听。办完事返回仍住在陆家，又听到哭声，便问主人是什么原因。陆生答道："几年前，有寡母孤女租了这间房子住下。上个月老太太死了，只剩下姑娘一个人，她举目无亲，因此悲伤。"奚岚问："这个女子姓什么？"陆生说："姓古。但这家常常关门闭户不和邻里来往，所以不清楚她的家世。"奚岚惊讶地说："她是我嫂子啊！"说完便去隔壁敲门。门内有人擦着眼泪出来，隔着门问："来客是谁？我家一直没有男人。"奚岚从门缝里窥看辨认，果然是嫂子，便说："嫂子开门，我是

叔叔家的阿遂。"阿纤听了，开门让他进去，向他诉说孤苦情状，心情凄怆悲凉。奚岚说："我三哥想你想得很苦，夫妻之间就算有些矛盾也是寻常，为何要远远逃到这里来？"说着马上要雇车子和她一道回去。阿纤伤心地说："我是因为别人看不起我们，才和母亲一起到这里隐居的。现在又回去依靠人家，谁会不给我白眼呢？如果想让我再回去，除非和大哥分家。不然的话，我宁愿服毒一死！"

奚岚回家告诉了三郎。三郎连夜赶去，夫妻相见，都伤心落泪。第二天，阿纤告诉房东说要走了。当初房东谢监生看到阿纤漂亮，暗地想收她作侍妾，所以这些年都不收她们房钱。他多次向古老太太暗示，但都被拒绝了。老太太死后，谢监生暗暗庆幸机会到了。谁料又突然出来个三郎，不胜气恼，于是他便把几年的房钱累计起来，要阿纤一次还清，想以此为难他们，三郎家本不富裕，听说要交上很多钱，面露愁色。阿纤说："不要紧。"她领三郎去看仓房的存粮，大约有三十多石，偿还房钱绰绰有余。三郎高兴起来，告诉了谢监生。谢监生有意刁难，不要粮食，一定让他们偿还现钱。阿纤叹气说："这都是我命中的恶障啊！"于是将谢监生图谋不轨的实情告诉了三郎。三郎大怒，要到县里告他。陆生劝住他，替他们将粮食分给街坊，收了钱偿还谢监生，然后用车送二人回家。

三郎将阿纤的要求如实告诉父母，跟大哥分了家。阿纤拿出私房钱，连日建造粮仓，但家里却没有一石粮食，众人都感到奇怪。过了一年多众人再去看，仓里粮食已经满了。不出几年工夫，三郎家变得很富有，而大哥奚山家却很贫穷。阿纤把公婆接过来供养，并常拿钱粮周济大哥，逐渐也习以为常了。三郎高兴地说："你可以算得上是不念旧恶了。"阿纤说："他的本意也是出于爱护弟弟。再说，要不是他，我哪有缘分认识你三郎呢？"后来再也没有发生什么怪异的事。

44.石清虚

　　邢云飞是河北顺天府人氏，他平生最喜爱石头。他只要看见好石头，就不惜花大价钱买下来。一天，他偶尔到河边打鱼，发现有东西把网挂住了，就潜入水中将那东西取了上来，一看是块直径一尺左右的石头。只见这石头四面玲珑剔透，峰峦叠秀。他不禁欣喜若狂，如同得了奇珍异宝一样。回到家以后，邢云飞用紫檀木为那石头雕刻了一个底座，然后把它供奉在桌子上。每逢天要下雨，那石头的每个小孔里就飘出白云，远远看去就像有崭新的白棉絮塞在那些小孔里一样。

　　有个有权有势的恶霸听说了这件事，就登门要求观看石头。看过以后，那恶霸竟把石头拿起来交给一个剽悍的随从，然后骑上马就跑了。邢云飞眼睁睁地看着心爱的石头被抢走，无可奈何，只能捶胸顿足，空怀悲愤。那恶霸的随从背着石头来到河边，放下石头想在桥上休息一会。突然随从一失手，那石头掉进了河里。恶霸大怒，就用鞭子狠抽了那随从一顿，随即拿出钱来雇用水性好的人到河里打捞。可无论用什么办法搜寻，竟再也见不到那石头的一点踪影。恶霸就贴出一张悬赏打捞的告示，然后离去了。

　　从此，这河里每天都挤满了前来打捞石头的人，但始终没人能捞到那块石头。后来邢云飞来到石头落水的地方，面对流水十分伤感。突然，他看到河水清澈见底，那石头原来就在水中。邢云飞大喜过望，连忙脱去衣服潜入水中，将石头抱上岸来，只见那紫檀木底座还在上面。邢云飞将石头带回家后，不想再把石头供奉在厅堂上，就把里屋打扫干净，将石头供奉在里面。

　　一天，有一位老人来敲门，请求看看那石头。邢云飞就假称那石头已丢失好久了。老人笑着说："它不是被放在客厅了吗？"邢云飞就请老人进客厅查看，以证实那石头确已不在。进了客厅后，却见那石头果然摆放在桌子上。邢云飞仓促间惊诧

得一句话也说不出来。老人抚摸着石头说："这是我家里的旧物，丢失已经很久了，现在才知道它原来是在这里呀！既然我已见到它了，就请你把它还给我吧。"邢云飞非常窘迫，就与老人争辩，说自己是石头的主人。老人笑着说："既然是你家的东西，那你有什么可以证明呢？"邢云飞回答不上来。老人说："我却早就认识它：这石头前后共有九十二个小孔，其中有个大孔中写有五个字，即'清虚天石供'。"邢云飞仔细一看，大孔中果然有五个小字，那字细小得如同小米粒，需要用尽眼力去看才可以辨认清楚。邢云飞又数了数石头前后的小孔，果然正如老人说的那么多。邢云飞无言以对，但仍不肯把石头还给老人。老人笑笑说："也不看看这是谁家的东西，它能凭你做主吗？"说完，拱拱手就走了。

邢云飞把老人送到门外，返回后就发现石头已不在原处了。他不由得大惊失色，怀疑是老人拿走了，就赶快追上去。只见老人步履蹒跚，并没有走远。邢云飞跑上前去，抓住老人的衣袖，哀求老人别把石头带走。老人说："这就奇怪了，尺把见方的石头，难道可以攥在手里、藏在衣袖里吗？"邢云飞知道老人是神仙，就把老人硬拉回家来，然后长跪在地，请求老人把石头赐给他。老人就问他："石头究竟是你家的呢，还是我家的呢？"邢云飞回答说："它确实是您老人家的。只求您能割爱，恩赐于我。"

老人说："既然你这样说，石头就依然还在你这里。"邢云飞返回里屋，见石头确实已放在原处了。老人说："普天下的宝物，应当给予那些爱护珍惜它们的人。这块石头，能自己选择主人，我也很高兴。不过它那样急着自己显露于世，出来得就早点了，它的灾难就没有消除掉。我实际上是想先把它拿走，等到三年以后，再把它奉还给你。既然你一定要把它留下，那么就得减你三年寿限，这样它才可以与你相伴始终，你愿意这样吗？"邢云飞说："愿意。"老人就用两个指头捏住石头上的一个小孔，那小孔软和得如同湿泥，随手就闭合上了。关闭了三个小孔以后，老人说："石头上小孔的数目，就是你能活的岁数。"说完就要告别离去。邢云飞苦苦挽留，然而老人决意要走。邢云飞又问老人姓名，老人也不肯回答，就走了。

过了一年多，邢云飞有事到外地去了。夜里有个小偷溜进邢云飞的里屋，什么东西都没拿，只把石头偷走了。邢云飞回来发现石头被窃，难过得快要死掉了。他四处察访，想要用钱把石头赎回来，可那石头却没有一点点踪迹线索。

又过了好几年，邢云飞偶然进了报国寺，看见一个卖石头的人，走近一瞧，那石头正是自己被盗走的那块宝石。邢云飞便上前辨认，要取回那石头。卖石头的人不服气，就把石头背到了官衙。当官的问："你们各有什么凭据来证明石头是自己的？"卖石的人能说出石上小孔的数目。邢云飞问卖石人是否还知道别的？卖石人说不出来。邢云飞就说出了大孔中有五个字，还有三个指头压的痕迹。于是，邢云飞打赢了官司。当官的要用棍子责打那卖石人，卖石人就说那石头是自己用二十两银子从集市上买来的，当官的就放了他。邢云飞带着失而复得的石头回了家。到家后，他用丝绸把石头包起来，珍藏在木匣中。此后，他时不时地将石头取出来赏玩一番，每次赏玩，都是先点上一炷香，然后再恭恭敬敬地将石头从匣中取出来。

有一位尚书，想用一百两银子来买这块石头，而邢云飞却说给一万两银子也不卖。那位尚书一听大为恼火，暗地编造罪名陷害他。邢云飞就被抓了起来。家里人只好用田产作抵押来保他。这时，那个尚书委托别人把想要那块石头的意思透露给邢云飞的儿子。儿子就把这事告诉了邢云飞，邢云飞却表示宁愿为石头而死。他妻子私下里与儿子商量了一下，就把石头献给了尚书家。邢云飞出狱后才知道了这件事，就又是骂妻子，又是打儿子，三番五次地要上吊自杀。多亏家人发现救下，才没死成。

一天夜里，邢云飞梦见一位男子来到，自称名叫"石清虚"。这个男子劝邢云飞不要难过，说："我只不过是与你暂时分别一年多罢了。到明年八月二十日黎明时分，你可以到海岱门那儿，花两贯钱把我赎回来。"邢云飞做完这个梦，喜不自胜，很认真地记下了那个日子。而那块石头自从放在尚书家里，就再也没有出现石孔生云的奇异景象。时间长了，尚书就对石头不太珍视了。第二年，尚书因犯了罪被革职，不久就死了。邢云飞按梦中所指示的日期按时来到了海岱门，果然看见尚书的家奴将石头偷出来，要找一个买主。邢云飞就用两贯钱将石头买回了家。

后来，邢云飞活到八十九岁，就自己准备好了棺材，又嘱咐儿子他死后一定要用石头给他陪葬。这一切安排停当后，他果真就死去了。他儿子按照他的遗嘱，将石头一起埋在墓中。

过了半年左右，有盗墓贼把邢云飞的坟墓扒开，将石头偷走了。邢云飞的儿子知道后，也没有办法追查寻问。过了两三天，他带着仆人走在路上，忽然看见两个人大

汗淋漓跌跌撞撞地跑到跟前，望着天空自行告饶说："邢先生，别紧逼我们了。我们两个人将石头偷去，只不过卖了四两银子罢了。"邢云飞的儿子就把这两个贼绑起来送到官衙里，当官的一讯问，他们就全招了。

　　当官的询问石头的下落，他们说卖给了一个姓宫的。待把石头从宫氏那里取回来，当官的一看，非常喜欢，拿在手里不住地把玩，他想把这石头据为己有，就说先把这石头寄放在库里。手下人捧起石头刚要走，那石头忽然掉在地上，碎成好几十块，在场的人无不大惊失色。当官的就狠狠打了两个盗墓贼一顿，然后把他们放了。邢云飞的儿子将破碎的石头捡起来，仍然埋在了父亲的墓里。

45. 莲花公主

　　胶州有位书生，姓窦名旭，字晓晖。一天，他正在睡午觉，看见一个身穿褐色衣服的公差，站在床前。那人晃来晃去，惶恐地向四下张望，像有话要说。窦生问他有什么事，回答说："相公请你屈驾光临。"窦生问："相公是谁？"说："就在邻近。"窦生便跟随他出去了。

　　转过墙角，被带领到一个地方。这里楼阁重叠，一座连着一座。拐了一个弯，又是一个弯，感觉那门户成千上万，跟人世间大不相同。又见很多宫人女官，来来往往，见了那公差以后都问："窦郎来了吗？"他一一答应。一会儿，一位贵官出来十分恭敬地迎接。来到厅堂，窦生问："平素没有交往，也就没有来拜望。承蒙你的热情接待，这到底为了什么？"贵官说："我家国王因为先生的家族清廉，世代品德高尚，极为钦佩爱慕，很想会见你。"窦生更加惊疑，问："你们国王是谁？"回答说："等一会儿你就知道了！"

　　不久，迎面走来两位女官，各人手里拿了一面旌旗，引导窦生向里走。跨过两重门，只见殿堂上坐了一位国王打扮的人。他望见窦生进殿，走下台阶迎接。双方行宾主礼，然后同入筵席。酒菜十分丰盛。窦生仰头看殿上，见有一块匾，上刻"桂府"二字。窦生心里局促不安，不知道该说什么好。国王说："我们很荣幸同你家是近邻，说明咱们缘分深厚，你就该敞开胸怀，不要疑虑拘束嘛。"窦生连声说"是"。酒过数巡，殿下吹笙唱歌，锣鼓不动，乐声幽远清细。一会儿，国王忽然看了看左右两旁的人说："朕说一句上联，烦请你们对下联。上联是'才人登桂府'。"众人正在思考，窦生就回答说："君子爱莲花。"国王很高兴，说："奇妙呀！莲花是公主的小名，怎么对得这样恰切！难道这不是前世的缘分吗？去向公主传话，不能不出来会见窦公子。"

　　过了一会儿，听见环佩叮叮当当的声音，越来越响，浓烈的兰麝香气袭来，公主

到了。公主有十六七岁，美丽无比。国王命她向窦生行礼，并对窦生说："这就是我小女儿莲花。"公主行过礼就走了。窦生见她以后，神魂飘荡，木偶般呆坐着，一门心思想着公主。国王举杯劝酒，他大睁两眼竟然没看见。国王似乎觉察了窦生的心意，就说："小女同你般配，但是和你不是同类，我深感惭愧。你看怎么好呢？"窦生这时正心情怅惘，好像傻子一样，又没听见。

有位大臣靠近窦生，暗中踩一下他的脚，说："大王举杯敬酒你没看见，大王对你说话你没听见吗？"窦生一惊，稍微清醒，还迷迷糊糊，像丢了什么东西，惭愧地离开座席，说："臣蒙厚待，不觉喝醉了，失了礼节。请求您的宽恕。大王日夜为政事操劳，臣就告辞吧！"国王站起来说："见到你，我非常高兴，为什么你这么仓促就要走呢？既然不愿意住下，我也不敢强留。如果以后你还想念这里，我就再邀请你。"就命太监带领窦生出来。在路上，太监对窦生说："刚才大王说公主同你般配，似乎是想招你为驸马，你怎么不说话呀？"窦生后悔得直跺脚。他越想越悔恨。回到家后，他忽然有些清醒了，夕阳已残，坐在一片昏暗中回想，梦中情景历历在目。晚上吹灭蜡烛睡觉，盼望寻回旧梦，继续做下去，但是好梦幽远，他只有悔恨和叹息的份了。

一天夜里，窦生和朋友同床睡觉，忽然上次梦里送他的太监向他走来，传来国王请见的诏令。他很高兴，跟随前去，见了国王就磕头。国王把他拉起来，让他坐在一边，说："离别以后，我知道你对我这里念念不忘，十分眷恋。我冒昧请求，想让小女儿和你成亲，你不会太嫌弃吧？"窦生立刻磕头谢恩。

国王命令大臣们奉陪他饮酒，当快要喝完的时候，一个宫娥走来，说："公主梳妆完毕！"一会儿，数十名宫娥簇拥着公主出来。公主以红锦盖头，脚步轻盈，被搀扶到红毡上，同窦生交拜成婚。然后把他俩送回洞房。洞房里不冷不热，极为芳香光润。窦生说："有你在眼前，真使我乐得忘掉一切了！只怕今天的境遇仅是做梦吧！"公主捂着嘴笑了，说："明明是我和你，哪里是梦呀！"第二天早晨起来，窦生为公主梳妆，用带子量她的细腰，伸开手指量她的小脚。公主笑着问他："你疯了吗？"回答说："我总被梦境欺骗，所以我要仔细记住，如果又是梦，也便于我回想得更具体生动些。"

窦生正同公主嬉笑，一个宫娥跑进来说："有妖怪闯进宫门，大王到偏殿里躲避，危险要来了！"窦生大惊，快步去见国王。国王拉着他的手说："你不嫌弃我家，

刚想永结为好，谁想祸从天来，国家就要覆灭了，怎么办才好呢？"窦生吃惊地问什么缘故，国王从桌子上拿起奏章交给他看。奏章里写道：含香殿大学士臣黑翼上奏，有非同寻常的妖怪来袭，请早日迁移国都，以保障国家命脉大事。据宫门卫官报称：自五月初六日，来一千丈长的大蟒，盘踞宫外。其吞吃宫内外臣民一万三千八百余口。所过之处，宫殿都成废墟……臣奋勇向前探察，确实望见妖蟒。其头如山岳，眼似江海，一抬头殿阁尽吞没，一伸腰楼墙全压倒。真是千古没见过的凶怪，万代不遇的惨祸。国家危亡，就在眼前，乞求皇上及早率领宫内眷属，迅速迁居安乐乡土……

窦生看后，吓得面色如土。接着有宫人跑进来禀报："妖怪来啦！"于是殿堂里一片哭喊，凄惨气氛遮天盖地。国王仓促间不知怎么是好，只是哭着对窦生说："小女拖累你了！"窦生上气不接下气地跑回住处，公主正同宫娥们抱头哭喊，见窦生进来，牵着他的衣襟说："驸马怎么安置我呢？"窦生悲伤极了，拉着公主的手腕，想了想说："小生贫贱，惭愧没有华美的宫殿给你居住。只有几间茅屋，我们姑且跑去那里躲避一下，可以吗？"公主含着眼泪说："危急万分，还有什么可选择的？求你快带我走吧！"窦生就扶着她走出来。

一会儿，到了窦生家，公主说："这里可真是个安乐窝，比我的母国强多了！可是我跟你来了，父母去倚靠谁呢？请另建一处宅子，让全国人民都搬来。"窦生显得有些为难，公主大哭起来，说："不能在危急时相救，要你这驸马什么用啊！"窦生稍稍安慰她，两人就走进屋里。公主趴在床上直哭，劝也劝不下。窦生满心焦急，想不出办法。猛得醒过来，这才知道又做了一场梦。不过，耳边还有嘤嘤的哭声。仔细听去和人声不同，竟是两三只黄蜂在枕边飞鸣。他大叫："怪事！怪事！"朋友听他喊叫，就问他什么缘故。窦生说了梦情，朋友也觉得奇怪。两人起来一同去看黄蜂，只见黄蜂对窦生恋恋不舍，飞到衣服上，轻轻拂开，又飞回来。

朋友劝他为蜂筑巢。窦生照他的意见办，他督促工匠建造，刚竖起两道墙，蜂群就从墙外飞来，接连不断。房顶还没盖好，飞集的黄蜂就有斗大了。追踪它们的来路，竟是邻家老翁的旧园子。园子里有一窝黄蜂，已经有三十年了，繁殖得很多。

有人把窦生的事告诉老翁，老翁去园里看，见蜂窝外冷冷清清。打开蜂房，见一条大蛇盘踞着，有一丈多长，便捉住它杀掉。这时窦生才知道梦中大蟒就是长蛇。

黄蜂迁到窦生家，繁殖得更旺盛了。家里也没有再出现怪异的现象。

200

46. 阿绣

海州卫的刘子固，十五岁时到盖州去探望他的舅舅。看见杂货店里有个姑娘，长得美丽无双，他心里很喜欢她。

刘子固悄悄走到店里，假托自己要买扇子。于是姑娘喊她父亲。她父亲走出来，刘子固有些沮丧，故意讨价还价，借口离开了。他在远处向店里偷看，见姑娘的父亲外出，便又来到店里。姑娘又要去找她父亲，刘子固阻拦她说："不要找他。你只要说个价钱，我不还价。"姑娘听了他的话，故意提高价格。刘子固不忍心还价，付了钱便走了。

第二天，他又去杂货店，还同前一天一样。他刚离开店走了几步，姑娘边追边喊："你回来！刚才说错啦，说的价钱太高了。"就找回一半钱。刘子固更感激她诚实，有空就进店找她，两人也因此一天天彼此熟悉起来。姑娘问刘生："你家住哪儿？"刘子固照实回答，转问她姓什么。她说姓姚。刘子固临走时，姑娘把买的东西用纸裹好，然后用舌尖舔了下封口粘牢。刘子固揣在怀里带回去，不敢再动纸包，怕的是弄坏了姑娘的舌印。这样过了半个月，仆人发觉刘子固的行为，暗地禀告了子固的舅舅，两人商量后强迫外甥转回海州。刘子固闷闷不乐，把买来的香手帕、脂粉等密藏在箱子里，带回家，没有人的时候就关上屋门取出来看。他见物动情，一心想念姚姑娘。

第二年，刘子固又来到盖州。他刚放下行李就走向姚家的杂货店。走到一看，店门关得紧紧的，只得失望地回去了。他想也许是姑娘暂时外出，一时没有在店里，第二天一早他又去了，店门还是关着。他向邻家打听，才知道姚家原为广宁人，因为做生意不太赚钱，暂时回乡，不了解什么时间回来，听到这里他神情懊丧。在盖州住了几天，刘子固便无精打采地返回海州卫了。他母亲为他提起亲事，他每次都不同意。

母亲感觉他有些奇怪，便向他发脾气。仆人暗地把子固在舅舅家的事告诉主人，母亲对他约束便更严了。刘子固再想去盖州是不能了，他因此精神恍惚，心里不舒畅，饭吃不下，学也不去上了。母亲发愁，找不出办法，心想还不如顺从儿子的心愿。于是母亲当天就替他准备行装，使刘子固再去盖州。母亲并且让他向舅舅传话，请他托媒提亲。舅舅接受委托找到姚家，结果一个多时辰后就回来了，对刘子固说："事情办不成了，阿绣已经许配给一个广宁人了。"刘子固垂头丧气，灰心绝望。他回到海州卫，抱着盛香帕的箱子抽抽噎噎地哭泣在家中日日踱步，幻想天下有个姑娘跟阿绣样貌相似。

正好这天媒人来到刘家，说复州有个姓黄的女郎很美。刘子固怕不是真的，就亲自到复州。进了西门，见门朝北的一家，两扇门半敞半掩，里面有个女郎极像阿绣。子固定睛细看，那女郎边走边回头看他，走向里院。刘子固认为这一定就是阿绣，绝对没错，他心情十分激动，就在东邻租房子住下。向别人细细打听，知道门朝北那一家不姓姚，而是姓李。他不住地细想：天下真有这样相似的人啊！刘子固在复州西门里住了几天，没法和李家联系。他只是每天在李家门外瞪大眼睛向里看，盼望那女郎再出来。

一天，太阳就要落下山去，那女郎果然出来，忽然看见刘子固，回转身关门，用手向后指一指，又把手掌盖到前额，这才进去。刘子固高兴极了，但是一时不能理解女郎的意思。想了一阵子，他信步走到院后。只见后院是个宽大而荒芜的园子，西面有一道短墙，差不多齐肩高。于是他豁然醒悟女郎的手势，就在已沾有夜露的草丛中蹲下来。过了好久，有人自短墙上露出头来，小声说："来了吗？"刘子固应声站起来，仔细一看，真是阿绣！他激动得悲痛哭泣，眼泪直流。女郎隔着墙探过身来，拿手巾为他擦眼泪，十分亲切地安慰他。刘子固说："我千方百计不得如愿，自忖着这辈子没指望了，哪儿能想到还有今天。可是你是怎么来这里的？"女郎说："李家是我表叔家。"刘子固想让女郎跳过墙头，女郎说："你先回去，让仆人去别处睡，我自己会去找你的。"

刘子固听了女郎的话，独自坐在屋里等待。一会儿，女郎悄悄地走来，打扮得并不算太华丽，穿着过去的那套衣服。刘子固拉她坐下，一一陈述自己的艰难。接着又问："听说你已经许配人家，怎么没出嫁呢？"女郎说："说我接受了聘礼，这是胡

说。我父亲嫌去你家太远，不愿意和你家结亲。说受聘可能是你舅舅假托的，目的是让你死了这条心。"上床以后，两人亲昵欢乐，不可言传。到了四更天女郎匆忙起来，跳过墙头走了。刘子固从此就把找黄氏的事全忘了，一住半个月，也不说回去。

一天夜晚，仆人起来喂马，见刘子固屋里有灯光。仆人偷偷向里一看，看见阿绣，大吃一惊，但是他也不敢问主人。第二天，他早起到街上的商店里去打听了一番，才回来问刘子固："夜里和你来往的是谁啊？"刘子固起初不想告诉他。仆人说："这个院子僻静，正是鬼狐聚集的处所，公子应当自己爱惜自己。那姚家女郎，怎会来这里呢？"刘子固这才红着脸说："西邻是她表叔家，有什么可怀疑的？"仆人说："我已经打听得再清楚不过。东邻只有个孤老婆子，西家有一个小男孩儿，他们没别的近亲。你遇到的可能是妖怪。不然，怎么能穿着几年前的衣服至今没换呢？再说，她的脸色太白，两个脸蛋儿稍瘦，笑的时候没酒窝，不如阿绣漂亮。"刘子固反复思忖，越想越怕，说："这可怎么办呢？"仆人和他商量，等那女郎再来时拿刀砍她。

晚上，女郎来了，对刘子固说："我知道你已经怀疑我，可我也不为别的，只不过来了却彼此的缘分罢了。"话还没说完，仆人猛地推开门进来。女郎呵斥他说："扔下你的刀！快拿酒来，我同你主人话别。"仆人丢下刀，那样子好像刀是被别人夺去的似的。刘子固更害怕，硬着头皮摆好酒菜。女郎有说有笑，同平常一样，向刘子固说："我知道你的心事，也想尽力帮忙，你为何要埋伏下仆人来杀我呢？我虽然不是阿绣，却自以为长得不比她差。你看看，我不就是过去的阿绣吗？"刘子固一听，吓得身上的汗毛直竖，一句话也说不出来。女郎听到更鼓三下，举起酒杯，一饮而尽，站起来说："我走了。等你洞房花烛以后，再同你家美人比一比谁长得更美。"女郎一转身就不见了。

刘子固相信狐女的话，直接来到盖州，埋怨舅舅骗他，也不到他家住，而住在姚家的近邻，托媒人去提亲，送去丰厚的聘礼，姚妻说："我家小叔为阿绣在广宁找婆家，她和父亲都去了，成不成不一定。要等他们回来咱才能商量。"刘子固听她这么说，不禁犹豫，拿不定主意，只好耐心等他们回来。

刘子固这一住又是十几天，忽然一日听到要起战争的消息，开始还怀疑是随意传说，时间一长，风声更紧了，子固就整理行装回家了。半路上兵荒马乱，主仆二人失散，刘子固被军队的前哨捉去。前哨见刘子固是个文弱书生，对他看管不严，刘子

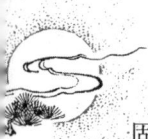

固便偷了一匹马逃跑了。他跑到海州的地界，见到一个姑娘，头发乱莲蓬的，满脸尘土，一瘸一拐，狼狈不堪。刘子固从她身边骑马经过，姑娘突然高声喊道："马上的人是刘郎吗？"刘子固勒马仔细一看，原来是阿绣。他心里还怀疑她是狐女，问："你真是阿绣吗？"姑娘说："你怎么这样说？"刘子固讲了自己的奇遇，姑娘说："我真的是阿绣。不是假冒的。父亲带领我从广宁回来，路上被兵匪俘虏，他推我上马，我却每次都掉下来。这时忽然一个女郎握着我的手腕，催我逃走。她带我在乱军里奔窜，也没有过问的。那女郎跑得飞快，我拼命撵也跟不上，跑百余步我就掉鞋子。我们跑了好久，听着人喊马叫的声音渐渐远了，她放下我的手说：'要分别啦！前面的路平坦安全了，你可以慢慢走。真心爱你的人就要来到，你应当和他一同回家。'"刘子固知道她遇到的是那位狐女，心里很感激她。刘子固给阿绣说了他之前留在盖州的缘故。阿绣说她叔叔为她找的女婿姓方，还没等到给聘礼就有了战事了。刘子固这才知道舅舅的话没有错。他把阿绣扶上马，两人骑一匹马回家。刘子固回到家，见母亲平安无事，十分高兴。他把马拴到院子里，进屋讲说阿绣的来历。母亲也很喜欢，帮阿绣梳洗。阿绣稍加打扮，容貌光彩照人。母亲更加高兴，说："难怪我这傻儿子做梦也忘不了你哟！"于是为阿绣安置被褥，让她跟自己同屋安歇。又派人到盖州，给姚家送信。过了不几天，姚家夫妇都来到，看好日子拜堂成亲以后才回去。

刘子固取出自己藏的箱子，原来的纸包还封得整整齐齐。打开一看，里面有一盒香粉变成红土。刘子固觉得奇怪。阿绣捂着嘴笑，说："几年前，我以假充真，你今天才发现吗？那时我见你随我包装，根本不管真假。所以这样同你开玩笑啊！"

两个人正在嬉笑，有一个女郎掀帘子进来，说："你们两人这么高兴，该谢谢媒人吧！"刘子固一看，又来了一个阿绣，赶紧喊母亲。母亲和家中人都来到，没有人能区分出哪个真哪个假。刘子固一回头，再看她俩，也分不清了。全家人仔细分辨了好久，才向假阿绣下拜致谢。那女郎要来镜子自己照了照，红了脸，快步跑出去，跟去寻找，已经不见了踪影。刘子固夫妇感激女郎义气，立了女郎的牌位供奉着。

一天夜晚，刘子固从外面喝醉酒回家。屋里昏暗，他便正独自坐在灯下，阿绣走来。刘子固拉着她问："到哪儿去了？"她笑着说："酒气熏人，叫人受不了！这样盘问，难道我到野外同别人幽会去了吗？"刘子固笑着捧住她的脸蛋儿。她问："你看

我跟狐姐姐谁漂亮？"刘子固说："你比她美，可是光看表面的人分不清。"然后把门一插，两个人亲昵起来。一会儿，有人拍门，女郎起来笑着说："你也是只看外表的人呀！"刘子固没明白什么意思，赶快去开门，是阿绣进来。他十分惊愕，这才醒悟刚才和他说话的是狐女。这时听见昏暗的角落里还有笑声。夫妻两人向空中祷告，乞求女郎现身，狐女说："我不愿意见阿绣。"两人又问她："你为什么不变成别人的容貌？"回答说："我不能。"问她："为什么不能？"回答说："阿绣前世是我妹妹。她因不幸早死。她活着的时候，和我跟随母亲上天，见到王母娘娘。我们心里暗中喜欢西王母的长相和动作，回去以后用心模仿。妹妹比我聪明，学了一个月就像得出奇。我学了三个年才勉强相像。可是到底不如妹妹更像她。现在已是又一世代，我自以为胜过妹妹了，不料还是像从前那样。我感觉你俩对我诚心实意，所以有时到来。现在我要走了。"于是便没再说话。

此后，狐女每隔三五天来一次。刘子固家遇到疑难事，她都帮助解决。当阿绣回娘家时，狐女就来刘家，有时住好几天还不回去。刘家人都怕她，躲避她。每逢家里丢了东西，狐女就打扮得很华丽，端端正正地坐着，头上插着几寸长的玳瑁簪子，向家里人严肃地说被人偷走的东西，要在夜间送到某处，不然小偷就头疼得厉害，不要自找后悔。天明，果然从那里得到。三年以后，狐女不再来了。家中偶然遗失财物的时候，阿绣就学狐女的打扮，坐在那里吓唬家里的人，也能次次见效。

47. 庚娘

金大用是河南一个世家的子弟。他娶了尤太守的女儿，名叫庚娘，庚娘长得漂亮，又很贤惠，他们夫妻之间非常恩爱。

因为遇到战乱，家族离散。金大用带领父母和妻子南逃。路上见一个年轻人也领着妻子逃难。那青年自称是扬州人，名叫王十八，愿在前面领路。金大用很高兴，就和他同行。来到河边，庚娘私下对金大用说："咱们别和那年轻人坐一条船。他多次盯着我，眼珠子乱转，脸色忽红忽白，怕是居心不良。"金大用心不在焉地应了一声。王十八很殷勤，代雇大船，代搬行李，辛辛苦苦，照顾得很周到。金大用不忍心推辞，又想这年轻人也带着妻子，该不会出别的问题。

王十八的妻子和庚娘住在一起，情意和神态温和柔顺。王十八坐在船头上和船工谈起来没完，好像彼此是熟识的亲友。不久，太阳落山，水路遥远，河面辽阔，分不清东西南北。金大用见环境幽暗险恶，心里很疑惑。一会儿，明月东升，见远近都是芦苇。船停了下来，王十八请金家父子出舱散闷，趁机把金大用挤下水。金父见后正要呼喊，船工抡篙就打，金父也跌进了水里。金母听见声音出舱来看，船工又把她打下水。这时，王十八才假意喊救人。适才金母出舱时，庚娘在后，早已暗中看清，知道一家人落水，也不再惊慌，只是啼哭，说："公婆都死了，我可到哪里去啊？"王十八进舱劝她说："娘子不必忧愁，请跟我到南京。我家有田地房产，很够享用的，保证你无忧无虑。"庚娘止住眼泪，说："这样，我就心满意足了。"

王十八非常高兴，殷勤地招待她。天又黑下来了，王十八拉着庚娘求欢。庚娘推托说来了月经。王十八这才到妻子那里去睡。那时已经过了初更天，王十八夫妻吵嘴，不知是什么原因。只听见妻子说："你这么干，怕要天打五雷轰！"王十八便拖拽她。妻子又说："我死了算了！我也实在不愿意当杀人凶手的老婆！"王十八气得

206

大声吼叫，把妻子揪出船舱，只听咕咚一声响，王十八接着吆喝，说他妻子跳河了。

　　不久，船到南京，王十八把庚娘领回家，到堂上拜见母亲。王十八的母亲见儿媳换了人，十分惊讶，王十八说："那个女子淹死了，这是我新娶的媳妇。"回到自己房里，王十八又要侵犯庚娘，庚娘笑着说："三十多岁的男子汉，还没有经历过男女之间的事吗？穷市民行婚礼，还有一杯酒水。你家这么富有，该也不难办到。两个人都头脑清醒，面对面坐着，成什么体统！"王十八喜滋滋的，摆了酒宴，要同庚娘对饮。庚娘手捧酒杯，一杯连一杯地劝酒，王十八渐渐醉了，说不能再喝了。庚娘又斟了一大碗，勉强装出娇声娇气，劝他再喝。王十八不忍心拒绝，就又灌进去。他醉得糊里糊涂，把身上脱得精光，催促庚娘睡觉。庚娘撤去杯盘，吹灭蜡烛，借口去小解，走出屋找来一把刀。进屋黑暗中她摸到王十八的脖子，王十八以为庚娘多情，还握住胳膊想要亲昵。庚娘用劲猛砍，王十八却没有死，叫喊着挣扎，庚娘又给他一刀，他这才死了。王母似乎听到喊声，赶来询问，庚娘就也把她杀死。这事被王十八的弟弟王十九觉察了，庚娘料定自己不免一死，也马上自杀。可是这刀有些钝了，还有个大缺口，割不进去。于是庚娘就打开门逃跑，王十九紧追不放，她跳进水塘自尽了。王十九喊来邻人救她，她却早已淹死了，只是容貌还同生时一样美丽。众人查看王十八的尸首，见窗台上有信，打开一看，原来是庚娘写的，信里从头到尾叙述了冤情。众人都觉得庚娘是烈妇，想募捐为她出殡。天明以后，有几千人来瞻仰，向她的遗容行礼。一天中募集了一百两银子。于是众人把她安葬南郊。热心人给她穿戴上珠冠袍服，陪葬的物品也很多，应有尽有。

　　当初，金大用被挤落河水，危急中抓到一块木板，漂浮水面，没有淹死。天快亮的时候，漂到淮河，被一条小船救去。这船是富户尹老先生为搭救落水人专门设置的。金大用醒过来以后，到老先生家致谢。老先生对他优礼相待，留他教儿子读书。金大用因为不知父母的下落，要去寻找，所以没有立即答应。一会儿，有人进来，向老先生禀报说："从河里打捞出一个老汉和老妇人的尸体。"金大用怀疑是他父母，跑去一看果然是。老先生代他买了棺木。金大用正在痛哭，又有人来报，说："从河里救出一个妇女，说姓金的是她丈夫。"金大用吃惊地擦干眼泪走出去，那妇女已经来到。她根本不是庚娘，而是王十八的妻子。她见了金大用就哭起来，哀求金大用不要嫌弃她。金大用说："我心里正一团乱麻，哪里有闲空照顾你啊！"王十八的妻子哭

得更悲痛了。老先生问明缘故，认为是上天报应，很欢喜，劝金大用收下她。金大用以为父母守丧而推辞，并且说将去报仇，怕细弱的女子累赘。王十八的妻子说："照你这么说，要是庚娘还活着，你能为了报仇和丧事就不要她么？"老先生觉得这话有道理，并表示愿意为金大用暂时收养王十八的妻子。金大用这才答应了，并择吉安葬父母。王十八的妻子披麻戴孝哭丧，像真的死了公婆一样。

丧事办完了，金大用怀里藏了钢刀，手里托着讨饭碗，要到扬州去。王十八的妻子阻拦他说："我姓唐，祖辈居住南京，跟姓王的那个豺狼是同乡。过去说家住扬州，是骗人的话。再说，江湖上的水贼，有一半是他的同党，你的仇报不了，只自找祸殃罢了！"金大用听后犹豫不决，不知怎样才好。忽然，传来百姓中有妇女杀掉仇人的新闻，它惊动了沿河百姓，连姓名都说得很清楚。金大用听后心里一阵痛快，却也更加悲伤。金大用就向唐氏辞谢说："幸亏我没有玷污你。我家有这样的烈妇，我怎么忍心再娶呢？"唐氏因为有言在先，那是定下来的事了，所以也不肯半道分离，愿意降低身份做妾。恰巧有个副将军袁公，和尹老先生是老朋友，那人正要出发西征，来探望老先生，他看见金大用以后，对他十分赏识，委任当了书记官。不久，流寇为乱，袁公在讨伐中立了大功，金大用因为参赞军务，论功行赏，被任命为游击将军。这时，金大用才同唐氏行了婚礼。

过了几天，金大用带领唐氏到金陵去，为庚娘扫墓。二人路过镇江，想去一游金山，船在长江江心荡漾，忽然迎面驶来一条小船。船里的乘客，是一个老妇人和一个年轻妇女。金大用瞧那年轻妇女很像庚娘，心里觉得奇怪。两条船交错而过，那妇女探身出窗，直看金大用，容貌神气更像庚娘。金大用满怀惊疑，却不敢贸然开口相问，就急忙大声吆喝道："看一群鸭儿飞上天啦！"那妇女听后也吆喝，说："馋小狗想吃猫儿腥吗？"这本是当年他们夫妻在闺房戏闹时的隐语。金大用听罢大吃一惊，赶快掉转船头靠拢小船，这才看清她真是庚娘！丫鬟去小船把庚娘扶过来，夫妻相见，抱头大哭，旅人们感动得也流下泪来。唐氏以对待正妻的礼节和庚娘见面。庚娘吃惊地询问，金大用细说了其中缘由。庚娘拉着唐氏说："同船一起闲话，常记不忘，没想到冤家对头成一家人了。承蒙你代我安葬公婆，我本该先感谢你，你怎么还向我行礼？"两人按年龄排次序，唐氏比庚娘小一岁，是妹妹。

那时候庚娘被埋葬了。她不知道过了多久，忽然听见有人喊，说："庚娘！你丈

夫没有死，还能重新团圆！"她像从梦中苏醒。四下一摸，周围是硬墙，才想起自己死后被葬。她感觉有点儿憋气，也没有别的不适。有一伙品行恶劣的年轻人，眼馋她陪葬的东西又多又精美，前来掘坟破棺，正要抢东西，见庚娘复活，都很害怕。庚娘怕他们杀害自己，哀求他们说："幸亏你们来了，使我又见天日。头上的银簪金环，请都拿走。希望你们把我卖到庙里当尼姑，还能再得到一点儿钱。我一定不对外人说。"盗墓贼向她磕头，说："娘子是贞节烈妇，是人和神都敬重的。我们几个小人，只不过因为日子穷得没法过，才干下这不仁义的事，只要你不对外张扬，我们就万幸了，怎么敢卖你作尼姑呢？"庚娘说："这是我自己乐意的！"又一个盗墓贼说："镇江的耿夫人守寡，又没儿女，如果见了娘子一定很高兴。"庚娘向他致谢，自己摘下珍贵的首饰，全都捧给他们。盗墓贼不敢要，庚娘非让收下不可，才一起行了礼接过去。于是他们让庚娘坐车到镇江，托言她乘船遇见狂风，迷失方向，无依无靠，把她送给耿夫人。夫人是大户人家，孤寡一人，独自过活，见了庚娘非常喜欢，把她当作自己的亲生女儿。

刚才是母女二人朝拜金山后回家。庚娘把这一经过告诉金大用，金大用就上小船拜见耿夫人。耿夫人待金大用就像对待女婿，请他到家里，住了好几天才带领庚娘离开。从这以后，两家互相往来不断。

48. 雷曹

乐云鹤、夏平子，二人少年时在同一个乡里居住，稍大又在一个书塾中读书，两人的交情十分深厚。

夏平子少年聪慧，十岁时在就有了些名气。乐云鹤虚心向他学习，夏平子也耐心地帮助他。乐云鹤写作文章也天天进步，因此两个人都成了名人。然而，他们在科举考场上却失意潦倒，每次应试总是失败。没过几年，夏平子身染瘟疫而去世，家境贫寒，无力丧葬，乐生就挺身而出为他料理了后事。连夏平子遗留下的婴儿和寡妇，乐云鹤也关心照顾供给衣食。乐得到一斗粮食，必定分给他们一半，夏的妻子就依靠这点供应生活下来。因此，士大夫们对乐云鹤的贤德赞不绝口。乐云鹤的家产本来不多，又要代夏平子养育妻儿，眼看着自己的生计也日益困难起来，叹息不已，说："像夏平子这样的好文采，尚且至死碌碌无为，何况我呢？人生富贵要及时，一年到头担惊害怕，缺衣少食，恐怕比狗马死得还快，白白辜负了自己的一生。"于是他就抛弃了读书而去经商。经营了半年，家庭资产就达到小康水平。

一天，经商到金陵，在旅舍里休息。看见一个人身材又瘦又高，筋骨隆起，在桌子边徘徊，面色灰暗，一脸忧愁伤心的样子。乐就问他："你想吃饭吗？"这人不说话。乐云鹤就把自己的饭菜推到他面前。这人就用双手捧着吃，顷刻之间就吃完了。乐生又要了加倍的饭菜给他，很快又吃完了。于是乐生又叫店主人切来熟猪腿肉，拿来一叠蒸饼，他又吃下够几个人吃饱的饭菜，肚子才饱了，并对乐生表示感谢，说："已经三年多没有吃过今天这样的一顿饱饭了。"乐生说："你真是壮士，为何漂泊穷困到这个样子？"回答说："我犯罪受到上天的惩罚，不可以与外人道。"问他家住何处？他说："我陆上没有房，水中没有船，不过是早走村庄，晚住城郭罢了。"

乐整装要走，这人就跟在后边，恋恋不舍。乐生向他告辞，他说："你眼前将有

大难临头，我无法忘记供我一顿饭吃的恩情。"乐生觉得奇怪，就与他一起动身。路上乐生让他一起吃饭，他辞谢说："我一年中只吃几顿饭而已。"乐生更觉惊奇。第二天他们乘船过江，突然暴风骤起，恶浪翻滚，商船全部沉没。乐云鹤与这人全都落入江中。过一会儿，风定浪息，这人由水中背负着乐，脚踏浪涛出来，登上一只客船。又独自跳进波涛中，转眼间拉来一只船，扶乐生进船，嘱咐乐生躺卧守候在船里。

接着这人又跳进大江，用两只胳膊夹住货物从水中冒出来，抛掷到船里，然后再沉入水中。他多次入水，多次出来，货物摆满了一船。乐生感动地说："你救我一条命就很满意了，怎么还敢再奢望得到失落的货物呢？"审视检查货物，并无遗失。乐生越发高兴，称赞他是"神人"。开船要走了，这人要告别离去。乐生苦苦相留，这人就与乐生一起渡过江去。乐生笑谈中说："经过这么大一场灾难，仅仅丢了一个金簪子。"这人一听就要下水去找。乐生刚要劝止他，他已经投身水中沉没下去。看到的人久久惊愕。忽然，那人含笑由水中出来，把簪子交给乐生，说："幸而没有辜负你的使命。"江上的人无不感到惊骇奇异。乐云鹤与这人一起回到家里，生活起居都在一起。这人每十多天才吃一顿饭，一吃起来就多得不得了。

有一天他又说要离别，乐生坚持挽留他。正巧那天阴云密布，大雨将至，忽闻雷声阵阵，乐生说："云彩里边不知是什么样子，雷是什么物件？怎么能到云间看一看，这些疑问就解决了。"这人笑着说："你想做一次云中游吗？"不大会儿，乐生有些疲倦，趴在坐榻上打起瞌睡。一会儿乐生醒来，觉得身子飘飘摇摇不似在睡榻上。睁开眼看，原来是在云彩里，周围如同棉絮，一片雪白。乐云鹤惊奇地站起来，又像在船上，有点儿眩晕。用脚踏一踏，软软的踩不到地。乐生抬头仰望天上的星斗，好像就在眼前，于是疑心自己是在做梦。细细观看，星星嵌在天幕上，好像老莲蓬里的莲子，大的如瓮，小一些的如酒坛，最小的也像小罐子。用手摇一摇，大的很坚固，丝毫不动。小星星可以摇动，好像可以摘下来似的。于是乐生就摘了一个，藏在袖子里。他拨开云彩向下观看，是一片银色的海洋，地面上的城郭也只有豆粒大小。他非常惊愕，心想假若一失足跌下去，这身子可就不复存在了。

过了一会，看见两条龙，摇头摆尾，驾着一辆用丝绸装饰的车子。缓缓而来。那龙尾巴一甩，如同抽一下赶牛的长鞭一样响亮。车上装满了大水桶，有好几丈宽，其中装满了水。有几十个人，用瓢舀水，在云间到处泼洒。看见乐云鹤，大家感觉很奇

怪。乐仔细观看，发现自己的那位朋友也在其中。这人说："他是我的朋友。"于是也给他一个瓢，教给他怎么用，叫他也洒水。当时正值地面久旱不雨，百姓苦不堪言，乐接过瓢，排开云头，隐约间看见了故乡的方位，就尽情地向故乡泼洒。不大一会儿，这人告诉乐说："我本来是雷曹。先前因误了行雨，处罚贬谪到下界受苦三年，今已期满，咱们就在此告别吧！"他把驾车用的万尺长绳扔在乐生面前，叫他握住绳头，慢慢缒下去。乐十分害怕，这人笑着说："不妨事。"乐按他说的，顺利地向下滑落，一眨眼的工夫就落到地面。他站定一看，正落在了自己村子外边。绳子渐渐收回到云彩里，再也看不见了。当时，很久没下雨，天下大旱，这次下雨，十里之外，雨水仅一指深，唯独乐的乡里，下了个沟满湖满。

乐生回到家里，摸摸袖子里，适才摘下的一颗小星星还在，拿出来放在桌子上，白天它黑黝黝像块石头，到了夜里，则光明焕发，照亮整个屋子。乐生越发把它当作宝贝，将它包好藏起来。每逢来了至亲好友，就用它来照明饮酒。如果直着眼看它，光线条条，刺人的眼睛。

一天夜里，乐云鹤的妻子对着这颗明星坐着，梳理头发，忽然看见这星光逐渐缩小，变得如同萤火虫，满屋子流动飞舞。妻子正在惊奇发怔，星星一下子飞进她的口里，咳也咳不出来，一不注意竟然咽了下去。吓得她赶快跑去告诉乐生，乐生也很觉奇怪。睡下之后，乐梦见夏平子来了，对乐生说："我就是少微星。你对我的恩德和友好，我永远难忘。又蒙你从天上把我带回来，真谓是有缘分呀！现在我化作你的后代，以报答你的大恩大德。"乐云鹤三十岁无子嗣，得到这个梦十分欢喜。自这事发生后，乐生的妻子果然怀孕，到了生产时，满屋明亮，如同星星在桌子上的时候一样。因此为儿子取名"星儿"。星儿非常机警聪慧，十六岁就考中了进士。